U0601357

佛道文学论集

孙昌武文集

30

中华书局

图书在版编目（CIP）数据

佛道文学论集/孙昌武著. —北京：中华书局，2022.3
（孙昌武文集）
ISBN 978-7-101-15638-6

Ⅰ.佛… Ⅱ.孙… Ⅲ.①佛教文学–古典文学研究–
中国–文集②道教–宗教文学–古典文学研究–中国–文集
Ⅳ. I207.99-53

中国版本图书馆 CIP 数据核字（2022）第 026510 号

书　　名	佛道文学论集	
著　　者	孙昌武	
丛 书 名	孙昌武文集	
责任编辑	葛洪春	
出版发行	中华书局	
	（北京市丰台区太平桥西里 38 号　100073）	
	http://www.zhbc.com.cn	
	E-mail:zhbc@zhbc.com.cn	
印　　刷	北京市白帆印务有限公司	
版　　次	2022 年 3 月北京第 1 版	
	2022 年 3 月北京第 1 次印刷	
规　　格	开本/920×1250 毫米　1/32	
	印张 14½　插页 2　字数 400 千字	
印　　数	1-1500 册	
国际书号	ISBN 978-7-101-15638-6	
定　　价	88.00 元	

孙昌武文集

出版说明

　　孙昌武先生，一九三七年生，辽宁省营口市人。南开大学教授，曾在亚欧和中国港台地区多所大学担任教职和从事研究工作。

　　孙先生治学集中在两个领域：中国古典文学和中国宗教文化。孙先生学术视野广阔，熟谙传统典籍和佛、道二藏，勤于著述，多有建树，形成鲜明的学术特色。所著《柳宗元传论》（人民文学出版社，1982）、《佛教与中国文学》（上海人民出版社，1988）、《道教与唐代文学》（人民文学出版社，2001）、《中国佛教文化史》（中华书局，2010）、《禅宗十五讲》（中华书局，2017）等推进了相关学术领域研究，在国内外广有影响；作为近几十年来中国传统文化研究成果，世所公认，垂范学林。

　　孙先生已年逾八秩。为总结并集中呈现孙先生学术成就，兹编辑出版《孙昌武文集》。文集收录孙先生已出版专著、论文集；另增加未曾出版的专著《文苑杂谈》、《解说观音》、《僧诗与诗僧》三种；孙先生在国内外学术刊物发表的论文未曾辑入论文集的，另编为若干集收入。孙先生整理的古籍、翻译的外国学者著作，不包括在本文集内。中华书局编辑部对文字重新进行了审核、校订，庶作为孙先生著作定本呈献给读者。

　　北京横山书院热心襄助文化公益事业，文集出版得其资助，谨致谢忱。

中华书局编辑部

二〇一九年五月

目　录

六朝佛教义学的发展
与文学观念的演变

六朝时期是中国文学理论形成、发展的时期,也是佛教思想在中国广泛传布并被中国文人接受、理解和消化的时期。也正是在这一时期,在外来的佛教思想的基础上,发展起发达的中国佛教义学。中国佛教义学作为中国学术思想的一部分,其影响遍及当时和以后思想的各个方面,当然也波及到文学理论。就佛教义学作用于文学与文学理论的发展来说,又有两点值得注意。一是佛教义学特别重视探讨"心性"之类问题,这些问题与文学艺术关联密切而又是中国传统学术较少论及的;二是当时的中国文人普遍接受佛教,连总结一代文学理论成果的刘勰也是佛教信徒,这就使得佛教思想、观念更易于深浸到文学理论之中。本文即拟就几个题目,探讨一下六朝佛教义学怎样促进了中国文学思想的发展和转变。

一、关于"真实"问题

什么是"真实"?文学要反映什么样的"真实"?这是文学理论的一个根本问题。中国传统思想是重实际、重政治、重伦理的。在文学上则强调"感物而动"、"兴、观、群、怨",形成了一种具有强烈功利色彩的文学观。在汉代,从司马迁、扬雄、班固到王充、张衡、桓谭,谈到写作,都强调"实录"、"征实"、"诚实",反对"书恶淫辞之淈法度"①、"造生空文"②。这种占统治地位的创作观念建立在朴素的唯物主义基础上,是有巨大积极意义的。但它在对文学创作的理解上却又是原始的、偏于形而上学的。因为这种创作观念没能体现文学的概括性、典型化的特征,没有区别生活真实与艺术真实的差异。

道家和以后的玄学发展了本体论思想,区分"本、末","有、无",努力揭示作为宇宙本源的终极"真实"。他们探讨的问题,涉及到现象与本质、相对与绝对、个别与一般等一系列重要认识论范畴,造成了辩证思维的重大进步。从而也对如何认识文学上的"真实"提供了一定的借鉴的依据。但玄学的唯心主义本体论,隔断了现象界与深微不可测的"无"或"有"的本体③,从而也否定了社会实践的价值。这样,玄学理论从根本上说是与文学相对立的。而佛教大乘中观学说发挥一套统一"真空"、"假有"的"中道"观念,对"真实"也提出了更为辩证的看法。六朝时,这些看法被用来分析、论证文学现象,人们对文学"真实"的本质与特征从而加深了理解。

《说文解字》段注说:"经典但言诚实,无言真实者。诸子百家乃有'真'字耳。"④道家主张返本归真,多讲"真宰"、"真君"、"真人"。而佛典大量讲真实。如《华严经》说:

---

① 扬雄《扬子法言·吾子》。
② 王充《论衡·对作》。
③ 王弼为代表的"本无"一派按老子的认识路线,以"无"为本体;以郭象为代表的"崇有"一派认为无不能生有,有是块然而独存的。这在理论上似与"本无"的主张相反,但这"有"非现实的有,它作为本体仍与"无"相通。
④ 《说文解字注》。

> 于真实性觉如如……不坏诸法真实性。①

《大般涅槃经》说：

> 云何名为如法修行？如法修行即是修行檀波罗蜜乃至般若罗蜜，知阴、界、入真实之相。
>
> 修有二种：一者真实，二者不实。②

佛教追求一种觉悟，就是觉悟到宇宙万有、一切现象背后的"真实"，也就是《法华经》所说的"诸法实相"。

按大乘般若空观看，一切法如幻如化，其"实相"就是"空"。《般若经》千言万语，就是讲诸法性空。但般若空观与玄学不同，它不是讲本体之空。就是说，它不认为在万物之外另有一个"空"的本体，而是说万物本身无自性、因缘生、刹那灭、变动不居，因而它们本质是"空"的。因此没有"空"的本体，只有"性空"的现象，所以"三空"之中我空、法空之外还讲"空空"。以龙树为代表的中观学派把空有相统一，提出非有非无的"中道"，基本观点表现在所谓"三是偈"里：

> 众因缘生法，我说即是无。
>
> 亦为是假名，亦是中道义。③

按照中道空观，现象界是"假有"，"假有"是"真空"的现实存在；"绝对真实"则是这"真空"、"假有"的统一，认识到这一点才是"中道"。这种观点，很富辩证色彩，而且这在对现象的否定中却包含着对它的肯定。

中国早期的般若学，在理解佛教这种中道空观时往往混同于

---

① 佛驮跋陀罗译《华严经》卷一六《金刚幢菩萨十回向品》。
② 慧观等重译《大般涅槃经》卷二三《光明遍照高贵德王菩萨品》。
③ 鸠摩罗什译《中论·观四谛品》。第二句中的"无"义为"空"。佛典里也有把"空"译为"无"的。

玄学的本体论。例如著名的佛学家道安就仍把"空"理解为"无"。但到了罗什弟子僧肇，在译典更加完备、义学更为发展的基础上，发展了中道空观理论，提出了"不真故空"的新见解。他在名著《不真空论》中解释"空"义，以为诸法因缘而有，故非实有；但既为有，故以非无，所以是"不真故空"。他说：

> 是以圣人乘万化而不变，履万惑而常通者，以其即万物之自虚，不假虚而虚物也。故《经》云：甚奇，世尊！不动真际，为诸法立处。非离真而立处，立处即真也。然则道远乎哉？触事而真。圣远乎哉？体之即神。①

就是说，现象本身是"空"的，因而就是不"真"的；但这"不真"的现象正表现了"真"的"空"性，所以它又是"真"的。这样，"立处即真"，"触事而真"，"真实"即在世间现象之中。这种"真实"观是对世间现象的否定，又是对它的肯定。

正是在这种"空"观影响之下，六朝时代的文人们开始形成一种不同于传统看法的"真实"观。

早期接受佛教的著名文人有孙绰、许询、名僧、支遁等。孙绰努力摆脱"世教"的束缚，而追求一种"方外"的"至真"。他在《喻道论》中说：

> 缠束世教之内，肆观周、孔之迹，谓至德穷于尧、舜，微言尽乎《老》、《易》，焉复睹夫方外之妙趣，冥中之玄照乎？悲夫，章甫之委裸俗，《韶》、《夏》之弃鄙俚，至真绝于漫习，大道废于曲士也。②

名僧而兼名士的支遁则明确主张在诗歌中表现"身外之真"，他说：

> 静拱虚房，悟身外之真；登山采药，集山水之娱。遂援笔

---

① 《肇论中吴集解》。
② 《弘明集》卷三。

染翰，以慰二三之情。①

他的诗本身禅玄互证，努力开显超脱形迹的玄远境界。如孙绰、支遁所理解的"真"，显然与传统看法不同。

值得注意的还有如陶渊明创作中表现的那种深远意境。他善于在平凡田园生活的抒写中表现出更深刻的理趣。他生活的彭泽、浔阳地区与慧远僧团活动的庐山不远。既使他不如某些资料所描写的那样与慧远本人有直接交往，但与这个团体中的人是有联系的。而且研究宗教的影响，除了要考虑宗教信仰、宗教思想层面之外，还应注意社会上潜在的宗教感情与意识。陶渊明追求"抱朴含真"②，要"养真衡茅下"③，说"真想初在襟，谁得拘形迹"④，"此中有真意，欲辨已忘言"⑤，如此等等，他努力探求人生与宇宙的"真实"。这与玄学和佛教的认识路线是相通的。谢灵运的山水诗创作也表现这种情感。他写《入道至人赋》，描写一种"荒聪明以削智，遁支体以逃身"，"超埃尘以贞观，何落落此胸襟"的"入道而馆真"的"至人"⑥。这是他的人生理想的一个方面，也是他文学上追求的一个目标。陶、谢诗的创造性的主要点就表现在"蕴真"、"体道"的生动与深刻。他们所描绘的不只是山水田园，还在景物中表现出更能代表事物本质的绝言之道。

刘宋时代的宗炳是佛教徒，也是个艺术家。他一生隐居不仕，与名僧慧远结交，又精于佛说，曾与著名的天文学家何承天论辩，盛赞佛教，鼓吹神不灭论，著《明佛论》。他在其中说："中国君子明于礼义而暗于知人心，宁知佛之心乎。"又批评"周、孔所述，盖于蛮

---

① 《八关斋诗序》，《广弘明集》卷三〇上。
② 《劝农诗》，《先秦汉魏晋南北朝诗·晋诗》卷一六。
③ 《辛丑岁七月赴假还江陵夜行途中诗》，同上。
④ 《始作镇军参军经曲阿诗》，同上。
⑤ 《饮酒诗二十首》，同上。
⑥ 严可均编《全上古三代秦汉三国六朝文·全宋文》卷三〇。

触之域,应求治之粗感,且宁乏于一生之内耳。逸乎生表者,存而未论也"①。这都明确指出了儒道在探讨心神精微处的不足。他写了著名的谈艺文字《画山水序》,其中说:

> 夫圣人以形法道,则贤者通;山水以形媚道,而仁者乐,不亦几乎。

他认为艺术上表现山水不应"以形写形",而是要体道的,因而要会理畅神,尺寸千里。他说:

> 夫以应目会心为理者,类之成巧,则目亦同应,心亦俱会。应会感神,神超理得。虽复虚求幽岩,何以加焉?又神本亡端,栖形感类,理入影迹,诚能妙写,亦诚尽矣。于是闲居理气,拂觞鸣琴,披图幽对,坐究四荒,不违天励之丛,独应无人之野,峰岫峣嶷,云林森渺,圣贤映于绝代,万趣融其神思,余复何为哉?畅神而已。神之所畅,孰有先焉。②

这种"畅神"的理论的主旨,即在表现外物时不限于追求形似,而能应目会心,从而感神,即在妙写形迹之中,表现出更高一层精神的真实来。

刘勰的文学观从思想倾向看是儒家的,但在认识论与方法论上显然亦受到佛教的影响。这也表现在真实观上。他在《文心雕龙·论说》篇中有一段话:

> 宋岱、郭象,锐思于机神之区;夷甫、裴颜,交辨于有无之感,并独步当时,流声后代。然滞有者,全系于形用;贵无者,专守于寂寥。徒锐偏解,莫诣正理,动极神源,其般若之绝境乎?

①《弘明集》卷二。
②《全上古三代秦汉三国六朝文·全宋文》卷三〇。

这段话是谈论文体的,但其中也透露了作者对本体问题的看法。他认为玄学中溺于"形用"的"贵有"一派和专守"寂寞"的"本无"一派都是片面的,真正把握"真理"的是般若空观。这种观点,与他在《灭惑论》中所说的"玄智弥照"的"妙法真境"①是相一致的。他在《文心雕龙》中辨析"真"、"伪",强调"习亦凝真"(《体性》)、"要约而写真"(《情采》)、"壮辞可以喻其真"(《夸饰》)等等,他所说的"真"亦有超出形似的内容。他的真实观,与王充《论衡》中的《艺增》、《语增》等篇所言显然有所不同。

从王充到刘勰对"真实"要求的变化,是文学思想的深化,反映人们努力在分清生活真实与艺术真实。在这个认识深化过程中,人们利用佛教对于"真实"的认识,看到文学应在生活现象后面揭示更本质的"真实"。虽然中国佛教所说的"真实"本是唯心主义虚构,但在认识路线上却给人以积极的启发。

二、关于"心性"问题

心性问题是佛教义学的另一个核心问题。唐宗密说:"一藏经论义理,只是说心。"②佛家的心性理论不只比中国传统学术所探讨的更为充分,而且内容上也大有不同。何尚之答宋文帝时说:

> 范泰、谢灵运每云:六经典文,本在济俗为治耳。必求性灵真奥,岂得不以讲经为指南耶?③

①《弘明集》卷八。
②《禅源诸诠集都序》。
③《弘明集》卷一一。

颜延之《庭诰》讲言道、论心、校理义有三端,崇佛者以治心为先①。而文学创作活动,正是带有强烈主观性的精神创造;文学理论问题必然涉及心性。佛家的唯心的、但又具有一定辩证因素的心性观念输入中国文学理论并被发挥,促进了对有关问题的探讨。

　　约而言之,新输入的佛家心性理论与中国传统心性理论的不同,主要有两点。一是,佛家论心,不只肯定其缘虑功能,而且强调其创造功能,即所谓"万法唯心"②,"三界所有,皆心所作"③,"心生则种种法生,心灭则种种法灭"④。由于中国人从佛教中接受了"心作万有,诸法本空"⑤的观念,文学上才讲"心生而言立,言立而文明"⑥。二是,佛家讲心、佛、众生的统一,特别是竺道生的涅槃佛性学说主张众生悉有佛性,顿悟可以成佛,强调每个人内心的自我反省能力。中国早期的禅即把修持集中到主观省察体悟上。而中国传统的文艺观建立在朴素的反映论的基础上,主张"感物而动",所谓"饥者歌食,劳者歌事",因而忽视人的主观创造作用;另一方面,其所讲"言志",又是指表达群体意识的"圣人"之志;所谓"无邪"之思又是以圣人之道为标准的。这样也就不重视个人内心的感受、体验和创造能力。而主观思维的创造,个人感受与体验的表达,在文学中,特别是在诗歌中是很重要的。在佛教传入以前,中国文学很少讨论到这个方面。例如汉人讲《诗经》、《楚辞》,主要是从伦理的、社会的角度出发。直到魏晋以后,借鉴佛家理论,才对文学中

①《全上古三代秦汉三国六朝文·全宋文》卷三六。
②《华严经》卷五五。
③《大智度论》卷二九。
④真谛译《大乘起信论》。本论经近人研究,多认为是中国人撰述,因此更能反映中国人的佛教理解。
⑤宗炳《明佛论》,《弘明集》卷二。
⑥《文心雕龙·原道》。

的心性作用提出不少新认识。

支遁在个性上"任心独往,风期高亮"①,主张"绥心神道,抗志无为"②,作《逍遥论》,提出一种异于诸家的新义。庄子的《逍遥游》,主张忘怀于得失,实际仍有所求,不过是以柔弱胜刚强。而支遁提倡的是一种窒欲净心的至人之心,求得本性的真正自由。支遁称赞维摩诘,就是把他看作是精神绝对自由的"达人"、"至人"的典型。支遁的这种观念与作风,在江南士大夫间有某种代表性。它虽然不是直接提出一种文学观念,但却间接关系到文学理论与创作中观念的转化。例如孙绰就提出"借山水以化其郁结"③,就是把描绘山水当作抒写情志的手段了。

慧远是佛性理论的创新者,又是文学家。他写有《念佛三昧诗集序》,集中阐述主观心性在创作中的作用。他首先描述了禅悟的精神状态:

> 序曰:夫称三昧者何? 专思寂想之谓也。思专,则志一不分;想寂,则气虚神朗。气虚,则智恬其照;神朗,则无幽不彻。斯二乃是自然之玄符,会一而致用也。

他这是强调那种专心致志的内心冥想可以"无幽不彻"地洞见绝对真实。他认为写诗正应当有这种境界:

> 鉴明则内照交映而万象生焉,非耳目之所暨而闻见行焉。于是睹夫渊凝虚镜之体,则悟灵根湛一,清明自然。察夫玄音之扣心听,则尘累每消,滞情融朗,非天下之至妙,孰能与于此哉。④

---

① 《世说新语·言语》刘孝标注。
② 慧皎《高僧传》卷四《支遁传》。
③ 《三月三日兰亭诗序》,《全上古三代秦汉三国六朝文·全晋文》卷六一。
④ 《广弘明集》卷三〇上。

这是从心生万象的观念出发,要求以虚净的心去认识非耳闻目见的清明自然的境界。他自己就是这样写"念佛"诗的。因此僧肇评论它们"兴寄既高,辞致清婉,能文之士,率称其美,可谓游涉圣门,扣玄关之唱也"①。这样的诗脱离生活,不会是好诗;但这种诗论,强调主观在创作中的作用,却含有片面的真理。

谢灵运关于诗歌创作中"赏心"的观点也是佛家心性学说的一种具体发挥。他是竺道生佛性新说的拥护者,又主张到佛教教义中去探求"性灵真奥"。他的山水诗就是抒写性灵的具体实践。他在《归途赋序》中说:

> 昔文章之士,多作行旅赋。或欣在观国,或怵在斥徙,或述职邦邑,或羁役戎阵。事由于外,兴不自己,虽高才可推,求怀未惬。今量分告退,反身草泽,经途履道,用感其心。②

这里具体讲行旅赋的写作,举出四种情况,都是"事由于外,兴不自己",即感于现实而发。他认为这都"求怀未惬",即不能贴切地抒写内心怀抱;因此他写《归途赋》,就要是"用感其心"的作品。他在《山居赋序》里又说:古人岩栖、山居、居丘园、住城傍,"四者不同,可以理推。言心也,黄屋实不殊于汾阳;即事也,山居良有异乎世尘"③。这是把"言心"与"即事"对举,显然是倾向"言心"的主观创造的。他在诗作中常常提到"赏心":

> 含情尚劳爱,如何离赏心。④
> 我志谁与亮,赏心惟良知。⑤

---

① 《答刘遗民书》,《肇论中吴集解》。
② 《全上古三代秦汉三国六朝文·全宋文》卷三〇。
③ 同上卷三一。
④ 《晚出西射堂一首》,《先秦汉魏晋南北朝诗·宋诗》诗二。
⑤ 《游南亭诗》,同上。

> 永绝赏心望,长怀莫与同。①
>
> 将穷山海迹,永绝赏心悟。②
>
> 赏心不可忘,妙善冀能同。③

他在《拟魏太子邺中集诗八首序》中还说到"天下良辰、美景、赏心、乐事,四者难并"。"赏心"一词,意指赏爱、玩赏的心情。这种对良辰、美景等等的赞赏心理,被当作一种有特殊价值的精神素养,它本身又成了艺术表现的对象,抒写它显得比它赏爱的外物更为重要。谢灵运就这样强调创作中表现主观心性的意义。他还经常提到感悟的作用,如《从斤竹涧越岭溪行》:

> 情用赏为美,事昧竟谁辨。观此遗物虑,一悟得所遣。④

他的这些看法,正是他本人创作的总结。作为强调心性表现的理论说明,也反映了一种新的观念。在他以后,如谢朓、江淹、沈约等人的作品中,也一再提倡创作中"赏心"的态度。

如前所述,刘勰的文学思想从基本倾向看是儒家的。他论文强调"文变染乎世情,兴废系乎时序"⑤,这是传统的"感物而动"的文学观的发挥。但他又强调"有心之器"的作用。(《原道》)他的"心生而言立,言立而文明"的文章起源观念,是以佛家"心作万有"的理论为基础的。他在《文心雕龙》中经常讲到"心"在创作中的作用,如《神思》:

> 思理为妙,神与物游。
>
> 物以貌求,心以理应。

---

①《酬从弟惠连诗》,同上卷三。

②《永初三年七月十六日之郡初发都诗》,同上卷二。

③《田南树园激流植援诗》,同上卷三。

④同上。

⑤《文心雕龙·时序》。

《物色》：

> 写气图貌，既随物以宛转，属采附声，亦与心而徘徊。
> 目既往还，心亦吐纳。

《哀吊》：

> 隐心而结文则事惬，观文而属心则体奢。

《杂文》：

> 身挫凭乎道胜，时屯寄于情泰。莫不渊岳其心，麟凤其
> 采，此立本之大要也。

《论说》：

> 必使心与理台，弥缝莫见其隙；辞共心密，敌人不知所乘。

这些说法，所述内容不同，但在心与物，心与理的关系上，作者都把
"心"放在了决定的位置上。黄侃解释"神与物游"一句说：

> 此言内心与外界相接也……以心求境，境足以役心；取境
> 赴心，心难于照境。必令心、境相得，见、相交融……。①

黄侃这个解释，用的正是佛家的话言。所谓"求境"、"照境"，是指
心识对外境的观照；而"相、见交融"，则是指唯识学的相分与见分
统一于一心②。不过黄侃主张外境独立于心识之外，与佛家理解不
同。刘勰又讲到"寂然凝虑，思接千载……陶钧文思，贵在虚静"③，
亦发挥佛家"息心"、"守静"观念，也是强调"心"的决定作用。他的
这些观点，不无唯心成分，但在主张文学反映现实的同时，又突出
"心"的功能，是有一定辩证内容的。

---

①《文心雕龙札记》。
②按唯识说，每一识体可分为相分、见分两部分（这是按"二分说"，还有"三分
　说"、"四分说"，此从略），见分是能缘，相分是所缘即外境。
③《文心雕龙·神思》。

佛教心性学说的意义,六朝时人们已从不同角度强调过。如慧远说:

> 每寻畴昔,游心世典,以为当年之华苑也;及见《老》、《庄》,便悟名教是应变虚谈耳。以今而观,则知沉冥之趣,岂得不以佛理为先?①

他把学术分为三个层次:儒、道、佛,而认为佛为最高。其高明所在,他以为就在"沉冥之趣",即深微奥妙的精神方面。佛家的心性理论是唯心的,带给中国思想学术不少消极东西,但又扩大、深化了人们对于主观世界的认识。这后一方面,在文学上表现得特别突出。

三、关于"形神"问题

佛教主张"神不灭"论,向粗俗的方面发展,就形成了灵魂不死说②,向精致的方向发挥,则鼓吹神识的绝对性,从而重神识而轻形迹。形神关系也是文学上的重要问题。佛教的有关理论对文学思想也有影响。《华严经》中有一偈这样说:

> 譬如工幻师,示现种种形。
>
> 男女像牛马,园林华果等。
>
> 幻无所染着,示无有住处。
>
> 幻法无真实,所现悉虚妄。
>
> 佛子亦如是,观察诸世间。

---

① 《与隐士刘遗民等书》,《广弘明集》卷二七。
② 此就中国佛教而言。因为"神不灭"论与佛教根本教义的"无我"说是相矛盾的,印度各宗派作出不同的解释,此不具述。

　　　　有、无一切法，了达悉如幻。①

这就是说，按大乘教理看来，我、法两空，因此宇宙万有一切都是暂存的现象，都如幻如化，而非真实。进而，不但具体物象是空的，名相、性相即形成为概念的一切也是空的。因而《金刚经》说"应无所住而生其心"，并认为"凡所有相，皆是虚妄，若见诸相非相，即见如来"。而得到真正智慧，就是要从幻相中看到"诸法实相"。《大般涅槃经》说：

　　　　善男子，譬如画师以众杂彩画作众象，若男若女，若牛若马，凡夫无智，见之则生男、女等相。画师了知无有男女。菩萨摩诃萨亦复如是，于法异相观于一相，终不生于众生之相。何以故？以念慧故。②

这样，由具体的事象到各个相（幻相）再到一相（实相），就是佛家由现象探求本质的认识过程。

　　另一方面，佛家根据其"方便"、"示现"观念，又承认具体形象的意义，肯定佛陀本人的教化说法法身佛的一种示现。《华严经》中有偈说到如来神通：

　　　　说法教诫及神足，住持自在神通力，
　　　　菩萨示现斯功德，以此济度诸群生。
　　　　如是方便无有量，随顺世间度众生，
　　　　不着世间如莲花，能令众生大欢喜。
　　　　博综多识辩才王，文颂谈论过世间，
　　　　示现世间众技术，譬如幻师现众象。
　　　　或为长者邑中主，或为贾客商人导……

---

①《华严经》卷二八《十忍品》。
②《大般涅槃经》卷二二《光明遍照高贵德王菩萨品》。

> 方便为说甚深法,悉令得解真实谛。①

这里说到的"长者邑中主",指维摩诘居士;"贾客商人导",则指《法华经》中"化诚"故事。这是说佛陀世现于世,利用语言文字说法,又示现世间各种事象广为譬喻,都是教化的"技术"。所以《大般涅槃经》又说:

> 诸佛为来亦复如是,随诸众生种种音声而为说法。为令安住于正法故,随所应见而为示现种种形象。②

这样,佛家主张方便施设种种形象,以作为表现"真实谛"的手段。这就明确了佛陀教化中文字与形象的功能与意义。

当然,佛教教理关于形象的上述理论,与文学中塑造形象原理有本质的不同。一方面,佛家把"象"与"相"当作人心的惑取,隔断它们与"真实"的关系;而文学创造形象是现实的概括,是生活真实的艺术体现。另一方面,佛家又把创造形象看成是一种施设、手段,是完全凭"佛慧"的主观产物,而文学的形象却以现实为基础,作家的主观能动性只能在对现实的观察、选择、加工过程中起作用。但是,佛家提出的这套肯定"形象"价值的理论,是以前中国学术没有探讨过的,因此在文学理论上也就产生一定影响。

这种影响,一方面,表现在自两晋以来,人们区分形、神,形成了重"神"的风气,文艺创作则推重神似。如支遁、孙绰、慧远等人,都提倡"体道尽神",不受"言教"、"形器"的束缚。当时品评人重神情、神似,艺术上也是如此。六朝时期画论中强调神似是个重要主题。像《世说新语》这样的志人小说,无论其具体描写,还是其中表述的观念,都是强调神似的。

另一方面,当时有不少关于"形象"的议论。它们多是关系塔

---

①《华严经》卷六《贤首菩萨品》。
②《大般涅槃经》卷一〇《如来性品》。

象建造的。自东汉末中国出现造象，南北朝时发展很快。特别是北朝，建造起一批穷极壮丽的石窟寺。另外，佛典传译又带来不少富于动人形象的故事。这都促使中国僧俗更多地注意"形象"问题。

当初慧远与刘遗民等在无量寿佛像前立誓往生西方，令刘遗民作文，文云：

> 盖神者可以感涉，而不可以迹求。必感之有物，则幽路咫尺；苟求之无主，则渺茫何津。①

这里是说，佛教中的神理本来是无迹可求的；但感知它则必须借助外物的形象。慧远也写过不少赞佛文字，其中也有赞佛像的。他在《晋襄阳丈六金像颂并序》中说：

> 每希想光晷，仿佛容仪，寤寐兴怀，若形心目……夫形、理虽殊，阶途有渐；精、粗诚异，悟亦有因。是故拟状灵范，启殊津之心；仪形神模，辟百虑之会。②

这里的意思是，佛的形象本是意识上"希想"、"仿佛"的创造，是有形的粗迹，但却又是悟解更精微的义理的助因。他在《万佛影铭序》中也表明了相似的观点。

竺道生主张"观理得性"，"顿悟成佛"，他对佛的形象有如下看法：

> 法身真实，丈六应假，将何以明之哉？悟夫法者，封惑永尽，仿佛亦除。妙绝三界之表，理冥无形之境。形既已无，故能无不形；三界既绝，故能无不界。无不形者，唯感是应。佛，无为也，至于形之巨细，寿之修短，皆是接众生之影迹，非佛实

---

① 《高僧传》卷六《慧远传》。
② 《广弘明集》卷一五。

也……然则丈六之与八尺,皆是众生心水中佛也。①

他认为法身佛是绝对,绝对的东西本不能用有形的东西来表现;但既是绝对,就又是无所不在的。因此丈六的佛像及八尺的应身佛都是感应的形迹。这也是明确指出形象的意义。

六朝时有不少人强调"形象"的感化教育作用,如释道高等说:

> 闻法音而称善,刍狗非谓空陈;睹形象而曲躬,灵仪岂为虚设?②

沈约说:

> 夫理贯空寂,虽熔范不能传;业动因应,非形相无以感。是故日华月彩,炤耀天外;方区散景,咫尺尘方。③

著名的佛教史家慧皎也说佛教是"借微言以津道,托形象以传真"的。这也是强调形象的感化、教育作用。

可以说,在中国思想界,从理论上最初明确探讨和肯定"形象"意义与作用的是佛家。这与佛教本身的形态有关,对中国文艺思想的影响也是很深远的。

四、关于"言、意"问题

言、意关系问题,是中国传统学术中的老问题。佛家在自己的理论体系中加以发展,也影响到文学。

孟子讲"以意逆志",王充讲"艺增"、"语增",都涉及言、意关

---

① 《注维摩诘经》卷二。
② 《高、明二法师答李交州森难佛不见形事》,《弘明集》卷一一。
③ 《答竟陵王题佛光文一首》,《广弘明集》卷一六。

系。到了魏晋玄学,"言不尽意"与"圣人有情"、"圣无哀乐"等成为讨论玄学本体论的中心课题。这些课题都与文学有关。文学本是语言艺术,言、意关系问题的讨论关涉文学尤大。按玄学本体论看来,本体只能是绝对,是极端的抽象,它不能等同于任何事物,因而也不能用语言来表述。使用语言就有了概念、判断、推理等等的限制,而有限制就不是绝对,而是相对了。所以绝对的"意"要和相对的"言"区别开来,因而"言不尽意"。汤用彤先生曾指出:"玄学体系之建立,有赖于言意之辨。"①但是这种主张也面临一个不可克服的矛盾:强调理冥而言废,忘觉而智全的玄学体系,却正是用思辨的语言建立起来的。这样,玄学家们又不得不承认语言可作为一种达意的手段,所以又有"得意忘言"或"寄言出意"之说。因此,玄学虽不承认语言与本体有什么一致性,却又不得不肯定它是一种筌蹄工具。玄学的这套看法,本质上是唯心主义的,但它对于深化人们对语言功能的认识,探索语言与思维、思维与存在的辩证关系,却是有积极的启发意义的。

中国佛学在这个问题上,是继承了玄学的路线来加以发挥的。佛教初传多利用玄学语言,这也是一方面的表现。

佛教主张的诸法实相是绝对,因而它也不能用具体的语言名相来表达,因而佛道是"言语道断,心行灭处"的妙道。龙树说:

> 一切法实性,皆过心、心数法,出名字语言道。②

《维摩诘经》里众菩萨讨论"不二法门",维摩诘的对答是沉默。因为说明绝对真实的道理,任何相对的语言都不起作用。"维摩之默"正是对无言无说的绝对真实的深刻理解。但是佛教遇到的矛盾正与玄学相同:既然否定了名言文句,那么三藏十二部经又为什么结集出来? 佛、菩萨又为什么那么热心地说法布道? 大乘中观

---

①《言意之辨》,《汤用彤学术论文集》第 215 页,中华书局,1983 年。
②《大智度论·释昙无竭品第八十九》。

学派的"中道"观调和了这个矛盾。《金刚经》中立二十七个主题，说明非有非无的道理，每一个主题都用肯定与否定相统一的公式来表达。如说佛说般若，即非般若，是名般若。意思就是：般若正智本来是不可用名言表达的，那么已形之言说的就不是般若，然而般若之"名"却只能用语言来确定。所以，它是不可说而又不得不用言说的。《光赞般若经》上说：

> 诸佛之法，亦无实字，但假号耳。①

文字相是一种虚玄的假相，但这假相却可以被用来表示实相。现代语言学认为语言是一种符号，是思维的外壳，而思维与存在有一致性。佛教也认为语言是一种符号，又因为真空与假有是统一的，所以它与那个唯一真实存在的实相也有某种一致性。但语言不等同于实相，它只是表达手段；然而作为手段，它又是很重要的。所以佛典中又常常强调语言功用的这一方面。《持世经》要求：

> 善知诸法实相，亦善分别一切法、文辞、章句。②

龙树的《大智度论》言"空"很彻底，在语言问题上，他认为一切可说都可破，因为"语言度人皆是有为虚诳法"③。但他又说：

> 是般若波罗蜜因语言、文字、章句可得其义，是故佛以般若经卷殷勤嘱累阿难……语言能持义亦如是：若失语言，则义不可得。④

佛典中经常讲到智者以譬喻得解，又经常利用指月的譬喻，如《楞严经》上说：

---

①《光赞般若经》卷三《摩诃般若波罗蜜了空品第七》。
②《持世经》卷四《八圣道分品第八》。
③《大智度论·释初品中十八空义第四十八》。
④《大智度论·释称扬品第六十五之余》。

> 如人以手指月示人，彼人因指当应看月，若复观指以为月
> 体，此人岂唯亡失月轮，亦亡其指。①

这是说语以得义，而义非语，正如人以指示月，应视月而不视指。
因而，在佛的"五力"中，"语说"、"随宜"、"方便"都包含在内。说法
教化被看作是一种慈悲，一种功德。重要的是要对语言无所贪著，
远离一切绮语、戏论。而实际上，从一定意义上说，不少大乘佛典
正是使用语言的范例。无论是《般若》的方便说法，还是《法华》的
开权显实，都显示了卓越的语言艺术。

中国佛教义学家们在介绍佛教原典理论的基础上，对言、意关
系问题也作了发挥。例如道安说：

> 圣人有以见因华可以成实，睹末可以达本，乃为布不言之
> 教，陈无辙之轨，阐止启观，式成定谛。②

他认为至理无言，尚文迷质，因此言不能尽意，佛教应是"不言之
教"。他又用老子的"可道"与"常道"来说明佛法真谛与语言的关
系。语言是"可道"的，并非"常道"，但"此两者同谓之智，而不可相
无也"③。

僧肇之说则更富于辩证色彩也更明确：

> 经云："般若义者，无名无说，非有非无，非实非虚。"故虚
> 不失照，照不失虚。斯则无名之法，故非言所能言也。言虽不
> 能言，然非言无以传。是以圣人终日言而未尝言也。④

本来是名由惑取，至道无名，因此无言无相才能达到真解脱。但这
无言之法，却非言无以传。本来维摩不言，却在沉默中表达了千言

---

① 《楞严经》卷二。
② 《通地经序》，《出三藏记集》卷一〇。
③ 《合放光光赞略解序》，《出三藏记集》卷七。
④ 《般若无知论》，《肇论中吴集解》。

言万语说不尽的真实义谛；僧肇却认为终日言，正等于无言。他说的是"维摩之默"的相反而正相成的一面。

名言非实相，而非名言又无以表实相。所以慧远说：

> 非言无以畅一诣之感。①

僧祐说：

> 夫神理无声，因言辞以写意；言辞无迹，缘文字以图音。故字为言蹄，言为理筌，音义合符，不可偏失。是以文字应用，弥纶宇宙，虽迹系翰墨，而理契乎神。②

慧皎说：

> 圣人资灵妙以应物，体冥寂以通神，借微言以津道，托形象以传真。③

正如常识所表明的，语言中的词汇有褒贬、引申的意义，修辞上有比喻、夸张等手法，因此存在着言、意矛盾和"以意逆志"的问题。而文学作品的语言包蕴更为丰富。一方面文学创作在语言的运用上有很大的主观随意性，可以使用一些技巧造成语意的歧异、转化和模糊；另一方面，文学创作中语言创造形象与意境，形象与意境包含着超出作者主观意图的客观意义。所以在文学创作中，"言外之意"乃是普遍现象。这可以说是"言不尽意"，也可以说是"言有尽而意无穷"。玄学与佛学的言、意之辩，在总结、说明文学语言的这一规律上给人以很大的启发。

佛家关于言、意的议论，对中国文学特别是诗歌创作的理论与实践影响都很深刻。六朝时已有一些文人讲过这一问题。谢灵运在给范泰的一封论诗的信中说：

---

① 《与隐士刘遗民等书》，《广弘明集》卷二七。
② 《胡汉译经音义同异记第四》，《出三藏记集》卷一。
③ 《高僧传》卷八《义解论》。

　　　故人有情，信如来告，企咏之结，实成饥渴。山涧幽阻，音
　　尘阔绝，忽见诸赞，叹慰良多，可谓俗外之咏。寻览三复，味玩
　　增怀，辄奉和如别。虽辞不足睹，然意寄尽此。①

作者在这里强调"俗外之咏"、"意寄"，并把它们与"辞"相对待。这
显然在强调辞外深意的重要。此外如范晔，反对文章"事尽其形"，
而主张"以意为主"，要求在"文以传意"时表现"事外远致"，说法就
更为明确。

　　以上，简单论述了六朝佛教义学影响于文学理论的几个方面。
希望笔者的说明没有勉强牵合之弊。如果设想历史的真实面目，
那么可以估计，六朝时期佛教在文人中的影响远比一般历史记述
为大。当时佛教义学是一种新鲜思想观念，给久困于汉儒章句和
魏晋玄学思辨的士大夫的思想开辟出一个新境界。但在当时，佛
教仍在被介绍、接受、消化之中。被纳入文学领域，解释文学问题，
人们还在尝试，还限于个别观念的转变。用佛教理论为指导创造
新的诗文理论，还要等到后来。另外，佛教思想是宗教唯心主义思
想体系，其消极影响是不言而喻的，当不必另作说明。

　　　　　　　　　　　　　　（原载《中国文学研究》1987 年第 2 期）

---

① 《答范光禄书》，《广弘明集》卷一五。

关于中国古典文学中
佛教影响的研究

关于中国古典文学中的佛教影响问题，近年来已引起更多人的注意，实际研究工作也取得了不少成果。但是由于在有关宗教的理论问题上长期存在的混乱认识影响到文学研究，又由于我国人文社会科学中佛学研究一直是个较薄弱的环节，因而具体到古典文学研究中涉及到佛教关系的问题，或者注意不够，或者多下简单化的结论。实际上佛教不仅是自魏、晋以来我国两大宗教之一，佛学思想也是我国思想史的一个重要组成部分。不探讨和阐明佛教和佛教思想在中国古典文学发展中的作用，是难以认识中国文学发展的全貌的。笔者近年来对这方面的问题作过些探讨，在实际工作中也有些想法，请大家指正。

一、研究工作的出发点

在研究佛教与中国文学的关系问题上的混乱认识，主要表现在两个方面：一方面是对宗教的"左"的、片面的看法，即只把佛教看作是"精神鸦片"、统治阶级"工具"；另一方面是来自传统思想的"道统"论和华夷之辨，因而对于"国产"的儒家思想常多有溢美，对外来的佛教则难于有所肯定。

实际上,我国的传统思想,并不是儒家"圣人之道"的一统传承。王国维早已指出:

> 自汉以后……儒家唯以抱残守缺为事……佛教之东,适值吾国思想凋敝之后,当此之时,学者见之,如饥者之得食,渴者之得饮……(《静安文集·论近年的学术界》)

自魏晋之后,佛教思想已逐渐融合为中国主流思想的一部分。早在晋代,如郗超、孙绰那样的知识分子,已写出了有一定理论水平的佛学著作(郗超《奉法要》、孙绰《喻道论》);而如谢灵运的《辩宗论》,已在有意识地辩析儒、释异同,汤用彤先生曾指出他实开唐宋人统合儒、释的先河。而从文学创作角度看,刘熙载也早已指出,文章蹊径好尚,"佛书入中国又一变"(《艺概·文概》)。这种变化,涉及到文学的主题、题材和表现方法,更广泛地影响到作家的思想以至整个文坛风气。在目前一般的文史论著中,对于佛教思想给予中国文学的影响是低估了。这种低估又涉及到对佛教地位与作用的两个侧面的认识:一方面忽视了佛教对于文学发展提供滋养、借鉴等有积极作用的影响;另一方面则不能认清和批判佛教对中国文学以至整个中国民族传统意识的毒害。

佛教作为宗教,有教主(佛)、教义(法)、教团(僧)。教主是迷信的偶像,教义是信仰的教条,教团是信教的徒众。从这个意义看,佛教是骗局,是迷信。但是佛教当初是在古印度①高度发达的文化基础上形成并发展的。佛陀本身不仅是伟大的宗教家,也是伟大的思想家。自从公元前三、二世纪的阿育王统一全印并把佛教定为国教,到十二世纪佛教在印度衰亡,僧团中出现了马鸣、龙树、弥勒、无著、世亲等许多大思想家、学问家、文学家。建立起庞

---

① 这是约定俗成的称呼,其范围不限于现在的印度共和国,还包括孟加拉、尼泊尔、巴基斯坦、斯里兰卡等地。

大精致的宗教思想体系与内涵丰厚的文化系统。佛教传入中土之后，又被中国人在中国思想文化土壤上接受、理解、消化和发挥，形成了众多的学派和宗派，发展出独特的宗教义学。佛教的影响及于中国社会生活及文化的各个领域。所以，探讨佛教对中国文学影响问题的出发点，就是不只把它当作迷信与骗人的"工具"，而且当作一种意识形态、一种文化现象来看待。

把宗教作为一种意识形态来研究，从黑格尔到马克思、恩格斯、列宁都是这样做的。在黑格尔的"绝对理念"辩证发展的体系中，宗教是一个阶段。黑格尔在《美学》中指出：

> 最接近艺术而比艺术高一级的领域就是宗教，宗教的意识形式是观念，因为绝对离开艺术的客观性相而转到主体的内心生活，以主观方式呈现于观念，所以心胸和情绪，即内在的主观性相，就成为基本要素了。这种从艺术转到宗教的进展可以说成这样：艺术只是宗教意识的一个方面。（《美学》第一卷第一二八页，朱光潜译本）

这就用他特有的思辨语言指出了宗教与艺术的关系。这个论断像黑格尔的许多理论见解一样，如把它的头脚倒置的情况改变过来，是非常精彩的。根据马克思主义的认识论即科学的反映论看来，宗教意识作为意识形态的一部分，也是客观现实的一种反映。这是在人类发展到一定阶段、在生产力相对不发达的条件下形成并被继续发展下来的歪曲的、片面的反映，其中充满了迷信与谬误。但从本质说，这仍是人类认识世界与自身的努力，并且也取得了一定成果。这也是宗教得以存续的最重要的原因。

佛教之所以在中国流传，不能单纯归结为统治阶级的利用。佛教教义在中土初传，本来依附于老、庄与玄学，但老、庄思想在中国没有大的发展，玄学也没有存续，而佛教却不断膨胀，在思想文化领域蔚为大国；佛学也不断出现大论师，开出新局面。这是因为它具有一定的独创的有价值的内容。前宋何尚之曾说过：

> 范泰、谢灵运每云：六经典文，本在济俗为治耳。必求性
> 灵真奥，岂得不以佛经为指南邪？（《弘明集》卷一一）

颜延之在《庭诰》中也指出：

> 达见同善，通辩异科，一曰言道，一曰论心，三者校理……
> 崇佛者本在于神教，故以治心为先。（《全上古秦汉三国六朝
> 文·全宋文》卷三六）

清人程廷祚则说：

> 夫王道废而管、商作，圣学微而释、老兴。释、老之不废于
> 天下者，以其稍知性命之端倪而吾儒不能胜也。（《寄家鱼门
> 书》，《青溪文集》卷一〇）

在长时期，在中国士大夫之间，儒以治外、佛以治心成为风气。佛家心性学说确实可补中国传统学术的不足。而且不只是在探讨主观心性方面，就是在整个宇宙观、人生观、认识论、方法论诸领域，佛家都有一套独特的理论与见解。这些理论与见解应如何评价，价值如何，当另作研究，但它们作为一种思想成果影响于中国人的意识，则是肯定无疑的。

宗教作为文化现象，它与文学有着密切的相互影响、相交包融的关系。就中国佛教与中国文学的关系说，汉译佛典本身就包含着丰富的文学因素；中国僧俗的明佛和护法作品中有些很有文学性，例如禅宗语录和禅师的示法、开悟诗偈有些可看作是文学作品；在中国的宗教仪式和宗教宣传中也利用文学形式，典型的如俗讲。单纯从文学方面讲，中国文人的思想与创作受佛教影响不小，著名文人中如谢灵运、颜延之、王维、柳宗元、苏轼、王安石、黄山谷、宋濂、李贽、袁宏道、龚自珍、谭嗣同、章太炎等在一代文坛上有影响的人物都有不同的倾心佛教的表现；在变文、话本、宝卷、弹词

等民间文学创作中，在《金瓶梅》、《红楼梦》、《西游记》等小说、汤显祖、沈璟等人的戏曲中，佛教的观念也有明显的反映。不揭示佛教在中国文学中的影响，是不能全面地认识中国文学的面貌的。

在拙著《唐代文学与佛教》序言的开头，笔者引述过恩格斯的一段教导：

> 对于一种征服罗马世界帝国、统治文明人类的绝大多数达一千八百年之久的宗教，简单地说它是骗子手凑集而成的无稽之谈，是不能解决问题的。（《布鲁诺·鲍威尔和早期基督教》，《马克思恩格斯全集》第十九卷第三二八页）

这段话是论基督教的，对于佛教也同样适用。我们不能忽视宗教的唯心主义本质和它在历史上曾被统治阶级所利用的事实，以及由此而造成的它的消极、反动作用，但也应该承认它在思想文化上具有一定价值。在学术研究领域，是应该把对宗教的落后性、反动性的革命批判和实事求是地评价它的地位与历史作用严格区别开来的。

二、中国人接受佛教的几个特点

北传佛教自两汉之际传入中国，起初作为外来宗教，被当作一种神仙方术来接受。东汉后期，佛典开始陆续传入中土，人们又把它们依附于老、庄（后来则是玄学）来理解。后来，随着更多的经典被传译以及大量天竺和西域学僧来华，佛教教义被更全面、更忠实地传达出来。中国人经过理解与消化，形成了中国佛教各学派、各宗派。这些已不同于印度思想，而是中国思想。在世界佛教里，北传佛教中的中国佛教有其重要地位和突出价值。

　　把一种外来的印度宗教改造、发展为中国宗教,在中国的土地上扎根,是因为在中国特有的条件下,中国人在接受外来宗教时适应中国民族思想文化传统特点进行了独特的发挥。这些发挥也可以说是优点,它们在中国文学接受佛教影响方面也表现出来。

　　首先,佛教传入时期的中国,是个有着发达的思想文化传统的国家,因此这是两种文化传统的交流。中国人对于佛教不是简单地接受,而是在中国自己传统文化的基础上批判地汲取。从思想领域来说,中国自古以来就有着以儒家为代表的理性主义的、重现实、重伦理的传统,又经过了"百家争鸣"以及玄学思辨的训练。因此中国人在接受大乘佛教富于玄想和思辨的思想观念时,特别把它向现实与人生靠拢。例如以龙树为代表的中观学派的般若空观,以否定的形式论证我、法两空。他们把否定推向极端,结果导致了"空空",即"空"这个概念也是"空"的。这样极端的否定又转向肯定,提出了真空假有的中道观。在中国,这种中道空观得到了大力发挥,代表人物如僧肇论证"不真故空",并论定空、有处于统一之中,所以"立处皆真"、"触事而真";智颛发展了中道观,提出了空、假、中"三谛圆融"、"一心三观"的理论。这样,在中国佛教中,专求寂灭、专重苦行的思想基本没有地位。古代中国人以博大的胸襟和谦虚的态度欢迎天竺和西域僧人来华,给他们创造条件,让他们译经讲学,教授门徒;还有许多人间关万里,涉陆泛海到西方求法访经。但中国人没有食"洋"不化,许多人是力图用佛教来解决中国现实中的问题的。

　　中国人接受佛教的另一个特点,就是义理佛教与民俗信仰佛教的分流。这在东晋时代已有明显的表现。我们看《世说新语》,其中以支遁为代表的僧人俨然是精通玄理的士大夫中人。东晋贵族中接遇僧侣、学佛习禅成风,往往以之为玄谈之助。汤用彤先生曾指出,佛教传入中土,影响于中华学术者约有三端,一为玄理之契合,一为文字之因缘,一为生死之恐惧。前二者纯是知识分子中间的事。如果再看看六朝时期的鲁迅所谓"释氏辅教之书",如晋谢敷《系观世音应验记》①、刘义庆《幽明录》等,会了解到当时社会上流行的轮回果报迷信、观音净土信仰,与知识分子间对于义理的探究显然是两码事。知识分子热衷于佛教义学,正如前面所说,与中国传统思想的理性主义传统有关。这样,就造成中国佛教中的一些独特现象,譬如居士佛教流行。《维摩诘经》中的维摩诘居士成了文人的榜样,他身在世间而热衷佛道,口谈世务而心慕梵行。中国知识分子反佛的也大有人在,但所反多在出家、迷信等等形迹,而很少能在义理精微处作鞭辟入理的批驳,相反地却有不少人在批判佛教蠹国病民的同时,又或明或暗地肯定佛家理论的价值与作用。知识分子习佛中重义理的倾向,冲淡了佛教的迷信内容。像柳宗元、王安石、李贽、谭嗣同那样的卓越思想家,他们本质上并不相信三世轮回、西天净土等等。他们试图从佛教中汲取批判与改造现实的思想资料。

在佛教与中国传统学术的交流与融合中,形成了儒、释调和或"三教调和"的思想潮流。早在孙绰《喻道论》里,就有"周、孔即佛,佛即周、孔,盖外内名耳"(《弘明集》卷三)的说法;宗炳说"孔、老、如来虽三训殊路,而习善共辙"(《弘明集》卷二);颜之推《家训·归心篇》也指出"内外两教,本为一体,渐极为异,深浅不同"。从佛教徒方面看,初期般若学本依附老、庄和玄学而存在;竺道生的涅槃佛性学说本是佛性与儒家思孟学派心性学说的结合;而唐代兴起的禅宗更是以"明心见性"为宗旨的中国士大夫佛教。三教调和思想在中国文学中有非常复杂的表现。甚至如杜甫、李白这样的诗人,都受到佛教影响;在《红楼梦》里"补天"观念与"色空"思想处于矛盾统一之中;民间的目莲戏里因缘业报与人伦孝道被捏合在一

① 谢敷等《观世音应验记》三种,在日本有镰仓时代古写本传世,牧田谛亮著有《观世音应验记研究》。

起,结果是伟大的母子之爱战胜了轮回规律。中国文人的文学创作往往周流三教,以一种现实的态度各取所需。这种弘通自由态度显示了勇于博取多收的胸襟,对于丰富中国文学起了积极作用。当然,宗教意识的消极作用也是不能否认的。

三、值得研究的几个方面

涉及到佛教与中国文学的关系,研究范围极其广泛。仅就佛教影响于文学这一个角度说,就有以下几个方面的课题:

(一)佛典与佛典翻译文学

汉译佛典是目前世界上所存留的数量最大、译文质量最高、各部派、学派资料最完整的佛典。其中有许多涉及到文学的资料。有些佛典本身就是文学作品,例如早期《阿含》类经典中就有丰富的文学成分;本生、本事、譬喻、因缘等类经典可看作是寓言文学和民间传说的宝库,其中如《百喻经》,本出自古印度愚人故事;马鸣的《佛所行赞》是一部以佛陀为主人公的长篇叙事诗;等等。这些作品是中国早期翻译文学的重要部分。研究佛教对中国文学的影响和中印(中国与中亚)比较文学,这都是非常宝贵的资料。中国的不少小说、戏曲题材就是取自佛典的;佛典翻译对中国文学的文体、文风和文学表现方法也都有相当深远的影响。

(二)佛教文学

这种文学专指佛教僧侣或信徒为宣扬佛教教义而创作的文学作品。在我国,最早出现的纯粹的佛教文学是由讲经发展而来的俗讲,以后又衍生出变文和宝卷等。这方面已有人作过不少研究。自东晋以来,在学僧阶层之中就形成了写作诗文的传统,他们写了不少赞佛、护法文章和表现禅悟与佛理的诗歌。到了唐代,出现了专门的诗僧。明清善诗文的僧侣不少。在禅宗语录及禅师所作诗偈中，也有相当不错的文学作品。除此之外，宋代以后居士阶层大发展，他们也创造出独具特色的文学作品。宗教与文学本是不同的意识形态，宗教宣传利用文学形式，这种意识形态间的交叉是很值得研究的现象。

（三）佛教对文人生活、思想、创作的影响

这方面前人已多有论及，但仍有待于作出深入、细密的分析。例如思想影响问题，由于中国佛教思想是在印度佛教基本原理上发展起来的，又由于它形成了思想理论矛盾歧出的学派与宗派，文人们接受其影响的具体内容与理解就大有不同。例如谢灵运主要接受竺道生的涅槃佛性学说，王维则接受禅宗，柳宗元对天台宗哲学多所契合。他们所理解的佛教义理是很不同的。另外，中国文人的佛教理解又常常与佛教义学研究的严分统绪不同。例如白居易对禅、华严、律、净土都表示倾心，而他本来又热爱人生、留流诗酒，决不如佛教徒那样"舍染求净"、"离苦求寂"；又如谭嗣同，把西方现代科学与哲学牵合到唯识思想上来，以证成资产阶级的自由平等意识，更是一种自由的发挥。所以，对于中国文人所受佛教影响，不可笼统简单地对待，应作些细致的调查和分析。

（四）佛教对文学观念的影响

佛教引起中国人整个思想观念的巨大变化，在文学观上的表现尤为显著。佛教作为宗教，如黑格尔所说要把理念"以主观方式呈现于观念"，因此特别注重所谓"心性"问题。这样，文学理论受其影响产生了重视个人内心感受与抒发的一系列观点。这从六朝人谈心性发展到唐宋以境论诗、以禅喻诗，以至后来的性灵说、神韵说，都受其影响。在具体观念层面，佛教中的譬喻观念（许多佛经说到"智者以譬喻得解"，因而创造出"本生"、"本事"、"譬喻"、"因缘"等各类形象譬喻的经典）、示现观念（佛陀及其言行教法本身是一种示现，佛以无数应化身教化众生）、名言理论（佛教的绝对

真实本不可能用相对的语言来表达,因而无言无相,是绝言之道;但不用语言又不离语言,非言无以明其道)等等,与文学创作关系也很密切。拿人们经常提到的形象问题来说,不只中国文论中的"形象"这个概念来自佛教,在龙树《大智度论》等中观学派著作中,对象与相、各个相与一相、幻相与诸法实相等进行了精致的辩证分析,对于人们认识文学形象的本质与特征启发极大。瑜伽行派提出的"亲证"、"现观"、"现量"等理论,与艺术创作的心理特征也有联系,这些在中国古代文论中都有所反映。

(五)各种文学体裁演变

这是指具体文学体裁的表现方法所受直接与间接的影响。例如中国诗歌与佛典的偈颂之间有相互影响的关系。偈的翻译本来借用了诗的形式,但它作为一种外来经典的译文,韵律、节奏、表现方法等又与诗歌不同,这反过来又影响到诗歌。中唐以后诗歌形式的散文化与说理化显然与这种影响有关。在散文方面,六朝佛家文字风格与当时文坛上流行的骈俪文风有很大的不同,译经时又创造了雅俗共赏、骈散结合的译经体,这在理论上与实践上都是促成唐宋文体改革的一个重要因素。在中国小说戏曲中,有用佛教故事为题材的,更多地是以佛教观念来处理情节,如因缘果报观念往往成为作品结构上的关键。又如神变、离魂、阴阳二界等观念,地狱、天堂的设想等等,都取自佛教。至于民间文学如变文以及话本中的说经、说参请,以至整个小说和说唱中韵散结合的叙述方式更与佛典的表现方式有相承关系。

(六)文学语言

这方面佛教所带来的影响十分明显,且前人如梁启超等人已有所论及,但细致的考查、分析还没有人作过。这一方面有外来语的输入,例如随佛典传译许多外来词语和语法形式输入汉语,另一方面有语言的运用,例如从佛典那种独特的比喻、夸张、重复等手法得到借鉴等等。又例如以禅语入诗文成了一种独特的表现方

法,而禅师们截断常识情解的象征暗示的语言对诗歌语言也有所
丰富。

(七)比较文学研究

研究佛教对中国文学影响,可以从比较文学角度进行探讨,应
成为比较文学的重要内容。鲁迅早已指出中国小说借用不少佛教
故事;陈寅恪也已就《西游记》与佛典的关系进行过探索;霍世休对
六朝到唐代小说中的印度故事做过探原工作。近来又有人对佛教
本生与中国民间故事进行比较研究。实际上,比较文学不只局限
于题材的借用和流变。季羡林先生用《贤愚经》考订《列子》成书年
代,也是一种比较文学研究。扩大而及于文学观念、形象构造方式
等等的比较,都有许多应研究的课题。

四、研究的方法和意义

如上所述,探讨佛教对中国文学的影响涉及到许多理论方面
与资料方面的问题,所以必须下长期刻苦的工夫,并且要有科学的方
法。首先,作为前提条件的,是要搞清基本理论和掌握基础材料。

基本理论领域,主要应进一步认清宗教的本质,宗教在思想
史、精神史上的地位与作用,以及它与文化史、政治史等方面的关
系,并具体结合佛教在中国发展的实际情况来考查。在这种考查
中,不能宣扬宗教,也不能站在客观主义立场为宗教辩护,而是要
认识宗教的本来面貌,恢复它在历史上的真实地位。

在基础材料方面,除了要梳理中国文献中的资料之外,还要对
佛教典籍进行认真钻研。应当对佛教理论从名相到思想体系认真
研究。在这方面,从现状看差距还很大。例如讲佛教核心思想之
一的"空"观,什么是"空"? 它在不同学派中有什么不同认识? 在

构造不同学派理论中起什么作用？许多人恐怕并不清楚。那么研究一个作家的"色空"观念也就很难深入了。又如心性观念，这是佛家理论的另一个核心。"心"与"性"指什么？佛家心性理论讲什么？人们也许并没有深入探究。望文生义往往会发生错误。宏观的考察，理论上的评估，要有具体的、微观的认识和分析为基础。由于在佛教研究方面基础薄弱，这种基本资料的研究工作也就显得特别重要。

在基本理论、基础材料都有一定基础的前提之下，应当集中力量，作分工合作的研究；或者每个人集中一、两个专题分头研究；也应当有人专门做一些基础性的工作。例如编写佛教与文学关系资料、年表，编辑佛典文学选集、佛典中有关文学思想论著选集等等。

研究佛教对中国文学的影响，不仅是全面正确地认识中国文学的全貌所必须，而且有着更为广泛、深远的意义。比较重要的起码还有以下两方面：一是，这是宗教与文学、中国文化与外国文化跨学科的研究，对于中印（西域）文化交流史、比较文化学等学科会做出贡献；二是对中国传统文化会加深了解。因为佛教是中国传统文化的一部分，它对于中国人的意识有非常深远的影响。中国人的因缘、果报、福佑、宿命等观念多是从佛教来的，它们往往是通过民间文学宣传的。因此，研究这个题目对于批判旧的传统意识都会起一定的作用。

前不久笔者在日本工作，曾广泛地了解日本对佛教文学和佛教与文学关系的有关课题的研究。涉及到中国文学，如柳田圣山、入矢义高、加地哲定、平野显照诸教授都做了许多有价值的工作。在交流中大家共同认识到，目前在这方面的研究仍较浮浅和窄狭，较实际需要也相差甚远。对中国学术界来说，应借鉴外国的研究成果，还要哲学、宗教学、文化学等学科通力合作，把这项研究踏实深入地进行下去。

（原载《文学遗产》1987 年第 4 期）

佛典与中国古典散文

  汉文佛典可以分为两部分：一部分是汉译的经、律、论，一部分是中土著述。这是历史上长时期形成的巨大的文献堆积，其文体、风格、表现方法都极为庞杂。从文体看，有外语译文的偈颂和长行①，也有中土传统的韵文（包括骈文）和散体。从风格看，从早期的朴拙生涩到后来的或华美流畅、或精核简古，色色皆有。表现方法更是多种多样。但是，因为它们是外语译文或外来文化影响下的产物，在表现上就总带有或多或少的不同于中土著述的所谓"汉、梵（胡）结合"②的表现特点，佛典本身又富于文学性质，又由于佛教在中国广泛流传，许多文人习染佛说、喜读佛书，加上社会上、文学发展上的诸多条件，佛典文章给中国文学包括散文的发展也就带来很大影响。这种影响包括积极的、消极的层面，是十分复杂的。本文只讨论佛典的表现方法作用于中国散文艺术技巧所取得的成果。这实际也是古代中、外（南亚、中亚佛教流传诸国、诸民族）文化交流的果实的一部分。

---

①梵文（或西域语文）的偈颂是韵文，译成汉文采取了押韵与节奏都不严格的诗的形式；长行是散体，有的译文也带有一定的节奏和韵脚。
②据考六朝时期不少佛典是从胡文（中亚语文）译出的。

一

清人龚自珍有《题梵册》诗说：

> 儒但九流一，魁儒安足为？西方大圣书，亦扫亦包之。即
> 以文章论，亦是九流师。释迦谥文佛，渊哉劳我思。(《龚自珍
> 全集》第九辑，上海人民出版社排印本)

这里把佛提到"九流"之上，反映了定庵的崇佛立场；他指出了佛家
文章的价值，还是让我们得到启发的。

佛典文字确有其特殊性，而那些特异于中土传统与文坛风习
的方面，确又有其独特的价值，在散文发展史上起了特殊作用。首
先，考察一下它的文风以及相关联的文章观念方面。

众所周知，从东汉到隋唐，中国散文发展形成了一个逐渐骈俪
化的总趋势。从"四部分，文集立"到"文、笔"之辨，反映了追求形
式与唯美的潮流。代表这种文章观念与创作实践的就是萧统的
《文选》。萧统在《文选序》中提出的"事出于沉思，义归乎翰藻"的
选文标准及其从"文"中剔除经史著述的作法，在文学的辩证发展
中当然有巨大意义，但却是隔断文、道关系，追求表现形式华美的
文坛思潮的反映。而正是在这同一时期，却还出现了另外两部佛
教文献——梁僧祐编的《出三藏记集》和《广弘明集》。这两部书中
收集的是佛教的弘教文章，当然为《文选》所不取。其中有些受文
坛风气影响，用的也是骈体。但从总的倾向看。它们却是文风比
较质朴的"明道"①之作。特别是不少文章讨论译经表达的文章观

---

① 刘勰《灭惑论》："梵言菩提，汉言曰道。"韩愈在"原道"中立道为"虚位"之说，
也承认佛道是一种"道"，不过是"小人"之道。

念,更与文坛潮流相悖,值得重视。

　　对于宗教信徒来说,经典是传达教义的工具,所以翻译的首要要求是忠实地传达原意。在这方面,无数译师进行了长期的探讨。早期译经中,存在着"直译"与"意译"两种倾向。前者可以汉译佛典创始人安世高为代表,后者可以稍后的支谦为代表。晋宋时期正是译经的成熟期,人们对安世高常多推许。如道安评他译的《人本欲生经》说:"似安世高译为晋言也,言古文悉,义妙理婉,睹其幽堂之美、阙庭之富或寡矣。安每览其文,欲疲不能。"(《人本欲生经序》,《出三藏记集》卷六)今天我们读这部经,用语生硬,表达拙滞;道安之所以称赞它,在于它"言古文悉"地表现了"义理"。对比之下,更讲究辞采的支谦却受到他的批评。他说:"前人出经,支谶、世高审得胡本难系者也;义罗、支越(支谦名越字恭明——笔者),硏凿之巧者也。巧则巧矣,惧窍成而混沌终矣。若夫以《诗》为烦重,以《尚书》为质朴,而删令合今,则马、郑所深恨者也。"(《摩诃钵罗若波罗蜜经钞序》,《出三藏记集》卷八)这里应注意的是,他批评追求文字的新巧,是以儒家经典和马融、郑玄等章句师为依据的。以后其他人也有同样的看法。如僧睿说:"恭明前译,颇丽其辞,迷其质,是使宏标乖于谬文,至味淡于华艳,虽复研寻弥稔,而幽旨莫启。"(《思益经序》,同上)支愍度说:"越才学深彻,内外备通,以季世尚文,时好简略,故其出经,颇从文丽。"(《合首楞严经记》,《出三藏记集》卷七)而参与竺佛念译事的慧常也用儒经的雅正来要求译经:

　　　　戒犹礼也,礼执而不诵,重先制也,慎举止也。戒乃径广长舌相三达心制,八辈圣土珍之宝之,师师相付,一言乖本有逐无赦,外国持律其事实尔。此土《尚书》及与《河》《洛》,其文朴质无敢措手,明祇先王之法言而顺神命也。何至佛戒圣贤

> 所贵,而可改之以从方言乎? 恐失四依不严①之教也。与其巧
> 便,宁守雅正,译胡为秦,东教之士,犹或非之,愿不刊削以从
> 饰也。(转录道安《比丘大戒序》,《出三藏记集》卷一一)

这样,重视义理的传信是译经的首要标准,也是人们在文字表现上努力的目标。在这样的要求下,就文、质关系说,则普遍的重质而轻文。参与《毗婆沙》翻译的赵政说:

> 《尔雅》有《释古》、《释言》者,明古今不同也。昔来出经
> 者,多嫌胡言方质而改适今俗,此政所不取也。何者? 传胡为
> 秦,以不闲方言、求识辞趣耳,何嫌文质? 文质是时,幸勿易
> 之。经之巧质,有自来矣,唯传事不尽,乃译人之咎耳。(道安
> 《鞞婆沙序》,《出三藏记集》卷一〇)

慧远是文才出众的佛学家,又活动在重文辞的南方。他不忽视文采,但论文仍以内容信实为根本:

> 譬大羹不和,虽味非珍;神珠内映,虽宝非用。信言不美,
> 固有自来矣。若遂令正典隐于荣华,玄朴亏于小成,则百家竞
> 辨,九流争川,方将幽沦长夜,背日月而昏逝,不亦悲乎! 于是
> 静寻所由,以求其本,则知圣人依方设训,文质殊体。若以文
> 应质,则疑者众;以质应文,则悦者寡……远于是简繁理秽,以
> 详其中,令质文有体,义无所越。(《大智论钞序》,《出三藏记
> 集》卷一〇)

这看起来是文质兼重,实则强调内容表达是更根本的。

　　这样,就译经表现出的文章观念看,传信、重质、尚古、尊经,这种种看法与当时文坛上的潮流截然有异。而又恰恰与后来唐人改革文体、文风的看法相通。

---

① 四依:依法不依人,依了义经不依不了义经,依义不依语,依智不依识见《大智度论》卷九;不严,不庄严,庄严是华饰之意。

从写作实践看,译经渐趋成熟,译文也越加流畅优美;如慧远、僧肇等人作品已多融入骈体。但从总的倾向看,佛家文章首先更重视内容,表达上也远较时下流行的骈体为疏朴。代表译经成熟期成就的是鸠摩罗什、佛陀跋陀罗、求那跋陀罗等人的译文。什译《法华经》是"曲从方言,而趣不乖本"(慧观《法华宗要序》,《出三藏记集》卷八),其译《维摩经》是"道俗虔虔,一言三复,陶冶精求,务存圣意。其文约而诣,其旨婉而彰,微远之言,于兹显然"(僧肇《维摩诘经序》,同上),等等。中土早期写作佛家文字的文人著名的有东晋的郗超和孙绰。郗超《奉法要》,孙绰《喻道论》基本仍保持散体。后来佛家的慧远、僧肇,文人中的谢灵运、颜延之、沈约等,写论佛文字,则多是骈散间行的,很像唐宋人议论文的体制。

以上佛家在文章表现上的主张与实践,对后代造成了深远的潜移默化的影响。唐人进行文体、文风改革,主要有相互联系的两方面内容,一是以散体单行、质朴近古的散文代替骈文,二是给这种文字充实以严肃正大的内容,即所谓"明道"。但早期的古文家们,如李华、萧颖士、独孤及直到韩愈师事的梁肃,以至与韩愈同时的柳宗元、刘禹锡、白居易,其所言之道都很驳杂。他们都用"古文"写了不少释氏文字。这些文字内容和表述形式往往是直接对六朝佛家文字有所承袭的。而韩愈明确儒与佛、老是各道其所道,要求写作反映圣人之教的仁义道德之文,则间接地从佛家"明道"著述中受到了启示。因此可以说,唐宋"古文运动"无论从理论上还是从实践中,都对六朝佛家文字有所借鉴。

二

佛典在表现上的一个重要特点是多用譬喻。《法华经·序品》说：

> 我以无数方便、种种因缘、譬喻言辞演说诸法。

经典中还常见到"智者以譬喻得解"（《出曜经·无常品》）之类的话。现在学术界已经认定，《阿含经》①较真实地反映了佛陀释迦牟尼说法的原貌，从中可以看出他十分善用譬喻。早期佛教的佛传与赞佛文学作品也大量利用譬喻故事。例如出现于公元前三世纪左右、表达佛陀前世轮回中的功德的《本生经》②就是广泛吸取印度古代神话、传说、寓言等材料纂集的。到了大乘佛教阶段，又形成了佛陀有三身——法身、报身、化身③的"佛身论"，随之提出了"示现"观念，即现世的佛陀及其四十五年教化都是一种广义的譬喻示现。而佛经除了大量运用譬喻故事之外，还多使用譬喻写作手法和修辞方法。汉译佛典中的"譬喻"一语，就包含着从寓言故事到譬喻修辞格的多种意义。

中国翻译佛典，譬喻类经典是最早译出的一部分。早在三国时吴康僧会就译出《六度集经》。还有几部集录众经故事的《譬喻经》也属早出。以生动的故事来宣传教义是易于被接受的。后来鸠摩罗什译出《法华经》、《维摩经》等，都以其生动的譬喻表现而引人入胜。中国先秦诸子散文中本来有丰富悠久的譬喻传统，《孟子》、《庄子》、《韩非子》等书中多有譬喻杰作。而如《后汉书·西域传论》所说：佛经"好大不经，奇谲无已，虽邹衍'谈天'之辩，庄周'蜗角'之论，尚未足以概其万一"。佛典譬喻不仅数量多，而且设想奇特，富于夸饰，就对散文的影响说，则大大丰富了它的表现

---

① 译为汉语的有后秦佛陀耶舍和竺佛念译《长阿含经》二十二卷；东晋僧伽提婆译《中阿含经》六十卷；《增一阿含经》五十一卷；刘宋求那跋陀罗译《杂阿含经》五十卷。

② 完整的《本生经》现存于巴利文佛典，计547个故事，汉译散见于《六度集经》、《生经》、《贤愚经》、《菩萨本行经》等经典中。

③ "三身"还有其他说法，不赘。

技巧。

首先,是作为修辞手段的譬喻。唐、宋文中有所谓"博喻",又称"杂喻"。如洪迈所说:"韩、苏二公为文章,用譬喻处,重复联贯,至有七、八转者。"(《容斋三笔》卷六)黄震说:"杂喻形容,亦曲尽文字之妙。"(《黄氏日钞》卷五九)著名的例子如韩愈《送石处土序》、《韦侍讲盛山十二诗序》、《送高闲上人序》中连用譬喻各段。而这种方法早已被广泛地运用于佛典。最普通的例子如"般若十喻",这是说诸法性空的道理的。《大品般若》第一卷的译文是:

> 解了诸法如幻、如焰、如水中月、如虚空、如响、如犍达婆城、如梦、如影、如镜中像、如化。①

这些譬喻在中国后来的诗文中是常用的。《法华经·药王菩萨本事品》讲到本经作用也用了一连串譬喻:

> 譬如一切川流江河诸水之中,海为第一,此《法华经》亦复如是,于诸如来所说经中,最为深大;又如土山、黑山、小铁围山、大铁围山及十宝山众山之中,须弥山为第一,此《法华经》亦复如是,于诸经中最为其上;又如众星之中月天子最为第一,此《法华经》亦复如是,于千万亿种诸经法中最为照明;又如日天子能除诸暗,此经亦复如是,能破一切不善之暗……此经能大饶益一切众生,充满其愿,如清凉池能满一切诸渴乏者,如寒者得火,如裸者得衣,如商人得主,如子得母,如渡得船,如病得医,如暗得灯,如贫得宝,如民得王,如贾客得海,如炬除暗,此《法华经》亦复如是……

这样的譬喻在佛经中是很普遍的。而且,佛典中还对譬喻方法作了总结。南本《大般涅槃经》卷二七说到"八种喻":

---

① 又称"大乘十喻"。有不同的译文,其中有译为六喻、九喻的。

善男子，喻有八种：一者顺喻，二者逆喻，三者现喻，四者
非喻，五者先喻，六者后喻，七者先后喻，八者遍喻。

这就细致地从内容、形式与表达方式的不同对譬喻作了区分。出
于东汉末的牟子《理惑论》中引用反佛的人攻驳佛教的依据之一，
是"佛经说不指其事，徒广取譬喻。譬喻非道之要，合异为同，非事
之妙"。多用譬喻，使文情生动；而用博喻，更容易造成气势充沛的
效果。

其次，作为写作方法的譬喻，即用譬喻故事来加强论证，是中
国三代秦汉文章中常用的方法，而佛典中也善用这种手法，对中国
散文写作也有所丰富。著名的例子如《六度集经》中的《镜面王
经》、《大般涅槃经》卷三〇《师子吼菩萨品》、世亲《摄大乘论》等经
论中记载的"盲人摸象"故事，后来苏轼的《日喻》从立意到表达方
式都本之于它。《列子》的文章多用譬喻和寓言，柳宗元称赞"其文
辞类《庄子》，而尤质厚，少为作，好文者可废耶？"①而"列子"的创作
正受到佛典的影响。其"西极有化人"之说显然来自佛教，并被后
来佛教徒当作佛在周穆王时已传入中土的根据②；《杂宝藏经》中的
《国王五人经》的故事则被加以修改移植于其中。中国佛教徒著述
亦善用譬喻故事演说佛理。早期的牟子《理惑论》就用了许多譬喻
故事。其中有一节谈到麟之难识，与韩愈《获麟解》有相类似的意
想。唐代华严宗大师法藏说"法非喻不显，喻非法不生"，他曾在武
则天宫中指殿前金狮子以喻法界缘起的道理，著成《华严金狮子
章》。唐、宋以后一些散文家在运用譬喻故事上斗胜争奇，也与作
者习染佛书有关。如董其昌曾指出："东坡水月之喻（指《前赤壁
赋》——笔者），盖自《肇论》得之，所谓'不迁'意也。文人冥搜内

---

① 《辩列子》，《柳河东集》卷四。
② 见《列子·周穆王》，参阅僧祐《弘明集后序》、道宣《简诸宰辅叙佛教隆
替状》。

典，往往如凿空，不知乃沙门辈家常饭耳。"(《画禅室随笔》卷三)

　　再次是譬喻作为文体。中国寓言文学的发展亦得佛典之助。前面提出的《本生经》可说是印度寓言文学的宝库。另外，佛典中还有讲因缘业报故事的因缘经，如汉译《百缘经》。一些经典的序分讲本经缘起，往往也用譬喻故事。在大部经典中，使用寓言的不少。《法华经》中的"法华七喻"就很有名，本经在寓言文学上有很高的价值。其中的"三世火宅"、"导师化城"故事，早已成为中国文学中常用的事典。印度佛教寓言有一定格式。例如《本生经》，先说现世佛陀的行事，再说佛陀前世轮回中作为动物或人的修善故事，最后把二者连结起来，点明二者间人物的关系并著以训诫。这种写法也影响到中国的寓言文。唐宋寓言文也往往在最后缀以训喻的文句。如柳宗元是有影响的寓言作家。他本人倾心佛教，喜读佛书。他在寓言文学上的成就与接受佛典的表现方式有直接关系。季羡林先生早年曾考证其《黔之驴》的情节出自印度民间与佛经故事。又例如他的《蝜蝂传》，立意应本之《旧杂譬喻经》第二十一经"见蛾缘壁相逢，净斗共堕地"一节；《李赤传》的构思大概是《大般涅槃经》卷二三"有人堕于圊厕，既得出已，而复还入"的发挥；《梓人传》则是敷衍《大智度论》卷二八"譬如工匠，但以智心指授而去，执斤斧者疲劳终日，计工受赏，工匠三倍"一段的。而在写作方法上，他也以点出全文主旨的语句结尾，这正是《本生经》常用的写法。佛经故事启发中国作家的例子还有很多。如周敦颐的《爱莲说》就意本《大般涅槃经》卷九"如优钵罗花、钵头摩花、拘物头花、芬陀利花，出淤泥中而不为彼淤泥所污"。

　　后人评论苏轼"文而有得于《华严》"(钱谦益《读苏长公文》、《牧斋初学集》卷八三)，又形容他的文字如万斛水银，随地涌出。这在相当程度上得之于他的文章杂譬错出，称性而谈。韩、柳、欧阳以及明清大家文章也有相似的特点。也就是说，他们在这方面的成绩与承袭佛典譬喻有一定关系。

三

　　佛典的议论文字，特别是论藏，在表现上更有与中土传统文字不同的特征。它们对名相事数的辨析、条分缕析的论说结构、因明三支作法①的运用等等，使其表达具有独特的谨严而富于思辨的风格。六朝佛教徒如道安、慧远、僧肇等人对外学都有很高素养，又很有文字方面的才能。他们在熟练的汉语文表达技巧的基础之上，吸收了佛典议论文字的特长，写出了一批很有特色的文章。如道安的经序、慧远的《沙门不敬王者论》、僧肇的《肇论》等，就文章技巧看都确属于上乘之作。后来唐、宋人进行文体革新，提倡"明道"、"贯道"以至"载道"，议论文字受到特别重视。他们除了继承先秦诸子与两汉政论等传统论说文字技法之外，也接受了佛家议论文字的影响。在一些表达艺术的创新方面，对佛教文字的借鉴更为显著。

　　佛典论说表现上的一个特点是名相事数的繁杂与细密。它们是佛教构成其庞大教义体系的根基。章太炎曾说法相唯识之术"以分析名相始，以排遗名相终"。这可说是佛法论说的一般做法。这种做法包含丰富的逻辑因素。例如《阿含经》中讲"四谛"，就分分说苦、寂、灭、道，然后讲第一苦谛，又讲生、老、病、死，以后又补充以怨憎会苦、爱别离苦成为八苦等等。又如《般若经》讲空，就有各种含义的空，如讲到"十八空"，每一空都有相当严密的理论内容。《维摩诘经》里佛派弟子们到维摩居士处问疾，弟子们回顾各

①因明即佛家逻辑，是研究推理、证明规则的逻辑科学。它通过宗、因、喻三支作法来论证和表述。

自与维摩居士交往中受挫折的情形加以推托,那些论辩主要是对佛教观念(如何谓"宴坐"、"乞食"、"说法"等等)理解上的差异。中国古代各学派中,注重名相辨析的是墨家、名家以及后来的玄学,但占思想界统治地位的儒家却不重视思辨的逻辑。严复曾指出:"中国由来论辩常法,每欲求申一说,必先引用古书,诗云子曰,而后以当前之事体语言与之校勘离合,而此事体语言之是非遂定。"(《名学浅说》)在经学统治之下,论辩必然注重从经学教条出发的演绎与类比,而不注重对概念本身的分析与批判。佛家在这个方面,给中国人的思维输入了新鲜的成分,在语言表现上则是"广大之外,剖析其寂;窈妙之内,靡不纪之"的方法。当然,佛教的概念辨析常流于架空的诡辩,仍不能达到对事实的科学的归纳,这是它的另一面极大的局限,所以只能在发展思维方式与论辩技巧的一定意义上肯定它。

　　中国佛教徒初译佛书,是以外典的概念来拟配佛教事数,叫作"格义"(见《高僧传·法雅传》)。后来,佛典传译渐多,人们对佛教教义的理解深入了,"格义"的办法也就被淘汰了。随之对佛教名相的辨析也进步了。同时在写作上也出现了相应的变化。慧远、僧肇及其以后的许多佛门龙象,所著文字多以名相事数的细密分析见长。如僧肇的《不真空论》,这是中国佛教建设中的一篇重要文献,同时又是辞严义密的议论文杰作。文章中心是确立对般若空观的"正确"理解。其中在批判了以"心无"、"本无"、"既色"解"空"的三种错误认识之后,引用大乘教义,举"真谛以明其有,俗谛以明其无",认为"物从因缘故不有,缘起固不无",说明了不有、不无的道理,最后成立"不真故空"的主旨,让人们认识到"万物非真,假号久矣",而"不动真际,为诸法立处",所以"触事而真"、"体之即神"。以文章写作论,这篇作品正是在辨析空、真、有、无等概念的基础上立论的。又如在长期的形神关系的辩论中,论战双方都运用了概念辨析方法,从中也可以看出对立面间逻辑运用的相互渗透。早在汉代，桓谭论形神关系，就用了火烛之喻，以为烛尽火灭，形败神消。后来佛教徒郑鲜之的《神不灭论》，慧远的《沙门不敬王者论》，则认为"火本自在，因薪为用"，以薪传火，所以火本常存。何承天利用同样比喻，证明形败神散，薪尽火灭。到了范缜著《神灭论》，更利用了刀刃、木荣、丝缕等喻，这实际是薪火之喻的衍变。他对"神"、"形"、"质"、"知"等概念进行了细致辨析，达到了很高的思想理论水平。范缜的著作又把辩论推向了一个新高潮，梁武帝曾敕命朝臣加以批驳。其中沈约的《难范缜神灭论》一文分析范缜的刀与刃之喻指出，"刀是举体之称，利是一处之目"，不能混同于形、神关系。沈约主张有神论当然是错误的，但他确实抓住了范缜在逻辑上的漏洞。像这样，名相辨析的技巧是六朝佛家文字表达上的一大成就。唐宋以后中国散文议论因素增多，水平提高，得力于借鉴这种表现艺术不小。著名的韩愈的《五原》，就是利用这种穷本溯源地分析概念的写法。李翱的《原性》三篇，也在"情"、"性"等概念上作文章，思想上显然受到佛教影响，写法上也是如此。宋人文章议政、论学、讲道、论文，多从概念分析入手，作求本讯末之谈。佛家辨析名相的思维方式已逐渐深入到中国文人的头脑之中了。

　　佛典论说又喜用一种条分缕析、由根寻条的结构方式。佛陀在世时，教导弟子们将法数分类，加以解析，渐成定式。部派佛教时各部派都有自己的"阿毗达磨"即论藏，意为对法，是对教法分析、解释的一种法门。印度佛教作家如马鸣、龙树、弥勒、无著、世亲等，都是精悉阿毗达磨的大论师。从原始佛教讲五蕴、十二缘生到大乘唯识学讲五位、百法①，组织起分析的体系，在表达上则是罗列的、层进的结构。如《杂阿毗昙心论》，这是"说一切有部"的论

————————

①这是对宇宙万物及彼岸世界的一种分类，即心法八种，心所有法五十一种，色法十一种，心不相应行法二十四种和无为法六种。

著,其中以"四谛"组织一切法义,以阐明我空法有和法因缘生的道理。其中讲三世(过、未、现),讲六种因(所作、共有、自分、遍、相应、报)、四种缘(因、次第、缘、增上)等,由本及末地加以解析。这种写法与中国传统议论文字很不相同。道安在僧伽提婆译本的序文中指出:

> 其为经也,富莫上也,邃莫加焉……其说智也周,其说根也密,其说禅也悉,其说道也具。周则二八用各适时,密则二十迭为宾主,悉则昧净遍游其门,具则利钝各别其所。以故为高座者所咨嗟、三藏者所鼓舞也。(《阿毗昙序》,《出三藏记集》卷一〇)

慧远则评论说:

> 又其为经,标偈以立本,述本以广义。先弘内以明外,譬由根而寻条,可谓美发于中,畅于四枝者也。(《阿毗昙心序》,同上)

请注意,上引两段文字的写法正是使用了排比层进的结构方式。翻译佛典的经、律、论和中土著述广泛运用了这种写法。例如道安在《十二门经序》中讲"十二门者,要定之目号,六双之关径也。空有三义焉,禅也,等也,空也,用疗三毒",然后,再推进一层,讲"四禅"、"四等"、"四空",归结为"十二门"。他在《摩诃钵罗若波罗蜜经钞序》中总结译经经验,提出"五失本"、"三不易"之说,也是用这种方法。刘勰的《文心雕龙》正是在宏大的规模上袭用了这种写法。他熟悉内典,曾助僧祐编辑《出三藏记集》,在表达技巧上有所借鉴是很自然的。从全书的结构看,按一般的意见,可区分为总论、文体论、创作论、总序几部分。特别是文体论与创作论,都作并行分类,各篇中再分体或分别论述,论述中也是用分析方法,逐层延伸。《宗经》中讲"六义"、《知音》中讲"六观",《熔裁》中讲"三准",《丽辞》是讲"四对"等等,也都是如此。这种写法被唐宋人所汲取,融铸变化,更为精彩。例如韩愈的《原道》,"古之为民有四,今之为民有六"以下一大段,讲圣人相生养之道,分叙圣人之功,再分述君、臣、民的义务,正是以条分缕析的办法展开论述的。如《原毁》则更为明显。柳宗元《封建论》分述周、秦、汉、唐史实,也是如此。佛典的这种分析的结构,有形而上学的方面,但对开拓思路、使之更加细密还是有作用的。

中国佛家又发展了高水平的批驳辩难技巧。佛经本来是在长时期佛教各部派间与佛教和诸外道间论战交锋的产物。不但其文字富于论战性质,而且对论战方法也有许多说明。例如《大般涅槃经》卷三二论述了四种答(定答、分别答、随问答、置答)和"七种语"(因语、果语、因果语、喻语、不应说语、世流布语、如意语);《大智度论》卷三五又讲到"四种论"(必定论、分别论、反问论、置论);《四分律》卷三四又提出"四论"、"四辩"。(佛言:"论有四种:或有论者义尽文不尽,或有文尽义不尽,或有文义俱尽,或有文义俱不尽;有四辩:法辩,义辩,了了辩,辞辩。")如此等等,都是在总结论说技术,并涉及到驳辩技巧。佛教传入中国后,在其内部,在它与儒、道之间,进行了长期、激烈的斗争。这种斗争在六朝佛教在中国扩展势力过程中犹为激烈。规模较大的有因果报应之争、沙门礼敬王者之争、夷夏之争、形神之争等等。这种斗争不仅在理论上、思想上锻炼了斗争双方,而且产生一批优秀的论辩文字。《弘明集》与《广弘明集》就收集了双方的一批这类作品。这些作品有相当一部分采取设宾主以驳难的形式。这种形式本为中土所固有,但佛家大量采用,形成专门的"问论"。慧远指出:"若意在文外而理蕴其辞,辄寄之宾主,假自疑以起对,名曰问论。"(《大智论钞序》,《出三藏记集》卷一〇)佛家文字自牟子《理惑论》、孙绰《喻道论》以至刘勰《灭惑论》都用这种写法。反佛的范缜的《神灭论》也用这种写法。驳论的发达是思想理论斗争的结果,其技巧则给唐宋古文家的议论文学提供了借鉴。

　　此外,中晚唐以后,禅僧语录①开始流行。这是与中国先秦语录体著作不同的使用当时口语的语录。它直接影响到宋儒的著述。钱大昕曾指出:"佛书初入中国,曰经、曰律、曰论,无所谓语录也。达磨西来,自称教外别传,直指心印,数传以后,其徒日众,而语录兴焉。支离鄙俚之言,奉为鸿宝,并佛所说之经典,亦束之高阁……释子之语录始于唐,儒家之语录始于宋。儒其行而释其言,非听以垂教也……语录行,而儒家有鄙信之词矣……语录行,则有有德而不必有言者矣。"②宋儒喜用语录的原因之一,是由于唐宋古文的一派有礋裂文句、力求新异的倾向,使得说义理处,难以分晓,为此求坦易明白,文以明道,就不如白话语录来得直截痛快。当然,宋儒语录不是散文作品,不过间接地影响于文学语言,进而影响到散文的表现还是有踪迹可寻的。如明代李贽的杂文、"公安三袁"的小品,都求表达的浅易顺适,力求改变唐宋古文的典重高古,就有着语录体的影响。

四

　　谈到佛教对中国散文的影响,不能不提到佛书大大丰富了中国散文的语言。

　　首先,随着佛典传译输入大量新词语,又创造不少新词语。这些词语有些反映了新观念,有些则表达上新鲜、生动,融入中国文人著述中,改变了语言面貌。这些新词语的出现大体有三种情况:一是利用汉语原有的词而赋与新义,实际这是创造新词的方式,如

---

① 现存的语录多出于北宋,已经过文人的文饰。在敦煌文献所存禅籍(如胡适编《神会和尚遗集》)和《祖堂集》等书可窥知唐代语录原貌。
②《十驾斋养新录》卷一八。

空、心、真、观、定等都是汉语原有的词,但用来翻译佛教概念完全是另外的意义;二是由外语翻译的新词,如真如、缘起、佛陀、刹那、四谛、五蕴等;再有一种是中国人结合佛教观念创新的词语,如大慈大悲、万劫难复、本来面目、回光返照、头头是道、五体投地等等。这后一类词语特别生动精粹。许多佛教词语在长期使用中已成为汉语中的常用词,今天人们已不再分辨其本来含义,如世界、因缘、法门、真谛、实际、正宗、不可思议、大千世界、本来无事、醍醐灌顶等等。由于佛典本身具有强烈的文学性,宗教宣传又多用形象的语言,这些新词语往往也有富于形象性的特色。大量的佛家语词、事典融入散文,增强了它的生动性与表现力。

　　佛典多用双音和多音词,又使用一部分音译词。这部分词语进入汉语文中,对散文表现艺术影响也很深远。这不只是简单的词语运用问题。例如由于双音词的大量出现,对形成散文的节奏短长、音调高下以至语气文情关系都很大。仅就双音词来说,佛书上的词语有着各种各样的结构形式。如赞助、机会、烦恼、希望、意识、集结,这是并列结构;火宅、假名、戏论、道场这是偏正结构;六识、三空、二谛等等,这是所谓"带数释"。构词方法的新颖与变化,也会使语言更为生动灵活。在构词方面,佛教还有一部专门的名为《六离合释》的书,其中讲了六种方法:一、持业识,以体用关系立名,如藏识,藏为用,识为体;二、依主释,以主从关系立名,如根本烦恼,烦恼为主,根本为从;三、有财释,以所具内涵立名,如火宅,火属宅;四、相违释,以反义或相对关系立名,如因缘、生灭;五、带数释,标数以立名,如五蕴、四谛;六、邻近释,以同义关系立名,如六通和六趣。其中如带数释,在中国古代除《墨子》讲"三表"大概没人使用过,由于佛典多用,逐渐成为直到今天普遍使用的构词法。音译问题,后来玄奘总结为"五种不翻"①,即音译的五条原则。

────────────

① 见周敦颐《翻译名义集序》。

一、"秘密故",如经中陀罗尼即经咒;二、"生善故",如般若意为智慧,但为恭敬译为般若;三、"此所无故",中土所无,如阎浮树;四、"顺古故",已约定俗成,如菩提可译为"觉",但相延不改;五、"言多义故",如"薄伽梵"含六义。音译词许多也已融入汉语之中,从佛陀这样的专名词到刹那、劫这样的普通词,有相当的数量。词汇是语言的基础材料,而文学以语言为工具,词汇的变革促进文学变革必然是很显著的。

佛典还输入了不少新的句法。宋人赞宁称赞"童受(即鸠摩罗什)译《法华》,有天然西域之语趣"(《宋高僧传》卷三)。造成这种"语趣"就在于输入不少外来语表现形式。总起来说,佛典在句法上显然与传统语言表现形式不同处有以下方面:一、颠倒语序,即多用倒装句,如佛经第一句"如是我闻"即是;二、颠倒句序,如因果复句汉语一般是先因后果,佛书常把结果提前,如什译《维摩》卷一《弟子品》"法无名字,言语断故;法无我说,离觉、观故"等;三、多用提示的疑问句,如在论述中用"所以者何?""何以故?""汝意云何?"等等来提示;四、多插入呼语,如佛对弟子说法常互相呼唤以引起对答;五、呼语有时放在句中,造成中顿,如上引《维摩》中有"时我,世尊,闻说是语,得未曾有"的句式;六、多用排比句法,前面在介绍议论技巧时已有说明;七、多反复重叠,这是经文中常用的办法,以回环反复造成宣传效果,如《般若经》只是讲诸法性空的道理,其中包括了大量重复;八、多用长修饰语,如《金刚经》中"以七宝满尔所恒河沙数三千大千世界用以布施",《华严经》卷三《卢舍那佛品》"彼诸菩萨次第坐已,一切毛孔各出十佛世界微尘等数一切妙觉净光明云,一一光中各出十佛世界微尘数菩萨……"之类;九、多用复杂的长复合句,如《金刚经》"所有一切众生之类,若卵生、若胎生、若湿生、若化生、若有色、若无色、若有想、若无想、若非有想非无想,我皆令入无余涅槃而灭度之"之类;十、多用比喻、夸张等修辞格,佛经的夸张往往富于玄想,不着边际。这些句法上的新形式,对以后散文影响也很巨大。唐宋散文多用复叠,多用长句制造气势,多使用倒装形式取得拗折效果,等等,即对佛书有所借鉴。

(原载《文学遗产》1988 年第 4 期)

论柳宗元的禅思想

一

　　"统合儒释"（《送文畅上人登五台遂游河朔序》，《柳河东集》；以下引用柳宗元诗文，均据 1960 年中华书局上海编辑所排印本，不注卷次）是柳宗元思想的重要特征。他自幼好佛，所研习遍及当时盛行的天台、律、净土及禅等各宗①。正如他的整个思想具有批判的、弘通的风格一样，他对于当时流行的佛教各宗派教义也是在批判分析的基础上搜择融液、广采博收的。当然，这种批判是限制在他当时的思想条件之下的。

　　而具体到对于禅宗，柳宗元也贯彻了这种批判精神。胡应麟描述唐中期兴盛的禅宗及其对思想文化的巨大影响说：

　　　　世知诗律盛于开元，而不知禅教之盛，实自南岳（怀让，
　　　　677—744）、青原（行思，？ —740）兆基。考之二大士，正与李、
　　　　杜二公并世。嗣是列为五宗，千支万委，莫不由之。韩、柳二

────────────

①志磐《佛祖统纪》卷三四把柳宗元列在天台宗传法系统之中，为荆溪湛然隔世重巽法嗣。柳宗元在永州曾与重巽结交，文章中亦多阐扬天台宗义，但他并不拘守天台一宗之说。志磐是天台宗人，他的做法是含有偏见的。

公,亦当与大寂(马祖道一,709—788)、石头(希迁,700—791)
同时。大颠(732—824)即石头高足也。世但知文章盛于元
和,而不知尔时江西、湖南二教,周遍寰宇……独唐儒者不竞,
乃释门炽盛至是,焉能两大哉!(《少室山房笔丛》卷四八癸部
《双树幻钞》。括号中所注姓名、年代是笔者加的。)

胡应麟这里指出的禅与文学并盛的现象,为研究中、晚唐文学发展
及其思想、艺术特征提出了一个新视角,这是另外的专门论题,此
不具述。胡应麟论断所据为他所见到的灯史(如《景德传灯录》
等)、僧史(如赞宁《宋高僧传》等)材料,现在已经判明,这些都是南
宗马祖一系的传说,不全面又多伪造(这在本文下面还有说明)。
但他确实指出了柳宗元等人与禅宗的密切关系。在柳宗元的时
代,禅宗形成了席卷思想、文化领域的风潮,而且是一个具有革新、
创造意识的风潮。柳宗元批判地汲取它的思想成果,对于他的理
论建树与文学成就都是有积极意义的。

　　因此,梳理一下柳宗元的禅思想,对于深入了解这位作家以及
相关的文学现象会是有益的,进而还可以启发我们得出一些思想
文化发展的规律方面的认识。

二

　　首先,考察一下柳宗元与禅宗关系的实际情形。
　　柳宗元在《送巽上人赴中丞叔父召序》中自述"自幼学佛,求其
道,积三十年"。文章约作于元和六年(811)四十岁左右时,那么他
"求佛"始于十岁左右①。建中(780—783)末,其父柳镇在鄂岳沔三

---

① "巽上人"即天台宗僧人重巽,"中丞叔父"指柳公绰。《旧唐书·宪(转下页)

州防御使、鄂州刺史李兼处为幕僚①；贞元元年（784），李兼迁江西，柳镇带柳宗元随同赴洪州，其时宗元十二岁。当时正值马祖道一在洪州开法，法席极盛。而李兼"勤护法之诚，承最后之说"（权德舆《唐故洪州开元寺石门道一禅师塔铭并序》，《权载之文集》卷二十八）为马祖的护法檀越。当时李兼门下，人才济济。柳镇之外，还有权德舆、杨凭等人。权德舆后来为文坛领袖，柳宗元举进士，曾上书求汲引。权在洪州时即为马祖俗弟子，在为马祖所作《塔铭》中说"往因稽首，粗获击蒙，虽飞鸟在空，莫知近远，而法云复物，已被清凉"（同前）。其时跟随父亲在洪州的柳宗元，对如此盛行的洪州禅必定已有了解。禅宗当是他自幼年即接触到的佛教宗派。

　　马祖死后，弟子分散各地，并北入京师。鹅湖大义（748—818）被右神策军中尉霍仙鸣表为内道场供奉大德，为马祖弟子入内第一人②。太子李诵好禅，曾与鹅湖大义和石头弟子尸利等论道。李诵即后来的顺宗，是柳宗元为骨干的王叔文政治集团的幕后支持者。可以猜测，当时的革新派官僚与禅宗和尚似有某种特殊关系。就柳宗元说，从现存的材料看，贞元末年他在长安结识马祖法嗣南泉普愿（748—834）弟子文畅，写了《送文畅上人登五台遂游河朔序》③。

————————

（接上页）宗纪》上：元和六年六月"甲申，以御史中丞柳公绰为湖南观察使"；又《旧唐书·宪宗纪》下：元和八年十月"庚寅，以湖南观察使柳公绰为岳鄂沔蕲安黄观察使"。

①柳宗元娶杨凭女，即李兼外孙女，详《亡妻弘农杨氏志》。文中"今礼部郎中凝"，"凝"为"凭"之讹。

②见韦处厚《兴福寺内道场供奉大德大义禅师碑铭》（《全唐文》卷七一五）；其中"右神策护军霍公"指霍仙鸣，据《旧唐书·德宗纪》，置右神策军中尉在贞元十二年。

③见《宋高僧传》卷一一《普愿传》。然据行年，文畅师事普愿或在以后。当时文坛名人送文畅诗文者还有权德舆（《送文畅上人东游》，《权载之文集》卷四）、白居易（《送文畅上人东游》，《白氏长庆集》卷一三）、韩愈（《送文畅师北游》，《韩昌黎集》卷二）等。

　　贞元十八年写的《南岳弥陀和尚碑》,碑主承远(722—802),是代宗朝国师法照之师,住南岳六十余年,所居曰般舟道场。此文当是受托而作①。值得注意的是文中述及承远法系:"公始学成都唐公,次资川诜公,诜公学于东山忍公,皆有道。至荆州,进学玉泉真公。真公授公以衡山,俾为教魁。"这里"唐公"指四川资州德纯寺处寂(648—734);"诜公"为处寂师智诜(608—702),是五祖弘忍弟子。这是所谓"保唐宗"的传法统绪②。就是说,承远初学于四川智诜一系禅法。后来才到南岳。实际上马祖道一也是初传保唐宗,后参慧能下南岳怀让法席③。由于在南宗所传灯史中保唐宗的活动已大体被埋没,柳文提供了有关四川禅宗活动的一项有价值的资料。又荆州玉泉寺是北宗神秀住寺;"真公"不详,或为北宗禅宿。

　　柳宗元贬永州,当时湖南正是禅宗活动兴盛之地,石头、马祖弟子往来其间。喜佛的柳宗元自然会与过往的禅师往还。见于文献的荆州文约就曾与他"联栋而居者有年",此人"生悟而证入,南抵六祖初生之墟,得遗教甚悉"(刘禹锡《赠别钓师》,《刘宾客文集》卷二九),正是南宗弟子。他是为礼拜祖迹而过访永州的。

　　元和三年(808)柳宗元作《龙安海禅师碑》,碑中讲到龙安如海法系是"北学于惠隐,南求于马素"。惠隐为神秀法嗣普寂、降魔藏弟子,属北宗④;马素则是牛头宗鹤林玄素(668—752)的别号,因为

---

①吕温亦有《南岳大师远公塔铭记》(《吕衡州集》卷六),中有"某获分朝寄,廉问湘中"的话,当是代人而作。欧阳修《集古录跋尾》确定柳文作于元和五年,可能是误以为吕刺衡州时二人同时作承远碑。

②见净觉《楞伽师资记》,柳田圣山《禅の語録2・初期の禅史Ⅰ》,筑摩书房,1985年;《歷代法寶記》,柳田圣山《禅の語録3・初期禅史Ⅱ》,筑摩书房,1984年。

③马祖道一与保唐宗关系,见李商隐《唐梓州慧义精舍南禅院四证堂碑铭》,《樊南文集补编》卷一〇;柳田圣山《初期禅宗史书の研究》第四章,法藏馆,1967年。

④《景德传灯录》卷四《前嵩山普寂禅师法嗣》;在神会《南宗定是非论》里崇远法师把普寂与降魔藏当作"教人坐禅"的代表人物。

他俗姓马,名元素(李华《润州鹤林故径山大师碑铭》,《全唐文》卷三二〇),或称为"马素"(《祖堂集》卷三"鹤林和尚"条)。又据刘禹锡《袁州萍乡县杨岐山故广禅师碑》(《刘宾客文集》卷四),如海是乘广弟子,而乘广依荷泽神会得法,则如海遍参南、北二宗与牛头禅等禅宗各派。这也是当时丛林中一个值得注意的现象。

据柳宗元如海《碑》,如海弟子中有浩初,其人与柳宗元有长期交谊。在永州,柳作有《送僧浩初序》,申儒、释兼容之旨;后来刺柳州,又有《浩初上人见贻绝句欲登仙人山因以酬之》绝句。刘禹锡时在连州,亦有《海阳湖别浩初师》(《刘宾客文集》卷二九)。浩初亦与文约一样,仆仆往来于著名文人刘、柳之间。这样的禅师当时多有人在。

元和十年(815)柳宗元任柳州刺史,时岭南节度使、广州刺史马总疏请朝廷追褒六祖慧能,朝廷赐谥大鉴禅师,塔曰灵照之塔。这是贞元十二年朝廷楷定南宗法系(宗密《圆觉经大疏钞》卷三下)之后,褒崇曹溪禅法的又一重要事件。柳州属岭南道,柳宗元应请作《曹溪第六祖赐谥大鉴禅师碑》。这是王维《能禅师碑》之后由著名文人所写的又一南宗祖师慧能碑。其后刘禹锡亦作有《曹溪六祖大鉴禅师第二碑并序》①。

以上是现可考见的柳宗元与禅宗的关系。一个显然的事实是:他与禅宗关系是密切的,而他所接触的禅宗学人不限于南宗一派,是广及于禅宗各派的。而根据现传灯史等,洪州、石头之外的其他派系的活动已很少见到踪迹。柳宗元的情形对禅宗史的研究也是很重要的。

---

① 《刘宾客文集》卷四。刘《碑》中谓赐谥在元和十一年。马总镇岭南在元和八年,柳文曰"扶风公廉问岭南三年……疏文于上",则以十年为是。又二碑皆曰时大鉴去世"百有六年",与慧能卒年通行看法713年不合。详细考辨见印顺《中国禅宗史》第175—181页,台北正闻出版社,1987年。

三

柳宗元对禅宗取分析态度。他对禅宗的批评,略见于《送琛上人南游序》,其中说:

> 今之言禅者,有流荡舛误,迭相师用,妄取空语而略脱方便,颠倒真实,以陷乎己而又陷乎人;又有能言体而不及用者,不知二者之不可斯须离也,离之外矣——是世之所大患也。

这段批评的内容及于当时禅宗中各派,特别是针对已形成为禅门主流的洪州禅的。以下略作解释。

"流荡舛误,迭相师用"。这是针对神会以后禅门中激烈的宗派门户之争说的。自从神会于开元十八年到二十年在河南滑台无遮大会上立南宗宗旨,讨伐所谓"北宗",禅门中派系纷争日趋激烈。以后的"洪州宗"更对其他派系取拒斥态度。这里有教义、教法之争,也有无原则的宗派攻击。例如曹溪门下攻击神秀一派主"渐修",就不是事实①。各派系都自立法统,把师承关系变成禅法的正伪标准。柳宗元在《龙安海禅师碑》中引用如海的话说:

> 由迦叶至师子,二十三世而离,离而为达摩。由达摩至忍,五世而益离,离而为秀、为能。南、北相訾,反戾斗狠,其道遂隐。呜呼,吾将合焉。

这就明确指出,南、北二宗的相互斗争,非但无益,而且会使真正的

---

① 杜朏《传法宝记》(柳田圣山《禅の語録 2・初期の禅史 I》,筑摩书房,1985年)说到弘忍禅法,讲"密以方便开发,顿令其心直入法界"。"顿悟"说非南宗禅首先提倡,神会在慧能与神秀间强分顿、渐,是借此说明二人禅法有高下。

禅道隐没不彰。值得注意的是，这里如海提出的是自迦叶至达摩二十四世传承，当是根据天台智顗所传付法统绪①。这表明在当时，南宗所传二十八世传承说尚未定型②，起码柳宗元这样有知识的文人尚未完全接受。

而从上面所述柳宗元与禅宗的关系，他对于南、北、保唐、牛头四个禅宗主要派系都有关联，而略无褒贬高下之意。在洪州宗声势大张、文坛上大部分人声随影附的局面下，柳宗元却能保持一种较客观的态度。而南宗禅后来的发展也证明，随着派系分裂加遽，晚唐五代形成"五家"（南岳系分立临济、沩仰二宗，青原系分立曹洞、云门、法眼三宗），禅思想也逐渐失去了活泼的生机，而走向贵族化、形式化了。据守宗派教义，派系间进行攻讦，是不利于思想的健康发展的。

"妄取空语，而脱略方便，颠倒真实"。这是指禅门中义理不讲、戒律不修、"纵诞杂乱"（《送方及师序》）的风气说的，主要是批评马祖以下的洪州禅。马祖本人也读经，也讲道，并不如他的某些后学那样狂放不拘；他提出"道不要修，但莫污染"、"平常心是道"、"非心非佛"等观念，标志着禅思想的重大发展，具有极大的积极意义，此不具述③。但由于把平凡个人的平常心等同于佛心，从而彻底否定了信仰、经典、修持、仪轨等等，带来了丛林风气的败坏与堕落。柳宗元是强调"儒以礼立仁义，无之则坏；佛以律持定慧，去之则丧"（《南岳大明寺律和尚碑》）的。他从有益世用的角度出发，对禅门中兴起的纵诞狂乱的作风当然表示反对。

----

① 天台宗的实际创始人智顗在《摩诃止观》里，根据北魏吉迦夜与昙曜合译《付法藏因缘传》提出西天二十四祖传承说。这是以后禅宗建立祖统说的来源之一。
② 白居易《传法堂碑》（《白氏长庆集》卷四一）立五十一世祖统，胡适有《白居易时代的禅宗世系》（《胡适文存》三集）有所论述。
③ 入矢义高编《马祖语录》，禅文化研究所，1984 年。

更为重要的是，洪州禅主张人生日用是道，扬眉瞬目是道，认为在"平常心"之外没有佛心，在平凡人生之外没有另外的绝对真实。而一般的哲学，包括宗教哲学，总以寻求、契合一种绝对真实为目标。所以在柳宗元看来，以洪州禅为代表的这种风气（保唐宗、牛头宗也有这种倾向）是"妄取空语……颠倒真实"的。

他的《东海若》一文表明了他重视修持的态度。其中以取海水杂粪壤蛲蚘而实之的二瓠为喻，一个在大海中荡涤清洗，恢复洁净；一个认为自性即是如此，"秽者自秽，不足以害吾洁；狭者自狭，不足以害吾广；幽者自幽，不足以害吾明。而秽亦海也，狭亦海也，幽亦海也。突然而往，于然而来，孰非海者"，因而它安于污秽。从而文章比喻两种人：

> 其一人曰：我，佛也；毗卢遮那、五浊、三有、无明、十二类，皆空也，一也。无善无恶，无因无果，无修无证，无佛无众生，皆无焉。吾何求也？问者曰：子之所言，性也，有事焉。夫性与事，一而二、二而一者也。子守而一定，大患者至矣。其人曰：子去矣，无乱我……

而另一种人则去群恶，集万行，终于居圣者之地，而同佛知见。柳宗元这里比喻的立意，让人们联想起宗密的摩尼珠之喻。宗密的意思是摩尼珠唯圆净明，都无一切差别色相，以体明故，对外物时，能现一切差别色相。色相自有差别，明珠不曾变异。但当珠现黑色时，却有一种人认为"黑暗便是明珠。明珠之体，永不可见。欲得识者，即黑便是明珠，乃至即青、黄种种皆是。致令愚者的信此言，专记黑相，或认种种相为明珠"（《中华传心地禅门师资承袭图》卷三），从而也就不再去求明珠的明净本性。宗密指后一种为"洪州见解如此"。洪州禅从绝对肯定自我本性出发，否定善恶分别，主张无修无证，从而也就消极颓废、无为无事，宗密和柳宗元都是不赞同的。

　　古文家梁肃是天台学人，对禅门也作过相似的批评："今之人正信者鲜，启禅关者或以无佛无法、何罪何善之化化之。中人之下，驰骋爱欲之徒，出入衣冠之类，以为斯言至矣，且不逆耳，私欲不废。故从其门者，若飞蛾之赴明烛，破块之落空谷，殊不知坐致焦烂，而莫能自出……。"（《天台法门议》，《全唐文》卷五一七）柳宗元曾习元台，他应受到梁肃的这种禅观的影响。

　　"能言体而不及用"。马祖禅的特点在强调一心的随缘应用，即"神通并妙用，运水与搬柴"（日本入矢义高《庞居士语录》，筑摩书房，1985 年）。这样，起心动念、弹指声咳、所作所为都是般若正智的表现。这实际上是对神会一系所谓"荷泽宗"强调"本寂之体"（《神会和尚遗集》第 102 页，胡适纪念馆，1982 年）的反动。柳宗元所指出的"能言体而不及用"正是针对像荷泽一系那样突出清净自性为本体的一派的。例如神会在《坛语》中说："但自知本体寂静，空无所有，亦无住著，等同虚空，无处不遍，即是诸佛真如身。"（《神会和尚遗集》第 240 页）由于真如是无念之体，因此立无念为宗。他要求不作意，念无所起，即达到"无念"的境界，从而实现本性的复归。这种清净自性的体认，有着肯定个人主观心性及其绝对价值的意义，但却忽视了它在人生践履上的意义。"体"与"用"脱节，当然是积极用世的柳宗元所反对的。

　　通过以上柳宗元对禅宗的批评就会发现，他不是从反佛的立场、例如依据儒家圣人之道去批判禅宗；他也不是用佛教哪一宗派或禅宗哪一派系的观点去批判佛教或禅宗的另一派。他的立场，在形而下方面，是着眼于是否有益于世用；在形而上方面，则着眼于如何解决体用关系。在"体"的方面，他主张"大中之道"；在"用"的方面，他要求"辅时及物"。他对禅宗的批评，与他这种总的立场是一致的。因此，在唐人对禅宗的并不多见的批评意见中，柳宗元的看法是有一定深度的。

四

关于佛教以及南宗禅的价值,柳宗元在《大鉴碑》中转述马总的话说:

> 自有生物,则好斗夺相贼杀,丧其本质,悖乖淫流,莫克返于初。孔子无大位,没以余言持世,更杨、墨、黄、老益杂,其术分裂。而吾浮国说后出,推离还源,合所谓生而静者。梁氏好作有为,师达摩讥之,空术益显。六传至大鉴……其道以无为为有,以空洞为实,以广大不荡为归;其教人,始以性善,终以性善,不假耘锄,本其静矣。

柳宗元在铭辞中又说:

> 达摩乾乾,传佛语心,六承其授,大鉴是临……传告咸陈,惟道之褒。生而性善,在物而具,荒流奔轶,乃万其趣。匪思愈乱,匪觉滋误,由师内鉴,咸获于素。不植乎根,不耘乎苗,中一外融,有粹孔昭……

从以上这些说法的脉络看,他是把达摩所传禅宗当作传统佛教的进一步发展的。这与禅宗自身的说法不同。禅宗自诩为"教外别传",在教门之外另外杜撰一个自迦叶以后心法相传的统绪。而柳宗元在具体评价达摩所传禅法时,又分"其道"、"其教人"两个层次。

"其道"即指所谓"空术",具体讲就是"以无为为有,以空洞为实,以广大不荡为归"。慧能《坛经》中说"无念为宗,无相为体,无住为本"[1]。后来洪州禅又发展出"无为"、"自然"观念,这是融入了

---

[1] 据敦煌本《南宗顿教最上大乘摩诃般若波罗蜜经六祖慧能大师于(转下页)

道家思想。柳宗元也借用道家语言,强调禅宗以"无为"来实现个性的肯定。

禅宗发展了大乘佛教般若性空的教义。慧能《坛经》中说"心量广大,犹如虚空……虚空能含日月星辰,大地山河,一切草木,恶人善人,恶法善法,天堂地狱,尽在空中。世人性空,亦复如是"。把这种"空术"贯彻到信仰之中,才能够对一切传统的神圣事物加以否定,从而不承认任何主宰宇宙的精神本体。"以空洞为实",就是只承认"性空"的真实[1]。

由于"以无为为有,以空洞为实",那么个人精神是自由的,是与宇宙契合为一的,因而"心量广大";同时因为承认"绝对"的存在,就不应当是流荡舛讹的,所以可达到"以广大不荡为归"。

柳宗元对禅宗的这种理解,表明他汲取了南宗禅反迷信、反权威的思想,这对于他形成元气一元论的观点是有积极促进作用的。他在《龙安海禅师碑》中引述如海《安禅通明论》的要旨说:

> 推一而适万,则事无非真;混万而归一,则真无非事。推而未尝推,故无适;混而未尝混,故无归。决然趣定,至于旬时,是之谓施用;茫然同俗,极乎流动,是之谓真常。

这里指出万法非"真",是性空的,但它们又归于统一的本质,即"真常"。混沌流荡的世界曾被柳宗元统一为"元气",显然与这里说的"真常"有共通处。值得注意的是,像如海这种看法,又表现出禅与

(接上页)韶州大梵寺施法坛经》。今传各本《坛经》非慧能写定,敦煌本之上仍有祖本,这是各国学者共同意见。尽管对今存《坛经》形成及其纂集者有各种推测,有些人为复原其"祖本"提出了不同设想,但其中一些基本主张是慧能的当无疑问。这也是各国学术界大体承认的。

[1] 根据大乘《般若》类经典及解释它们的龙树、提婆等中观学派的看法,"空"的本体也是被否定的,只有荡相遣执是绝对的,而这个绝对也应否定掉。见龙树著、鸠摩罗什译《中论》及其青目注。

天台"一心三观"和华严"法界缘起"说的交流①。柳宗元也是把佛
教各宗派思想融通着加以理解的。

在"其教人"方面,柳宗元着重在"传佛语心"②,即禅宗的心性
学说。他把禅宗的"清净自性"与儒家的"性善"、"性静"相统一,使
之成为改造人性、批判社会的依据。

柳宗元说慧能教人"始以性善,终以性善",这是一种出自儒家
思想的"曲解"。儒家讲"性善",是一种先验的道德论,主张仁、义、
礼、智"四端"人皆有之,与生俱来。禅宗的自性清净心本自佛教
"心性本净"观念,清净自性是离善恶是非的。禅宗讲不思善、不思
恶,还我父母未生时本来面目,所以就要泯是非,绝对地无为无事。
柳宗元却用经他改造的禅思想作为"持世"的依据。在《赠僧浩初
序》里,他为韩愈指斥他嗜浮图言、好与浮图游辩护,说:

> 吾之所取者与《易》、《论语》合,虽圣人复生不可得而斥
> 也。退之所罪者其迹也,曰髡而缁,无夫妇父子,不为耕农蚕
> 桑而活乎人,若是,虽吾亦不乐也。退之忿其外而遗其中,是
> 知石而不知韫玉也。吾之所以嗜浮图之言以此。与其人游
> 者,未必能通其言也。且凡为其道者,不爱官,不争能,乐山水
> 而嗜闲安者为多。君病世之逐逐然唯印组为务以相轧也,则
> 舍是其焉从? 吾之好与浮图游以此……

这是对一般佛教的态度,当然也包括禅宗。由于禅宗旨在解决心

---

① "一心三观"是天台宗基本教义,谓一心中观缘起法空、假、中三谛。华严宗
认为"一真法界"是万法缘起的依据,并立"四法界"(事法界、理法界、理事无
碍法界、事事无碍法界)之说,申明事理无碍之旨。禅宗的发展一直受到天
台与华严宗义的影响。

② 早期禅宗以《楞伽经》为典据。求那跋陀罗译《楞伽阿跋多罗宝经》四卷只有
一品《一切佛语心品》;菩提留支译十卷本《入楞伽经》卷五有《佛心品》。《宗
镜录》卷五七谓"《楞伽经》曰:'佛语心为宗,无门为法门。'"但此语不见今传
三种《楞伽》译本。

性问题,应更凸显出柳宗元所说的积极作用。

这种作用对于个人来说,是可以闲其性,安其情,对外淡泊无求,摆脱名利纷争,从而提高心性的修养。这种境界固然有消极一面,但在一定条件下,不慕荣利才能坚持操守,以个性的自持来与社会黑暗对抗。从社会价值说,则提出了与当时社会观念不同的人生观,从而对社会上的名利纷争、权位追逐等现象及其观念进行批判。柳宗元是以积极入世的精神来理解佛教与禅的出世的。

苏轼高度评价《大鉴碑》,他说:

> 柳子厚南迁,始究佛法,作《曹溪》、《南岳》诸碑,妙绝古今。而南华今无刻石者。长老重辩师儒释兼通,道学纯备,以为自唐至今,颂述祖师者多矣,未有通亮简正如子厚者。盖推本其言,与孟轲氏合,其可不使学者昼见而夜诵之! 故具石请予书其文。(《书柳子厚大鉴禅师碑后》,《东坡后集》卷一九)

苏轼当然赞成南华重辩的意见。他们都是从儒释调和的方向上来推重柳宗元的。实际上柳宗元这样接受禅思想,正代表了当时先进士大夫对待禅宗的一种倾向。

五

柳宗元努力对各家(包括佛教各宗派)思想广采博收,取其精粹;在当时的条件下,他所取不会全是精华。就佛教来说,他也没有对佛教的宗教唯心主义的基本方面有所认识与批判,甚至还宣扬许多愚妄迷信的东西。但他作为站在时代前列的思想家,在对佛教包括对禅宗的态度方面,在认识与方法上确实有过人之处。这些地方也正反映了这样一位历史巨人的杰特不凡之处。

　　首先，他的思想境界是恢宏博大的。这是唐代几乎所有取得巨大成就的文人的共同思想境界，而在他身上表现得则更为明确和突出。他对各种各样的学说、教义不是盲目拒斥和贬损，而是把它们放在理性的尺度下加以衡量。对于他来说，这理性的尺度就是"大中之道"与"有益世用"。他联系思想界对于孔、老的评价之争说：

> 余观老子，亦孔子之异流也，不得以相抗。又况杨、墨、申、商、刑名、纵横之说，其迭相訾毁、抵牾而不合者，可胜言耶？然皆有以佐世。太史公没，其后有释氏，固学者之所怪骇舛逆其尤者也。今有河南元生者，其人闳旷而质直，物无以挫其志；其为学恢博而贯统，数无以踬其道。悉取向之所异者，通而同之，搜择融液，与道大适，咸伸其所长，而黜其奇邪，要之与孔子同道，皆有以会其趣。（《送元十八山人南游序》）

这样，他一不懵于某种学说表面的"怪骇舛逆"，二不惑于诸学说间的"抵牾不合"，又不拘于当时占统治地位的权威的批评标准，而发掘各种学说、观念之"所长"，取其"与孔子同道"之处。他的胸襟、视野是非常广大的。

　　表面上他仍然强调"与孔子同道"，这是时代的局限。自西汉建立起经学统治，学术思想局束于一尊，这正是维护专制政治体制的要求。自佛教传入中土、道教兴起，"三教合流"思想观念萌生、发展，一般来说统治者也容忍、利用佛、道二教的宗教力量。但在政治、伦理观念上，"儒术"却决不可动摇。汉代以后百家学说除道家外基本沉寂，许多子书淹没不传。直到韩、柳等人，才重新兴起对诸子研究的热情。而柳宗元把佛家义学也当作诸家学说来对待。只有怀抱这种弘通开阔的思想态度，才有可能打破自汉代以来儒学泥于章句、衰败不振的局面，才促成了宋代新儒学即理学的形成。当然这不是柳宗元一人的力量。

其次,在冲决传统思想束缚、打破权威统治的教条的基础上,他又注意对各家学说进行分析与批判,努力作到取精用弘。思想学术界的传统习气是扬己之长,攻人之短,各家各派都以为自己的主张是完满无缺的。但柳宗元却很有分析态度。他认为儒有要补足处,禅也有缺点。他并不搞绝对化。他作为一个士大夫阶层中人,宗奉的当然是儒家圣人之道,但对儒家传统教条并不迷信。对禅宗,他有肯定,也有批评。

特别是在柳宗元时代,洪州禅有很大势力。继鹅湖大义入朝后,马祖弟子西堂智藏(735—814)、兴善惟宽(755—817)等也相继入内,当时的形势是"关东、西则有丹霞(天)然、圭峰(宗)密,河北则有赵州(从)谂、临济(义)玄,江表则有百丈(怀)海、沩山(灵)佑、药山(惟)俨,岭外则有灵山(大)颠,其师友几半天下,皆以超世之才智,绝人之功力,津梁后起,以合于菩提达磨之传"(《潮州韩文公庙碑文》,《大云山房文稿》二集卷四)。当时的文人和禅门中人,对洪州禅的潮流多风驱云委,没有批判能力。白居易等人就是例子。而柳宗元却对洪州禅多有批评。而相对照,对禅宗其他宗派他又多有肯定之词;他所记述的牛头、北宗和尚的传承,都是南宗史料缺少记载的。还应提及的是,在中唐时代,各种思想学说正在斗争、融合之中,像反佛卫道的韩愈也汲取禅思想的内容(见《圆觉经大疏钞》三之一;《禅源诸诠集都序》),不过他没有明确承认这一点。而柳宗元却公开地表明他反传统的、批判的态度。这是要有理论上的勇气的。

柳宗元在中国思想史上取得了杰出成就。他以元气一元论的唯物主义反对先验论的天命观,标志着自先秦以来这一斗争的总结;他又参与开启儒学的新方向。这些成就都取决于他理论思想的开放的、批判的特点。

研究柳宗元的禅思想,不仅对于认识他的思想与创作是重要一步(例如他的诗以及某些散文的风格与他的禅观有明显联系),

对于研究禅宗史也提供了重要材料。由于今传灯史是南宗一派所传，结果"凡言禅皆本曹溪"（《曹溪第六祖赐谥大鉴禅师碑》），而柳宗元却记录了另一些材料。特别是这些材料（如龙安如海的例子）表现出禅、教合一的倾向，正是当时禅宗发展的一个重要特征。宗密也从这个角度来整理禅史，恰好与柳宗元的态度有共通处。这会启发我们拓展禅宗史的研究视野，更全面地认识中唐时期的宗教与思想运动。这已是另外的论题了。

（原载《文学遗产》1991 年第 2 期）

关于日本所存《观世音应验记》

　　我国学术界一直以为早已佚失的三种六朝人所著《观世音应验记》，在日本仍有完整的抄本保存。对这部分有关中国历史特别是中国佛教史和中国小说史的宝贵资料，日本学者已进行过一些有价值的研究工作。笔者自去年应聘执教于神户大学，查阅到有关资料，并访问了一些研究学者。现将该抄本的一些情况简介于后，并从文学史研究的角度谈几点浅见。至于全部抄本的校印，尚待来日。

　　鲁迅先生在《中国小说史略》里讲到"释氏辅教之书"，说除颜之推《冤魂志》之外，"余则俱佚"，其他可考见者亦只刘义庆《宣验记》等四种（《鲁迅全集》第九卷第 54 页，人民文学出版社，1981年）。近年出版的两种小说目录书，著录陆果（应为"杲"之误）《系观世音应验记》，亦俱以为全佚[1]。而在日本，早在 1943 年刊行的涩谷亮泰《昭和现存天台书籍综合目录》中，就著录"观音应验记一轴，南北朝写，吉水藏——二四"。这里的"南北朝"，是指日本历史上室町幕府初期在今奈良县的吉野朝和京都朝两个皇统对峙的时期，具体年份是公元 1333—1392 年；"吉水藏"，指京都东山区粟口青莲院的藏经。后来赤松俊秀参加对京都重要寺社"文化财"的调

----

[1] 见程毅中《古小说简目》第 51 页，中华书局，1981 年；袁行霈等《中国文言小说书目》第 29 页，北京大学出版社，1981 年。

查,发表调查结果如下:

纸数　表纸浓褐纸一叶,纵九寸一分,横八寸

本纸白纸,墨界线二十二行,一纸纵九寸一分,横幅一
尺五寸八分,四十叶,全长六十三尺一寸

书写年代　推定镰仓时代中期①

镰仓时期指源赖朝在镰仓建立幕府的时期,时当 1192—1333 年②,
这就把原定抄写年代提前了。到了 1954 年,已故日本著名佛学
家、时任京都国立博物馆馆长的冢本善隆教授在《京都大学人文科
学研究所创立二十五周年纪念论文集》中,发表《古逸六朝观世音
应验记的发现——晋谢敷、宋傅亮观世音应验记》,刊布了宋傅亮
的《光世音应验记》及有关研究结果。1970 年,时在京都大学人文
科学研究所工作的牧田谛亮所著《六朝古逸观世音应验记的研究》
一书出版,对三部《观世音应验记》加以解说、校勘与注解。此后,
这一发现已被日本的宗教史、文学史研究者广泛注意。应当着重
提出的是在文学史研究方面,日本的中国文学研究的后起之秀小
南一郎发表了《六朝隋唐小说史的发展与佛教信仰》一文③,主要从
小说写作方法发展的角度探讨了这些作品的价值与意义,对中国
古小说的研究提出了颇具新意的看法。

中国的观音信仰,来自《妙法莲华经·普门品》。观音这位菩
萨,作为佛与人的中介,以三十多个应化身,用无边法力救苦救难。
这本来是大乘佛教的产物。到了刘宋畺良耶舍译的《观无量寿经》
中,他成了阿弥陀佛的主要助手之一;而《华严经·入法界品》写善
财童子遍访诸菩萨,问"云何学菩萨行,修菩萨道",也到过南方光

①此据牧田谛亮《六朝古逸觀世音應驗記の研究》第 314 页,平乐寺书店,1970 年。
②镰仓时代开始年代,日本历史学界有不同说法,此取其一说。
③收入福永光司编《中国中世の宗教と文化》,京都大学人文科学研究所,1982
年,后辑入作者的论文集《中國の神話と物語リ—古小説史の展開》,岩波书
店,1984 年。

明山访观世音。观音形象的慈爱、悲愍以及巨大法力和拯济人的热心，征服了中国的相当一部分民心。在中国佛教发展史上，知识界探求的佛教义理和民间的通俗信仰显然可看出两条线索。观音信仰是中国一般民众的佛教信仰的主要内容之一。

六朝时期佛教在中国大发展，特别是观音信仰大普及，有其社会原因。生活在那个动乱时代里的民众，饱经战乱之苦，努力在宗教幻想中求得出路。在法显的《佛国记》里，就有航海中遇风暴因诵念观音而得救的记载。在《高僧传》里，更有不少观音救苦救难或因诵念观音名号得现报的故事。在民间这种普遍的观音信仰的基础上，出现了《观世音应验记》这样的专书，而且不只一种。据陆杲《系观世音应验记·序》说：

> 陆杲曰：昔晋高士谢字庆绪记光世音应验事十有余条，以与安成太守傅瑗字叔玉。傅家在会稽，经孙恩乱，失之。其子宋尚书令亮字季友犹忆其七条，更追撰为记。杲祖舅太子中舍人张演字景玄又别记十条，以续傅所撰。合十七条，今传于世。杲幸邀释迦遗法，幼便信受。见经中说光世音，尤生恭敬。又睹近世书牒及智识永传，其言威神诸事，盖不可数。益悟圣灵极近，但自感激。信人人心有能感之诚，圣理谓有必起之力。以能感而求必起，且何缘不如影响也。善男善女人，可不勖哉！今以齐中兴元年，敬撰此卷六十九条，以系傅、张之作。故连之相从，使览者并见。若来哲续闻，亦即缀我后。神奇世传，庶广"飧"信。此中详略，皆即所闻知。如其究定，请俟飧识。①

从这段话可以知道，原来谢敷写过《光世音应验记》，传于傅瑗，后

----

① 原抄件错讹、俗写颇多，牧田谛亮做了校订，但仍有不少可商榷处。笔者暂据牧田谛亮校订本加以介绍并加了标点。文字另做改订处则加括号说明，断句改动不烦注出。

经孙恩之乱散失；瑗子亮追忆旧闻写出七条；后来张演又追记十条，续亮所撰；陆杲是张演外孙，又根据当时书籍传闻，辑录六十九条。这样，就成了三部书，即宋傅亮《光世音应验记》、宋张演《续光世音应验记》和齐陆杲《系观世音应验记》。日本所存，就是这三书完整的抄本。

　　这部抄本的发现，是研究中国历史和中国佛教史的宝贵资料。例如其中不少段落对当时北方战乱中的社会生活有生动具体的反映。《系观世音应验记·释开达》一条，记载"释开达，以隆安二年北上垄掘甘草。时羌中大饿，皆捕生口食之。开达为羌所得，闭置栅里，以择食等伴肥者，次当见及"等等。东晋隆安二年是公元398年，是北魏初立的兴盛年代，北方经济情况就是如此。有此材料可补其他史料所不及。如《续光世音应验记·孙恩乱后临刑二人》条，写到孙恩起义时"扰乱海陲，士庶多罹其灾"，指出不少知识分子参加了这次起义；《系观世音应验记·释僧洪道人》条，写到晋义熙十二年，大禁铸铜，此事又见《高僧传》，但并未记具体年份。其他可供治史者参证、校勘处还不少。在佛教史研究上，从这许多观音应验传说，可以了解当时社会上观音信仰的形态与传布情形。三位作者的传记均见于史书①，都是在当时有一定身份地位的贵族士人；而他们所辑录的故事，又多出自民间，可见其时社会上下信仰观音的广泛。而书中记录被观音拯济的，有由于"吏政不平，乃杀官长，又射二千石"的反叛者（《系观世音应验记·高荀》），有财物被上司侵夺而被诬陷的府吏（同上《会稽府吏姓夏》），有"非意遭辜，郡吏悬缧送"的被迫害者（同上《僧苞道人所见劫》），有等着被吃掉的"生口"……这是一些在苦难中无人拯济的民众，他们只好到幻想中去寻求安慰。从这里我们可以看到佛教传播的社会条件

────────────

①傅亮传见《宋书》卷四三，张演传附《宋书》卷五三《张茂度传》，陆杲传见《梁书》卷二〇。

与社会基础。

这个抄件对小说史研究有着特殊的意义。这三部书作为"释氏辅教之书"的一部分,应属于志怪小说之列。作为宗教文学,它们有自己的特点,对以后的小说发展有特殊的影响。

从写作方法上看,小南一郎归纳特点有二:一是同一情节在不同故事中只是时间、地点、人物有变化而反复出现;二是作品中明确记录出传承过程。这两点总结得很精确。就第一点说,这些故事写的都是遇到灾难——诵念观音——得到解脱这样一个套路。因为作者就是要利用这些故事给《法华经·普门品》所写的观音能救大火、大水、罗刹之难等等找例证。第二点,说明故事的由来,则是为了传信,让人肯定这是真实可靠的。这也就表明,这些作品只是作为某种概念的图解而存在,从文学上看是很幼稚的。但由于以上两个特点却跟着产生了另一个特点,就是在作品中征实与幻想的结合。本来在佛典中多有讲报应故事,如《百缘经》里记某人布施得到升天的果报等等。但在这些观音应验故事中,人物不再是泛指,而是现实中的真实人物,事件有确切的时间与地点,但其中的应验故事则显然是幻想。这是一种现实与幻想组合到一起的构思方法,是早期小说结构的一种形式,对后来的中国小说也有相当的影响。

在文体发展史上,这些作品应与以后的俗讲与变文有一定关系。从作者记载的写作缘由看,这些故事是在民间广泛流传后被著录于文字的。文学史研究者曾指出,俗讲与讲经有一定关系。僧侣在宣讲佛经中要做些通俗解释,记录下来就是讲经文。观音应验记实际也可以看作是对《普门品》的一种解释,是一种通俗化讲经的形式。正是在这种具体的、生动的、广泛流传的宗教故事的土壤上,才能培养出唐代那样技艺杰出的俗讲僧。由于这种传播方式有民众基础,影响在一定意义上也就会更深远。

从语言上看,由于作品征实取信的特点,因而不求华饰。所以几乎不见当时文坛上流行的骈俪化的影响。又由于不少传说来自民间，并且要面向群众，语言有些还是相当新鲜生动的，请看《光世音应验记》的第五条：

> 始丰南溪中，流急岸峭，回曲如萦，又多大石。白日行者，犹怀危惧。吕竦字茂高，兖州人也，寓居始丰。自说其父尝行溪中，去家十许里，日向暮。天忽风雨，晦冥如漆，不复知东西。自分覆溺，唯归心光世音，且诵且念。须臾，有火光夹岸，如人捉炬者，照见溪中了了。径得归家，火常在前导，去船十余步。竦后与郗嘉宾周旋。郗口所说。

这个故事设想很生动，特别是景物描写很好。笔触简洁，写出了危惧得救气氛。在刘宋时期，散文中这样的描写是不多见的。《续光世音应验记》中写释僧融不怕鬼，写到他在大雪天独宿逆旅，被众鬼所困，"大鬼对己前据之。乃扬声厉色曰：'君何谓鬼神无灵耶？'便使曳融下地。左右未及加手，融意大不熹……"把僧融无畏气度表现得很鲜明，"不熹"一语用得非常传神。

在作品情节上，叙述多有波澜，矛盾转折变化有一定篇幅。可以举两个例子，《系观世音应验记》五十九和六十二条：

> 释僧朗道人，凉州人也。宋元嘉时，魏虏攻凉，城中力少，乃取道人甲。及城破，虏主曰："道人当坐禅行道，而乃作贼耶？"克明日中时，当一时斩杀。尔时围置三千道人，待期至，当杀之。朗尔时间有赤气，长数丈，贯日。寇谦之谓虏主曰："此天变，正为道人不可杀也。"寇是虏主所信。虏主弟赤竖王亦言之。于是乃听不杀，而尽取作奴。既各有配役，以僧朗数人付帐下。及虏军北遁，半道，僧朗与一同学共伴叛。其陈防护，余无走处，唯东面临绝壁，莫测深浅。上有大树，傍垂岸下。僧朗与同学同以鼓旗竿绳系树，将下。尔夜岸下大暗，纯是刺棘，不得下脚。欲更还上，恐虏觉之。投绳悬住，势不得

久。僧朗谓同学曰:"今日无复活理,唯当在观世音。"便各以头叩石,同伴归念。须臾,渐觉光明,遂日出照地。眼见棘刺,方便得下。事毕奄生,向日大暗如初。僧朗等惊喜,知是感应,就地得眠。久闻房军向晓惊角声,睹欲去。唯见山谷万里,不知何处去。僧朗大江南归,但望日而走。行数十步,忽有一虎出其前。同学叹曰:"虽脱房,复入虎口。"僧朗曰:"不尔,若我等至心无感,昨不应见神光令过。此虎亦是圣人示吾我也。"于是两人径往就虎。虎向前行,两人随之。小迟,辄住相待。至暝,得出平路,而失虎所在。明日遂路自进,七日至仇池,从梁汉出荆州。

韩睦之,彭城人。宋泰始初,彭城没虏,睦之流亡。儿于乱为人所略,不知在何处。睦之本事佛精进,乃至心转《光世音经》。欲转经万遍,以得儿反。每得千转,请众僧斋,已得六(七)千遍,都无感动。睦之叹曰:"圣人宁不应众生,直是我心未至尔。"因此日夜不得数此遍,其唯自誓,以感檄为期。其儿定传卖为益州人为奴,见使作。因一日独□草中,忽见一道人来相问:"汝是韩睦之儿非?"即惊答曰:"是。"又问:"须见父不?"答曰:"即此何由可得?"道人又言:"汝父切我殊重,今将汝归去。"儿不知是神人,辞不敢许。道人曰:"无苦,但捉我袈裟角。"儿试之,便觉恍然如人掣去。须臾而住,倚一家门外,乃韩流移新居。儿不识是父舍。道人不进,遣儿入达主人。入见主人,正坐读经,即是其父也。相见,不暇申悲喜,唯得口道门外有圣人。父便跣走出。比出,亡不复见矣。村邻道路,莫不惊怪叹息。释道宝道人是建安太守王叔之子,本名播,仕官有次第,妻子为居,遂以后悟出家,具有苦节。为杲说此事。又众僧亦多言之。

以上占用篇幅全录两段,俾读者以见作品一斑。从这样的文字看,故事已相当完整，叙述多有波澜，并用了初步的悬想、穿插的写法，描写点染处亦较生动，颇能反映当时小说艺术的水平。

总的看来，这些作品的目的在宗教宣传。但它又不完全是有意识的宣传，也包含着一部分信仰者的幻想。这是宗教意识与艺术创作相结合的产物。我们知道，佛典中有丰富的文学成分；有些部分可视为文学创作。这可以说是宗教利用文学，又是文学在宗教的母胎中发展。宗教与文学的关系是个复杂的理论与实践问题，值得专门研究。仅从这些观音应验记里也可以看到，中国小说的发展无论在历史渊源、写作方法以及流传上，都是与佛教有密切关系的。

以上是对日本留存的三种观世音应验记的简单介绍，其中利用了日本学者的一些研究成果。介绍之余，还有两点感想。

一是研究中国文学，佛教材料是值得重视的。仅就这三部观世音应验记来说，我国学者一直以为全佚，但日本学者冢本善隆、牧田谛亮等人加以研究，并从智顗《观音义疏》、佛叙类书《法苑珠林》等考校出不少佚文。我们在这方面下工夫还很少。

二是应当广泛汲取外国、特别是日本学者研究中国文学的成果。即以这三部《观世音应验记》来说，日本学术界已发现三十余年，出了专著，很多文章提及，我国大概很少人知道，起码没见诸著述。笔者有幸见至京都大学人文科学研究所新任所长柳田圣山先生，他说该所的研究虽然面对世界，但一向是以研究、解释中国文化为传统。笔者见到他们的研究项目，确实大部分是有关中国的。柳田先生就任前，也向报界谈到了这一点。邻邦学界的这种热忱，我们不仅应嘉许，而且应有实际步骤加强交流工作，更好地汲取他们的研究成果。

一九八五年四月二日于神户六甲山麓

（原载《学林漫录》第十三集，中华书局，1991 年 5 月）

从"童心"到"性灵"

——兼论晚明文坛"狂禅"之风的蜕变

　　万历二十九年(1601)二月,风烛残年的明末著名"异端"学者李贽(1527—1602)流落到北通州(今北京市通县),住在友人马经纶处。"忽蜚语传京师云:卓吾著书丑诋四明相公。四明恨甚,踪迹无所得。"①"四明相公"即当时权倾朝野的大学士沈一贯。后有礼部给事中张问达上疏参劾,被逮系狱,因不堪困辱自杀,这是次年三月的事。张问达所上章疏,当然是极尽丑诋之能事,其中说:

> 李贽壮岁为官,晚年削发,近又刻《藏书》、《焚书》、《卓吾大德》等书,流行海内,惑乱人心。以吕不韦、李圆为智谋,以李斯为才力,以冯道为吏隐,以卓文君为善择佳偶,以司马光论桑弘羊欺武帝为可笑,以秦始皇为千古一帝,以孔子之是非为不足据。狂诞悖戾,未易枚举,大都刺谬不经,不可不毁者也。尤可恨者,寄居麻城,肆行不简,与无良辈游于庵院,挟妓女,白昼同浴。勾引士人妻女入庵讲法,至有携衾枕而宿庵观者,一境如狂。又作《观音问》一书,所谓"观音"者,皆士人妻女也。而后生小子,喜其猖狂放肆,相率煽惑,至于明劫人财,强搂人妇,同于禽兽而不之恤……近闻贽且移通州。通州离

————

① 沈德符《万历野获编》卷二七。

都下仅四十里，倘一入都门，招致蛊惑，又为麻城之续……①

这里如"挟妓女，白昼同浴"等显系望风捕影的攻讦；但对李贽非圣无法的指斥，则确实触及到他的思想实际；而从这诋毁之词中，亦可见李贽及其思想在社会上的巨大影响。

考察李贽的思想渊源，一般认为出自泰州学派王艮、何心隐一系。这一派虽为阳明后学，但"多指百姓日用，以发明良知之说"②，具有强烈的反道学正统的品格。而李贽又特别受到禅学的影响。道学，特别是陆（九渊）、王（阳明）"心学"一派，本来与禅有密切关联。不过"心学"是把禅的"明心见性"统一到正心诚意、致诚返本的圣人之道上来，李贽则发扬了禅的反传统的、破坏的方面，强调主观心性的表现，否定经学权威与教条，从而形成了他的思想品格的光彩方面，以此被诋为"狂禅"。黄宗羲记述耿定向对李贽的批评说：

先生因李卓吾鼓猖狂禅，学者靡然从风，故每每以实地为主，苦口匡救。③

耿定向起初与卓吾交好，后以见解龃龉而相背。四库馆臣则说到：

（焦竑）友李贽，于贽之习气沾染尤深。二人相率而为狂禅，贽至于诋孔子……④

道学而陷没于禅，已是"异端"，何况又"狂"？然而平心静气地讲来，李贽的"禅"确乎不那么正统纯粹。他是汲取禅思想的批判、反叛精神，融铸为反抗现实的思想武器，在思想界与文学界都造成了

①《明神宗万历实录》卷三九六。
②王艮《王心斋先生遗集》卷三《年谱》。
③黄宗羲《明儒学案》卷三五。
④《四库全书总目》卷一二五《子部·杂家类存目·焦若侯问答》。

强大影响。

李贽博学多识,才华横溢,对传统学术包括道学有深入的研究。他是在中年即万历五年(1577)任云南姚安(今云南姚安县)太守后开始习佛的。其时正是云栖袾宏、紫柏真可等高僧辈出的时候。佛教复兴之象远被滇黔,姚安西鸡足山相传为佛大弟子迦叶守护佛衣以俟弥勒处,为一时佛教圣地①。贽在姚安"为守,法令清简,不言而治,每至伽蓝。判了公事,坐堂皇上,或置名僧其间,簿书有隙,即与参论虚玄。人皆怪之……久之,厌圭组,遂入鸡足山阅《龙藏》不出。御史刘维奇其节,疏令致仕以归"②。他就这样结束了二十余年的宦游生涯,解官往湖北黄安(今湖北红安县)依友人耿定向、定理兄弟,其时在万历八年(1580),五十四岁。到万历十二年定理死,与定向不睦,十三年五十九岁移居麻城龙潭芝佛院,开始度寺院修道生活,后至遣妻还乡,落发为僧形。在芝佛院"日独与僧深有、周司空思敬(友山)语。然对之竟日,读书已,复危坐,不甚交语也"③。

与禅僧无念深有的结交,对李贽影响甚大。无念生于嘉靖二十三年(1544),比李贽小十七岁。他十三岁在雁荡山出家,游方参访,到万历七年即李贽来黄安的前一年应石潭居士周思久之招,居麻城龙湖芝佛院为住持僧。他与李贽一见相契。耿定向门人管志道斥无念为"狂僧"④,指责他毁戒败礼,反以罪福性空为口实⑤。后来无念又结交了公安袁氏三兄弟、焦竑、陶石篑、邹南皋、李梦白、梅国桢等人。若论晚明文坛,这是个值得一提的人物。他与李贽同被视为"狂",可说是精神上的同道。

①参阅陈垣《明季滇黔佛教考》,中华书局,1962年重印本。
②袁中道《李温陵传》,《珂雪斋近集》卷七。
③刘侗、于奕正《帝京景物略》卷八。
④管志道《与李太史卓吾文书》,《惕若斋集》卷二。
⑤参阅管志道《答焦翰撰漪园文》,《问辨牍》卷二。

　　李贽不僧不俗,受到来自正统道学与佛教徒两方面的批评。芝佛院本为佛堂,却又供奉孔子;他为"不爱属人管"(《豫约》)[1]而削发,又留须成一怪模样;特别是他接受女弟子讲学,更触了名教大忌。他又特立独行,不避权幸,更引起众怒。他的言论更是惊世骇俗,给当时占统治地位的道学正统以有力搏击,在思想界造成巨大振动。一度与他交好的耿定向终因识见不合而反目,耿的门人管志道说:"今日之当辟者,不在佛老,而在狂儒之滥狂禅。"[2]而李贽则正是当辟的狂禅的代表。

　　李贽思想批判的、叛逆的方面,与禅宗有密切关系。例如他认为"德性之来,莫知其始,是吾心之故物"[3],就与禅宗主张的圆满自足的自性清净心相合;据此他说:"尧、舜与途人一,圣人与凡人一。"认为男女平等无二。他又主张"穿衣吃饭,即是人伦物理"(《答邓石阳》),"道之在人,犹水之在地也"(《藏书》卷三二《德业儒臣前论》),这正是南宗禅马祖道一"平常心是道"的发挥。他反对一切见闻觉知的束缚,反对以孔子之是非为是非,要求"率性而为",提倡"为己"之学,也是发扬了禅宗毁经慢教、呵佛骂祖的作风。就高扬主观心性、突出个性自觉来说,他可算是禅宗精神的真正继承者。

　　可贵的是,李贽等当时代的先进的思想家又是热烈地回应现实的。这从黄宗羲批评泰州学派的一段话即可透露消息:

　　　　顾端文曰:"(何)心隐辈坐利欲胶漆盆中,所以能鼓动得人。只缘他一种聪明,亦自是不可到处。"羲以为非其聪明,正其学术所谓祖师禅者以作用见性,诸公掀翻天地,前不见有古人,后不见有来者。释氏一棒一喝,当机横行,放下拄杖,便如

---

① 以下引李贽文出《焚书》、《续焚书》,只注篇名,不另注书名、卷次。
② 钱谦益《湖广提刑按察司佥事晋阶朝列大夫管公行状》,《初学集》卷四九。
③ 《明灯道古录》上,《李氏文集》卷一八。

愚人一般。诸公赤心担当,无有放下时节,故其害如此。①

这里是说何心隐一派学术承袭的是祖师禅的"作用见性"观念,即在有为法的生、住、异、灭,动作起用中见性而反对沉寂无为,"赤心担当,无有放下时节"。这正是李贽的处世态度。他们不能遁入宗教冥想的境界,而仍关注天下世事。这与魏晋时期嵇康、阮籍、陶潜等诸名士虽称避世却不能忘世的情形相似。袁中郎在《李温陵传》里生动地描写了李贽性格的这种矛盾:

> 大都公之为人,真有不可知者。本绝意仕进人也,而专谈用世之略,谓天下事决非好名小儒之所能为;本狷洁自厉、操若冰霜人也,而深恶枯清自矜、刻薄琐细者,谓其害必在子孙;本摒绝声色、视情欲如粪土人也,而爱怜光景,于花月儿女之情状,亦极其赏玩,若借以文其寂寞;本多怪少可、与物不和人也,而于士之有一长一能者,倾注爱慕,自以为不如;本息机忘世、槁木死灰人也,而于古之忠臣义士、侠儿剑客,存亡雅宜,生死交情,读其遗事,为之咋指研案,投袂而起,泣泪横流,痛哭滂沱而不自禁。若夫骨坚金石,气薄云天,言有触而必吐,意无往而不伸;排榻胜己,跌宕王公,孔文举调魏武若稚子,嵇叔夜视钟会如奴隶;鸟巢可复,不改其凤味,鸾翮可锻,不驯其龙性,斯所由焚芝锄薰、衔刀若卢者也。

这里所谓"不可知"有"不可及"的意味这样,李贽并没有作为宗教家而遁世,而是以精神界的战士的身份迎接了人生的悲剧。沈瓒指出其巨大影响说:

> 李卓吾好为惊世骇俗之论,务反宋儒道学之说。其学以解脱直截为宗,少年高旷豪举之士多乐慕之,后学如狂。不但

①《明儒学案》卷三二《泰州学案》。

儒教防溃,而释氏绳检亦多所屑弃。①

　　以上,就是李贽"狂禅"的基本面貌,这也是他提出文学主张"童心"说的背景。

　　"童心"说的理论依据,正取自于禅。李贽在《童心说》一文中指出:

　　　　夫童心者,真心也……夫童心也,绝假纯真,最初一念之本心也。若失却童心,便失却真心;失却真心,便失却真人。人而非真,全不复有初矣。

很显然,这不为见闻觉知染污的最初一念之心就通于禅的自性清净心、本来心。禅宗的"见性"即在于对这每个人与生俱来、圆满具足的本来心的体认。李贽强调守护这"真心",正与禅宗一再宣扬的护持自性的观点相通。主张文学是真心的发露,也正通于禅宗"作用见性"的观念。

　　但是李贽所谓"童心"又不是禅宗的不思善、不思恶、离情绝欲、如明镜一样晶莹剔透的绝对的清净心。他否认一切绝欲弃利的伪说而又肯定人的"私心",指出:

　　　　夫私者,人之心也。人必有私,而后其心乃见;若无私,则无心矣。(《藏书》卷三四《德业儒臣后论》)

他在《答邓明府书》中论"舜之好察迩言",说:"如好货,如好色,如勤学,如进取,如多积金宝,如多买田宅为子孙谋,博求风水为儿孙福荫,凡世间一切治生产业等事,皆其所共好而共习、共知而共言者,是真迩言也。于此果能反而求之,顿得此心,顿见一切圣贤佛祖大机大用,识得本来面目,则无始旷劫未明大事,当下了毕。"他认为圣贤佛祖所发明的真心,就应在众人"共好而共习、共知而共

---

①沈瓒《近世丛残》。

言"的人生日用中求之。这样,他要求文学表达"童心自出之言",反对"以闻见道理为心"、言"闻见道理之言",斥之为"以假人言假事",是"事假事,文假文"。

开明代文坛风气的宋濂即已倡"载道"的文论。特别是自明中叶以来,文坛上占统治地位的是前、后七子复古派的主张。这是一些高官大僚提倡的以载道为核心的理论,它为文学内容树立下尊经宗圣的藩篱,为文学形式规定了"文必秦汉,诗必盛唐"的范本。李贽指为"闻见道理"、斥之为"假"的,在文学上主要是这种倾向。

李贽在《杂说》一文中说的下面一段话可看作是他的"童心"的解释:

> 且夫世之真能文者,比其初皆非有意于为文也。其胸中有如许无状可怪之事,其喉间有如许欲吐而不敢吐之物,其口头又时时有许多欲语而莫可所以告语之处,蓄极积久,势不能遏。一旦见景生情,触目兴叹,夺他人之酒杯,浇自己之垒块,诉心中之不平,感数奇于千载,既已喷玉唾珠,昭回云汉,为章于天矣,遂亦自负,发狂大叫,流涕恸哭,不能自止。宁使见者闻者切齿咬牙,欲杀欲割,而终不忍藏于名山,投之水火。

他强调文有其特殊表达作用,能表现欲吐不敢吐、欲言而难言的思想感情。而这思想感情是为现世不平所激发的。因此他在《忠义水浒传序》中断言"古之圣贤,不愤则不作",《水浒传》为"忠义"之书,把一部当时是不登大雅之堂的小说首次提高到为国者、贤宰相、兵部、督府"不可以不读"的地位。

根据这种"童心"说,他提出了应时顺变的文学发展观,力扫当时文坛上宗经好古的偏见,反对摹拟窜窃的文风。他为流行民间的小说、戏曲争地位,已是高妙绝俗之论;而这其中流露的反传统、反权威的精神更富于战斗精神和现实针对性。

统观李贽的"童心"说,其中不无矛盾之处,他也不能最终与道学绝裂，但他的文学观是具有尖锐的现实批判精神的。如果说他的"一念之本心"渊源于禅，其发挥的思想却又远远超越了禅。

李贽"童心"说之后有公安三袁的"性灵"说。后者是受到前者的影响才确立的。"性灵"说对当时文坛、对后世影响更大，但其批判色彩却淡薄多了。三袁中宗道（1560—1600）比李贽小三十三岁，宏道（1568—1610）小四十一岁，中道（1570—1623）小四十三岁。万历七年（1579），泰州学派代表人物何心隐被捕杖杀，二十余年之后李贽也在狱中困辱自死，这都显示了统治体制镇压的日渐严酷。在思想界，同为阳明后学的管志道力倡"三教合一"之旨，奋力辟"狂禅"，其弟子瞿汝稷（即禅籍《指月录》编纂者）也"痛疾狂禅，于颜山农、李卓吾之徒，昌言排击，不少假易"①。三袁比李贽迟生三四十年，这其间"狂禅"之风在压迫下已经不得不收敛，李贽那种高昂的战斗精神已蜕化为士大夫阶层龟缩到自我的"性灵"玩赏，境界是大大低落了。

三袁也好佛习禅，是明末文人逃禅的典型。宗道年轻时曾师事焦竑（耿定向弟子、李贽好友）、罗汝稷，探究"性命之学"，其时已开始研习佛典。万历十七年（1589）宗道自京（时任职翰林院）奉命策封楚府回乡（公安，今湖北公安县），适宏道会试落第，三兄弟一起习禅。中道《吏部验封司郎中中郎先生行状》记述说：

> （宏道）下第归，伯修亦以使事返里，相与朝夕商榷。索之华、梵诸典，转觉茫然。后乃于文字语言意识不行处，极力参究，时有所解，终不欲自安歧路。恃爝火微明，以为究竟。如此者屡年，忘食忘寝，如醉如痴。②

在此关键时刻，李贽的诱导起了巨大作用。宗道离京时，焦竑曾嘱其至麻城谒李贽。万历十八年春，李贽游止公安，三兄弟往

---

①钱谦益《瞿元立传》，《初学集》卷七二。
②《珂雪斋前集》卷一七。

见。贽归麻城,寄来《焚书》,宏道有诗《得李宏甫先生书》作答。次年,三兄弟往西陵(今湖北蕲县)再见李贽,留三月余,贽送至武昌而别。中道后回忆说:

> 时闻龙湖李子冥会教外之旨,走西陵质之。李子大相契合;赠以诗,中有云:"诵君《金屑》(宏道提倡性理之作)句,执鞭亦忻慕。早得从君言,不当有《老苦》。"盖龙湖以老年无朋,作书曰《老苦》故也。仍为之(指《金屑》)序以传。留三月余,殷殷不舍,送之武昌而别。先生既见龙湖,始知一向掇拾陈言,株守俗见,死于古人语下,一段精光不得披露。至是浩浩焉如鸿毛之遇顺风,巨鱼之纵大壑,能为心师,不师于心,能转古人,不为古转,发为语言,一一从胸襟流出,盖天盖地。如象截急流,雷开蛰户,浸浸乎其未有涯也。①

这明确写到西陵相会主要是参究教外之旨(即禅)。万历二十一年,再至龙湖,宗道有《龙湖记》;宏道有《龙湖》、《别龙湖师八首》等诗作,李贽有和答。宗道《与李卓吾》书中云:"不佞读他人文字,则觉懑懑;读翁片言只语,即精神百倍。岂因宿世耳根惯熟耶?"②宏道《与张幼于书》中则说:"仆自知诗文一字不通,唯禅宗一事,不敢多让。当今勍敌,唯李宏甫先生一人。其他精练衲子,久参禅伯,败于中郎之手者,往往而是。"③他在给李贽信中说到在吴令时:"幸床头有《焚书》一部,愁可以破颜,病可以健脾,昏可以醒眼,甚得力。有便莫惜佳示。"④中道往见李贽时,呈所作《老子解》,贽指示"以识解笺古语,自不难,只要真参实悟"⑤,因此弃去。所有这些都

---

① 袁中道《吏部验封司郎中中郎行状》,《珂雪斋前集》卷一七。
② 《白苏斋类集》卷一五。
③ 《解脱集》卷四,钱伯城《袁宏道集笺校》卷一一。
④ 《锦帆集》卷三,同上卷五。
⑤ 《珂雪斋外集》卷一三。

表明三袁对李贽倾服之深,从受影响之大。通过李贽,他们结交了无念深有及其弟子常觉等禅僧。三袁与李贽一直不断往来。万历二十七年,宏道在北京,闻贽到南京,致书表"卜居之志"①;二十八年,贽北上通州,又有书问,不久老人就不幸谢世了。

三袁同习禅,同私淑李贽,友于之情又笃,常常同进退,但思想倾向又有所不同。《中郎行状》记述李贽对三兄弟评价:

> 李子语人,谓伯也稳实,仲也英特,皆天下名士也。然至于入微一路,则谆谆望之先生。盖谓其识力、胆力,皆迥绝于世,真英灵男子,可以担荷此一事也。

这是说宏道机锋更为迅利,对心性体认更加入微。宗道在《西方合论叙》里也说到这一点:

> 石头居士(宏道)少志参禅,根性猛利,十年之内,洞有所入。机锋迅利,语言圆转。寻常与人论及此事,下笔千言,不蹈祖师语句,直从胸臆流出,活虎生龙,无一死语。②

宏道对禅的悟解的深刻,也是他思想的深刻处,也是促使他比二兄弟文学成就更高的主要条件之一。

但是如前所述,时代条件决定三袁的处境与李贽大不相同了。明晚时期是理学杀人济之以官宪杀人,三袁就亲闻李贽被迫而死的惨剧。现实迫害的惨烈使他们不再能取"狂禅"的激烈姿态,而走较稳健的禅净一致之路。万历二十六年,宗道官春坊,宏道为顺天府教授,中道入太学,三兄弟在京西崇国寺结蒲桃社。次年,宏道作《西方合论》十卷。这一阶段的思想发展,《中郎行状》透露说:

> 逾年(指结蒲桃社之次年),先生之学复稍稍变,觉龙湖等

---

① 《瓶花斋集》卷一〇,《笺校》卷二二。
② 转引《袁宏道集笺校·附录》三。

> 所见,尚欠稳实。以为悟、修犹两觳也,向者所见,偏重悟理,
> 而尽废修持,遗弃伦物,偭背绳墨,纵放习气,亦是膏肓之病。
> 夫智尊而法天,礼卑而象地,有足无眼与有眼无足者等,遂一
> 矫而主修。自律甚严,自检甚密,以澹守之,以静凝之。

这就明确指出宏道在禅上已与李贽分途,即离弃狂禅之风,而更重
静修。宏道在万历二十八年给李贽的信里,劝以弘扬持戒,宣扬
净土:

> 今丛林中,如临济、云门诸宗,皆已芜没。独牛山道场,自
> 唐以来不坏。由此观之,果孰偏而孰圆耶?《净土诀》(李贽
> 作)爱看者多,然白业之本,戒为津梁。诸翁以语言三昧,发明
> 持戒因缘,仆当募刻流布。此救世之良药,利生之首事也。幸
> 勿以仆为下劣而摈斥之。①

宏道的友人陶石篑也说到他的思想变化:"袁中郎礼部天才秀
出,早年参究,深契宗旨。近复退就平实,行履精严。"②中道也说:
"家兄居家甚潇洒快活,与数衲子激扬宗乘。"③宏道的情况代表了
三兄弟的思想发展倾向,也是当世士大夫精神面貌的缩影。

万历三十五年,宏道《与黄平倩》信中说:

> 近造想益卓,参禅到平实,便是最上乘。弟自入德山后
> (三十二年秋,与僧寒灰、雪照、冷云及友人张明教避暑德山塔
> 院),学问乃隐妥,不复往来胸臆间也。此境甚平易,亦不是造
> 到的。④

这时他参禅求"平实"、"隐妥",已与李贽的生龙活虎不是一路

①《瓶花斋集》卷一〇,《笺校》卷二二。
②《与友人》,《歇庵集》卷一五。
③《答陈布政志寰》,《珂雪斋前集》卷二二。
④《未编稿》三,《笺校》卷五五。

了。这一年,在给黄平倩的另一信中写到他与中道的生活:

> 近日燕中谈学者绝少,弟此间益闲。尘车粪马,弟既不爱
> 追逐,则随一行雅客,莳花种竹,赋诗听曲,评古董真赝,论山
> 水佳恶,亦自快活度日。但每日一见邸报,必令人愤发裂眦。
> 时事如此,将何底止?因念山中殊乐,不见此光景也。然世有
> 陶唐,万有巢、许。万一世界扰扰,山中人岂得高枕,此亦静退
> 者之忧也……小修近住少保衙斋,自云得大受用。小修平生
> 不轻言语,语当不妄。若弟并受用亦失却,不知以进为退,望
> 仁兄一定之……①

这样,尽管世事令人愤发裂眦,他们心中充满了末世的激愤,却去
追求自心的"快活",度过流连光景的名士生活。在大的时代风暴
到来之前,统治者靠高压来挽救危机,思想界的生机也被扼杀了。
三袁的思想发展轨迹正表明了这一点。

"性灵"说同样以禅宗心性学说为理论基础,并借鉴了"童心"
说。李贽的《童心说》是宏道认真研读过并深为欣服的。

"性灵"说集中表现了宏道万历二十四年所作《序小修诗》,其
中评中道诗说:

> 足迹所至,几半天下,而诗文亦因之以日进。大都独抒性
> 灵,不拘格套,非从自己胸臆流出,不肯下笔。有时情与境会,
> 顷刻千言,如水东注,令人夺魂……盖诗文至近代而卑极矣。
> 文则必欲准于秦汉,诗则必欲准于盛唐。剿袭模拟,影响步
> 趋,见人有一语不相肖者,则共指以为野狐外道……唯夫代有
> 升降,而法不相沿,各极其变,各穷其趣,所以可贵,原不可以
> 优劣论也……②

---

① 《未编稿》三,《笺校》卷五五。
② 《锦帆集》卷二,《笺校》卷四。

这段话的主要语言和观点都是取自佛禅的。何尚之《答宋文帝赞扬佛教事》曾引用范泰、谢灵运的观点：

> 六经典文，本在济俗为治耳，必求性灵真奥，岂得不以佛经为指南邪？[1]

六朝人多主张"儒以治外，佛以治心"，认为佛家始能发明心性精微。在文学批评上，刘勰提出了"性灵所钟"[2]、"洞性灵之奥区"、"性灵熔匠"[3]等。后来颜之推说："夫文章者……至于陶冶性灵，从容讽谏，入其滋味，亦乐事也……文章之体，标举兴会，发引性灵……"[4]刘、颜都是习佛的。"从自己胸臆流出"是三袁文章中经常运用的提法，本出自唐末德山宣鉴法嗣岩头全奯法语："若欲得播扬大教去，一个一个从自己胸襟间流将出来，与他盖天盖地去摩。"[5]中道的《中郎行状》也曾袭用这个说法以评宏道。这样，宏道观点与李贽有相仿处，即借用禅的心性说的支持，以强调心性的抒发，反对文学上的复古模拟。

然而，李贽的"童心"是针对道学传统与教条的，具有强烈的思想、政治意义，三袁的"性灵"说却缺乏这样积极的社会内容，而多是空泛地强调表现真"性情"。宏道强调诗要"能抒己见，信心而言，寄口于腕"[6]，说自己的诗是"信心而出，信口而谈"[7]，要求"意会所至，随事直书"[8]。李贽反对假人言假事、文假文，是针对伪善的道学的；三袁也反对虚矫做作之词，讥刺其如"戏场中人，心中本

---

[1]《弘明集》卷一一。
[2]《文心雕龙·原道》。
[3]《文心雕龙·宗经》。
[4]《颜氏家训·文章》。
[5]《祖堂集》卷七。
[6]《叙梅子马王程稿》，《瓶花斋集》卷六，《笺注》卷一八。
[7]《与张幼于》，《解脱集》卷四，《笺注》卷一一。
[8]《叙姜陆二公同适稿》，《瓶花斋集》卷六，《笺注》卷一八。

无可喜事而欲强笑，亦无可哀事而欲强哭，其势不得不假借模拟耳"①，但这只是一般地求性情之真。这种性灵的表现流于虚浮，又蜕变而为求"趣"。宏道说：

> 夫诗以趣为主，致多则理诎，此亦一反。然余尝读尧夫诗，语近趣遥，力乱敌川。②

> 世人所难得者唯趣。趣如山上之色，水中之味，花中之光，女中之态，虽善说者不能下一语，唯会心者知之。③

在前一条中，他讲"以趣为主"，以宋理学家邵雍诗为样版，认为他《伊川击壤集》中的性理诸作功力超过苏过。后一条更把"趣"描写得不可捉摸，流于士大夫流连光景的闲情逸致的表露。

从文学史观上看，李贽与三袁同是反复古、主新变的。然而李贽主要是从历史发展的角度肯定文体演变的事实，为市井通俗文学争地位，其主旨仍在突出文学的社会意义；而三袁却更强调文学在艺术上的独创，认为一时代有一时代的文学，不能剿袭模拟，厚古而贱今。他在为江盈科所作《雪涛阁集序》里论述了"文之不能不古而今也，时使之也"④的道理。在《与丘长孺》书中更说：

> 夫诗之气，一代减一代，故古也厚，今也薄；诗之奇之妙之工之无所不极，一代盛一代，故古有不尽之情，今无不写之景。然则古何必高，今何必卑哉？⑤

其《答李元善》书中又说：

①袁宗道《论文》下，《白苏斋集》卷二〇。
②《西京序稿》，《华嵩游草》卷二，《笺注》卷五一。
③《叙陈正甫会心集》，《解脱集》卷三，《笺注》卷一〇。
④《瓶花斋集》卷六，《笺注》卷一八。
⑤《锦帆集》卷四，《笺注》卷一一。

> 文章新奇，无定格式，只要发人所不能发，句法字法调法，
> 一一从自己胸中流出，此真新奇也。①

这样，他更强调艺术表现的创新。三袁主要是文学家，而不是
如李贽那样的思想家。他们有文学的才情，又有长时期的创作实
践的经验，因而其抒写性灵之作，虽时时流露浅露、纤巧、轻俳之
习，又确有不少情真意切、发露性情隐微之作，加之还有一些"关心
世道"②、寄托愤慨的篇章，在艺术上更显示出"破人执缚"、"才高胆
大"、"抒其意所欲言"③的特点。因而在晚明文坛上独树异帜，其性
灵说更影响到其后的钟惺、谭元春的竟陵诗派和清代的袁枚等人，
在文学上的成就与影响均较李贽为大。钱谦益指出：

> 万历之季，海内皆诋訾王、李，以乐天、子瞻为宗，其说唱
> 于公安袁氏。而袁氏中郎、小修，皆李卓吾之徒，其指实自卓
> 吾发之……袁氏之学，未能尽香山、眉山。而其抉摘芜秽，开
> 涤海内之心眼，则功于斯文为大。④

这里的分析与评价是可称公允的。

但从发露"童心"到抒写"性灵"这一思想上的蜕变，其背后所
隐蔽的历史变化是多方面的。从佛教影响于中国文学的历史发展
看，禅对"童心"说、"性灵"说的影响可以说是自唐、宋以来禅对文
学强大影响的回光反照。禅强调发扬"自性"，这在思想界是反传
统、反思想统治的因素，但这"自性"脱离了现实基础，就成了虚悬
在空中的主观幻想；何况到明代，禅宗已经没落，"禅净合一"也成
为潮流。"童心"说与"性灵"说都反映了禅的强有力方面及其致命
弱点。而从发展形势看，从李贽到三袁表现了在现实体制压迫下

----

① 《瓶花斋集》卷一〇，《笺注》卷二二。
② 鲁迅《且介亭杂文二集·招贴即扯》。
③ 袁中道《吏部验封司郎中中郎行状》，《珂雪斋前集》卷一七。
④ 《陶仲璞邂园集序》，《牧斋初学集》卷三一。

知识阶层的精神挣扎及其蜕变。当发扬蹈厉、生龙活虎的批判精神被压制与扼杀，文人们就只好龟缩到"自我"之中，由思想界的战斗转移到制作文学上的"小玩意儿"上去了。如三袁那样的人，才华、学问，哪一样也不一定比唐、宋名家逊色，但却终于没有建树起唐、宋名家那样的成就，只能主要以走向没路的名士风流著称于世了。

（原载《中国文学研究》1993 年第 1 期）

佛教的中国化与东晋名士名僧

晋室南渡之后,名士习佛、名僧谈玄成为一时风气。这从被称为"名士清谈的百科全书"的《世说新语》一书可看得很清楚。

东汉末年直到魏、晋之际的所谓"名士",本是一批不同程度上对社会取批判态度、主张真正的"名教"的士大夫。到司马氏专政,统治集团间尖锐的权力之争已暂时有了结局,名士阶层也随之分化。一些人身处尊显而倡林下风流;另一些人或避世保身,或放荡恣情。五马渡江,晋室偏安,贵族士大夫间充满着颓唐感与失落感。范晔说:"汉氏之所谓名士者,其风流可知矣。虽弛张趣舍,时有未纯,于刻情修容,依倚道艺,以就其声价,非所能通物方、弛时务也。"(《后汉书·方术传论》)这种自炫声价、百无一用的名士,是名士的末流,是范晔当时所熟知的。

东晋立国后活跃在官场、士林间的"名僧",后来也多受苛评。如慧皎名所纂僧传为《高僧传》,他说:"自前代所撰,多曰《名僧》。然名者,本实之宾也。若实行潜充,则高而不名;寡德适时,则名而不高。"(《高僧传序录》)东晋的名僧是否"寡德",那得看评价标准如何,不易简单判定;"适时"则是肯定的。迎合时风,沽名钓誉,是这些名僧的一个特征。

而名士又普遍地习佛,名僧热衷谈玄,二者就都显得不伦不类。但是,从思想史、文化史上来考察,这一现象却有深刻的社会基础,并表现出重大的历史意义。正是在名士与名僧们显得不伦

不类、有时颇带俳谐色彩的言行中,实现了佛教与中国传统意识间
有相当规模与深度的认真交流,大大促进了佛教中国化发展的
进程。

一

　　自佛教在两汉之际传入中土到西晋末的三百余年间,传播者
主要是外来僧侣,其工作主要是佛典传译、律仪传授和外来教义的
传习三个方面;虽然中土有出家受戒的,但在知识阶层中的影响却
微乎其微。后赵王度上疏中说:"往汉明感梦,初传其道,唯听西域
人得立寺都邑,以奉其神,其汉人皆不得出家。魏承汉制,亦循前
轨。"(《高僧传·佛图澄传》)桓玄也曾指出:"曩者晋人略无奉佛,
沙门徒众,皆是诸胡。且王者与之不接。"(五谶《答桓玄难》)在有
关佛教史的著述中,可以看到自东汉时期以来从统治阶层到一般
民众信佛的记录;近年文物考古材料也进一步证实了当时佛教流
行的广泛,例如在自四川绵阳、乐山到山东沂南、内蒙和林格尔、江
苏连云港孔望山等地的广大区域内都发现了东汉佛教造像、壁画
或画像砖等遗物。但除了佛教所传牟子《理惑论》那样的作品之
外,文学史上著名作家没有一位言及佛教的。还可以注意到考古
发掘的另一些材料,武昌莲溪寺吴永安五年(262)墓出土了刻有菩
萨装造像的鎏金铜饰片[①],据考为马具上的饰件。用佛教造像作马
具装饰,正如它们此后出现在青铜镜、摇钱树以至唾壶上一样,一
方面说明随着佛教传播佛像在流行,但也确切地表明当时人对佛

---

① 湖北省文物管理委员会《武昌莲溪寺东吴墓清理简报》,《考古》1959 年第
　4 期。

教的理解多么肤浅。因为当时的佛教一般被认为是神仙方术的一种，以佛教造像做装饰，显然没有把它当作崇高信仰的象征。

但到了东晋，情形大变，何尚之答宋文帝赞扬佛教，说到其时士大夫礼佛的盛况：

> 渡江已来，则王导、周顗，宰辅之冠盖；王濛、谢尚，人伦之羽仪；郗超、王坦、王恭、王谧，或号绝伦，或称独步，韶气贞情，又为物表；郭文、谢敷、戴逵等，皆置心天人之际，抗身烟霞之间；亡高祖兄弟（指何睿、恢、淮、充等），以清识轨世；王元琳昆季，以才华冠朝；其余范汪、孙绰、张玄、殷顗，略数十人，靡非时俊。（《弘明集》卷一一》）

上述所列诸人除个别者外，崇佛事实均可见于史书或其他文献。而形成这样的局面，在佛教方面，就必须发展到较高的水平。到这一时期，经过众多译师几百年的努力，特别是有了西晋时期竺法护等人已达到相当水平的译业，佛教教义的介绍已比较充分。同时也培养出既通晓佛教思想，又具有传统文化素养的土生土长的僧人，他们有能力、有资格进入士大夫圈子并与之对话。这就是所谓"名僧"。《世说新语》中着力表现的支遁就是这类名僧的代表人物。他本姓关，陈留人士（或云河东林虑人），内、外学均有很高修养。他才艺双全，精诗文，善草隶；又结交士类，雅好谈论。他任心独往，好养马养鹰，重前者之神俊，羡后者凌霄之姿。他也品评人物，与一般名士们相互标榜，嘘枯吹生。总之，名士的素养与行为他都具备，把他放在名士队里也是个佼佼者。《世说新语》中写到僧人计二十三位，除个别人如佛图澄之外，绝大多数是活动在江东的。他们虽达不到支遁那样的水平，但有的人与他同学（如法虔），有的人与他结好（如竺法深、于法开），多是与他同一类型的人物。这些人不仅是当时佛教界与士大夫间的桥梁，也是推动佛教中国化的主力之一。

　　从知识界方面说,由于佛典翻译渐多,水平渐高,也出现了不少熟悉佛家义理的人。如《世说》上记载支遁讲《维摩》的故事:

　　　　支道林、许椽诸人共在会稽王斋头,支为法师,许为都讲。支通一义,四坐莫不厌心;许送一难,众人莫不抃舞。但共嗟咏二家之美,不辩其理之所在。(《世说新语·文学》)

"许椽"即当时的大名士许询,下面还要介绍。会稽王指后来的简文帝司马昱,斋头谓斋戒的静室。据刘孝标注引《高逸沙门徒》谓所讲是《维摩经》。《高僧传》卷四也记载支遁在山阴讲《维摩》,这当是相当轰动的事,大概不只讲了一次。按当时讲经仪式,主讲人为法师;只有一位辅助唱经人为都讲。许询能担任都讲,可见他对《维摩经》以至一般佛理的了解已达到相当的水平。不过对许多听众来说,只为二者言辞博辨所吸引,尚不能深辨其"理之所在"。这也正反映了知识界对佛教认识的实态。然而当时名士热衷于佛说的情形,从记述中已清晰可见。造成这种状况,正有当时思想界的形势为背景。陈寅恪先生曾精辟地指出:"东汉末年党锢诸名士具体指斥政治表示天下是非之言论,一变而为完全抽象玄理之研究,遂开西晋以降清谈之风派。然则世之所谓清谈,实始于郭林宗,而成于阮嗣宗也。"①这"成于阮嗣宗"的清谈,一旦蜕落了政治色彩,就变成了口舌机辩的炫耀,变成了钻玄理的牛角尖,以至变成了名士生活的点缀和标志。正是在这种思想僵化与颓败的情况下,佛教思想、主要是大乘佛学输入了新鲜的概念、观点和义理,给知识界以震动和启发,指示出开辟思想新境界的方向与道路。这就使名士们习佛成了事理之必然。他们与正在研习和宣扬大乘般若学的名僧们就有了共同的语言,而名士与名僧的交流也就给佛教思想与中国传统意识相融合创造了条件。

---

①《陶渊明之思想与清谈之关系》,《金明馆丛稿初编》,上海古籍出版社,1980 年。

二

探讨名僧的活动及其意义，支遁最富于典型性。他和道安是第一批中土出身的佛学家的代表（二人是同年生人，314）。但道安一生致力于僧团建设和组织佛典传译，而支遁则以名僧身份活跃于士林，是所谓"钵钎后王（弼）、何（晏）人"（《世说新语·赏誉》），在士大夫间有着更广泛的影响，在当时佛教发展中起着独特作用。梁启超曾说"道安、罗什，实当时佛教之中心人物"①，又指出北地多高僧，南地多名居士，似对支遁等名僧的特殊地位和贡献有所忽略。

支遁注《安般》、《四禅》等经，著《即色游玄》、《圣不辩知》等论与《道行指归》、《学道戒》等。他是著名大乘般若学者，被称赞"追踪马鸣，蹑影龙树，义应法本，不违实相"（《高僧传》卷四）。他作有《大小品对比要抄》一书，"寻源以求实，趣定于理宗"（《出三藏记集·大小品对比要抄序》）。该书已佚，今仅存一序。在当时般若学"六家七宗"中，他是"即色宗"的代表。其即色义的要点见于《世说》注所引《妙观章》佚文：

> 夫色之性也，不自有色。色不自有，虽色而空。故曰色即为空，色复异空。

这种观点的依据是《维摩经》卷下《不二入品》："世间空耳，作之为二：色，空。不色败空，色之性空。"②后来僧肇批评即色义是"直语

---

①《佛教教理在中国之发展》，《佛学研究十八篇》，台湾中华书局，1976 年。
②此据支谦译本《维摩诘所说经》，按时代这是支遁所能见到的译本。后出的什译《佛说维摩诘经·入不二法门品》喜见菩萨曰："色、色空不二。色即是空，非色灭空，色性自空。"与支遁的观点在表述上更为接近。

色不自色，未领色之非色"（《肇论·不真空论》）；元康解释说："此林法师但知言色非自色，因缘而成；而不知色本是空，犹存假有也。"（《肇论疏》卷上）就是说，支遁认识到色无自性，因缘而成，但还不理解万法不真故空的实相空。这也就是哲学史家批评的当时的般若学未能脱离玄学的框架的道理。但在僧肇所批评的当时流行的三种主要的般若空义"本无"、"心无"、"即色"之中，即色义包含了对缘起观念的深入理解，是最为深刻的，在自玄学的本体论向般若实相空的转变中迈出了关键的一步。

支遁的大乘般若思想不仅包含了突破玄学有、无之争的世界观与认识论的内容，而且其所要求的宗教修习又是一种新的人生实践。他在《大小品对比要抄序》中指出：

> 夫般若波罗蜜者，众妙之渊府，群智之玄宗……无物于物，故能齐于物；无智于智，故能运于智……赖其至无，故能为用。

这里支遁用的是玄学的语言"无物于物"即认识到"色不自色"，肯定了色、空不二，才能"齐于物"；"无智于智"即运用超越世俗知见的般若空观，这样才能洞悉事物的"真实"。"赖其至无"中的"至无"，是区别于"本无"之"无"，即缘起性空，体悟它才得齐物逍遥之大用。这种般若智的修习的意义，在支遁对《庄子·逍遥游》的新解中看得很清楚。这也是当时玄学谈论中常见的题目。

《世说新语·文学》篇载："《庄子·逍遥》篇，旧是难处，诸名贤所可钻味，而不能拔理于郭、向之外。支道林在白马寺中，将冯太常共语，因及《逍遥》。支卓然标新理于二家之表，立异义于众贤之外，皆是诸名贤寻味之所不得，后遂用支理。"刘注录郭、向义谓：

> 夫大鹏之上九万，尺鷃之起榆枋，小大虽差，各任其性。苟当其分，逍遥一也。然物之芸芸，同资有待；得其所待，然后逍遥耳。唯圣人与物冥而循大变，为能无待而常通。岂独自

　　通而已？又从有待者不失其所待；不失，则同于大通矣。

这段话在今本《庄子注》里是两节，分别见于《逍遥游》题注与"夫列御寇御风而行"节下注。其对"逍遥"的理解的核心是"当其分"、"任其性"，使"有待者不失其所待"。"当其分"的实质是承认人的等级身份的差异。在此基础上的任性逍遥，正体现了一种消极地顺适现状、放纵自恣的心态。这完全是豪门氏族的等级人性论与人生哲学。《高僧传》所记一段逸事，也可帮助我们理解这种观点的本质："遁常在白马寺，与刘系之等谈《庄子·逍遥》篇，云各适性以为逍遥。遁曰：'不然。夫桀、跖以残害为性；若适性为得者，彼亦逍遥矣。'"（《高僧传》卷四）支遁的《逍遥论》则说：

　　　　夫逍遥者，明至人之心也。庄生建言大道，而寄指鹏鷃。鹏以营生之路旷，故失适于体外；鷃以在近而笑远，有矜伐于心内。至人乘天正而高兴，游无穷于放浪。物物而不物于物，则遥然不我得；玄感不为，不疾而速，则逍然靡不适。此所以为逍遥也。若夫有欲当其所足，是于所足，快然有以天真，犹饥者一饱，渴者一盈，岂忘烝尝于糗粮，绝觞爵于醪醴哉？苟非至足，岂所以逍遥乎？

这里批判向、郭的观点仍是"有待"、"有欲"，因而就有"失适于体外"或"矜伐于心内"的情况，使人仍受到外物与内心的羁束。而只有以般若空观对待外物，才能"物物而不物于物"，从而达到真正的逍遥。这是以大乘佛教思想解释玄学的陈旧课题得出的新认识。

　　支遁相对于向、郭所提出的"圣人"，提出了"至人"。这是基于不同的世界观提出的另一种理想的人格。"至人"一语本出《庄子》，但支遁所指却超越了《庄子》的意义。在《释迦文佛像赞》里他称佛陀为"至人"："至人时行而时止"，"至人全化，迹随世微"（《广弘明集》卷一九）。在《大小品对比要抄序》里讲到般若的实践又说："夫至人也，览通群妙，凝神玄冥，虚灵响应，感通无方……夫体道尽神者,不可诘之以言教;游无蹈虚者,不可求之于形器。是以至人于物,遂通而已。"他描写的佛陀是遗弃了世间的王位而出家修道的"至人",而对于"至人"重要的是"凝神玄冥"、"感通无方"的心灵境界,而这个境界是不论身份地位、通过修习般若波罗蜜即可达到的。

谢灵运说"孔氏之论,圣道既妙,虽颜殆庶"①。按中国占统治地位的儒家传统的圣人观,人有着先验的品级,并不是每个人都能超凡成圣,孔门大弟子颜渊也没有成为圣人,圣人与圣王基本是一致的。但按大乘佛教的佛性论,人人经过修习都可以作菩萨成佛,只有修证时间久暂的区别而已。支遁的"至人"观念正反映了大乘佛教这样一种普遍的佛性论思想。它和当时道教中出现的不分品级身分、人人可以成仙的思想相呼应,形成了冲破先验的品级人性论和传统的圣人观的思想潮流。究极说来,"成圣"与"作佛"(支遁称"至人")在现实上所指本是同一个课题。这样,支遁虽然未能最终脱离玄学框架,又常常利用玄学的语言,但他已把大乘佛学的宇宙观、认识论、人生哲学与人性论,以中土传统所能接受的语言和形式广泛宣扬于当时的知识阶层之中。

支遁之外,其他名僧的资料也留存一些。例如竺法深,是"本无异宗"的倡导者。他与孙绰等曾共同参与支遁瓦棺寺讲席。《世说·言语》篇记载他在司马昱处,丹阳尹刘惔问:"道人何以游朱门?"他答曰:"君自见其朱门,贫道如游蓬户。"支愍度是主"心无"义的,他于晋成帝时与康僧渊一起过江到江东,《世说·假谲》篇记载:"愍度道人始欲过江,与一伧道人为侣,谋曰:'用旧义往江东,恐不办得食。'便共立心无义。"这一记述或出传说,但反映出当时般若学各派之争也有清谈中诡辩的一面。康僧渊与王导、庾亮、殷浩等交游,是一时士人间著名人物。于法开主"含识宗",与支遁争

---

① 《与诸道人辨宗论》,《广弘明集》卷一八。

名，"后精渐归支，意甚不忿，遂遁迹剡下"。主"幻化宗"的道壹，《世说·言语》篇注曾引孙绰赞，受学于竺法汰，来自江北，受王导子王洽供养，有重名于时，后来的简文帝司马昱和琅琊王司马荟都器重他。总之这类名僧器识、作风大体与支遁同一类，都是代表佛教进入官场士大夫圈子的先行人物。佛教史上的史实表明，东晋时期佛教信仰如观音信仰已开始流行于南北民众之间，而名僧的活动则在社会上层和知识界中，二者共同推动着佛教在中土的传播，从不同方面建设中国化的佛教。

东晋时，习佛、斋僧已成为一时风气，可以举出不同类型的几个例子。郗超的父亲郗愔本是天师道信徒，但他却转而信佛。他钦崇道安德问；在致亲友书中又说"林法师神理所通，玄拔独悟。实数百年来，绍明大法，令真理不绝者，一人而已"（《高僧传》卷四），对支遁十分景仰。这种家族信仰上的转变正反映了时代风气的变化。他的佛教论著不少，见于《祐录》转陆澄《法论目录》的，即有《奉法要》、《通神咒》、《明感论》以及与法睿、于法开、支遁、谢庆绪、傅缓等人的书论等。今存《奉法要》，见于《弘明集》，与下面将介绍的孙绰《喻道论》是现存中国士大夫所写最早的佛学论著（牟子《理惑论》除外）。

陈寅恪先生曾指出天师道世家多有出入佛教的。但王羲之与郗超情况又有不同。他直到晚年去官后仍"与东土人士尽山水之游，弋钓为娱；又与道士许迈共修服食，采药石不远千里"（《晋书》本传）。然而在他任会稽内史时又与孙绰、许询、李充、刘惔等一批崇佛的名士交游。孙绰曾向他推荐支遁，"因论《庄子·逍遥游》，支作数千言，才藻新奇，花烂映发，王遂披襟解带，留连不能已"（《世说新语·文学》）。这表明支遁《逍遥论》中的大乘思想使他深为倾服。他曾与诸名士一起参与支遁讲席。他是佛、道二者兼容的。

孙绰与许询则又是一种情形。绰出身于北方（太原中都）士

族,"少以文才垂称,于时文士,绰为其冠"。他本好《老》、《庄》。所
作《遂初赋序》称"余少慕《老》、《庄》之道,仰其风流久矣";又自负
"托怀玄胜,远咏《老》、《庄》,萧条高寄,不与时务经怀,自谓此心无
所与让也"(《世说新语·品藻》)。他对儒学也有相当修养,写过
《父卒继母还前亲子家继子为服议》等论礼制文章,还注过《论语》。
又著《孙子》,《隋志》、两唐《志》皆入道家,马国翰有辑本,说它"有
飘飘欲仙之致……又出入名、法、儒家"(《玉函山房辑佚书·孙
子》)。他留下来的有关佛教的作品,对于研究当时佛教发展的实
态很有意义。例如他的《道贤论》(存佚文)继承东汉以来品评人物
的方法,把名僧与名士相比附:竺法护比山涛,帛法祖比嵇康,法乘
比王戎,竺道潜比刘伶,支遁比向秀,于法兰比阮籍,于道邃比阮咸
(《高僧传》卷四),正清楚反映名僧与名士相交流的现实;他称赞支
遁"风好玄同"、帛法祖"栖心世外"等,也指示出名僧身上的玄风。
他的《喻道论》则是中土士大夫第一篇系统阐述统合儒、释观念的
作品。

　　《世说新语》等材料反映的名士好佛的风气很清楚、生动,而更
重要的是他们对佛教的理解。在这后一方面,所存材料不多,但郗
超的《奉法要》和孙绰的《喻道论》却略可显示这种理解的基本
特征。

　　首先,可以看看郗超对般若空的认识。其《奉法要》最后一节
说到:

　　　夫空者,忘怀之称,非府宅之谓也。无诚无矣,存无则滞
　　封;有诚有矣,两忘则玄解。然则有无由乎方寸,而无系于外
　　物;器象虽陈于事用,感绝则理冥。岂灭有而后无,阶损以至
　　尽哉?(《弘明集》卷一三)

这段论述,从玄学论争的角度看,是超越有、无的新思路,而其基础
则是支遁的即色义。这里提出空非"府宅",就是否认空作为实体

而存在,认为它是超出有、无之外的。实际郗超讲的是即色义的因缘空,也是非无非有的。而体认这有、无之外的"空",则要"忘怀",即取决于人的精神境界;从另一方面来说,即不取决于现实人的世俗地位。所以他在文章前面又说到"虽贵极人天,地兼崇高,所乘愈重,矜著弥深,情之所乐,于理愈苦"。这与支遁否认先验品级的佛性论又是完全一致的。孙绰在《喻道论》中也说:"佛也者,体道者也;道也者,导物者也。"(《弘明集》卷三)他反对世教之缠束,追求方外之妙趣,肯定佛道的超越性。他对般若空的理解没有更清楚的表述,但精神上是与郗超的观点相通的。这就表明,名士们由于接受了大乘佛学思想,从而能突破僵化了的玄学争论的限制,开拓了精神上的新境界。

其次,从前面对名士们的介绍已可以看出,他们大体是兼容儒、道与佛的。名士们所理解的佛理,或者借用玄学的语言来谈佛,或者沟通儒家的伦理来解佛,如此等等,都努力使佛教教义与中土传统意识相调和。一方面如孙绰《喻道论》所说"佛有十二部经,其四部专以劝孝为事";郗超《奉法要》则说"五戒检形,十善妨心","忠孝之士,务加勉励",都在强调佛教伦理与中国传统伦理相一致。另一方面,则把佛教出世之道理解为治世之道,强调其"罚恶祐善"、"无亏于惩劝"的社会作用,从而认为佛教可作为维持统治秩序的助力。以至《喻道论》提出了著名的儒佛一致论:

> 周、孔即佛,佛即周、孔,盖外内名耳。故在皇为皇,在王为王。佛者梵语,晋训觉也。觉之为义,悟物之谓。犹孟轲以圣人为先觉,其旨一也。应世轨物,盖亦随时。周、孔救极弊,佛教明其本耳。

如此统合儒与佛,在理解上显得幼稚,但其中显示的调和传统意识与外来宗教的努力,却体现了佛教在中国长远发展的方向。

再次,名士们又表现出对佛教义理的独特的理解方式。简单说来,即力图通过理性的思辨来解释宗教问题。这既反映了晋宋名士思维方式上的特色,又影响到中国佛教未来的发展。后来中国佛教发展出富有重大理论成果的宗教义学,建设起众多的学派与宗派,都与名士们佛教理解所开拓出的这种传统有关。例如当时引起激烈争论的业报问题,这是佛教轮回说的基础。尽管佛教教学各派的解释不同,但都肯定业报的规律是不可改变和怀疑的。而在《奉法要》里,却承认罪福之事,漫而少征,并进而解释说:"理无惩违,而事不恒著,岂得不归诸宿缘,推之来世耶?"这已接近中土传统的"神道设教"说了。又如对于五戒中的戒杀问题。当人们反诘说"周孔之教何不去杀"时,孙绰并没有阐明佛教本来的观点,而说"圣人知人情之固于杀不可一朝而息,故渐抑以求厥中",这则已流于诡辩了。佛教本来具有丰富的理论内容,而名士的佛教理解特别发挥了"理"的方面,对佛教作为宗教的特殊思维方式,如禅悟、解脱、涅槃等,名士们却没有什么深刻的解悟。而这后一方面正体现佛教作为宗教的信仰本质。名士们是在自己传统学养的基础上接受、理解佛教,一方面吸取了外来宗教的信仰和思想;另一方面又基于自己的立场改造了这种信仰与思想。这影响此后中国佛教发展的方向,并形成为中国佛教的特色。

三

僧祐曾指出:

> 自晋氏中兴,三藏弥广。外域胜宾,稠叠以总至;中原慧士,炜晔而秀生。(《出三藏记集序》)

柳宗元又说:

　　　　昔之桑门上首,好与贤士大夫游。晋、宋以来,有道林、道
　　安、休上人、远法师,其所与游,则谢安石、王逸少、习凿齿、谢
　　灵运、鲍照之徒,皆时之选。由是真乘法印,与儒典并用,而人
　　知向方。(《送文畅上人登五台遂游河朔序》)

确实,晋室南渡以后,南、北佛教均呈空前兴旺之势,而东晋士人与
僧人的交流则更是引人注目的现象。

　　如果说佛教自传入中土伊始即开始其"中国化"过程,那么它
要真正在中土意识中扎根并形成具有中国特色的宗教,则必须被
领导思想潮流、代表中土传统文化水平的知识阶层所接受。所以
尽管佛教中国化表现在诸多方面,如佛典传译与解释中"格义"方
法的应用,民众中佛教信仰(如观音信仰)的普及等等,但这其中知
识阶层接受佛教起着关键的作用。因为只有在中土传统文化土壤
上培养的知识阶层接受了佛教,才能实现佛教与中土传统的协调
以至融合,才能保证佛教发展的高度文化学术水平从而增强其生
命力。江东自三国吴以来即是佛教兴行之区,吴地佛教本有着强
烈的中国化的色彩。到了东晋时期,佛教在中土发展已有相当的
基础与规模,思想与人文环境促成了名士与名僧的交流。在僧侣
方面,是以中土习惯的语言与方式宣扬佛教义理;在士人方面,则
是根据传统意识与思维方式理解和接受佛教。二者都努力于实现
传统意识与外来宗教的调和,从而使真正的中国化佛教得以逐渐
形成。

　　正如前面已经介绍的,在名僧如支遁、名士如郗超、孙绰的佛
教思想中,对于佛教的宇宙观、认识论、人(佛)性论,对于理解佛教
信仰与义理的思维方式,对于佛教与世俗统治体制、佛教与中土传
统意识的关系等等重大问题,都有独特的理解与说明,在诸多方面
是开启了此后中土佛教发展的方向的。这样,名士与名僧的活动
虽然还显得幼稚肤浅、不伦不类,却走出了佛教在中国的发展的关
键的一步。此后中土佛教教相判释的确立、众多学派、宗派的形成

都以此为起点。至于僧侣与文人交游的传统绵延到后来，给中国
思想、文化以多方面的巨大影响，更是彰明于史册，值得深入研究
的课题。

（原载《传统文化与现代化》1993 年第 4 期）

苏轼与佛教

一、苏轼与云门宗

苏轼晚年有诗说："不向南华结香火,此生何处是真依。"(《昔在九江与苏伯固唱和……》,《后》七。本文引用苏轼诗文,据《东坡七集》,集名、卷次随文括注;《东坡集》简为《集》,《后集》简为《后》,《续集》简为《续》。)韶州曹溪南华寺又称宝林寺,是禅宗六祖、南宗禅开创者慧能所住寺。苏轼友人参寥《读东坡居士南迁诗》也说:"往来惯酌曹溪水,一滴还应契祖师。"(《参寥集》卷九)所谓"祖师",是南宗弟子对宗师的特别称呼。苏轼晚年再被贬谪,脱略世事,更加倾心于禅,这也是他长时期习禅有得的积累结果。探求他在禅宗各派中的倾向,会发现他自早年起,接触最密切的是云门宗。这样一方面,他的思想与创作都受到云门宗独特宗风的影响;另一方面,以他领袖文坛的地位,对于弘扬云门宗也起了一定作用。这个情况是研究苏轼时应当加以注意的。下面先考查他与云门一派禅师交往的情形。

五代时禅宗主要兴盛于江南。入宋,汴京两街诸寺只有法相宗和南山律宗。仁宗皇祐元年(1049),朝廷命云门宗圆通居讷

（1010—1071）住持左街十方净因禅院，后居讷举另一位云门宗人大觉怀琏（1009—1090）自代，自是禅宗始流行于汴京。居讷与怀琏都广交士林，在士大夫间有广泛影响。例如居讷入京前居庐山，欧阳修左迁滁州时游庐山曾与他论道，肃然心服。他主持净因禅院即由欧阳修的举荐。苏轼自早年即亲近怀琏，与他结下了长期的交谊。

居讷为蜀梓州（今四川三台县）人，与苏氏同乡。苏辙《赠景福顺长老二首序》中说："辙幼侍先君，闻尝游庐山，过圆通，见讷禅师，留连久之。元丰五年，以谴居高安，景福顺公不远百里，惠然来访，自言昔从讷于圆通，逮与先君游。岁月迁谢，今三十六年矣。"（《栾城集》卷一一）自元丰五年（1082）上推三十六年，则苏洵往庐山从居讷游是庆历七年（1047）的事。苏轼后来游庐山，过圆通院，有诗写到这段因缘。三苏于嘉祐元年（1056）赴京师，正是大觉怀琏在那里活跃的时候。苏轼在后来的《祭大觉禅师文》中回忆说"我在壮岁，屡亲法筵"（《后》一六）；又怀琏晚年住四明，轼致书中有"奉别二十五年"（《与大觉禅师琏公二首》，《后》六）之语，可知至迟在治平二年（1065）罢凤翔判官回京判登闻鼓院直史馆时二人已有交往。在《次韵水官诗》里说到怀琏曾以阎立本画遗苏洵，洵报以诗并命自己和作。苏洵死于治平三年（1066），苏轼曾施舍其所藏禅月罗汉像，为此有致怀琏书。熙宁四年（1071），苏轼通判杭州，怀琏亦回吴，二人继有交往。直到怀琏晚年居四明，于所居广利寺内建宸奎阁，收藏宋仁宗当年所赐十七首颂诗，轼为作《宸奎阁碑》。其时怀琏受到"小人"困扰，轼曾致书明守、友人赵德麟请求加护。

苏轼在京师还结识了怀琏弟子径山惟琳，二人结下了终生之谊。惟琳与苏辙交谊亦笃，相互有诗唱和。轼晚年贬岭南，惟琳极表关切，曾默祷于佛前望其亟还中州。后遇赦北归，抵常州，有书《与径山长老惟琳二首》，中云："卧病五十日……某扶行不过数步，

亦不能久坐，老师能相对卧谈少顷，即告，晚凉更一访。"(《续》七)
词情殷切，表露了老病依恋禅侣的心态。

苏轼两度莅杭。杭州自吴越以来即为佛教兴盛之地，而尤以
禅宗为盛。苏轼说："吴越多名僧，与予善者常十八九。"(《东坡志
林》卷一一)他在《祭龙井辩才文》里又说："我初适吴，尚见五公，讲
有辩、臻，禅有琏、嵩。"(《后》一六)"讲"与下面"禅"相对，指"教门"
讲师；"辩"指海月惠辩，为杭州都僧正，讲教二十五年，学徒及千
人；"臻"指天台梵臻，后者为天台知礼高足；"禅有琏、嵩"则指怀琏
和另一位云门禅宿明教契嵩。契嵩为洞山晓聪法嗣，出世住杭州
灵隐，仁宗明道年间曾北上京师与欧阳修论辩，明儒释一贯之旨，
轰动一时。他著有《传法正宗定祖图》、《辅教篇》等，有《镡津文集》
传世。苏轼在莅杭前是否与契嵩有往还已不可考；他到杭州第二
年契嵩圆寂。

苏辙有《偶游大愚见余杭明雅照师旧识子瞻能言西湖旧游将
行赋诗送之》诗曰：

> 昔年苏夫子，杖屦无不之。三百六十寺，处处题清诗。麋
> 鹿尽相识，况乃比丘师。辩、净二老人，精明吐琉璃。笑言每
> 忘去，蒲褐相依随……(《栾城集》卷一三)

诗中的"辩、净二老人"指海月惠辩和下天竺惠净，二人都能诗；题
目中的"明雅照师"即法云法秀弟子大愚如照。法云法秀僧规劝黄
庭坚休作诗词绮语，为文坛逸话。后来苏轼贬黄州时有《答圆通秀
禅师》书，说到"闻名之久而得之详莫如鲁直……未脱罪籍，身非我
有；无缘顶谒山门"(《续》五)；在汝州又曾为武胜军留后张敦礼作
过《法云寺钟铭》。

苏轼在杭结交的众多禅侣，有些世系已不可考，仅举出可明确
考定出自云门一系的，如大通善本，苏轼有《病中独游净慈谒本长
老周长官以诗见寄仍邀游灵隐因次韵答之》诗，中有"欲问云公觅

心地,要知何处是无还"(《集》五)之句,后来离杭仍有诗怀念;又有佛日道荣,为怀琏法嗣,《佛日山荣长老方文五绝》中说"陶令思归久未成,远公不出但闻名"(《集》五),比拟二人关系如传说中的东晋名僧慧远与陶潜的交谊。另又出于黄龙派的,如净因道臻,为黄龙慧南法嗣,有诗文《九日寻臻阇梨遂泛小舟至勤师院二首》、《净因画院记》、《净因净照臻老真赞》等。

苏轼在杭州通判任上,熙宁六年冬曾赴常州、润州赈饥,在常州有《赠常州报恩长老》诗,中云:

> 荐福老怀真巧便,净慈两本更尖新。凭师为作铁门限,准备人间请话人。(《集》一五)

荐福老怀指天衣义怀;净慈两本一指法云善本,曾住净慈寺;另一位为圆照宗本,是义怀嗣法弟子;报恩长老即善本法嗣报恩怀立。次年过金山,结识了怀琏另一弟子金山宝觉,五年后的元丰二年(1079)移知湖州,再过金山,有《余去金山五年而复至次旧诗韵赠宝觉长老》诗曰:"稽首愿师怜久客,直将归路指茫茫。"(《集》一〇)

也是在移知湖州过金山时,结识了佛印了元,有《蒜山松林中可卜居余欲僦其地地属金山故作此诗与金山元长老》诗云:"问我此生何所归,笑指浮休百年宅。蒜山幸有闲田地,招此无家一房客。"(《集》一四)相传东坡为五戒禅师后身,因此丛林中流传他与佛印禅师斗机锋的故事(参阅《丛林盛事》、《人天宝鉴》等)演为小说戏曲,流传民间。二人保持着长期的友谊。

元丰二年(1079)苏轼谪黄州,始多读佛书,苏辙《亡兄子瞻端明墓志铭》说:"既而谪居于黄,杜门深居,……后读释氏书,深悟实相,参之孔、老,博辩无碍,浩然不见其涯也。"(《栾城后集》卷二二)当时他读的主要是华严宗著作,这促成了苏轼习佛上的一大转变,但与禅宗、特别是云门禅的关系仍很密切。时有慧林宗本弟子寿圣省聪自筠州来黄访问。苏辙在筠州与此人结交，应是他介绍前来的。轼有《送寿圣聪长老偈》。直到后来元祐八年（1093）在京，二人仍有诗唱和。在黄州时与天衣义怀法嗣栖贤智迁亦有往还，见《与佛印禅师书》。

　　元丰七年苏轼被命为汝州团练副使，四月游庐山，晤东林常总，作《赠东林总长老》诗。常总是黄龙慧南弟子，一般灯史上把苏轼列在他的门下，这是没有多少道理的。大概也是此次游庐山，会见报本有兰法嗣中际可遵，释惠洪记载一段逸事：

> 福州僧可遵，好作诗，暴所长以盖人，丛林貌礼之，而心不然。尝题诗汤泉壁间。东坡游庐山，偶见，为和之。遵曰："禅庭谁立石龙头，龙口汤泉沸不休。直待众生尘垢尽，我方清冷混常流。"东坡曰："石龙有口口无根，龙口汤泉自吐吞。若信众生本无垢，此泉何处觅寒温。"（《冷斋夜话》卷一〇）

这和与常总唱和一样，可见苏轼以机锋俊语炫跃禅门的情形。苏轼又有《答灵鹫遵老二首》书信，写到二人唱和情况。此年过金陵，会见退居于其地的王安石，王时亦正习禅。在金陵结识了临济宗石霜楚元弟子钟山觉海（即蒋山赞元）。次年，自常州被命起知登州，见慧林若仲弟子石塔戒，有机语传世（参见《冷斋夜话》卷一〇）；又见到清凉和，他是雪窦重显的再传弟子。

　　绍圣元年（1094）苏轼贬惠州，南行过金陵，见钟山法泉，为云居晓舜法嗣，有诗、书往还；再次见到清凉和，有诗赠答。其《赠清凉寺和长老》诗云："代北初辞没马尘，江南来见卧云人。"（《后》四）其《次旧韵赠清凉长老》又云："安心有道年颜好，遇物无情句法新。"（《后》七）赴惠途中过虔州，这里是黄龙派发达的地方，所遇到的清隐惟湜出临济宗，廉泉昙秀、慈云明鉴则是黄龙学人。过韶州南华诗，结识南华重辩，为临济宗，到惠州后仍有书信往还，并应请书写柳宗元《大鉴禅师碑》。在广州会见资福祖堂、龙光长老，法系不详。到惠州后,同游者有罗浮齐德,出法云法秀之门。自惠州南归再过南华,重辩已亡殁,住持为南华得明,是慧林宗本弟子,有《答南华明老》诗。

以上,主要叙述苏轼与云门宗人的关系,整理为表一。这是见于诗文或文献所可考见的。与苏轼有关人物以粗体字表示。表二是表示他与临济宗和黄龙派的关系。苏轼诗文中还涉及个别的其他禅宗派系或佛教宗派的人,有些人法系不可考。其中有与苏轼关系甚密的,如道潜(参寥子)。还有不少诗僧。但这对本文做出结论无关紧要。

南宗禅发展到唐末宋初,分化而为"五家七宗","祖师禅"衍变为"分灯禅"。分化出来的禅宗各派,虽在思想观念上无大的原则差异,但禅风上终究有所不同。云门宗兴起于岭南,出现了雪窦重显、慧林宗本、大觉怀琏、明教契嵩等著名宗师,弘本宗于江东与中原,北宋前期兴盛一时。其代表人物中多有相当出色的文人。如重显为"颂古"一体的确立者,契嵩更以文名。这一宗派具有浓厚的文化性质,因而在文坛上广有影响。这一派宗风险峻,简洁高古,其说禅以"善巧"著称,提倡在一语一字中见旨趣,有"云门一字关"、"云门三句"(函盖乾坤句、截断众流句、随波逐浪句)之说。耶律楚材在《万松老人万寿语录序》中说:"云门之宗,悟者得之于紧俏,迷者失之于识情。"这些禅解上的特点也影响到当时诗坛风气。今人论禅对于诗的影响多泛泛,实际上不同发展阶段的、不同派系的禅对诗坛作用不同,诗人接受的情况更多种多样。这里只提出有关苏轼与云门宗关系的一些材料,或可有助于研究的深入。至于禅宗观念包括云门宗如何具体影响到苏轼思想与创作,是另外的问题了。

表一

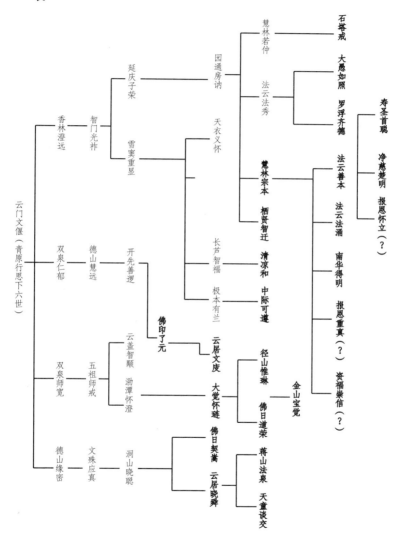

表二

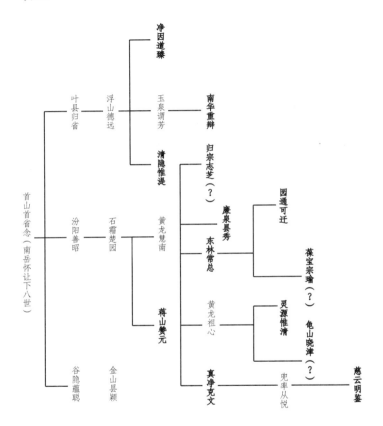

二、苏轼与华严学

苏轼是个文人。中国的文人总是离不开书本,所以他习佛也多读佛典。从他的文字看,他不只喜读禅宗的灯史、语录,对《般若》、《维摩》、《楞伽》、《圆觉》诸经都很熟悉，而华严学说对他影响尤大。本来中唐的宗密就一身而兼祧华严与荷泽（南宗禅神会一系）二宗，其论著即兼容禅与华严思想。华严构想一个圆融无碍的宇宙体系，禅则发明人的主观心性，二者均成为构筑宋代理学的重要因素。苏轼习禅而兼习华严，也正代表了一时思想潮流。

南宗禅发展到中唐以后，出现了毁经灭教、呵佛骂祖的一派。因为自马祖道一倡"平常心是道"的"作用见性"之说，丛林中任运随缘、无修无证成为风气。这就把禅的批判的、否定的方面发展到了极端。当时的柳宗元就曾提出批评，说"今之言禅者，有流荡舛误、迭相师用、妄取空语而既略方便，颠倒真实，以陷乎己而又陷乎人，又有能言体而不及用者"（《送琛上人南游序》，《柳河东集》卷二五）。同时自宗密开始，已出现明显的"禅教合一"倾向。五代时兴起的法眼宗，就吸收了华严思想。北宋初的不少禅僧都有向教下复归的表现。苏轼习禅，也不赞成那种毁经灭教、流荡忘返的禅风。他在《书楞伽经后》一文中指出：

> 近岁学者，各宗其师，务从简便，得一句一偈，自谓了证。至使妇人孺子，抵掌嘻笑，争谈禅悦。高者为名，下者为利，余波末流，无所不至，而佛法微矣。（《集》四〇）

他在一篇《大悲阁记》里更批评那种认为"斋戒持律不如无心，讲诵其书不如无言，崇饰塔庙不如无为"的看法为"饱食而嬉"，"是为大以欺佛者也"。

苏轼用心读佛书始自嘉祐六年二十六岁任凤翔签判后的一段时期。他在《王大年哀辞》中说：

> 嘉祐末，予从事岐下，而太原王君讳彭字大年监府诸军……予始未知佛法，君为言大略，皆推见至隐以自证耳，使人不疑。予之喜佛书，盖自君发之。（《后》八）

到后来熙宁末年四十岁前后权知密州任上，又曾集中研究过华严思想。在当时所作《和子由四首送春》中有句云：

　　　　芍药樱桃俱扫地，鬓丝禅榻两忘机。凭君借取《法界观》，
一洗人间万事非。(《集》七)

下有注曰："来书云近看此书，余未尝见也。"《法界观》即宗密所作《注华严法界观门》，是阐述华严宗圆融法界无尽缘起的观法的，是华严宗的代表著作。其主要内容是依理法界、理事无碍法界、事事无碍法界三种法界（又立"事法界"合为"四法界"），以构成真空观、理事无碍观、周遍含容观三重观法。法界谓所观之境，观谓能观之智。法界观提出了宇宙间森罗万象相即相入、圆融无碍的观法。依这种观法，万法都是一真法界的体现，诸缘依恃，相互具足，平等无二。这实际上是佛教宇宙观融合了中国传统的"天人合一"和"天地与我同根，万物与我同体"①的观念的产物。苏轼用这种思想来泯是非、齐物我，在精神上得到慰藉。到元丰二年移知湖州时作《送刘寺丞赴余姚》诗中又说：

　　　　我老人间万事休，君亦洗心从佛祖。手香新写《法界观》，
眼净不觑登伽女。(《集》一一)

到这时他对宗密书已研读相当精深了。

　　如果说禅宗是引导人体认"自性"而回归到主观世界，对外境只求"无念"、"无心"的顺应或超脱，华严宗的法界缘起思想则以平等观念对待外境，认识到万物都不过是如因陀罗网一样交织在法界中的因子。对自我的看法也是如此，如苏轼所说"是身如虚空，万物皆我储"(《赠袁陟》，《集》一五)。自身消融在法界之中，万物又皆备于自我。接受了这种思想，苏轼对宇宙、人生都有了新的认

────────────

①语见《庄子》的《齐物论》、《天下》篇。在佛学中，僧肇在《肇论》中曾引用；在禅学中，最早见于《南泉普愿与陆亘答问》。

识,他在《南都妙峰亭》诗中说:

> 孤云抱商丘,芳草连杏山。俯仰尽法界,逍遥寄人寰……
> (《集》一五)

由于体认法界缘起的道理,自我也就心安理得地任性逍遥了。苏轼的作品中有一些写到吃斋念佛、施舍放生、天堂地狱的迷信的。结合他的整个思想来考察像是难以理解。这其中有些是应酬之作,但不少篇中在迷信的语言背后却另有见解。如《阿弥陀佛赞》,是为纪念亡妻而作,表面上似宣扬净土念佛,然而说到:

> 见闻随喜悉成佛,不择人天与虫鸟。但当常作平等观,本无忧乐与寿夭。丈六全身不为大,方寸千佛夫岂小。此心平处是西方,闭眼便到无魔娆。(《后》一九)

这是用法界观来看世界,所言为心中眼和唯心净土。他讲到地狱也一样,《地狱变相偈》中说:

> 乃知法界性,一切唯心造。若人了此言,地狱自破碎。
> (《集》四○)

这也是强调树立法界缘起的观法。

华严法界思想帮助苏轼以一体平等的观点看待外物,树立一种夷旷潇洒的人生态度。前一节引及苏辙为他作的《墓志铭》,说他谪黄州杜门深居,读释氏书,深悟实相,核之以黄州后所作诗文,在这方面他确实大有进境。在黄州他得一怪石,用以供佛印了元,写《怪石供》一文曰:

> 禅师尝以道眼观一切,世间混沦空洞,了无一物,虽夜光尺璧与瓦砾等,而况此石?(《集》二三)

这是以平等空观体认万法的平等。对自我也作如是观,他晚年出知颍州,有《泛颍》诗曰:

> 我性喜临水,得颍意甚奇。到官十日来,九日河之湄。吏民笑相语,使君老而痴。使君实不痴,流水有令姿。绕郡十余里,不驰亦不迟。上流清且直,下流曲而漪。画船俯明镜,笑问汝为谁?忽然生麟甲,乱我须与眉。散为百东坡,顷刻复在兹。此岂水薄相,与我相娱嬉。声色与臭味,颠倒眩小儿。等是儿戏物,水中少磷淄。赵、陈、两欧阳,同参天人师。观妙各有得,共赋泛颍诗。(《后》一)

这篇机趣横生的游戏之作,包含着深刻的思想意义。杨慎曾指出:"东坡《泛颍》诗:'散为百东坡,顷刻复在兹。'刘须溪谓本《传灯录》。按《传灯录》,良价禅师因过水睹影而悟,有偈云:'切忌从他觅,迢迢与我疏。我今独自往,处处得逢渠。渠今正是我,我今不是渠。'"(《升庵诗话》卷三)苏轼诗的构思是否借鉴了洞山良价公案不可考知,但从禅观上看则确有相通之处。然而良价只是"过水睹影",苏轼却有"散为百东坡"的奇想。这使人联想起华严宗法藏的《华严金狮子章》,其中用立于上下十方镜中金狮子影像无尽来指示诸法界含容无尽,苏轼则以影像的成灭分合之妙表露了万物含容的平等空观,二者是有关联的。又永嘉玄觉《证道歌》说到"一法圆通一切性,一法遍含一切法。一月普现一切水,一切水月一月摄"①,苏轼的发想与之亦有相通处。

用华严法界观看待人生,就会体会到无碍自如的境界。苏轼受到这种观念的影响,加上他体察入微的才情和牢笼万物的笔力,作品中常有奇妙的构想,给人展现富于启发的意境。如他的《泗州僧伽塔》说:

> 至人无心何厚薄,我自怀私欣所便。耕田欲雨刈欲晴,去得顺风来者怨。若使人人祷辄遂,造物应须日千变。今我身

———————————

① 今传《永嘉证道歌》非永嘉玄觉写定,其中包含的观念多有后出的,此不赘述。

世两悠悠,去无所逐来无恋……(《集》三)

"至人"语出《庄子》,又为佛家所用;"无心"是南宗禅所主张的境界,苏轼诗中经常写到。但在这里,苏轼不只强调内心清净,不忮不求,无所执着,又要求对待事物心无厚薄,视万物等一。禅宗有"金屑虽贵,落眼成翳"的话,一般是比喻一切言语皆为障道因缘,但苏轼在《送圣寿聪长老偈》里却翻案说:"愿闵诸有情,不断一切法。人言眼睛上,一物不可住。我谓如虚空,何物住不得。"(《集》四〇)因为从事理无碍的平等观念看,有与无也是一如的,重要的是心无所著。

苏轼第一次莅杭时作《游灵隐寺得来诗复用前韵》诗说:

盛衰哀乐两须臾,何用多忧心郁纡。溪山处处皆可庐,最爱灵隐飞来孤。(《集》三)

后来他自杭守颍,有《轼在颍州与赵德麟同治西湖……》诗说:

太山秋毫两无穷,巨细本出相形中。大千起灭一尘里,未觉杭颍谁雌雄。(《后》二)

他认为溪山处处皆可庐,所以"南北东西只一天"(《蜀僧明操思归龙丘子书壁》,《续》二),此心安处即吾乡,心无厚薄,也就泯人我、齐荣辱了。自己处境如何也就无所挂碍。他在《书六一居士传后》借欧阳修六一居士之号议论说:"今居士自谓六一,是其身均与五物为一也。不知其有物耶?物有之耶?居士与物均为不能有,孰能置得丧于其间!故曰居士可谓有道者也。"(《集》二三)这种对"六一居士"的理解与欧阳修本意不同,表现的是物非我有、物我等一、得丧一如的观念。此所谓"道",正与华严法界观相关。苏轼的两篇《赤壁赋》表露了浓重的庄与禅的观念,但在其"变"与"不变"的观法中体现的深处的思想,所谓"物与我皆无尽"、天地万物"取之无尽、用之不竭"等等,也有着华严法界观的影子。

在中国各佛教宗派中，华严宗是较多汲取传统哲学思想的宗派。它在宇宙构成、宇宙的多样性与统一性、人与宇宙万物的关系等问题上，提出了许多富于哲理内容的、有价值的看法。苏轼的禅观中融入了华严思想，加强了他的世界观与人生观的理论深度。在他第三次莅杭时结交了钱塘诗僧思聪。此人自幼年善琴，又学书，学诗，对《华严经》亦有研究。苏轼有《送钱塘僧思聪归孤山叙》说：

> 复使聪日进不止，自闻、思，修以至于道，则华严法界慧海尽为蘧庐，而况书、诗与琴乎……聪能如水镜，以一含万，则书与诗当益奇，吾将观焉，以为聪得道浅深之候。（《后》九）

这里直接讲的是学艺，实际表明了对华严法界观的认识。他认为得其"道"，入"法界慧海"，则精神上就能无所束缚而舒展自如。他从对万法圆融无碍、相即相入的体认中找到了自我的位置。读苏轼的作品，人们可以感受到他对现实、对人生有一种透彻的、超脱的认识，对世界与自我的种种矛盾都有一种旷达的理解，在他的热烈的诗情背后有着深沉广大的理性探索。达到这种境界，应是得到了华严思想之助的。

三、苏轼作品中的庄、禅交融

禅宗作为中国佛教宗派是佛教扎根于中土思想土壤的产物。它吸收了儒家的心性理论，还吸收了道家学说。达摩的思想是禅宗的滥觞，而胡适早已指出过："达摩的四行，很可以解作一种中国道家式的自然主义的人生观：报怨行近于安命，随缘行近于乐天，无所求行近于无为自然，称法行近于无身无我。"（《楞伽宗考》，远流版《胡适文存》第四集第二卷第60页）历代禅宗祖师多有精研老、庄的人，如神会即"从师传授五经，克通幽赜，次寻庄、老，灵府廓然"（《宋高僧传》卷八）。有些人并明确意识到庄、禅的一致性。大珠慧海在回答儒、释、道三教同异的质问时就说过："大量者用之即同，小机者执之即异。总从一性上起用，机见差别成三。"（《顿悟要门·诸方门人参问语录》）

老、庄与禅在根本观念上是有原则区别的。例如老庄的"无"是本体，即是绝对的无，而禅的"无"是超越有无的空；老子的"绝学"、庄子的"坐忘"是对知的否定，是相对主义，而禅的"无念"、"无心"是佛的般若智，是绝对的智慧，如此等等，此不具述。但南宗禅，特别是发展到马祖道一的所谓"洪州禅"以后，老、庄的色彩越来越浓重。洪州禅主无修无证的"平常心"，提倡顺应自然、无为无事的生活方式，从思想到语言都融入了许多道家的东西。本来，道家思想在中国文化的深层构造中有着深厚牢固的基础。禅宗借助于它来构成和发展自己是很自然的事。而中国知识分子往往从庄、禅一致的角度来接受禅宗。在唐代，白居易就是个代表人物，他的诗文中常常是庄、禅（或佛）并举[①]；在宋代则可提出苏轼。值得注意的是，像白、苏这样的人，都是对中国文化了解深透的有着高深学养的知识分子。

禅宗是所谓"心的宗教"。它提倡向"清净自性"复归，主张"无念"、"无相"，实际是用心灵的自由来对抗现实的不自由。这与庄子的等是非、齐物我的观念在表现上虽不同，而在思想深处是相通的，即都是以主观来战胜客观。苏轼的不少诗表达了这一主题，庄、禅在其中交融无间。试看《书焦山纶长老壁》：

---

① 如《睡起晏坐》："行禅与坐忘，同归无异路。"《新昌新居四十韵书事因寄元郎中张博士》："大抵宗庄叟，私心事竺乾。……是非都是梦，语默不妨禅。"《拜表回闲游》："达摩传心乞息念，玄元留语遣同尘……。"等等，均见《白氏长庆集》。

> 　　法师住焦山，而实未尝住。我来辄问法，法师了无语。法
> 师非无语，不知所答故。君看头与足，本自安冠屦。譬如长鬣
> 人，不以长为苦。一旦或人问，每睡安所措。归来被上下，一
> 夜着无处。展转遂达晨，意欲尽镊去。此言虽鄙浅，故自有深
> 趣。持此问法师，法师一笑语。（《集》六）

这首诗充满了机趣与幽默，讲的是禅理，也有庄子泯是非、齐物我
的意识。《金刚经》讲"应无所住而生其心"，要求荡相遣执，摆脱执
着，诗的开头所谓"未尝住"意即在此。禅宗发展了这种"不住心"，
提出"无念"、"不作意"。因为有念即妄想，无念即清净。苏轼写了
一个长鬣人的尴尬处境，一但对自我有所"自觉"，起心动念，则不
知所措了。这就生动地譬喻了人们往往为自心所缚的窘境。这讲
的是禅，也说出了庄子齐物逍遥、自然无为的道理。

　　再看一首同样具有幽默情趣的讽喻小诗《赠眼医王生彦若》。
此人挑出眼翳，锋镞往来，谈笑自若。他既不是用"幻术"，也没有
用"符祝"，只是由于认识到"形骸一尘垢，贵贱两草木"，所以能"鼻
端有余地，肝胆分楚、蜀"。苏轼说这里即有"道"在。这个"道"让
人们想起《庄子·养生主》里的"庖丁解牛"，庖丁的技艺是"依乎天
理"的，而掌握天理要重内不重外，即保养精神。而诗中写的故事
正体现顿悟自性、破除妄见的禅理，可视为一篇谈禅的文字。曾季
狸说："东莱喜东坡《赠眼医王彦若》诗。王履道亦言东坡自负
此诗，多自书与人。予读其诗，如佛经中偈赞，真奇作也。"（《艇斋
诗话》）

　　中唐时期马祖道一以后的"祖师禅"，特别发挥了"作用见性"
观念，即认为行住坐卧、穿衣吃饭、扬眉瞬目等一切人生营为作用
处都是道，因此提倡过一种任运随缘、无为无事的生活。这样就使
得禅更多地体现在人生观和生活方式上。这正与老、庄的自然无
为的人生哲学相合。白居易也好、苏轼也好，在这方面都强烈受到
庄与禅两个方面的影响。这种影响的消极方面是无庸讳言的，对

现实泯绝是非、逃避矛盾当然是一种消极态度,但解脱了名缰利锁、否定了被视为神圣的传统人生价值,精神上又有超越的一面。特别是形之于诗,就往往创造出一种夷旷高妙的精神境界。

在中国古代诗文中,"人生如梦"是个常见的主题。在宋代,前有苏轼,后有陆游,都多写这个主题,而且写得生动感人。陆游有九十多首写梦的诗词,写的多是对现实的幻想、追求及其幻灭。他的这种梦境本质上是现实的。而苏轼写"人生如梦"则是对人生价值的一种理解,是深浸着庄与禅的精神的。他有深切的人生体验,带着艺术家的敏灵与思致来写,写得温馨、怅惘,充满了对人生和人情的依恋与感怀,非常动人。

庄子讲"如梦",有着虚无主义与相对主义色彩,突出了人生价值的相对性,为他任性无为的人生观提供依据。佛教讲"如梦",是本于诸法性空的根本原理,说明宇宙万物与人生都虚幻不实。"如梦"是大乘佛教说明般若性空的十喻之一。苏轼表现的"如梦"的境界,在不同作品中对这两个方面有所侧重,但往往又能将二者融合并升华一步,从反面暗示出人生的价值。如《正月二十日与潘郭二生出郊寻春忽记去年是日同至女王城作诗乃和前韵》诗:

> 东风未肯入东门,走马还寻去岁春。人似秋鸿来有信,事如春梦了无痕。江城白酒三杯酽,野老苍颜一笑温。已约年年为此会,故人不用赋《招魂》。(《集》一二)

在这里,人事如梦和人间的感情是相对比着被表现的。在如梦的淡淡哀愁中流露出了人间友情的温馨与永恒。又如《百步洪》诗,从流水的"逝者如斯",想到"纷纷争夺醉梦里,岂信荆棘埋铜驼。觉来俯仰失千劫,回视此水殊委蛇"(《集》一〇)等等,由此发出"但应此心无所住,造物虽驰如余何"的浩叹,则由梦而觉,对人生得出了一种清醒的认识,表示要执着于自我,保持自身的操守。

再如著名的《念奴娇·赤壁怀古》,历数过往时代的英雄伟业

如过往烟云,抚古思今,慨叹"人生如梦",则在消极的莫可奈何中有着牢骚和激愤。又在《次韵王廷老退居见寄二首》诗中说:

> 浪蕊浮花不辨春,归来方识岁寒人。回头自笑风波地,闭眼聊观梦幻身。北牖已安陶令榻,西风还避庾公尘。更搔短发东南望,试问今谁裹旧巾。(《集》一○)

此诗为知徐州时所作,其时王安石执政,苏轼几年间由出知杭州而密州而徐州,政治风波促使他生活动荡不居,因而更体会身如梦幻。"陶令榻"用的是陶渊明退居田园典;庾公指庾亮,他治江州,与僚属等南楼赏月,竟夕文咏。苏轼用这些典故表示自己不乐趋赴权贵,则这种"如梦"的意识又流露出批判现实的精神了。

苏轼写"如梦"的诗还可举出许多,如:

> 聚散细思都是梦,身名渐觉两非亲。(《至济南李公择以诗相迎次其韵二首》,《集》八)

> 回首旧游真一梦,一簪华发岸纶巾。(《台头寺步月得人字》,《集》一○)

> 旧事真成一梦过,高谈为洗五年忙。(《余去金山五年而复至次旧诗韵赠宝觉长老》,《集》一○)

> 愿君勿笑反自观,梦幻去来殊未已。(《王巩清虚堂》,《集》一一)

> 此身自幻孰非梦,故园山水聊心存。(《次韵滕大夫三首·雪浪石》,《后》三)

> 物生有象象乃滋,梦幻无根成斯须。方其梦时了非无,泡影一失俯仰殊⋯⋯(《六观堂老人草书诗》,《后》一)

> 我生涉世本为口,一官久已轻莼鲈。人间何事非梦幻,南来万里真良图。(《四月十一日初食荔枝》,《后》五)

如此等等,"如梦"的观念在他的作品中有多种多样的表现。庄与禅的意识往往交融地流动在这些表现的底层。

　　主要是儒、佛二者相融合,构造成理学思想体系;而庄与禅二者相融合,则激发为高妙的诗思。庄与禅的艺术内容在其相互激发中往往被更好地发挥出来。苏轼是个例子。

(原载《文学遗产》1994 年第 1 期)

《观世音应验记》点校说明

　　《观世音应验记》三种，我国久佚，现据在日本发现的古抄本点校排印。

　　该三书早在 1943 年即于日本发现，当年涩谷亮泰在《昭和现存天台书籍综合目录》中著录：

> 《观音应验记》一轴，南北朝写，《吉水藏》——二四。

日本历史上的"南北朝"指室町幕府初期在今奈良县的吉野朝和京都朝两个皇统对峙时期，当公元 1336—1392 年；《吉水藏》为京都东山区粟田口青莲院的经藏。后来赤俊秀参加对京都重要寺社"文化财"的调查，发表对该文献的调查结果如下：

> 　　纸数表纸浓褐纸一叶，纵九寸一分，横八寸。本纸白纸，墨界线，二十二行，一纸纵九寸一分，横幅一尺五寸八分，四十叶，全长六十三尺一寸。

书写年代推定镰仓时代中期。

　　镰仓时代指源赖朝在镰仓建立幕府的时期，约当公元 1192—1333 年。这就把传抄年代提前了。到 1954 年，时任京都国立博物馆馆长的著名佛教学者、中国佛教史家冢本善隆教授在《京都大学人文科学研究所创立二十五周年纪念论文集》中发表《古逸六朝〈观世音应验记〉的发现——晋谢敷、宋傅亮〈观世音应验记〉》一文，首次刊布了有关研究成果及傅亮《光世音应验记》的原文。

1970年,时任职京都大学人文科学研究所的牧田谛亮教授,对三种《观世音应验记》加以解说、校点和注解,由平乐寺书店出版。此后,这三种书即受到日本佛学界、文学界较广泛的重视,并续有研究结果问世。

这三种书都是专门辑录宣扬观音信仰故事的。自东晋以来,特别是由于《法华经》以及后来《观无量寿经》、《华严经》等的传译,观音信仰在我国广泛流行开来。这是在中国的独特思想土壤上、在一定社会条件下接受与发展外来佛教信仰的典型表现之一。由此产生出许多观音"救苦救难"的故事,又配合了宗教宣传,在民众与士大夫阶层中广为传布。正是辑录了这类故事,晋谢敷撰《光世音应验记》,传于傅瑷。后该书经"孙恩之乱"散失,瑷子傅亮追忆旧闻录存七条;宋张演又追记十条,续亮所撰;齐陆杲是张演外孙,又据当时书籍传闻,辑录六十九条。这就是本书中校印的三种书:宋傅亮《光世音应验记》、宋张演《续光世音应验记》和齐陆杲《系观世音应验记》。

这三种书大体上虽是文字拙朴、记述简略、且宗教迷信贯穿其间的奇闻轶事式的记录,但无论是作为古小说资料,还是作为佛教文献,都是弥足珍贵的;特别是在这类材料今天已很少完整保存的情况下。即以中国小说史的研究而言,这是鲁迅先生所谓"释氏辅教之书"中早期的、有特色的、完整的三部。研究六朝小说,一般把注意力集中在"志怪小说"和"志人(轶事)小说",当时大量存在的宗教传说故事却没有得到充分重视,往往被看作是志怪的一部分。这后一类作品中,与道教有关的如《汉武帝内传》、《汉武故事》、《神仙传》等又相对地论述较多,而对佛教进行专门研究的更少。这当然与佛教故事传说多散录于志怪书而完整著作很少留存所造成的资料短缺有关。这样,这三种《观世音应验记》的发现,补充了六朝小说中佛教传说故事一类的完整系统的材料,必将有助于全面、完整地描绘古小说发展的面貌。

　　这三种书更为研究宗教与文学、特别是与小说的关系提供了宝贵的实例，佛教与道教影响于我国小说发展的内容、形式诸方面，是大家没有异议的；但具体表现如何、应怎样评价却尚未得到深入细致的阐发。宗教信仰主要根源于人们的感情层面，表现观音信仰的那些故事传说集中反映了特定环境下民众的情绪、愿望与意志，当然首先孕育、产生、流传于一般民众中，然后又被士大夫阶层所记录。这反映了宗教信仰普及于社会上下的实态，同时也表明了它如何感发、推动与充实了文学创作。而在六朝志怪与其他著述中，又有不少与这些观音故事相似的记述。探索这些记述中的继承、演变关系，不只可以进一步了解各具体著作的形成过程，而且更有助于全面认识六朝小说历史的发展脉络。

　　这三种书内容集中在观音这一个信仰对象上，写法也有某种模式，即都是人在大水、大火、牢狱、刀兵等灾难中由信仰、诵念观音而得解脱的事迹。那以故事宣扬某种理念、现实与幻想相结合的情节结构等，乃是小说早期发展中有代表性的一类模式；另外这些故事表达上虽大体浅俗，但有些篇章描摹颇为生动，叙写亦见波澜，多用来自民众的通俗语言等等，艺术上亦见某些特色。这对于研究古小说艺术也是有意义的。

　　应当指出，在古小说研究领域之外，这三种书也有重大意义，如在社会史研究方面是宝贵资料，不少细节可补现存史料的不足；在宗教史研究方面，是反映佛教信仰，特别是早期观音信仰及传播的较全面的材料；其他如在汉语史、民俗史等方面亦各有其价值，兹不赘述。

　　笔者于1984年至1986年旅日讲学时，自日人著述中发现这三种《观世音应验记》存在的线索。因为本人对古小说素无研究，即就所得情况函询傅璇琮先生并承转询程毅中先生，均谓三书极有价值并宜亟谋得使归本土。在友人京都大学人文科学研究所小南一郎先生的热情帮助下，经辗转请托，商得原抄本藏主京都青莲院同意使用该文献,后又承牧田谛亮先生惠予抄本照片影印件。三种书终于得以重归故国刊布,实为中日两国学者共同努力的幸事。

原抄件恐系不谙汉语的日本僧人所抄,错讹颇多。考虑到是在国内第一次刊印,此次排印尽可能保存原件原貌,过录原文,加现代标点。冢本、牧田两先生先后有校勘成果发表,可资参考,但多有可商榷处。在别无他本可做校勘的情况下,只能对原抄明显讹误处,酌予校改;又在其他文献中多有与三书重复的观音故事,其承袭关系情况不同,不可遽加统一判断,亦作为校勘的依据。校改体例如下:

一、抄本中不规范字,如"展"作"展","鬼"作"鬼"。俗字,如"佛"作"仏","体"作"躰",径予改正;

二、抄本中的错字,可以常识判断或有资料据以校正的,用( )注出,字上用〔 〕注出应补字,有资料依据的并在校记中注出;

三、抄本中字迹难以辨认者,留□;

四、抄本中显系讹文衍文者,字外加( );

五、抄本中显有漏字处,另加校记说明;

六、抄本中有漏字以意补足者,字外加〔 〕;

七、抄本中文意难通而有异文可资参照者,在校记中注出;

八、抄本中所录故事互见于其他文献或有异文者,谨就所知,在各当节后注出;

九、各条序号,为校点者所加。

本书校点出版,得到日本岐阜大学教授牧田谛亮先生的帮助;京都大学人文科学研究所小南一郎先生不仅为获取宝贵抄件奔波尽力,且利用他对中国古代文学史与宗教史的广博学识,为本书写了长篇跋文;傅璇琮先生和中华书局文学编辑室的先生们为本书的编辑、出版作了很大努力,特别是本书的责任编辑顾青先生在编辑、加工上用力尤多；国家教委外事局（特别是张启峰先生）和南开大学亦给点校工作以大力支持。——在此一并表示谢意。

孙昌武识

　　　　一九八六年四月十三日时寓居神户六甲山麓

　　　　一九八八年八月廿八日补订于南开园

　　又及：近承日本花园大学衣川贤次副教授惠寄日本《说话文学研究》第二十八号（一九九三年六月发行）所载后藤昭雄《金刚寺藏〈佚名诸菩萨感应抄〉》一文的影印件，其中报道日本新发现《佚名诸菩萨感应抄》（拟题）一书录有本书校录的三种《应验记》文字计三十五条，可供校勘之用。现谨参照后藤文中引录四条订补原校，望该书早日刊布，对准确恢复三种《应验记》原貌必有帮助。

孙昌武又识

　　　　一九九三年十二月十五日

　　　　　　时在韩国庆山

（原载《观世音应验记（三种）》，中华书局，1994 年）

《观世音应验记》出版后识

拙校古逸《观世音应验记(三种)》终于出版了。从笔者开始研究、校点,时间已过了九年;从交稿到书局也已过了六年。这一本几万字的小书,断断续续地耗费了生命中这么长的时间,是当初没有预料的。学术书,特别是这种生僻的短版书安排出版很困难,这在学术界尽人皆知,不想再说。而且我提供给中华几本书,有著、有译、有校,不幸都是这种书,让书局做赔本买卖,心里是很觉歉然的。书局赔了钱去出版这些书,我也很感激。这里我想讲的是,在这些年间,国内外许多学者为出版并提高这部书的质量做出了努力,而中华的编辑先生们不惮烦劳地帮助修改校订。一本小书的校点、出版竟有这么多的人去付出劳力,这使笔者对自己从事的学术为何物加深了一点理解。

1985 年,笔者执教于日本神户大学时,从资料中发现日本京都的一个天台宗寺庙青莲院藏有我国久逸的刘宋傅亮《观世音应验记》等三种抄卷。追索日本学者的研究成果,发现五十年代日本著名佛教学者冢本善隆曾在《东京学报 京都》上发表过研究报告,1970 年日本京都平乐寺书店出版过牧田谛亮教授的校点本,等等,并知道国际上对这三种书已给予相当的重视。利用这些资料笔者进行了初步考查,了解到这三种书在鲁迅所说的"释氏辅教之书"中是相当完整的早期作品,在宗教史、文学史、语言学史、六朝一般历史等众多学术领域具有重大价值。笔者当即致函中华书局傅璇琼先生,得到复信,说与程毅中先生商量,肯定这一发现的价值,恳嘱亟谋将该书校点在国内出版,并命先作一文在《学林漫录》上做简单介绍。

这样,我首先求助京都大学人文科学研究所小南一郎教授。他对宗教文学有独到的、深入的研究,在论著中对《观世音应验记》进行过深刻分析,揭示了它们在六朝至隋唐小说发展中的地位与意义。和他的多次讨论,对我的校点工作有很大帮助。在他的介绍、引领下,我又专程自神户去京都洛西拜会了牧田谛亮教授。这位先生是日本著名的佛教史专家,著述宏富。当我言明来意之后,他热情地对校点该书在中国出版表示支持,并惠赠了他精制的抄卷影印件。在交谈中,我受到很多启发与帮助。特别是他把自己珍藏的资料无私地送给外国学者,而这个外国人想做的又是自己做的工作,这种精神很让人感动。后来又是经小南先生等人辗转请托,商得了抄卷原藏主青莲院的同意,允予在中国出版。

所得古抄本大概是不娴汉语的日本僧人抄出,讹误脱漏颇多,又有不少俗体字;加上年代久远,字迹剥蚀,辨认十分困难。用以参校的材料并无异本,只有《冥祥记》、《法苑珠林》、《太平广记》等书的抄录文字。这些材料都系后出,引录时或有改动,因此异文难以校定。加之本人没有这方面的经验,工作就更为艰难。真可谓每下一字,终日踟蹰。自1985年秋开始工作,1986年10月回国,至1988年秋才校出了第一个定稿,交中华书局。几万字的一本小书,断断续续,用时三年。

稿子交到书局,年轻的编辑顾青先生担任责任编辑。因为笔者正忙于其他工作,有关资料核对、体例统一等一系列烦琐的加工都是顾青先生做的。在这以前,小南先生又应邀为这个校订本写了长篇后记,集中阐述了日本学者和他本人的研究成果。

幸乎不幸乎,众所周知,《观世音应验记》这类比较生僻的专门书籍,书局安排出版有相当困难。结果从编竣到发排,一拖就是几年。但这几年，却给了笔者进一步研究和修订的机会。几年来，笔者一直注意搜集有关资料，对原稿加以订补。其间于1989年应聘为日本京都大学人文科学研究所外国人研究员，得以利用该所东洋学文献中心的丰富藏书，对改订书稿获益良多。经过这几年的修改，底稿已经铅黄满纸了。这几年间，日本学者也一直在关心拙校及其出版情形。牧田谛亮先生在作新的校（日）译本；从去年起，入矢义高教授的读书班又开始会读《观世音应验记》，把它们当作研究古代俗语的重要材料。去年九月，笔者应聘执教于韩国岭南大学，接到日本花园大学衣川贤次副教授转来大阪大学教授后藤昭雄先生于长野市金刚寺发现《佚名诸菩萨感应抄》（拟名）报告的影印件，其中包含了一部分抄自《观世音应验记》的条目。这乃是现在发现的可用以直接进行参校的唯一资料。利用报告中抄录的几条，笔者又在原稿上进行了订补。

　　到去年十一月，在韩国终于收到了书局寄来的初校校样。这时对照几年来的订补稿，几乎每一页都有多处需要改动，有些地方还要在版面上作调整。这时真是非常后悔当初交稿的草率，又担心给书局添麻烦。以前在日本和台湾出书，合同上都有一条，作者所交稿必须是"清稿"，如付排后再有改动，所需费用由作者负担。因此在我交回订正过的校样时给顾青先生写信，声明由我来负担改版的经济损失。但后来出乎预料，书局不但没有丝毫埋怨之意，而且很称赞笔者仔细进行改订的做法。

　　这几年间，日本朋友们多次询及拙校的出版情况，所以收到初校校样后，即分寄衣川先生和小南先生影印件各一份，并请他们转入矢义高先生和牧田谛亮先生一阅。1994年3月初，收到了衣川先生寄来的满满七页意见。这是入矢先生的读书班经专门研究、讨论的结果。入矢义高教授是老一辈著名的中国文学与佛教文学专家，他所主持的读书会以研究中国俗语为中心，已进行了几十年，每周一次。参加者都是斯学专家与新秀。衣川贤次先生即是骨干之一。顺便提一句,日本学术界流行的读书会的研究形式,不仅在研究上卓有成效,而且特别对于培养新进起着巨大作用。入矢先生主持的读书会是水平很高的,他们给拙校提出的一百几十条意见,都是经仔细研究所得。他们希望在拙校中反映这些成果。而这时距我寄回校样已近三个月,再一次作大的改动,连自己都觉得难以向编辑开口。可是当笔者给顾青先生转去这些意见时,顾青先生又不惮烦劳地亲自参照原稿加以订补。这样才形成了现在出书的这个样子。

经过近十年的时间,出了这样一本小书,由于自己确实付出了相当的心力("物力"暂且不讲),真由衷地感到喜悦。特别是在这本书不断修订的过程中学到了不少东西,对涉及到的有关问题加深了理解。这都是工作起始时没有料到的。这里笔者还想强调与学术本身无直接关系的两点:一是为了这本小书的出版,许多日本学者付出了努力,无私地给以帮助;二是中华书局的编辑先生们不仅一直支持校注者的工作,而且亲自认真、负责地参与了修订。这两个方面都清楚显示了为弘扬学术的努力,也特别使笔者受到感动与鼓舞。

最近,笔者又收到衣川贤次先生的来信,告知已与后藤昭雄先生联系过。后藤先生知道笔者的工作之后,表示愿意与金刚寺方面斡旋,将他所发现的材料提供给中国学者,以为进一步校补《观世音应验记》的参考。接着,后藤先生又亲自写信来,表示同样的意思。由于书已付型(该书已于1994年11月出版——编者注),新资料暂时已不能利用了,希望将来有进一步订补拙校的机会。

以上,把围绕一本小书出版的琐事拉杂写下,以识自己的一段经历,亦写出出版界的一点风貌。

1994 年 6 月 2 日于韩国庆山

(原载《书品》,中华书局,1995 年第 1 期)

黄庭坚的诗与禅

一

一般评论宋诗,常常举出严羽"以文字为诗,以才学为诗,以议论为诗"①的说法。而"在技巧和语言方面精益求精"②,则确乎是宋诗的特征与优长。黄庭坚和在他的影响下开创的江西诗派,也正是在这方面做出努力并为造成宋诗的独特风格做出了贡献。

黄庭坚"喜与禅僧语"③,后人甚至评论他"惟本领为禅学"④。事实是就其成绩突出的诗歌创作而言,造成其成就的因素很多,一个重要方面则确是当代禅宗的影响。禅宗发展到晚唐五代,由"祖师禅"而衍变为"分灯禅",至北宋,判为"五家七宗"⑤。禅宗各派系

---

① 《沧浪诗话·诗辨》。
② 钱锺书《宋诗选注序》第 13 页,《宋诗选注》,人民文学出版社,1958 年。
③ 苏辙《答黄庭坚书》,《栾城集》卷二二。
④ 吴之振等《宋诗钞》卷二八。
⑤ 南宗禅慧能以下,弘传的是南岳怀让与青原行思二系。至唐末五代,南岳下分立沩仰宗、临济宗,青原下分立曹洞宗、云门宗、法眼宗。北宋时临济又分立杨岐、黄龙二派。"五家七宗"是后来的归纳。

已鲜见禅解上的创新与差异,而主要在接引学人、表达禅观上翻新争奇,互相争胜。禅师们上堂示法、请益勘辩,追求机锋俊语不落窠臼,又发展了如歌如吟的偈颂,在语言技巧方面多有创造。禅门中还形成了有关谈禅技巧的一些理论主张。这样,在禅宗中原来重视言句与否定言句的不同宗风①的矛盾中,讲究语言技巧的"文字禅"得到了突出发展。大量禅宗语录(其中包括许多偈颂)在这时被编纂起来。

禅的文字化、形式化和它的贵族化相辅相成。宋代居士佛教发展,其时文人官僚习禅风气进一步普及。禅门的思想与作风更深入地影响到文坛。就诗人而言,所受影响的侧重面是不同的。黄庭坚及其一派人特别习染禅门的言句技巧,并在诗创作上多所借鉴。这成了他们习禅的一个特征。

山谷的外甥洪朋有诗说:"诗家今独步,舅氏大名稀。屈、宋堪奴仆,曹、刘在指挥。禅心元诣绝,世事更忘机。"②山谷参禅有得,与禅确有思想上的契合处。这是他在诗歌创作中接受禅思想影响的基础。而他习禅在客观上还有一个条件,就是当时禅师中多有能文的人。禅门文学风气浓郁,士大夫参与其中,相互酬唱,促进了诗、禅的进一步交流。

北宋禅宗兴盛的是云门宗和从临济宗分化出来的黄龙派和杨岐派。山谷早年结识云门宗圆通法秀,他曾回忆说:

> 余少时间作乐府,以使酒玩世。道人法秀罪余以笔墨劝淫,于我法中当下犁舌之狱。③

---

① 参见印顺《中国禅宗史》第八章《曹溪禅的开展》第二节《禅风的对立》,正闻出版社,1987年。
②《怀黄太史》,《洪龟父集》卷下。
③《小山集序》,《集》一六。以下引用黄庭坚著作,《内集》简为《集》,《别集》简为《别》,《外集》简为《外》。

而与他交契最厚、对他影响最大的是活动在江西的黄龙派禅人。这也是因为他是江西人，早年又曾在江西作官，与这一派的几个优秀人物结下了情谊。后来他阅历渐深，禅解愈高，有些关系一直保持终生。

元丰三年(1680)山谷知吉州太和县(今江西泰和县)，与普觉禅院长老楚金交，禅院东北皆修竹，“尝谓金为我结草庵于竹北”①。清平楚金为积翠永弟子，黄龙派创始人慧南再传弟子。

山谷的家乡洪州分宁(今江西修水县)是慧南法嗣晦堂(宝觉)祖心传法之地。释惠洪记载：“宝觉禅师老庵于龙峰之北，鲁直丁家难(指元祐年间丁母忧)，相从甚久，馆于庵之旁两年。”②《灯录》上把山谷列为晦堂弟子，并记载其开悟因缘：

> 往依晦堂，乞指径捷处。堂曰：“只如仲尼道‘二三子，以我为隐乎？吾无隐乎尔’者，太史居常如何理论？”公拟对。堂曰：“不是，不是！”公迷闷不已。一日侍堂山行次，时岩桂盛放。堂曰：“闻木犀花香么？”公曰：“闻。”堂曰：“吾无隐乎尔。”公释然，即拜之……③

山谷也确实视晦堂为“方外之师”④，称赞他是“法中龙象，末世人天正眼”⑤，对他倾服至深。张耒有诗评论山谷：“黄子少年时，风流胜春柳。中年一钵饭，万事寒木朽。室有僧对谈，房无妾持帚。此道人人事，谁令予独不。”⑥这里说的是“中年”事，与山谷居丧时四十余岁正合，可知与黄龙晦堂结交是他思想作风明显转变的契机。元祐年间正是神宗、哲宗易代之际，党争正剧，山谷属于苏轼所在

①《跨牛庵铭》,《集》卷一三。

②《冷斋夜话》卷七。

③《五灯会元》卷一七。

④史季温《别集诗注》卷下《赠法轮齐公》引《重书法轮古碑跋》。

⑤《跋心禅师与承天监院守瑰手诲》,《别》卷一二。

⑥《赠元咎以既见君子云胡不喜为韵八首》之七,《柯山集》卷七。

的旧党受到压迫,政治斗争也促使他皈依禅门求寄托。

　　这时在分宁云岩禅院作住持的是死心悟新,为晦堂嫡传,与山谷算同门。山谷后来为作《塔铭》,有"夙承记莂,堪任大法"①之语,可见其深受推许。其生前两人保持了密切交谊。绍圣年间,山谷以党籍谪黔州(今四川彭水县),有《与死心道人书》曰:

> 往日常蒙苦口提撕,常如醉梦,依稀在光影中。今日昭然,明日昧然,盖疑情不尽,命根不断,故望涯而退耳。谪官在黔州,道中昼卧,觉来忽然廓尔,寻思平生被天下老和尚谩了多少,惟有死心道人不相背,乃是第一慈悲。②

可知他后半生受悟心启迪为多。崇宁三年(1104)他被编管宜州(今广西宜山县),时又有《代书寄翠岩新禅师》诗:

> 山谷青石牛,自负万钧重。八风吹得行,处处是日用。又将十六口,去作宜州梦。苦忆新老人,是我法梁栋。信手斫方圆,规矩一一中……③

舒州(今安徽潜山县)皖公山有传为三祖僧璨的道场山谷寺,西北有石牛洞,状若伏牛。元丰三年(1080)山谷有拟王安石的《题山谷石牛洞》诗:"司命无心播物,祖师有记传衣。白云横而不度,高鸟倦而犹飞。"④著名画家李公麟曾画山谷坐于石牛上,因自号山谷道人⑤。直到晚年,山谷又记起这段因缘,并感戴悟新的提撕教导之谊。后来黎袁民作诗歌颂这段交情说:

> 藉名党锢疾如仇,白首黔阳作系囚。平生正得参禅力,万

---

①《黄龙心禅师塔铭》,《集》卷二四。
②《别》卷二〇。
③《内》卷八。
④《集》卷一二。
⑤钱伸《同安志》。

里危途百不忧。黄龙老宿尔何子,槁目曾识东家丘。相酬妙
语千金直,能使芳名万古流……①

这里表扬了悟新的黄龙禅对于山谷人生与思想的意义。

在分宁还结交了晦堂的另一弟子灵源惟新。山谷在给分宁令
萧某的信中说:

> 昨承再请新公住云岩,复留清公西堂坐夏,此二公衲僧之
> 命脉,今江、湖、淮、浙莫居二禅之右者。②

他对惟新与悟新一样的推许。晚年在宜州,有《寄黄龙清老》诗三首:

> 万山不隔中秋月,一雁能传寄远书。深密伽陀枯战笔,真
> 成相见问何如。
>
> 风前橄榄星宿落,日下枇榔羽扇开。照默堂中有相忆,清
> 秋忽遣化人来。
>
> 骑驴觅驴但可笑,非马喻马亦成痴。一天月色为谁好,二
> 老风流只自知。③

诗中流露出二人相知的深情,而这种情谊自然有共同的禅观为
基础。

山谷一生结交禅人甚多,黄龙派的有泐潭克文(嗣黄龙慧南)
等人,还有云门宗的中际可遵(嗣报本有兰)、投子普聪(嗣慧林宗
本)、杨岐派的五祖法演(嗣白云守端)等。南宋初的晓莹仲温记
述说:

> 投子聪禅师与海会演和尚,元祐间道望并著淮上,贤士大
> 夫多从之游。黄太史鲁直尝勉胡尚书少汲问道于聪、演,具书
> 曰:"公学道颇得力耶? 治病之方,当深求禅悦,照破生死之

---

① 《题黄山谷书黄龙禅师开堂疏》,《瑶石山人诗稿》卷四。
② 《与分宁萧宰书》,《别》卷一三。
③ 《内》卷一一。

根，则忧、畏、淫、怒无处安脚。病即无根，枝叶安能为害？投子聪老是出世宗师，海会演老道行不愧古人，皆可亲近，殊胜从文章之士学安言绮语，增长无名种子也。聪老犹喜接高明士大夫。渠开卷论说，便穿诸儒鼻孔。若于义理得宗趣，却观旧所读书，境界廓然，六通四辟，极省心力也。"①

山谷还写过五祖法演的赞文。从以上材料看，他于禅是确有心得的。

二

山谷结交禅师，有共同的思想观念（重要的是禅观）为基础，同时又有文字上的因缘。禅师们大抵有相当的文学素养，所作诗文颇为可观。山谷喜接其人又爱其文，这是文人习气所难免。这对他的诗创作造成了直接的影响。

晦堂祖心善诗，其《退居即事》诗颇为有名：

不住唐朝寺，闲为宋地僧。生涯三事衲，故旧一枝藤。乞食随缘去，逢山任意登。相逢莫相笑，不是岭南能。②

许彦周评论"此诗深静平实，道眼所了，非世间文士、诗僧所能仿佛也"③。其语录里还有一条问答：

僧问：草偃风行即不问，法身向上事如何？师曰：鸟啼无下泪，花笑不闻声。④

①《罗湖野录》卷上。
②《宝觉祖心禅师语录》，《续藏经》第120册。
③《彦周诗话》。
④《宝觉祖心禅师语录》，《续藏经》第120册。

这是翻用杜甫《春望》"感时花溅泪,恨别鸟惊心"句意,也就是所谓"夺胎换骨"手段。从中可知他的诗的素养。

死心悟新也能诗,其《因先上人南还》曰:

> 旅馆云约几经霜,此心归日爱南阳。无端却度庾峰岭,入到曹溪是故乡。①

这首诗显然脱胎于贾岛的《渡桑干》,却被赋与了宗教内容。晓莹记载他的一条逸事:

> 黄龙死心禅师因蜀僧泉法涌入室次,死心曰:"闻汝解吟诗,试吟一篇。"泉曰:"请师题目。"死心竖起拂子。泉曰:"一句坐中得,片心天外来。"死心曰:"川矗苴落韵了。"②

"矗苴"为俗语,粗糙、不成熟义;"川矗苴"是对蜀人的蔑称。这段话是互斗机锋,悟新所指并不是实指诗句"落韵"。但这件事可见黄龙门下对诗歌技法的讲究。

五祖法演门下有更浓厚的文学气氛。其弟子中有圆悟克勤,就是著名的禅籍《碧岩录》的著者。此书对雪窦重显的《颂古百则》加以"评唱",诗情禅意均极浓郁。灯录中记载五祖以"小艳诗""频呼小玉元无事,只要檀郎认得声"提撕,克勤则呈偈"金鸭香销锦绣帷,笙歌丛里醉扶归。少年一段风流事,只许佳人独自知"③表禅解,清楚地反映了师弟子的诗歌素养。

山谷喜读禅录。后来人评论说:"本朝士大夫与当代尊宿撰语录序,语句斩绝者,无出山谷、无为(杨杰)、无尽(张商英)三大老。"④今存山谷所撰云居元祐(嗣黄龙慧南)、翠岩可真(嗣石霜楚

---

① 《黄龙死心禅师语录》,《续藏经》第 120 册。
② 《感山云卧纪谈》。
③ 《五灯会元》卷一七。
④ 通融《丛林纪事》。

圆)及其弟子大沩慕哲等人的多篇语录序,从中可见他参研的心得。其《书洞山价禅师〈新丰吟〉后》文中说:

> 余旧不喜曹洞言句,常怀泾渭不同流之意。今日偶味此文,皆吾家日用事,乃知此老人作百衲被,岁久天寒,方知用处。①

这是他用功于语录并确有所获的一例。至于具体所获涉及禅观的内容,非本文所拟论,恕不赘述。

这里应提出一点,在宋诗史上,苏、黄并称;黄又出在苏的门下,被列为"四学士"之首。但二人的诗风却很不相同。二人同样热心习禅,而习禅的路数也有巨大差异。他们吸收禅的影响的侧重点不同,是造成其诗风差别的相当重要的原因。

苏轼自称是"借禅以为诙"②。刘熙载评他的诗"喜于空诸所有,又善于无中生有,机括实自禅悟中来"③。他重视对禅经、禅趣的解悟,以禅为陶冶性灵,解脱愤郁之具。此外他虽好禅,亦习华严、天台、净土,并热衷于纵横、名、法、黄老之术,更不失儒生本色。而山谷则更加集中精神于参悟,入禅门为弟子,对禅宗言句有特嗜。他更迎合当代禅宗重文字、重形式的潮流,因此比起苏轼习禅重在精神素养,山谷则沉浸言句更用功夫。后人已清楚认识到二者习禅路数之不同,如明人袁伎坡说:

> 黄、苏皆好禅。谈者谓子瞻是士大夫禅,鲁直是祖师禅。盖优黄而劣苏也。④

四卷《楞伽》曾把禅分为愚夫所行禅、观察义禅、攀缘禅、如来禅四

---

①《集》卷二六。
②《闻辨才法师复归上天竺以待戏问》,《东坡集》卷九。
③《艺概·诗概》。
④《庭账杂录》卷下。

个等级，早期禅宗以传为立宗根据。中唐时禅门又提出"教外别传"的"祖师禅"之说，视之为禅的直传正统。袁慆坡记载的说法，显然把苏轼归入凡夫禅之列，而认为山谷才体认了祖师禅的精神。而从禅史发展看，黄庭坚确实迎合了祖师禅衍化为分灯禅的潮流，苏轼则仍拘守着显得有些落伍的旧禅观。但从实践上看，苏轼却颇能发扬唐代禅宗兴盛期的自由开阔的精神，黄庭坚则更多地注意文字禅的言句工夫了。所以何良俊在《四友斋丛说》里说："唐宋诸公，如李文正、黄山谷于教中极有精诣处，白太傅、苏端明只是个脱洒，然脱洒却是教中第一。"

　　而正因此，山谷能将禅的言句技巧融入于诗，在诗的艺术上有所创新。

三

　　鲁迅曾说过："我以为一切好诗，到唐已被作完。"这当然是一种夸张的说法。但唐诗的高度完美，确实是对后世诗人的重大挑战。

　　山谷清楚意识到必须在唐人之后别辟蹊径而创新，所以他在《赠高子勉四首》中说：

　　　　妙在和光同尘，事须钩深入神。听他下虎口著，我不为牛后人。[1]

同时代人张耒在《读黄鲁直诗》里也称赞他"不践前人旧行迹，独惊斯世擅风流"的成绩。在创作上出奇生新，是山谷在创作上追求的

------

[1]《集》卷一二。

重要目标。但他"钩深入神"、刻意追求的重点在诗的言词运用、句法安排方面。在这些方面,他显然在追踪他所心仪的杜甫,而实践上则受到禅宗言句的影响。

金人李屏山评论说:

> 黄鲁直……以俗为雅,以故为新,不犯正位,如参禅,著末后句为具眼。江西诸君子翕然推重,别是一派。[1]

所谓"以故为新",苏轼提出过(如《东坡题跋》二《题柳子厚诗》)、山谷也提出过(如《再次杨叔明小序》)。苏轼所指,专在"用事",而山谷却泛求于词语的适用,具体的发挥则有"点铁成金"之喻:他说:

> 老杜作诗,退之作文,无一字无来处。盖后人读书少,故谓韩、杜自作此语耳。古之能为文章者,真能陶冶万物,虽取古人之陈言入于翰墨,如灵丹一粒,点铁成金也。[2]

钱锺书评论这一看法说:"在他的许多关于诗文的议论里,这一段话最起影响,最足以解释他自己的风格,也算得江西诗派的纲领。"[3]惠洪的《冷斋夜话》里又提出"夺胎换骨"之说:

> 山谷言:诗意无穷而人之才有限,以有限之才追无穷之意,虽渊明、少陵不得工也。然不易其意而造其语,谓之换骨法;规摹其意而形容之,谓之夺胎法。

这"夺胎换骨"的技巧可看作是"点铁成金"的具体运用,不过在山谷文中并没有明确提出来。其总的要求是在词语上推陈出新,办法则是在前人传统的基础上或在词意上翻新,或在用语上争奇。

"点铁成金"本是道教炼丹用语,禅门也借用来说明谈禅的方

---

①《中州集》卷二《刘西岸肖小传》。
②《再答洪驹父书》,《集》卷一九。
③《宋诗选注》第110页。

法。雪峰义存一门特别讲究这一方法。如他和法嗣龙华灵照的
对答：

> 问："还丹一粒，点铁成金，至理一言，转凡成圣。请师一
> 点。"师曰："还知齐云点铁成金么？"①

雪峰初住齐云山，故用以自称。他与另一弟子翠岩令参的对答：

> 师曰："凡有言句，尽是点污。"问："如何是省要处？"师曰：
> "大众笑汝。"问："还丹一粒，点铁成金，至理一言，转凡成圣。
> 学人上来，请师一点。"师曰："不点。"曰："为什么不点？"师曰：
> "恐汝落凡圣。"②

雪峰一系的招庆道匡（嗣长庆慧棱），师徒对问也有云：

> 问："还丹一粒，点铁成金，妙理一言，点凡成圣。请师
> 点。"师云："不点。"学云："为什么不点？"师云："不欲得抑良
> 为贱。"③

这里"妙理一言"的"点"与"不点"，视机缘如何而定。这"一言"的
推敲是当时禅门接引学人之所重。

禅语言在实践上的特长与成就突出表现在这方面。晚唐五代
以后的分灯禅在这方面发展得最为充分。朱自清曾指出："我们知
道禅家是'离言说'的，他们要将咀挂在墙中。但是禅家却最能够
活用语言。正像道家以及后来的清谈家一样，他们都否定语言，可
是都能识得语言的弹性，把握着，动用着，达成他们活泼无碍的说
教。"而禅门对于语言的具体态度则"虚实逆顺却都是活用语言。
否定是站在语言的高头，活用是站在语言的中间；层次不同，说不

---

① 《五灯会元》卷五。
② 《五灯会元》卷七。
③ 《祖堂集》卷一三。

到矛盾"①。钱锺书则说:"唯禅宗公案偈语,句不停意,用不停机,口角灵活,远迈道士之金丹诗诀。词章家隽句,每本禅人话头。"②这都指出了禅门善于活用语言的技巧。"点铁成金"则正形象地表明了这种活用的作法与功效。

山谷所亲炙的黄龙派禅人也很重视"点铁成金"之法。云峰悦与黄龙慧南评论泐潭澄时说:

> 云门如九转金丹,点铁成金;澄公药汞银徒可玩,入锻则流去。③

山谷《黄龙心禅师塔铭》说到悟新在慧南处:

> 即应曰:"大事本来如是,和尚何用教人看话下语,百计搜寻?"南公曰:"若不令汝如此究寻,到无用心处自见自了,吾则埋没汝也。"师从容游泳,陆沉于众,时往咨决云门语句。④

由此可见黄龙学人用功于参悟语句的风气。山谷正是借鉴禅门的这种经验,发挥出他的诗创作中"点铁成金"的作法和理论的。

这方面的技巧又被称为"死蛇弄活",也是出于禅家的比喻。张戒记载与吕本中的一段对话:

> 往在桐庐见吕舍人居仁,余问:"鲁直得子美之髓乎?"居仁曰:"然。""其住处焉在?"居仁曰:"禅家所谓死蛇弄得活。"⑤

朱弁说山谷"乃独用昆体功夫,而造老杜浑成之地,今之诗人少有

---

① 《禅家的语言》,《朱自清古典文学论文集》上册第 141—142 页,上海古籍出版社,1981 年。
② 《谈艺录》第 224 页,中华书局,1984 年。
③ 《五灯会元》卷一七。
④ 《集》卷二四。
⑤ 《风月堂诗话》卷下。

及此者,此禅家所谓'更高一着'也"①。所谓"昆体",从北宋初馆阁诗人杨亿、刘筠、钱惟演等人的《西昆酬唱集》得名,其诗作刻意追摹李义山,以捃扯事典、模拟字句而受到讥评。朱弁指出了山谷用了同样手段,但由于驾驭灵活却创造出更完整的境界,因此"高人一着"。

山谷在《次韵高子勉诗》中曾说:

> 寒炉余几火,灰里拨阴、何。②

寒炉拨灰以见星火是禅门公案,任渊注云:"言作诗当深思苦求,方与古人相见也。"杜甫是"颇学阴、何苦用心"③的。不过山谷的"深思苦求"特别重在词语。这一点从他那一派的范温的议论中看得很清楚。温为秦观婿,吕本中谓其"从山谷学诗,要字字有来处"④,其所著《潜溪诗眼》发挥了山谷重言句的主张,如其《学诗贵识》条说:

> 山谷言:学者若不见古人用意处,但得其皮毛,所以去之更远。如"风吹柳花满店香",若人复能为此句,亦未是太白;至于"吴姬压酒劝客尝","压酒"字他人亦难及……⑤

他强调"识",而识在词语的运用。他还讲到"悟",这也是宋人论诗流行的话头。他说:

> 余尝问人:"柳诗何好?"答云:"大体皆好。"又问:"君爱何处?"答云:"无不爱者。"便知不晓矣。识文章者,当如禅家有悟门。夫法门百千差别,要须自一转语悟入。如古人文章,直

---

① 《岁寒堂诗话》卷上。
② 《集》卷一〇。
③ 《解闷十二首》,《杜少陵集详注》卷一七。
④ 《紫薇诗话》。
⑤ 郭绍虞《宋诗话辑佚》本。

须先悟得一处，乃可通其他妙处。①

"一转语"是禅语，谓翻转心机之机锋俊语。他强调诗的妙处应从具体词语的运用上来认识，这与后来严沧浪倡导的通体透彻之悟显然不同。

山谷本人在"以故为新"、"点铁成金"上用功至深，很有成绩。他往往能利用古人语言加以点化从而更上层楼。例如他的名作《登快阁》"落木千山天远大，澄江一道月分明"，分别用杜甫的《登高》和谢朓的《晚登三山还望京邑》②；《雨中登岳阳楼望君山》"投荒万死鬓毛斑，生入瞿塘滟滪关"则用柳宗元的《别舍弟宗一》和李白的《长干行》③。他用古人陈语而另铸新词，创造出新的诗语诗境，是他的成功处。在这方面也正体现了宋诗在语词上推敲融炼的功力。但他也常常随意替换前人字句当成自己的新作，被王若虚讥之为"剽窃之黠者"④，则是"点铁成金"的末流，变成"点金成铁"了。

四

山谷追求的创新，"言"之外，再就是"句"，即讲究"句法"。

"句法"也正是当时禅宗所重视的。晚唐以来，禅门就提倡"透法身句"、"临机一句"、"直示一句"、"当锋一句"、"该天括地句"、"绝渗漏底句"等等，追求句的精绝透彻。云门宗又总结出著名的三种句：涵盖乾坤句、截断众流句、随波逐浪句。并且丛林问答中

---

① 郭绍虞《宋诗话辑佚》本。
② 杜甫："无边落木萧萧下，不尽长江滚滚来。"谢朓："余霞散成绮，澄江静如练。"
③ 柳宗元："一身去国六千里，万死投荒十二年。"李白："十六君远行，瞿塘滟滪堆。"
④《滹南诗话》卷下。

早已有"死句"、"活句"之说。百丈怀海已说到：

> 须识了义教、不了义教语，须识遮语、不遮语，须识生、死
> 语，须识药、病语，须识逆、顺喻语，须识总、别语。①

总之，是要讲究以多种多样的灵活语句教人。那种玄妙无滞、口角
灵活、能让人直透牢关、契会"真理"的句子被称为"活句"，否则就
是"承言者丧，滞句者迷"的"死句"。

黄龙派也强调运用语句的技巧。悟新说：

> 参玄上士，须参活句。直得万仞崖前，腾身扑不碎，始是
> 活句。若不如是，尽是意根下纽捏将来，他时异日涅槃堂内手
> 脚忙乱。②

山谷讲究"句活"，显然也借鉴了禅语言在这方面的经验。

山谷及其一派人多言"句法"，似为一家独得之秘。但具体内
容并无充分解说，后人只能利用有限材料爬梳分析。

山谷自谓"从谢(师厚)公得句法"③。而他特别推崇杜甫的"句
法"。他说杜甫"诗法出审言，句法出庾信，但过之耳"④，看见一般
的"诗法"与"句法"概念是不同的。他称赞杜甫《丹青引赠曹将军
霸》一诗：

> "一洗万古凡马空"，句法如此今谁工。⑤

他曾赞陈履常的诗：

> 其作诗渊源得老杜句法，今之诗人不能当也。⑥

---

①《百丈大智禅师广录》。
②《黄龙死心禅师语录》，《续藏经》第 120 册。
③《集》卷一九《黄氏二室墓志铭》。
④《苕溪渔隐丛话》前集卷六。
⑤《题韦偃马》，《外》卷四。
⑥《答王子飞书》，《集》卷一九。

又与王观复论学诗：

> 所寄诗多佳句，犹恨雕琢功多耳。但熟观杜子美到夔州
> 后古律诗，便得句法简易而大巧出焉。①

据说他曾批评"东坡作诗，未知句法"②。从二者不同的创作风格与
艺术追求看，这是可能的。他的诗文中讲到"句法"处很多，如：

> 《奉答谢公静与荣子邕论狄元规孙少述诗长韵》：无人知
> 句法，秋月自澄江。③
>
> 《次韵奉答少激纪赠二首》：诗来清吹拂衣巾，句法词锋觉
> 有神。④
>
> 《次韵文潜立春日三绝句》：传得黄州新句法，老夫端欲把
> 降幡。⑤
>
> 《寄陈适用》：寄我五字诗，句法窥鲍、谢。⑥
>
> 《元翁坐中见次元……》：比来工五字，句法妙何逊。⑦
>
> 《答何静翁书》：所寄诗，醇淡而有句法。⑧
>
> 《徐长孺墓志》：乃刻意作诗，得张籍句法。⑨
>
> 《跋雷太简、梅圣俞诗》：(梅)得意处，其用字稳实，句法刻
> 厉而有和气。⑩
>
> 《跋东坡书》：往时许昌节度使薛能作诗，号雄健，时得前

---

①《与王观复书》，《集》卷一九。
②葛立方《韵语阳秋》卷二。
③《集》卷二。
④《集》卷一〇。
⑤《集》卷一一。
⑥《外》卷四。
⑦《外》卷三。
⑧《集》卷一九。
⑨《集》卷二四。
⑩《集》卷二九。

人句法。①

由于对"句法"所指山谷解释很少,难免后人觉得"玄妙"②。但利用现有材料,其大致内容可以了解。首先是一句中关键字词的安排。山谷《荆南签判向和卿用余六言见惠次韵奉酬四首》之三说:"覆却万方无准,安排一字有神。能更识诗家病,方是我眼中人。"③《跋高子勉诗》说:"高子勉作诗,以杜子美为标准,用一事如军中之令,置一字如关门之键,而充之以博学,行之以温恭,天下士也。"④范温说:"句法以一字为工,自然颖异不凡,如灵丹一粒,点铁成金也。浩然云:'微云淡河汉,疏雨滴梧桐。'工在'谈''滴'字。如陈舍人从易偶得《杜集》旧本,至《送蔡都尉》云'身轻一鸟',其下脱一字。陈公因与数客各以一字补之,或曰'疾',或曰'落',或曰'起',或曰'下',莫能定。其后得一善本,乃是'身轻一鸟过'。陈公叹服一'过'字为工也。如淮海小词云:'杜鹃声里斜阳暮。'东坡曰:'此词高妙,但既云斜阳,又云暮,则重出也。'余因此识作诗句法,不可重叠也。"⑤由此可见,字词的安排是句法的要求,其运用则有"点铁成金"之妙,二者是相关联的。

其次是句子的音节。范温说:"句法之学,自是一家工夫。昔尝问山谷:'耕田欲雨刈欲晴,去得顺风来者怨。'山谷云:'不如"千岩无人万壑静,十步回头五步坐。"'此专论句法,不论义理,盖七言诗四字三字作两节也。此句法出《黄庭经》,自'上有黄庭下关元'已下多此体。张平子《四愁诗》句句如此,雄健稳惬。至五言诗亦

---

① 《集》卷二六。
② 胡仔《苕溪渔隐丛话》后集卷三三:"黄太史诗,所恨务高,一似参曹洞下禅,尚坠在玄妙窟里。"钱锺书《宋诗选注序》:"他有些论诗的话,玄虚神秘,据说连江西派里的人都莫名其妙的。"
③ 《集》卷一二。
④ 《集》卷二六。
⑤ 《潜溪诗眼》,《宋诗话辑佚》本。

有三字二字作两节者。老杜云:'不知西阁意,肯别定留人。'肯别邪?定留人邪?山谷尤爱其深远闲雅,盖与上七言同。"①由上面举例亦可知,音节的安排不只关系到语气、感情,而且可造成意义的错综变化。

再有如王直方记载:"山谷谓洪龟父云:'甥最爱老舅诗中何语?'龟父举'蜂房各自开户牖,蚁穴或梦封侯王''黄尘不解浣明月,碧树为我生凉秋',以为深类工部。山谷云:'得之矣。'"又"余尝闻龟父前后诗,有'一朝厌蜗角,万里骑鹏背'一联,最为绝妙。龟父云:'山谷亦叹赏此句。'"②这里则是字词的安排、事典的运用、句子的结构等造成的整个诗句的风格。又如惠洪说:"句法欲老健有英气,当间用方俗言为妙。"③则是专指方言俗语的使用。所以"句法"所指又是相当宽泛的。

如前所述,杜诗在句法上是很见工夫的。古代的诗论中一直有"炼意"还是"炼字"、"炼句"的侧重点不同,即追求通体浑融还是求言句精美的不同。杜甫可谓二者并工,山谷则特别发展了后一个方面。

五

山谷学识渊博,功力深厚,因而他研炼词语,讲究句律,形成了独特的风格,并没有落入空洞地追求形式的死路。他特别能在诗语上"遇变而出奇,因难而见巧"④,富有矜创,表现出奇崛健举的笔

---

① 《潜溪诗眼》,《宋诗话辑佚》本。
② 《王直方诗话》。
③ 《冷斋夜话》卷四。
④ 《胡宗元诗集序》,《集》卷一六。

力。在这方面,他可以说是杜甫传统的发扬者。

　　他的"言句"追求,无论是观念,还是具体技巧,都借鉴了禅文字的经验。成绩方面有如上述。但禅的形式化的方面也限制了他。王若虚指出:

　　　　鲁直开口论句法,此便是不及古人处。

　　　　山谷之诗有奇而无妙,有斩绝而无横放,辅张学问以为富,点化陈腐以为新,而浑然天成如肺肝中流出者不足也。此所以力追东坡而不及欤?①

"从自己胸襟间流将出来"②,是唐末禅师岩头全豁的话,要求禅人有自身活泼的体会。而当禅形式化之后,这个活的泉源也就枯竭了。禅掏空了内容,只流于"文字"。这种倾向直接影响到山谷。魏泰则说:

　　　　黄庭坚喜作诗得名,好用南朝人语,专求古人未使之事,又一二奇字缀葺而成诗,自以为工,其实所见之僻也。故句虽新奇而气乏浑厚。吾尝作诗题其篇后,略云:"端求古人遗,琢抉手不停。方其拾玑羽,往往失鹏鲸。"盖谓是也。③

像黄庭坚那样的大家,才气与风范在相当程度上可以遮掩其缺陷。但到他的后学、末流,局限就越来越显露了。以后的人把"句法"等等当成口头禅,但真正有所创造的却很鲜见了。

　　　　　　　　　　　　　(原载《社会科学战线》1995年第1期)

---

①《滹南诗话》卷下,卷中。
②《祖堂集》卷七。
③《临汉隐居诗话》。

关于佛典翻译文学的研究

一

　　佛典，一般称为"佛经"，即经、律、论"三藏"，是佛教的根本典籍。我国翻译佛典年代可考最早的一部，是安世高于东汉桓帝元嘉元年(151)所出《明度五十校计经》。此后直到北宋中期，大规模的翻译工作持续进行了九百余年(以后仍在断断续续地进行①)。中外译师们从梵文、巴利文和各种"胡语"翻译出数千卷佛典。就翻译领域而言，这是世界文化交流史上空前绝后的壮举，其贡献首先是在中国传播并发展了佛教，而对于中华文明发展多方面的影响更是不可估量的。翻译佛典本来是佛教教理、教义的载体，但更包括了古印度、西域文化、学术十分丰富多彩的内容，其中有大量文学作品。佛教作为宗教对中国文学发展造成巨大影响是学术界公认的；实际上比较起来，一大批"佛典翻译文学"作品对世俗文学的影响更为直接也相当巨大。

---

① 宋代以后的译业，参阅周叔迦《宋元明清译经图记》，《周叔迦佛学论著集》下集第 583—603 页，中华书局，1991 年。

　　"佛典翻译文学"作为学术概念,内含并不确定。按广义说,所有翻译佛典都可称作"翻译文学";而按狭义说,则只有那些真正的文学创作如下面讨论的"本生经",等等,才可算作"文学"作品。佛典的内容和表现形式本来十分复杂:有些经典是单纯宣说教理的,谈不到什么文学价值;而有些却原本就是文学创作,是典型的"佛教文学"创作成果;难于判断的是形态在二者中间的大量经典,它们的某些部分具有文学意味或在某方面表现出文学性质。作为研究对象的佛典翻译文学,似应把这后一类典籍包括在内。如荷兰学者许理和所说,"佛教曾是外来文学之影响的载体"①。在众多翻译佛典里,宗教和文学两方面的内容往往是交织在一起的;讨论其文学价值如何,只能就具体经典进行具体分析。但不论定义如何,可视为"翻译文学"的作品在整个"三藏"中所占比例是相当巨大的。形成这种状况的因素很多:宗教与文学在性质上本来相通、佛教自产生以来就具有文学传统、佛教宣传需要借助文学形式,等等,都是重要原因;还有一点十分重要,就是历代结集佛典大量利用了现成的文学资料,不少佛典是给文学作品附会以佛理形成的。

　　如上所述,被视为佛典翻译文学的作品兼具宗教和文学两方面的意义和价值(当然还具有哲学、伦理等价值,不在本文讨论之内)。而在文学研究领域,可以而且应该按着文学自身的规律,把它们当作文学作品来研究。这应是古典文学研究的一个重要组成部分。前辈学者顾随曾说过:

　　　　假如我们把所有佛经里面的故事,或大或小,或长或短,搜集在一起,那壮采,那奇丽,我想从古代流传下来的故事书,就只有《天方夜谭》(《一千零一夜》)可以超过了它……小

①李四龙等译《佛教征服中国·第二版序言》第4页,江苏人民出版社,1998年。

泉八云说：研究《圣经》（即《旧约》和《新约》）而专从宗教的观点去看，则对于其中"文学美"底认识，反而成为障碍。我想小泉氏这说法，我们拿来去看佛经，恐怕更为确切而适合一些。①

这就明确指出有可能、有必要超越"专从宗教的观点"而从文学角度来研究和欣赏"佛典翻译文学"。从这样的角度看，这些作品应是中国古典文学的一个重要组成部分，有着巨大价值，在文学发展中起过重要作用，造成了巨大、深远影响；当然也要认识到，这是具有特殊性的宗教文学。

近年来，关于佛教对文学的影响，特别是诗与禅关系的研究，引起众多学者的关注。但是，这数量庞大、价值重大的"佛典翻译文学"，却很少有人论及。讨论近、现代文学历史，如果不讲中外文学的交流，不讲俄国、东欧文学、日本文学以至欧美文学的影响，是不可想象的。研究魏晋以来的文学发展，同样不能忽视"佛典翻译文学"。王国维早已在《论近年之学术界》一文中指出过：

自汉以后，……儒家唯以抱残守缺为事……佛教之东，适值吾国思想凋敝之后。当此之时，学者见之，如饥者之得食，渴者之得饮……

具体论及文学的发展，刘熙载则说：

文章蹊径好尚，自《庄》、《列》出而一变，佛书入中国又一变。（《艺概·文概》）

这都是说，佛书传入中土，推动中国文人和文学发生巨大变化，其中佛典翻译文学的作用更为直接和明显。

自本世纪初学术界以近代科学方法整理、研究文学史以来，前

---

① 《佛典翻译文学选——汉三国晋南北朝时期》，《顾随说禅》第 91 页，上海古籍出版社，1998 年。

辈学者给予佛典翻译文学相当充分的关注。梁启超①、鲁迅②、胡适③等人均对相关课题进行过开拓性研究,从不同侧面阐发了佛典翻译文学的内容、价值及其在中国文学史、文化史上的地位和意义,大体确定了"佛典翻译文学"作为中国古典文学一个重要领域的地位。此后,陈寅恪④、顾随⑤、台静农⑥、钱锺书⑦等人都在这一领域有所建树,陈、顾二位并曾先后在大学里开设过有关课程。当代学者季羡林⑧、周一良⑨、饶宗颐⑩等人更相继作了不少精辟论述。教内的巨赞法师⑪也曾著文加以提倡。遗憾的是,如今这方面的研究后继者寥寥。形成这种状况,客观上当然与多年来我国佛教学术整体水平的限制有关系,但也不无遗憾地让人联想起陈寅恪先生的一段话:"中国史学莫胜于宋,而宋代史家之著述,于宗教往往疏略,此不独由于意执之偏蔽,亦其知见之狭陋有以致之。"⑫

①《翻译文学与佛典》、《佛典之翻译》等写作于 1920 年,见《佛学研究十八篇》,这当是首次提出"翻译文学"概念。
②《中国小说史略》首次出版于 1923 年、1924 年,其中古小说部分论及佛教和佛典的内容与作用。
③《白话文学史》(上)出版于 1928 年,"唐以前"部分有两章专门论述《佛教的翻译文学》。
④《金明馆丛稿初编》、《金明馆丛稿二编》里辑录有关诸作。
⑤《佛典翻译文学选》写于 1954 年,发表于《河北大学学报》1980 年第 3 期。
⑥《佛教故实与中国小说》等,1975 年发表于香港大学《东方文化》13 卷 1 期。
⑦《管锥编》多涉及佛典。
⑧《印度文学在中国》,《东方赤子·大家丛书·季羡林卷》,华文出版社,1998 年。
⑨《论佛典翻译文学》、《汉译马鸣佛所行赞的名称和译者》等,《周一良集》第 3 卷,辽宁教育出版社,1998 年。
⑩《马鸣佛所行赞与韩愈南山诗》、《文心雕龙声律篇与鸠摩罗什通韵》等,见《梵学集》,上海古籍出版社,1993 年。
⑪《佛教与中国文学》等,见《巨赞集》,中国社会科学出版社,1995 年。
⑫《陈垣明季滇黔佛教考序》,《金明馆丛稿二编》第 240 页,上海古籍出版社,1980 年。

　　下面拟粗略对佛典翻译文学加以讨论，就教于方家，并希望引起同道者的响应。

二

　　佛典翻译文学的内容十分丰富，表现形式多样，达到了相当高的艺术水平。文学价值高、影响比较巨大的有以下几部分。

佛传

　　这是记述佛陀生平的一类经典，其中优秀者堪称传记文学的杰作，所塑造的佛陀形象也堪称世界文学中的不朽典型。

　　据佛教史的记述，佛陀寂灭之后，大迦叶带领众弟子结集早期佛典（《阿含经》），已包含有佛传成分。到部派佛教时期，形成了叙述佛陀一生的完整佛传。由于佛教各部派关于佛陀的传说不尽相同，结集的佛传也有多种①。如大众部的佛传名《大事》（Mahāvastu Avadāna，中土未译），法藏部称《本行经》②。佛传是最早传入中土的佛经的一部分。按所出年代，现存汉译佛传有：东汉竺大力译《修行本起经》（异译吴支谦《太子瑞应本起经》、刘宋求那跋陀罗《过去现在因果经》），东汉昙果、康孟祥译《中本起经》、西晋竺法护译《普曜经》（异译唐地婆诃罗《方广大庄严经》），东晋迦留陀伽译《十二游经》，鸠摩罗什译《大庄严论经》，北凉昙无谶译、马鸣作《佛所行赞》（异译刘宋宝云《佛所行经》），隋阇那崛多译《佛本行集经》，宋法贤译《佛说众许摩诃帝经》等。

───────

① 日本学者平等通昭《印度佛教學文の研究》第一卷《梵文佛所行贊の研究》把佛传的发展细分为四个阶段，可供参考；详该书第 139—166 页，日本印度学研究所，1967 年。
② 参阅吕澂《印度佛学源流略讲》第 12—13 页，上海人民出版社，1979 年。

　　各种佛传记述范围不尽相同。有的从佛陀前生写起,有的从释迦族祖先写起,有的从佛陀降生写起,等等。其核心部分是所谓"八相示现"(或称"八相作佛",即下天、入胎、住胎、出胎、出家、成道、转法轮、入灭;或无"住胎"而有"降魔")。值得注意、也是对形成其文学价值具有重要作用的是,虽然所描写的教主佛陀形象多有神秘、虚幻的成分,但基本是作为现实的"人"来表现的。例如描写作为"太子"的佛陀曾耽于世俗享乐,也曾结婚生子,求道过程中也犯过错误,也经受磨难和考验,等等。如此较强的现实性,是佛传作为文学创作的卓越之处。

　　汉译佛传中最为杰出的当数马鸣(公元二世纪)所造、昙无谶所出《佛所行赞》(另有宝云异译)。唐代义净写他旅印时这部作品流行的情形说:"又尊者马鸣亦造歌词及《庄严论》,并作《佛本行诗》,大本若译有十余卷,意述如来始自王宫,终乎双树,一代教法,并辑为诗。五天南海,无不讽诵。"[1]马鸣是贵霜王朝迦腻色迦王时代著名的佛教思想家和文学家。他的创作包括戏剧、小说多种;译成汉语的除《佛所行赞》之外,还有《大庄严论经》。《佛所行赞》原典采用的是当时流行的大宫廷诗体,内容从佛陀出生叙述到死后火化八分舍利,即完整地描写了主人公的一生。这部作品的"作者思想上是站在上座部说一切有部的立场,不是把释尊看作具有本体佛意义的应化佛,而是具有觉悟的人的肉体生身佛,只是在寂灭后才作为法身存在。换言之,是把释尊当作完善的人而不是当作绝对的神来描绘,或毋宁说是接近神的神人"[2]。昙无谶译本是九千三百行、四万六千多字的五言长篇叙事诗,比古乐府中最长的叙事诗《孔雀东南飞》要长六十倍,其表现的奥衍繁复、奇谲变怪更是中土文字所不见的。印度古代文学宫廷诗主要描写战争和爱情,

---

①《南海寄归内法传校注》,王邦维校注,第 184 页,中华书局,1995 年。
②平等通昭《印度佛教文學の研究》第一卷《梵文佛所行贊の研究》第 336 页。

通过这些表现治国、作人的道理。马鸣则通过佛陀的经历讲了佛教出世之道，又细致地描绘了佛陀的在俗生活以及他修道期间的斗争。他又充分汲取了古印度神话传说和婆罗门教圣书《吠陀》、《奥义书》、古代大史诗《摩诃婆罗多》、《摩罗衍那》的艺术技巧，借鉴了各部派经、律中有关佛陀的传说和以前结集的各种佛传的写法，从而创造了佛传艺术的一个新的高峰。又汉译各种佛传中《佛本行集经》形成时代靠后，篇幅最长，内容最为翔实，艺术表现也相当充分。

　　佛传是颂扬教主、宣扬信仰的，又是印度的产物，在艺术上必然表现出不同于中土传统的鲜明特色。中国古代以《左》、《国》、《史》、《汉》为代表的史传作品注重"实录"，长于叙事，而佛传却特别善于场面的描摹、环境的铺陈。如《佛所行赞》描绘太子出游，街头巷尾观赏太子的风姿：

> 街巷散众华，宝缦蔽路旁，垣树列道侧，
> 宝器以庄严，缯盖诸幢幡，缤纷随风扬。
> 观者挟长路，侧身目连光，瞪瞩而不瞬，
> 如并青莲花。臣民悉扈从，如星随宿王，
> 异口同声叹，称庆世稀有。贵贱及贫富，
> 长幼及中年，悉皆恭敬礼，唯愿令吉祥。
> 郭邑及田里，闻太子当出，尊卑不待辞，
> 痝瘵不相告，六畜不遑收，钱财不及敛，
> 门户不容闭，奔驰走路旁。楼阁堤塘树，
> 窗牖衢巷间，侧身竞容目，瞪瞩观无厌。
>
> （《大正藏》第四卷）

与中国古诗《陌上桑》"行者见罗敷，下担捋髭须"从侧面描写罗敷一段相比，这里同是用烘托手法，而叙写远为夸饰细腻。宝云译本《佛本行经》第八品《与诸婇女游居品》描写太子与婇女入浴一段：

太子入池，水至其腰。诸女围绕，明耀浴池。犹如明珠，绕宝山王，妙相显赫，甚好巍巍。众女水中，种种戏笑：或相湮没；或水相洒；或有弄华，以华相掷；或如水底，良久乃出；或于水中，现其众华；或复于水，但现其手。众女池中，光耀众华，令众藕华，失其精光。或有攀缘，太子手臂，犹如杂华，缠着金柱。女妆涂香，水浇皆堕，旃檀木楂，水成香池。（《大正藏》第四卷）

佛典为了宣扬离欲，对色欲等反倒有相当细致生动的描绘。对女性身姿如此浓艳华丽的描写，已类似中土的"宫体"，在佛传里不只一处。

佛传出于表达修道、成道、传道等宗教主题的需要，又特别重视人物心理的描摹。这也是中土作品所缺乏的。如《佛所行赞》讲到太子出走、仆人车匿带着白马回宫，合宫悲痛万分，先描写了车匿回归一路的悲伤心情、婇女们听到消息后的悲痛场面，接着描绘姨母瞿昙弥"闻太子不还，竦身自投地，四体悉伤坏，犹如狂风吹，金色芭蕉树……"；她回忆起太子形容的美好和在宫中优裕生活，"念子心悲痛，闷绝而躄地"，如此等等，整个场面被铺张、渲染得活灵活现。

佛传在具体写作方法上也多有特色。饶宗颐曾举《佛所行赞》连用"或"字为例，与韩愈《南山》诗相比较，指出后者"用'或'字竟至五十一次之多，比马鸣原作，变本加厉"[①]，进而认为二者的文体亦有关涉。这是古代文人借鉴佛传写作技巧的一例。其他如《佛所行赞》在运用比喻、夸张，表现神变、灵异等写法方面也多有特色。

除了佛陀，有些佛典还描写了他的家族、亲友、弟子、信徒以至

---

① 饶宗颐《马鸣佛所行赞与韩愈南山诗》，《梵学集》第 316 页，上海古籍出版社，1993 年。

反对者、敌人等各色人物，围绕这些人物不乏有趣的故事。如舍卫国大臣"给孤独长者"须达以黄金铺地构筑"祇树给孤独园"事，见于有部律《破僧事》、《佛所行赞》和《摩诃帝经》等多种经典中，《贤愚经》的《须达起精舍品》则对其中舍利弗与六师外道斗法情节进行了多姿多彩的艺术发挥。陈寅恪论及这段故事，联系《增一阿含经》卷二九和《大智度论》卷四五所记佛弟子舍利弗与目连角力事，指出"今世通行之西游记小说，载唐三藏车迟国斗法事，固与舍利弗降服六师事同。又所述三藏弟子孙行者、猪八戒等，各矜智能诸事，与舍利弗目犍连较力事，或亦不无类似之处"①。

据应是出于东汉末的《牟子理惑论》记述，当时有关佛陀的传说已在中土广泛流行。又据传曹植"著太子颂及睒颂等"②，《太子颂》显然是叙述佛传的，《睒颂》的内容则是睒子本生故事。曹植在渔山制作梵呗一事当是出于传说，但早期梵呗应确有讲述佛传的。南北朝文人的赞佛作品多有表现佛传的。梁武帝命虞阐、刘勰、周舍等编辑《佛记》三十卷，沈约为序，书的内容是鉴于佛陀"妙应事多"而"亦加总辑"，"博寻经藏，搜采注说，条别流分，各以类附"加以整理的③。在同是受梁武帝之命、宝唱编辑的佛教故事总集《经律异相》里也收有许多佛传故事。唐初王勃有《释迦佛颂》和《释迦如来成道记》，也是根据佛传撰写的。至于佛传的记叙启发了作家的创作构思，化为创作的语言、典故等等，例证不胜枚举。

本生故事

在佛典翻译文学中，《本生经》或称"本生谭"是艺术价值最高、

---

① 《须达起精舍因缘曲跋》，《金明馆丛稿二编》第 174 页，上海古籍出版社，1980 年。
② 汤用彤校注《高僧传》卷一三，第 508—509 页，中华书局，1992 年。
③ 沈约《佛记序》，陈庆元《沈约集校笺》第 6 卷第 180—181 页，浙江古籍出版社，1995 年。

也最为普及的部分之一，被称为是古印度"民间寓言故事大集"①，是可与希腊伊索寓言并称的古代世界寓言文学的宝典。

昙无谶所出《大般涅槃经》卷一五说：

> 何等名为阇陀伽经（《本生经》另一音译）？ 如佛世尊本为菩萨，修诸苦行，所谓比丘当知，我于过去作鹿、作罴、作獐、作兔、作粟散王、转轮圣王、龙、金翅鸟，诸如是等行菩萨道时所可受身，是名阇陀伽。（《正》第 12 卷第 694 页）

《本生经》的形成大体与集结佛传同时。部派佛教时期形成了"三世诸佛"、"过去七佛"观念，从而神圣、永生的佛陀就有其过去世；赞美佛的过去世，就出现了《本生经》。在今印度中央邦马尔瓦地区阿育王（前 268？ —前 232？）所建桑奇大塔牌坊浮雕里已多有本生和佛传故事。东晋法显西行求法，在天竺曾到本生故事讲的菩萨割肉贸鸽、施眼、舍身饲虎处；在狮子国（斯里兰卡）他遇到王城供养佛齿，在仪式上"王便夹道两边，作菩萨五百身以来种种变现：或作须大拏，或作睒变，或作象王，或作鹿、马，如是形象，皆采画装校，状若生人"②。玄奘所著《大唐西域记》同样记载了五印流行本生故事的情形③。

在南传巴利文佛典里，保留有完整的《本生经》，计 547 个故事，是五部《阿含》中《小尼迦耶》（小部）的第十部经。我国南北朝时期传译的《五百本生经》可能就是这部经的译本，但佚失了④。汉译佛典里没有南传《本生经》译本，可是流行最广的本生故事大体

---

① 季羡林主编《印度古代文学史》第 135 页，北京大学出版社，1991 年。
② 章巽校注《法显传校注》第 35、36、38、154 页，上海古籍出版社，1985 年。
③《南海寄归内法传校注》，王邦维校注，第 182—183 页，中华书局，1995 年。
④ 据《出三藏记集》卷二《新集撰出经律论录》："《五百本生经》未详卷数，阙。……右二部，齐武皇帝时，外国沙门大乘于广州译出，未至京都。"这部经大概就是巴利文本《本生经》。苏晋仁等点校本，第 63 页。

有相当的译文。比较集中地保存本生故事的汉译佛典有十几部，其中吴康僧会所出《六度集经》(计包含 81 经)、西晋竺法护所出《生经》(计包含 31 经)、失译《菩萨本行经》(计包含 24 经)等比较集中；此外各种不同类型的譬喻经以及《贤愚经》、《杂宝藏经》里也包含有不少；佛传如《佛本行集经》也编入不少本生故事；还散见于其他经、律、论之中。

　　构成《本生经》的主要方式是把传说的佛陀前世善行附会到现成的民间故事之中。"这一类故事和另外一种完全是夸张想象以至堆砌词藻的经和故事显然是两种风格，有两种来源，起两种作用"①。《本生经》原来的体裁多种多样，有神话、传说、寓言、传奇故事、笑话(愚人故事)、诗歌、格言等等，译成汉语多采用韵、散结合的译经文体。其中占有相当大比重的是以动物为主人公的故事，显然原本是民间寓言；根据历史家考察，如"顶生王本生"、"大善见本生"，本来是古印度先王事迹传说；有些故事与古印度叙事文学传统相关，如汉译《六度集经》里的"未名王本生"和《杂宝藏经》里的"十奢王缘"，情节合起来就是印度古代史诗《罗摩衍那》的提要。后出的故事有些可能是信仰者逐渐创作的。后来在佛教流行的西域地区也不断有新作品出现，汉译有些应是出于西域的。

　　中国自先秦就形成了神话、传说和寓言文学的优良传统。但无论是文体，还是表现方法，中土作品与外来的本生相比都具有重大差异。汉译《本生经》有固定的结构。一个故事大体分三部分：第一部分是佛陀现世情形，比较简单；另一部分是他过去世的行事，讲他在过去世示现为动物如鹿、猴、兔、鸽等或示现为国王、贵族、商人、平民、穷人、婆罗门等，积累精勤修道的善行；最后部分是关联语，由现世的佛陀说明过去世与现世的关联，指出当初行善的某某就是佛陀自己，作恶的某某是现在加害或反对他的人，从而表

①金克木《梵语文学史》第 173 页，人民文学出版社，1964 年。

达教义或教训的喻意。

中土流行的佛教思想主要是大乘的,汉译本生也更多地表现大乘积极入世、"自利利他"的菩萨观念,菩萨救济善行,舍己救人、舍身求法是常见的主题。其中著名的如尸毗王以身代鸽事,见于《杂宝藏经》《菩萨本生鬘论》《大庄严论经》等多部经典。内容是说尸毗王生性仁慈,爱民如子,天帝释对他加以考验,变成一只鹰追逐鸽子,国王自愿以身代鸽,自割股肉饲鹰,直到身肉将尽,发誓说:"我从举心,迄至于此,无有少悔如毛发许。若我所求,决定成佛,真实不虚。得如愿者,令吾肢体,当即平复。"当他发愿时,身体恢复如初。故事的最后,佛告大众:"往昔之时,尸毗王者,岂异人乎?我身是也。"①这个故事立意在赞颂菩萨,把舍己救人的品德表现得淋漓尽致。类似的故事还有萨埵太子舍身饲虎、鹿王本生等。有的故事描写恶人恶行,对它们进行强烈谴责,则恰和菩萨的善行作对比。其中经常出现的是提婆达多(另译"调达")。他本是佛陀的从兄弟,但心术不正,是佛陀的反对者、教团的叛逆者。如《六度集经》卷六里的九色鹿故事(单行《九色鹿经》),说菩萨昔为九色鹿,曾从大水里救出溺人,时有国王夫人欲得九色鹿的皮和角,国王募于国中,溺人闻王募重,就告发了鹿的去处;国王捕到鹿,鹿说明原委,王甚大惭愧,严责溺人,并放了鹿;佛陀说:尔时九色鹿者,我身是也;时溺人者,今调达是②。这个故事揭露以怨报德的恶行,立意和中土"东郭先生"寓言相类似。

有些故事具有较丰富的社会内容。例如《六度集经》(异译有失译《长寿王经》)里的长寿王本生颂扬长寿王仁恻慈悲、愍伤众生,与邻国小王的"执操暴虐,贪残为法,国荒民贫"相对比,批判统治者的暴虐、贪婪,赞扬仁民爱物、悱恻为怀的情操,宣扬和平富

①见《菩萨本生鬘论》卷一,《正》第3卷第334页。
②见《佛说九色鹿经》。《祐录》作失译,后题后汉支谦译;吕澂《新编汉文大藏经目录》"附西晋录"第67页,齐鲁书社,1980年。

足、国泰民安的社会理想。《六度集经》"国王本生"里大臣说"宁为天仁贱,不为豺狼贵",百姓说"宁为有道之畜,不为无道民"①,都鲜明地表达了人们对清明政治的渴望。汉译本生故事多使用"仁"、"德"、"孝"、"忠"等词语,多表现"天"、"命"等观念,则是译者把儒家伦理融入其中了。

譬喻故事

《杂阿含经》卷一〇记载佛陀说的话:

> 今当说譬,大智慧者以譬得解。(《正》第 2 卷 71 页)

《法华经》记载佛对舍利弗说:过、未、现诸佛"以无量无数方便,种种因缘譬喻言辞,而为众生演说佛法"。

《大智度论》卷三五则说明譬喻的作用:

> 譬喻为庄严议论,令人信著故……譬如登楼,得梯则易上;复次,一切众生著世间乐,闻道德、涅槃则不信不乐,以是故,以眼见事喻所不见。譬如苦药,服之甚难,假之以蜜,服之则易。(《正》第 25 卷第 320 页)

佛典初传中土时,其多用譬喻的特点已引起人们的注意。《理惑论》里记载攻击佛教的言论说,"佛经说不指其事,徒广取譬喻。譬喻非道之要。和异为同,非事之妙,虽辞多语博,犹玉屑二车,不以为宝矣";而作辩解时则引用圣人之言为例:"自诸子谶纬,圣人秘要,莫不引譬取喻,子独恶佛说经牵譬喻耶?"②从广义说,前面所讨论的佛传和本生故事也可说是譬喻文学作品;但还有一批以"譬喻"为名的专门经典,它们也和民间文学创作有密切关系。1926 年鲁迅先生为校点本《百喻经》作题记说:

> 尝闻天竺寓言之富,如大林深泉,他国艺文,往往蒙其影

---

① 《六度集经》卷五《忍辱度无极章第三》,《正》第 3 卷第 26 页。
② 《弘明集》卷一,《正》第 52 卷第 4 页。

响。即翻为华言之佛经中,亦随在可见。明徐元太辑《喻林》,颇加搜录,然卷帙繁重,不易得之。佛藏中经,以譬喻为名者,亦可五六种,惟《百喻经》最有条贯。(《痴华鬘题记》,《鲁迅全集》第 7 卷)

前此的 1914 年,鲁迅曾出资刊刻《百喻经》,次年并亲自校阅,写有后记。鲁迅十分重视《百喻经》所代表的佛典譬喻文学的价值。

印度佛教对佛典进行分类,有所谓"十二分教"或称"十二部经",其中一类"阿婆陀那"(avadāna)意即"譬喻"①,本意是"英雄行为的故事",这些故事作为教义的例证,是一种譬喻②。十二部经里的尼陀那(nidāna)即因缘,记载佛陀说经或制律的缘起,也是一种譬喻故事。全部佛典又随处可见譬喻情节。而专门以"譬喻"立名的经典,汉译现存多部:有题为吴康僧会所出《旧杂譬喻经》、题为支娄迦谶所出《杂譬喻经》、失译《杂譬喻经》、比丘道略集、鸠摩罗什译《杂譬喻经》(有异本《众经撰杂譬喻经》)、僧伽斯那撰、南齐求那毗地所出《百句譬喻经》(即《百喻经》)等。又西晋法炬、法立所出《法句譬喻经》、法救撰、姚秦竺佛念所出《出曜经》是解释偈颂"法句"的,同样以譬喻故事为主要内容。上述"譬喻经"中前两部从译语和译文风格看均不像是康僧会或支娄迦谶所出,但它们早期传入中土则是可以肯定的。见于资料记载的《譬喻经》的名目还有很多。僧祐指出,这类经典一卷已还者五百余部,"率抄众经,全典盖寡。观其所抄,多出《四含》、《六度》、《地道》、《大集》、《出曜》、《贤愚》及《譬喻》、《生经》,并割品截偈,撮略取义,强制名号,仍成卷轴"③。

①《〈百喻经〉校后记》,《鲁迅全集》第 10 卷第 45 页。
②在汉语翻译里"阿波陀那"经常译为"譬喻经"或"譬喻",如《增一阿含经》卷一七:"或有比丘高志颂习所谓契经……譬喻……"又《四分律》卷一:"契经……譬喻经……"说的都是专门一类关于"英雄故事"的经典。
③《新集续撰失译杂经录》,《出三藏记集》卷四,第 123 页。

多数"譬喻经"就是这种出于中土的经抄①。正因为是抄撮而成,这些经典收录的故事多有相互重复的。

　　除了这些名为"譬喻"的经典之外,还有两种经典亦属同类。一种是单本譬喻经,如《箭喻经》、《奈女耆婆经》等。周叔迦论《天尊说阿育王譬喻经》说:"东晋佚名译。按此经所记,率取故事以证嘉言,约如我国《韩诗外传》体例。凡十二则……大率取譬浅近,引人皈信,与《杂宝藏经》、《百喻经》等,殊途同归。取此种经典,与六代《搜神记》、《颜氏家训》诸书互相掌较,天竺思想影响中土程度,亦可窥一二矣。"②另一种是别有标题的譬喻故事集,如题为支谦译《撰集百缘经》、马鸣撰、鸠摩罗什译《大庄严论经》、北魏慧觉等译《贤愚经》、北魏吉迦夜共昙曜译《杂宝藏经》等。

　　"譬喻经"的结集情况是多种多样的。有些故事是从"修多罗藏十二部经中抄出"③的,有些则是创作的。活跃在贵霜王朝的部派佛教论师,曾热心地搜集、创作譬喻故事并编辑成书。窥基说:

　　　　佛去世后一百年中,北天竺怛义翅罗国有鸠摩罗多,此言童首,造九百论。时五天竺有五大论师,喻如日出,明导世间。名日出者,以似于日,亦名譬喻师。或为此师造《喻鬘论》,集诸奇事,名譬喻师。④

这里所说的《喻鬘论》,本世纪初在新疆发现了梵文残卷,作者即题鸠摩罗多,陈寅恪与德国梵文学者刘士德勘同于旧题马鸣所造、属

---

①现存的"譬喻经"除《百喻经》有梵文原本外,其他均不见外语原典,所以有人认为它们都是"在中国结集成书的抄译经"。参阅丁敏《佛教譬喻文学研究》第六章《譬喻佛典研究之三——六部以"譬喻"为名的佛典》第 275—388 页,东方出版社,1996 年。

②《释典丛录》,《周叔迦佛学论著集》下集第 1024—1025 页,中华书局,1991 年。

③《百句譬喻经前记》,《出三藏记集》卷九,第 355 页。

④《成唯识论述记》第八卷,《正》第 43 卷第 274 页。

于《法句譬喻经》类的《大庄严论经》①。窥基所谓"佛去世后一百年"计算时间有误，实际应是贵霜王朝的产物。同时代的法胜、法救（下面将要讲到的《法句经》是他编订的）、众护（作有《修行道地经》)②等论师都是具有卓越文学才能的人物，对发展譬喻文学做出了巨大贡献。另有些"譬喻经"是中土人士辑录的。如北魏时河西沙门释昙学、威德等凡有八僧，到于阗听三藏诸学说经讲律，各书所闻，集为一部，号曰《贤愚经》③。康法邃编辑的《譬喻经》也有序记说：

> 《譬喻经》者，皆是如来随时方便四说之辞，敷演弘教训诱之要。牵物引类，转相证据，互明善恶罪福报应，皆可寤心，免彼三途。如今所闻，亿未载一，而前后所写，互多复重。今复撰集，事取一篇，以为十卷。比次首尾，皆令条别，趣使易了，于心无疑。愿率土之贤，有所尊承，永升福堂，为将来基。（《出三藏记集》卷九）

这表明康法邃这部《譬喻经》是考虑到同类经典记载混乱而编辑的。

这些譬喻故事许多应出于印度或西域民间传说，或是模仿民间传说制作的，在很大程度上保持了民间文学表现质朴、风趣的艺术特色。

譬喻故事的一个突出特点是往往具有普遍的哲理或伦理意义。例如失译《杂譬喻经》卷下"瓮中见影"故事讲新婚夫妇二人见瓮里自己的影子怀疑对方藏有情人；《旧杂譬喻经》里二道人从象迹判断出怀孕母象事；《百喻经》的《三重楼喻》写愚人盖楼房不想造下两层而直接造第三层。三篇经文后面对故事寓意都有说明：

---

① 参阅陈寅恪《童受喻鬘论梵文残本跋》，《金明馆丛稿二编》第207—211页。
② 参阅吕澂《印度佛学源流略讲》第54、59页，上海人民出版社，1979年。
③《贤愚经记》，《出三藏记集》卷九，第351页。

第一个故事讽刺"世人愚惑，以虚为实"；第二个故事说明"学当以意思维"；第三个故事要人"精勤修敬三宝"，不要"懒惰懈怠"。这些说明都具有明显的宗教意味，但读者可以体会到与宗教全然无关的更深一层的哲理。再有一部分故事原来是指示修道方式和态度的，但往往关系一般的伦理修养。如《旧杂譬喻经》的《鹦鹉》，讲鹦鹉以翅羽取水欲扑灭山中大火，表现了"知其不可而为之"的不屈意志；《杂宝藏经》的《弃老国缘》，说过去有一弃老国，国法驱弃老人，有一大臣孝顺，在地下掘一密室孝养老父，借老父的智慧解答了天神的问题，终于使国王改变了弃老法令。这则明确地宣扬仁孝敬老意识，十分符合中土伦理观念。

　　譬喻故事形成于一定的社会环境中，其背景或内容又往往反映当时的社会矛盾，体现一定的社会意义。《旧杂譬喻经·祸母》说，过去有个国家，富足安乐，但国王贪心不足，忽发奇想，派人到邻国买"祸"，结果祸害了民众，闹得饥荒遍地，故事结尾说："坐厌乐，买祸所致。"其寓意是戒"贪"的，客观上也是对统治者残暴荒唐的揭露和讽刺。在一些有关国王的譬喻故事里，常常拿贤明的国王与残暴的国王作对比，揭露暴君滥杀无辜、贪得无厌、盘剥百姓、侵略别国的罪行；而对仁政爱民的国君加以赞扬。《杂宝藏经》里的一个故事揭露国王"七事非法"："一者耽荒女色，不务贞正；二者嗜酒醉乱，不恤国事；三者贪着棋博，不修礼教；四者游猎杀生，都无慈心；五者好出恶言，初无善语；六者赋役谪罚，倍加常则；七者不以义理，劫夺民财。由此七事，能危王身。"又指出"倾败王国"的"三事"："一者亲近邪佞、谄恶之人，二者不附贤圣，不受忠言，三者好伐他国，不养人民。"①这是对残暴的统治者的十分全面而尖锐的揭露和批判。

----

① 《杂宝藏经》卷八《拘尸弥国辅相夫妇恶心于佛佛即化异得须陀洹缘》，《正》第 4 卷第 485 页。

有些譬喻故事短小精悍，富于情趣。如《百喻经》里的故事，日本学者岩本裕以为是从古印度民间流行的愚人故事脱胎而来①，显示出鲜明的民间文学的幽默特色。又如《旧杂譬喻经》里妇人富有金银，为男子骗取被狐狸嘲笑事；什译《杂譬喻经》里田舍人至都下，见人以热马屎涂背疗鞭伤，命家人鞭背事；一蛇头尾争大，尾在前行堕火坑而死事；《百喻经》的"效其祖先急速食喻"等等，都十分风趣，充满机智。虽然这类故事往往附带教理说明，但其训喻意义是明显、深刻的。

法句经

所谓"法句"（Dharmapada），意谓真理的语言，即传达佛陀教法的偈句。古代沙门从众经中把它们拣选出来、分类加以编辑成《法句经》。汉译存四部：吴维祇难等译《法句经》二卷，和前面讲譬喻经已提到的法炬共法立译《法句譬喻经》四卷和姚秦竺佛念译《出曜经》三十卷，宋天息灾译《法集要颂经》四卷。它们的内容大体相同。两卷本《法句经》本是由有部譬喻师法救撰集；四卷本《法句譬喻经》选前者偈颂大约三分之二，每一"法句"附上散体譬喻故事；第三种《出曜经》体制与《法句譬喻经》类似，每一则先出"法句"，然后是散体譬喻故事；第四种《法句要颂经》后出，只集录法句，法句偈颂只取句式整齐，基本不用韵，廉悍生动地说明道理，可以看作是哲理诗。如吴译《法句经·教学品》：

> 若人寿百岁，邪学志不善，不如生一日，精进受正法。
> 若人寿百岁，奉火修异术，不如须臾顷，事戒者福称。

《多闻品》：

> 斫创无过忧，射箭无过愚，是壮莫能拔，惟从多闻除。盲从是得眼，暗者从得烛，亦导世间人，如目将无目。（《正》第 4

①《佛教説話研究》第二卷《佛教説話の源流と展開》第 118 页，开明书院，1978 年。

卷第 559—560 页）

法句本来是宣说佛理的，但许多都是古人智慧的结晶，有着普遍的教育意义。它们的表现方法对中国诗歌创作影响很大。如唐代的王梵志诗、寒山诗就类似法句。这种影响在文人的创作中也有所体现。

此外从一定意义上看，有些大乘经的文学性同样是十分明显的。大乘经的结构，均组织在佛陀于某时、某地、对某某说法的框架里，这就决定了它们的叙事和描述性格。而其叙事和描述又大都富于想象和玄想。当然，就具体经典来说各有特征。如各种《般若经》，基本是思辨说理，谈不到文学性。而如《维摩经》、《法华经》、《华严经》等则更多叙事和描述，更富于故事性和形象性。就论书而言，从性质说它们本是解经的，以议论为主，但也包含不少譬喻故事。所以如《大毗婆沙论》、《大智度论》等大、小乘论书，也被看作是譬喻文学的宝库。

大乘经中《法华经》被称为"经王"。本经一再说到"以无数方便，种种因缘，譬喻言辞，演说佛法"①的道理，其表现的重要特点之一即在利用譬喻说法。道宣总结说：

> 朽宅通入大之文轨，化城引昔缘之不坠，系珠明理性之常在，凿井显示悟之多方，词义宛然，喻陈惟远。（《妙法莲华经弘传序》，金陵刻经处本卷首）

胡适也指出"《法华经》（《妙法莲花经》）虽不是小说，却是一部富于文学趣味的书。其中的几个寓言，可算是世界文学里最美的寓言，在中国文学上也曾发生不小的影响"②。道宣讲的"朽宅"（火宅）、"化城"、"系珠"、"凿井"四喻，加上"穷子"、"药草"、"医师"喻，构成

---

① 《妙法莲华经》卷一《方便品》，《正》第 9 卷第 7 页。
② 《白话文学史》第 126 页，东方出版社，1996 年。

有名的"《法华》七喻"。这是用来说明教理的七个十分生动的故事。如"三世朽宅"、"导师化城"等故事不论是观念还是文字，都已深入中土人心。《华严经》规模更为宏大，全经按说法地点是七处，按场面是八会，是充分发挥大乘佛教玄想性格的经典。这里说法的佛陀已不是通过修道成佛的沙门释迦，而是遍满十方、常住三世、总该万有的真理化身、十相具足的法身佛卢舍那佛；说法的对象不仅有佛弟子，还有众多菩萨、天神。其中展现了万德圆满、妙宝庄严、无限华丽神秘的诸佛境界，以至有人把它比作规模宏大的神魔小说。在第九会里，佛陀现种种神变，使诸菩萨得到无数大悲法门，文殊师利率大众辞佛南行，到福城东庄严幢娑罗林中说法，有善才童子一心求菩萨道，在普贤教示下辗转南行，寻访五十三位善知识，终于证入法界。这就是六十《华严》里占十七卷的《入法界品》。善才童子的寻访经历，情节生动，形象鲜明，含义深刻，有人拿它与英国著名宗教小说柏杨的《天路历程》相比。《华严经》把大胆玄想的境界描绘得极其恢弘开阔，汪洋恣肆，是中土作品中前所未见的。《维摩经》是另一部极富文学意味的经典。胡适说：

> 鸠摩罗什译出的经，最重要的是《大品般若》，而最流行又最有文学影响的却要算《金刚》，《法华》，《维摩诘》三部。其中《维摩诘经》本是一部小说，富于文学趣味……这一部半小说、半戏剧的作品，译出之后，在文学界与美术界的影响最大。中国的文人诗人往往引用此书中的典故，寺庙的壁画往往用此书的故事作题目。后来此书竟被人演为唱文，成为最大的故事诗。[①]

有人又把这部经看作一出三幕戏剧。其中塑造的信仰诚挚、学养高深的在家居士维摩诘形象内涵丰富，性格鲜明，对历代中国士大

①《白话文学史》第124—125页，东方出版社，1996年。

夫产生巨大而深远的影响,它几乎成了古代文人的必读书。其他如《阿弥陀经》、《观无量寿经》、《弥勒上升经》等宣扬净土信仰的经典,描写细腻,富于夸饰,创造出理想化的美好图景,令人无限憧憬,也广有影响。

三

上述佛典翻译文学对历代文人和文学创作的影响是巨大的。随着时代推移,这种影响我们这一代人是难以体会到的。除了作为佛教经典对文人思想、观念、感情、生活方式等方面的作用之外,它们作为翻译作品,更直接地影响到写作的艺术表现技巧。这是研究这部分作品时值得特别注意的。这种影响大体表现在以下方面。

文学语言。语言是文学的表现工具;文学创作是语言艺术。佛典传译大量输入了外民族的词汇、语法和修辞方式、表达方式,从而极大地丰富了中国文学的表达手段。从词汇看,翻译佛书输入了大量外来语新词和新的构词法。翻译词语的方法大体有三种情况:一种是利用汉语固有词语赋予新概念,如"空"、"真"、"观"、"法"之类;一种是利用汉语词素组合成新词语,如"四谛"、"五蕴"、"因缘"、"法界"之类;再一种是重新创造,如实际、境界、法门、意识、大千世界、不可思议、万劫难复等等;还有音译词,即玄奘所谓"五种不翻"①的词,如般若、菩提、陀罗尼、阎浮提等;这一种又包括音、义合译的,如禅定、偈颂、六波罗蜜、阿赖耶识等。随着佛典翻译传入汉语的词语数量难以统计,许多已经成为汉语的常用词语,

---

① 周敦颐《翻译名义序》,《正》第 54 卷第 1055 页。

如机会、烦恼、赞助、大千世界、回光返照等等。词汇本是语言中最活跃的因素。如此众多的新词语输入,极大地丰富了中国文学创作的语言。从语法看,梁启超曾指出:

> 吾辈读佛典,无论何人,初展卷必生一异感,觉其文体与它书迥然殊异。其最显著者:(一)普通文章中所用"之乎者也矣焉哉"等字,佛典殆一概不用(除支谦流之译本);(二)既不用骈文家之绮词俪句,亦不采古文家之绳墨格调;(三)倒装句法极多;(四)提挈句法极多;(五)一句中或一段落中含解释语;(六)多复牒前文语;(七)有连缀十余字乃至数十字而成之名词——一名词中,含形容格的名词无数;(八)同格的词语,铺排叙列,动至数十;(九)一篇之中,散文诗歌交错;(十)其诗歌之译本为无韵的。凡此皆文章构造形式上,画然辟一新国土。质言之,则外来语调之色彩甚浓厚,若与吾辈本来之"文学眼"不相习,而寻玩稍近,自感一种调和之美。①

这都是语法修辞方面的表现。此外还有叙述中插入呼语(如"时我,世尊! 闻说是语,得未曾有")、多用复合句等等。音韵方面,由于转读佛经,启发中土人士发明翻切、四声;而声韵学的进步直接影响到各种韵文文体特别是诗歌格律的演进。又由于佛典翻译促成汉语和外来语长期、广泛的交流,影响到汉语文的文风,如什译《法华》"有天然西域之语趣"②,是成功译经的典型例子,也必然影响世俗文学。

　　文体。译经经常使用韵、散间行的文体。早期佛典全凭口述,使用的是韵文,散文部分是后来发展起来的。"十二分教"里有一类叫"伽陀",或称"偈"、"偈颂"、"孤起颂",是独立宣说教义的韵文。比如《法句经》里的法句即是。另一类叫"祇夜",或称为"重

---

① 《翻译文学与佛典》第28—29页,《佛学研究十八篇》,台湾中华书局,1976年。
② 《宋高僧传》卷三《译经论》。

颂"、"应颂",是经文里重复宣说散文意思的偈语。韵、散的配合有
两种情况:一种是散文后面用韵文加以渲染,二者是重复的,如《法
华经》描写"火宅",在散文叙述火宅的恐怖之后,再用韵文细致描
写一遍;另一种是二者各自表现独立的内容。后一种情况又可分为
两类:一类如《法句譬喻经》和《出曜经》,先出"法句"偈颂,然后用散
文讲故事;再一类是叙说中时而用散文时而用韵文。这多种韵、散配
合的文体给中土创作以启发。如陶渊明的韵文《桃花源诗》配以散文
《桃花源记》;唐人写传奇小说也常常以诗歌相配合。胡适说:

> 印度的文学有一种特别体裁:散文记叙之后,往往用韵文
> (韵文是有节奏之文,不必一定有韵脚)重说一遍。这韵文的
> 部分叫做"偈",印度文学自古以来多靠口说相传,这种体裁可
> 以帮助记忆力。但这种体裁输入中国以后,在中国文学上却
> 发生了不小的意外影响。弹词里的说白与唱文夹杂并用,便
> 是从这种印度文学形式得来的。①

变文、宝卷亦直接取法佛典这种韵、散结合的行文方式。

行文体制。长期的译经实践,形成了一种"译经体"。这是一
种华梵结合、韵散间行、雅俗共赏的行文体制。魏晋以来,文章"骈
俪化"日渐严重,行文讲究对偶声韵、使典用事,多用华词丽藻,刻意
追求形式美,文坛弥漫着绮靡、唯美之风。而胡适谈到翻译文体说:

> 这样伟大的翻译工作自然不是少数滥调文人所能包办
> 的,也不是那含糊不正确的骈偶文体所能对付的。结果是给
> 中国文学史上开了无穷新意境,创了不少新文体,添了无数新
> 材料,新材料和新意境是不用说明的,何以有新文体的必要
> 呢? 第一因为外国来的新材料装不到那对仗骈偶的滥调里
> 去。第二因为主译的都是外国人,不曾中那骈偶滥调的毒。

─────────────
① 《白话文学史》第 129 页,东方出版社,1996 年。

第三因为最初助译的很多是民间的信徒；后来虽有文人学士
奉敕润文，他们的能力有限，故他们的恶影响也有限。第四因
为宗教的经典重在传真，重在正确，而不重在辞藻文采；重在
读者易解，而不重在古雅。故译经大师多以"不加文饰，令易
晓，不失本意"相勉。到了鸠摩罗什，译经的文体大定，风气已
大开，那般滥调的文人学士更无可如何了。①

这种"译经体"基本是流畅明白的散体。翻译偈颂则是一种不规则
的韵文，用了五言、四言、七言或六言句，基本不用韵，节奏和句式
则根据语义安排，而不同于汉语诗歌格律。这种"偈颂体"可以说
是一种独特的"自由体"诗。后来颇有些中土文人写过一些模仿这
种"译经体"或"偈颂体"的作品。以后唐宋人掀起"古文运动"，显
然也从译经得到一定启发。

文学体裁。佛典的经藏和律藏主要是叙事，论藏主要是议论。
论藏议论注重名相、事数的辨析，善于使用由因及果的逻辑结构、
条分缕析的分析方法和举事为譬的说明方式等等，形成了鲜明的
特色。中土僧人文字如僧肇的《肇论》、文人文字如刘勰的《文心雕
龙》，行文结构均明显受其影响。唐宋人的议论文字里也可以清楚
看到这种影响。更重要的是佛典对中土叙事文学发展所起的作
用。隋唐以前中土的叙事文学主要是史传和志怪、志人小说。史
传如前面已指出的，中土传统重"实录"，重"褒贬"；而志怪小说如
《搜神记》、志人小说如《世说新语》则或传说奇闻异事，或著录名士
轶闻，都还没有脱离"街谈巷语，道听途说"②的"残丛小语，近取譬
喻，以作短书"③的规模。鲁迅说唐人"始有意为小说"④，就提出前

①《白话文学史》第115页，东方出版社，1996年。
②《汉书》卷三〇《艺文志》。
③《文选》卷三一李善注引桓谭《新论》。
④《中国小说史略》第八篇《唐之传奇文（上）》，《鲁迅全集》第9卷第70页。

此人们还没有自觉地通过"幻设"创作小说的观念和实践。而佛典特别如大部的佛传和一些大乘经，都是充满玄想且具有复杂情节的叙事文字。陈寅恪论及《顶生王经》、《维摩诘经》等与《说唐》、《重梦》等的关系说："虽一为方等之圣典，一为世俗之小说，而以文学流别言之，则为同类之著作。然此只可为通识者道，而不能喻于拘方之士也。"①人们容易看到六朝之"释氏辅教之书"，如《宣验记》、《冥祥记》等乃是志怪小说的一部分；实际上，后来中国小说的发展，包括长篇小说的兴盛，都借鉴了佛传与大乘经等佛典叙事作品的写作方法。更进一步，某些文学体裁的形成也正是得力于借鉴佛典。陈寅恪在论及当时被称为"佛典"的《维摩经讲经文》时又说："佛典制裁长行与偈颂相间，演说经义自然仿效之，故为散文与诗歌互用之体。后世衍变既久，其散文体中偶杂以诗歌者，遂成今日章回体小说。其保存原式，仍用散文诗歌合体者，则为今日之弹词。"②这里没有提到，佛教俗讲形成了讲经文；进一步发展出变文、押座文、缘起等一系列讲唱文体。这些文体不但借用了佛典韵、散结合的形式，起初所讲内容也多取自文学性较强的经典。明代又发展出说唱文学样式宝卷，也是典型的宗教文学体裁。这样，佛典翻译文学特别直接推动了一些民间说唱文学样式的形成和发展。

构思和表现方法。范晔说：

> 然（佛典）好大不经，奇谲无已，虽邹衍谈天之辨，庄周蜗角之论，尚未足以概其万一。又精灵起灭，因报相寻，若晓而昧者，故通人多惑焉。（《后汉书》卷八八《西域传论》）

这是当时佛典给人的印象。胡适又曾指出：

> 《华严经》末篇《入法界品》占全书四分之一以上，写善才

①《敦煌本维摩诘经文殊师利问疾品演义跋》，《金明馆丛稿二编》第185页。
②《敦煌本维摩诘经文殊师利问疾品演义跋》，《金明馆丛稿二编》第180页。

童子求法事,过了一城又一城,见了一大师又一大师,遂敷衍成一部长篇小说……这种无边无尽的幻想,这种"瞎嚼蛆"的滥调,便是《封神榜》"三十六路伐西岐",《西游记》"八十一难"的教师了。①

佛典里大量使用幻想、夸张的构思方式;使用神变、分身、幻化(化人、化物、化境)、魔法、异变(地动、地裂、大火等)、离魂、梦游、入冥(地狱)、升天、游历它界(龙宫、大海等)等等情节;更多用比喻修辞方法。《大涅槃经》里提出八种比喻:"喻有八种:一者顺喻,二者逆喻,三者现喻,四者非喻,五者先喻,六者后喻,七者先后喻,八者遍喻。"②接着对它们举例作了解释。《大智度论》又指出"譬喻有二种:一者假以为喻,二者实事为喻"③,这即是所谓"假喻"和"实喻"。特别常用的还有所谓"博喻",即并列多种比喻。这些在具体作品里触目皆是,就不烦列举了。

　　以上,对佛典翻译文学作了粗略的说明。总的来说,这是宗教文学,带有宗教的特征;这是翻译文学,又有外来翻译文学的特色。而正因为有这两方面的特点,在中国文学发展史上也就产生了特殊影响。中国文学与外来文学的交流和结合乃是文学发展的巨大推动力,古今都一样。所以佛典翻译文学是值得深入研究的。

　　　　　　　　　　　　　　(原载《文学评论》2000 年第 5 期)

---

① 《白话文学史》第 143—144 页,东方出版社,1996 年。
② 《大涅槃经》卷二九,《正》第 12 卷第 537 页。
③ 《大智度论》,《正》第 25 卷第 320 页。

天台宗与唐代文人

　　本文讨论想谈天台宗的影响,所见甚微,只是谈天台宗与唐代文人关系这一点。希望通过这一点,窥见天台对中国整个思想、文化影响的一个侧面。

　　人们耳熟能详的一句话是天台宗乃是中国佛教的第一个宗派,即中国佛教经过繁荣的义学学派"师说"阶段之后,宗派就此成立。这实在是中国佛教史乃至整个中国思想史、文化史上的一件大事。一种外来的思想文化体系(从文化史角度看佛教也是一种思想文化体系),以前一直以外来的经典为皈依,宣扬外国的宗主释迦牟尼说些什么,做些什么,人们向他学些什么等等,经过中土人士几百年的汲取、消化、融摄,到天台宗出现,建立起中土自己的祖统(祖统的建立应当是宗派形成的标志)。结果中土自己的祖师成了佛陀的代表,实际上也是用这些人及其言教逐渐取代了外来经典和祖师的地位。天台宗的形成正标志着这一转变正式开始。这一转变的巨大意义和深远影响是难以估量的。

　　因此,天台宗在佛教史乃至一般思想史上就起着承前启后的作用。在教学即教理方面如何"承前",学界已多有论说。这里只想强调关系中国佛教发展特征的一点,即天台宗充分发挥了南北朝义学注重学理讲论的传统。自东晋以来,中土僧团里培养出一批学养高深的义学沙门。他们不仅精通佛教经论,而且精通世俗学问。如支遁、慧远、僧肇这样的人,乃是当时知识阶层的精英,置身当时著名的名士、文人中间也毫不逊色。像支遁，曾和名士们讨论《庄子》、《周易》，见解超出群论；又如慧远，有能力为当时的儒学大家讲《诗经》，讲《礼记》。义学沙门创作出众多的经论义疏，对外来经论做出自己的解释和发挥。义学是中国本土的佛学，已经融入中国思想传统内容。天台大师们正是继承了这样的传统。智𫖮及其高足灌顶像以前的佛教学派大师专攻某经某论一样，主要是以《法华经》为中心加以阐释和发挥，形成了所谓《法华三大部》和《五小部》，创建了自己的宗义即教理体系。

　　与这一点相关联、也是关系重大的现象，就是天台宗学人多具有高度文化水平。这也成为他们结交世俗文人、对文化界造成深远影响的条件。智者大师精通儒、玄，他的著作已充分表现了这一点。《三大部》里大量使用了儒学和玄学概念。如《观音玄义》，甚至引用了刘宋以来的许多志怪小说材料。灌顶少年时为拯公弟子，"日进文词，玄、儒并骛，清藻才绮，即誉当时"；"智者辩才云行雨施，或同天网，乍拟璎珞，能持能领，惟顶一人"①。左溪玄朗是"博达儒书，兼闲道宗"②。"中兴台教"的九祖荆溪湛然"家本儒、墨，我独有迈俗之志"③，湛然弟子元浩，"与上都云华寺华严澄观法师若孔门之游、夏焉。其儒流受业，翰林学士梁公肃、苏州刺史田公敦……"④这种高度文化素养，也正适应了天台教学发达的需要。这种情形与禅宗、特别是净土宗学人形成对照。这两个宗派宗义都比较简单，因此如文化程度不高的慧能可以成为宗主。而天台学人则多被收入僧传中的《义解》篇，多精通经论讲习。这也表现了天台宗作为宗派的浓厚的文化性格。

　　以上说的是天台宗在佛教发展史上"承前"的方面，即继承和

---

① 《续高僧传》卷一九。
② 《宋高僧传》卷二六。
③ 《宋高僧传》卷六。
④ 《宋高僧传》卷六。

发挥了南北朝的义学"师说"传统,重视教理阐释,具有浓厚的文化性格。下面谈天台宗"启后"的方面:它特别重视和发挥了佛教的心性理论,在中国思想、学术发展从探讨"天人之际"问题为核心向探讨"性理"问题为核心的转变中,它起了先导作用。从而它不但为中国佛教以后的发展确立了新方向,也对此后的整个思想、学术发展做出了重大贡献。

众所周知,唐代是中国历史上宗教发展的繁荣期。发展到极盛阶段的佛、道二教,表现形态非常复杂。佛教中众多的宗派和修行法门繁兴,道教中金丹道教和禅仙道教的各个派系也都发展到了鼎盛。但对于当时的士大夫阶层来说,这些宗派或派系并不是具有同等吸引力的。唐王朝是经过几百年动乱后建立起的兴旺发达的统一大帝国,庶族士大夫阶层地位上升,在他们面前展现出进入统治集团上层、成就经国大业的广阔前途。无论是传统,还是现实情况,都决定了出身于这一阶层的人们(当时的文人主要出身于这一阶层)基本上是以儒学经世观念来指导立身行事的。他们兼容佛、道,必须以无悖或有助于贯彻这种基本的思想观念为前提。这同样也决定了他们兼容、调和三教要有一个基本的契合点。就当时佛、道二教的发展情况说,这一契合点就是对心性的体认和发扬。就是说,发展到这一时期的佛、道二教,在心性问题上都发展出一套新的观念和理论。这些观念和理论不只对于传统心性学说有所补充和发挥,更改变着其自身的发展方向。正是这方面的内容特别被唐时的士大夫阶层所认同、重视并被热心地加以汲取。

在唐代发达的佛教宗派里,在士大夫间影响巨大的主要是天台宗、禅宗和净土宗。慈恩宗、华严宗都曾在朝廷支持下隆盛一时,但在士大夫间(更遑论民众间了)很少影响。慈恩宗是印度瑜伽行派佛学在中国的翻版,其繁琐的名相、艰深的义理自难于为中土人士所接受;华严宗本是较多吸收中土传统意识的宗派,但其突出成绩在学理的阐发,特别是其"事理圆融"的"法界观"对后来理学的形成起了巨大作用，可是在唐代士大夫间却鲜见流传。密宗是具有强烈外来色彩的宗派，曾在宫廷中流行一时；律宗的学问则主要关系到教团内部的戒律和运作，这两个宗派的性质决定它们在士大夫间不可能产生大的影响。而相对比之下，天台宗、禅宗则都对于心性问题做出了新的阐述，无论是其理论层面还是实践层面，都对士大夫阶层多有启发。净土宗是追求所谓"来生之计"的，也是一种简易的、通俗意义上的心灵哲学。所以这三个宗派在士大夫间特别受到欢迎。而其中天台宗更富文化内涵，其心性理论更为完整和系统，在文人中间影响也较大。

天台宗基于"一念三千"的宇宙观发展出"性具善恶"的人性论。认为"四圣"（声闻、缘觉、菩萨、佛）、"六道"（天、人、阿修罗、畜生、饿鬼、地狱）"十界"互具，因此佛、魔不二，五逆即是菩提，贪欲即是道。这样，一方面肯定俗界和圣界相一致，"恶中有道"[①]。肯定热衷官宦的士大夫"带妻挟子，官方俗务皆能得道"[②]；另一方面则强调个人修养心性的必要和可能，即要转迷成悟，邪僻心息。这种心性论充分显示了肯定现世、肯定人生的精神，在此基础上把心性修养当做转凡成圣的关键，并指出了这种转变的途径。天台的修道方法是定、慧双修，止、观并重，返照心源，体得中道。对于这一法门，智顗及其继承者大力加以阐发，他有一段话作了特别精粹的表述：

> 若失泥洹之法，入乃多途。论其急要，不出止、观二法。所以然者，止是伏结之初门，观是断惑之正要；止是爱养心识之善资，观是策发神解之妙术；止是禅定之胜因，观是智慧之由藉。若人成就定、慧二法，斯乃自利利人，法皆具足。[③]

---

① 智顗《摩诃止观》卷二〇，《大正藏》第 46 卷第 17 页。
② 智顗《法华玄义》卷四上，《大正藏》第 33 卷第 17 页。
③ 智顗《修习止观坐禅法要》，《大正藏》第 46 卷第 462 页。

这样,修道的关键即在降服结习,断除惑念,爱养心识,启发"智慧",这即是所谓"观心",从而也就把得道成佛归结到心性修养的功夫上来。

所谓"心性"问题,实际即是人的本质问题。在中土传统中,先秦"百家争鸣"已涉及到这方面的内容。孔子"罕言"性与天道,并不是完全不言;郭店楚简里已有明确的"性自命出"的论题。而孟子的"尽心"、"知性"之说,更是对孔门心性理论的发挥。但自从荀子、韩非以后,心性问题被忽视,导致中国自身传统上探讨这方面问题的疏略,这方面内容从而也成为中国传统思想、学术薄弱的环节。但正因为"心性"论为中土所固有,所以佛教的心性学说一经输入,中土人士就有似曾相识之感;又正因为这方面为中土传统所缺乏,人们接受起来就更加急切。所以何尚之对答宋文帝论佛教,就转述谢灵运、范云的话,说"必求性灵真奥,岂得不以佛经为指南邪"①。

既有这样的思想、学术背景,又适应了思想、学术转变期的需要,作为宗派佛教开山的天台宗之被重视,就是很自然的了。也正是在上述背景下,它被士大夫所倚重的,主要是其心性理论。而如果从全局看,禅宗也讲心性,也是代表了思想、学术发展的新方向的,同样被士大夫阶层所接受和重视;但禅宗宗义的表述简单直截,缺乏理论上的细密和深入。当然,从整体看,天台和禅各有其长处。一个有意思的、值得深长思之的现象是,在繁荣的唐代文学里,众多诗人热衷于习禅,而接受天台的则主要是散文家。这当是由于"言志"、"缘情"、"体物"的诗需要的是"激情"、"灵感",和"顿悟"、"见性"的禅容易搭界;而唐代的散文家正努力于"儒家复古",实际是在以"复古"之名革新儒学,其主要内容是转向"性理"问题的探讨,天台学理正是可以借鉴的。

———————

①《何尚之答宋文帝赞扬佛教事》,《弘明集》卷一一。

　　天台智顗及其弟子灌顶弘法于江南,由于受到隋帝的礼重而兴盛一时。在其后的百余年间虽未大显,但传承不绝。到荆溪湛然(711—782)"中兴台教",不仅对宗义做出重大发展,更极大地扩展了天台在社会上的影响。湛然"家本儒、墨",对中国传统学术有着良好素养;他起初也是"以处士传道"的。他依据依、正不二,色、心一如之理,主张佛性遍于法界,不隔有情,提出"无情有性"说,即草木、砖甓、瓦石等无情物皆有佛性。这是对于心性学说的重大发展。他行化于江南常州(今江苏常州市)、吴郡(今江苏苏州市)、兰陵(今江苏武进县)、天台(今浙江天台县)一带,声望甚大。自天宝到大历年间,朝廷诏书连征,辞疾不就;有"缙绅先生高位崇名、屈体承教者又数十人"①。他能在士大夫间造成比智顗远为巨大的影响,客观的条件是这时江东一带的经济、文化十分发达,和中原的联系也更为密切,知识阶层的许多人活动在那里;另一方面是他的佛性新说融入了儒学"性善论"的内容,更适于士大夫的精神需求。

　　唐代文人的佛教信仰在理论上普遍显得空疏、浅陋,但颇有些文人对天台教理有相当深刻的领会。李华是在一代文学发展中起过重大作用的人物。独孤及曾说:"帝唐以文德敷祐于下,民被王风,俗稍丕变。至则天太后时,陈子昂以雅易郑,学者浸而向方。天宝中,公(李华)与兰陵萧茂挺、长乐贾幼几勃焉复起,振中古之风,以宏文德……"②他被认为是"古文运动"的重要先驱者之一。而他又曾写过湛然之师玄朗的碑文。其中他并举禅宗的南北各系和天台法门,并特别指出玄朗"因恭禅师重研心法",把玄朗当做禅与天台二宗的融合者;而提到湛然,则肯定他"见如来性,专左溪之法门"③。从这些说法,可知他推重这一派佛法的重点在于"心法"。

────────────

①《宋高僧传》卷六。

②《检校吏部尚书员外郎赵郡李公中集序》,《全唐文》卷三八八,第 3946 页,中华书局,1983 年。

③《故左溪大师碑》,《全唐文》卷五一七,第 3241—3242 页。

　　湛然的弟子中有著名的古文家、在中唐文坛上占有重要地位的梁肃。他曾受湛然之托,作《台州故智者大师修禅道场碑铭》,宣扬天台教义和天台宗的地位:

> 大雄示灭,学路派别,世既下衰,教亦陵迟。故龙树大士病之,乃用权略,制诸外道,乃诠《智度》,发明宗极。微言东流,我惠文禅师得之,由文字中入不二法门,以授南岳思大师。当时教尚简密,不能广被,而空、有诸宗,扇惑方夏。及大师受之,于是开止观法门……由是言佛法者,以天台为司南……。①

他研习天台教观,颇有心得,以智𫖮的《摩诃止观》文义弘博,加以删定,成《删定止观》(又名《天台法门论》)六卷(今本三卷);又述《止观统例》一卷。这直到今天仍是天台教理的重要入门书。他认为天台的止观本是"圣人极深研几、穷理尽性之说……《止观》之作,所以辨异同而究圣神,使群生正性而顺理者也;正性顺理,所以行觉路而至妙境也"②。可见其对止观法门的推重。他更曾对当时大盛的禅宗提出批评:

> 说法者桎梏于文字,莫知自解;习禅者虚无其性相,不可牵复。是此者非彼,未得者谓证。慧解之道,流以忘返;身口之事,荡而无章……今之人正信者鲜。启禅关者或以无佛无法、何罪何善之化化之。中人以下,驰骋爱欲之徒,出入衣冠之类,以为斯言至矣,且不逆耳,私欲不废。故从其门者,若飞蛾之赴明烛,破块之落空谷,殊不知坐致焦烂,而莫能自出,虽欲益之,而实损之。与夫众魔外道,为害一揆……③

---

① 《全唐文》卷五二〇,第 5287 页。
② 《止观统例义》,《全唐文》卷五一七,第 5257 页。
③ 《天台法门议》,《全唐文》卷五一七,第 5255—5256 页。

这样,他出入儒、释,重点发挥天台的心性学说。

对天台教观深有体会的还有著名的思想家、文学家柳宗元。他贬永州时曾住在龙兴寺,那里的住持重巽是天台学人(其师为元浩,元浩则得湛然嫡传),他后来甚至被编排在天台传法系统之中。这虽然是佛教徒为了张大门庭的做法,但在他的作品里确实可以看出天台思想的深刻影响①。

柳宗元明确指出:

> 佛道逾远,异端竞起,唯天台大师为得其说。②

他曾自叙学佛经历说:"世之言者罕能通其说,于零陵,吾独有得焉。"他所得的正是天台学说。他称赞重巽:

> 今是上人究其书,得其言,论其意,推而大之,逾万言而不烦;总而括之,立片辞而不遗。与夫世之析章句、征文字、言至虚之极则荡而失守、辩群有之夥则泥而皆存者,其不以远乎?③

他在《永州龙兴寺修净土院记》里又说:

> 上人者,修最上乘,解第一义,无体空、折色之迹,而造乎真源;通假有、借无之名,而入于实相。境与智合,事与理并,故虽往生之因,亦相用不舍。④

他在这里讲的都是天台教观。又他在永州结交的"石门长老"觉照,是"坐来念念非昔人,万遍《莲花》为谁用"⑤;琛上人,是"观经得

①拙著有较细致的说明和分析,参阅《柳宗元传论》第283—309页,人民文学出版社,1982年;《柳宗元评传》第320—368页,南京大学出版社,1998年。
②《岳州圣安寺无姓和尚碑》,《柳河东集》卷六。
③《送巽上人赴中丞叔父召序》,同上卷二五。
④《永州龙兴寺修净土院记》,同上卷二八。
⑤《戏题石门长老东轩》,同上卷四三。

《般若》之义,读论说'三观'之理"①,等等,也都是天台学人。

　　永州龙兴寺重修净土堂,柳宗元助修回廊,上面刻了智者大师的《净土十疑论》(或疑为伪托)。而他也主要是从天台"心性"论的角度来评价和接受佛教的(也有南宗禅的影响,此不具述)。而作为他的思想理论体系重要组成部分的"中道"观念也有取于天台教学,不过内容应作具体分析。

　　谈到柳宗元,不能不论及"永贞革新"。当时被革新派奉为导师的《春秋》学者陆质(淳)也与天台宗有密切关系。贞元二十年(784)日本留学僧最澄自台州登陆,时陆质为台州刺史。从最澄《显戒论缘起》所录《天台道邃和尚形迹》、《陆淳印信》、《最澄入唐牒》等资料,可以知道陆质在台州曾供养湛然弟子道邃,请讲"《法华》止观"。

　　李翱是另一位重要的古文家。他本是韩愈弟子。宋人讲唐代古文,往往称"韩、李"而不称"韩、柳"。这是因为宋人重道学,韩、李同为"儒学复古"的健将。但从师承说,梁肃是韩愈的前辈,韩愈贞元八年举进士,陆贽以兵部侍郎知贡举,梁肃协助阅卷,所以他对韩愈有知遇、举荐之恩。如果按师从关系说,梁肃、韩愈、李翱本属一系。但韩、李高张辟佛旗帜,思想方向转变了,不过实际内容仍有所师承。韩愈与佛教的关系,问题十分复杂,此不具述。陈寅恪《论韩愈》一文被视为经典之作,论述最为精审。而李翱唱"复性",表面讲的是儒学,实际受到佛教的深刻影响,则是学术界所公认的。不过前此人们一般关注的主要是他与禅宗的关系,如他结交石头一系的药山惟俨等。但如果仔细分析《复性说》等文就会发现,李翱论心性,不但其理论,甚至语汇、表述都与梁肃所讲止观法门相通。这个问题我的学生须藤健太郎做了专门研究,成果亦已发表,请参看他的文章。

---

①《送琛上人南游序》,《柳河东集》卷二五。

天台教观特别是《法华经》在唐代文人间的影响还有许多例子。如盛唐边塞诗人岑参有《出关经华岳寺访法华云公》诗,其中有句云:"野寺聊解鞍,偶见法华僧……。"①"云公"当是天台学人。又刘长卿有《夜宴洛阳程九主簿宅送杨三山人往天台寻智者禅师隐居》诗,其中说:

> 仍空世谛法,远结天台缘。魏阙从此去,沧州知所遍……昔闻智公隐,此地常安禅。千载已如梦,一灯今尚传……②

唐代诗人与禅宗的关系普遍为人们所关注,实际天台宗的影响也是值得深入研究的。

中唐时期是中国思想、学术的转折期,在众多方面为宋代的发展作了准备。所谓准备基本上是两方面的工作:一是扫除障碍,例如"古文运动",例如"儒学复古",等等,都是这方面的功绩;再就是开拓方向,当时人们普遍地关注"心性"问题,正为宋人建立新儒学即"理学"开拓了道路。唐代天台宗的传播、天台宗对文人的影响,也正是这种准备工作的一部分。也应当从这个角度认识天台宗成立和发展的意义。

(原载黄心川主编《光山净居寺与天台宗研究》,

香港天马图书有限公司,2001 年 7 月)

---

① 《全唐诗》卷一九八,第 2038 页,中华书局,1960 年。
② 《全唐诗》卷一五〇,第 1553 页。

唐代的女冠与文人

　　女冠即女道士的大量出现并活跃于社会，是唐代道教发展中一个引人注意的现象。当时在两京和通都大邑，建立起许多专门的女冠观。女道士们不只在道观里从事精修、养炼等宗教活动，往往又广泛活跃在社会各个层面，特别是在文人中间。她们多方面的活动在当时道教里和社会上形成一段特殊风景。从文学发展角度看，在一定意义上，她们亦成为文人与道教相接触、相交流的一个特殊津梁。她们的活动给文人创作充实以独特的内容，也给他们的写作艺术平添了特殊的光彩。而另一方面，从道教自身发展看，女道士的活动则显示了道教发展中日趋严重的"世俗化"趋势。这些活动反映出道教一方面向更广泛的文化领域渗透，另一方面却不可避免地引起信仰的蜕化和教团的分化。所以探讨这一现象，对于道教史和文学史以至整个文化史的研究都是有意义、有趣味的。

一

　　关于唐代女冠的情况，龚自珍曾评论说：

　　　余平生不喜道书……独于六朝诸道家，若郭景纯、葛稚

川、陶隐居一流，及北朝之郑道昭，则又心喜之，以其有飘遥放
旷之乐，远师庄周、列御寇，近亦不失王辅嗣一辈遗意也，岂得
与五斗米弟子并论而并轻之耶？至唐而又一变。唐之道家，
最近刘向所录房中家。唐世武墨、杨玉环皆为女道士，而玉真
公主奉张真人为尊师。一代妃主，凡为女道士，可考于传记者四
十余人；其无考者，杂见于诗人风刺之作；鱼玄机、李冶辈应之于
下。韩愈所谓"云窗雾阁事窈窕"，李商隐又有"绛节飘飘空国
来"一首，尤为妖冶，皆有唐一代道家支流之不可问者也。①

这里指出了唐代作为"道家支流"的众多女道士的活跃及其所造成
的"妖冶"之风，确是当时道教发展中十分引人注目的现象。但龚
自珍完全是从否定立场立论的。至于笼统地说唐代道教近"房中
家"则更显得片面。

　　作为宗教现象，拿唐代道教里的女道士和佛教里的比丘尼相
比较，二者无论是教团内部的地位还是社会上的活动，都明显表现
出重大差异。这方面是有着历史的和宗教自身的渊源的。

　　道教自其产生时期起，即对女性表现出相对敬重的姿态。如
果对比佛教的女性观念，道教这一特点就显得更为清楚。造成这
一现象的一个重要原因是，在作为道教渊源之一的中国古代原始
信仰中，已经包含有丰富的女神信仰的内容。闻一多曾做出推测：
"我常疑心这哲学或玄学的道家思想必有一个前身，而这个前身很
可能是某种富有神秘思想的原始宗教，或更具体点讲，一种巫
教。"②现已有许多文献和考古实物证实了这一猜测。中国古代原
始巫教里的女神崇拜，反映了氏族社会里女性占据主导地位的残
余影响。据考后来被道教奉为"女仙"的西王母、九天玄女等等，实
际都源自远古农耕社会的女神；而以后的道教更创造出麻姑等极

---

① 《上清真人碑书后》，《龚自珍全集》第 297—298 页，上海人民出版社，1975 年。
② 《闻一多全集》第 1 册第 143 页，开明书店，1948 年。

富情趣的女仙形象。道教的另外一个源头是秦汉时期的方术，包
括房中术。房中术从一定意义上说是道教生命哲学的曲折反映，
显示它不是像佛教那样主张禁欲的。房中术作为早期道教的重要
法术，后来经过陆修静等人的"清整"而被禁限了，但其影响却长远
地延续下来。相对地重视女性正是这种影响的曲折表现之一。例
如在神仙传说里，人、神（仙）恋爱乃是常见的题材，仙人们往往和
人世间一样过着爱情生活。而由于仙人能够"长生久视"，这些爱
情故事就会出现一些特殊矛盾，由此引发出多种多样的情节而引
人入胜。例如六朝传说里有不少神女降临或与巫筮结合的故事，
像建康小吏被庐山神所招与其女婉相交①、杜兰香以西王母之命下
嫁张硕②、成公智琼受天帝之命下嫁魏济北从事掾弦超③，等等，都
是相当有情趣，而从宗教意义看又是有丰富内涵的故事。在道教
里，神女降临成为宣示教义的重要手段，也是人、神交通的主要方
式④。而值得注意的是，这类情节早已被文人所喜爱、并被以各种
方式采纳到作品之中。道教所具有的这种对女性相对敬重的观念
和表现，是具有多方面的意义和作用的。

　　从发展看，六朝时期的神女降临或仙、凡交通故事的主旨，主
要还是在引导凡人悟道求仙，即更多地体现为宗教意义。而到唐
代，这类题材的传说却更为"世俗化"了。例如《广异记》里有个故
事，说有一位衡山隐者，因为卖药，几次在岳庙寄宿，"会乐人将女
诣寺，其女有色，众欲取之，父母求五百千，莫不引退。隐者闻女
嫁，邀僧往看，喜欲取之，仍将黄金两挺，正二百两……将（女）去"；
后来父母忆女，到山间访问，隐者与父母一起出来迎接，原来那里

---

① 参见干宝《搜神记》卷四、祖台之《志怪》、《杂鬼神志怪》。
② 见《搜神记》卷一。
③ 见《搜神记》卷一、《艺文类聚》卷七九。
④ 参见小南一朗《中国的神话传说与古小说》第 249—278 页，孙昌武译，中华
　　书局，1993 年。

是"神仙之窟"①。在这个传说里,作为神仙的"隐者"只是单纯地追求女色,仙界中人度过更美满的、值得羡慕的爱情生活。这典型地反映了当时人对神仙世界和仙人生活的看法:即把神仙境界与理想的人生、与爱情生活相沟通了。

　　而从唐代的社会风气看,这一时期又是中国历史上著名的"士风浮薄"的时代。文人士大夫诗酒流连、歌舞征逐乃是普遍的习俗。造成这种士风,有社会经济繁荣、中外交流发达、旧有的伦理传统被动摇等一系列客观条件,又和统治者在相对安定的社会环境下更热衷于追求享乐有关。但还有一个事实在客观上起作用,就是唐代是中国历史上女性地位较高、男女关系比较开放、自由的时代。这一时期女性所受文化教养普遍较高(当然主要是在士大夫家庭里),从而女性也有更多机会参与社会活动。古代女性一般不可能出仕做官,进入士人社会的主要途径有两个:一个是作艺人或娼妓,再一个是出家。而出家作道士和作尼姑又是不同的。佛教戒律对女尼的限制十分严格,女尼参与社会活动的机会远较女道士为少。就唐代的道士和僧尼二者数量的比较看,道士数量少得多。但道教的发展和道士的活动却可与佛教相抗衡。其中一个原因是道教更注重在社会上层发展。而女道士在文人士大夫间受到欢迎,也成为推动道教扩大影响的重要因素。

　　这样,唐代的妇女由于不同原因而出家入道,其中一部分人活跃在社会上层,与文人结交。她们中有些人本来具有一定文化素养,而在社会活动中更会提高活动能力和文化水平。有些人才貌双全,活动在官僚士大夫间,成为文坛上有地位、有贡献的人物。而她们的活动作为道教历史上的新现象,在一定程度上也在改变着道教的面貌,对于其进一步发展也造成了一定影响。而在古代重男轻女、男权主义占统治地位的环境中,女道士们的活跃从一个

---

①《广异记》第10—11页,方诗铭点校,中华书局,1992年。

侧面显示了妇女的才艺,在伦理上和社会风气上都起到一定的积极作用。因此唐代女道士的活动就成为值得研究的现象。

唐代又是中国文学,特别是诗歌创作的一个黄金时代。一批能文的女道士汇入到创造一代文学辉煌的潮流之中,以自己富于特色的创作丰富了文坛;更有众多女道士以不同方式、自觉或不自觉地给文人以影响,对于文学发展起着或隐或显的作用。

二

唐代女性入道,情况各种各样。女道士也有不同类型。当然有些人封闭在道观里,热衷于修道养炼、超脱世俗。这里探讨的是与文人发生交涉、对文坛造成影响的那一部分人。她们在全部女道士里的比重可能是少数,但对于社会和对于道教、对于文学的影响和作用却更为重大。

首先从当时京城一个独特而又有一定影响的社会现象——公主入道谈起。在封建专制时代,宫廷的活动牵动着整个社会,作为皇亲国戚的公主出家做道士自会引起人们的关注,也成为文人创作的题材。

唐时公主入道,如龚自珍所说见于历史传记的达四十余人。帝王千金的公主身份,决定了她们的特殊地位和处境。这种地位从表面看极尽荣华富贵,但"生在帝王家"的实际情况却十分复杂。能够恃势弄权的只是少数,多数人的境遇是相当惨淡的。谈到唐代社会风气比较开放和自由,人们常常拿某些公主可以改嫁为例。实际上当时公主的婚姻主要是帝王与臣下的联姻。公主们作为交易的筹码,并没有多少自主余地,也没有多少爱情可言。而如果下嫁的公主的家族得罪被黜罚,有的要牵连被治罪,有的则被迫改

嫁。少数人卷入政争,结局则凄惨者居多。唐代最著名的出家为
道士的公主是唐睿宗的女儿金仙公主和玉真公主。特别是玉真公
主,颇有政治野心和活动能力。她们出家是在景云元年(710)十二
月,这正是当年六月讨平"韦武之乱"后的半年,在那次朝廷内争里
唐中宗的女儿安乐公主被杀掉了,而高宗幼女太平公主则因为辅
佐李隆基与韦后集团斗争而得势(不久后也被杀掉了)。历史资料
没有明确证据表明金仙、玉真公主出家与政局有什么关系,但可以
推测,公主干政的悲惨后果、她们对处境的畏惧,应是出家的重要
原因。二位公主入道后,"各为之造观,逼夺民产甚多,用功数百
万"①。后来因为朝臣论谏,"造两观并停,其地便充金仙、玉真公主
邑司……当别处创造……"②。结果以辅兴坊原窦诞宅为玉真观,
对街为金仙观,其地"东当皇城之安福门,西出外郭城之开远门,车
马往来,实为繁会"③。这样,两位公主入道之后,继续享有大量封
地,又居住在京城繁华地区。就是说,由于她们得到了"方外"之人
的身份,反而有了参与社会活动的条件。玉真公主留下的资料较
多。她不但在京城有道观,在长安城外还有别庄。她广泛结交朝
廷上下,在她的周围俨然形成一个文化"沙龙"。著名大臣张说有
陪同唐玄宗和玉真公主临幸李宪(玄宗长兄)山庄的奉和诗(《奉和
圣制同玉真公主过大哥山池题石壁应制》,《全唐诗》卷八七;《奉和
圣制同玉真公主游大哥山池题石壁》,《全唐诗》卷八九),著名诗人
王维有陪同玄宗临幸玉真公主山庄应制诗(《奉和圣制幸玉真公主山
庄因题石壁十韵之作应制》,《王右丞集笺注》卷一一),从中可以看出
玉真公主活动情况的一斑。高适有《玉真公主歌》(《全唐诗》卷二一

---

① 《资治通鉴》卷二一〇《唐纪二六·景云二年》第 6665 页,"标点资治通鉴小
　　组"校点,中华书局,1956 年。
② 李旦《停修金仙玉真两观诏》,《全唐文》卷一八,第 220 页,中华书局,1983
　　年。引文中使用现代汉语标点,为笔者所加;下《全唐诗》同。
③ 徐松《两京城坊考》卷四,第 103 页,方严点校,中华书局,1985 年。

四），储光羲有《玉真公主山居》诗（《全唐诗》卷一三九），均是颂谀之作。这些人都曾出入玉真公主门下。后来中唐时的司空曙有《题玉真观公主山池院》诗（《全唐诗》卷二九二），表明到中唐那里仍是游观之地。特别值得一提的是，据魏颢《李翰林集序》，当年"（李）白久居峨嵋，与（元）丹邱因持盈法师达"①，持盈法师是玉真公主的赐号。李白本以好道著称，又和前此入朝的著名上清派道士吴筠交好，入京后投靠玉真公主门下，得到她的揄扬是合乎情理的。李白集里有《玉真仙人词》，或以为就是投献给公主的；又有《玉真公主别馆苦雨赠卫尉张卿二首》，也是这一时期的作品。上述玉真公主的活动，是与开元、天宝年间长安特殊的文化环境相关联的。不过作为社会现象，她的情况又有相当的典型性。唐代长安的一些著名道观乃是入道公主的居停之所。这些人可能没有玉真公主那样大的影响力，但如前面提到的高宗女太平公主因为吐蕃求和亲曾出家为女冠，居大业坊太平观；中宗女新都公主居崇业坊福唐观；睿宗女蔡国公主居通义坊九华观；玄宗女永穆公主居兴宁坊华丰观；新昌公主居大业坊兴昌观，等等。这些公主所居住的道观，大都又是官僚士大夫聚集的游观场所。众多公主入道当然与李唐王朝的崇道政策有直接关系。而由于她们的特殊身份和地位，又必然会扩大道教的影响。

　　唐代贵族妇女中也有不少入道的。入道的原因也是多种多样。当然有些人是出于真诚的信仰。例如李白晚年的夫人宗氏，本是出身于宗楚客之家的"相门女"，她的好道应受到李白的影响。李白的《送内寻庐山女道士李腾空二首》之二说：

　　　　多君相门女，学道爱神仙。
　　　　素手掬青霭，罗衣曳紫烟。
　　　　一往屏风叠，乘鸾着玉鞭。②

①王琦注《李太白集》附录。
②《全唐诗》卷一八四，第1884页，中华书局，1960年。

宗氏显然曾认真地修道。诗人李涉也有《送妻入道》诗：

> 人无回意似波澜，琴有离声为一弹。
> 纵使空门再相见，还如秋月水中看。①

他的情况大概和李白相仿。还有如晚唐时卒于东都圣真观的王屋山柳尊师默然，她是著名文人萧颖士的外孙女、赵璘的生母，儿时父母双亡，十四出嫁，三十余岁丈夫去世，先归心于佛，后又入道②，成为观主。这是人生失意后到宗教里寻求精神寄托。但有更多的人显然不是出于信仰而入道。历史上著名的如杨玉环，在被迎入玄宗宫里之前曾一度被度为女道士。玄宗手下的权臣李林甫的女儿也出家了，居于平康坊嘉猷观，具体情形不详。中唐时期长安亲仁里的咸宜女冠观是士大夫家妇女入道集中的地方③。无论出于什么原因，入道确实为某些人提供了另一种生活方式，开辟了另一种人生出路。下面将要讲到的李季兰、鱼玄机等就是例子。

　　唐代两京还有一个引人注目的社会现象，就是宫人入道。当时供奉内廷的女道士许多是宫人出身。如刘长卿《故女道士婉仪太原郭氏挽歌词》二首之一所写的：

> 作范宫闱睦，归真道艺超。
> 驭风仙路远，背日帝宫遥。
> 鸾殿空留处，霓裳已罢朝。
> 淮王哀不尽，松柏但萧萧。④

这位女道士本来是宫中女官，她所侍奉的皇帝死去了，不得已而出

---

①《全唐诗》卷四七七，第 5433 页。
②《大唐王屋山上清大洞三景女道士柳尊师真宫志铭》，《唐代墓志汇编》下册第 2201 页，上海古籍出版社，1992 年。
③《南部新书》卷戊："士大夫之家入道，尽在咸宜。"第 50 页，中华书局上海编辑所，1958 年。
④《全唐诗》卷一四八，第 1518 页。

家。诗里写她被遗弃的悲哀,并寄予作者的同情。唐代皇帝死后有宫人循例出家的习俗,这是残害妇女的恶例。有更多宫人则因年老色衰而入道。许浑《赠萧炼师》诗序记载的就是一个例子:

> 炼师贞元初自梨园选为内妓,善舞《柘枝》,宫中莫有伦比者,宠赐甚厚。及驾幸奉天,以病不获随辇,遂失所止。泊复宫阙,上颇怀其艺,求之浃旬,得于人间。后闻神仙之事,谓长生可致,乞奉黄老,上许之。诏居嵩南洞清观,迄今八十余矣。雪肤花颜,与昔无异。则知龟鹤之寿,安得不由所尚哉![1]

这位萧炼师本是受到宠爱的内妓,"建中之乱"时朝廷逃亡,不及追随;后年老色衰,遭遇十分凄惨,只好入道了。在历史纪录里,唐代朝廷那些"放宫人"的措施被宣扬为"德政"。也成为宫人入道的机缘。某位卢尚书作《题安国观》诗题下注曰:"东都政平坊安国观,玉真公主所建,女冠多上阳退宫嫔御。"对照咸宜观集中士大夫家妇女,安国观则集中了入道的宫人。诗曰:

> 夕照纱窗起暗尘,青松绕殿不知春。
> 君看白首诵经者,半是宫中歌舞人。[2]

对于这些年老色衰的宫人,歌舞欢乐已成为回忆,不得不在道观里度过寂寞的晚年。

　由于文人们和女道士有较多接触的机会,像宫人入道这样的现象自会引起他们的关注。特别是那些命运坎坷的文人,宫人们因为年老色衰而被遗弃,也会引发他们产生"同病相怜"之感。从而宫人入道成了唐代诗人常常歌咏的题目。例如韦应物、戴叔伦、张籍、王建、白居易、于鹄、李商隐、殷尧藩、项斯等,都写过这一题

---

[1]《全唐诗》卷五三七,第 6128 页。
[2] 同上卷七八三,第 8843 页。

材的诗。唐人的宫词里也常常描写这方面的内容。但是,宫人们
侍奉内廷,享受荣华,入道从表面看又是"高尚"之事,因此表现这
一题材的作品很难阐发新意。所以有人说"此题唐人诗无佳者"①。
不过情形也并不绝对。有些较好的作品或表现对命运坎坷的宫人
的同情,或借此题材抒写个人的身世之感,也有一定的思想和艺术
价值。如韦应物的《送宫人入道》:

> 舍宠求仙畏色衰,辞天素面立天墀。
> 金丹拟驻千年貌,宝镜休匀八字眉。
> 公主与收珠翠后,君王看戴角冠时。
> 从来宫女皆相妒,说着瑶台总泪垂。②

宫人是侍奉帝王的,本来没有独立的人格。宫内也好,出家也好,
命运完全被别人操纵。这里写入道辞别皇帝的情形,温情脉脉的
仪式掩饰着残酷的遗弃,更透露出入道宫人的凄苦。最后一结"说
着瑶台总泪垂",则暗示埋入道观后的悲惨命运。诗里对入道宫人
表示同情,显然也寄托了诗人的感慨。又如李商隐《和韩录事送宫
人入道》诗:

> 星使追还不自由,双童捧上绿琼辀。
> 九枝灯下朝金殿,三素云中侍玉楼。
> 凤女颠狂成久别,月娥孀独好同游。
> 当时若爱韩公子,埋骨成灰恨未休。③

这里的韩录事韩琮,是李商隐的友人,其原唱已佚。史载开成三年
(838)六月出宫人四百八十人,两京寺观安置,韩诗所记应即其事。

---

① 沈德潜《唐诗别裁集》卷一六项斯《送宫人入道》题记。
② 《韦应物集校注·拾遗》,陶敏、王友胜校注,第 605 页,上海古籍出版社,
　1998 年。
③ 《玉溪生诗笺注》卷一。

与韦应物的上一首诗同样描写宫人辞宫情景,但用的是李商隐特有的华艳词采和事典,更反衬出悲剧性的内容。结尾调侃友人,正写出宫人"不自由"的身份和她们对爱情的渴望与绝望,戏谑的笔法所表达的内容是相当沉痛的。这首诗的背后也透露出,在当时的宫人中,也有和像韩公子那样的官僚文人私相恋慕之事,这在笔记小说里也有所表现。又项斯的《送宫人入道》:

> 愿随仙女董双成,王母前头作伴行。
> 初戴玉冠多误拜,欲辞金殿别称名。
> 将敲碧落新斋磬,却进昭阳旧赐筝。
> 旦暮焚香绕坛上,步虚犹作按歌声。①

这里写出了宫人命运的陡变,表现她们对旧日生活的依恋和入道之后深深的失落感,同样是寄托了诗人的感慨的。

　　唐代道观里当然有许多妇女是因为生活贫困而被迫入道的,她们的文化水平不高,在教团里也不会有地位。当然也有专事焚修、超脱世事的。这两类人不会积极地参与社会活动,也较少出现在文人的笔下。

　　以上列举的几类宫廷或贵族家庭出身的女道士,文人们与她们不可能有多少直接接触。文人们对于她们的了解基本得自传闻和想象,作为创作题材,也主要是借助于想象来表现。因此对她们的生活和感受的描写,与其说是真实地艺术体现,毋宁说多出于作者主观设想,多是借宫人题材来抒写自己的思想感受。当然,表现这类题材,总从一定侧面反映道教发展的状况以及一般女道士的生活,从而写出唐代道教历史的一些侧面。

---

① 《全唐诗》卷五五四,第 6424 页。

三

　　唐时有更多的女道士活跃在社会上。这一部分人往往与文人结下较密切的关系。文人们因此而写出作品，内容较为丰富，艺术上也更有特色。

　　前面说过，唐代妇女所受教育较高。比如我们读一些当时文人如柳宗元、白居易的传记，他们的母亲就是他们少年时的启蒙老师，对他们以后的创作生涯造成相当的影响。有些女道士往往也有相当高的文化水平和活动能力。相对独立、自由的道观生活也为她们提供了自我教育的条件。

　　有些女道士更是行为放荡不拘。例如韩愈的名作《华山女》描写长安街市"僧讲"和"道讲"争夺群众的情形，就对女道士作了相当生动的描写：

　　　　黄衣道士亦讲说，座下寥落如晨星。华山女儿皆奉道，欲驱异教归仙灵。洗妆拭面着冠帔，白咽红颊长眉青。遂来升座演真诀，观门不许人开扃……豪家少年岂知道，来绕百匝脚不停。云窗雾阁事恍惚，重重翠幔深金屏。仙梯难攀俗缘重，浪凭青鸟通丁宁。①

这篇作品以讽刺的笔法揭露佛、道相争情形，展现唐代长安市的一幅风俗画。其中描写的女道士招摇过市，以姿色吸引群众，形同倡优；而结尾处揭露豪家少年与女道士的俗缘，暗示他们之间必有暧昧之事，则正反映了当时某些道观风气败坏的实情。作为参照的

_____

①《韩昌黎全集》卷六。

可以举出东明观的传说：

> 玄宗所幸美人，忽于夜梦见人招去，纵酒密会，极欢尽意，醉厌而归。觉来流汗倦怠，忽忽不乐，因言于上。上曰："此术人所为也。汝若复往，但随时以物记之，必验。"其夕熟寐，飘然又往。美人半醉，见石砚在前席，密以手印于曲房屏风上。悟而具启。上乃潜令人诣宫观求之，果于东明观中得其屏风，手文尚在，所居道流已潜遁矣。①

东明观是长安城内著名道观。无论故事是否真实，但其所述背景应是真实的，即当时一些道观里的道士常有放荡隐秘行为，而与他们交往的竟有宫中"美人"。从这样的故事可以看出当时道教教团的一般风气。正是这样的环境，使得一些女道士得以利用出家人的特殊身份，摆脱家庭和一般社会的礼法束缚，在和士大夫交往方面得到相当的自由。有一篇"安史之乱"时期的幽州女道士马凌虚的墓志，为安禄山所建大燕国"刑部尚书"李史鱼所撰，这位女道士的情况是具有相当的典型性的：

> 黄冠之淑女曰凌虚，姓马氏，扶风人也。鲜肤秀质，有独立之姿；瑰意蕙心，体至柔之性。光彩可鉴，芬芳若兰。至若七盘长袖之能，三日遗音之妙，挥弦而鹤舞，吹竹而龙吟。度曲虽本于师资，余妍特秉于天与。吴妹心愧，韩娥色沮，岂唯事美东夏，驰声南国而已。与物推移，冥心逝止。厌世斯举，乃策名于仙官；悦己可荣，亦托身于君子。天宝十三载，隶于开元观；圣武月正初，归我独孤氏……其铭曰：
> 惟此淑人兮秾华如春，岂与兹殊色兮而夺兹芳辰。为巫山之云兮，为洛川之神兮，余不知其所之，将欲问诸苍旻。②

①《唐语林校证》卷一《政事上》第55页，周勋初校证，中华书局，1987年。
②《大燕圣武观故女道士马凌虚墓志铭》，《唐代墓志汇编》下册第1724页。

按这里的描写,马凌虚全然是个能歌善舞的风流女子。她曾经是女道士,后来又罢道嫁人。值得注意的是,墓志铭的作者对这一点全无微辞,毋宁说是抱着赞赏态度的。而她最终也是被当作道士来纪念的。可以设想,在通都大邑里,像马凌虚这样的女道士绝不是个别的。这样的人披着道帔,出入士大夫圈子,以至以歌舞娱人,点缀着当时的社会生活,是历史上其他时代绝少见到的。

唐代道教流行,士大夫自然受其熏染。佛寺、道观成了士大夫游览、交际、习业、寓居的场所。这也给他们结交女道士提供了方便条件。与女道士交往从而也成为士大夫间相当普遍的风俗。这样一方面,一些女道士的遭遇、经历得到他们的同情,其技艺、才情得到他们的赞赏;另一方面在交往中也会产生一定感情,甚至是爱情。这一畸形的现象,对于某些唐代文人的生活和创作是造成了影响的。上一节已经涉及到这方面的内容。具有特殊意义的是,古代士人社会交往主要是在男性之间,作为"友情"基本是士子、官宦圈子内的关系;除了家庭生活之外,很少有男女之间交往的机会。男女情谊,限制在与艺妓之类"边缘人物"之间。这则是不平等的、带有奴役色彩的交往。而女道士有着颇具宗教神秘感的特殊身份,使得与她们的交际起码在形式上是平等的,特别是对于那些才艺出群的女道士更是如此。因而文人们从这种交往中也就会得到特殊的印象和感受。他们抒写这种印象和感受的作品不仅描摹出女道士这一社会边缘人群的独特人生和风采,也会自觉、不自觉地流露出个人精神生活的特殊体验。而在中国古代诗歌男女情爱题材相对贫乏的传统中,表现与女道士感情纠葛的作品就更显得别具一格,从而显示出一定的思想、艺术价值。

唐代文人结交女道士,起码从表面看,仍多是以求道为目的的。例如开元年间有一位在士大夫间相当活跃的焦炼师。按当时的规定,"道士修行有三号:其一曰法师,其二曰威仪师,其三曰律师;其德高思精谓之炼师"①。炼师乃是最高一级的道士。据说这位焦炼师"聚徒甚众"②,吸引众多人向她学道。中唐时期戴孚的《广异记》里记载她请老君帮助制服狐妖的传说,可见她名声流传的广远。李白的《赠嵩山焦炼师》诗序说:

> 嵩山有神人焦炼师者,不知何许妇人也。又云生于齐梁时,其年貌可称五六十。常胎息绝谷,居少室庐,游行若风,倏忽万里。世或传其入东海,登蓬莱,竟莫能测其往也。余访道少室,尽登三十六峰,闻风有寄,洒翰遥赠。③

李白对于这位神秘的女道士表现出无限企羡。李颀、王昌龄等也都有赠给她的诗。这些诗同样把她描写得道行超绝,神秘飘忽。而值得注意的是,这位炼师本来是老妇人,可是诗人们的描写都突出其容颜的姣好,赞赏其女性的魅力。这正反映了诗人们结交女道士的一种心态。再如李白的《江上送女道士褚三清游南岳》诗:

> 吴江女道士,头戴莲花巾。
> 霓裳不湿雨,特异阳台云。
> 足下远游履,凌波生素尘。
> 寻仙向南岳,应见魏夫人。④

这是李白交往的另一位女道士。在描写其特有的潇洒风姿时,诗人也是着力突出她的女性美。作品的这种表现方式已经明显透露男、女交谊的意味。

唐代诗人直接以女道士为题材的作品,大多不注重表现后者的宗教性格,而往往把她们描写为特殊的女性,特别是着重表现她

---

① 《唐六典》卷四,第125页,陈仲夫点校,中华书局,1992年。
② 戴孚《广异记》,《冥报记 广异记》第204页,方诗铭辑校,中华书局,1992年。
③ 《李太白全集》卷九。
④ 同上卷一八。

们作为女性对于爱情的向往和追求。古代诗歌里以女性为题材的
不多（宫体除外），表现女性的爱情则主要是怨女思妇内容。描写
女道士则打破了这一限制。那些活动在宫廷和官僚士大夫间的女
道士，往往呈其才艺，以歌舞娱人，是一种全新的妇女形象。文人
们赞赏她们的技艺，羡慕她们的美丽和才情，写了各种各样与她们
交往的诗。如权德舆的《戏赠张炼师》：

> 月帔飘飘择杏花，相邀洞口劝流霞。
> 半酣乍奏云和曲，疑是龟山阿母家。①

权德舆是典型的文人官僚，一代文坛宗主。他交往女道士并为她
写诗，题目"戏赠"已明显带有谐谑亲昵的意味。诗里赞赏她的风
姿，写她以酒待客，以曲娱人，俨然是歌妓形象。元稹的《刘阮妻二
首》用的则是刘晨、阮肇天台遇仙典故：

> 仙洞千年一度开，等闲偷入又偷回。
> 桃花飞尽东风起，何处消沉去不来。
>
> 芙蓉脂肉绿云鬟，罨画楼台青黛山。
> 千树桃花万年药，不知何事忆人间。②

这实际上描写的是道观里女道士与人偷情的情事。由于地位、身
份的阻隔，她的愿望不能实现，诗人寄予同情。同样，李洞的《赠庞
炼师》题目下有"女人"字样：

> 家住涪江汉语娇，一声歌戛玉楼箫。
> 睡融春日柔金缕，妆发秋霞战翠翘。
> 两脸酒醺红杏妒，半胸酥嫩白云饶。
> 若能携手随仙令，皎皎银河度鹊桥。③

---

① 《权载之文集》卷三。
② 《元稹集·外集》卷七，第 685—686 页，冀勤点校，中华书局，1982 年。
③ 《全唐诗》卷七二三，第 8296 页。

这里刻画的是一位形容姣好、向往爱情的少女,结尾处"鹊桥"相会的愿望表达她对于爱情的向往。但作为女道士,这种向往显然是不可能实现的。诗里描摹女人形态,全然是"宫体"笔法,显得有些轻薄,但也正反映了当时文人与女道士交往的态度。

在唐代,在佛寺制度影响下,道院和道士出家制度已经更加规范化。但是在相对自由的社会环境下,男、女道士的交往还没形成更严格的限制。文人们写了些以男、女道士交谊为题材的作品,在整个古代文学中是极其特殊的。最著名的是骆宾王的长篇歌行《代女道士王灵妃赠道士李荣》。李荣是唐初著名道士、有影响的道教学者,高宗朝被招入京,住东明观,曾屡次代表道教方面参与朝廷举行的佛、道论争,详细情况具见道宣编著的《古今佛道论衡》。王灵妃实有其人。骆宾王这一篇是拟作,诗云:

> 玄都五府风尘绝,碧海三山波浪深……自言少小慕幽玄,只言容易得神仙。珮中邀勒经时序,箫里寻思复几年?寻思许事真情变,二人容华识少选。漫道烧丹止七飞,空传化石曾三转。寄语天上弄机人,寄语河边值查客。乍可忽忽共百年,谁使遥遥期七夕。想知人意自相寻,果得深心共一心。一心一意无穷已,投漆投胶非足拟。只将羞涩当风流,持此相怜保终始。相怜相念倍相亲,一生一代一双人。不把丹心比玄石,惟将浊水况清尘。只言柱下留期信,好欲将心学松薜。不能京兆画娥眉,翻向成都骋驺引……君心不记下山人,妾欲空期上林翼。上林三月鸿欲稀,华表千年鹤未归。不分淹留桑路待,只应直取桂轮飞。①

这是一首题材别致、很有特色的爱情诗,描绘出当时道观生活的一个侧面。骆宾王善于写长篇歌行,这一篇极尽铺张描摹之能事,具

---

① 《全唐诗》卷七七,第 838—839 页。

有炫耀才情的意味。但是其中所描写的男、女道士的恋情应是有一定现实依据的,所表现的修道与恋情的矛盾也具有一定典型意义。中唐道士施肩吾有《赠仙子》诗:

> 欲令雪貌带红芳,更取金瓶泻玉浆。
> 凤管鹤声来未足,懒眠秋月忆箫郎。①

这里的"仙子"是女道士。诗里利用弄玉和箫史典故,表达女道士对于爱情的向往。这种向往具有冲绝寂寞的修道生活的意味。

由于女道士参与社会活动,文人们有和她们结交的机会,有些人更会对她们产生感情,并形之于诗。如白居易的《赠韦炼师》:

> 浔阳迁客为居士,身似浮云心似灰。
> 上界女仙无嗜欲,何因相顾两徘徊。
> 共疑过去人间世,曾作谁家夫妇来。②

这位韦炼师是诗人被贬到浔阳时结交的女道士,说她前世曾为某家妇,显然是游戏笔墨,但亦可见二人关系的亲密不拘。诗里表达了同病相怜的沦落之感,诗人在与她的交往中得到了心灵的安慰。这和诗人当时所写《琵琶行》的主题是相通的,当然艺术上不可同日而语。又如马戴《题女道士居》(或作秦系诗):

> 不饵住云溪,休丹罢药畦。
> 杏花虚结子,石髓任成泥。
> 扫地青牛卧,栽松白鹤栖。
> 共知仙女丽,莫是阮郎妻。③

这里描写的女道士已经不再焚修养炼,只是度过寂寞的独居生活。诗的结尾处暗示她往年的情缘,越发衬托出她当前的落寞。当时

①《全唐诗》卷四九四,第5609页。
②《白氏长庆集》卷一七。
③《全唐诗》卷五五六,第6456页。

的许多诗人把女道士比拟为女仙,在描写她们的时候又着力表现其艳丽的姿容;而按当时的习俗妓女也同样被表现为女仙。二者相同的比拟显得轻薄,但却也反映了当时部分女道士行为、作风的实态,也显示了道教发展形态的一个侧面。又如赵嘏的《赠女仙》:

> 水思云情小凤仙,月涵花态语如弦。
> 不因金骨三清客,谁识吴州有洞天。①

这里描写一位多情美貌的女子,对爱情充满了向往,而诗人本人也流露出爱慕之意。

与女道士交往的唐代诗人中,李商隐是最为著名的一位。后人对这一点的议论也最为纷纭。李商隐早年已有在玉阳山学道的经历,其迷离恍惚的无题诗(或虽有题而题旨不明)被许多人解释作是描写和女道士的恋情的。但具体说法都难以确证,周振甫曾加以辩证②,不烦赘述。不过李商隐一生中与女道士多有交往则是事实,有些诗确是写与女道士的交谊的。如《赠华阳宋真人兼寄清都刘先生》、《月夜重寄宋华阳姊妹》里的宋华阳即宋真人,就是与他关系密切的一位。其第二首诗说:

> 偷桃窃药事难兼,十二城中锁彩蟾。
> 应共三英同夜赏,玉楼仍是水晶帘。③

据周振甫解释,"三英夜赏,可能指姊妹外还有男道士"④。诗里的艳丽描写和亲昵口气表明了他们之间亲密关系。李商隐和女道士的恋爱事迹虽然难以确考,但他和她们有过密切交往,这种交往给他提供了创作灵感和素材则是可以肯定的。而包括这类作品的道

---

① 《全唐诗》卷五五○,第 6373 页。
② 参阅《李商隐选集·前言》第 21—35 页,上海古籍出版社,1986 年。
③ 《玉溪生诗笺注》卷六。
④ 《李商隐选集·前言》第 29 页。

教题材的诗篇,乃是李商隐创作里十分具有魅力的部分之一。

唐代有众多女道士参与社会活动,活跃在文人圈子里,其作用和影响是多方面的。除了起到沟通文人与道教关系这种宗教意义之外,就积极方面讲,对于活跃社会风气、开拓文人精神视野、启发文人感情世界等方面都起了一定作用。更直接的结果是给百花齐放的唐代文学创作增添了一份内容,也促成了艺术形式的某些进展。当然,女道士所代表的道教基本不能体现其正统教义,毋宁说是世俗化的、被扭曲的。但正是这后一种倾向,却又反映了唐代道教发展的一种趋势。而从道教文化历史看,道教不断世俗化、"美学化"却使得它在群众中、在文学艺术领域造成更为巨大的影响。

四

讲唐代女道士的活动,特别应提出其中几位有成就、有影响的诗人。这些人突出显示了道教对文学创作的贡献,也是古代女性文学的重要业绩。

如上所说,唐代女道士中多有能文善艺的人。正是道观生活给她们提供了发挥才能的条件。而由于她们以特殊身份和地位在文坛上活动,也就会造成特殊的影响。其中几位诗人的成就不让须眉,对一代文坛的繁荣做出贡献,也是唐代诗歌繁荣的表现之一。

李季兰(?—784),名冶,一说名裕,以字行。高仲武的《中兴间气集》选诗六首。"中兴间气"集名取意唐代平定"安史之乱"而中兴,选录唐肃宗至德到唐代宗大历末二十余年间二十六人共一百三十余首作品。李季兰入选六首,可见她在当时文坛上的名声、地位。她原有集传世，已佚；《全唐诗》存诗十六首，断句四。据俄藏敦煌写卷五代蔡省风编《瑶池新咏》残片，可补诗一首，又补足两个断句全篇。她"美姿容，神情萧散。专心翰墨，善弹琴，尤工格律。当时才子颇夸纤丽，殊少荒艳之态"①。大约在大历年间，她曾应诏入朝②。她在文人间广有交往，今存有诗作往还的就有崔涣、朱放、韩揆、阎伯钧、陆羽、皎然等人。皎然《答李季兰》诗说："天女来相试，将花欲染衣。禅心竟不起，还捧旧花归。"③朱放《别李季兰》诗说："古岸新花开一枝，岸旁花下有分离。莫将罗袖拂花落，便是行人断肠时。"④都表现她的风流倜傥的作风，从中也可以看出诗人和她之间的亲密关系。《中兴间气集》又记载一件轶事说："尝与诸贤集乌程县开元寺，知河间刘长卿有阴重之疾，乃诮之曰：'山气日夕佳。'长卿对曰：'众鸟欣有托。'举座大笑。论者两美之。"⑤这是笔记小说家言，难以确定是否实事。但联系上面皎然和朱放的诗，李季兰在文士间交往，行为开放，戏谑不拘，则是实情。这也反映了当时文人和女道士交往情形。

《唐才子传》论及她和下面将要讲到的鱼玄机说：

> 历观唐以雅道奖士类，而闺阁英秀，亦能熏染，锦心绣口，蕙情兰性，足可尚矣。中间如李季兰、鱼玄机，皆跃出方外，修清净之教，陶写幽怀，留连光景，逍遥闲暇之功，无非云水之念，与名儒比隆，珠往琼复。然浮艳委托之心，终不能尽，白璧微瑕，惟在此耳。⑥

①傅璇琮主编《唐才子传校笺》第 1 册第 327 页，中华书局，1987 年。
②考见上引书第 330—331 页。
③《全唐诗》卷八二一，第 9268 页。
④同上卷三一五，第 3542 页。
⑤《中兴间气集》，据孙毓修校文补。
⑥《唐才子传校笺》第 1 册第 332—333 页。

这就表明,这两位女道士的诗作代表了唐代女性文学创作的水平。不过对于后面的批评需要加以分析。就李诗论,其委婉述情的看似"浮艳"的作品,正显示了她的艺术特色和独特成就,是不能全然视为瑕疵的。例如她的《明月夜留别》:

> 离人无语月无声,明月有光人有情。
> 别后相思人似月,人间水上到层城。①

又《偶居》:

> 心远浮云知不还,心云并在有无间。
> 狂风何事相摇荡,吹向南山复北山。②

像这样的诗,语言简洁明快,表达情真意切,充分显示了女性的委婉思致,其境界是一般男性诗人所写的代言之作达不到的。又如《从萧叔子听弹琴赋得三峡流泉歌》:

> 妾家本住巫山云,巫山流泉常自闻。
> 玉琴弹出转寥夐,直是当时梦里听。
> 三峡迢迢几千里,一时流入幽闺里。
> 巨石崩崖指下生,飞泉走浪弦中起。
> 初疑愤怒含风雷,又似鸣咽流不通。
> 回湍曲濑势将尽,时复滴沥平沙中。
> 忆昔阮公为此曲,能令仲容听不足。
> 一弹既罢复一弹,愿作流泉镇相续。③

这首长诗以流泉形容琴音,描写细腻生动,而流泉的联想正衬托出诗人跌宕不平的心绪;采取长篇歌行体裁来铺叙形容,更显示出作者的功力。这篇诗被收入《中兴间气集》,在唐代诗人众多描写音

①《全唐诗》卷八〇五,第9059页。
②同上。
③同上,第9058页。

乐的优秀作品里也算是上乘之作。

晚唐时的鱼玄机（844？—868），字幼微，一字蕙兰，是一位诗才与李季兰齐名的女道士①。原有诗集一卷，已佚，《全唐诗》编诗一卷。她先是嫁给名士李亿为妾，不为大妇所容，被迫入道，后住长安咸宜观，与当时文坛名人温庭筠、李郢等相唱和。后来以“杀婢绿翘，其切害，事败弃市”②，命运多有波折，结局十分悲惨。皇甫枚《三水小牍》有一段记载颇能展现这位才女的风貌：

> 西京咸宜观女道士鱼玄机，字幼微，长安倡家女也。色既倾国，思乃入神，喜读书属文，尤致意于一吟一咏。破瓜之岁，志慕清虚。咸通初，遂从冠帔于咸宜，而风月玩赏之佳句，往往播于士林。然蕙兰弱质，不能自持，复为豪侠所调，乃从游处焉。于是风流之士争修饰以求狎。或载酒诣之者，必鸣琴赋诗，间以谑浪，懵学辈自视缺然。其诗有“绮陌春望远，瑶徽秋兴多”，又“殷勤不得语，红泪一双流”，又“焚香登玉殿，端简礼金阙”。又云：“多情自郁争因梦，仙貌长芳又胜花。”此数联为绝矣。③

才貌双全的鱼玄机就这样被命运所拨弄。但她在屈辱中挣扎，却发挥出她的杰出才情，写出极富特色的诗。如《左名场自泽州至京使人传语》：

> 闲居作赋几年愁，王屋山前是旧游。
> 诗咏东西千嶂乱，马随南北一泉流。
> 曾陪雨夜同欢席，别后花时独上楼。
> 忽喜扣门传语至，为怜邻巷小房幽。

① 参阅桑宝靖《女冠才媛鱼玄机——中国道教文化史的光彩一页》，《世界宗教研究》2002 年第 1 期第 48—55 页。
② 钱易《南部新书》甲卷，第 3 页，中华书局上海编辑所，1958 年。
③《三水小牍》第 32 页，中华书局上海编辑所，1958 年。

　　　　相如琴罢朱弦断，双燕巢分白露秋。
　　　　莫倦蓬门时一访，每春忙在曲江头。①

左名场是她作为女道士结交的文士之一。当然这种交谊是不会有
结果的。这首诗可看作是她实际生活的写照，从中也可以了解她
的追求和苦闷。像左名场这样的人，尽管曾是旧游新欢，一旦春风
得意，等待他"一访"也是幻想了。

　　上一篇"诗咏"一联颇显出一种巾帼雄健之气。这也是鱼玄机
一些诗的特色。又如《游崇真观南楼睹新及第题名处》：

　　　　云峰满目放春晴，历历银钩指下生。
　　　　自恨罗衣掩诗句，举头空羡榜中名。②

进士及第题名是当时风俗。鱼玄机看到后发出感慨，自恨不能像
男子那样科场成名，建功立业。在激烈的言词中流露出她大才难
施的遗恨。实际上在当时她也只有通过入道来争得在文坛立足的
机会。后来她终因杀婢被处死，精神似在病态之中。她死时年仅
二十九岁，凄惨的命运正是当时环境所促成的。

　　身为女道士的鱼玄机写过道教题材的诗。但她较好的作品还
是抒写爱情或一般交谊的。她和李亿分手后，给后者写过一些诗，
如《江陵愁望寄子安》：

　　　　枫叶千枝复万枝，江桥掩映暮帆迟。
　　　　忆君心似西江水，日夜东流无歇时。③

这里以平易清通的笔墨，用生动的描写和比喻，把离愁别绪表达得
一往情深。她和李亿离异之后，显然不能解脱与对方的情缘，心情
的痛苦从诗里隐约地表露出来。

----

①《全唐诗》卷八〇四，第 9055 页。
②同上，第 9050 页
③同上，第 9054 页。

入道以后,她和文人们有更多交往。如《迎李近仁员外》诗表现的:

> 今日喜时闻喜鹊,昨宵灯下拜灯花。
> 焚香出户迎潘岳,不羡牵牛织女家。[①]

从结句的比喻看,二人的关系已非同寻常。诗写得大胆,热烈,展露少女的风情如在目前。再如《寓言》一诗,已难以考定写作背景:

> 红桃处处春色,碧柳家家月明。
> 楼上新妆待夜,闺中独坐含情。
> 芙蓉月下鱼戏,螮蝀天边雀声。
> 人生悲欢一梦,如何得作双成。[②]

这也是一首抒写少女情怀的诗,把对于爱情的追求和向往表达得淋漓尽致。写景述怀明丽柔婉,善于用比喻烘托,结尾一联的双关手法十分巧妙:董双成本是传说中的女仙,相传是西王母侍女,吹玉笙飞升成仙。诗里用这个名字来双关情人成双。唐人的六言诗不多,鱼玄机的这一首富于创意,艺术表达也值得称道。

唐代著名的女诗人有三位。除了晚唐的薛涛,李季兰、鱼玄机两位都是女道士。《又玄集》选有女道士元淳《全唐诗》序诗二首,断句四;而前述敦煌写卷残片《瑶池新咏》可补足四个断句的全篇。元淳生卒年不可考。其《寄洛中诸姊》曰:

> 旧国经年别,关河万里思。
> 题诗凭雁翼,望月想蛾眉。
> 白发愁偏觉,归心梦独知。
> 谁堪离乱处,掩泪向南枝。[③]

---

①《全唐诗》卷八〇四,第9054—9055页。
②同上,第9054页。
③同上卷八〇五,第9060页。

这是抒写乱世丧乱之情的,怀旧之情和手足之谊交织在一起,表现得相当真挚深切。

　　唐代能诗的女道士当然不只上面几位。古人传统上对于方外人的作品不太关注,佚失的很多。如今只能从这流传的有限作品窥知唐代女道士创作的一般情况了。

　　本文探讨唐代女道士和文人的关系,以及这种关系对于一代文学的影响,实际主要讨论的是诗歌和诗人。这是因为在唐代文学成就中,诗歌更为突出,而女道士的活动又与诗人关系较多,这一群体中又出现两位存诗较多的杰出诗人。唐代散文、小说里同样有许多反映女道士与文人相互关系和影响的资料,比如唐传奇里就有不少关于女道士(女仙)的传说,是可另作探讨的题目。

　　从总体看,唐代女道士的活动构成了当时道观以至一般社会的一段独特风景,多方面地丰富了道观和文坛生活。还应当提出相当重要的一点,就是道教本来是提倡超脱成仙的宗教,清修养炼应是道士的本分。但是在唐代,却出现这样一批眷恋人世俗情的女道士,她们活跃在官僚士大夫圈子里,成为士人社会华丽享乐生活的装饰。她们自己也沉溺在俗情之中,以至在本非方外所应骛的文学艺术领域有所贡献。这无疑成为对宗教神圣性和超越性的挑战。这个现象对于道教的发展和社会风气的影响都是相当深远的。作为道教"世俗化"、"通俗化"的典型表现,这些积极参与世俗生活的女道士的活动已远远偏离了道教固有的传统。从中国思想史发展的角度看,佛、道二教走向衰落是宋代理学兴盛起来的原因和前提之一。从这个意义讲,唐代女道士们的活动作为整个宗教发展趋势的一种体现,也给思想史的转变增添了一分助力。

　　　　　　(原载《中国文化》第十九、二十合辑,2002 年 12 月)

敦煌写卷《维摩诘讲经文》
的文学意义

一

南北朝以来，《维摩经》作为表现大乘精义的"先圣之格言，弘道之宏标"①，在僧俗间广为流行。唐代禅宗鼎盛，《维摩诘经》里"不舍道法而现凡夫事"、"不断烦恼而得涅槃"的说教十分符合其宗义，成其立宗的根本典据，更促进了维摩信仰的弘传。反映唐代维摩信仰实态的，有敦煌写卷以《维摩诘经》为题材的一大批讲经文、押座文与歌辞。这是纯粹的宗教文学作品，在佛教史上具有重大意义，更以其独特的内容与形式而具有相当的文学价值，在文学发展史上也造成了一定影响。以下仅就讲经文的文学价值略献刍议。

据王重民等所编《敦煌遗书总目索引·索引部分》（商务印书馆，1983 年新 1 版），有关《维摩诘经》的俗文学叙事作品过录如下：

---

① 支愍度《合维摩诘经序》，《出三藏记集》卷八，第 310 页，苏晋仁、萧炼子点校，中华书局，1995 年。

　　《维摩经俗文》　北光 94，散 1319，S. 2440（有两抄本）；

　　《维摩诘经讲经文》　散 684，S. 3872，S. 4571，P. 2292，P. 3079；

　　《维摩诘经押座文》　S. 1441，P. 3210，散 1617，散 1598。

这里所称"俗文"实际是讲经文和押座文。

　　1957 年王重民等编校的《敦煌变文集》卷五收录《维摩经》讲经文的作品 6 篇，1. S. 4571，2. S. 3872，3. P. 2122（此卷在《瑜伽师地论分门记》背面，王庆菽校录为讲经文，学界多以为不当，同书王重民校录为押座文），4. P. 2292，5. 北光第 94 号、P. 3079，6. 散第 684 号（此卷已印入罗振玉《敦煌零拾》，又影印入《西陲秘籍丛残》）；又押座文 1 篇，所用写卷 5 件，即 S. 2440（两抄本，此件周绍良在《唐代变文及其它》，《敦煌文学作品选》代序［中华书局，1987 年］里确定为《押座文汇抄》，以为《变文集》摘出分录不当），P. 3210，S. 1441，P. 2122（此件王庆菽校录为讲经文）。

　　《敦煌变文集》和商务印书馆《总目索引》编撰时，苏联列宁格勒亚洲民族研究所藏敦煌文书目录尚未刊布。该所收藏两个《维摩诘经》讲经文写卷，即 Φ. 101 号，尾题《维摩碎金一卷》；又 Φ. 252 号，拟题为《维摩诘讲经文一卷》，周绍良、白化文编《敦煌变文论文录》作为附录首次刊布（上海古籍出版社，1982 年）[1]。这样，如除去 P. 2122 号不计，包括在今圣彼得堡的两件，目前发现的《维摩诘经》讲经文共 7 件。都是长篇作品的片断，内容只限于经文前五品中的四品。具体情况是：

　　S. 4571　《佛国品》的前一部分，自开头至"与五百长者子俱持七宝盖来诣佛所"；

　　Φ. 101　《佛国品》的前一部分，描写千百之众恭敬围绕佛，佛

───────────────

[1] 前苏联孟什科夫编《亚洲民族研究所敦煌文献》馆汉文写本第一、二卷分别刊布于 1963 年和 1967 年。

为说法,至长者子"宝积与五百长者子俱持七宝盖"来佛所;

　　S.3872　《佛国品》结尾部分(自"尔时长者子宝积说此偈已")和《方便品》的前一部分(至"阴界诸入所共合成");

　　P.2292　《菩萨品》开头维摩诘向弥勒菩萨和光严童子说法部分;

　　北光94　《菩萨品》中维摩诘向持世菩萨说法的中间部分;

　　Φ.252　《菩萨品》后一部分维摩诘向长者子善德说法部分;

　　散682　《文殊师利问疾品》开头至"入(毗耶离大)城"一段。

　　敦煌原来发现的五个写卷虽不连贯,但都是依据经文演说的,都采取韵、散间行的表达方式,写作风格、格式也大体相同,因此可看作一件长篇的片断。然而Φ.101《维摩碎金》的内容又与S.4571有重叠部分,可是二者的写法、风格迥异,表明该讲经文曾有不同的系统。

　　这些讲经文的具体作者和创作过程已不可能弄清楚,但大体情况还是可以推测的。特别是日僧圆仁《入唐求法巡礼行记》记载晚唐长安寺院俗讲中俗讲法师对于不同经典各有专司,并明确纪录有专擅《维摩诘经》的。如卷四记他在长安所住寺有"讲《维摩》、《百法》座主云栖、讲《维摩诘经》座主灵庄",这两个人在会昌毁佛时被迫还俗了。《维摩诘经》是唐代十分盛兴的大乘经,许多人为其作注释,其中不少人自幼就研习这部经。如《续高僧传》卷一五,释法护十五岁时被寺院"留诵《净名》,七日便度";卷一七,释僧辩十岁"乃听《仁王》、《维摩》二经,文义俱收,升座复述";《宋高僧传》卷七,巨岷"年十岁,诵终《法华》、《维摩》二经,日持十卷";卷一一,无业"九岁……依止本郡开元寺……乃授于……《维摩》……等经";卷一五,允久"九岁……师授《维摩》、《法华》二经";卷二三,五代时息尘"年当十七,便听习《维摩》讲席";卷二七,文质"年十五,诵……《维摩》等经",等等。

　　可以推想,那些专精《维摩诘经》的俗讲法师就是讲经文的创作者，经过一代代地增饰、发展，然后形成定稿，既而有了相对的稳定性，成为宣讲的范本。据现存材料推测，《维摩诘经》讲经文起码有两个系统，它们是由不同的大德写定，并是在不同地区流传下来的。又像一切口头创作一样，在流传中会不断地改变、增饰。例如Φ.252维摩诘向善德长者子说法一段，叙述部分多用六言韵语，歌辞有重复句，风格显然与敦煌所存其他卷子不同。

　　P.2292写卷题为广政十年（947），这是抄写的年代，不是创作和定稿的年代。根据《维摩诘经》的弘传和俗讲的发展，这些讲经文应形成于中、晚唐时期。写本中避唐讳也可证明这一推断。

　　《维摩诘经》讲经文是由对佛教教学和文学都有相当修养的俗讲法师创作的，这也就决定了与世俗文人和民间文学创作在根本性质和表现方法上都有所不同。

二

　　P.2292题记中有"写此第廿卷文书"，而此卷的内容是第四品的前半部分。北光94号尾题"持世菩萨第二卷"，散684号题"文殊问疾第一卷"，这表明"持世菩萨"和"文殊问疾"都被当作单独的篇章，这里的某卷应是指一个品题的卷次。Φ.101尾题"维摩碎金一卷"，就只是一个片断，一卷意指一篇。

　　《维摩经》前五品即《佛国品》、《方便品》、《弟子品》、《菩萨品》和《文殊师利问疾品》①，讲佛在庵罗园说法、维摩示疾、佛遣十大声闻弟子和四位菩萨问疾都加以推辞，文殊师利率众人赴毗耶离问疾。这一部分内容主要是讥弹小乘，宣扬弘通开放的大乘思想和

---

①此据《大正藏》收鸠摩罗什译本，以下引及该经并同。

居士观念。今存众多的讲经文集中在这一部分，正表明了当时的宣讲者和听讲者兴趣之所在，也是当时社会上所流行的佛教观念的具体反映。现存石刻、壁画的维摩变相题材也多是二大士对谈，正与讲经文的情况一致。

从唐代佛教发展看，一方面是禅宗的兴盛；另一方面是与之相关联的文人居士佛教的发展，都促成《维摩诘经》更广泛地流行。讲经文的繁荣正与南宗禅兴盛的形势有关。南宗禅自诩为"教外别传"，本是在与传统经教即所谓"教下"的对立、对抗形式中发展起来的。但早期禅宗"藉教悟宗"，也从《维摩诘经》借鉴不少命题，如"心净则佛土净"、"烦恼即菩提"、"三界是道场"等。所以禅门一般都十分重视《维摩诘经》。禅宗祖师创作的新经典如六祖《坛经》、神会《语录》等都一再引用《维摩诘经》；"维摩一默"等出于《维摩诘经》的掌故更成为后来禅门用来参悟的"公案"。讲经文也往往对禅宗思想加以发挥。如 S.3872 说：

> 知身是空，了达实法。即佛是心，即心是佛，心外无法，法外无心。净秽同体，本无分别……了悟心源，即是净土。①

这就是禅宗"即心即佛"之说。P.2292 说：

> 众生毕竟总成佛，无以此法诱天子，莫分莫别是玄河，怎生得受菩提记？②

这是对部派佛教以来诸佛受记之说的大胆否定。维摩诘与光严童子论"道场"说：

> 一志任持薰戒香，整齐三业保行藏，心珠皎洁无瑕翳，此个名为真道场。又须忍辱离刚强，怨境来时莫与忙，观行破除

---

① 王重民等编《敦煌变文集》下册第 564 页，人民文学出版社，1984 年。以下引用该书，参照其他校订成果，不烦注出。
② 同上，下册第 600 页。

　　含忍却，此个名为真道场。磨练身心似镜光，能行精进力坚
　　刚，睡眠懒怠全改除，此个名为真道场……①

像这些文字，不论内容，还是语言，都像是禅宗的。以明珠或明镜
比拟清净自性，正是南宗禅常用的。讲经文的宣讲对象主要是在
家信徒，维摩居士这个样板正是特别合用的材料。如讲经文突出
和强调与世俗生活和传统伦理的调和，S.3892 号卷子发挥经文"若
在大臣，大臣中尊，教以正法。若在王子，王子中尊，示以忠孝"：

　　　　若在大臣，大臣中尊，教以正法。大臣者，或是当朝相座，
　　或是出镇藩方，为天子之腹心，作圣人之耳目。成邦立国，为
　　社礼（稷）之柱石；定难除凶，作朝廷之篱屏。然后示其正法常
　　王，遂讽人陈以直言，无施邪教命。天子金枝永茂，玉叶常荣，
　　子子孙孙，相承相伐，出将入相，燮理阴阳，愍物接人，行恩布
　　惠。使千岁万岁，皇风不坠，帝道无倾。显名于凤阁之中，画
　　影于麟台之上。以著书史，纪德纪功，是名大臣。我维摩居士
　　与此大臣之中，亦为第一。更以方便，令其不枉人民，是故于
　　此中尊云云。
　　　　若在王子，王子中尊，示以忠孝。言王子者，是国王之太
　　子，或是远从，或是亲王，但是皇属，总得名为王子。并须锵锵
　　济济，有孝有忠，始末一心，无怀二意，同匡家社，共治邦家。
　　使根固枝繁永不枯，四海万方为一统。上则忠劝于王，次则孝
　　养于亲，是王子之行。我维摩居士亦于此中，得为第一。仍以
　　微妙方策而教诲之，王子信行，又使皇图霸盛云云。②

以下又以偈颂重宣这些教忠教孝之义。又 S.4571 解说维摩诘"为
大医王"一句：

────────
①《敦煌变文集》下册第 616—617 页。
②同上，下册第 574 页。

> 喻似世间恩爱,莫越眷属之情,父母系心最切,是腹生之
> 子。小时爱护,看如掌上之珠;到大忧怜,惜似家中之宝。抱
> 持养育,不弹(殚)劬劳。咽其(苦)吐甘,岂辞嫌厌?回干就
> 湿,恐男女之片时不安;洗浣濯时,怕痴騃之等闲失色。临河
> 傍井,常忧漂溺之危;弄戈捻刀,每虑啮伤之苦。世间之事,都
> 未谙知;父母忧心,渐令诱引……①

这完全是一篇父母之爱的颂歌。讲经文如此宣扬中土伦理,已大
大溢出了《维摩诘经》的内容,使经文通俗化、世俗化,中土伦理的
训喻色彩也加强了表现上背离传统佛教教义的倾向。

禅宗本来受到中土士大夫阶层广泛地欢迎,而它以“明心见
性”为宗旨的宗义更与《维摩诘经》的居士思想相吻合。唐代好佛
习禅的士大夫大抵喜读《维摩诘经》,并往往以之为立身行事依据。
王维取号“摩诘居士”,俗称“诗佛”,是唐代文人好佛的典型。诗仙
李白有诗说:

> 清莲居士谪仙人,酒肆藏名三十春。湖州司马何须问,金
> 粟如来是后身。②

李白以好仙道著名,但在这里他说自己是“金粟如来”。金粟如来
在传说中乃是维摩诘转世③。而杜甫早年游吴越,在江宁(今南京
市)友人处得到瓦官寺顾恺之所画维摩诘像,晚年还怀念“虎头(恺
之小字)金粟影,神妙独难忘”④。白居易更是经常以维摩诘自比。
他《自咏》诗说:

> 白衣居士紫芝仙,半醉行歌半坐禅。今日维摩兼饮酒,当

---

① 《敦煌变文集》下册第 538 页。
② 《答湖州迦叶司马白是何人》,《李太白全集》卷一九。
③ 据现存资料,“金粟如来”所出不详。大抵应出中土杜撰。参阅拙著《中国文
　学中的维摩与观音》第 174—175 页,高等教育出版社,1996 年。
④ 《送许八拾遗归江宁……》,《杜少陵集详注》卷六。

时绮季不请钱……①

他在这里是把维摩诘与汉初的隐士绮里季等同看待的。他的《答闲上人来问因何风疾》诗说：

一床方丈向阳开,劳动文殊问疾来。欲界凡夫何足道,四禅天始免风灾。②

这里他又把自己比拟为卧床示疾的维摩诘了。唐代文人心仪维摩诘居士成风气,也是推动禅宗发展的重要社会基础。敦煌曲辞也有不少以维摩为题材的,显示了维摩诘信仰在民间流传的盛况。

这就是大量《维摩诘经讲经文》出现的宗教和社会背景。

《维摩诘经》本来是文学性的经典,以至有人认为它像三幕戏剧,也有人把它看成是结构复杂的小说。事实上有无数文人在写作方面受它的启迪和滋养。它的前五品,人物性格鲜明,故事情节矛盾尖锐,富于戏剧性。第一《佛国品》开头如一切佛所说经一样,先叙述佛陀说法的时、地、人、因缘,通过佛陀对宝积弟子的回答点明了本经的主题;第二《方便品》维摩诘出场示疾,从而引出第三《弟子品》和第四《菩萨品》佛命十四位声闻弟子和菩萨前往问疾,受命者回忆以往和维摩诘交往中受到讥弹的经过;第五《文殊师利问疾品》文殊率众弟子、天、人至维摩诘处问疾,展开了二大士的对谈,情节达到了高潮。从内容看,前五品已集中地表现了全经的主要思想,特别是如"心净则佛土净"、"不断烦恼而得涅槃"之类的思想与当时盛行的禅宗顿教观念相合,阐发得十分充分、清楚。从文学价值看,前五品一方面有生动的故事情节,一方面有精彩的描绘技巧,艺术上也是相当成功的。

因此讲经文的内容集中在前五品。至于最终确定存在全经的

---

①《白氏长庆集》卷三一。
②《白氏长庆集》卷三五。

讲经文,则只能待新的发现了。

三

二十世纪六十年代初,周绍良发表《谈唐代民间文学——读〈中国文学史〉中"变文"一节书后》,把变文区分为变文、俗讲文、词文、诗话、话本、赋等六类。这是敦煌变文体例研究方面的一大进展。周绍良、白化文先生于 1987 年编著的《敦煌文学作品选》,又把俗讲文划分为讲经文和因缘(缘起、押座文、解座文附),这样就是七类。

曾笼统地称作"变文"的作品,一般都看作民间文学的创作,实际上无论是从创作过程还是从作品内容看,它们与民众的关系是很不相同的。就讲经文而论,如前所述是典型的寺院文学,与民众是有着相当距离的。俗讲的繁荣与唐代寺院与佛教整体的发展有着直接关系。日本佛教学者道端良秀曾说过:

> 据《唐会要》、《长安志》、《唐两京城坊考》等资料所见,长安城内百余所寺院,几乎都是由贵族显宦等统治者所建造,并由他们所支持。地方的寺院也同样,多由当地的豪族统治阶层所经营……(而这些人)建寺、造像、设大法会或斋会,在夸耀自己的财富和权力的同时,也表现出自我满足的姿态。[1]

就是说,当时的寺院作为佛教活动中心,主要体现社会上层的佛教信仰。在这里主持活动的主要人物是义学沙门,包括俗讲法师。韩愈在元和(806—820)末年所作《华山女》一诗批判朝廷崇道,写

---

[1]《唐代佛教史の研究》第 204 页,法藏馆,1957 年。

女道士通过"道讲"即道教的俗讲与佛教争夺群众,写到佛教的俗讲:

> 街东街西讲佛经,撞钟吹螺闹宫庭。广张罪福资诱胁,听众狎恰排浮萍。①

"街东街西",指长安朱雀门大街东西各大寺。《资治通鉴·唐纪》宝历二年(826)有"上幸兴福寺,观沙门文淑俗讲"的记载。俗讲的大盛应在这一时期。晚唐日本僧人圆仁记录了更详细的俗讲资料。他是开成五年(840)八月到长安的,他说:

> (开成六年正月)九日五更时,拜南郊了,早朝归城,幸在丹凤楼。改年号,改开成六年为会昌元年。又敕于左、右街七寺开俗讲。左街四处:此资圣寺,令云华寺赐紫大德海岸法师讲《花严经》;保寿寺,令左街僧录、三教讲论、赐紫引驾大德体虚法师讲《法花经》;菩提寺,令招福寺内供奉、三教讲论大德齐高法师讲《涅槃经》;景公寺,令光影法师讲。右街三处:会昌寺,令内供奉、三教讲论、赐紫引驾起居大德文淑法师讲《法花经》,城中俗讲,此法师为第一。惠日寺、崇福寺讲法师未得其名。又敕开道讲……从大和九年(835)以来废讲,今上新开。正月十五日起首至二月十五日罢。②

从这个记载可见当时俗讲规模之巨大,而且是朝廷敕命举行的。曾有一段时间停废,原因不明,可能是由于影响到社会风俗。圆仁在后面还记述了同年五月、九月、第二年一月、五月举行的俗讲。值得注意的是,当时大规模地毁佛已开始,俗讲仍如此兴盛。毁佛时焚毁佛书、僧侣被迫还俗,给佛教以重大的打击,也是后来俗讲

---

①《韩昌黎集》卷八。
②《入唐求法巡礼行记》卷三,第 147 页,顾承甫、何泉达点校,上海古籍出版社,1986 年。

衰落的重要原因。

　　地方上的寺院也举行俗讲,如人们经常引用的姚合《赠常州院僧》诗:

　　　　一住毗陵寺,师应只信缘。院贫人施食,窗静鸟窥禅。古磬声难尽,秋灯色更鲜。仍闻开讲日,湖上少鱼船。①

这里反映了俗讲受群众欢迎的程度。代表俗讲水平的应是长安诸大寺。决定俗讲内容的主要不是听讲的群众,而是那些宣教的僧侣。这对认识俗讲的性质是很重要的。

　　主持俗讲的是具有专门技能的"讲经沙门"。《维摩碎金》卷末题"灵州龙兴寺讲经沙门匡胤记"②,灵州龙兴寺是朔方大寺,匡胤则是该寺的讲经僧。P.2292尾题:

　　　　广政十年(后蜀年号,947)八月九日在西川静真禅院写此第廿卷文书,恰遇抵黑,书了,不知如何得到乡地去。
　　　　年至四十八岁,于洲中憩明寺开讲,极是温热。③

这是一位不知名的讲经沙门所写的,从中可以看到他们的活动情形与精神状况。这些已经专业化的讲经沙门不只谙熟佛教典籍,且有一定的文化素养。从现存的讲经文看,他们运用文辞已相当娴熟,对事典、对偶、辞藻等的使用也已达到较高的艺术水平。这其中出现了一些专门家,最为著名的当为人们耳熟能详的活动在敬宗、文宗朝的文溆。

　　俗讲的目的是宣讲佛典,它必然是依据经文的。俗讲法师可以发挥以至创造、穿插一些经文中原来没有的内容,但总不能脱离

---

①《全唐诗》卷四九七。
②周绍良、白化文编《敦煌变文论文录》下册第865页,上海古籍出版社,1982年。
③《敦煌变文集》下册第618页。

经文框架。讲经文在体制上的这一特点，使它在艺术上进行发挥的天地大大地被限制了。

　　不过《维摩诘经》本身极富故事性，有从结构、情节上加以发展、衍化的较多余地。陈寅恪曾指出：

　　　　盖《维摩诘经》本一绝佳故事，自译为中文后，遂盛行于震旦。其演变滋乳之途径，与其在天竺本土者，不期而暗合。即原无眷属之维摩诘，为之造作其祖及父母妻子女之名字，各系以事迹，实等于一姓之家传，而与今日通行小说如杨家将之于杨氏，征东征西之于薛氏，所记内容，虽有武事哲理之不同，而其原始流别及演变滋乳之程序，颇复相似。①

但实际情况是，关于维摩诘眷属的构想，虽然在以后中土的诗文里经常见到，但在讲经文里却没有。从现存的材料看，中土可能还有一些其他传说。如初唐释复礼《十门辩惑论》的第一惑即"维摩神力，掌运如来"事，大概是维摩以右掌运如来至庵罗树园故事，应是从经文中《不可思议品》文殊所说"菩萨以一佛土众生置之右掌，飞到十方遍示一切，而不动本处"发挥出来的。又圆仁《巡礼行记》卷三写到游五台：

　　　　从（中）台西下坂，行五、六里，近谷有文殊与维摩对谈处。两个大岩，相对高起，一南一北，各高三丈许。岩上皆平，皆有大石座。相传云："文殊师利菩萨共维摩相见对谈之处。"其两座中间，于下石上，有师子蹄迹，蹋入石面，深一寸许。岩前有六间楼，面向东造。南头置文殊像，骑双师子。东头置维摩像，坐四角座，老人之貌，顶发双结，幞色素白，而向前覆，如戴莲荷；着黄丹衣及白裙。于衣上袭披皮裘，毛色斑驳而赤白

―――――――――――

①《敦煌本维摩经文殊师利问疾品演义跋》，《金明馆丛稿二编》第185页，上海
　古籍出版社，1980年。

黑；两手不入皮袖，右膝屈之，着于座上，竖其左膝而踏座上，右肘在案几之上，仰掌以申五指；左手把麈尾，以腕压左膝之上；开口显齿，似语笑之相。近于座前，西边有一天女，东边有一菩萨，手持钵，满盛饭而立。又于此楼前，更有六间楼相对矣。人云："见化现时之样而造之矣。"①

这是把文殊问疾移到了中土，也有相应的传说。但讲经文却没有吸收这类传说。陈寅恪以为：

> 尝谓吾国小说，大抵为佛教化。六朝维摩诘故事之佛典，实皆哲理小说之变相。假使后来作者，复递相仿效，其艺术得以随时代而改进，当更胜于昔人。此类改进之作品，自必有以异于感应传冥报记等滥俗文学。惜乎近世小说虽多，与此经有关系者，殊为罕见。岂以支那民族素乏幽渺之思，净名故事纵盛行于一时，而陈义过高，终不适于民族普通心理所致耶？②

陈寅恪还认为可由讲经文"推见演义小说文体原始之形式，及其嬗变之流别，故为中国文学史绝佳资料"。但正由于讲经文受到讲经这一固定目的限制，要依据经文一句句地铺衍，不可能自由地发挥，从而造成它艺术创造的根本局限。它给予宣讲者的艺术想象的空间，主要是对经文所叙述的情节、场面加以渲染。例如 S.4571 与《维摩碎金》相比较，后者在铺排描写上显然比前者更为充分，就是说，后者的宣讲人进行了更多的发挥。

总之，讲经文作为宗教文学作品，还算是较初级的形态。由于对经文的依附性，它在宗教文学中只能达到有限的艺术水平。它的传播者主要是专业化的僧侣，流传的场所主要是寺院，也就只能主要作为宗教宣教的手段而兴盛一时。随着佛教的衰落，佛教义

①《入唐求法巡礼行记》卷三，第 121 页。
②《敦煌本维摩经文殊师利问疾品演义跋》，《金明馆丛稿二编》第 185 页。

学的水平降低，俗讲也就失去了发展以至存在的条件了。

四

　　《维摩经讲经文》作为宗教文学作品，在艺术表现方面是取得了可观的成就的。

　　首先是结构。考察《维摩诘经》，它作为有代表性的大乘佛典，虽然有着独特的、十分大胆的观念，但维摩诘居士终究是佛陀精神的体现者。在《佛国品》里，佛向长者子宝积说"诸菩萨净土之行"，已概括出全经的主旨；接下来声闻弟子被呵斥和二大士对论，不过是对这一主旨的发挥、演绎而已，《菩萨品》佛陀总结出"入一切诸佛法门"，《见阿閦佛品》又指出维摩诘本是无动佛妙喜世界中人，这样，这部经典"斥小扬大"，即肯定大乘为真佛说的主旨就十分明确了。所以从《维摩诘经》的结构看，其中的一系列富于戏剧性的故事，实际上是佛陀导演出来的，维摩诘从本质说仍是佛陀精神的体现者。

　　但在讲经文里，这一基本构想有了根本性的改变。其中不是把维摩诘当作佛陀的赞助者，而是强调他与佛陀及其弟子的对峙、对抗。讲经文里被维摩诘讥弹的不只有十大声闻和包括弥勒在内的四位菩萨，实际还有佛陀。经文里维摩诘是在《方便品》才介绍的。而 S.4571 号即宣讲《佛国品》的讲经文则把维摩诘上场提前了，还编造了维摩入宫教化了五百太子（中土把"长者子"理解为"太子"或"王子"，《维摩碎金》里则是教化宝积）并引导他们归心向佛的情节。如此把维摩诘出场提前，也就把他在整个作品中的地位提高了，从而使得矛盾一开始就突出了。在具体介绍维摩时则说：

　　　缘毗耶城内，有一居士，名号维摩，他缘是东方无垢世界
金粟如来，意欲助佛化人，暂住娑婆秽境。缘国无二王，世无
二佛，所以权为长者之身，示现有妻子男女。在毗耶城内，头
头接物，处处利生，处城中无不归依，在皇阙寻常教化。毗耶
国王，礼为国老。知道我佛世尊，在庵园说法，欲彰利济之心，
遂入王宫，教化得五百太子……①

这实际上是把维摩诘与佛陀摆在了相抗衡的位置上，只是由于"国
无二王，世无二佛"，才"权现长者之身"。

　　又经文里，维摩示疾，"佛知其意"，派弟子问疾是让"维摩诘为
诸问疾者，为应说法"。佛在这里显示神通，掌握主动权。可是 S.
4571 讲经文里，是维摩"知道我佛世尊，在庵园说法"，遂使五百长
者相随同往，中途诈染疾患，从而引出了问疾情节；《维摩碎金》里，
则是"居士知佛入于毗耶，缘我于此国教化众生，佛要共我助成大
教，我须今日略用神通"，这里不说佛陀的神通，反而突出了维摩诘
的神通与作用。

　　讲经文对维摩诘的描写，从形象到教法，从辩才到神通，都极
尽夸饰之能事。P.2292 讲经文里世尊告弥勒说：

　　　此时有事商量，维摩卧疾于毗耶，今日与吾问去。吾之弟
子十大声闻，寻常尽觅于名能，诚使多般而辞退。舍利弗林间
宴座，煞被轻呵。目犍连里巷谈经，尽遭摧挫。大迦叶求贫舍
富，平等之道理全乖。须菩提求富舍贫，解空之声名虚乔。富
楼那、迦旃延之辈，总因说法遭呵。阿那律、优波离之徒，尽是
因逢被辱。罗睺罗说出家之利，不知无利无为。阿难乞乳忧
疾，不了牟尼示现。总说智短，尽说才微，皆言怕惧维摩，不敢
过他方丈……②

────────────
①《敦煌变文集》下册第 553 页。
②《敦煌变文集》下册第 592 页。

接着,佛称赞弥勒,而后面说到弥勒却同样受到讥呵,从而造成明显的反跌,表明维摩诘的智慧远远地高出于佛陀。这样,实际上佛也受到批判。下面遣光严童子问疾,光严"后说忧心,先论喜事",喜事是"一世尊造命,二对众吹嘘,三问处胜强,四位陪弥勒",而说到"忧有四般":

> 第一揣己无德,第二去易回难,第三恐辱世尊,第四昔遭挫辱,云云。夫量力度德者,是君子之常言;省心察仁者,是圣贤之恒范。如我者,发心日浅,迷时性深,于六度中,稍悟能修,向八识内,由(犹)藏人我。见四生六道,便拟开教化之门;向一性三乘,才欲启修行之路。虽名菩萨,多处俗尘。在火宅而任运业生,习网罗而等闲恶长。而况维摩大士,莫测津涯,说万事如在掌中,谈三界不离心内。貌同野鹤,性比闲云。洒甘露于麈尾稍(捎)头,起慈云于莲花舌上。词同倾海,辩似涌泉,若令交我问他,远比百千万陪(倍)。

这里除了极力抬高维摩诘之外,还明确指出弟子受辱是"辱着世尊",被讥呵的弟子实际是佛的代言人。

同样,散682《文殊问疾》里,文殊受命时对佛恳求:

> 文殊启白慈悲主,蒙佛会中尽告语,教往毗耶问净名,自惭词浅如何去。世尊处分苦丁宁,不敢筵中陈恳素,若遣毗耶问净名,遥凭大圣垂加护。维摩诘,金粟主,四智三身功久具,若遣须交(教)问净名,遥凭大圣垂加护。辩才无碍是维摩,深入诸佛之意趣,问疾毗耶恐不任,遥凭大圣垂加护。世尊会上特申宣,遣往毗耶方丈去,对敌毗耶恐不任,须凭大圣垂加护。我今艺解实非堪,狂(枉)受如来垂荫复,问疾毗耶恐不任,遥凭大圣垂加护。金粟尊,号调御,示现白衣毗耶住,既沐如来教问时,遥凭大圣垂加护。往毗耶,辞化主,逡巡即是登途去,今朝衔敕问维摩,遥凭大圣垂加护。

这里文殊是代表如来的,他去问疾"全须仗托我如来",即是被如来所加护的。但他的"问疾",显然不是简单的"对谈",甚至也不是前往请教,而是心怀无限忧惧的。讲经文里不断地出现"遭挫辱"、"遭摧挫"、"怀忧惧"之语,表现出不是友善的讨论,而是敌对的论争。在一次次的论争中,维摩总是胜利者。在众弟子和诸菩萨失败的潜台词中,佛也就成为被批判者了,体现了双方矛盾关系的改变。这表现了当时创作者新的思想观念,也是出于增强作品的戏剧性的需要。

讲经文在文学史上的重大意义,在于新文体的创造上。

讲经文采用通俗的宣讲佛典的方式,仍须遵循义疏的一般格式,基本采用两种方式:一种是对经文里宣讲教理的部分铺展开来加以讲解,这主要还是用说理的方式,只能运用比喻等修辞手法来加强表达效果;另一种是对经文里故事性较强的情节,扩展开加以描述,这往往是讲经文里的精彩段落,也是它的主要部分。讲经文在文学发展史上的一个重要贡献在韵、散结合的新文体的创造,这也是后来中国民间文学源远流长的讲唱体的滥觞,也给小说、戏曲的写作提供了借鉴。比如话本以至后来的章回小说,已没有唱了,但仍夹杂运用韵语诗词。讲经文使用韵文,多数情况是就散文叙述部分的重复或发挥,有时插入偈颂(或称"断诗",简称"断")。这样做的目的,主要是通过演唱来加深听众印象,个别地方也起到组织情节的作用。韵文多是七言,也杂有三、三、七句式;而如 P.2292 和《文殊问疾品》里已有整齐的三、三、七、七、七段落,这也是后来民间说唱和主要句式。有时还夹带五字句或八字句,也有少数五言或六言的段落。八字句是演唱七言加上一个衬字。这种四个节奏、七言为主的句式特别适用于叙述,早在乐府诗中已经出现,唐诗歌行体也大量使用,在讲经文这种通俗叙事作品中大量使用更具有特殊的意义。另外,有些长篇唱词四句或八句为一段,每段的结尾二句或其中一句重复。这种重复的句式有时在词句上又有所变化。八句的如 P. 4571 的一段：

> 龙天这日威仪煞，队仗神通实可爱，帝释忙忙挂宝衣，仙童各各离宫内。遥知我佛说真经，各发情诚来礼拜，尽向空中散妙花，一时总到庵园会。
>
> 就中更有梵天王，相貌巍巍多自在，各各抛离妙宝宫，人人略到娑婆界。皆持花果呈威光，尽是神通无障碍，闻佛欲说大乘经，一时总到庵园会……①

以下还有五段，都是重复"一时总到庵园会"一句。下面的三段则七、八两句基本相同："高低总到庵园会，所以经文道一时"，"逡巡总到庵园会，所已经文道一时"，"神通总道庵园内，所已经中道一时"。又如 S. 3872 的一段：

> 是身如聚沫，不可能摩撮，将喻一生身，谁人得兑（免）脱。
>
> 是身如泡起，盘旋于渌水，将喻一生身，那能得久俟。
>
> 如炎自渴爱，大艳（炎）须臾昧，将喻一生身，要君生晓会……②

接下来还有四段重复第三句"将喻一生身"。又如 P. 2292 维摩诘向光严童子说法的，四句七言偈颂里重复第四句"此个名为真道场"。这表明当时的唱词有一定的乐调，一曲乐调反复歌唱。

　　讲经文艺术上的另一特点表现在修辞手段的使用上。这是口头宣讲，多用生动活泼、易于听众接受的修辞手段。韵文中常用中国古代民歌常用的修辞方法，如北光 94 号持世菩萨告帝释"休于五欲留心，莫向天宫恣意"，有一长偈：

> 天宫未免是无常，福德才徽（微）却堕落，福贵骄奢终不久，笙歌恣意未为坚。

---

①《敦煌变文集》下册第 530 页。
②《敦煌变文集》下册第 582 页。

　　　　任夸玉女貌婵娟，任夸月娥多艳态，任你奢花多自在，终
归不免是无常。

　　　　任你锦绣几千重，任你珍羞飨百味，任你所须皆总到，终
归难免是无常。

　　　　任教福德相严身，任你眷属常围绕，任你随情多快乐，终
归难免却无常……①

如此重复使用夸张、排比等修辞格，可以使听众印象深刻，也是后
来民间口头创作中常用的手法。又如 S.3872 弥勒菩萨对答佛陀
派遣时的一段说词用了代言体，以"我"的口吻来歌唱，这同样显示
民间文学的特色，在演唱中能取得特殊的艺术效果。

　　讲经文的散文部分，往往使用一种通俗的骈体，并多用华丽的
词藻和夸饰的手法。这种铺张的文体虽然带有幼稚的、程式化的
色彩，但口头宣讲时却是造成强烈效果的修辞手法。也是适应文
化程度较低的民众艺术趣味的。这和部分唐代传奇小说使用骈体
的情况一样，如 P.2292 持世菩萨叙说魔波旬出场一段：

　　　　其魔女者，一个个如花菡萏，一人人似玉无殊。身柔软兮
新下巫山，貌娉婷兮才离仙洞。尽带桃花之脸，皆分柳叶之
眉。徐行时若风飐芙蓉，缓步时若水摇莲花。朱唇旖旎，能赤
能红；雪齿齐平，能白能净。轻罗拭体，吐异种之馨香；薄縠挂
身，曳殊常之翠彩。排于坐右，立于宫中。青天之五色云舒，
碧沼之千般花发……于是魔王大作奢花，欲出宫城，从天降
下。周回捧拥，百匝千连，乐韵弦歌，分为二十四队。步步出
天门之界，遥遥别本住宫中。波旬自乃前行，魔女一时从后。
擎乐器者喧喧奏曲，响聒清宵；爇香火者洒洒烟飞，氤氲碧落。
竞作奢华美貌，各申窈窕仪容。擎鲜花者共花色无殊，捧珍珠

_____
①《敦煌变文集》下册第 625 页。

者共珍珠不异。琵琶弦上,韵合春莺;箫笛管中,声吟鸣凤。杖敲揭(羯)鼓,如抛碎玉于盘中;手弄奏(秦)筝,似排雁行于弦上。轻轻丝竹,太常之美韵莫偕;浩浩唱歌,胡部之岂能比对?妖容转盛,艳质更丰。一群群若四色花敷,一队队似五云秀丽。盘旋碧落,宛转清宵。远看时意散心惊,近睹者魂飞目断。从天降下,若天花乱雨于乾坤;初出魔宫,似仙娥芬霏于宇宙。天女咸生喜跃,魔王自已欣欢……①

这样的描写,尽管是些陈辞的罗列,对于一般的听众却会造成相当鲜明的印象。文中"太常之美",是指宫廷中太常寺太乐署的舞乐;"胡部",指自六朝后期流入中原、隋唐时纳入燕乐的中亚和西北边疆少数民族的"胡部新声"。这表明讲经沙门对于宫廷乐舞是熟悉的,也再次证明,作品的创作者只能是像文溆那样的供奉宫廷的高级和尚。歌舞队的描写仿佛再现了唐代宫廷舞乐的宏伟场面。又《维摩碎金》里维摩诘对宝积言贪欢逸游的一段:

如汝等者,正贪欢乐,竞斗荣华,四时随赏于花楼,八节遨游于玉殿。其春也,柳烟初坠,媚景深藏,翻飞带雨之鹦,花蕊半开似拆(坼)。雨妆台色,风撼帘声,一窗之春影喧喧(暄暄),满地之日光脉脉。宫中丽美,开门之碧沼添流;殿上韶光,枕上之高山叠众,生(云云)。其夏也,可谓阳和淡薄,暑气深浓,一栏之翠竹摇风,万树之樱桃带雨。长铺角簟,如一条之碧水初□;净拂玉床,若八尺之寒冰未散。薄罗为帐,轻彻染衣,殿深而炎热不侵,阁迥而清凉自在。闲云当户,若片片之奇峰;老桧倚檐,似沉沉之洞水。其秋也……其冬也……②

这种大段的罗列铺叙,正反映了当时贵族享乐生活的实际状况。

————————

①《敦煌变文集》下册第620—621页。
②《敦煌变文论文录》下册第860—861页。

其中使用赋体的排比和夸张方法,说明作者对传统辞赋的表现方式也很熟悉。讲经文与民间俗赋的发展应是有密切联系的。

总之,讲经沙门创作讲经文时利用了民间流行的韵、散结合的文体,并吸收了传统的和民间文学的表现方法,在讲唱文学史上创造出一种新文体。这种文体无论在表达方式上还是在语言技巧上,都给以后的文学创作特别是说唱文艺提供了借鉴。宋代话本里的"说经"、"说参请"即应在一定程度上继承了这种讲经文体。后来的宝卷、弹词等在讲唱形式上更曾明显地加以因袭。因此,讲经文体在文学发展史上应占有一定地位。

事实是,如果不是敦煌文献的发现,人们已经不知道这种讲经文的实际情形了。它在历史上的消失,固然有客观原因,却也表明它的生命力是脆弱的。主要是它依附于讲经而存在,自身没有独立发展的天地,随着佛教的衰微,佛教教学水平的降低,这种通俗宣讲经典的讲经文也跟着衰落了。这和以后宝卷的命运有相似之处。宝卷在内容上也是与宗教结合得过分紧密,它作为佛教和民间宗教的宣传工具曾兴盛一时,以后也蜕变以至消失了。艺术创作的生命植根于丰厚的生活实践内容,又要创造自身独具的艺术价值。在这两个方面,讲经文都是薄弱的。这就是之所以唐三藏取经的故事能流传而演变为《西游记》,而曾有过长篇讲经文的维摩诘故事却没能发展出以维摩诘为主人公的长篇小说。

(原载敦煌研究院编《2000 年敦煌学国际
学术讨论会文集——纪念敦煌藏经洞发现暨
敦煌学百年(1900—2000)(历史文化卷下)》,
甘肃民族出版社,2003 年)

唐代巴蜀佛教与文学

有学者曾指出：唐代著名文学家中，没有任何一个人不对佛教表示关心，不以某种形式与佛教发生关系。佛教的兴盛发达在不同方面成为影响唐代文学发展的重要因素。具体到巴蜀，这是唐代经济与文化得到突出发展的地区。隋唐大统一局面的形成，促进了这一地区与中原和江南的联系与交流。特别是唐中叶以后，中原动乱，而巴蜀保持了相对安定；唐皇室两次（玄宗、僖宗）入蜀，客观上加强了这种联系。巴蜀佛教，也在这一局面下取得长足的进展。特别是巴蜀地区有其独具特点的文化传统（如道教的影响），又西邻吐蕃，与藏传佛教有密切交流，使得这一地区的佛教具有明显特色。

唐代巴蜀佛教的成就可举几个例子。首先看当时最为发达的禅宗。慧能门下资州智诜对禅思想有独特发挥，传至保唐无住而形成保唐宗。这一系禅法与江东的牛头宗都曾兴盛一时，笼罩晚唐五代的马祖道一的洪州禅与它有着渊源关系。而净众无相弟子梓州慧义神清，著《北山录》，博综三教玄旨，调合佛家各派学说，在佛教史上有重要地位。只是因为宋以后灯史多出洪州一系禅者编纂，故这一段史料多数湮没不传。中唐时期最重要的佛学家，一身兼祧华严与荷泽禅的宗密就是巴蜀人，他生在果州西充（今四川西充县），在遂州（今四川遂宁市）大云寺道圆门下剃染[①]。而他曾师法

[①]《宋高僧传》卷六。

过的华严四祖澄观早年曾游峨眉，"求见普贤，登险陟高，备观圣像"①，然后回五台才开讲《华严经》。在民间佛教信仰方面，开元、天宝以后，巴蜀成为唐代大悲观音信仰的中心之一。段成式在《寺塔记》中曾记载，当时一种密教千手千眼观音"先天菩萨"造像即由成都传至京城②。据黄休复记载，建中元年（781）辛澄在蜀大圣慈寺画观音③。《宣和画谱》著录他画大悲观音二帧。晚唐名僧知玄曾在彭山象耳山提倡大悲信仰④；当时的画家李升亦画有"象耳山大悲真相"⑤。密教观音在巴蜀的传播是个引人注目的现象，是否与西藏佛教有关系，是值得研究的问题。

唐代巴蜀，人文荟萃。如陈子昂、李白都出生在这里；这里又是众多文人宦游、践履之地。佛教繁盛的思想气氛给曾生活于其间的文人以影响，也章章表见于史实，以下，仅在初、盛、晚唐各举一例。

首先看"初唐四杰"，这是初唐文坛的代表人物，唐代文学大繁荣的先驱。"四杰"中王勃、杨炯、卢照邻都到过巴蜀。王、卢二人的思想与创作均受到巴蜀佛教影响。

据王勃《入蜀纪行诗序》，他于总章二年（669）五月自长安入蜀，滞留二载，先后游历了汉、剑、绵、益、彭、梓等州。他出身于太

①《宋高僧传》卷五。

②段成式《酉阳杂俎》续卷六《寺塔记》下："（翊善坊保寿）寺有先天菩萨帧，本起成都妙积寺。开元初，有尼魏八师寺，常念《大悲咒》。双流县百姓刘乙，名意儿，年十一，自欲事魏尼，尼遣之不去，常于奥室立禅……有僧杨法成，自言能画，意儿常合掌仰视，然后指授之，以近十稔，工方毕。后塑先天菩萨凡二百四十二首……柳七师者，崔宁之甥，分三卷，往上都流行……"方南生点校，第257—258页，中华书局，1981年。据日人小林市太郎的校点，应为"后塑先天菩萨凡二百，四十二臂"，则形象与一般四十二臂千手千眼观音相合。

③《益州名画录》。

④《宋高僧传》卷六。

⑤《宣和画谱》卷三。

原王氏，是北朝以信佛著名的士族。而他本人的信仰与入蜀有直接关系。他自陈是"我辞秦、陇，来游巴蜀，胜地归心，名都憩足"①。杨炯称赞他"西南洪笔，咸出其辞，每有一文，海内惊瞻"②，这其中释教碑是重要部分。今存作于巴蜀的释教碑有《益州绵竹县武都山净慧寺碑》、《益州德阳县善寂寺碑》、《梓州兜率寺浮图碑》、《梓州慧义寺碑铭》、《梓州飞鸟县白鹤寺碑》、《梓州通泉县惠普寺碑》、《梓州郪县灵瑞寺浮图碑》、《梓州玄武县福会寺碑》、《彭州九陇县神怀寺碑》等。另外还有一些与佛教有关的诗作。

　　王勃的释教骈体碑文，典丽精工，在艺术上堪称上乘之作。所记录有关巴蜀佛教兴衰史实，在佛教史上具有重大史料价值。其中写到净土信仰，可看出王勃对佛教的理解③。而描摹寺塔风物，也流露出"澡雪神襟，清疏视听，忘机境于纷扰，置怀抱于真寂"④的宗教感情。

　　卢照邻与巴蜀有着更密切的关系。他早年为邓王府典签，曾奉使益州，时在永徽六年（655），二十二岁；自龙朔三年（663）任益州新都尉，两考计六年；然后又在巴蜀漫游二年。他在《寄裴舍人遗衣药直书》中说自己"晚更笃信佛法"⑤，实际上在巴蜀时已倾向佛教。他初游益州，有《石镜寺》诗说：

　　　　钵衣千古佛，宝月两重悬。隐隐香台夜，钟声彻九天。⑥

后来游彭州有《游昌化山精舍》诗更表示：

---

①《梓州郪县兜率寺浮图碑》，《全唐文》卷一八四。
②《王勃集序》，《全唐文》卷一九一。
③如《梓州慧义寺碑铭》："三千净土，八万名山……禅居不杂，觉路长闲……"《全唐文》卷一八四。《梓州通泉县惠普寺碑》："茫茫庶类，巍巍浮土，鹅鹭同归，华夷共聚。"《全唐文》卷一八五。
④《梓州郪县灵瑞寺浮图碑》，《全唐文》卷一八五。
⑤《全唐文》卷一六六。
⑥任国绪《卢照邻集编年笺注》第145页，黑龙江人民出版社，1989年。

　　　　宝地乘峰出，香台接汉高。稍觉真途近，方知人事劳。①

佛思禅境，都流露在字里行间。在益州还作有《益州长史胡树礼为
亡女造画赞》、《相乐夫人檀龛赞》等礼佛文字，显示了他对佛教的
崇信。

　　值得注意的是，王勃游巴蜀，曾与卢相会。今存二人诗集中有
"九月九日登玄武山旅眺"和"三月曲水宴"的唱和诗。当时王勃已
大有文名，且长卢十余岁。王勃的佛教信仰对卢应有影响。

　　王与卢离开巴蜀后，佛教信仰都有所发展。王勃有《四分律宗
记序》一文，谓为西京太原寺索律师《开四分律宗记》所作序；而据
《宋高僧传》，怀素"至上元三年丙子归京，奉诏住西太原寺"②；又据
《大唐贞元续开元释教录》卷中，"怀素律师……撰《开四分律宗记》
十卷"③，则王文"索"系"素"之讹。这证明王勃与律宗大德怀素有
密切关系。而卢照邻结交孙思邈，见所作《病梨树赋》和《旧唐书·
孙思邈传》；而孙与著名佛学家道宣有交往，可能卢也与之有联系。
卢晚年写《五悲文》，已把佛教看作人生解脱的理想。

　　"四杰"本是唐代文学繁荣的先驱人物，王、卢等与佛教的关系
对整个唐代文坛也是有象征意义的。

　　杜甫天宝十四载作《夜听许十一诵诗爱而有作》诗云：

　　　　余亦师粲、可，身犹缚禅寂。④

又大历二年作《秋日夔府咏怀寄郑监李宾客一百韵》诗云：

　　　　身许双峰寺，门求七祖禅。落帆追宿昔，衣褐向真诠。⑤

_____

①《卢照邻集编年笺注》第 215 页。
②《宋高僧传》卷一四。
③《大正藏》第 55 卷第 760 页中。
④仇兆鳌《杜少陵集详注》卷三。
⑤同上卷一九。

郭沫若曾大抵按编年次序举出另外的十四诗例,证明他"从早年经过中年,以至暮年,信仰佛教的情趣是一贯的,而且愈老而信愈笃"①,这个论断是真实可靠的。但对此如何分析、评价,尚须深入探讨。

　　具体到杜甫与巴蜀佛教的关系,早在章仇兼琼镇蜀(739—746)时,即请无相"开禅法,居净从寺"②。到杜鸿渐于永泰二年(766)讨崔旰入蜀,又曾就白崖山请无住,顶礼问法,"鸿渐未离剑南,每日不离左右"③。这正是保唐宗大发展时期。这其间,杜甫入蜀依剑南节度使严武。严氏是习禅世家,武父严挺之是神秀门下义福的俗弟子④。杜甫身经数年战乱之苦,又经历了仕途坎坷,在深刻的内心反省中,佛教的解脱意识,特别是禅宗对自我心性的探求,更易于产生共鸣。直接的表现是他写了许多游佛寺的诗。这些作品的内容已与早年如登慈恩寺塔抒写游兴、寄托感慨不同,而往往能够体察佛家精义,例如一般系于宝应元年(762)梓州作的《谒文公上方》:

> 吾师雨花外,不下十年余。长者自布金,禅龛只宴如。大珠脱珥毞,白月当空虚。甫也南北人,芜蔓少耘锄。久遭诗酒污,何事忝簪裾?王侯与蝼蚁,同尽随丘墟。愿闻第一义,回向心地初。金篦刮眼膜,价重百车渠。无生有汲引,兹理觉吹嘘。⑤

浦起龙评此诗,谓"诗有似偈处,为坡公佛门文字之祖"⑥。这种"似偈"的写作方法,是杜甫创作中的新表现;而其中对"无生"佛理的

---

①郭沫若《李白与杜甫》第194页,人民文学出版社,1971年。
②柳田圣山校注《歷代法寶記》,《初期の禅史Ⅱ》,筑摩书房,1976年。
③柳田圣山校注《歷代法寶記》,《初期の禅史Ⅱ》,筑摩书房,1976年。
④严挺之《大智禅师塔铭》,《全唐文》卷二八〇。
⑤《杜少陵集详注》卷一一。
⑥浦起龙《读杜心解》卷一之三,第100页。

向往,则反映了他思想境界的变化。他游新津修觉寺(《游修觉寺》、《后游》)、涪州香积寺(《涪城县香积寺官阁》)、梓州牛头寺(《上牛头寺》、《望牛头寺》)、兜率寺(《上兜率寺》、《望兜率寺》)、惠义寺(《陪四使君登惠义寺》)等诗作亦大体如此。如《后游》诗曰:

> 寺忆曾游处,桥怜再渡时。江山如有待,花柳更无私。野润烟光薄,沙暄日色迟。客愁全为减,舍此复何之?①

这里表现的物我一如的"无心"境界,完全是"入禅"的。又如《望牛头寺》的结句说:"休作狂歌客,回看不住心。"②这是用《金刚经》"应无所住而生其心"典,相传慧能就是因闻"一客读《金刚经》"而"心明便悟"③的。这就不只是表"禅趣",而且直接是以"禅语"明"禅理"了。

　　更深刻的表现还在诗的意境与风格的变化上。入蜀后,杜甫写了不少抒写潇散闲逸情趣,风格高简闲淡的诗,与前此的忠愤感激之作很不同,佛教影响是促成创作风格这一转变的重要因素之一。如《江亭》诗:

> 坦腹江亭卧,长吟野望时。水流心不竞,云在意俱迟。寂寂春将晚,欣欣物自私。故林归未得,排闷强裁诗。④

这里"水流"一联,是历来被赞的名句。罗大经评论说:"……如'水流心不竞,云在意俱迟'、'野色更无山隔断,天光直与水相通'、'乐意相关禽对语,生香不断树交花'等句,直把作景物看亦可,把作道理看,其中亦尽有可玩索处……"⑤就是说,这当然是生动的写景诗

---

① 《杜少陵集详注》卷九。
② 同上卷一二。
③ 敦煌本《南宗顿教最上大乘摩诃般若波罗蜜经六祖惠能大师于韶州大梵寺施法坛经》。
④ 《杜少陵集详注》卷一〇。
⑤ 罗大经《鹤林玉露》卷八。

句,但其中包蕴着令人玩索的理趣。这理趣正与禅的轻安娱悦的无念无住的意识相通。如七律《卜居》、《江村》、《绝句漫兴九首》等蜀中所作的一批诗都是如此。这类诗形成为这一时期杜甫创作的一个特色,它们也反映了杜甫心境的一个侧面。赵孟坚有诗说:

> 少陵动感慨,忠义胆所宣。有时心境夷,亦复轻翩翩。纤纤白云闲,无心游日边。风石激而奇,奔迸生云烟。讵以天然态,而事斧凿镌? 陶尔一觞酒,警尔心地偏……①

在赵孟坚看来,这种超逸自如的心境的抒写,正是杜甫丰富内心世界的一面。包恢则指出:

> 李之"晏坐寂不动,湛然冥真心",杜之"愿闻第一义,回向心地初",虽未免杂于异端,其志亦高于人几等矣。②

这则直接肯定了佛家影响于杜甫创作的积极意义。

杜甫在严武宅咏竹,有"雨洗娟娟净,风吹细细香"③之句。张镃议论说:"杜老诗中佛,能言竹有香。欲知殊胜处,说着早清凉。"④还有人称杜甫此联为咏竹绝唱,因为"竹之净易吟也,竹之香谁嗅哉!"⑤像这种诗,不仅意兴奇美,而且理趣深长。张镃评为"诗中佛",除了意指其高妙外,也是说明佛教心性观念对杜诗的影响。

晚唐看看李商隐。李商隐于大中五年(850)四十岁作为东川节度使柳仲郢幕僚入蜀,到十年四十五岁随柳入朝,这已是他潦倒一生的暮年。

李商隐早年虽然也接触过佛教,但他亲到玉阳、王屋学道,对道教更有兴趣。他在《樊南乙集序》中说:

---

① 赵孟坚《谈诗》,《彝斋文编》卷一。
② 包恢《答曾子华论诗》,《敝帚稿略》卷二。
③ 《严郑公宅同咏竹得香字》,《杜少陵集详注》卷一四。
④ 张镃《桂隐记咏·殊胜轩》,《南湖集》卷七。
⑤ 黄仲元《笕谷记》,《莆阳黄仲元四如先生文集》卷一。

　　　三年以来，丧失家道，平居忽忽不乐，始克意事佛，方愿打
　　钟扫地，为清凉山行者。①

这里所谓"丧家失道"，指大中五年妻王氏亡殁，其后即入蜀。所以
他"克意事佛"正是在蜀中。他曾称自己的幕僚生活是"虽从幕府，
常在道场"②。他曾在慧义寺经藏院自出俸财，创石壁五间，金字勒
《妙法莲花经》，嘱柳为记。顺便指出，柳也是"备如来之行愿"③的
佛教徒。

　　东川节度镇梓州（今四川三台县），李商隐在这里作《唐梓州慧
义精舍南禅院四证堂碑》。这里供养了净众无相、保唐无住和洪州
宗马祖道一及其弟子西堂智藏四人。王勃、杨炯游慧义寺，均有碑
记④，当然无关于禅宗。杜甫游慧义寺，从时代看，这里应已是禅宗
传法基地。其时梓州有僧圆觉，即师成都金和尚（无相）⑤。而李商
隐作"四证微笙"的四人碑记，显然这里与四位著名禅师有关。特
别是文中指出道一"遄违百濮，直出三巴，拂衡岳以徜徉，指曹溪而
怅望"⑥，暗示了他与四川禅宗的关系。梓州郪县南八十里有马祖
寺⑦，或谓马祖曾住锡之地。因此，马祖或曾住慧义寺。这些都是
禅宗史值得注意的情况。李文不止提供了关于禅宗史的珍贵史
料，而且表明了他本人与禅宗的关系。晚唐时不少禅师入巴蜀，礼
峨眉。大中八年，沩山灵佑圆寂，"卢简求为碑，李商隐题额"⑧。这
是李与禅宗关系的又一史实。

───────────

① 冯浩《樊南文集详注》卷七。
② 《上河东公启二首》，同上卷四。
③ 《上河东公启二首》，同上卷四。
④ 王作见前；杨炯《梓州惠义寺重阁铭》，《全唐文》卷一九一。
⑤ 见《大清一统志》卷一四九《梓川府》。
⑥ 钱振伦笺、钱振常注《樊南文集补编》卷一〇。
⑦ 《三台县志》卷四。
⑧ 《宋高僧传》卷一一。

在西蜀,李商隐又曾与名僧知玄国师交往。玄,眉州洪雅人,入京为唐文宗所重,图画禁中,赐国师号。大中八年上章乞归故里,李与之结交即在此时。《宋高僧传》说:

> 有李商隐者,一代文宗,时无伦辈,常从事河东柳公梓潼幕。久慕玄之道学,后以弟子礼事玄。时居永崇里,玄居兴善寺。义山苦眼疾,虑婴昏瞽,遥望禅宫,冥祷乞愿。玄明旦寄《天眼偈》三章,读经疾愈。迨乎义山卧病,语僧录僧彻曰:"某志愿削染为玄弟子。"临终寄书偈诀别云……凤翔府写玄真,李义山执拂侍立焉。①

这里的书偈事应在自蜀回京以后。张尔田断定《宋传》玄传出僧彻所述,李与他的关系"事皆征信,不必怀疑"②。

据统计,以信佛著名的白居易所作佛教诗占全部诗作 8%,杜牧为 2%,而李商隐为 5%③,所以李商隐作品中的佛教影响是相当深刻的。他的幽渺的情思的佛教成分,人们往往不注意。钱谦益引石林道源的话说道:

> 诗至于义山,慧极而流,思深而荡,流旋荡复,尘落影谢,则情澜障而欲心尽矣。春蚕到死,蜡烛灰干,香销梦断,霜降水涸,斯亦筐蚁树猴之善喻也。④

这种见解是值得参考的。

(原载永寿主编《峨眉山与巴蜀佛教》,

宗教文化出版社,2004 年 6 月)

---

①《宋高僧传》卷六。

②张尔田《玉溪生年谱会笺》卷四,中华书局,1963 年。

③参阅平野显照《唐代文學上佛教の研究》第五章《李商隱の文學と佛教》,朋友书店,1978 年。

④钱谦益《注李义山诗集序》,《有学集》卷一五。

杜甫与佛教

　　"文革"期间,郭沫若著《李白与杜甫》一书①,被认为是典型的"影射史学"、"遵命文学"著作,后来颇受讥评。实际如郭沫若这样大家的著作,其中包含许多有价值的成分,是不可轻易地全面否定的。比如其中论及杜甫的佛教信仰,就根据翔实资料,提出了一些很好的意见。后来,吕澂发表《杜甫的佛教信仰》一文②,对于杜甫与佛教的关系进行了客观、深入的论证,这在当年古典文学与佛教关系研究中是具有开创意义的文章。关于佛教对杜甫创作的影响,日本著名汉学家、也是杜甫研究权威吉川幸次郎也曾一再强调过。他指出,杜甫那种为民请命、不畏牺牲的品格,正是发扬了大乘菩萨济世度人的精神;而就杜诗的创作艺术,他又说:

　　　　杜甫所处的唐代与关汉卿所处的元代,正是中国史上与外国接触最多的时代。耳闻目睹异民族的生活方式,促进了中国人对新的美的探求之心。而杜甫首次给唐诗注入如此丰富的幻想力,也正是得到了从印度传入的佛教经典的无意识的启示。③

---

① 郭沫若《李白与杜甫》,人民文学出版社,1971年。
② 吕澂《杜甫的佛教信仰》,《哲学研究》1986年第4期。
③ 《中国文学与外国文学》,《我的留学记》第212页,钱婉约译,光明日报出版社,1999年。

这里并没有就杜甫与佛教关系展开具体说明,特别是没有论及当时正在兴起的禅宗对杜甫的影响,但强调杜甫的创作成就与接受佛教有关系,则是有见地的。

众所周知,杜甫本是坚定信守儒家传统的人。他以儒家忠爱仁义之道立身,是在诗歌创作中贯彻儒家"诗教"的典型。实际上他又兼容佛、道二教,在创作中多方面受到佛教的滋养。这当然与唐代佛、道二教发展到鼎盛的思想文化环境有关系,而从更广阔的角度看,则明显体现了佛教在中土发挥影响的深度和广度。作为外来宗教的佛教在中国扎根,与中国传统思想、文化相交流,相融合,发展成为中国文化的一大支柱,也在杜甫身上得到了有力的印证。

中唐诗人杨巨源有诗说:

> 叩寂由来在渊思,搜奇本自通禅智。王维证时符水月,杜甫狂处遗天地。①

这里说的是诗、禅一致的道理,而用王维、杜甫作例证。王维被称为"诗佛",是唐代诗人中信仰佛教、接受佛教影响的典型代表。杨巨源的诗表明,在唐代某些人看来,杜甫的创作与禅也有密切关联。但是如果具体考察王维和杜甫的情况,虽然两个人与佛教都有密切瓜葛,同样受到佛教熏染甚深,但基本思想倾向不同,信仰的心态和表现也不相同,在创作中的体现更有很大差异。而这些却正表明禅宗影响文坛的广泛和深入。

杜甫出生在"奉儒守官"的官僚家庭。晚唐人孟棨即曾评论说:"杜逢禄山之难,流离陇蜀,毕陈于诗,推见至隐,殆无遗事,故当时号为'诗史'。"②后来"诗史"这个概念几乎成了评价杜甫的口

---

① 《赠从弟茂卿》,《全唐诗》卷三三三,第 3717 页。
② 《本事诗·高逸第三》,丁福保辑《历代诗话续编》下册,第 15 页,中华书局,1983 年。

头禅。这个概念确也相当精确地表明了杜诗丰富的社会内容和积极的现实精神。宋人重理学,不只强调杜甫的诗富于"美刺比兴",更突出他作为体现儒家道德理想的人格。著名的革新政治家王安石有诗说:

> 吾观少陵诗,为与元气侔。力能排天斡九地,壮颜毅色不可求……吟哦当此时,不废朝廷忧。常愿天子圣,大臣各伊周。宁令吾庐独破受冻死,不忍四海寒飕飕……惟公之心古亦少,愿起公死从之游。①

王安石是革新政治家,他特别表扬杜甫的忠爱之心、济民之志,也确实捕捉到了后者思想和创作的基本精神。

杜甫早年和王维一样,身处"盛世",这却又正是朝政日趋腐败、社会矛盾丛生的肇乱时期。但他不是像王维那样回避面临的矛盾去度过悠游自在的官僚居士生活。他以仁民爱物为心怀,以致君尧舜为职志,汲汲用世,奋斗不息。他仕途坎坷,又遭逢"安史之乱",流亡逃难,以至混迹于难民之中,漂泊西南,流落江湘,直到困死在一叶孤舟之上。但人生苦难没有使他颓唐消沉。他的精神在患难中得到升华,他的创作也结出了更丰硕的果实,终于成为一代"诗圣",彪炳史册。

儒家的仁爱忠义观念和积极用世精神构成杜甫世界观和人生观的核心。而他又受到佛教的相当深刻的熏染。这不能简单地用他受到佛教"毒害"或"蒙蔽"作解释,也不能单纯看作是他的迷误。实际上,当时新兴的禅宗乃是佛教中的革新运动。它的肯定"自性清净"、主张"自性自度"、张扬主观个性的宗义,体现着具有先进意义的思想潮流。对于杜甫这样热心于精神探索的人,这一强大的思想潮流不能不引起重视和同情。对于道教,杜甫也曾热心探索

---

①《杜甫画像》,《临川先生文集》卷九。

过,曾经求仙访道,此不具论。而对于佛教,他则一生中始终保持着持久的热情,而且佛教对他的思想和创作确实也产生了不容忽视的作用。从总体看,佛教固然带给杜甫某些消极影响,但他却能够汲取佛教特别是禅宗的积极成分,给自己的思想和创作增添许多新鲜内容。这对于他个人来说,也从一个侧面显示了精神世界的精深博大;作为历史现象看,则具体体现了佛教在当时思想、文化领域所发挥的积极作用,以及当时思想领域统合"三教"的大趋势。

杜甫晚年在夔州作《秋日夔府咏怀奉寄郑监李宾客一百韵》诗,说到"身许双峰寺,门求七祖禅"(《杜少陵集详注》卷一九;以下引用杜甫诗文均据此本,随文附注)。"双峰"、"七祖"具体所指,因为涉及南、北宗祖统之争,历史上有不同看法。按维护南宗观点的说法,双峰在南宗祖师慧能传法的广东曹溪,七祖则指神会;按拥护北宗的说法,双峰在禅宗发祥地的湖北黄梅,而七祖则指神秀弟子普寂。但不论怎样解释,这两句诗表明杜甫家庭的禅宗信仰则是明确的。接着又写到"本自依迦叶,何曾藉偓佺"。"偓佺"为仙人,见《列仙传》;后句诗的意思就是"虽然也信仰道教,但并没有入道籍"[1];再联系前一句,则表示自己更倾心单传直指的禅宗,也有旧注所谓"仙不如佛"的意思。后面又写到"晚闻多妙教,卒践塞前愆……勇猛为心极,清羸任体孱",则进一步表示晚年更热衷习佛,更加精进努力的情形。

杜甫在乾元元年(758)所作《因许八奉寄江宁旻上人》诗说:

不见旻公三十年,封书寄与泪潺湲……棋局动随幽涧竹,袈裟忆上泛湖船。(《集》六)

这里写的是他开元十九年(731)游吴越时事。他当时已和旻上人

---

[1]郭沫若《李白与杜甫》第191页。

结交,直到三十年后的"安史之乱"中二人间仍保持着联系。同时期还作有《送许八拾遗归江宁觐省甫昔时尝客游此县于许生处乞瓦棺寺维摩图样志诸篇末》诗,江宁瓦棺寺维摩诘像是晋代著名画家顾恺之的名作,杜甫诗的结句说"虎头金粟影,神妙独难忘","虎头"是恺之小字,《维摩诘经》的主角维摩诘居士据传是"金粟如来"化身,可见画像给杜甫留下了多么深刻的印象。这也表明了杜甫生存的佛教文化环境,他自幼即已深受熏陶。

《巳上人茅斋》(《集》一)诗一般系于开元二十四年(736)求举落第、浪游齐赵时期,结句说"空忝许询辈,难酬支遁词",用的是《世说新语·文学》篇支遁在山阴讲《维摩经》、许询为都讲的典故,表明巳上人曾与杜甫一起研讨佛理。从诗人表面上自谦的话里,可以觉察他对自己佛学水平的自得之意。

天宝(742—756)年间杜甫在长安,仕途不利,度过极其困顿的生活。当时社会上一个值得注意的现象是,尽管唐玄宗及其周围正在大力提倡道教,但士大夫间奉佛习禅风气不减。这种风气特别在部分不得志的文人间流行,显然带有一定的对抗现实体制的意味。从杜甫周围的人看,如李邕、房琯、王维等人均好佛。杜甫的《饮中八仙歌》赞颂了佯狂傲世、以酒浇心中垒块的八个人。其中有崔宗之,是所谓"潇洒美少年","与李白、杜甫以文相知"[1],他的父亲崔日用以翊戴玄宗功封齐国公,宗之袭封,《神会录》里问道的有崔齐公,就是他。又苏缙,所谓"苏缙长斋绣佛前,醉中往往爱逃禅"(《集》二),《神会录》里记载他也是向神会问道者之一。杜甫与张垍善,张垍是张说之子,与其弟张均都信仰禅宗[2]。杜甫的《赠翰林张四学士垍》中说"倘忆山阳会,悲歌在一听"(《集》二),"山阳会"用嵇康、吕安灌园于山阳典故,可见二人间交谊之密切。当道

---

①《新唐书》卷一二一,第 4331 页,中华书局排印本。
②张均是鹤林玄素的俗弟子,见李华《润州鹤林寺故径山大师碑铭》,《全唐文》卷三二〇。

教在玄宗倡导下声势正隆的时候,这些人却热心习佛,是值得深加玩味的现象。

　　杜甫在长安结交大云寺赞公。他在至德二年(757)身陷安史叛军占领的长安,作《大云寺赞公房四首》诗,称赞赞公"道林才不世,惠远德过人",把赞公比拟为支遁和慧远;又说"把臂有多日,开怀无愧辞……汤休起我病,微笑索题诗",更把赞公比拟为南朝善诗僧人汤惠休。诗里也透露出他们之间相契无间、诗文唱和的情形。后来到乾元二年(759),杜甫弃官流落秦州(甘肃天水市),就是投奔在那里的赞公。又赞公是房琯门客,杜甫与房有深交,而房也是禅宗弟子,杜甫结交赞公可能是房琯为中介。

　　杜甫逃难到蜀中,是去投奔西川节度使严武。严武的父亲严挺之官至尚书左丞,是神秀法嗣义福的俗弟子。这是一个信佛世家。这一时期处身患难中的杜甫对佛教表现出更高的热情。他在写给时为彭州刺史的友人高适的《酬高使君相赠》(《集》九)诗中说"双树容听法,三车肯载书",娑罗双树是释迦入灭处,"三车"用《法华经》牛车、羊车、鹿车典,比喻三乘佛法。他在《赠蜀中闾丘师兄》诗里又说:

　　　　穷秋一挥泪,相遇即诸昆……飘然薄游倦,始与道侣敦……漠漠世界黑,驱驱争夺繁。惟有摩尼珠,可照浊水源。(《集》卷一一)

这位俗姓闾丘的僧人是武后朝太常博士闾丘均之孙,杜甫的祖父当年和闾丘均交好,所以杜甫视他如兄弟。诗里直接表明遭受离乱后,更需要到佛教中求取安慰。杜甫在蜀中游览佛教胜迹,结交僧人,写了不少相关诗作。如宝应元年(762)冬在梓州作《谒文公上方》诗:

　　　　野寺隐乔木,山僧高下居。石门日色异,绛气横扶疏。窈窕入风磴,长萝纷卷舒。庭前猛虎卧,遂得文公庐。俯视万家

邑,烟尘对阶除。吾师雨花外,不下十年余。长者自布金,禅
龛只晏如。大珠脱珐瓓,白月当空虚。甫也南北人,芜蔓少耘
锄。久遭诗酒污,何事忝簪裾。王侯与蝼蚁,同尽随丘墟。愿
闻第一义,回向心地初。金篦刮眼膜,价重百车渠。无生有汲
引,兹理傥吹嘘。(《集》一一)

这首诗表示羡慕文公的出世修道生活,倾诉自己追求佛教精义、叩
问心法的愿望。"'汲引'、'吹嘘',皆传法之意"①,这已经明确流露
皈依的志愿。广德元年(763),杜甫在梓州,游历牛头、兜率、惠义
诸寺。《望兜率寺》诗说:

　　　不复知天大,空余见佛尊。时应清盥罢,随喜给孤园。
(《集》一二)

给孤独园是佛传中须达长者奉献给佛陀安居的园林,这里是指佛
寺。《上兜率寺》诗又说:

　　　庾信哀且久,周颙好不忘。白牛车远近,且欲上慈航。
(《集》一二)

庾信逢乱伤时,周颙则以好佛名,杜甫用以自比。白牛车是《法华
经》对大乘佛法的比喻。大历二年(767)在夔州,作《谒真谛寺禅
师》诗说:

　　　问法看诗妄,观身向酒佣。未能割妻子,卜宅近前峰。
(《集》二〇)

真谛寺禅师是杜甫常去问法的人,他希望搬到山前就近居住。次
年秋,杜甫顺江东下,至公安,作《留别公安太易沙门》诗,中有云:

　　　隐居欲就庐山远,丽藻初逢休上人……先踏庐峰置兰若,

①张戒《岁寒堂诗话》卷下,丁福保辑《历代诗话续编》下册第471页。

　　许飞锡杖出风尘。(《集》卷二二)

这里是把对方比拟为慧远和汤惠休。直到临终前一年的大历四年
在长沙,作《岳麓山道林二寺行》,仍表示:

　　飘然斑白身奚适,傍此烟霞茅可诛……久为谢客寻幽惯,
细学何颙免兴孤。(《集》二二)

"谢客"指谢灵运,他和僧人们一起寻幽探胜,成为历史上流传的雅
事;"何颙"为周颙之讹。这都是用以自比的。从以上这些诗作看,
蜀中以后的杜甫经常表白投身佛门的愿望。当然事实上他没有认
真地实行,直到终老,他一直怀抱着经世济民的理想,不懈地追求
实现抱负的途径。但不可否认的是,在其思想深处确实时时涌动
着佛教出世观念,并成为思想矛盾的一个不容忽视的侧面。

　　以上按生平顺序介绍杜甫与佛教的交涉,表明他确曾热衷佛
教,以迄终生。

　　杜甫特别受到当时作为佛教新潮流的禅宗的影响。前述他的
朋友多是亲近禅宗的。杜甫有《送李校书二十六韵》诗,作于乾元
元年(758)。校书名舟,任校书郎归省。据姚宽记述,李舟作《能大
师传》,言及五祖传衣及慧能潜归南方事[①],表明他是熟悉南宗禅的
人。杜甫到蜀中,那里的禅宗正十分发达。原来弘忍弟子智诜曾
受到武则天礼重,回到资州,住德纯寺传法,圆寂于长安二年
(702)。智诜传处寂,处寂传无相,人称"金和尚"。开元初章仇兼
琼镇蜀,请无相开法。无相住成都净众寺,教化众生二十余年,是
为禅宗一派"净众宗"。无相死于宝应元年(762),嗣法者为保唐寺
无住,受到西川节度使崔旰加护。永泰二年(766),杜鸿渐讨崔旰
入蜀,就白崖山请无住,顶礼问法,是为"保唐宗"。杜甫于乾元二
年(759)冬入蜀,永泰元年(769)春夏间离开成都南下戎、渝,这一

----

① 《西溪丛语》卷上。

段正是保唐宗大盛的时候。杜鸿渐与元载、王缙是代宗朝著名的佞佛大臣。杜甫在夔州有《送殿中杨监赴蜀见相公》、《送李秘书赴杜相公幕》诗，都是送人去杜鸿渐幕府的，表明他与后者的关系。二人间在佛教信仰上应是有相契合之处的。

杜甫热衷习禅，也曾表现出对净土的热衷。天宝十四载的《夜听许十一诵诗爱而有作》诗中说：

> 许生五台宾，业白出石壁。余亦师粲、可，心犹缚禅寂。何阶子方便，谬引为匹敌。离索晚相逢，包蒙欣有击……（《集》三）

这里说许生到五台山习佛，又到石壁寺，这是自北魏昙鸾以来经道绰、善导弘扬净土法门的著名道场。"业白"指感得清白乐果的善行，净土法门中把修习净土叫做白业。"包蒙"是《易经》"蒙卦"语，指包容愚昧的人。杜甫在这里说曾师法二祖惠可和三祖僧粲禅法，而为禅所缚，幸得许生以净土相启迪，表现了杜甫对净土的皈心①。不过从总体看，无论是观念上还是人生实践上，禅宗对他更有吸引力，也更发挥出实际的影响。习禅而为禅所缚本是南宗对北宗的批评，这首诗也反映了杜甫所接受的南宗观念。

杜甫本是儒家诗教的忠实的实践者。他把儒家文学传统的政治原则、现实精神、道德理想和讽喻比兴的艺术手法发扬到了极致。然而他在具体的创作内容，特别是艺术思维方式和美学趣味方面受到佛教影响又是很明显的。就创作内容说，他写了许多佛教题材的作品，前面已经提到不少。有的作品如《同诸公登慈恩寺塔》，一向被看作是感伤时事的，但其中不但有"方知象教力，卒可追冥搜"那样对于佛理的亲切体认，而且那种时运变幻、命运莫测的苍凉情怀也透露出浓郁的宗教情怀。有的作品则更明显地表露

①吕澂先生认为由此可知杜甫已由习禅转修净土，见《杜甫的佛教信仰》。

出佛教的观念和感情,如《游龙门凤先寺》:

> 已从招提游,更宿招提境。阴壑生虚籁,月林散清影。天阁象纬逼,云卧衣裳冷。欲觉闻晨钟,令人发深省。(《集》一)

浦起龙分析说:

> 题曰游寺,实则宿寺诗也。"游"字只首句了之,次句便点清"宿"字。以下皆承次句说。中四,写夜宿所得之景,虚白高寒,尘府已为之一洗。结到"闻钟"、"发省",知一霄清境,为灵明之助者多矣。[1]

宋人韩元吉则认为:

> 杜子美《游龙门诗》:"欲觉闻晨钟,令人发深省。"子美平生学道,岂至此而后悟哉!特以示禅宗一观而已。是于吾儒实有之,学者昧而不察也。[2]

无论是"灵明之助"还是"禅宗一观",都是肯定诗中所表现的心性涵养境界,而韩元吉更指出在杜甫身上儒、禅相通的一面。

如果说前面这首诗近乎直叙禅解,那么如下面这首《江亭》表达上就更为含蓄:

> 坦腹江亭卧,长吟野望时。水流心不竞,云在意俱迟。寂寂春将晚,欣欣物自私。故林归未得,排闷强裁诗。(《集》一〇)

这里结句仍流露出故园之思,表明不能忘情世事,但全篇抒写的是暂避战乱的闲适情怀,"水流"一联更描摹出物我一如的超旷意境。宋理学家张九成说:

---

[1]《读杜心解》卷一之一《五古》第2页,中华书局,1961年。
[2]《深省斋记》,《南涧甲乙稿》卷一六。

陶渊明辞云：“云无心而出岫，鸟倦飞而知还。”杜子美云：“水流心不竞，云在意俱迟。”若渊明与子美相易其语，则识者往往以谓子美不及渊明矣。观其云“云无心”，“鸟倦飞”，则可知其本意；至于“水流”而“心不竞”，“云在”而“意俱迟”，则与物初无间断，气更混沦，难轻议也。①

叶梦得也评论说：

杜子美云：“水流心不竞，云在意俱迟。”吾尝三复爱之。或曰：“子美安能至此？”是非知子美者。方至德、大历之间，天下鼎沸，士固有不幸罹其祸者。然乘间蹈利，窃名取宠，亦不少矣。子美闻难间关，尽室远去，及一召用，不得志，卒饥寒转徙巴峡之间而不悔，终不肯一引颈而西笑，非有“不竞”、“迟留”之心安能然？耳目所接，宜其了然自与心会，此固与渊明同一出处之趣也。②

这则分析了杜甫这种表情闲适的作品隐含的积极精神。这类诗里当然没有蹈励风发的奋斗意志，但那种处患难不惧不馁，保持心灵的平静谐和的精神正是通于禅的。

把涵咏心性的体验转化为美感诗情，在作品中表现出来，就会创造出独特的艺术境界。如果说杜甫那些沉郁顿挫的讽世刺时之作以其深刻丰富的现实内容和奋斗精神令人感动，那么那些抒写人情物理，表达内心隐微变化的小诗则以深婉的情致和精巧的艺术表现打动人心。罗大经举例评论说：

杜少陵绝句云：“迟日江山丽，春风花草香。泥融飞燕子，沙暖睡鸳鸯。”或谓此与儿童之属对何异。余曰不然。上二句见两间莫非生意，下二句见万物莫不适性。于此而涵咏之，体

①蔡梦弼《杜工部草堂诗话》卷下。
②《避暑录话》卷上。

认之,岂不足以感发吾心之真乐乎？大抵古人好诗,在人如何看,在人把做甚么用。如"水流心不竞,云在意俱迟","野色更无山隔断,天光直与水相逢","乐意相关禽对语,生香不断树交花"等句,只把做景物看亦可,把做道理看,其中亦尽有可玩索处。大抵看诗,要胸次玲珑活络。①

这就指出,杜甫的这一类诗,表达上十分明净透脱、玲珑自然,不用理语而真正做到情景交融,创造出安适和谐的艺术境界。这种境界作为一种心境的艺术表现,给人以美感和慰藉,艺术上是有价值的。赵梦坚又评论说：

> 少陵动感慨,忠义胆所宣。有时心境夷,亦复轻翩翩。纤纤白云闲,无心游日边。风石激而奇,奔迸生云烟。讵以天然态,而事斧凿镌。陶尔一觞酒,警尔心地偏……②

就是说,杜甫除了那些感慨忠义作品之外,还有表现心境夷旷、自然闲适之作,他们反映了诗人精神的另一个侧面,同样具有意义。

这样,杜甫如所有艺术大家一样,在形成鲜明的个人风格的同时,艺术手法和格调又体现出多样性。在其千汇万状的艺术表现中,这惬理适心、平顺自然的一类,正明显反映出禅的影响。范温曾指出：

> 老杜《樱桃》诗云："西蜀樱桃也自红,野人相赠满筠笼。数回细写愁仍破,万颗匀圆讶许同。"此诗如禅家所谓信手拈来,头头是道者。直书目前所见,平易委曲,得人心所同然。但他人艰难,不能发耳。③

禅门主张触事而真,当下即是。这种思维方式体现在艺术里,

①《鹤林玉露》乙编卷二,第149页,王瑞来点校,中华书局,1983年。
②《谈诗》,《彝斋文集》卷一。
③《潜溪诗眼》,郭绍虞《宋诗话辑佚》上册,第314页,人民文学出版社,1980年。

就是即兴而发,不事雕琢,走简易平顺一途。杜甫在蜀中,写了不少这样的诗。有的直接使用禅语来表现佛理,如《望牛头寺》:

> 牛头见鹤林,梯径绕幽深。春色浮山外,天河宿殿阴。传灯无白日,布地有黄金。休作狂歌老,回看不住心。(《集》一二)

这里不但用了祇陀太子为佛陀建园林黄金布地的典故,最后又直接宣扬《金刚经》"无所住而生其心"的观念。而同样是寺院题材的《后游(修觉寺)》:

> 寺忆曾游处,桥怜再渡时。江山如有待,花柳更无私。野润烟光薄,沙暄日色迟。客愁全为减,舍此复何之。(《集》九)

这则完全不用佛家语,但所表现的那种对现世不忮不求、对外物不粘不滞的心态,让人体会到自心与万物生机契合如一,从而难解的"客愁"得以消解,则正合禅思。这里"江山"一联为后来的禅师们所赞赏,被拿来作谈禅的话头。

然而尽管杜甫与佛教接触十分紧密,他也一再表示要遁入佛门,却一直未改其积极入世的初衷,儒家修、齐、治、平、仁义道德的理想在其意识中一直占着主导地位。这样,佛教思想一方面成为他儒家积极用世之道的补充,另一方面又在他困顿失意时给予安慰。就前一方面说,佛教的慈悲观念、"众生平等"意识、为实现道义的大无畏牺牲精神等,都成为他奋斗的支持和鼓舞;佛家高蹈超越的风格,对世俗权威的鄙视,以至禅宗实现心性自由的要求,又使他得到怀疑和批判正统观念和习俗的支持,发出"儒术于我何有哉,孔丘盗跖俱尘埃"(《醉时歌》,《集》三),"纨绔不饿死,儒冠多误身"(《奉赠韦左丞丈二十二韵》,《集》一)的呼号。就后一方面说,杜甫在怀念君国、"沉郁顿挫"的志向受到挫折的时候,佛教帮助他维护心灵那一片自由明净的天地,治疗精神上的创伤。特别是在蜀中那几年,经过流离失所的逃难生涯,中原仍在鏖战纷争,在比

较安定的环境中,他咀嚼人生物理,体察内心委曲,写了不少潇洒
闲淡、趣味悠然的小诗。

　　有一位外国学者说:"佛教是印度对中国的贡献。并且,这种
贡献对接受国的宗教、哲学与艺术有着如此令人震惊并能导致大
发展的效果,以至渗透到中国文化的整个结构。"①陈寅恪又曾指
出:"二千年来华夏民族所受儒家学说之影响,最深最巨者,实在制
度法律公私生活之方面,而关于学说思想之方面,或转有不如佛道
二教者。"②佛教深刻影响古代文学,杜甫是个例子;因为他历来被
看作是典型的"奉儒守官"的儒家诗人,这一点就更具有特殊意义。
通过他的例子,可以了解佛教在中国文化中的地位和价值,也可以
认识中国古代文化"统合三教"的特征和意义。

　　　　　　　　　　　　　　　　(原载《东方文化》2005 年第 4 期)

----

① J. 勒卢瓦·戴维森《印度对中国的影响》;巴沙姆主编《印度佛教史》(*A Cul-
　 tural History of India*,Edited by A. L. Basham,Oxford University Press,
　 New Delhi,1984)第 669 页,闵光沛等译,商务印书馆,1997 年。
② 《冯友兰中国哲学史下册审查报告》,《金明馆丛稿二编》第 250 页,上海古籍
　 出版社,1980 年。

关于中国宗教思想史的研究

　　开展中国宗教思想史的研究,是一个紧迫的、具有重大理论价值和现实意义的课题。

　　这里所谓"中国宗教思想史",不同于一般的中国宗教史,也不同于某一中国具体宗教如佛教、道教的思想史,是指历代中国人的宗教观念、宗教思想发展、演变的历史,延伸开来,还应包括历代不同社会阶层认识、对待、处理宗教现象、宗教事务的历史,无神论与有神论相互斗争的历史,等等。宗教思想乃是整个思想意识形态的重要构成部分,对于历代政治、经济、文化和一般社会生活,特别是对于人们的精神世界发挥巨大的影响,往往直接决定人们的生活状态和实践活动。例如历史上许多大规模的民众运动,往往是在一定的宗教观念指引下发动起来的;某一朝代统治者的宗教思想决定他们对待宗教的方针、策略,对于历史发展会造成重大影响,等等。一定历史时期的宗教思想又和哲学思想、伦理思想、美学思想、史学思想、民族思想等相互关联和相互作用。至于具体到宗教史研究,正是不同历史时期、不同社会阶层的宗教思想指引、规范着人们的宗教活动,制约着宗教的发展。这样,宗教思想史的研究就具有极其重大的思想意义和学术意义。

　　西方神学家孔汉思(Hans Küng)指出:

　　　　今天的西方,越来越多的人,其中包括继承普兰克、爱因斯坦和海森堡传统的自然科学家,他们都在强调分析和综合互补，理性知识和直觉智能互补，科研和伦理互补，也就是科学和宗教互补。①

这是从维护宗教信仰的角度来肯定宗教在当代的意义的。他说出了一个不容辩驳的事实，就是宗教活动仍是当前人类生活的重要构成部分，并没有因为知识的进步和科学的发展而削弱其意义和作用。而且随着社会进步和科技发展，人类正普遍地被各种新的难题所困扰：自然环境与人类发展失衡，国家间、民族间以至宗教间相互对抗，社会伦理观和价值观普遍偏失与空洞化，财富积累和集中造成严重社会不公，人们内心普遍存在着焦灼不安和欲求不满，如此等等，都为宗教的存在与发展提供了需要与空间。这样，宗教信仰、宗教观念、宗教情怀等，又为现代人提供了具有重要意义与巨大作用的精神内容。这也是我国改革开放以来宗教活动、宗教信仰呈现活跃形势的重要原因。面对这样的情况，研究历史上中国人的宗教思想，总结其发展规律，明确其经验教训，又是具有迫切现实意义的。

中国自先民时期即和人类其他文明一样形成宗教思维、宗教信仰，从事活跃的宗教活动。夏鼐指出：

在宗教信仰方面，根据考古资料，在我国至迟在新石器时代人们已有灵魂不死的观念，当时埋葬死者还随葬着生活用具和饮料食物，以便他们死后仍可享用。新石器时代晚期的陶且（祖）的发现，表明当时有生殖崇拜的习俗……新石器时代晚期已有占卜术，我们在各地发现有卜骨和卜甲。到了殷商时代，占卜术更为盛行，政府中有专职的贞人，卜骨或卜甲上还刻有文字。周代占卜术衰落，但仍有少数占卜的甲骨出土。战国时代楚墓中的"镇墓兽"和漆器花纹上的怪兽，是楚

————————————
① 秦嘉懿、孔汉思《中国宗教与基督教》，吴华译，第 233 页，三联书店，1997年。

人"信巫鬼"的表现。①

但是在人类宗教史上,中国宗教的形成、发展又走过特殊的道路,有其独特的形态,呈现出极其复杂的面貌。例如就宗教的形成说,按照宗教学的一般定义,真正意义上的中国宗教即所谓"历史宗教"、"教团宗教"或"传播性宗教"形成较迟。外来佛教输入大约在两汉之际,原始教派道教形成是在东汉末年。按这种看法,在这之前中华文明有明确历史记载的两千多年间,中国处在宗教"真空"状态。当然学术界关于中国古代宗教还有不同看法。比如对于殷商以来国家主持的祭祀活动,有的学者就认为是国家宗教的特有形态。但无论看法如何,上古时期中国宗教不同于人类文明的一般发展形态是可以肯定的。中国思想史上一般把殷、周之际看作是"旧文化废而新文化兴"②的转折时期,侯外庐等人所著《中国思想通史》说到周人"政治宗教化":

> 由于周人的政治宗教化,在思想意识上便产生了"礼"。"礼"是一种特别的政权形式……礼器之文为铭文,《书》谓之诰辞,《诗》谓之颂辞,其中所含的意识都表现出政治、道德、宗教三位一体的思想。③

而钱穆则从另一个角度说:

> 孔子根据礼意,把古代贵族礼直推演到平民社会上来,完成了中国古代文化趋向人生伦理化的最后一步骤……因此我们若说中国古代文化进展,是政治化了宗教,伦理化了政治……④

---

①《敦煌考古漫记》,第 147 页,百花文艺出版社,2002 年。
②《殷周制度论》,《观堂集林》卷一〇《士林二》。
③《中国思想通史》第 1 卷,第 78 页。
④钱穆《中国文化史导论(修订本)》,第 73—74 页。

无论如何做出分析和判断,中国古代宗教观念、宗教思想的内容和形态具有特殊性是可以肯定的。而在佛教输入、道教形成的时期,中国已经建立起完整、强大的专制政治体系,形成具有丰富、优秀的人文理念和理性精神的文化传统,这就决定了此后中国宗教发展的一些重要特点。例如重要一点是在中国专制政治体制之下,宗教神权必须隶属于世俗政权,宗教活动必然受到世俗政权的支配或限制。又人类文化学总结出一个规律:政治的权威与宗教信仰的绝对性正成反比例。在中国强大的中央专制体制下,宗教信仰心相对地薄弱,而且在多种信仰间游移,不可能确立唯一神的绝对信仰。这也成为中国历史上多种宗教共存并相互交流、融合的重要原因。值得注意的是,中国宗教势力相对薄弱,对于其发挥社会作用的影响不单纯是负面的。正因为宗教被严格管束在社会体制之内,反而使它们有可能积极地参与社会生活,成为十分活跃的社会力量。这种种状况,造成古代中国不同历史时期、不同社会阶层宗教观念、宗教思想的复杂性。

在整个人类宗教思想的发展中,中国的宗教思想又具有突出的优长和独特的价值。殷商是中国宗教的草创时期,也是宗教思想的形成时期。胡适曾指出:

> 我们看殷墟(安阳)出土的遗物和文字可以明白殷人的文化是一种宗教的文化。这个宗教根本上是一种祖先教。祖先的祭祀在他们的宗教里占一个很重要的地位。丧礼也是一个重要部分。此外,他们似乎极端相信占卜:大事小事都用卜来决定。①

殷商时期宗教思维的一个重要特点就是把神权信仰奠定在祖先崇拜基础之上,而祖先崇拜的根基在对于先人即"人"的信仰,而不是

① 《说儒》,《胡适论学近著》第 1 集。

对于超越的"神"的信仰。"周因于殷礼。"关于周代制度和思想的
变革,王国维指出:

> 是故天子诸侯卿大夫士者,民之表也;制度典礼者,道德
> 之器也。周人为政之精髓,实存于此。此非无征之说也,以经
> 证之。《礼经》言治之迹者,但言天子诸侯卿大夫士;而《尚书》
> 言治之意者,则惟言庶民;《康诰》以下九篇,周之经纶天下之
> 道胥在焉,其书皆以民为言;《召诰》一篇,言之尤为反复详尽,
> 曰"命",曰"天",曰"民",曰"德",四者一以贯之。其言曰:"天
> 亦哀于四方民,其眷命用懋,王其疾敬德。"又曰:"今天其命
> 哲,命吉凶,命历年,知今我初服,宅新邑,肆惟王其疾敬德。
> 王其德之用,祈天永命。"又曰:"欲王以小民受天永命。"且其
> 所谓德者,又非徒仁民之谓,必天子自纳于德而使民则之……
> 故其所以祈天永命者,乃在"德"与"民"二字。此篇乃召公之
> 言,而史佚书之以诰天下,文武、周公所以治天下之精义大法,
> 胥在于此。固知周之制度典礼,实皆为道德而设;而制度典礼
> 之专及士大夫以上者,亦未始不为民而设也。周之制度典礼,
> 乃道德之器械,而尊尊亲亲贤贤男女有别四者之结体也,此之
> 谓民彝;其有不由此者,谓之非彝。①

这是说周初"制度典礼"转变的核心因素是宗教性的"天命"观念的
衰落,相对应的则是人文观念的勃兴。在周初文献里,可以发现当
时统治者经常表现对于"天"的权威和"天命"的绝对作用的怀疑。
如《康诰》所谓"天畏棐忱","惟命不于常";《君奭》所谓"天不可
信",等等,都鲜明地道出了对于上天的神圣性和绝对性的疑问。
另一方面,则是对于"人"的作用的肯定和重视。如《酒诰》所谓"人
无于水监,当于民监"。在春秋时代政治家的诸多言论里,如"所谓

①《殷周制度论》,《观堂集林》卷一〇。

道,忠于民而信于神也";"夫民,神之主也";"国将兴,听于民;将亡,听于神";"鬼神非人实亲,惟德是依",等等,说这些话的,大体是当时居于时代思想前列的政治家,他们在观念里都把"民"放在比"神"更重要的位置上(虽然具体论定"神"的意义和作用不一)。这样,周人所开启的中国文化发展方向和途径,也就奠定了中国文化源远流长的人文和理性传统。如果说中国文化的全部发展要从先秦寻求源头,那么探讨历史上宗教思想的发展、演变会发现,浓厚的人文色彩、清醒的理性精神一直也是中国宗教思想传统的主要特色之一。从这样的角度讲,中国在人类宗教思想史上取得更丰硕的理论成果,做出了特殊贡献。

当然,中国宗教发展形态的特殊和复杂,也给宗教思想史的研究提出了数不尽的难题。首先作为前提的,什么是"宗教思想",宗教思想史作为一个学科的内容如何,就是亟待明确的问题。又比如前面提到的如何定义宗教,如何定义中国宗教:殷周时期的"敬天法祖"的国家祭祀活动是不是宗教,后来"儒教"是否算宗教,还有极其复杂的民间宗教思想,更是解析十分困难而内容又十分敏感的问题。但是对于认真的研究者来说,有待研究课题的艰难正是其魅力之所在。问题越是复杂,问题的意义越是重大,就越是有更大的吸引力。中国宗教思想史正是这样的课题。

中国宗教思想史是一个十分广阔的研究领域,又是一个亟待开拓的领域。由于我国宗教学术研究基础薄弱,对于这样一个新的学术领域的研究工作,不能期望急速可以呈功。无论是理论方面,还是资料搜集和分析方面,都需要投入相当的人力、物力。经过改革开放以来近三十年的努力,我国的宗教研究已经取得长足进展,相信对于开展中国宗教思想史这样的综合课题的研究已经准备了一定条件。现在需要的是有人发愿从事这一工作,并能够持久地做出努力。

(原载《南开大学学报(哲学社会科学版)》2006 年第 5 期)

关于《祖堂集》点校

　　1994 年,当时服务于中华书局的毛双民先生和我商量点校《祖堂集》。这是现存最早一部完整的禅宗灯录,成书于南唐保大十年(952),20 世纪初在韩国海印寺发现,是该寺所藏《高丽藏》经版藏外杂版的一种。它比另一部完整灯录《景德传灯录》早出五十多年。早期禅宗史迹多靠口耳相传,具有明显的流动性特征;记录为文字,又经过一定的加工修饰。而《祖堂集》是根据晚唐五代所传"实录"、"行录"一类更原始、更可靠的史料编撰的,记述又相当忠实地保持丛林间上堂示法、问答勘辨所使用口语的面貌,因此作为禅宗史和汉语史研究材料,具有极其重大的、不可替代的价值,也给历史、哲学、文学等诸多学术领域提供了重要资料。但是这部书流传的都是拓印本、影印本或复印本,做一个精审的点校本是十分必要的。我深知整理、点校禅籍的难度,更自觉从事这一工作必备的有关禅宗和汉语史的知识准备不够,加之又缺乏可作借鉴的资料,因此相当踌躇(台湾佛光山编藏处编辑出版的《禅藏》里包括校点本《祖堂集》,当时刚刚出版,还没有见到)。不过这确实是一件富于挑战性的工作,还是心怀忐忑地接受下来了。

　　自《祖堂集》发现以来,日本学界已经取得相当丰硕的研究成果。接受任务后,我立即写信给日本研究禅宗语言的专家、花园大学教授衣川贤次先生,请求给予协助。他回信提议合作进行这一工作,并商请另一位研究禅学的专家、该校西口芳男教授参加。花园大学是佛教大学,也是日本禅学研究重镇,藏有丰富的佛教典籍;特别是日本两位著名的中国学家、在禅宗史和禅宗语言研究方面贡献卓著的入矢义高先生、柳田圣山先生当时健在,都在这所大学执教或研究,衣川和西口两位多年在他们门下受教并直接参与多种禅籍的整理、点校,积累了丰富经验。这样,我们组成一个中、日学者合作的小班子。以这种形式从事古籍整理,在中国学术界大概还是首创。商得中华书局同意,书局于1995年6月正式发来约稿函。

开始工作,我们首先和书局方面认真、仔细地商讨,选择底本,确定整理、点校体例。

现在传世所有《祖堂集》印本都出自海印寺一幅经版。但这些拓印、影印和复印本的质量有所不同。恰在我们开始工作之前的1994年,日本禅文化研究所出版《基本典籍丛刊》,包含《祖堂集》,是根据花园大学图书馆所藏、原海印寺住持玄镜法师原藏本影印的。这个版本开本大(《祖堂集》原刻板纵21厘米,横52厘米,印本约缩小一半),字迹清晰,影印时原印本有些漫漶不清,页面又利用东京大学东洋文化研究所藏本作了配补。禅文化研究所在影印前曾根据海印寺经版和花园大学原藏本对破损、漫漶处加以研判、辨析,所得结论、可作参考的意见或相关资料标注在版页天头。这个印本在相当程度上反映了当时学术界对于《祖堂集》校订的成果。又韩国东国大学校于1974年编辑《高丽大藏经补遗》,所收《祖堂集》是根据另一个系统拓印本影印的,我们用来作主要参校本(这个印本在影印时曾对原版一些漫漶字迹添墨补笔或移植汉字,有些是错误的,后出不少影印本据以复印,沿袭了这些错误,我们在点校中注意加以订正)。

关于体例,我们和书局商定一个基本原则,就是要在已有研究成果基础上,做成一个既可供研究者使用、又适宜于一般阅读的校点本。因此就要尽可能保持原书面貌,文字按原版字形过录(实际操作中,有些特殊的俗写或异写改为正体字,书后另附对照表),校改取慎重态度,同时要提供相关研究资料。提出后一点,是考虑到多数研究者和读者对于禅宗和禅籍并不熟悉,许多禅籍又搜求不易。这样,点校本就形成现在面世的体例:本文以禅师为单位,依其生缘和公案划分段落,标出序号;禅师名号下注出法讳、生卒年(可考定的);本文之后分项著明有关该禅师的传记碑志及其存佚情况、著作(包括语录、偈颂、经典注疏、诗文等)及其存佚情况、有关生平事迹考证等;最后,与该禅师生缘和公案相关、在其他禅籍(基本是宋代以前的)中可资参照的资料,按本文划分出的段落标出名目和卷次。

　　工作中我们注意借鉴、汲取已有研究成果。除了前面已经提到的台湾佛光山《禅藏》本,工作开始之后,国内又先后出版了吴福祥和顾之川(1996,岳麓书社)、张华(2001,中州古籍出版社)两个点校本;日本学者对于《祖堂集》的研究起步早,有些方面做得相当深入,例如太田辰夫对于《祖堂集》口语和俗字的研究;柳田圣山和禅文化研究所编制两种《祖堂集索引》;日本东京大学东洋文化研究所的《祖堂集》会读班集中一批专家点读《祖堂集》已进行十余年,衣川先生是主要成员之一,本人也曾有机会参与讨论;此外近年有关《祖堂集》论著颇多,涉及语言学领域已出版几部专著。所有这些研究成果,都为我们提供了重要、有益的参考。此外,"四部书"、笔记杂说、碑志、方志和出土文书等文献里面可用作校勘的资料不少。正因为《祖堂集》是"孤本",利用这些材料就显得更为必要。

　　点校《祖堂集》的重点和难点在"校"。鉴于这部书的具体情况,主要工作在三个方面:一是对底本破损漫漶处做考订、校补;二是对底本错误或脱衍之处或订正,或删补;三是对原文隔碍难通的字或句进行研判,如相关典籍存有异文加以过录提供参考。校改和删补必有充分依据;漫漶文句难以判读或疑有错误或脱衍的,保持原文、出校，有些并提出看法。关于一般校勘情况这里不拟赘述，只举些涉及禅宗和佛教字句和事典的例子。

底本卷十九《香严和尚章》有"别是气道造道将来"句，这里"气道"一语不词，同例全书凡三见。联系上下文，可以知道都是作名词使用的，含义则指参悟的对象（言句或偈颂），因此可判断和丛林中问答勘辨的"拈举"有关。"举"字俗体作"𦥑"（《字汇补·乙部》："古文举字。"）、"𦥑"，与"气"（氣）字本来容易混淆，张涌泉《敦煌俗字研究导论》已经指出过。因此断定当初刻印时把俗字"𦥑"或"𦥑"认作"气"字了，有充分理据校正。禅语有讹误，可以校正的类似例子不少。如"一著子"（原作"著一子"，第 253 页）、"转身后"（原作"传身后"，第 303 页）、"时教"（原作"特教"，第 429 页）等，都是禅籍常用语，毫无疑义可以订正。

有些文字涉及禅门掌故，如卷二《伽耶舍多尊者》章"犬因缘"（第 65 页）、《鸠摩罗多尊者》章"犬常止檐"（第 67 页），"犬"字底本均作"大"。据《宝林传》卷四《第十八祖伽耶舍多章檐狗品》，说到加耶舍多说法度众，到大月氏国，"彼国中有婆罗门，家养得一犬，常于屋檐下卧"云云，是为"犬因缘"本事；又同卷《惠能和尚》章净修赞"爰因幡义，大震法雷"句，"爰"字底本作"奚"，惠能对答印宗"风动""幡动"乃是著名公案，敦煌遗书 S.1635 号《泉州千佛新著诸祖师颂》作"爰因"；又卷四《石头和尚》章录《参同契》"事存函盖合，理应箭锋拄"，"拄"字底本作"住"，而《景德录》《五灯会元》等均作"拄"，"函盖合"、"箭锋拄"为对，如此等等，均既符合"理校"原则，又有文献依据，因此据以订正。

更多是涉及一般佛典的，如卷一《释迦牟尼佛》章引《因果经》"外道言自饿则是涅槃因"，底本脱"因"字，"涅槃因"本是佛家语，今本《过去现在因果经》有"因"字；又卷二《慧可禅师》章达摩语慧可说"勿轻未学"，"未"底本作"末"，然《宝林传》作"未"，《维摩经·香积佛品》有"如佛所言，勿轻未学"句；又卷十八《赵州和尚》章"这个是五百力士揭石之义",底本"揭石"作"结成",而"五百力士揭石"典出《大般涅槃经》卷一六《梵行品》,这类情况也有充足理据加以改定。

如上述诸例,校改、删补字句均多方求证,确切无疑,方才下笔;而对于不能确认、尚存疑点或者可以两通的文句,则保持原文,在校记里说明。如"光明诸天"("光音诸天",第 7 页)、"业结"("结业",第 15 页)、"尊诸相好"("具诸相好",第 21 页)、"当此处分"("当此分处",第 67 页)、"化道无为"("道化无为",第 101 页)、"不寻讲律"("不寻讲肆",第 345 页)、"同囊故"("同曩故",第 729 页)、"犹欠曹山三月粮"("犹交[通"较"]曹山三月粮",第 380 页)、"驴使未了,马使到来"("驴事未了,马事到来",第 850 页),等等,括号里的文句大多有文献依据,但取慎重态度保持原文,另行出校注明。还有大量见于其他禅籍的可供校勘或参考的异文,亦在校记中录出。

我们从事点校的三个人深知工作的难度。从商定体例到分工点校,再由我通读、定稿,至 2004 年付梓,花费近十年时间。在这期间,我们都各有别的工作,但都把很大心力用在这部书的点校上,不敢稍息。最初做第四卷样稿,反复做了七八遍;然后分工做出每个章节,都交另外两人加以修订;疑难之处三个人反复讨论、商量。点校过程中衣川先生曾专程来访,我去日本也抽出时间商讨有关工作。定稿付印之后,发现应予补充、改动之处,仍多有订补。出来校样,我校阅四遍,日本学者校阅一遍。日本学者熟悉禅籍,掌握丰富的禅宗资料;本人专业是古典文学,平时阅读比较宽泛,对于文史资料、笔记小说、文物考古文献、碑传方志都多所涉猎。我们尽可能发挥各自所长。日本学者的工作态度极其认真,一字一句都仔细推敲,一丝不苟;又十分谦虚,善于容纳不同意见,保证工作得以顺利完成。

出版这部书,中华书局担负了繁复的审阅、印制任务。由于工作调动,责编由毛双民先生改换为李森女士。李森女士并不是专门研究禅宗的,她实在是勉为其难地从事这件难以胜任的工作。副总编徐俊先生在清样排出后又亲自把关审阅,并提出一些具体修改意见,书稿再度作了大幅度修订,发回印刷厂重排。这样,为保证出书质量,书局也不惜花费更多成本和人力。

说心里话,我们对现有成果并不满意,自知这部书从体例到校勘、注释都还大有改进的余地。随着工作进行,发现越来越多的问题和疑难。可是又想到,把一件工作做到尽善尽美乃是不可能达到的目标,所以还是心怀惶恐地让这部书付梓面世了。更完善的研究成果只能期待后继者的努力。当然说这些,并不是我们逃避批评的借口。实际上学术上的批评、指正,正是研究深入的体现和结果,是我们乐意见到并衷心期待的。

(原载《书品》,中华书局,2008 年第 3 期)

关于中国宗教与中国文学
相互影响的研究

一、中国宗教影响文学发展广泛而深刻

关于宗教对于民族发展的意义,梁漱溟曾指出:

> 人类文化都是以宗教开端,且每依宗教为中心。人群秩
> 序及政治,导源于宗教;人的思想知识以致各种学术,亦无不
> 导源于宗教……非有较高文化不能形成一大民族;而此一大
> 民族的统一,却每都有赖于一大宗教。①

这是基于宗教与文化并生的观念,阐发宗教对于民族及其文化形
成和发展的重要性。同样,被认为与马克思、韦伯并列为三大近代
社会学奠基人的涂尔干也曾说:

> 宗教宛如孕育了人类文明所有萌芽的子宫。既然宗教已
> 经包含了全部现实——物质的世界和道德的世界,那么,推动
> 事物的力就像推动精神的力一样,都被纳入了一种宗教形式

---

① 梁漱溟《中国文化要义》第 93—94 页,学林出版社,1987 年。

而加以设想。这就是为什么形形色色的方法和实践，无论是那些使道德生活得以延续的（法律、道德、艺术），还是那些服务于物质生活的（自然科学、技术科学和实用科学），都直接或间接地来源于宗教的原因。[①]

涂尔干所说的"宗教"取其广义，包括信仰、思想、观念、感情、情绪、习俗、社会组织等各个层面。按照他的说法，宗教包含了"全部现实——物质的世界和道德的世界"，即与人类全部物质和精神生活紧密相关联。那么研究一个民族的发展及其文化，包括文学艺术，不了解它的宗教是难以全面和深入的。

中国宗教的发展呈现独特形态。在中国，任何宗教神权在任何时代都没有居于统治地位，更没有形成"政教合一"的国家体制。另一方面，中华民族具有强固的重理性、重人文、重伦理的传统，宗教性明显是相对淡薄的。可是，这种状态并不意味着宗教在中华民族发展中没有发挥重大影响，而且这种影响也并不比宗教对于其他民族的影响弱小。

就历史渊源说，夏鼐曾概括指出：

> 在宗教信仰方面，根据考古资料，在我国至迟在新石器时代人们已有灵魂不死的观念，当时埋葬死者还随葬着生活用具和饮料食物，以便他们死后仍可享用。新石器时代晚期的陶且（祖）的发现，表明当时有生殖崇拜的习俗……新石器时代晚期已有占卜术，我们在各地发现有卜骨和卜甲。到了殷商时代，占卜术更为盛行，政府中有专职的贞人，卜骨或卜甲上还刻有文字。周代占卜术衰落，但仍有少数占卜的甲骨出土。战国时代楚墓中的"镇墓兽"和漆器花纹上的怪兽，是楚

---

① [法]爱弥儿·涂尔干《宗教生活的基本形式》第 294 页，渠东、汲喆译，上海人民出版社，1999 年。

人"信巫鬼"的表现。①

胡适也曾明确说:"我们看殷墟(安阳)出土的遗物和文字可以明白殷人的文化是一种宗教的文化。"②这样,殷、周以来,中华民族的先民已具有十分发达的宗教信仰。从一定意义说,宗教信仰与宗教活动在当时曾起着左右历史发展的重要作用。因此,讲这一时期的文化史,宗教乃是极其重要的内容。这一时期的宗教也成为后来中国宗教长远发展的源头。

不过一般讨论中国宗教,取其狭义,即限于组织化的教团宗教,也被称为"历史宗教"、"教会宗教"或"传播性宗教"等等,主要是指佛、道二教和宋、元以后的民间宗教(从多民族国家的构成考虑,还包括祆教、景教和后来的天主教、摩尼教、伊斯兰教等)。在中国最早形成的本土教团宗教是道教,兴起在东汉后期;较之稍早即大约两汉之际输入的外来宗教佛教乃是更成熟的教团宗教。两者大约同时并兴,迅速传播、发展起来。就是说到这一时期,在中国历史上,宗教作为意识形态与其他意识形态(如哲学、文学、艺术等)明确区分开来,宗教教团也区别于其他类型的社会组织(例如民间的宗族、"社")独立发展起来。从此这两大宗教在历史上持续地发挥多方面的、巨大的作用。

这样,佛、道二教作为组织化的教团宗教在中国形成与传播,已经是统一的专制政治体制牢固确立起来的时期,也是内容丰富而卓越的民族文化传统十分成熟的时期。这种总体环境对于后来这两大宗教(以及其他宗教)的发展所造成的影响是十分巨大并具有决定性的。

在中国具体的政治和文化环境之下,宗教神权不可能超越到专制国家之上,或处于现实统治体制之外。特别是作为统治意识

---

① 夏鼐《敦煌考古漫记》第 147 页,百花文艺出版社,2002 年。
② 胡适《说儒》,载《胡适精品集》第 7 卷,第 17 页,光明日报出版社,1998 年。

形态的儒家的价值观与伦理体系成为抵制宗教发展的力量,相当有效地消解了宗教信仰的虔诚和盲目。因而不管某些王朝、某些帝王曾如何崇佛、媚道,如何优遇僧、道,也不管某些时候教团如何膨胀,形成多么大的实力,从根本上说中国的佛、道二教只能作为世俗政权的附庸存在。这在世界宗教史上是相当独特的现象,也成为文化史、人类学、比较宗教学等学科研究的重大课题。

但是,关于佛、道二教在中国历史上的作用,陈寅恪又曾作出这样的判断:

> 二千年来华夏民族所受儒家学说之影响,最深最巨者,实在制度法律公私生活之方面,而关于学说思想之方面,或转有不如佛道二教者。[①]

而纵观佛、道二教的历史发展,其在广泛的思想文化领域形成上述势力,则是在东晋以后,到南北朝、隋唐时期更臻于极盛。牟宗三论及历史上的这一段也曾明确说道:

> 就哲学言,佛教的启发性最大,开发的新理境最多,所牵涉的层面也最广。[②]

两位学术前辈所论为"思想学术"、"哲学",实则文学艺术的状况亦复如是。佛、道二教之所以能够造成如此广泛而巨大的影响,主要是因为两汉以来,作为统治意识形态的儒家(诸子百家也大体一样)基本是政治、伦理思想体系,即是所谓"治人"的学问,缺乏对于所谓"终极关怀"的探索,也无力解决人人面临的"生死大事"。这就形成佛、道二教和各种民间宗教赢得人心的有利机缘。另一方面,正因为佛、道二教教团被强制编制在专制社会体制之中而缺乏

---

① 陈寅恪《冯友兰中国哲学史下册审查报告》,《金明馆丛稿二编》第 251 页,上海古籍出版社,1980 年。
② 牟宗三《中国哲学十九讲》第 237 页,上海古籍出版社,1997 年。

宗教特有的超越性和独立性，反而使它们能够与社会生活的方方
面面确立起更紧密的关联，从而更有可能把影响渗透到思想、学术
和民众精神的方方面面。这样，尽管它们本质上乃是世俗政权的
附庸，但在民众精神生活中却又赢得了某种优势，在社会上更占据
不可或缺的地位，以致虽然在个别时期受到压制甚至被强力取缔，
但不久之后却又勃然振兴。

这样，两汉之后，儒、道（道家和道教）、佛三家逐渐形成为中国
文化发展的三大支柱。中国文化的博大精深，它的兼容并蓄的包
容性格在这方面也充分地显现出来。正是在这样的社会土壤和文
化环境之下，佛、道二教和民间宗教给文学以极其广泛、深入的影
响。这种影响又成为文学发展的巨大推动力。

二、中国宗教发展的特征
及其与文学的关联

在中国历史上，宗教对于思想、学术、文学、艺术等广阔的文化
领域发挥巨大而深远的影响，除了前述政治体制和思想传统的总
体环境而外，还有以下几点起着重要作用，关系重大。

中国多种宗教并存，这些宗教又都是多神教。形成中国宗教
的这种形态，与上述专制国家体制有着直接关系：绝对的世俗统治
权威不会容许存在另外一种唯一宗教、唯一神的绝对权威。这乃
是人类文化学上的规律。而中国历史上多种多神教并兴的形势，
形成了极其多样的信仰内容和极其复杂的神谱，加之这些宗教内
容上又具有不同层次：作为核心的当然是信仰，同时又发展出各种
各样的宗教观念（如鬼神、灵魂、报应等）、心态（如戒惧、感恩、忏
悔、慈悲等）、仪式和习俗等等，这就使得以佛、道二教为主的中国

宗教不论从形式看，还是从内容说，都多种多样，多姿多彩，从而给文学创作提供了无穷无尽的资源。

中国佛、道二教（本土民间宗教大体同样）作为"教团宗教"，形成社会体制之外的"方外"社会组织，这些组织采取相当特殊的结构。如上所说当初输入中土的印度佛教已经是成熟的教团宗教，后来以道教为主的本土宗教几乎全都借鉴佛教而形成自身的教团。佛教教团的核心是比丘和比丘尼，他们是出家人即个体修道者；又有优婆塞和优婆夷，是在家修道者，作为僧团的外护。这四者统称为"四众"，即一般意义上的佛教信徒。但从实际情况看，后两者身份界限相当含混，在实际操作上取得居士身份并没有严格规定。有些人不经过正式受戒程序，可以自称或被认为为居士；更多的人只是吃斋念佛，也被看作信徒。形容宋、明以来的民间佛教信仰，有"家家阿弥陀，户户观世音"之说，即表明在当时弥陀、观音信仰几乎具有全民性质。可实际上人们信仰的虔诚程度大不相同。因而在中国，对佛教徒的人数进行精确统计是不可能的。后来道教的教团组织与戒律均模仿佛教，形成道士出家制度，也有在家修道的。民间宗教的组织形态也大体同样。这样，中国宗教在教团核心之外包容了松散、庞大、信仰虔诚程度不一的信众群体。宗教团体这样的结构固然缺乏组织上的严密和强固，可是其发挥的作用却不全然是负面的。正因为采取这种松散形态，使得它们有可能在精神上联系更广大的人群，在社会上更广泛地扩展影响。这样，中国的宗教教团独特的组织形式，同样有助于在文坛上发挥更大、更普遍的影响。

在中国高度发达的思想、文化传统中生存、发展的诸宗教大都具有相当丰富的文化内涵，随着自身发展更不断创造和积累丰厚的文化价值。印度佛教乃是古代印度文化的结晶和载体，在连续千余年间（从两汉之际到北宋中期）不间断地输入中国，成为古代世界规模宏伟、成就巨大的文化交流活动。而佛教在中国扎根、发展,伴随着"中国化"进程,其文化内涵又进一步得到充实和发挥。早期道教本来是主要活跃在民间的分散教派,在发展中积极接纳了中国传统文化、特别是作为先秦显学之一的道家的影响,又多方面自形态成熟的佛教取得借鉴,到东晋时期更与世家大族相结合,扩展到社会上层,文化层次从而迅速得到提高。这样,佛、道二教成为高水平的文化载体,得以与居思想统治地位的儒家相抗衡;三者在相斗争、相交锋中相交流、相融合,更有助于各自的文化内涵不断地丰富起来。这样,佛教和道教均形成庞大的、包罗万象的知识体系,特别是在哲学、伦理、文学、艺术等领域取得多方面、重大的成就,从而奠定了它们在民族文化发展中的牢固根基。这也是文学接受他们影响的重要条件和原因。

　　与上一点相联系,在古代中国等级森严的社会里,宗教信仰的所谓"大传统"、"小传统"的分化十分明显。佛教史上有所谓"皇室佛教"、"贵族佛教"、"士大夫佛教"、"民间佛教"、"都市佛教"、"山林佛教"等等称谓,正体现在不同社会阶层中佛教发展状态的差异;同样,早期道教本来是分散的民间教派,后来又形成所谓灵宝派、上清派、天师道等,又有"金丹道教"、"符箓道教"、"内丹道教"等各种称谓;宋、金以后在民众间更是教派蜂起。在这派系纷繁的"小传统"中,教内外知识精英发挥着关键作用。这是因为宗教派系的区分基于教理分歧,而教理建设基本是知识阶层的事。这些高僧高道中许多人从事的活动具有重大文化价值,世俗知识阶层有可能也有必要与他们确立起密切联系。另一方面,佛、道二教在社会上弘扬、传播,亲近它们的世俗文人士大夫也发挥了重大作用。这样,活跃在教内外、具有文化学养的知识阶层乃是推动佛、道二教发展的主体,而文坛正是这些人活动的主要领地之一。宋、元以来的民间宗教的文化内涵不如佛、道二教丰厚,但是民间知识分子同样在这些教派的建设与活动中起着重要作用。

　　而进一步扩展开来看,中华民族文化传统上具有强大的包容性。梁启超精辟地指出：

> 凡一民族之文化，其容纳性愈富者，其增展力愈强，此定理也。我民族对于外来文化之容纳性，惟佛学输入时代最能发挥。故不惟思想界生莫大之变化，即文学界亦然，其显绩可得而言也。①

中、印两大民族文化包容性格正相契合，对于中国人接受佛教，对于佛教发挥在中国各文化领域的影响都起着关键作用。从总体看，中国历代王朝均以儒、道、佛并兴为国策，知识阶层大都兼容"三教"。所谓"儒以治国，道以治身，佛以治心"之类观念在文人中不仅表之于言，且见之于行。结果在相当封闭的专制政治体制之下，这种思想、文化的包容性开阔了文人的视野，推进了文学表现境界的拓展。宗教的包容性与整个文化的包容性相互促进，中国古代文学创作的持续繁荣正与这种包容性有直接关系。

再有，和上面所说的一点相关联，如钱穆曾深刻地指出过：

> 我们若说中国古代文化进展，是政治化了宗教，伦理化了政治，则又可说他艺术化或文学化了伦理，又人生化了艺术或文学。②

前面已经提到，相对而言，中华民族的宗教性淡薄，信仰心态缺乏坚定与虔诚。而对于推进中国宗教发展起到重大作用的是，正由于信仰心的普遍淡漠与游移，一方面形成对于不同宗教采取兼容并蓄或"姑妄听之"的态度，从而使它们得以更普遍地渗透到人们日常生活之中；另一方面宗教又往往被当作"百家"之一来容纳，它们被更广泛的知识阶层当作思想、学术来接受。这也极大地强化

---

① 梁启超《翻译文学与佛典》，载《饮冰室合集：专集》第 59 册，第 27 页，中华书局，1989 年。
② 钱穆《中国文化史导论》第 74 页，商务印书馆，1994 年。

了宗教的影响力。在中国传统的文学创作中，不同宗教的各种观念、内容杂糅其中，对待宗教的各种态度得以自由地表达，晋、宋之后有成就的文人几乎没有不与佛、道发生关联并在作品里加以表现的。

三、中国宗教与文学在发展
中相互影响、相互推动

　　讨论中国历史上宗教与文学的关系，二者之间的相互作用和影响，情形极其复杂。研究文学史，人们多注意佛、道二教和民间宗教影响了文人和文学创作，实际上文学对于这些宗教的发展同样起着重大的、甚至是关键性的作用。众所周知，汉末分散的民间道教教派逐渐发展为规范化的教团宗教，文人出身的道士如葛洪、陆修静等（还有许多没有留下姓名的教内外人士）起了重要作用。他们既提高了道教的教理及其一般的文化水平，他们创作的道教经典（其中相当一部分可看作是文学作品）也推动了整个道教的发展和演变。例如汉、魏以来的一大批仙传作品，乃是志怪小说的重要一类，它们的出现推动了社会上下神仙信仰的兴盛，而神仙信仰乃是道教的核心内容。外来佛教在中国得以生存、扎根，逐步"中国化"是必要条件；而推动"中国化"进程，本土文人和文学创作也起到重大作用。例如慧远、僧肇等对于推进佛教"中国化"做出巨大贡献的僧人，在当时文坛的创作上也都是佼佼者。许理和曾论及晋、宋之际慧远在华夏文化正统所在的江东地区树立起一种知识分子精英佛教的新形态和新风气：

　　　　在吸收了一整套异质文化因素之后，"归隐"成了在中古
　　社会初期的士大夫中间最为普遍的理想，这并不是没有原因

的。《老子》、《庄子》之脱俗的特点和古代巫术的宗教背景相脱离，并转而成为士大夫的语言，这构成了"归隐"的哲学基础；"清净"、"守一"和小国寡民的"纯朴"则为它提供了道德依据；文学研究和艺术追求如诗歌、绘画、音乐及书法也都成了"归隐"的分内之事。我们已经看到，自公元四世纪初开始，这个情结已和理想的寺院生活联系在一起，且所有这些因素最终都在寺院里找到了自己的归宿：隐士般的生活现在以集体的方式实践，并获得了一种新的宗教意义和更为深刻的意识形态论证，虽则其中掺杂了许多世俗理想的成分在内。

　　所有这些因素均以一种高度发展的方式体现在庐山僧人身上：佛教哲学和玄学，禅定和超自然力崇拜，自然之美和禁欲生活、清谈，学术研究和艺术活动，与世无争和政治中立……。①

庐山佛教确立起来的这种风范后来延续久远，影响及于社会生活的广泛领域；另一个方面，慧远本人在深厚的本土文化修养的基础上发挥佛教教理，沟通僧、俗，融会释、儒、道、玄，也大大有助于佛教的建设和传播。钱穆论及中国佛教的特征又曾精辟地指出：

　　在此我们需要特别指出一点，印度佛教，本与其他宗教不同，它虽亦有偶像崇拜和神话粉饰，但到底是更倾向于人生哲学之研寻，并注重在人类内心智慧之自启自悟的。尤其在当时中国的佛教，更可说是哲理的探求远超过宗教的信仰。因此在印度，佛教以"小乘"为正统，"大乘"为闰位。但在中国，则小乘推行时期甚短，两晋以后即大乘盛行。在印度，大乘初起，与小乘对抗极烈。在中国，则开始即二乘错杂输入，兼听并信。此后大乘风靡，亦不以傍习小乘为病。至于持小乘讥

①许理和《佛教征服中国》第349—350页，李四龙等译，江苏人民出版社，1998年。

毁大乘者,在中国几绝无仅有。中国佛教显然是更偏重在学理而偏轻于信仰的,这又可说是中国文化一种特殊精神之表现。①

这样,就佛、道二教的发展论,历代中国文人和文学创作给予的影响是极其巨大和重要的。来自文坛的这种作用,有力地推动着它们的演进,扩展了它们的传播。不断演进和广泛传播的宗教与文人及其创作二者间在复杂的相互作用中发展,这种作用又是正面和负面交织在一起,需要认真加以分析、梳理的。

四、中国宗教影响文学的几个主要层面

从文学创作说,宗教乃是它所表现的主要内容之一。按余国藩的说法:"文学更可能是宗教传统唯一主要的纪录。"②一般所谓"宗教文学",取其狭义,指佛、道二教和民间宗教经典里的文学创作和具有文学价值的作品;拓展开来从广义说,则更多教内外作者宣扬宗教信仰、表现宗教题材的作品都可以称为"宗教文学"。至于一般文人的生活、思想及其创作内容和形式受到宗教的影响,可资探讨的领域就更十分广阔。举其荦荦大者,有以下几个方面。

佛、道二教和各种民间宗教的信仰,它们的教义、教理影响历代文人的精神世界。特别是佛、道二教,经过长期发展、演变,内容极其丰富。早期原始的反体制的民间道教教派与晋、宋士族阶层为主体的道教教派不同;后来经过陆修静"清整"过的道教与东晋

---

① 钱穆:《中国文化史导论》,第74页,商务印书馆1994年。
② 余国藩《〈红楼梦〉、〈西游记〉与其他》第410页,生活・读书・新知三联书店,2006年。

时期分散的教派又有相同；以至后来金、元时期的正一、全真等教派，更全然更改了早期道教的面貌。佛教的情况就更为复杂：在印度形成的不同部派相继传入中国，它们的教理体系是不同的；南北朝时期随着佛教的"中国化"，形成繁荣的义学"师说"，这是消化外来教理、阐发专经专论的中国佛教学派；在此基础上到隋唐时期又形成一批宗派，其中影响最为巨大的净土宗和禅宗已经根本脱卸了外来面貌。这些还都是属于教团上层教理建设范畴的。一般民众信仰状况则更为复杂。这样，长期发展、复杂演变的佛、道及民间宗教的思想观念、实践活动就给文人和文学创作提供了无穷无尽的题材、主题和思想内容。

佛、道二教的教团与作为其活动基地的寺、观均形成巨大的规模和强大的势力，其所体现的独特的人生理念影响也是相当普遍而巨大的。特别是在中国具体条件下，寺、观又发挥地区文化中心、社会教育中心、救济中心、文人活动中心等等功能；寺、观经济亦构成社会经济的重要成分，有些时期极端膨胀，以至在整个国家经济生活中占据重要地位。历代兴旺发达的教团、寺观，以及围绕它们的居士、信徒以及接受习染的一般文人、民众的实践活动，为文学创作提供了多种多样的灵感、意象和题材。佛、道勃兴在晋、宋以后，著名作家中几乎没有不表现这类内容的。

宗教经典是在其历史发展中由信徒逐渐结集起来的，它们给历代文学创作的语言、体裁、表现方法和艺术技巧等提供了可资借鉴的资源。前面已提到，翻译佛典里有许多本身就是文学作品，更多的则具有一定文学性。中国人不仅通过它们接受了佛教，更接触、了解、接受了这些民族的宝贵文学成就，实现了古代中国与南亚、中亚各民族的规模宏伟、时间长远的文学交流。这对于中国文学乃至整个中国文化发展的贡献是不可估量的。即以语言而论，通过翻译佛典输入了大量新的词语、句式、修辞方法和表达技巧，这些作为文学创作的工具和手段，大幅度地改变了文学创作的面貌。道教经典许多是模仿佛典制作的,同样创造出许多新鲜的语汇和表达方式,成为文学语言的新成分。又如佛、道和后来的民间宗教在宣教中均多采用民间文艺形式。这对于一些文学体裁的创造起了巨大的乃至决定性的作用,特别是有力地促进了民间说唱样式的创新。变文和宝卷即是典型例子,它们都是在宣教活动中形成的,又直接影响了鼓词和说书等民间曲艺形式的发展。宋元以后小说、戏曲创作的发展和繁荣,佛、道二教也都起到多方面重大作用。

　　独特的宗教思维方式启发和丰富了历代作家的玄想与构思,这对于扩展创作领域和创作方法都具有重大意义。可以举两方面例子。基于宗教信仰的独特而丰富的玄想境界,成为文学创作的新鲜内容。例如关于"他界"的幻想,佛教里有诸佛净土,道教里有仙界(洞天福地),这是在中国固有的"三界"(天堂、人间、冥界)之外的玄想的空间。又如"人物",佛教里有佛、菩萨,有"三界""六道"里的各种天神(如龙王、龙女),有恶魔、阎王;道教里有众多的仙人、鬼怪等;民间宗教更创造出众多俗神,并把佛、道二教众神纳入自身的神谱之中。这些"人物"有许多不可思议的神通变化,他们流转在六道、三世(过、现、未),能够变形、分身、幻化(化人、化物、化现某种境界)、离魂、梦游、入冥(地狱)、升天、游历它界(龙宫、大海等)等等。比起这大胆玄想的宗教世界,中国文学固有的浪漫幻想就显得苍白无力了。再如佛教的"禅"和与之相关联的道教"内丹"修炼,都把个人心性养炼作为成佛、升仙的主要手段;而凝思、绝想、神游、幻想等思维形式则是养炼的基本方式。中国自古以来的文学传统强调兴、观、群、怨,要求饥者歌食,劳者歌事,注重对现实的忠实反映,发挥想象的空间有限。佛、道提供放诞无忌、大胆夸饰的思维方式,给文学创作注入了新生机,有助于创作风格的丰富和多样化。

　　此外,文学思想与文学批评和世界观、认识论有直接关系。基于佛、道二教的世界观和认识论,发挥出有关文学创作的"真实"、

"形象"、"典型"等重大问题的独特观念,形成对于美和艺术美感的独特体认,对于创作主体的修养与行为提出了特殊要求,等等,从而给文学理论和文学评论提供众多新的概念、观念、观点和标准。从刘勰的《文心雕龙》到王国维的《人间词话》,许多文学理论、批评的重大创获都和佛、道二教有直接或间接的关系。

五、有关中国宗教与文学关系
研究亟待深入

　　上述简单介绍足以表明,有关中国宗教与中国文学的研究十分重要,相关研究领域相当广阔,课题很多。陈寅恪曾尖锐指出:

> 中国史学莫盛于宋,而宋代史家之著述,于宗教往往疏略,此不独由于意执之偏蔽,亦其知见之狭陋有以致之。元明及清,治史者之学识更不逮宋……①

自二十世纪初,随着现代社会人文科学在中国的振兴,有关宗教包括宗教与文学关系的研究得到重视,一个时期曾取得举世瞩目的成就。但以后的情形一波三折,直到改革开放,局面始有所改观。近年来,与中国宗教和中国文学相关联的研究领域不断拓展,优秀成果逐年增多。特别是一批年轻的学术新秀勇于开拓,锐于进取,论作颇为可观。但是,一个学科的起衰济弊非计日可以程功。当前有关宗教与文学的研究,还主要侧重在佛、道二教对于文人及其创作的影响,以及禅与诗歌创作的相互影响这些相对狭窄的方面。更多重要课题还较少或没有涉及,高水准的、扎实深入的研究成果还不多见。但正是

---

① 陈寅恪《陈垣明季滇黔佛教考序》,载《金明馆丛稿二编》第 420 页,上海古籍出版社,1980 年。

这种情况,给有志于在这一领域耕耘的人准备下广阔的场地。

有关宗教学术研究起步艰难,是人们不愿涉足的原因之一。本来有关宗教的现象十分复杂,从事研究需要众多学科相当的基础。甚至作为研究工作第一步的解读文献工作即障碍重重:复杂难解的名相乃是研治宗教学术的一大难关。绝大多数宗教文献没有经过科学整理,又缺乏已有研究成果可资借鉴,探讨宗教与文学的关系又属于所谓"交叉学科",即使是基本文献的应用都充满疑难。举个简单例子,比如探讨谢灵运、王维的佛教信仰,必然涉及他们接受《维摩诘经》的情况。《维摩诘经》现存三个译本,首先得明确他们读的是现存三种译本里的哪一部。这就涉及译经史的知识,还需要了解不同译本使用译名以及表达思想观念的不同。同样,慧能的《坛经》是禅宗根本典籍,唐、宋许多文人受到它的影响,现存有不同文本,主要的有四个,差别很大。假如讨论王维、白居易以至"公安三袁"接受《坛经》的影响,同样首先得明确他们读的是哪一种本子。这还只是运用基本文献层面的相对单纯的问题。但这从事研究的必经的第一步,就非有相当坚实的、多学科的学术准备不可。另外还应注意到,宗教本是千百万民众的实践活动。记述有关现象的材料,除了中国传统的"四部"书,更多保存在碑传、方志、笔记、杂说等"杂书"里,这类书一般一向不被重视,传本稀缺。此外除了文献记录,对于探讨宗教现象,田野考察和考古发掘资料十分重要,这两方面都不断有新的发现。这些都体现了宗教研究的特殊性和艰巨性。

季羡林先生谈比较文学研究,说过这样意思的话:要把事情看得难一些,看得越难越好。相关宗教的学术研究也是如此。不过对于有志于从事研究的人来说,不断地克服困难、艰难地探索真理正是学术生涯难得的乐趣;而且工作越是艰巨,越会激发起顽强探索的动力和毅力。相信会有更多的人参与到中国宗教与中国文学这一学术领域的耕耘中来。

（原载《武汉大学学报（人文科学版）》第62卷第5期,2009年5月）

道教的仙歌及其文学价值

道教诗歌——仙歌

　　道教典籍描述仙真降临世间、诱导凡俗；道教科仪歌舞并作、愉悦天神；道士们宣说教理、教化群众，等等，都大量使用诗颂韵语。它们有的独自成篇，有的夹述在散体叙说里。北周时期编纂的道教类书《无上秘要》汇集这类篇章，立专门的《仙歌品》；宋代道教类书《云笈七签》里有《赞颂歌》、《歌诗》、《诗赞辞》等品类。可以把道教典籍里的这类韵文称为"仙歌"。后来结集《道藏》，"十二部"中"赞颂"所收纯是韵文，如洞真部《三洞赞颂灵章》、洞玄部《上清诸真章颂》、洞神部《诸真歌颂》等所辑录，"本文"或其他部类也包含许多韵文。它们总体数量很大。其中相当一部分，例如晋宋以来广泛流传的《黄庭经》和《周易参同契》，前者是七言韵文，后者由四言、五言、骚体和散体构成，只是传述教理，不能算真正的诗歌。课堂上讲韵文不等于诗，老师常常会举中医的汤头歌诀和道教的这类诗颂做例子。但如上清派典籍《汉武帝内传》、《真诰》等描写仙真活动，穿插韵语曲辞，许多富于诗情，写作手法也相当讲究，则是典型的仙道题材的诗歌了。明代冯惟讷《古诗纪》、清代沈德潜《古诗源》以及近人逯钦立《先秦汉魏晋南北朝诗》等著名诗歌总集都收录这类作品。虽然这类作品中真正富于情韵、宜于欣赏的优秀篇章不多，但它们自古及今对于文学创作的影响却是相当大的。直接的影响，如许多古代作家写过"步虚词"、"游仙诗"，体裁、内容和写法都和这类"仙歌"相似；间接的影响则是它们为诗歌以至一般文学创作提供了大量可资借鉴的材料。这只要看看从"三曹"、郭璞、李白、李商隐直到龚自珍的诗作，从六朝志怪到元代神仙道化剧等古小说、戏曲创作就清楚了。而且应当承认，即使如《黄庭经》那样缺乏文学情趣的经典也不是毫无文学价值。《黄庭经》结集于东晋时期，作为七言道典，它的流行对于七言诗体发展的促进作用不可忽略，其中的大量"仙语"、"仙言"、神仙事典，隐语、象征之类表现手法，对后世文人广有影响也是十分明显的。

"仙歌"创作水平得以提高，有种种条件。《黄庭玉景内经》里的"上清章"说："是曰玉书可精研，咏之万遍升三天。"①《洞真回元九道经》里收录《玉清上官九阳玉章》里的三章仙歌，说"九华玉女皆恒歌诵之于华晨之上，和形魂之交畅，启灵真于幽关，凡修飞步七元，行九星之道，无此歌章，皆不得妄上天纲，足蹑玄斗"②。就是说，诵读这些韵文曲辞与存神守一、服食丹药、佩带符箓、沐浴斋戒等一样，是虔修的手段，升玄的阶梯。中国本来有诗歌创作悠久、丰厚的传统，早期道典《太平经》里已大量使用韵文歌谣、谚语、口诀等，如《师策文》"乐莫乐乎长安市，使人寿若西王母，比若四时周反始，九十字策传方士"③之类。道教经典结集又多借鉴佛教翻译经典，而佛典多使用偈颂，文体多是韵、散并行的。道教的形成与发展又有深厚的民众基础，向民众宣扬教理，利用韵语的诗词歌曲

①《太上黄庭内景玉经》，《道藏》第 5 册，第 908 页，文物出版社、上海书店、天津古籍出版社，1987 年。
②《道藏》第 25 册第 48 页。
③王明《太平经合校》卷三八，第 62 页，中华书局，1960 年。

更易于接受。晋宋以降,又有更多知识精英参与道教经典制作。这样,不断创造出来的经典里出现更多仙歌,创作水平也不断提高。

《三皇经》是早期经典。《无上秘要》卷二〇收录其中"阴歌、阳歌凡有一十五章,太上玉晨大道君命太素真人、中华公子、太虚紫阳公路虚成造以唱八素之真,能恒讽咏者,使人精魂合乐,五神谐和,万邪不侵。此歌曲之美,是太极紫阳公阳歌九章,以曜九晨之道;阴歌六章,以利六气之精。咏之者凝三神,有之者除不祥"①,表明这些歌曲具有宗教修持的意义。从总体看,这些仙歌用语还算比较通畅平易,描摹意象也比较真切,如:

> 东游蓬岳标,西之九河津。飞梵承虚上,振声光于天。栖憩华林际,何忧不长年。北游遨海岛,南适登林墟。重萌郁以赫,朱凤引鸣雏。既忘荣耀契,何不宝仙居。阴歌悲且吟,讽咏高仙子。放浪嵩岳峰,起虚登霄里。咏歌八音停,扬妙随风起。徘徊清林中,仙贤相携跱。清肃八音咏,微风梵皇灵。闲夜动哀唱,双阴交来鸣。织妇吐归吟,凄切感思生。自非高仙子,何由保贤真。②

这里有畅游仙界的叙事,有仙界景物的描绘,洞天福地,琼楼玉宇,不死的神仙度过逍遥自在的生活,全篇格调宛如游仙诗。又《上清大洞真经》卷一所录《大洞灭魔神慧玉清隐书》是九十四句长篇仙歌:

> 玄景散天湄,清汉薄云回,妙炁焕三晨,丹霞耀紫微。诸天舒灵彩,流霄何霏霏,神灯朗长庚,离罗吐明辉。回岭带高云,悬精荫八垂,三素启高虚,兰阙披重扉。金墉映玉清,灵秀

---

① 《道藏》第 25 册第 50 页。
② 《道藏》第 25 册第 50 页。

表天畿,风生八会宫,猛兽骋云驰。纷纷三洞府,真人互参差,
上有干景精,冥德高巍巍。太一务猷收,执命握神麾,正一履
昌灵,摄召万神归。公子翼寂辕,洞阳卫玄机,明初合道康,龙
舆正徘徊。七景协神王,飙轮万秒阶,体矫玄津上,飞步绝岭
梯。披锦入神丘,灿灿振羽衣。冥摅交云会,飞景承神通,清
峰无毫荟,绮合生绝空。金华带灵轩,翼翼高仙翁,万辔乘虚
散,蓊蔼玄上窗……①

这里使用"神"、"灵"、"玄"、"炁"等道教词语,描写天上的"清汉"、
"丹霞"、"高云"、"灵彩",地上的"金塘"、"洞府"、"清峰"、"回岭"等
道教常用意象,在这神奇诡异的境界里,"妙炁"蒸腾,星光闪烁,真
人们乘龙往来,车轮飙飞,羽衣灿烂,一派超凡高妙的景象,诱人
神往。

　　一些仙传里的歌辞生动可读。例如《汉武帝内传》,是仙传中
代表性著作,其中穿插几首生动优美的仙歌。如后半部分描写上
元夫人降临,"自弹云林之璈,鸣弦骇调,清音灵朗,元风四发,乃歌
步玄之曲"。辞曰:

　　　　昔涉元真道,腾步登太霞。负笈造天关,借问太上家。忽
过紫微垣,真人列如麻。绿景清飙起,云盖映朱葩。兰宫敞琳
阙,碧空启璚沙。丹台结空构,暐暐生光华。飞凤蹑鸾峙,烛
龙倚委蛇。玉胎来绛芝,九色纷相挈。挹景练仙骸,万劫方童
牙。谁言寿有终,扶桑不为查。

王母又命侍女田四妃答歌曰:

　　　　晨登太霞宫,挹此八玉兰。夕入玄元阙,采蕊掇琅玕。濯
足鲍瓜河,织女立津盘。吐纳挹景云,味之当一餐。紫微何济
济,璚轮复朱丹。朝发汗漫府,暮宿句陈垣。去去道不同,且

---

①《道藏》第 1 册第 516 页。

如体所安。二仪设犹存，奚疑亿万椿。莫与世人说，行尸言
此难。①

这里描绘仙界景象，抒发求仙幻想，奇思异想，言辞炜烨，情境鲜明
而生动。又见于《神仙传》的马鸣生（又作马明生），据传是齐国临
淄人，为县小吏，被贼所伤，赖道士神药救治得活，遂弃职拜道士为
师，勤苦修道，得《太清神丹经》，白日升天。今传《太真夫人赠马鸣
生诗二首并序》，应是两晋人作，前有长篇诗序，记载"太真夫人者，
王母之小女也，年可十六七，名婉罗，字勃遂"，她降临世间，马鸣生
随之执役五年，夫人以久在人间，奉君王命，被太上召，不复得停，
念鸣生专谨，欲教以长生之方、延年之术，由于仙界规定不可教始
学者，因此把他介绍给晓金液丹法、能让人白日升天的安期先生，
次日，安期先生至，见夫人，甚揖敬，称下官，须臾，厨膳至，饮宴半
日许，夫人嘱鸣生随之去，并以五言诗二篇赠之，鸣生流涕而辞，乃
随安期先生授九丹之道。诗篇其一曰：

> 暂舍墉城内，命驾岱山阿。仰瞻太清阙，云楼郁嵯峨。
> 虚中有真人，来往何纷葩。炼形保自然，俯仰挹太和。朝朝
> 九天王，夕馆还西华。流精可飞腾，吐纳养青牙。至药非金
> 石，风生自然歌。上下凌景霄，羽衣何婆娑。五岳非妄室，玄
> 都是我家。下看荣竞子，笃似蛙与蟆。昳顾尘浊中，忧患自
> 相罗。苟未悟妙旨，安事于琢磨。祸凑由道泄，密慎福
> 臻多。②

以上所述与另一部道典《马明生真人传》略同，《传》又记载马明生
随安期先生，受太清金液神丹方，后来白日升天，临去，著诗三首，
以示将来，时在汉光和三年（180）。其一曰：

---

① 《汉武帝内传》，《丛书集成初编》据《守山阁丛书》排印本。
② 《云笈七签》卷九八，第 4 册第 2104、2127 页，李永晟点校，中华书局，2003 年。

　　太和何久长，人命将不永。噏如朝露晞，奄忽睡觉顷。生
生世所悟，伤生由莫静。我将寻真人，澄神挹容景。盘桓昆陵
宫，玄都可驰骋。涓子牵我游，太真来见省。朝朝王母前，夕
归钟岳岭。仰采琼瑶葩，俯漱琳琅井。千龄犹一刻，万纪如
电顷。①

关于马明生的传说是一篇生动的神仙降临故事，如此配合如诗如
颂的仙歌，增添一份情趣。诗也写得妙想联翩，瑰丽生动。

　　后出的仙歌形式多样，又体现更丰富的创作意图。如《云笈七
签》载《女仙张丽英石鼓歌一首》，序谓："《（宁都）金精山记》云：汉
时张芒女名丽英，面有奇光，不照镜，但对白纨扇如鉴焉。长沙王
吴芮闻其异质，领兵自来聘。女时年十五，闻芮来，乃登此山仰卧，
披发覆于石鼓之下，人谓之死。芒妻及芮使人往视，忽见紫云郁
起，遂失女所在，得所留歌一首在石鼓之上。"歌曰：

　　石鼓石鼓，悲哉下土，自我来观，民生实苦。哀哉世事！
悠悠我意。我意不可辱兮！王威不可夺余志。有鸾有凤，自
歌自舞。凌云历汉，远绝尘罗。世人之子，其如我何？暂来期
会，运往即乖。父兮母兮！无伤我怀。

下有注云："至今石鼓一处黑色直下，状女垂发，时人号为张女
发。"②这本是富于传说色彩的升仙故事，但具有反抗强权、同情民
众的内容，表达朴素真挚，风格类似民间乐府。又如《武夷君人间
可哀之曲》，据陆鸿渐《武夷山记》云："武夷君，地官也。相传每于
八月十五日，大会村人于武夷山上，置幔亭，化虹桥，通山下。村人
既往，是日，太极玉皇、太姥魏真人、武夷君三座空中，告呼村人为
曾孙，汝等若男若女呼坐，乃命鼓师张安凌槌鼓……乃令歌师彭令

_____

① 《云笈七签》卷一〇六，第 5 册第 2306 页。
② 《云笈七签》卷九七，第 4 册第 2108 页。

昭唱人间可哀之曲，其词曰：天上人间兮会合疏稀，日落西山兮夕鸟归飞。百年一饷兮志与愿违，天宫咫尺兮恨不相随。"①这是神仙聚会的歌唱，四句长歌，感叹人生，哀婉动人，体现深厚情韵。

《真诰》里的仙歌

　　道教类书《无上秘要》、《云笈七签》等收录的"仙歌"有些辑自《真诰》。《真诰》是茅山上清派道教的基本经典，也是道教文学的重要作品，韵散结合是其行文的重要特征，其中的仙歌则是文学价值突出的部分。

　　"真"，仙真，指上清派道教祖师魏华存等女仙；"诰"，诰语。《真诰》意谓仙真降临所赐告语。魏夫人华存，据传为晋代女道士，字贤安，任城（今山东济宁市境）人；父魏舒，晋司徒；她自幼好仙道，嫁太保掾南阳刘文，同至修武县令任所，生二子璞、瑕，后来夫妇别居，持斋修道；她担任天师道祭酒，得清虚真人王褒等降授"神真之道"、景林真人降授《黄庭经》；在世八十三年，于晋成帝咸和九年（334）隐化，受命为紫虚元君、南岳夫人；西王母偕冯双珠等三十余真人降临，授以《太清隐书》四卷。她被尊为上清派第一代尊师。唐颜真卿《晋紫虚元君领上真司命南岳夫人魏夫人仙坛碑铭》以范邈所作《魏夫人传》为本，所述事迹颇详。据传魏华存命子刘璞授道杨羲。杨羲（330—387），曾任司徒琅琊王（简文帝司马昱）舍人，据后来陶弘景记述，"伏寻《上清真经》出世之源，始于晋哀帝兴宁二年（364）太岁甲子，紫虚元君上真司命南岳魏夫人下降，授弟子琅琊王司徒公府舍人杨某（羲），使作隶字写出，以传护军长史句容

①《云笈七签》卷九六，第 4 册第 2100 页。

许某(谧)并弟〔第〕三息上计掾某某(翙),二许又更起写,修行得道。凡三君手书,今见在世者,经传大小十余篇,多掾写,真嗫四十余卷,多杨书"①。这些口授纪录在道门流传,刘宋道士顾欢曾加以整理、编辑;至陶弘景,又进一步搜集散落在江南的相关纪录,成《真诰》七篇,今本二十卷。在这部书里,南岳魏夫人等是降临世间的仙真;杨羲是接受诰语的灵媒;许谧和许翙父子被引导进入仙道,从而为世人树立求仙的样板。陶弘景整理"三君手书",随处插入注文,他书写"三君手书和经中杂事"用紫书大字,其余用朱书细字,注文用墨书细字,不过在后世传本里已泯没这些区别。这部书本是作为仙真降临纪录传世的,分散为一个个场面,整理、编纂者又有意故作神异,使得行文杂乱无序,记述中又多用隐语、象征等隐秘表现方法,让人难以卒读。不过其内容丰富,相当全面地反映了早期江南上清派道教面貌,乃是道教史的重要文献,也是公元四、五世纪中国南方社会史与文化史的重要资料。上清派本是东晋南方士族创立起来的,不重丹药符箓而重存神守真、隐遁冥想、服气胎息、守戒行善等"神游无碍"的"存思"养炼之术,又发展出一套"人神交接"的道术和降神仪式。无论是想象中的神仙相聚、仙人降临、仙凡交往,还是现实中的斋会仪式、歌舞繁会,都具有浓厚的艺术意趣,描绘出来则成为具有特殊情趣的文学作品。

《真诰》以愕绿华诗开头,接着是对她的描述:她自称南山人,二十岁样子,在升平三年(359)即兴宁二年的六年前的十一月十日夜降临到羊权处,自此往来,一月间来六次,自说也姓杨,赠给羊权一首诗,还有火浣布手巾一枚,金、玉条脱各一枚,并说自己是九嶷山中得道女罗郁,前世曾为师母毒杀乳妇,玄州以先罪未灭,谪降世间以偿其过,又给羊权尸解药。诗曰:

①吉川忠夫、麦谷邦夫编《真诰校注》卷一九《翼真检第一·真经始末》第572—573页,朱越利译,中国社会科学出版社,2006年。

　　　　神岳排霄起，飞峰郁千寻，寥龙灵谷虚，琼林蔚萧森。羊
生标美秀，弱冠流清音，栖情庄慧津，超形象魏林。扬彩朱门
中，内有迈俗心。我与夫子族，源胄同渊池。宏宗分上业，于
今各异枝。兰金因好著，三益方觉弥。静寻欣斯会，雅综弥龄
祀。谁云幽鉴难，得之方寸里。翘想笼樊外，俱为山岩士。无
令腾虚翰，中随惊风起。迁化虽由人，蕃羊未易拟。所期岂朝
华，岁暮于吾子。

　　这首诗称赞羊权有"迈俗"之心，二人又是同族，因此下降结金兰之
好，实则暗示男女恋情，二人都想逃脱樊笼，期望将来同登仙籍。
这是《真诰》全篇魏华存等仙真降临的铺垫。以下从兴宁三年
（365）夏开始，两年间几乎是每一天，众仙真降临位于建康东南六
十公里的茅山许氏山馆，实际是在那里举行降神仪式。仙真的谈
话被杨羲和许氏一族的许谧（许长史）、许翙（许掾）纪录。杨羲等
人乃是具有文化修养的士族子弟，写作中有《汉武帝内传》等高水
平的仙道作品可以借鉴，后来又经过陶弘景等文学修养颇高的人
整理、加工，虽然书中一个个片断显得凌乱，但记叙仙真事迹、仙人
结往、诗赋赠答，夹叙神话传说，描摹扑朔迷离，情境神奇诡异，在
仙道文学创作中确属上品。其中的仙歌写法、风格多样，也是这一
体裁的优异之作。又与当时流传的女仙降临传说一样，《真诰》里
的仙、凡交往多被表现为婚恋关系，如紫清上宫九华安妃与杨羲、
沧浪云林右英夫人与许谧，实际被表现为情侣。他们相互赠答的
歌唱就成为独具特色的情歌。

　　《真诰》里紫微王夫人率安妃降临杨羲一幕，包括两首"仙歌"，
典型地反映这部作品的写法和风格。所述事在兴宁三年六月二十
五日夜，紫微王夫人与一神女下降杨羲住处，夫人年约十三四，左
右有年约十七八两侍女，一侍女手持《玉清神虎内真紫元丹章》，另
一侍女捧白箱；夫人介绍说："此是太虚上真元君金台李夫人之少
女也。太虚元君昔遣诣龟山学上清道，道成，受太上书，署为紫清

上宫九华真妃者也，于是赐姓安，名郁嫔，字灵箫。"紫清真妃久坐不言，手中先握三枚枣，色如干枣而形长大，内无核，有似梨味；妃先以一枚与杨羲，一枚与紫微夫人，自留一枚，令各食之；食毕，真妃问杨羲年龄，何月生，杨羲答称三十六，庚寅岁九月生。真妃曰："君师南真夫人，司命秉权，道高妙备，实良德之宗也。闻君德音甚久，不图今日得叙因缘。欢愿于冥运之会，依然有松萝之缠矣。"杨羲答说："沉湎下俗，尘染其质，高卑云邈，无缘禀敬。猥亏灵降，欣踊罔极。唯蒙启训，以祛其暗，济某元元宿夜所愿也。"真妃曰："君今语不得有谦饰。谦饰之辞，殊非事宜。"真妃请杨羲笔录其诗：

> 云阙竖空上，琼台耸郁罗。紫宫乘绿景，灵观蔼嵯峨。琅轩朱房内，上德焕绛霞。俯漱云瓶津，仰掇碧柰花。濯足玉女池，鼓枻牵牛河。遂策景云驾。落龙辔玄阿。振衣尘滓际，褰裳步浊波。愿为山泽结，刚柔顺以和。相携双清内，上真道不邪。紫微会良谋，唱纳享福多。

书讫。取视之，乃曰："今以相赠，以宣丹心，勿云云也。若意中有不相解者，自有微访耳。"然后紫微夫人亦授诗。写好后，紫薇夫人说："以此赠尔。今日于我为因缘之主，唱意之谋客矣。"又说："明日南岳夫人当还，我当与妃共迎之于云陶间。明日不还者，乃复数日事。"又良久曰："我去矣。明日当复与真妃俱来诣尔也。"杨羲惊觉下床，失其所在。真妃少留在后而言曰："冥情未撼，意气未忘，想君俱咏之耳。明日当复来。"执杨羲手自下床，未出户之间，忽然不见①。这样，使用绚丽的辞彩叙述迷离恍惚的仙、人交通情景，其中夹述两首仙歌，描述仙界幻想，表达示好情谊。二十六日夜，众真与九华真妃又再次降临杨羲处。这种神仙降临人世的仙、凡关系，本如六朝女仙谪降传说里是夫妇或情侣关系，而在上清派"存

————
① 《真诰校注》卷一《运象篇第一》第 29—31 页。

神"观念里又体现为修道伴侣关系。这种馈赠之作,谆谆善诱,缠绵悱恻,朦胧中透露出男女柔情,引发读者遐想。《真诰》里记载清虚真人授书说:"黄赤之道,混气之法,是张陵受教施化,为种子之一术耳,非真人之事也。"紫微夫人则说:"夫真人之偶景者,所贵存乎匹偶,相爱在于二景,虽名之为夫妇,不行夫妇之迹也,是用虚名以示视听耳。"①这也是上清派"清整""三张""淫秽"道法的具体体现。

《真诰》里数十位降临的男真和女真仿佛都是诗人。他们用诗歌宣示诰语,唱和酬答,出口成章。例如有一组诗,众真歌唱另一双情侣沧浪云林右英夫人和许谧的情爱关系,分别被收载在冯惟讷和逯钦立编选的诗歌总集里。右英夫人诗云:

> 驾欻敖八虚,徊宴东华房。阿母延轩观,朗啸蹑灵风。我为有待来,故乃越沧浪。

这里所谓"有待"出《庄子·逍遥游》,谓有所执着。后来"有待"、"无待"不仅是玄学,也是佛教义学讨论的课题。右英夫人是说从西王母那里乘虚而来,越过沧浪之水,降临到许谧处,是堕入了有所羁绊的人间俗情。以下则众真唱和。先是紫微夫人作答:

> 乘飚溯九天,息驾三秀岭。有待徘徊眄,无待故当净。沧浪奚足劳,孰若越玄井。

这是说右英夫人从九天乘风下降,在三秀岭停留,与许谧缠绵俗情,不如"无待"清静,因而不值得越过沧浪之水的劳顿,还是追求玄妙仙境更好。接下来是桐柏山真人、清灵真人、中候夫人等八位男、女仙真作歌,描绘右英夫人降临许谧情景,就"有待"、"无待"继续发表议论。最后的基本结论是二者本相对而言,大小等殊,远近

---

① 《真诰校注》卷二《运象篇第二》第 43 页。

一缘，因而"彼作有待来，我作无待亲"、"有无非有定，待待各自归"①，这实际就是在隐晦形式下，肯定了仙真与凡人的情爱关系。

《真诰》里的女仙，个个美丽动人，多才多艺。她们降临人间，对所诰示的灵媒情真意切。她们深知浊世污秽，却又流露出对于世情的依恋。她们要和灵媒"携手结高萝"，"共酣丹琳罂"，把人世凡情转换为相携松萝的道侣，从而把道教教诫与人间爱情调和起来，进而宣扬上清教法乃是实现人间最高享乐的捷径。这也从一个方面体现了道教强烈的生命意识。

从文学创作角度看，《真诰》结构不够严整，明显是拼凑而成（还掺杂不少佛教经典段落），文字风格也不统一。不过上清派道教本来具有浓厚的文化性格，《真诰》又是这一派道士几代人创作的成果，它利用道教传统的神仙降临、传授经戒的构思来宣扬清心静虑的"存思"之道，在道教教理发展史上具有重大价值与深远影响；它所描述的人物和场景乃是魏晋以来有教养的士族士大夫参玄访道生活场景的投影，反映思想史和社会史的一个重要侧面；而作为道教文学创作成果，《真诰》确实生动地描摹出一系列仙真降临场面，在虚幻、朦胧的情境中刻画一批轻灵智慧的仙真，特别是许多美艳绝伦的女仙和执着痴迷的灵媒形象，个性鲜明，具有相当的典型意义；而穿插在其中的仙歌，传达仙真教诲，抒写灵媒和信徒在宗教感召、影响下的神秘精神体验，玄理与诗情相交融，又善于利用大胆悬想、隐晦深秘、夸张铺排的艺术手法，点缀以仙语、仙典、仙事，创造出神秘玄妙而又奇诡艳丽的艺术境界，在诗歌发展史上做出了一定贡献，也发挥了相当的影响。

特别是唐宋时期，《真诰》在文人士大夫间流行。韦应物《休暇东归》诗说："怀仙阅《真诰》，贻友题幽素。"②白居易《味道》诗说：

---

①《真诰校注》卷三《运象篇第三》第83—85页。
②陶敏、王友胜《韦应物集校注》卷八，第494页，上海古籍出版社，1998年。

"七篇《真诰》论仙事，一卷《坛经》说佛心。"①陆龟蒙《寄怀华阳道士》诗说："见买扁舟束《真诰》，手披仙语任扬舲。"②苏辙《次韵子瞻游罗浮山》诗说："后来玉斧（许翙字）小儿子，亦入《真诰》参仙经。试令子弟学诸许，还家不用《剑阁铭》。"③如此等等，都表明《真诰》乃是当时文人的教养读物。至于他们在创作中广用《真诰》的故事、典故、语汇等等，更有数不清的例证。

步虚词

仙歌里具有较高艺术价值的还有步虚词一类。

如果说庄子所描写的"不食五谷，吸风饮露，乘运气，御飞龙，而游乎四海之外"的"神人"，"上窥青天，下潜黄泉，挥斥八极，神气不变"的"至人"还是一种理想人格，那么道教里的神仙则被落实为真实存在了。《太平经》里说：

> 故得道者，则当飞上天，亦是其去世也……不死得道，则当上天……④

葛洪《抱朴子内篇》则说："按《仙经》云，上士举形升虚，谓之天仙。中士游于名山，谓之地仙。下士先死后蜕，谓之尸解仙。"⑤其中"举形升虚"的"天仙"当然是信仰者向往和追求的理想。而在秦汉方

---

① 朱金城《白居易集笺校》卷二三，第 3 册第 1577 页，上海古籍出版社，1988 年。
② 《全唐诗》卷六二六，第 7198 页，中华书局标点本。
③ 《栾城后集》卷一，《栾城集》中册第 1119—1120 页，曾枣庄、马德富点校，上海古籍出版社，1987 年。
④ 《太平经合校》卷九八，下册第 450 页。
⑤ 王明《抱朴子内篇校释》（增订本）卷二《论仙》第 20 页，中华书局，1985 年。

士的活动中,求仙已成为一种"技术"。道教则进一步发展了这类技术。魏晋时期形成的乘蹻、玄览、洞观等法术就是这类技术的几种。它们大体可分为两类。一类是行步虚空,叫做乘蹻,"若能乘蹻者,可以周流天下,不拘山河。凡乘蹻道有三法:一曰龙蹻,二曰虎蹻,三曰鹿卢蹻。或服符精思,若欲行千里,则以一时思之。若昼夜十二时思之,则可以一日一夕行万二千里……"①,这是设想在天上自由飞翔,与神仙遨游,即曹植诗所谓"乘蹻追术士,远之蓬莱山"②。另一类是通过存思,"上通于天,下通于地,总有神仙幽相往来"③,则是"神游"的内功,是幻游神仙世界。道教这两类养炼技术作为思维方式都通于诗歌创作中与仙人交游和遨游仙界的构想。另一方面,道教科仪制度中又形成一种舞乐形式"步虚",普遍行用于斋法。在灵宝斋仪里,道士按八卦、九宫方位,绕香案"安徐雅步、调声正气"而歌,象征众仙在玄都玉京斋会的情景。这是以虚拟的行为来表达神仙玄想,具有祈祷的意义。循序歌唱时配合以特殊的经韵曲调即所谓"步虚声",所吟咏的歌词即是《步虚词》。从文学创作角度看,郭茂倩《乐府解题》说:"步虚词,道家曲也,备言众仙缥缈轻举之美。"则被看作是道教诗歌的一类。

宋刘敬叔《异苑》里有曹植传"步虚声"的传说:

> 陈思王曹植字子建,尝登鱼山,临东阿,忽闻岩岫里有诵经声,清通深亮,远谷流响,肃然有灵气,不觉敛衿祗敬,便有终焉之志,即效而则之。今之梵唱,皆植依拟所造。一云,陈思王游山,忽闻空里诵经声,清远道亮,解音者则而写之,为神仙声。道士效之,作步虚声也。④

---

①《抱朴子内篇校释》(增订本)卷一五《杂应》第 275 页。
②《升天行》,赵幼文校注《曹植集校注》第 266 页,人民文学出版社,1984 年。
③《太上洞玄灵宝天尊说救苦妙经注解》,《道藏》第 6 册第 488 页。
④《异苑》卷五。

这是小说家言,不足凭信。佛教又有传说梵呗传自曹植,都反映这些宗教乐曲自魏晋间开始流行的事实。道教经典里关于步虚的最早记载见于《太极真人敷灵宝斋威仪诸经要诀》,该经据考为东晋安帝时期葛巢甫所撰。其中说:

> (十方)拜既竟,斋人以次左行,旋绕香炉三匝,毕。是时亦当口咏《步虚蹑无披空洞章》。所以旋绕香者,上发玄根无上玉洞之天,大罗天上太上大道君所治七宝自然之台,无上诸真人持斋诵咏,旋绕太上七宝之台,今法之焉。①

用旋绕香炉来象征高仙上圣朝谒玉京、飞巡虚空,显然模仿佛教的绕佛仪轨;旋绕中咏唱《步虚词》,则采取中土祭祀传统里舞乐结合的形式。

如上所说,在灵宝斋仪里,吟咏《步虚词》是重要节目。有一部《洞玄灵宝玉京山步虚经》,其中说:"太极左仙公葛真人,讳玄,字孝先,于天台山授弟子郑思远、沙门竺法兰、释道微、吴时先主孙权。后思远于马迹山中授葛洪……"②陆修静编纂的《太上洞玄灵宝授度仪》里说到传授"灵宝斋法"的科仪说:

> 次弟子跪,九拜,三起三伏,奉受真文,带策执杖,礼十方一拜。从北方始,东回而周迄,想见太上真形如天尊象矣。毕,次师起巡行,咏《步虚》,其辞曰:
>
> 稽首礼太上,烧香归虚无。流明追我回,法轮亦三周。玄愿四大兴,灵庆及王侯。七祖升天堂,煌煌曜景敷。啸歌归大漠,天乐适我娱。齐馨无上德,下仙不与俦。妙想朗玄觉,诜诜乘虚游……③

---

① 《道藏》第 9 册第 868—869 页。
② 《道藏》第 34 册第 628 页。
③ 《道藏》第 9 册第 852—853 页。

所录《步虚词》就是《太上玉京山步虚经》里通称《灵宝步虚》即《升玄步虚章》十首。这表明当初《步虚词》就是这十首,为一般仪式里所使用。它们采取五言诗形式,即制作时借鉴了当时流行的诗歌体制。而作为斋法科仪,歌唱《步虚词》则起到宣导信众又怡悦心神的作用。

后来创作出更多步虚词。六朝道经如《太上洞渊神咒经》、《太上大道玉清经》、《上清无上金元玉清金真飞元步虚玉章》、《洞真太上神虎隐文》等经典里均录有篇数不等的《步虚词》。这些作品四、五、七言不一,长短不拘。如《太玄洞渊神咒经》卷一五《步虚解考品》所录二十五首里的第二首:

> 南方炎帝君,八表号阎浮。飞轩驾云舆,十真三天游。玉女乘霄唱,金光溢丹丘。今日转法轮,梵响震九峿。天帝敕魔兵,风举自然休。晃晃三光耀,百邪没九幽。若有干试者,力士斩其头。诸天帝王子,杀鬼岂敢留。故有强梁者,镬汤煮其躯。千千悉斩首,万万不容留。兴斋摄魔精,魍魉值即收。大道威严重,神风扫邪妖。疫鬼即消尽,万民无灾忧。①

这里描写"南方炎帝"统帅男、女仙真驱邪胜魔,消灭疫鬼,为百姓消除"灾忧",表明步虚具有"解考"即消除一切灾殃的作用。值得注意的是,前引这一首用了许多佛教词语。实际道教步虚词无论作为斋法还是作品创作对于佛教的梵呗都有所借鉴。

又陈国符指出:"至唐代,据见存张万福、杜光庭斋醮仪,道乐曲调之确实可考者,亦仅《华夏赞》及《步虚词》二种。"②唐宋以降,步虚一直广泛应用于道教仪式之中。如今古代"步虚声"的曲调已不可得知,但从文献记载里可以了解其优美动人及广为流行情形。唐代著名道士张万福描述说:

---

①《道藏》第 6 册第 56 页。
②陈国符《道乐考略稿》,《道藏源流考》第 294 页,中华书局,1963 年。

七宝玉宫皆元始天尊所居，诸天众圣朝时皆旋行，诵歌《洞章》即《升玄步虚章》，或《旋空歌章》、《大梵无量洞章》之流也。密咒毕，都讲唱《步虚》，旋绕以次左行，绕经三周。其第一首但平立面经像，作第二首即旋行，至第十首须各复位。竟之，每称善，各回身向中，散花，礼一拜，法十方朝玄都也。①

这里说的应是唐代制度。当时歌唱《步虚词》十首，应仍是《玉京山步虚经》里的十首。

用于道教仪式中的《步虚词》后来仍陆续被创作出来。如唐代著名道士吴筠作十首。其第十首曰：

二气播万有，化机无停轮。而我操其端，乃能出陶钧。寥寥升太漠，所遇皆清真。澄莹含元和，气同自相亲。绛树结丹实，紫霞流碧津。以兹保童婴，永用超形神。②

吴筠本以能文善艺著称，留有文集。他的《步虚词》表达上更为"雅驯"，更像"诗人之诗"，这也是所谓宗教"文艺化"的体现。权德舆评论他的作品说："故属词之中，尤工比兴。观其《自古王化诗》与《大雅吟》、《步虚词》、《游仙》、《杂感》之作，或遐想理古，以哀世道，或磅礴万象，用冥环枢，稽性命之纪，达人事之变，大率以啬神挫锐为本。至于奇采逸响，琅琅然若戛云璈而凌倒景，昆阆松乔，森然在目。近古游方外而言六义者，先生实主盟焉。"③这里对包括《步虚词》作品的评价不无溢美，但也可见吴筠这类作品的影响。杜光庭《太上黄箓斋仪》录存《步虚词》二十余首，作者不明，应是当时流行作品，如：

旋行蹑云纲，乘虚步玄纪。吟咏帝一尊，百关自调理。俯

①《无上黄箓大斋立成仪》卷三四，《道藏》第9册第579页。
②《宗玄集》卷中。
③《唐故中岳宗元先生吴尊师集序》，《权载之文集》卷三三，《四部丛刊》本。

命八海童,仰携高仙子。诸天散香花,萧然灵风起。宿愿定命根,故致标高拟。欢乐太上前,万劫犹未始。①

后来宋太宗、宋真宗、宋徽宗均作有步虚词。其中宋徽宗的十首编入道教乐谱集《玉音法事》,一直流传沿用至今。其第五、六两首:

> 绿鬓颓云髻,青霞络羽衣。晨趋阳德馆,夜造月华扉。抟弄周天火,韬潜起陆机。玉房留不住,却向九霄飞。
>
> 昔在延恩殿,中霄降九皇。六真分左右,黄雾绕轩廊。广内尊神御,仙兵护道场。孝孙今继志,咫尺对灵光。②

就内容看,这些作品不出传统《步虚词》的范围,但由于作者具有较高的文化素养和文字技巧,遣词用语相当典雅精致,达到较高的艺术水平,在步虚词创作中算作上品了。刘师培曾评论宋徽宗的《步虚词》说:"虽系道场所讽,然词藻雅丽,于宋诗尚称佳什。"③

文人拟作,庾信有《道士步虚词》十首,是这一体早期作品。文人作品与道教科仪无关,只是描写神游仙界的幻想,往往别有寓意或感慨。如庾信所作的一首曰:

> 归心游太极,回向入无名。五香芬紫府,千灯照赤城。凤林采珠实,龙山种玉荣。夏簧三舌响,春钟九乳鸣。绛河应远别,黄鹄来相迎。④

这类出自艺术修养有素的文人之手的作品,巧妙地借鉴道教的语言、意象,文字典雅,音韵和谐,使典用事严整精确,意境创造相当鲜明,与道教典籍里那些作品相比较,显示了脱胎换骨的功夫。

---

① 《太上黄箓斋仪》卷一,《道藏》第 9 册第 184 页。
② 《金箓斋三洞赞咏仪》卷下,《道藏》第 5 册第 771 页。
③ 《读道藏记》,《刘申叔先生遗书》卷六三。
④ 逯钦立辑校《先秦汉魏晋南北朝诗》下册第 2349—2350 页,中华书局,1983 年。

隋炀帝杨广善文词,有《步虚词》二首,第二首曰:

> 总辔行无极,相推凌太虚。翠霞承凤辇,碧雾翼龙舆。轻举金台上,高会玉林墟。朝游度圆海,夕宴下方诸。①

炀帝善宫体,这样的诗不过是用神仙境界来比附帝王的享乐生活。

在唐代,步虚是道教宫观斋醮里的重要环节,步虚声韵是受到人们欣赏的部分。诗人们描写道观生活,步虚成为具有象征意义的情景。如钱起诗说:"鸣磬爱山静,《步虚》宜夜凉。"②刘长卿诗说:"萝月延《步虚》,松花醉闲宴。"③等等。另一方面,步虚词又相当广泛地流行于道观之外。如《唐诗纪事》记载:"(李)行言,陇西人,兼文学干事,《函谷关》诗为时所许。中宗时为给事中,能唱《步虚歌》。帝七月七日御两仪殿会宴,帝命为之。行言于御前长跪,作三洞道士音词歌数曲,貌伟声畅,上频叹美。"④又有记载唐玄宗:"(天宝十载)四月,帝于内道场亲教诸道士步虚声韵,道士玄辨等谢曰:'……陛下亲教步虚及诸声赞,以至明之独览,断历代之传疑……'"⑤唐玄宗身为帝王,亲自更定《步虚声》的声韵和腔调,并宣示中外。《唐会要》记天宝十三载太乐府供奉曲有"林钟宫:时号道调、道曲,《垂拱乐》、《万国欢》、《九仙步虚》……"⑥,这样,步虚声又已纳入到朝廷的燕乐系统之中。道观里传出悠扬的"步虚声",成为唐代长安城宗教生活的迷人景象之一;步虚声作为道教乐曲普及到民间,已成为流行的乐曲。

白居易有诗说:"大江深处月明时,一夜吟君小律诗。应有水

---

① 《先秦汉魏晋南北朝诗》下册第 2662—2663 页。
② 《夕游覆釜山道士观因登玄元庙》,《全唐诗》卷二三八,第 2664 页。
③ 《自紫阳观至华阳洞宿侯尊师草堂简同游李延年》,储仲君《刘长卿诗编年笺注》上册第 252 页,中华书局,1996 年。
④ 计有功《唐诗纪事》卷一一,上册第 169—170 页,上海古籍出版社,1987 年。
⑤ 《册府元龟》卷五四《帝王部》,第 1 册第 604 页,中华书局 1960 年影印本。
⑥ 《唐会要》卷三三《诸乐》第 614 页,《丛书集成初编》本。

仙潜出听,翻将唱作《步虚词》。"①"云间鹤背上,故情若相思。时时摘一句,唱作《步虚辞》。"②当时从帝王到一般文士,许多人对作为诗体的步虚词表现出浓厚兴趣,也有很多人如顾况、韦渠牟、陈羽、刘禹锡、陈陶、司空图、苏郁、高骈、徐铉等留有这一题目的作品,当然失传的也不少。它们主题多种多样,表现方法亦不一。"步虚"从而成为流行的创作题材,《步虚词》则成为一般的创作体裁。如刘禹锡的《步虚词二首》曰:

　　阿母种桃云海际,花落子成二千岁。海风吹折最繁枝,跪捧琼盘献天帝。

　　华表千年一鹤归,凝丹为顶雪为衣。星星仙语人听尽,却向五云翻翅飞。③

这两首诗是普通七绝体,敷衍神仙传说,抒写神仙幻想,是精致的抒情小诗。由道教科仪的步虚声演化为文人创作的步虚词,是道教促进文学发展的又一典型事例。

"老子化胡"歌

　　在仙歌里,以"老子化胡"为内容的一批作品很有意趣和特色,可以看作是风格特别的叙事诗和讽刺诗。

　　东汉襄楷于桓帝延熹九年(166)奏疏,曾说"又闻宫中立黄老、浮屠之祠。此道清虚,贵尚无为,好生恶杀,省欲去奢。今陛下嗜

---

①《江上吟元八绝句》,《白居易集笺校》卷一五,第2册第940页。
②《同微之赠别郭虚舟炼师五十韵》,《白氏长庆集》卷二一,第3册第1408页。
③《刘禹锡集》卷二六,下册第345页,《刘禹锡集》整理组点校,卞孝萱校订,中华书局,1990年。

欲不去，杀罚过理，既乖其道，岂获其祚哉！或言老子入夷狄为浮屠。浮屠不三宿桑下，不欲久生恩爱，精之至也"①。其时佛教刚刚流行，道教还处在草创阶段，从这段话可以知道，当时已经有"老子入夷狄为浮屠"的传说；而从时代背景看，这种传说显然具有调和佛、道二教的动机，是基于肯定佛教的意图编造出来的。据汤用彤推测，老子化胡"故事之产生，自必在《太平经》与佛教已流行之区域也"。他认为："汉世佛法初来，道教亦方萌芽，分歧则势弱，相得则益彰。故佛道均借老子化胡之说，会通两方教理，遂至帝王列二氏而并祭，臣下亦合黄老、浮屠为一，故毫不可怪也。"②

后来在佛、道二教相互争胜的斗争中，出现新一代"老子化胡"传说和《老子化胡经》。敦煌本《老子变化经》(S. 2295)残卷，颂扬老子名称、法相的变化，据考应是东汉末年早期道教作品。其中描写老子"能明能冥，能亡能存，能大能小，能屈能申……在火不焦，在水不寒"等等，又写到"大（入）胡时号曰浮庆（屠）君"③。从这些说法看，一方面，老子"变化"观念显然受到佛教对于佛陀神通变化描写的影响；另一方面说老子"变化"为佛，则应是后来"化胡"说的原始形态。今存敦煌唐写本《老子化胡经》十卷，一至九卷是文，第十卷是"玄歌"，包括《化胡歌》七首、《尹喜哀叹》五首、《太上皇老君哀歌》七首、《老君十六变词》十八首计三十七首八千余言，是长篇联章仙歌。其内容说到毁寺焚经、诛杀沙门，又北齐颜延之《颜氏家训》、北周甄鸾《孝道论》均曾引用，可以肯定是北魏孝武毁佛、文成帝复法之后所作。这四组诗立言角度不同，前三组分别是用老子、尹喜和太上皇老君第一人称发言，第四组是客观描述；内容则是敷衍化胡故事，虽新意无多，但作为长篇组诗，体制新颖，谆谆善

---

① 《后汉书》卷三〇下《襄楷传》第 1082 页，中华书局点校本。
② 《汉魏两晋南北朝佛教史》上册第 42、43 页，中华书局，1983 年。
③ 中国社会科学院历史研究所等编《英藏敦煌文献》第 4 卷第 58 页，四川人民出版社，1990 年。

诱的口吻,神奇玄想的情节,加上夸饰形容的表现方法,是有一定感染力的。《化胡歌》和《老君十八变词》联章叙事体,如前者的第一、四两首:

> 我往化胡时,头载通天威,金紫照虚空,焰焰有光辉。胡王心懭戾,不尊我为师,吾作变通力,要之出神威。麾月使东走,须弥而西颓,足蹍乾坤桥,日月左右回。天地昼暗昏,星辰互差驰,众灾竞地起,良医绝不知。胡王心怖怕,叉手向吾啼,作大慈悲教,化之渐微微。落簪去一食,右肩不着衣,男曰忧婆塞,女曰忧婆夷。化胡今宾服,游神于紫微。

> 我昔化胡时,西登太白山,修身岩石里,四向集诸仙。玉女担浆酪,仙人歌玉文。天龙翼从后,白虎口驰刚,玄武负钟鼓,朱雀持幢幡。化胡成佛道,丈六金刚身。时与决口教,后当存经文。吾升九天后,克木作吾身。①

这是采取自叙口吻,利用神游仙界的想象,描摩"化胡"的一个个情境,其中有人物刻画、场面渲染,也不乏讽刺、幽默的描写。《老君十八变词》是宣扬老君变化来神化教主的,述说老子生在南、西、北、东等四面八方,变形易体,教化世人,颂扬其神通广大,贯穿佛、道斗争内容。如十三变:

> 十三变之时:变形易体在罽宾,从天而下无根元,号作弥勒金刚身。胡人不识举邪神,兴兵动众围圣人,积薪国北烧老君。太上慈愍怜众生,渐渐诱进说法轮,剔其须发作道人。横被无领涅槃僧,蒙头著领待老君,手捉锡杖惊地虫。卧便思神起诵经,佛丕错乱欲东秦,梦应明帝张骞(骞)迎。白象驮经诣洛城,汉家立子无人情,舍家父母习沙门。亦无至心逃避兵,不玩道法贪治生,搦心不坚还俗经。八万四千应罪缘,破塔坏

---

①《先秦汉魏晋南北朝诗》下册第 2248—2249 页。

庙诛道人，打坏铜像削取金。未容几时还造新，虽得存立帝恐心。①

这里述事颇为简洁，短短的篇幅中写了老子到罽宾"化胡"，经过积薪火烧考验，征服徒众，进而感应汉明帝派张骞白马驮经，把佛法传入中国，后面又写到毁佛。其中描写佛教徒"蒙头著领待老君，手捉锡杖惊地虫"，形象生动又具讽刺意味。格律则七言三句一意，一韵到底，造成急促的情调，是后来唐人歌行多使用的。《尹喜哀歌》是尹喜自述修道经历与感受，《太上皇老君哀歌》是以老君口吻哀叹世人愚妄，不信神明。所述皆世间常情，别具一种亲切感。如《哀歌》第二首：

> 吾哀世愚民，不信冥中神，恃力害良善，不避贤行人。驰马骋东西，自谓常无前，善恶毕有报，业缘须臾间。神明在上见，遣使直往牵，从上头底收，系着天牢门。五毒更互加，恶神来克侵，口吟不能言，妻子呼苍天。莫怨神不佑，由子行不仁。②

这种浅俗的唱词适合传教需要，演唱起来是会取得感人效果的。

在敦煌写本中所存佛教题材的曲辞中有描写佛陀生平的长篇歌词。道教这些"化胡"歌曲也是长篇叙事体裁。中国古代诗歌创作中叙事诗传统单薄，作品不多，且都是短篇。佛、道二教韵文诗颂里的（包括翻译佛典中的）叙事作品，对于中国叙事诗的发展做出的贡献是值得注意的。

如前所述，道教"仙歌"本属于宗教经典，主旨在宣说教理，表达又往往故作隐晦艰深，作为文学创作，优秀作品不多，也难以普

---

① 《先秦汉魏晋南北朝诗》下册第 2254 页。
② 《先秦汉魏晋南北朝诗》下册第 2251 页。

遍流传。但相对于它们的艺术价值,其对于文学创作特别是诗歌创作的影响和贡献却是相当大的。主要有这样几个层面:它们拓展了诗歌的表现领域;它们发展了一种高度悬想的构思方式;它们惯用比喻、象征、隐语、双关等艺术手段;它们创造出一套"仙语"、"仙言"、神仙事典,新奇瑰丽,玄妙隐秘;如此等等,形成一种特异的表现风格。这些艺术上的创新,吸引历代作者,许多人从中汲取借鉴,取精用弘,推陈出新,从事创作,典型的如唐代的"三李":李白、李贺、李商隐,他们都是"仙歌"传统的继承者。

(原载《文学遗产》2012 年第 6 期)

柳宗元与佛教

一

　　柳宗元是中国古代文人中真正对佛教教理有深入理解的少数文人之一，是中唐时期文坛习禅成风的环境中热衷研习天台教理并确有心得的少数文人之一，又是能够相当全面地把自己研习佛法所得加以借鉴和发挥，在思想和文学领域创造重大业绩的文人。

　　柳宗元自称"自幼好佛，求其道，积三十年"(《送巽上人赴中丞叔父召序》)[①]，说这句话在他四十岁前后。他又说"余知释氏之道且久"(《永州龙兴寺西轩记》)，表明他是自负对佛法有深刻了解的。他对待佛教的基本认识确有卓异之处。其要点，见元和十年(815)受岭南节度使马总之托所作《大鉴禅师碑》，其中转述马总的话，实际是表达自己的看法：

　　　　自有生物，则好斗夺相贼杀，丧其本实，悖乖淫流，莫克反于初。孔子无大位，没以余言持世，更杨、墨、黄、老益杂，其术

―――――――

[①]本文所引柳宗元诗文均据1960年中华书局上海编辑所据宋世彩堂本整理本，随文括注篇名，不另出注。

分裂。而吾浮图说后出，推离还源，合所谓生而静者。（《大鉴禅师碑》）

类似的观念，他又说：

　　太史公尝言：世之学孔氏者则黜老子，学老子者则黜孔氏，道不同不相为谋。余观老子，亦孔氏之异流也，不得以相抗，又况杨、墨、申、商、刑名、纵横之说，其迭相訾毁、抵牾而不合者，可胜言耶？然皆有以佐世。太史公没，其后有释氏，固学者之所怪骇舛逆其尤者也。今有河南元生者⋯⋯悉取向之所以异者，通而同之，搜择融液，与道大适，咸伸其所长而黜其奇邪，要之与孔子同道，皆有以会其趣。（《送元十八山人南游序》）

柳宗元的这种看法，可拿来和韩愈的相对比。韩愈的《与孟尚书书》，是写给他的朋友孟简的，其中谈到对先秦以来思想史发展的看法，说："⋯⋯杨墨交乱，而圣贤之道不明⋯⋯汉氏以来，群儒区区修补，百孔千疮，随乱随失，其危如一发引千钧，绵绵延延，浸以微灭。"说到这里，他的看法和柳宗元所说的前半相似，即认为孔、孟之后，诸子之说导致学术分裂，败坏了儒术。但接下来，韩愈又说，在圣人之道传继已经危殆的局面下，"唱释老于其间，鼓天下之众而从之，呜呼，其亦不仁甚矣"[1]。这则正和柳宗元说法的后一半全然相反了。柳宗元不认为佛教加深了儒术的危机，反而认为"浮图诚有不可斥者，往往与《易》、《论语》合，诚乐之，其于性情奭然不与孔子异道"（《送僧浩初序》）；因而他主张对于佛说，可以"悉取向之所以异者，通而同之，搜择融液，与道大适，咸伸其所长而黜其奇邪，要之与孔子同道，皆有以会其趣"。这样，在对待佛教的基本立

[1]《与孟尚书书》，韩愈著，马其昶校注，马茂元整理《韩昌黎文集》卷三，第215页，上海古籍出版社，1986年。

场上,他就与韩愈截然相反,不是坚决地辟佛,而主张"真乘法印,与儒典并用,而人知向方"(《送文畅上人登五台遂游河朔序》)。也因此,他和韩愈就对佛教的认识进行了持续的论争。

晋宋以来,传统上为佛教作辩护,有所谓"周孔即佛,佛即周孔"[①],"孔、老、如来虽三训殊路,而习善共辙"[②]的观点,这基本是从伦理上肯定儒家与佛法相一致,例如许多士大夫(如颜之推)或僧人(如明教契嵩)提出儒的"五常"可等同佛的"五戒";另一种更具代表性的是"儒以治世,佛以治心,道以治身"的观点,这则是为统治者着想,从教化上肯定"三教"可以各适其用,相互补充。柳宗元为佛教辩护,则取全然不同的思路:他把佛教看作是诸子百家中的一家,而且在回归孔子原始儒家本义的意义上是优于其他各家的一家。因而他说"杨、墨、黄、老益杂"使儒术"分裂"了,而佛法却有"与孔子同道"的内容,可以起到"推离还源"即挽救或补充儒术的作用。

这样,柳宗元基于思想史发展的广阔视野,提出"统合儒释"的主张。他的相关论断是否偏颇,当然值得讨论,但他不是简单地否定佛教,而是认真发掘进而肯定它对于中国文化的价值和意义,态度显然是更为辩证的。而且他本来对中国传统学术有深入的了解,又好学深思,认真地研习、探讨佛教义理,发掘、吸取、借鉴其有价值的内容来发展自己的思想,丰富自己的创作,从而成为历史上积极汲取佛教文化成果进而在理论上与创作中做出重大建树的人物。

二

柳宗元说自己对于佛教"求其道,积三十年",表明他关注的重

---

① 孙绰《喻道论》,《弘明集》卷三,《大正藏》第 52 卷第 17 页上。
② 宗炳《明佛论》,《弘明集》卷二,《大正藏》第 52 卷第 12 页上。

点在佛教的"道"即教理层面。这也体现出他热衷探讨思想理论问
题的性格。

在隋唐宗派佛教里，天台与华严二宗的教理严密、系统。而就
与中土传统融合的角度看，天台则更为突出。天台宗是最早创建
的中国佛教宗派，发展了"一念三千"、"一心三观"、"三谛圆融"、
"性具善恶"等系统宗义。柳宗元在思想上更多接受天台宗的影
响，主要通过三个渠道。

一是唐代提倡"古文"的先驱人物大多熟悉、热衷天台宗义，这
与当时多数诗人对禅和禅宗更感兴趣形成鲜明对比。古文家们更
关注"明道"，因而也更多关注思想理论问题，也就容易接受具有浓
厚本土文化内涵的天台宗义。被视为"古文运动"先驱的李华
（715—766），天宝年间入仕。他早岁修君子儒，同时又喜读佛书。
"安史之乱"中受伪职贬官，以后仕途偃塞，只短期担任过幕僚。晚
年从天台九祖荆溪湛然（711—782）受业，曾为左溪玄朗作碑铭，特
别推重天台"心法"，被视为天台学人①。天台宗的发展，从八祖左
溪玄朗（673—754）到九祖荆溪湛然，一时呈"中兴"之势，造成了相
当的社会影响。玄朗"因恭禅师重研心法"②，湛然则"家本儒、墨"，
他依据依、正不二、色、心一如的道理，主张佛性遍于法界，不隔有
情，提出"无情有性"说，对心性理论做出重大发挥。他行化于江
南，特别受知识阶层的欢迎，"缙绅先生高位崇名屈体承教者又数
十人"③，李华是其中有影响的一位。另一位"古文运动"承前启后
的重要人物梁肃（753—793），贞元八年（792）曾襄助兵部侍郎陆贽

①志磐《佛祖统纪》卷七《东土九祖第三之二》，《大正藏》第49卷188页中—
　189页上；卷四一《法运通塞志第八》，《大正藏》第49卷第379页中。
②李华《故左溪大师碑》，董诰等编《全唐文》卷三二〇，第4册第3241页，中华
　书局，1983年。
③赞宁著，范祥雍点校《宋高僧传》卷六《唐台州国清寺湛然传》上册第118页，
　中华书局，1987年。

知贡举,推举韩愈、李观等一批才名之士及进士第,时称"龙虎榜"。
梁肃就学天台之道于荆溪湛然,又是湛然弟子元浩的门弟子。他
赞扬天台教观乃是"圣人极深研几,穷理尽性之说","《(摩诃)止
观》之作,所以辨异同而究圣神,使群生正性而顺理者也;正性顺
理,所以行觉路而至妙境也"①。他研习天台教观有得,以智者大师
《摩诃止观》文义弘博,览者费日,删定为《止观统例》,是阐扬天台
止观的纲领性典籍。他还作有《天台法门议》、《天台智者大师修禅
道场碑》、《天台智林寺碑》、《荆溪大师碑》等一系列阐发天台宗义
的文章。后来天台宗人著僧史,把他列入到传法系统之中。梁肃
是柳宗元父亲柳镇的朋友。柳宗元作《先友记》,称赞他"最能为
文"。这样,考察"古文运动"酝酿、形成的脉络,可以明显看出天台
宗的影响。柳宗元在这个传统中显得十分突出。

再则,柳宗元私淑新《春秋》学派的陆质(? —805,原名"淳",
避宪宗讳改名),而陆质和天台宗关系密切。陆质在"永贞革新"中
被革新派自台州刺史任上召回长安,任给事中、太子李纯的侍读,
被革新派倚重。按章士钊的看法,陆质是革新派的精神导师②。柳
宗元《唐故给事中皇太子侍读陆文通先生墓表》一文在学术上给予
陆质极高评价:

> 有吴郡人陆先生质,与其师友天水啖助洎赵匡,能知圣人
> 之旨,故《春秋》之言及是而光明。使庸人小童,皆可积学以入
> 圣人之道,传圣人之教,是其德岂不侈大矣哉……其道以生人
> 为主,以尧、舜为的,苞罗旁魄,胶辖下上,而不出于正;其法以
> 文、武为首,以周公为翼,揖让升降,好恶喜怒,而不过乎物。

----

① 梁肃《天台法门议》,《全唐文》卷五一七,第 6 册第 5257 页。
② 章士钊《柳文指要》上《体要之部》卷九《表铭碣诔·陆文通先生墓表》第
277—292 页,中华书局,1971 年;《柳文指要》下《通要之部》卷一《大中》,第
1290—1299 页。

　　既成,以授世之聪明之士,使陈而明之。故其书出焉,而先生
　　为巨儒⋯⋯

章士钊指出:"陆淳者,子厚之师也,子厚洞明《春秋》,深解《国语》,
又兼通《周易》,开源大率由陆先生。"①而值得注意的是,陆质儒释
兼弘,并特别精于天台,与天台学人有密切关系。今存日本所传有
关陆质在台州刺史任上接待日本遣唐僧最澄的文书②,包括《台州
相送诗并送最澄上人还日本国叙》③、《天台传法道邃和尚行迹》、
《传教大师将来台州录》、《陆淳印信》、《最澄入唐牒》、《台州刺史陆
淳送最澄阇梨还日本诗》④、《智证大师福州温州台州求得经律论
疏记外书等目录》、《天台法华宗传法偈》等8件。这些文献表明,
最澄贞元二十年(804)从日本入唐,在台州登陆,得到在当地担任
刺史的陆质的殷勤接待,并安排龙兴寺和尚天台宗师道邃用一个
多月时间替他集中抄写智者大师《天台止观》并加以讲解。天台
沙门乾淑所述《天台传法道邃和尚行迹》里说到"〔贞元〕二十年,
台州刺史请(道邃)下龙兴,讲《法华止观》。今年二月,因勾当本
国教门,且暂停焉",说的就是这件事。道邃是天台九祖荆溪湛然
高足,湛然曾"于天台佛陇为道邃法师说止观法门"⑤,因而他被

----

①《柳文指要》上《体要之部》卷九《表铭碣诔・陆文通先生墓表》第277页。关
　　于柳宗元与陆质的关系,章士钊说:"子厚为人表墓,都如常例,独至陆文通
　　先生,于氏族亲属及平生行事,略无记载,而三致意于攻《春秋》之成就而止,
　　此其风格,诚为金石例之所稀有已。"他又指出:"陆淳并非子厚一人之师,而
　　实是'八司马'及同时流辈之所共事。"第279、278页。
②　户崎哲彦《日本に伝わる陆淳に关する史料とその若干の考证》,《唐代中期
　　の文學と思想:柳宗元とその周辺》第1—26页,滋贺大学经济学部研究丛
　　书第18号,滋贺大学经济学部,1990年。
③《叙》并诗九首,陈尚君辑校《全唐诗补编》中册第943—947页,中华书局,
　　1992年。
④《全唐诗补编》中册第942页。
⑤《佛祖统纪》卷四一《法门通塞志》,《大正藏》第49卷第378页下。

勘定为天台十祖。《佛祖统纪》卷五〇《宗门尊祖议》里说"自荆溪以来,用此道以传授者,则有兴道(邃师)至行(修师)讲道不绝"。《陆淳印信》和《台州刺史陆淳送最澄阇梨还日本诗》则说到"总万行于一心,了殊途于三观,亲承秘密,理绝名言"等,表明陆质对天台宗义确有相当深的理解。《宋高僧传》里也记载陆质和道邃接待最澄之事:

> 贞元二十一年(实为"二十年"),日本国沙门最澄者,亦东夷卉服中刚决明敏僧也。泛溟涬,达江东,慕天台之法门,求顗师之禅决。属邃讲训,委曲指教,澄得旨矣。乃尽缮写一行教法东归。虑其或问从何而闻,得谁所印,俾防疑误,乃造邦伯作援证焉。时台州刺史陆淳判云:"最澄阇梨,形虽异域,性实同源,特禀生知,触类玄解。远传天台教旨,又遇龙象邃公,总万行于一心,了殊涂于三观,亲承秘密,理绝名言。犹虑他方学徒未能信受,所请印记,安可不任为凭云。"①

前述《智证大师福州温州台州求得经律论疏记外书等目录》已见于《日本国求法僧圆珍目录》,收入《大正藏·目录部》。其中还著录有"《天台山三亭记》一卷　台州陆质郎中记"。最澄求得道邃的著作,在《传教大师将来(台州)目录》里有"《维摩经疏私记》三卷(上卷玄义　传法弟子道邃撰)(一百四十八纸)";日本延历寺玄日大法师所录《天台宗章疏》里有"《止观记中异义》一卷(道邃记乾淑集)"②,亦见日僧《玄日录》和《永超录》;又有"最澄在唐日问　邃座主决义"的《天台宗未决　问答十》,后记里说最澄"入大唐国,向天台山,宿台州龙兴寺极乐净土院,值遇天台座主道邃和尚所学问决义如右。大唐贞元二十一年二月二十九日　最澄并义真

①《宋高僧传》卷二九《唐天台山国清寺道邃传》下册第 725 页。志磐《佛祖统纪》卷八略同。
②《大正藏》第 55 卷第 1135 页下。

等记"①。晚唐天台山僧维蠲也曾说到"贞元中僧最澄来会,僧道
邃为讲义,陆使君给判印,归国大阐玄风"②。上述这些亦表明道
邃的学养之高,而陆质对他器重,二人关系密切。陆质的学问被
柳宗元大力推许,他与天台学人的这种关系也应为柳宗元所了
解,并受到影响。

　　另外,柳宗元贬永州(今湖南永州市),先是寄居龙兴寺,后来
迁移到法华寺。根据名称,法华寺是天台宗寺院,而龙兴寺住持从
巽是天台九祖湛然的再传弟子。可见当时永州天台宗的势力。柳
宗元称赞重巽是"楚之南""善言佛"的第一人,能够"穷其书,得其
言,论其意"。他又曾说对于佛教"世之言者罕能通其说,于零陵,
吾独有得焉"(《送巽上人赴中丞叔父召序》),指的也是师从重巽。
他还受重巽之托,替其师云峰法证作碑铭,其中说:

　　　毅然居山之北峰,以为仪表,世之所谓贤人大臣者至南
　　方,咸所严事。由其内者,闻大师之言律义,莫不震动悼惧,如
　　听誓命;由其外者,闻大师之称道要,莫不凄欷欣踊,如获肆
　　宥。故时推人师则专其首,诏求教宗则冠其位。(《南岳云峰
　　和尚碑铭》)

柳宗元在永州结交的僧人觉照、琛上人等也都应是天台学人。他
称赞琛上人"观经得《般若》之义,读论悦'三观'之理"。《般若》是
天台所宗经,"一心三观"乃是其根本观法。在后来天台学人组织
的传法统序里,荆溪湛然弟子云峰法证传龙兴重巽,重巽传柳宗
元,柳宗元被视为天台第十二世③。柳宗元也曾大力宣扬净土信
仰。天台智颛本来是弥陀信仰的热心传播者,净土信仰也是天
台宗的内容。柳宗元作被看成是净土教名文的《东海若》,批评

---

①《续藏经》第 56 册第 671—672 页下。
②《续藏经》第 56 册第 682 页下。
③《佛祖统纪》卷二四《佛祖世系表》,《大正藏》第 49 卷第 251 页下。

无修无证、安于污秽的态度,要求"去群恶,集万行,居圣哲之地,同佛知见",从而实现"性"与"事"的统一,也符合天台的"心性"观念。

这样,文坛环境、师资交往、人生处境都给柳宗元提供了研习、接受天台教理的条件。

三

唐代禅宗兴盛,文人习禅成为风气,柳宗元对禅宗的态度值得注意。

柳宗元也接受了禅宗的影响。他幼年(784年,十二岁)跟随在江西观察使李兼幕府担任幕僚的父亲柳镇到洪州(今江西南昌市),其时南宗禅师马祖道一在那里开法,后人称"洪州宗",李兼及其众幕僚如权德舆等多是护法檀越。权德舆给马祖道一所写的碑铭《唐故洪州开元寺石门道一禅宗碑铭并序》,是了解洪州禅的重要文字。洪州禅在当时影响巨大。柳宗元到永州,也是南宗禅兴盛的地方,交往的多有禅师,如如海等人。再后来到柳州,应岭南节度使马总之请作《曹溪第六祖赐谥大鉴禅师碑》。这是王维之后唐代文人所写的另一篇慧能碑,再加上刘禹锡的第三碑,慧能成为佛教史上唯一一位有三位文坛耆宿写作碑文的僧人。本文开头引述他《大鉴禅师碑》里的一段话,其中指出佛教教理合乎儒家"人生而静"的心性说。在同一篇文章里他又说:

> 梁氏好作有为,师达摩讥之,空术益显。六传至大鉴……其道以无为为有,以空洞为实,以广大不荡为归;其教人,始以性善,终以性善,不假耘锄,本其静矣。

这又从引导人实现"性善"肯定了禅宗。

　　但从宗义体系看,柳宗元接受的主要是天台止观的禅①,而对当时盛行的南宗禅慢教毁经一派宗风提出十分尖锐的批评。例如他在永州作《巽公院五首》,其中的《禅堂》称:

> 发地结菁茅,团团抱虚白。山花落幽户,中有忘机客。涉有本非取,照空不待析。万籁俱缘生,杳然喧中寂。心境本同如,鸟飞无遗迹。

这里柳宗元辨析空、有,达到"忘机"、"喧中寂"的境界,即是天台空、假(有)、中三谛互具互融所谓"一心三观"的观法,而不是禅宗的自性清净、顿悟见性、返照心源。同样,他的《永州龙兴寺西轩记》说:

> 道贬永州司马。至则无以为居,居龙兴寺西序之下。余知释氏之道且久,固所愿也。然余所庇之屋甚隐蔽,其户北向,居昧昧也。寺之居于是州为高,西序之西,属当大江之流。江之外,山谷林麓甚众。于是凿西墉以为户。户之外为轩,以临群木之杪,无不瞩也。不徙席、不运几而得大观。

> 夫室,向者之室也;席与几,向者之处也。向也昧,而今也显,岂异物耶?因悟夫佛之道,可以转惑见为真智,即群迷为正觉,舍大暗为光明……

---

① 李华有文章把禅宗的北宗、南宗、牛头宗和天台法门同归释迦"心法":"佛以心法付大迦叶,此后相承,凡二十九世。至梁、魏间,有菩萨僧菩提达摩禅师传楞伽法,八世至东京圣善寺宏正禅师,今北宗是也;又达摩六世至大通禅师,大通又授大智禅师,降及长安山北寺融禅师,盖北宗之一源也。又达摩五世至璨禅师,璨又授能禅师,今南宗是也。又达摩四世至信禅师,信又授融禅师,师住牛头山,今径山禅师承其后也。至梁、陈间,有慧文禅师学龙树法,授慧思大师,南岳祖师是也。思传智者大师,天台法门是也。"(《故左溪大师碑》,《全唐文》卷三二〇,第 4 册第 3240 页)后来天台典籍如志磐的《佛祖统纪》、法登的《圆顿宗眼》等都摄禅宗于天台体系之内。

这里所说的主观认识上的转变也是天台止观的实践，即心识的转变达到"真智"和"正觉"的觉悟。他从被贬黜的痛苦绝望中解脱出来，取得精神上的自由，正是基于这样的认识。

按天台止观，修道需要降服结习，断除惑念，爱养心识，启发"智慧"。这就是所谓"观心"。因此信奉天台宗义的古文家梁肃给予当时禅宗中毁经灭教、无修无证一派宗风尖锐批评而推尊天台，他说：

> 今之人正信者鲜。游禅关者，或以无佛无法、何罪何善之化化之。中人已下，驰骋爱欲之徒，出入衣冠之类，以为斯言至矣，且不逆耳。故从其门者，若飞蛾之赴明烛，破块之落空谷。殊不知坐致焦烂，而莫能自出。虽欲益之，而实损之，与夫众魔外道，为害一揆。由是观之，此宗（天台）之大训，此教之旁济，其于天下为不侔矣。自智者传法，五世至今，天台湛然大师中兴其道，为予言之如此……①

柳宗元与梁肃的看法相同，在《送琛上人南游序》里他说：

> 今之言禅者，有流荡舛误，迭相师用，妄取空语而脱略方便，颠倒真实，以陷乎己而又陷乎人；又有能言体而不及用者，不知二者之不可斯须离也，离之外矣——是世之所大患也。

当时盛行的洪州禅主张"平常心是道"，否定清净心与平常心的区别，从而推动起呵佛骂祖、蔑视经戒、无修无证的潮流。柳宗元以理性态度批评禅宗里这一派的狂放不拘、流宕忘反，强调修行中需体用一致，显然又更重视"用"的方面，是有见地的。

柳宗元能够以理性的、批判的态度对待禅宗，指出禅宗发展的流弊，颇中要害。后来禅宗衰落，禅、净终于"合流"，"禅净合一"，

---

①《天台法门议》，《全唐文》卷五一七，第 6 册第 5255—5256 页。

正和其自身发展的局限与流弊有关系。

四

　　牟宗三曾指出:"就哲学言,佛教的启发性最大,开发的新理境最多,所牵涉的层面也最广。"①能够从佛教接受积极的"启发",并开发出"新理境",需要具有精深学识、分析能力和批判态度。柳宗元在这方面是相当成功的一位。

　　中外不少宗教学家认为佛教是"无神论"的宗教。笼统地说佛教教理体系属于"无神论",显然是武断、片面的。但是作为大乘教理基础的"般若空"观念否定任何精神主体的存在,确实没有给任何精致的"天命"或粗俗的神灵留下存在的空间。而后面这些正构成中国宗教思想的主要部分。在中国佛教发展中,能够接受"般若空"的宇宙观,进而批判"天命"和鬼神的迷信,观点鲜明的,禅宗是一个,天台也很突出。天台宗义把宇宙总括为涵盖世间、出世间一切善恶、性相等人、物差别的"三千大千世界",而"此三千在一念心,若无心而已,介而有心,即具三千"②。这样,法界本然,无所依恃,三千法本在一念之中,因而观一念心,就具足三千大千世界。这就是所谓"观不可思议境"。这当然是一种彻底唯心的宇宙观。但在这种理论构想中,"天命"或"神明"都被否定掉了。柳宗元在宇宙观上主张"非天无神"、"天人相分"。他在《贞符》、《时令论(上、下)》、《断刑论(下)》、《天说》、《天对》、《非国语》等一系列论著里,对于天命、符瑞、灾异、鬼神、卜筮等作了尖锐、深刻的批判。他

---

①牟宗三《中国哲学十九讲》第 237 页,上海古籍出版社,1997 年。
②《摩诃止观》卷五上,《大正藏》第 46 卷第 54 页上。

提出：

> 圣人之道，不穷异以为神，不引天以为高，利于人，备于
> 事，如是而已矣。（《时令论上》）

> 受命不于天于其人，休符不于祥于其仁。惟人之仁，匪祥
> 于天；匪祥于天，兹为贞符哉！（《贞符》）

> 且古之所以言天者，盖以愚蚩蚩者耳，非为聪明睿智者设
> 也。或者之未达，不思之甚也。（《断刑论下》）

他和友人刘禹锡一起，对先秦以来思想意识领域居统治地位的"天
命观"作了总清算，给有关"天人之际"的争论作了总结。他取得这
些理论上的重大进展，一方面是继承、发展了思想史上荀子以来
"非天无神"一派的传统；另一方面也是天台教理给他提供了重要
理据[①]。

批判、否定对"天命"的迷信，延伸到历史发展观念，柳宗元强
调"生人之意"对于社会发展的决定作用，把历史发展看作是"生人
之意"所推动、所主导的客观形势。他在《贞符》、《封建论》等著作
里生动描述了人类从蒙昧走向文明、自原始状态步入阶级社会的
客观进程。他说上古野蛮状态的人群是"力大者搏，齿利者啮，爪
刚者决，群众者轧，兵良者杀。披披藉藉，草野涂血。然后强有力

[①] 值得注意的是，与柳宗元大体同时的佛学家宗密，同样反对天命观，他的纲
领性著作《原人论》的第一篇"斥迷执"题下注即明确指出所斥是"习儒、道
者"："又言贫富、贵贱、贤愚、善恶、吉凶、祸福皆由天命者，则天之赋命奚有
贫多富少？贱多贵少乃至祸多福少？苟多少之分在天，天何不平乎？况有无
行而贵，守行而贱，无德而富，有德而贫，逆吉义凶，仁夭暴寿，乃至有道者
丧，无道者兴，既皆由天，天乃兴不道而丧道，何有福善益谦之赏、祸淫害盈
之罚焉？又既祸乱反逆皆由天命，则圣人设教责人不责天，罪物不罪命，是
不当也。然则《诗》刺乱政，《书》赞王道，《礼》称安上，《乐》号移风，岂是奉上
天之意，顺造化之心乎？是知专此教者，未能原人。"（《大正藏》第 45 卷第
708 页中—下）

者出而治之,往往为曹于险阻,用号令起,而君臣什伍之法立。德
绍者嗣,道怠者夺"(《贞符》),后来有圣人出,得到民众拥戴,树立
道德纪纲,建立社会秩序。他在《封建论》里结合周秦以来的历史
演变进一步具体描述了这个过程,得出"封建,非圣人意也,势也"
的结论。他反对"封建"(封侯建土),在当时唐室衰落、藩镇割据形
势下,是具有强烈现实针对性的;而把人类社会发展看作是"生人
之意"主导的客观历史过程,则是对于社会历史发展观的重大理论
建树。他的看法,包括一些具体描述,则是从佛教借鉴来的。例如
同是表述人类从野蛮进展到文明的历史过程,道宣《释迦氏谱》
里说:

> 《长阿含》云:"尔时众生既见粳米不重生故,各怀忧恼,互
> 封田宅,以为疆畔。遂有自藏己米,盗他田谷。由是事起,无
> 能决者。议立一人,号平等主。赏善罚恶,仍供给之。时有一
> 人,容质瑰伟,威严肃物,众所信伏,便共请知。彼既受已,遂
> 有民主名焉。"《楼炭》云:"众人自言为我作长,号之曰王。以
> 取租故,名刹利(唐译刹利,名为田地主。以初分地日,各有诤
> 讼,乃立此主)。时阎浮天下,富乐安隐,地生青草如孔雀毛,
> 八万余国聚落相闻,无有寒热病恼之者。王以正治,奉行十
> 善,互相崇敬,犹如父子。人寿极久,不可量计……①

这里道宣节略所引文字,具见《长阿含经》卷六《第二分出小缘经第
一》和《大楼炭经》卷二《转轮王品第三之二》,文繁不录。同样的意
思又见后出的天台宗史书《佛祖统纪》:

> 大劫之始,世界初成,光音诸天化生为人云云,于是议立
> 一人有威德者,赏善罚恶,号平等王,众共供给,遂有民主

---

① 《释迦氏谱·二序氏族根源》,《大正藏》第50卷第85页下。

之名。①

这些说法都否定存在造物主和救世主，进而主张人世君主乃众人所推举，所以称君主为"民主"。这在古代被"君命神授"的历史观所统治的局面下可说是石破天惊的说法。柳宗元的《贞符》、《封建论》显然借鉴了这些说法。

基于这种"生人之意"为主导的历史发展观，柳宗元进而提出"民利，民自利"、"顺人之性，随人之欲"、"官为民役"等一系列进步的政治主张。把这些观念形之创作，则写出许多批判暴政、关怀民瘼的优秀作品。

在心性论上，柳宗元同样对天台宗义多所汲取。天台宗与禅宗主张心性本净、顿悟自性不同，主张性具善恶，其止观法门强调心性的修持。智顗说：

> 若夫泥洹之法，入乃多途。论其急要，不出止、观二法。所以然者，止乃伏结之初门，观是断惑之正要；止则爱养心识之善资，观则策发神解之妙术；止是禅定之胜因，观是智慧之由借。若人成就定、慧二法，斯乃自利利人，法皆具足。②

柳宗元在与韩愈辩论时说：

> 退之所罪者其迹也。曰髡而缁，无夫妇父子，不为耕农桑蚕而活乎人，若是，虽吾亦不乐也。退之忿其外而遗其中，是知石而不知蕴玉也。吾之所以嗜浮图之言以此。与其人游者，未必能通其言也。且凡为其道者，不爱官，不争能，乐山水而嗜闲安者为多。吾病世之逐逐然唯印组为务以相轧也，则舍是其焉从？吾之好与浮图游以此。（《与僧浩初序》）

前引柳宗元《大鉴禅师碑》也说到"吾浮图说后出，推离还源，合所

---

① 《佛祖统纪》，《大正藏》第 49 卷第 138 页下。
② 智顗《修习止观坐禅法要》，《大正藏》第 46 卷第 462 页中。

谓生而静者"。所谓"生而静",是对心性的一种认识,出自《礼记·乐记》:"人生而静,天之性也;感于物而动,性之欲也。"孔疏曰:"人生而静天之性也者,言人初生,未有情欲,是其静禀于自然,是天性也;感于物而动性之欲也者,其心本虽静,感于外物而心遂动,是性之所贪欲也。自然谓之性,贪欲谓之情,是情别矣。"①柳宗元的说法把佛教的"性净"与儒家的"性静"、"性善"融通起来,提出一种摆脱名缰利锁、随心所欲的人生观。智𫖮又说:

> 若坚持五戒,兼行仁义,孝顺父母,信敬惭愧,即是人业。②

这显示天台关注现世、融入世俗的性格。而柳宗元在《送元暠师序》中称赞一位僧人:

> 余观世之为释者,或不知其道,则去孝以为达,遗情以贵虚。今元暠衣粗而食菲,病心而墨貌。以其先人之葬未返其土,无族属以移其哀,行求仁者,以冀终其心。戚而为逸,远而为近,斯盖释之知道者欤?释之书有《大报恩》十篇,咸言由孝而极其业。世之荡诞慢詑者,虽为其道而好违其书,于元暠师,吾见其不违,且与儒合也。

柳宗元又在仁孝层面肯定佛教"不违且与儒合",从而进一步把儒、释统合起来。

这样,柳宗元基于"统合儒释"立场,吸收、借鉴天台教理,针对中国思想传统中有关宇宙观、历史观、人性论诸范畴的重大课题提出许多真知灼见,取得具有重大理论价值的思想成果。

---

①《礼记正义》卷三七《乐记第十九》,阮元校刻《十三经注疏》下册第1529页,中华书局,1980年。
②《妙法莲华经玄义》卷六上,《大正藏》卷三三,第759页中。

五

　　柳宗元在文学创作方面当然也接受佛教影响。在这方面，天台宗的影响也比较突出。

　　前面已经选录他的《巽公院五首》里的《禅堂》，表明他是如何接受天台教观的影响的。又如《晨诣超师院读禅经》：

　　　　汲井漱寒齿，清心拂尘服。闲持贝叶书，步出东斋读。真源了无取，妄迹世所逐。遗言冀可冥，缮性何由熟。道人庭宇静，苔色连深竹。日出雾露余，青松如膏沐。淡然离言说，悟悦心自足。（《晨诣超师院读禅经》）

这里写他读禅经，不同于禅宗毁经灭教一派的态度，而是认真体认真、妄，进入"禅悦"的境界，这也是天台观法。他在永州曾一度寄住在法华寺，作《构法华寺西亭》诗：

　　　　窜身楚南极，山水穷险艰。步登最高寺，萧散任疏顽。西垂下斗绝，欲似窥人寰。反如在幽谷，榛翳不可攀。命童恣披翦，葺宇横断山。割如判清浊，飘若升云间。远岫攒众顶，澄江抱清湾。夕照临轩堕，栖鸟当我还。菡萏溢嘉色，筠筜遗清斑。神舒屏羁锁，志适忘幽潺。弃逐久枯槁，迨今始开颜。赏心难久留，离念来相关。北望间亲爱，南瞻杂夷蛮。置之勿复道，且寄须臾间。

这里抒写自己的境遇是"北望间亲爱，南瞻杂夷蛮"的艰窘无告，但并不气馁，仍然是"神舒屏羁锁，志适忘忧潺"，努力保持心情的恬淡、宁静。这显然也得力于佛法的修养。

　　柳宗元散文创作最重要的成就是山水游记。这些作品写山水,不同于另一些人的"留连光景"、"模山范水",而是赋予大自然以生命和感情,从而使文字具有"静气"、"画理"和"诗情"①。在他的笔下,弃置在南荒的美好景物带上浓厚的象征意味。而他自身融入这美好境界之中,"心凝神释,与万物冥合"(《始得西山宴游记》),"悠然而虚者与神谋,渊然而静者与心谋"(《钻鉧潭西小丘记》)。这也和前面提到的禅悟的心灵境界相通。

天台典籍,特别是智顗的著述,继承、发挥南北朝义学师说的疏释经论的办法,注重学理构建和逻辑分析,表述上则往往从名相辨析入手,条分缕析地逐层展开论说。柳宗元的议论文字不是如韩愈文章那样猖狂恣睢,以气势胜,而是注重概念辨析,逻辑推论,表达上条理清晰,论说精密,被评为"俊杰廉悍",显然也汲取了佛教论书包括天台典籍的写法。

柳宗元的寓言文创作,在散文史上具有特殊价值与地位,体例明显模仿佛教的譬喻经:先是讲一个现实的故事,最后用简单的一句话点明主题。其中有些篇章的构思直接取自佛书。如著名的《柳州三戒》的《黔之驴》,取材于附北凉录失译《大方广十轮经》里的譬喻:

> 譬如有驴着师子皮,自以为师子。有人远见,亦谓师子。驴未鸣时,无能分别,既出声已,远近皆知非实师子。诸人见者,皆悉唾言:此弊恶驴,非师子也。②

他的《蝜蝂传》写一种负重小虫,人去其负,持取如故,又好上高,极其力不已,卒坠地死,讽刺人的贪婪冒进,立意则取自《旧杂譬喻经》③第二十一经"蛾缘壁相逢,争斗共堕地"设想。而他以非凡的才华写作这些寓言,构想和写法更为生动活泼,也表达出更深刻的

---

① 林纾《柳文研究法》第 120—121 页,台湾广文书局,1980 年。
② 《大方广十轮经》卷六,《大正藏》,第 13 卷第 708 页上。
③ 《旧杂譬喻经》卷上,《大正藏》第 4 卷第 514 页下。

思想意义。

　　佛教当然带给柳宗元一些消极东西,比如他也会流露出虚无或颓唐意识,又曾宣扬对净土的迷恋等。不过从总体看,这类文章很难说是表现他的认识与情感的真实之语。作为天才文人又是进步政治家和卓越思想家的柳宗元,其政治事业、理论探索与文学创作三个领域的活动相互促进,在古代文人中是不多见的。而在这三个方面他都取得了杰出的成绩,这些成绩又都和他亲近佛教,研习佛法,并善于汲取、借鉴、发挥有关。他确实是成功地实践了自己提出的"统合儒释"的主张,也提供了一个佛教积极地影响中国文化发展的卓越实例。

(原载《文学遗产》2015 年第 3 期)

上元夫人：从升仙导师到多情仙姝

——道教对中国小说文体发展的贡献

一

陈寅恪曾经指出："二千年来华夏民族所受儒家学说之影响，最深最巨者，实在制度法律公私生活之方面，而关于学说思想之方面，或转有不如佛道二教者。"①这里提"学说思想"，实则文学艺术情形也同样。自晋宋佛、道二教对于社会主流文化开始发挥重大影响伊始，就逐步增强对于文学、艺术演进的推动力。当然，佛、道二者在不同历史时期、对不同文学样式所发挥的影响有很大差异。对于叙事文学的小说创作（戏曲也类似），道教显然发挥了更大的作用。这和道教作为本土形成的民族宗教、道教信仰在民众中有深厚基础、道教教理体现强烈的生命意识、道教经典的内容更富于现实性等等有密切关系。仙道成为文学创作的重要内容。这类作品的艺术成就，在题材、构思、语言、表现手法等诸多方面给各种类型的文学创作提供了丰富借鉴。又如闻一多所说："神仙是随灵魂

① 陈寅恪《冯友兰中国哲学史下册审查报告》，载《金明馆丛稿二编》第 251 页，上海古籍出版社，1980 年。

不死观念逐渐具体化而产生的一种想象的或半想象的人物","乃是一种宗教的理想"①。那些神仙，特别是"地仙"、"谪仙"、"尸解仙"，则被设想为活跃在现实生活中的"人物"，描写他们的仙传类经典即被视为具有相当艺术水准的文学作品，他们又成为许多小说、戏曲和民间传说里的人物。

以下，举一个例子，道教的女真上元夫人。她在仙传《汉武帝内传》中是教诲汉武帝的升仙导师，到唐人小说里则被描写为多情仙姝。这个"人物"形象的演变，清楚显现道教对于推动中国小说文体发展所发挥的影响。

《汉武帝内传》里有三个主要角色，上元夫人是其中之一，另外两个是西王母和汉武帝。《四库全书》把这篇作品编入《子部·小说家类三》，《提要》谓："其文排偶华丽，与王嘉《拾遗记》、陶弘景《真诰》体格相同……其殆魏晋间文士所为乎？"②即认为是文人的创作。它确实是根据汉魏以来有关汉武帝求仙的传说编撰的，又采取了魏晋以来志怪小说的一般结构方式，即把虚构的故事纳入到"事实"（这些"事实"有些也是虚构的或有虚构成分的）框架之中。其中有故事情节，有人物描写，使用的又是修饰性的语言，因而在文学史上把它看做是仙道题材的志怪小说。而在《正统道藏》里，它又被编入《洞真部·记传类》。因为其中讲到仙真传授经戒，讲到描绘神仙洞府的《五岳真形图》和道教神符《六甲灵飞十二事》传授，讲到长生仙药，特别是大肆宣扬清修成仙的道理，确实又是真正的道教经典。因而这篇作品既是以道教仙真为题材的小说，又是利用文学形式宣扬仙道的经典，从而兼具文学作品和道教经典的双重性格，典型地显示它形成的晋宋时期道教与文学相互影响、交融的关系。

---

① 闻一多《神仙考》，载《闻一多全集》第 1 卷第 159、161 页，生活·读书·新知三联书店，1985 年。
② 纪昀等总纂《四库全书总目》卷一四二，下册第 1306 页，中华书局，1965 年。

关于西王母如何从"掌管着灾异和刑罚的怪神"逐渐演变成主持人间、仙界、地狱的"神"①，进而再演变为美丽的女仙并被纳入到道教仙谱之中，已经有很多研究成果，此不具述。在中国古代社会生活中，帝王有群臣围绕，贵人有婢仆陪侍，因而在西王母传说中，她既然是女仙的领袖，也就设想有陪侍的女仙群随从。在山东嘉祥武氏祠左石室天井石上的祠主升仙图上，上部云气中端坐着西王母，两侧有四位女仙陪侍②；在三国时期的画像镜里，有几例西王母像旁画女像，并有"玉女侍"题记③。这些陪侍女仙乃是西王母的辅佐，当然是降一等的神格。这样，魏晋以来，道教里陆续衍生出众多作为西王母弟子或女儿的女仙。上元夫人就是其中之一，不过地位较高，不同一般的陪侍。

根据现存文献，上元夫人最初出现在《海内十洲记》里。该书托名东方朔撰，内容多道教传说，西晋张华（232—300）《博物志》卷二"续弦胶"条、卷三"猛兽事"条均从该书采录，可以肯定是魏晋之际的作品。其中介绍昆仑山，说到"臣朔所见不博，未能宣通王母及上元夫人圣旨"④，表明西王母与上元夫人的密切关系。"上元"这个名字，小南一郎推测可能与道教祭日"三元"（上元一月十五日，中元七月十五日，下元十月十五日）中的"上元"有关⑤。

《内传》以历史上汉武帝求仙的史实作为构筑情节的框架。人间帝王的汉武帝在故事里被表现为全然被动的人物。他身份是帝王，又是求仙故事的主体，但在作品里大幅描绘西王母和上元夫人对他加以教诲，是他求仙的导师，他实际上成了配角。

---

①袁珂《中国古代神话》第 196 页，中华书局，1981 年。
②信立祥《汉代画像石综合研究》第 159—160 页，文物出版社，2000 年。
③参阅小南一郎《中国的神话传说与古小说》第 259 页，孙昌武译，中华书局，1993 年。
④署东方朔撰《海内十洲记》，《顾氏文房小说》本，上海古籍出版社，1991 年。
⑤《中国的神话传说与古小说》第 246 页。

故事从汉武帝出生写起，接着写他即位后，好长生之术，常祭名山大泽，迷信仙道。这构成西王母降临的"历史"背景。结尾写他既见西王母及上元夫人，遂相信有神仙之事，但不能戒绝淫色，恣性杀伐，上元夫人不复来，天火降，烧柏梁宫藏所授经典，后元二年（前87）武帝崩，数有灵异。这也符合汉武帝求仙失败的"历史"结局。作品就这样采用了六朝志怪小说在事实框架中讲说故事的结构方式。但所述整体内容出于杜撰，由两部分组成：第一部分写西王母降临，向汉武帝传授修道"要言"；第二部分写西王母召请上元夫人，上元夫人降临，教诲汉武帝，王母向武帝授《五岳真形图》，上元夫人命青真小童授"五帝六甲灵飞等十二事"，传授毕，夫人奏乐作歌，王母命侍女答歌，明旦，王母与夫人同乘而去。在《史记》、《汉书》等史籍里，汉武帝以帝王之尊驱遣方士来为自己的求仙活动服务。而在《内传》里，他不再是雄才大略、权势赫奕的帝王，而是"上圣"西王母面前的"臣下"，对自己"死于钻仰之难"的命运充满恐惧，哀请西王母"垂哀诰赐"，传授不死之术。作品利用铺张扬厉、藻绘形容的笔法，描绘盛大华丽、隆重壮观的神仙降临场面，细致、生动地刻画三个主要人物。就编撰这篇作品的时代说，这是叙事技巧相当成功的作品。

在这篇作品里，西王母被描写得尊严、高贵，又温厚宽容，是心地善良的谆谆长者。经过她的斡旋，请来上元夫人，向汉武帝传授经戒。编撰者对上元夫人的描写显然下了更大力量。她与西王母性格截然不同：年轻貌美，个性活泼，言辞凌厉，显得志得意满，充满自信。如她出场的一段：

> 帝因问上元夫人由。王母曰："是三天真皇之母，上元之官，统领十万玉女之名录者也。"

> 当二时许，上元夫人至，来时亦闻云中箫鼓之声。既至，从官文武千余人，并女子，年同十八九许，形容明逸，多服青衣，光彩耀日，真灵官也。夫人年可廿余，天姿清耀，灵眸绝

朗,服赤霜之袍,云彩乱色,非锦非绣,不可名字;头作三角髻,余发散垂至腰,戴九云夜光之冠,带六出火玉之佩,垂凤文琳华之绶,腰流黄挥精之剑,上殿向王母拜。

如此着力描写她的年龄、容貌、服饰、随从,特别是突出作为女性的超乎寻常的美丽。她以高傲的姿态、直率的语言,居高临下地对人间帝王汉武帝加以训斥:

> 王母敕帝曰:"此真元之母,尊贵之神,女当起拜。"帝拜,问寒温,还坐。夫人笑曰:"五浊之人,耽湎荣利,嗜味淫色,固其常也。且彻以天子之贵,其乱目者倍于常人焉。而复于华丽之墟,拔嗜欲之根,愿无为之事,良有志矣。"王母曰:"所谓有心哉!"上元夫人谓帝曰:"汝好道乎? 闻数招方士,祭山岳,祠灵神,祷河川,亦为勤矣。而不获者,实有由也。女胎性暴,胎性奢,胎性淫,胎性酷,胎性贼,五者恒舍于荣卫之中,五脏之内,虽锋铓良针,固难愈也……五者皆是截身之刀锯,刳命之斧钺,虽复疲好于长生,不能遣兹五难,亦何为损性而自劳乎? 然由是得此小益,以自知往尔。若从今已舍尔五性,反诸柔善,明务察下,慈务矜冤,惠务济贫,赈务施劳,念务存孤,惜务及身,恒为阴德,救济死厄,恒久孜孜,不泄精液,于是闭诸淫,养尔神,放诸奢,从至俭,勤斋戒,节饮食,绝五谷,去臭腥,鸣天鼓,饮玉浆,荡华池,叩金梁,按而行之,当有冀耳……"帝下席跪谢曰:"臣受性凶顽,生长乱浊,面墙不启,无由开达,然贪生畏死,奉灵敬神,今日受教,此乃天也。辄戢圣令,以为身范,是小丑之臣,当获生活,唯垂哀护,愿赐玄元。"①

这样,宣扬上清派神仙思想:不重丹药符箓,不重斋戒祭祀,主张清修无为,恬淡寡欲,戒绝"暴、奢、淫、酷、贼五性";另一方面,表明仙

---

① 署班固撰《汉武帝内传》,钱熙祚点校《丛书集成》本,中华书局,1985 年。

道远远高于世俗权威，对于专制残暴帝王求仙的愚妄作了相当深刻的揭露与批判。这在当时道教中是相当激进的观念，和后来陆修静、陶弘景所代表的依附世俗统治一派道士的神仙思想不同，更多体现早期民间教派道教反统治体制的传统精神。

作为文学作品，《汉武帝内传》的人物描写特色突出。闻一多论庄子的文学价值，特别称赞其"谐趣与想象两点"，说这两种素质"尤其在中国文学中，更是那样凤毛麟角似的珍贵"；他又引述《庄子》里对"藐姑射山""神人"的描写，称赞体现了健全的美，说"但看'肌肤若冰雪'一句，我们现在对于最高超也是最健全的美的观念，何尝不也是两千年前的庄子给定下的标准"①。《汉武帝内传》里的上元夫人正在相当程度上体现了中国文学所缺乏的"谐趣与想象"以及人物描写的"健全的美"。而从行文看，这部作品情节铺陈开阔，叙述细腻生动，善于用对话推进故事、刻画人物，再穿插歌吟诗颂，显示相当纯熟的艺术技巧。这种降临故事的全景式描绘，按小南一郎的看法，已经具有了虽然还算是"很不成熟"的"萌芽状态"的"长篇小说"规模②，但在小说文体发展史上却具有开拓性的意义。

二

晚唐五代杜光庭编撰的《墉城集仙录》是辑录女仙传记的集大成之作（今传《道藏》本6卷，记载38位女仙，据考是后人辑录残本，大约是原作三分之一），其中第一位女仙"圣母元君"，"上帝之师"，是太上老君所"寄胞"，即是他示生于人间，处在宇宙始祖的位置；

---

① 闻一多《庄子》，《闻一多全集》第9卷第16页。
② 《中国的神话传说与古小说》第378页。

第二位就是"金母元君"西王母,她是居住在昆仑山的众多女仙的首领。杜光庭所述西王母传记是根据道教传说加以总括编纂的。其中上元夫人则是"道君弟子也,亦云玄古以来得道证仙位,总统真籍,亚于龟台金母。金母所降之处,多使侍女相闻以为宾倡焉"①。《汉武帝内传》表现的西王母和上元夫人的关系,已经确定了《墉城集仙录》里所述仙谱的定位。

随着道教的发展,仙真被"传说化"。北周武帝宇文邕敕纂的《无上秘要》里面记载了另一种面貌的上元夫人:

> 上清真人不勤仙事,在局替慢,亏废真任,漏泄宝诀,降授非真,皆退上真之录,充五岳都校之主,千年随格进号,受上元夫人之位、元君之号。不勤帝局,亏替正事,降适过礼,朝晏失节,轻泄天宝,降授不真,皆削真皇之录,退紫虚之位,置于中玄清微游散灵官,七百年随勤进号。②

这是把上元夫人写成在仙界获罪的"谪仙",即是和六朝传说中许多谪降的女仙类似了。所谓"降适过礼,朝晏失节",不知细节如何,显然有另外相关的传说。这表明《内传》以后,上元夫人的形象在发生变化。不过除了《无上秘要》这一节,南北朝文献里不见这种变化的另外的踪迹。

突出的变化反映在唐人诗歌里。王勃的《七夕赋》里写"上元锦书传宝字,王母琼箱荐金约"③,李白《古风·四十三》里写"周穆八荒意,汉皇万乘尊。淫乐心不极,雄豪安足论。西海宴王母,北宫邀上元"云云④,写的还是《汉武帝内传》里作为西王母随从的上

---

① 杜光庭《墉城集仙录》卷一、二,《道藏》第 18 册第 165、168、172 页,文物出版社、上海书店、天津古籍出版社,1988 年。
②《无上秘要》卷九《灵官升降品》,《道藏》第 25 册第 26 页。
③ 蒋清翊《王子安集注》卷一,第 21 页,上海古籍出版社,1993 年。
④ 王琦注《李太白全集》卷二,第 141 页,中华书局,1977 年。

元夫人。但李白对上元夫人又有另一番描写：

> 上元谁夫人，偏得王母娇。嵯峨三角髻，余发散垂腰。裘披青毛锦，身着赤霜袍。手提赢女儿，闲与凤吹箫。眉语两自笑，忽然随风飘。①

这里对上元夫人形貌、服饰的描绘，如"三角髻"、"赤霜袍"等等，完全依照《汉武帝内传》；而诗的后四句则用了《列仙传》里面的箫史典故：他娶秦穆公女儿弄玉，日教弄玉吹箫作凤鸣，二人终于随凤凰升仙。在这首诗里，上元夫人被表现为与弄玉偕同飞升者，暗示二者同样的热烈追求爱情的性格。

　　另一位活动在天宝年间，和李白、杜甫同时的诗人李康成作《玉华仙子歌》，描写上元夫人：

> 上元夫人宾上清，深宫寂历厌层城。解佩空怜郑交甫，吹箫不逐许飞琼。溶溶紫庭步，渺渺瀛台路。兰陵贵士谢相逢，济北书生尚回顾。沧洲傲吏爱金丹，清心回望云之端。羽盖霓裳一相识，传情写念长无极。长无极，永相随，攀霄历金阙，弄影下瑶池。夕宿紫府云母帐，朝餐玄圃昆仑芝。不学兰香中道绝，却教青鸟报相思。②

这里同样把上元夫人写成纯情少女。写她不耐昆仑瑶台的寂寞，向往人世爱情；写她不想学传说的杜兰香那样离弃张硕，惟愿爱情持久永恒。诗里所用"郑交甫"遇神女典，出《韩诗外传》③，"济北书生（张硕）"和"（杜）兰香"典出下面将介绍的《搜神记》，"吹箫"一句

---

①《李太白全集》卷二二，第 1029 页。
②李康成《玉华仙人歌》，《全唐诗》卷二〇三，中华书局，1960 年。
③郑交甫，见《文选·张衡〈南都赋〉》"游女弄于汉皋之曲"李善注引《韩诗外传》。《文选·曹植〈洛神赋〉》："感交甫之弃言兮，怅犹豫而狐疑。"李善注："《神仙传》曰：切仙一出，游于江滨，逢郑交甫。交甫不知何人也，目而挑之，女遂解佩与之。交甫行数步，空怀无佩，女亦不见。"

则糅合了西王母侍女和箫史典。这就把上元夫人描绘成降临世间、和人间男子结下情缘的女仙了。

又顾况，道号"华阳真人"，是唐代著名倾心仙道的诗人。他"素善于李泌，遂师事之，得其服气之法，能终日不食"①。皇甫湜所作文集序记载他晚年"入佐著作，不能慕顺，为众所排。为江南郡丞，累岁脱縻，无复北意。起屋于茅山，意飘然将续古三仙，以寿九十卒"②。他作《梁广画花歌》：

> 王母欲过刘彻家，飞琼夜入云轺车。紫书分付与青鸟，却向人间求好花。
>
> 上元夫人最小女，头面端正能言语。手把梁生画花看，凝睇掩笑心相许。
>
> 心相许，为白阿娘从嫁与。③

梁广是唐代著名花鸟画家。在顾况这首描写梁广画意的诗里，也是把上元夫人描绘成春心荡漾的多情少女了。

再以后，晚唐的李商隐，《碧城三首》诗有句曰："检与神方教驻景，收将凤纸写相思。《武皇内传》分明在，莫道人间总不知。"④李诗向有"只恨无人作郑笺"之叹，但关于这篇作品，古今学者大都肯定是讽刺中、晚唐公主入道的。用上元夫人比喻入道公主的寂寞，表现她们对爱情的向往。

上面几位诗人对上元夫人的描写，应当有当时相关传说为根据。就是说，到唐代，女真上元夫人已经完成从作为西王母陪侍、帝王求仙导师到追求人间爱情的多情仙姝的转型了。正是在这样

---

① 傅璇琮主编《唐才子传校笺》第 1 册第 643 页，中华书局，1987 年。
② 皇甫湜《唐故著作佐郎顾况集序》，《皇甫持正集》卷二，上海古籍出版社，1987 年。
③《全唐诗》卷二六五，第 2941 页。
④ 李商隐《碧城三首》之三，《李义山诗集》卷五，上海古籍出版社，1987 年。

的背景下，晚唐裴铏写出了《封陟》。

　　《封陟》是裴铏传奇集《传奇》里的一篇。裴铏，生卒年不详。高骈（821—887）咸通五年（864）担任安南都护、七年升为静海节度使（治宋平，今越南河南市），《全唐文》里收录裴铏这一时期所作《天威径新凿海派碑》①，证明他是高骈在南海的幕僚。乾符五年（878），高为西川节度使，得其举荐，"铏以御史大夫为成都节度副使"②。在四川，他作有《惠广禅师重修净众寺》、《二真堂记》、《题石室诗》③。从这些作品看，他显然是宗教心态相当强烈的人。高骈以迷信神仙之说著名。《资治通鉴》记载："骈好妖术，每发兵追蛮，皆夜张旗立队，对将士焚纸画人马，散小豆，曰：'蜀兵懦怯，今遣玄女神兵前行。'军中壮士皆耻之。"注曰："高骈之好妖术，终以此败。"④裴铏长期追随，二人在这方面应有同好，或以为作《传奇》是有意谄媚之。

　　对裴铏《传奇》，历来评价不高。到他写作这部作品的晚唐，传奇小说兴盛时期已经过去。特别是他文用骈偶，词尚浮华，难免受"类俳"之讥。胡应麟说"唐所谓'传奇'，自是小说书名，裴铏所撰。中如《蓝桥》等记，诗词家至今用之，然什九诞妄寓言也。裴晚唐人，高骈幕客，以骈好神仙，故撰此以惑之。其书颇事藻绘，而体气俳弱，盖晚唐文类尔。"⑤也有人对这部作品给予肯定的评价，如梁绍壬说裴铏所述"多奇异，可以传示"⑥。

　　客观地说，就整体水平看，《封陟》在名篇辈出的唐传奇中确实不算优秀作品。不过就内容论，故事描述女仙纯真的爱情追求，立

①董诰等编《全唐文》卷八〇五，第8463—8464页，中华书局，1982年。
②计有功《唐诗纪事》卷六七，下册第1011页，上海古籍出版社，1987年。
③陈思纂次《宝刻丛编》卷六，中华书局，1985年。
④司马光《资治通鉴》卷二五二，第8178页，中华书局，1956年。
⑤胡应麟《少室山房笔丛正集》卷二五，上海古籍出版社，1987年。
⑥梁绍壬《两般秋雨盦随笔》卷一，上海古籍出版社，1982年。

意超越了当时社会的传统观念和道德规范,对于古典小说情爱题材有所开拓;在表达层面,幻设之奇,描摹之细,述情之委婉,也达到一定水准。而从道教对小说文体发展影响角度看,它则提供了一个很好的例子。

　　按题材,《封陟》是一篇传统的"谪仙"降临故事。其中写上元夫人为度脱男主角、本来是青牛道士苗裔的书生封陟而降临人世;她是一位年轻貌美、热烈追求爱情的少女,与封陟本有"宿缘";封陟则"貌态洁朗,性颇贞端",愚腐不通情意,在少室山隐居读书;上元夫人前后三次降临,主动、坦率地表白情愫,求结良缘,都遭到封陟的坚拒。下面是作品里描写的仙女第一次降临情景:

> 时夜将午,忽飘异香酷烈,渐布于庭际。俄有辎軿自空而降,画轮轧轧,直凑檐楹。见一仙姝,侍从华丽,玉佩敲磬,罗裙曳云,体欺皓雪之容光,脸夺芙蕖之艳冶,正容敛衽而揖陟曰:"某籍本上仙,谪居下界,或游人间五岳,或止海面三峰。月到瑶阶,愁莫听其凤管;虫吟粉壁,恨不寐于鸳衾。燕浪语而徘徊,莺虚歌而缥缈。宝瑟休泛,虬觥懒斟。红杏艳枝,激含颦于绮殿;碧桃芳萼,引凝睇于琼楼。既厌晓妆,渐融春思。伏见郎君坤仪俊洁,襟量端明,学聚流萤,文含隐豹。所以慕其真朴,爱以孤标,特谒光容,愿持箕帚。又不知郎君雅旨如何?"陟摄衣朗烛,正色而坐,言曰:"某家本贞廉,性惟孤介,贪古人之糟粕,究前圣之指归。编柳苦辛,燃粝幽暗,布被粝食,烧蒿茹藜,但自固穷,终不斯滥。必不敢当神仙降顾。断意如此,幸早回车。"姝曰:"某乍造门墙,未申恳迫,辄有诗一章奉留,后七日更来。"诗曰:"谪居蓬岛别瑶池,春媚烟花有所思。为爱君心能洁白,愿操箕帚奉屏帏。"陟览之,若不闻。云軿既去,窗户遗芳,然陟心中不可转也。

后来又再次、三次降临,谆谆地规劝,热情地诱导。作为仙人,她当然要讲仙山洞府、长生不老，但表白的主要是纯情少女对于爱情的向往和追求。可是对方固执地坚持"操守"，两情终不得相谐，也就失去偿还"宿缘"的机会。作者的惋惜与同情显然在上元夫人一边。作品最后写封陟染疾而终，在追赴幽府途中，遇到神仙骑从，原来是上元夫人。她仍不能忘情，判他延命一纪，再次表现她的深情与遗憾。这篇作品借鉴了仙传里名师考验弟子的传统构想（如黄石公试张良），写出一出爱情悲剧，颂扬女性执着、大胆的爱情追求，批判固执传统操守的迂腐，思想内涵是相当激进的。胡应麟说，裴铏所撰"什九诞妄寓言也……其书颇事藻绘，而体气俳弱，盖晚唐文类尔"[1]。就写作技巧说，这篇作品结构显得老套，辞语浮艳，技巧并不完美。但就文字说，骈词俪句，浓笔重彩，体现一种特殊的情趣。特别是具有相当的所谓"戏剧性"，情节颇有吸引人的地方。正因为如此，后世不断被改编为戏曲。如宋官本有《封陟中和乐》，金院本《诸杂砌》里有《封陟》，《录鬼簿》卷上著录有吉甫的《骂上元》，《今乐考证》卷三《明朝杂剧》著录有杨文奎的《封陟遇上元》杂剧等。在裴铏整部《传奇》里，还有《裴航》、《杜秋娘》、《红拂妓》等，都是可读的传世篇章，也都被一再改编为戏曲。而如果从这篇作品对于上元夫人这位仙真的描绘来考察道教对于小说文体发展的影响，其意义则远超出作品本身的思想、艺术价值之外，下面略加说明。

三

《内传》里作为求仙导师的上元夫人演变为唐代诗歌、传奇里的多情少女的上元夫人，中间一定有相关传说。这从上面引用的

---

[1] 胡应麟《少室山房笔丛正集》卷二五。

《无上秘要》一段文字可以证明。但是因为没有更多材料，已经不能清晰描述这种演变的具体情形，只能借助东晋南北朝时期流传的女仙谪降故事，追寻这种转变的大体脉络。

道教经典的形成通过不同途径。民间传说是某些经典的源头，特别是仙传类著作，包括《列仙传》、《神仙传》，是更多吸收民间传说结集而成的。《汉武帝内传》作为仙传类作品的总结性成果，创作过程中纳入许多民间传说因素。比如其中对于女仙的描绘，包括西王母、上元夫人及其随从的女侍，突出其女性特征如年龄、容貌、服装、佩饰等等，流露欣赏与赞美，正属于民间传说的特征。本来情爱是文艺创作包括民间传说的主要主题。神仙传说也积极地纳入了这一主题。早期的如前面提到的《列仙传》里萧史和弄玉相携成仙故事。晋宋以降出现更多女仙谪降人间、与世俗男子交往故事。它们是民间传说，又成为道教仙传内容，创作、流传中相互影响。

西王母在道教里本是女真的领袖。伴随西王母信仰的兴盛，出现许多以西王母及其属下女仙为内容的传说，形成她的侍女或女儿（养女）降临（或谪降）人世、与世间男子结下情缘的故事群。这些故事有大体共同的情节：降临（谪降），结交（婚配），设食，赠物，赋诗，离异。当然不是每个传说这些情节都齐全，但所述基本不出这些环节。实际《汉武帝内传》的结构也循着这样的路数。可以推测，上元夫人形象大概也是循着这样的环节演变的。

这类故事里著名的有杜兰香传说。这个故事文献里异文很多，下面是 20 卷本干宝《搜神记》的文本：

> 汉时有杜兰香者，自称南康人氏。以建业四年春，数诣张傅。傅年十七，望见其车在门外。婢通言："阿母所生，去，遣授配君，可不敬从。"傅先改名硕。硕呼女前，视可十六七，说事邈然久远。有婢子二人，大者萱支，小者松支。钿车青牛上，饮食皆备。作诗曰："阿母处灵岳，时游云霄际。众女侍羽

翼，不出墉宫外。飘轮送我来，岂复耻尘秽。从我与福俱，嫌我与祸会。"至其年八月旦，复来，作诗曰："逍遥云汉间，呼吸发九嶷。流汝不稽路，弱水何不之。"出薯蓣子三枚，大如鸡子，云："食此令君不畏风波，辟寒温。"硕食二枚，欲留一。不肯，令硕食尽，言："本为君作妻，情无旷远，以年命未合，其小乖。太岁东方卯，当还求君。"兰香降时，硕问："祷祀如何？"香曰："消魔自可愈疾，淫祀无益。"香以药为消魔。①

这里明确说杜兰香是"阿母所生"，即是西王母的女儿。所描写的降临、设食、赠诗、赠物，是与《汉武帝内传》和一般女仙降临传说共同的情节。其中明确反对"淫祀"也是后来上清派道教的观念。干宝是东晋初人，这篇作品应是根据当时的传说创作的。写杜兰香故事的还有署名曹毗的《神女杜兰香传》和佚名《杜兰香别传》。曹毗，《晋书》有传："曹毗字辅佐，谯国人也。高祖休，魏大司马；父识，右军将军。毗少好文籍，善属词赋，郡察孝廉，除郎中，蔡谟举为佐著作郎，父忧去职。服阕，迁句章令，征拜太学博士。时桂阳张硕为神女杜兰香所降，毗因以二篇诗嘲之，并续兰香歌诗十篇，甚有文彩。"②《太平御览》节引曹毗《神女杜兰香传》里有这样一段：

> 神女姓杜，字兰香。自云家昔在青草湖，风溺，大小尽没。香时年三岁，西王母接而养之于昆仑之山，于今千岁矣。③

这里说杜兰香本是平常人，是被西王母营救并培养成仙的。这个传说应当有另外的来源，或许杜兰香传说另有更为丰富的情节。

　　同是在《搜神记》里，还有神女成公智琼下降魏济北从事弦超的故事，情节和杜兰香传说类似。其中下降的"神女"自称是"天上

---

①据汪绍楹校订《搜神记校注》，中华书局，1979年，《秘册汇刊》本。
②《晋书》卷九二《曹毗传》第2386页，中华书局标点本。
③李昉等《太平御览》卷三九六《人事部第三十七》第1828页，中华书局，1985年。

玉女"。这是和上述三国时期画像镜上的女像同样的称呼。可以推测这玉女是西王母的侍女或女儿。又有传说"昔仙人智琼以《皇文》二卷见义起"①。《皇文》即道教经典《三皇文》。弦超字义起,则表明成公智琼又被当作向世人传授道教经典的女仙。这样,她与弦超的关系就类似汉武帝和上元夫人的关系。值得注意的是,西晋的张华(232—300)作《神女赋》,写成公智琼事,张敏作序说:"世之言神仙者多矣,然未之或验。如弦氏之归,则近信而有征者。"②可见这个传说在当时曾广泛流传并广有影响。

这类传说南朝宋、齐以来还有一些,例如署名陶潜的《续搜神记》(《搜神后记》)里的刘广故事:

> 刘广,豫章人,年少未婚。至田舍,见一女,云:"我是何参军女,年十四而夭,为西王母所养,使与下土人交。"广与之缠绵。其日于席下得手巾,裹鸡舌香。其母取巾烧之,乃是火浣布。③

这个传说里则明确下降的是西王母的养女了。值得注意的是,这种神女下降与世间男子结合的观念被纳入到上清派基本经典《真诰》里。其中描写女仙真妃第一次降临杨羲处一幕,略曰:

> 兴宁三年,岁在乙丑,六月二十五日夜……紫微王夫人见降,又与一神女俱来。神女……视之年可十三四许,左右又有两侍女……夫人坐南向,某(杨羲)其夕先坐承床下,西向,神女因见,就同床坐,东向,各以左手作礼。作礼毕,紫微夫人曰:"此是太虚上真元君金台李夫人之少女也。太虚元君昔遣

---

① 张君房《云笈七签》卷六《三洞品格》所录《三皇文》鲍南海(鲍靓)《序目》,第 1 册第 96 页,李永晟点校,中华书局,2008 年。
② 李昉等《太平广记》卷六一《成公智琼》第 2 册第 380 页,中华书局,1981 年。
③ 道世《法苑珠林》卷三六,第 3 册第 1158 页,周叔迦、苏晋仁校注,中华书局,2003 年。

　　诣龟山学上清道，道成，受太上书，署为'紫清上官九华真妃'者也。于是赐姓安，名郁嫔，字灵箫。"紫微夫人又问某："世上曾见有此人不？"某答曰："灵尊高秀，无以为喻。"夫人因大笑；"于尔如何？"某不复答。紫清真妃坐良久，都不言……真妃问某年几，是何月生。某登答言："三十六，庚寅岁九月生也。"真妃又曰："君师南真夫人，司命秉权，道高妙备，实良德之宗也。闻君德音甚久，不图今日得叙因缘，欢愿于冥运之会，依然有松萝之缠矣。"某乃称名答曰："沉湎下俗，尘染其质，高卑云邈，无缘禀敬。猥亏灵降，欣踊罔极，唯蒙启训，以祛其暗，济某元元，宿夜所愿也。"

这位真妃是太虚元君的女儿，而太虚元君到龟山西王母那里学道，则真妃也是西王母一系的弟子。故事接下来是真妃和紫微夫人分别授杨羲以诗，由杨羲书写下来，然后：

　　书讫，紫微夫人取视，视毕曰："以此赠尔，今日于我为因缘之主，唱意之谋客矣。"紫微夫人又曰："明日南岳夫人当还，我当与妃共迎之于云陶间，明日不还者，乃复数日事。"又良久，紫微夫人曰："我去矣，明日当复与真妃俱来诣尔也。"觉下床而失所在也。真妃少留在后而言曰："冥情未据，意气未忘，想君俱味之耳，明日当复来。"乃取某手而执之，而自下床，未出户之间，忽然不见。[1]

在这一幕里，紫微夫人在真妃和杨羲间斡旋，她的地位和作用可类比《汉武帝内传》里的西王母；真妃和杨羲的关系则可类比上元夫人和汉武帝之间的关系。不过真妃的角色和上元夫人相比较，"通俗化"程度已经又进了一大步：她作为年轻女性热情追求人间凡夫杨羲。

---

[1] 陶弘景《真诰》卷一《运题象第一》第 14—16 页，赵益点校，中华书局，2011 年。

对于这种仙凡情缘，《真诰》里紫微夫人解释说：

> 夫真人之偶景者，所贵存乎匹偶，相爱在于二景，虽名之
> 为夫妇，不行夫妇之迹也，是用虚名以示视听耳。[①]

这是说，如上面那种女仙与世间男子的匹偶关系，并非真实的情
侣、夫妇关系。按照上清派"存神"观念，这种伴侣乃是女仙引导、
提携世间男子得道成仙的方便施设。

如果回过头来再看《汉武帝内传》里汉武帝和上元夫人的关
系，显然已经包含这种情侣关系的暗示。这从前面提到的作品特
别着力对上元夫人的女性美加以描写可以透露出来。正是在这样
的潮流中，上元夫人从求仙导师到多情仙姝逐渐转型了。

四

如上所述，在《封陟》里，上元夫人完成了从西王母陪侍、帝王
求仙导师到多情仙姝的转型。这种转型应当是和六朝"谪仙"主题
传说的演变同步的。描写这类的作品被创作出来，反映道教"世俗
化"、"艺术化"日渐深入的趋势。

道教仙真上元夫人形象的这一演变体现多方面的意义，可以
从道教历史发展的民众基础，它的"世俗化"、"艺术化"进程，它与
文学相互影响的关系等诸多角度加以考察。下面仅讨论其促进中
国叙事文学一体的小说文体发展所发挥的作用。

吉川幸次郎曾说："重视非虚构素材和特别重视语言表现技巧

[①]《真诰》卷二《运题象第二》第20页。

可以说是中国文学的两大特长。"①在这里他显然是指作为"正统文学"样式的诗文说的。看萧统编的《文选》，已经是鲁迅所谓"文学的自觉"观念形成后的产物，其中诗和赋九卷之外，其他二十六卷按文体分为"诏"、"册"、"令"、"教"到"墓志"、"行状"、"吊文"、"祭文"等，共三十二类，基本是如今所说的"应用文"。它们基本是"非虚构"的、实用的。《文选序》里区别"文"与非"文"，提出"事出于沉思，义归乎翰藻"的标准，即是说写文章要用"事"即使用典故，要注重辞藻文采。当时又流行"有韵为文，无韵为笔"的概念，即作文要合乎韵律。这些都属于吉川幸次郎所说的"特别重视语言表现技巧"的范畴。事情的另一方面，则是古代叙事文学，包括叙事诗，特别是小说、戏曲欠发达。到六朝时期，叙事文学取得较大进展，主要成绩是志怪小说和"志人小说"。而在志怪小说里，仙道主题的或"释氏辅教"的占相当大的比例。而如《汉武帝内传》那样的作品，构思基本出于宗教悬想，从小说形态看，算是发展得比较充分的。这样，叙事文体的小说的早期发展相当程度得力于道教（还有佛教）的推动。在这方面，从《汉武帝内传》到裴铏的《封陟》两篇作品里上元夫人形象的演变，提供了一个典型例子。

　　鲁迅当年提出唐代传奇创作"始有意为小说"的著名论断，接着引用胡应麟的看法："凡变异之谈，盛于六朝，然多是传录舛讹，未必尽幻设语。至唐人乃作意好奇，假小说以寄笔端。"②接着鲁迅解释："其云'作意'，云'幻设'者，则即意识之创造也。"③用现在通行的概念，"作意"、"幻设"即是"虚构"，就是诺贝尔文学奖得主莫言说的"讲故事"。众所周知，唐传奇之前，以《世说新语》为代表的

①吉川幸次郎《我的留学记》，《中国文学论》第 168 页，钱婉约译，光明日报出版社，1999 年。
②胡应麟《少室山房笔丛正集》卷二○。
③鲁迅《中国小说史略》，第 8 篇《唐之传奇文（上）》，《鲁迅全集》第 9 册第 70页，人民文学出版社，1981 年。

志人小说记述逸闻轶事，乃史籍的支流；以《搜神记》为代表的志怪小说，则不离神话传说的路数。《汉武帝内传》兼有道教辅教之书和长篇志怪的品格，而《封陟》虽然仍写神仙人物，利用道教题材，却全然是出于作者构想（或许有传说依据）的小说创作了。这种演进，表明宗教悬想给叙事文学的发展提供了广阔空间，体现随着道教里的神仙被逐渐"世俗化"，同时在"文艺化"。另一方面，则文艺创作继承、借鉴道教内容而不断充实、丰富自身。

　　更清楚地说明道教推进小说文体发展的独特意义，还可以拿《封陟》和唐人传奇中同是情爱题材的三篇优秀作品——元稹的《莺莺传》、白行简的《李娃传》和蒋防的《霍小玉传》相比较。如果从作品整体思想和艺术水准作对比，《封陟》远不及这三篇，只能说是相当平庸的作品；但如果从在中国古典小说文体发展史上的意义看，《封陟》则更充分地体现了小说创作"作意"、"幻设"的特征。

　　第一，三篇代表唐人传奇成就的作品是文人创作，《封陟》（释、道题材的同类作品大体类似）则更多汲取民间传说因素。而如上面表明的，这类传说和道教有密切关联。作为文人创作，唐传奇的构思大多基本承续六朝志怪与志人小说的传统，结构没有完全摆脱事实的框架。例如《莺莺传》，宋人赵令畤早已指出"盖微之自叙"[1]。陈寅恪、周绍良等对于这篇作品的"本事"做过详密考证[2]。《霍小玉传》则是根据诗人李益的真人真事编撰的。《太平广记》所录文本开头就说"大历中，陇西李生名益……"[3]《旧唐书》本传记载李益"少有痴病，而多猜忌，防闲妻妾过为苛酷，而有散灰扃户之

①赵令畤《侯鲭录》卷五，中华书局，1985年。
②陈寅恪《元白诗笺证稿》第4章《艳诗及悼亡诗附读莺莺传》第106—116页，上海古籍出版社，1978年；周绍良《唐传奇笺证》第384—408页，人民文学出版社，2000年。
③李昉等《太平广记》卷四八七，第10册第4006页。

谭。闻于时，故时谓妒痴为'李益疾'，以是久之不调"①。这是《霍小玉传》的"本事"。就虚构程度而言，《李娃传》和《封陟》情形略似，都没有事实相依傍，纯属"作意"、"幻设"。决定作品艺术水准高低当然不能以构思是否有事实根据为标准。这里只是说，《封陟》这种宗教素材的故事，能够更充分地摆脱"事实"的羁束，充分发挥作家的想象力，从而更充分地体现文艺创作出于作者主观构想这一根本性质。这一点也正体现黑格尔在《美学》里所说的宗教与文艺在思维方式上最为接近的道理。道教的神仙世界本是"无稽"悬想的产物，却能够提供文学创作"虚构"的广阔天地。《封陟》在这一点上体现得十分明显。

第二，小南一郎说唐人传奇的故事里都会内涵一定的所谓"问题意识"②，即里面有作者所要表达和解决的"问题"。这体现中国古代士大夫阶层思维的特点：他们传统上追求"修、齐、治、平"，总想通过自己的作品来解决社会的或伦理的课题。传奇作者往往在作品里加上道德说教，把"问题"的答案直接揭示出来。人们评价传奇作品，也往往把其中提出的"问题"以及作者对这些问题的态度、解决方式作为一个重要因素来考虑。《莺莺传》结尾一段说："时人多许张为善补过者。予尝于朋会之中，往往及此意者。夫使知者不为，为之者不惑。"这是照应张生离弃莺莺却大发议论"大凡天之所命尤物也，不妖其身，必妖于人……予之德不足以胜妖孽，是用忍情"云云③；《李娃传》结尾则述说李娃与郑生最后成亲，一门荣盛，继而感叹："嗟乎！倡荡之姬，节行如是，虽古先烈女，不能逾也，焉得不为之叹息哉！"这两篇作品前者对故事所述人物的自由

---

① 《旧唐书》卷一三七《李益传》第 3771 页，中华书局标点本。
② 小南一郎《唐代傳奇小説論——悲しみと傷與憧れと》第 231 页，岩波书店，2014 年。
③ 元稹《莺莺传》，鲁迅《唐宋传奇集》，《鲁迅辑录古籍丛编》第 2 册第 123 页，人民文学出版社，1999 年。

恋情加以否定,后者加以肯定,但实际作者主观上都在表明同一种观念,即当时社会居于统治地位的关于门第、仕途、婚配的观念。作者在作品里利用议论来宣说这种观念。《霍小玉传》情形不同,构成情节矛盾的"问题"是李生的"痴"病,故事更富单纯的故事性。而《封陟》表现的则是单纯的上元夫人的爱情追求与封陟读书求仕理想的矛盾,而作者显然是同情上元夫人的。这篇神仙降临故事的主旨从而超越了当时社会上传统的价值观,从纯真爱情这个"人性"的角度来描绘人物,表达主题,也就体现更激进的思想境界。

第三,《封陟》文用骈体(这和当时文坛风气有关,此不具论),且多用陈词,描摹形容失度,写法显得幼稚。但是作者有意创造"美文"的努力是应当肯定的。追求语言美是文学之所以为文学的重要条件。作品这方面的得失明显,不必多说。

第四,就总体说,在众多唐传奇作品中,《封陟》的神仙故事包含更多民间传说因素。这种民间传说与宗教本来有相当密切的关系。本来道教(佛教也同样)的发展和小说、戏曲的演进一样,广大民众提供了广阔的社会基础。早期的《汉武帝内传》的编撰,后来《封陟》的创作,在相当程度上都取决于这样的基础,两者创作中宗教信仰与艺术构思的相互促进也是因为有这样的基础。到宋代,叙事文学的小说、戏剧兴盛起来,这两种文体的主导者由士大夫阶层向平民阶层转移。在这一转变中,宗教包括道教、佛教和各种民间宗教持续发挥了十分重要的作用。这已在本文讨论内容之外了。

还是吉川幸次郎的看法:"小说和戏曲是文学从以真实的经历为素材的习惯限制中解放出来,而且它们用口语写作……"①又,周策纵在香港浸会大学举办的首届"文学与宗教"国际学术研讨会上做专题讲演说:"与宗教关系较密切的小说作品……也曾给予中国

---

① 吉川幸次郎《我的留学记》,《中国文学论》第 176 页。

传统小说较多的'虚构'性。"①道教仙真上元夫人的形象从《汉武帝
内传》到《封陟》两篇作品里的演变，作为道教影响文学的一个例
子，表明小说文体得以"从以真实的经历为素材的习惯限制中解放
出来"，小说作为文学创作的"虚构"性得以更充分地发展，相当程
度上得力于道教（当然还有佛教，不过佛教的作用不比道教）的积
极的推动作用。

（原载香港浸会大学《人文中国学报》

第二十三期，2016 年 12 月）

---

① 周策纵《传统中国的小说观念与宗教关系——在香港浸会大学首届"文学与
宗教"国际学术研讨会上的专题讲演》，《周策纵文集》下册第 492 页，香港商
务印书馆有限公司，2010 年。

维摩诘居士：实有其人？

《维摩诘经》与维摩诘居士

在中国，佛教经典里人们熟知、影响巨大的有《金刚经》、《法华经》、《华严经》、《涅槃经》等大乘经。《维摩诘经》（简称《维摩经》）属于同一类重要的大乘经，它特别对中国居士佛教的发展、对中国文化包括文学艺术发挥了十分重大的影响。法国著名汉学家戴密微曾指出：

> 《维摩诘经》无疑是少数在印度佛教中占有重要地位，而又完全融入中国文化遗产的佛典之一。（《中国的维摩》）

《世说新语》是所谓描写晋宋名士的百科全书。值得注意的是，其中写了二十多位僧人，写他们和名士的交往。在这部书之前，文献里有关僧人活动的记载很少。研究佛教流传中国早期情形，特别是对于文化领域的影响，这部书是少数弥足珍贵的资料之一。其中有一段文字生动地记述了东晋名僧支遁（314—366）宣讲《维摩经》的盛况：

> 支道林、许椽诸人共在会稽王斋头，支为法师，许为都讲

　　支通一义，四坐莫不厌心；许送一难，众人莫不忭舞。但共嗟
　　味二家之美，不辩其理之所在。（《世说新语笺疏·文学第
　　四》）

　　会稽王即后来的简文帝司马昱（320—372），许椽指当时的著
名名士许询。在文学史上他和孙绰并称，是所谓"玄言诗"写作的
代表人物。东晋还是佛教在中国刚刚兴盛起来的时候。古时候佛
教法会讲经，高座上两个人对坐：一位是"法师（导师）"，是宣讲的
主角；另一位叫"都讲"，辅助唱经。这段记载是说，在法会上名僧
支遁讲《维摩经》，由名士许询担任都讲，得到"众人"即僧、俗听众
的热烈欢迎。最后一句说"不辩其理之所在"，表明当时大多数人
对所讲《维摩经》的义理还不能真正理解——因为这还是佛教初传
的时候。稍后历史上著名的学僧僧肇（384—414）乃是中国佛教著
名译师鸠摩罗什的上首弟子，杰出的佛教思想家，对中国佛教理论
建设做出过巨大贡献。钱锺书先生曾说：

　　　　我国释子阐明彼法，义理密察而文字雅驯当自肇始。
（《管锥篇》第四册）

　　据《高僧传》记载，僧肇年轻时读老子《道德经》，慨叹说："美则
美矣，然其栖神冥累之方，犹未尽善。"后来读了《维摩经》，欢喜顶
受，披寻玩味，才明白佛法之高妙，信服出家了。再后来，晋宋之际
的谢灵运（385—433），是著名诗人，又精研佛理，他是历史上第一
位显示佛教影响文学创作实绩的大作家。他曾写《维摩诘赞》，抒
写对维摩诘的倾慕、赞叹，也是历史上最初写作这一题材的作品的
人。这些都是在中国佛教早期发展中《维摩诘经》广泛流传并发挥
影响的典型例子。

　　全部佛教经典划分为经、律、论"三藏"（"藏"本来是容器、笼
子、谷仓的意思，取其包容所有之意，引申称经典集合为"藏"）：佛
说"经"，菩萨造"论"，"律"是佛陀在世时对僧团中人"随犯随制"制

定的戒条。所以"经"的名目一般作《佛说……经》。但是《维摩经》现存的三个汉语译本（文献记载东汉严佛调译有所谓"古译"一卷本《古维摩经》和另外两种译本，总括起来就是所谓"六译三存"），即三国时期吴支谦译本，却题名《维摩诘说不思议法门经》；姚秦鸠摩罗什译本，题名《维摩诘所说经》；唐代玄奘再加重译，名《说无垢称经》（"维摩诘"意译作"净名"，玄奘把他译作"无垢称"）。前两种译本的题目直接标明不是佛"说"，而是"维摩诘""说"。这在全部佛教的"经"里面是很特殊的。这实则也题示了这部经的独特内容和性质。

《维摩诘经》里的维摩诘（简称"维摩"）是位居士。佛陀创建佛教，其信仰者有"四众"：出家的比丘（僧）、比丘尼（尼）和在家的优婆塞（男性居士）、优婆夷（女性居士）。前两者构成僧团；后两者是僧团的外护，是供养僧团的。虽然"四众"都是佛教信徒，但要成就佛果首先要出家。佛教的"三宝"里出家的"僧"与"佛""法"被并列为一"宝"，地位当然比在家信徒更为优胜。不过《维摩经》里所描写的维摩诘居士却是：

> 尔时毗耶离大城中有长者，名维摩诘，已曾供养无量诸佛，深植善本，得无生忍（诸法实相不生不灭，为无生法，安住此法即得"无生法忍"，简称"无生忍"）；辩才无碍，游戏神通……虽处居家，不著三界；示有妻子，常修梵行（断绝淫欲的清净行为）；现（示现）有眷属，常乐远离；虽服宝饰，而以相好严身；虽复饮食，而以禅悦（入于禅定的愉悦心态）为味；若至博弈戏处，辄以度人；受诸异道，不毁正信；虽明世典，常乐佛法；一切见敬，为供养中最……入讲论处，导以大乘；入诸学堂，诱开童蒙；入诸淫舍，示欲之过；入诸酒肆，能立其志……

就是说，这个人是位居士，过着平常人的世俗生活，享受家室之娱，行为放达，游戏人间，极尽富贵荣华、饮食声色，但是却又信仰坚定，修养极高，精神上、观念上都已掌握佛法真谛，各方面都绝不次于出家人。他是一位"菩萨"。"菩萨"的意义下面再作解释。

《维摩经》和一般佛经一样，也是以"如是我闻"（古译作"闻如是"）开篇。当初佛陀寂灭，众弟子结集佛说，由弟子中"多闻第一"的阿难追忆佛陀生前教诲，开头就说一句"如是我闻"，接着追忆佛陀当初曾经在某个时间、某个地方、对什么人说法。这就是佛说法的时、地、人因缘。接下来追忆佛陀所说教法内容。具体到《维摩经》，第一品《佛国品》的开头部分，说佛在毗耶离城（今天印度比哈尔邦首府巴特那的北边）庵罗树园向众比丘、菩萨、天（天神）、人说法，时有五百长者子宝积说偈赞佛，表示"愿闻得佛国土清净"；进而又请问"菩萨净土之行"，表示立志建设佛国土；佛陀为此说了"若菩萨欲得净土，当净其心；随其心净，则佛土净"，强调信仰者内心修养对于成佛、往生净土起决定作用。接着第二《方便品》，主角维摩诘出场，开始就是前面引述的那一段介绍。表明这个人虽然是在家人，但无论是精神上还是践履上都体现大乘菩萨的理想人格。他"以无量方便饶益众生，其以方便，现身有疾"，即"示现"有病，借机说法。第三《弟子品》、第四《菩萨品》，讲佛陀心怀慈愍，分别命他的十大弟子和另外四位菩萨前往维摩诘处"问疾"，而这些人却一一推托，各自追忆以前和维摩诘交往中受到讥弹的往事。这一部分通过往昔维摩诘和佛弟子等人的对话，简明、精彩地阐述了大乘基本教理：如说"不舍道法而现凡夫事"，"不断烦恼而入涅槃"；"诸法毕竟不生不灭，是无常义"；"无利无功德，是为出家"；"一切众生，即菩萨相"等等。如果把《维摩经》看作三幕戏剧，这可算作是第一幕。第五《文殊师利问疾品》，叙述佛陀命文殊师利前往"问疾"，文殊师利毅然承担起这一任务，诸菩萨、大弟子、释、梵、天王等千百天、人随同，一起进入毗耶离大城；其时维摩诘"以神力空其室内，除去所有及诸侍者，唯置一床，以疾而卧"；他与文殊师利对论，说从爱（贪爱，执着）则我病（指根本烦恼：贪、嗔、痴）生；一切众生病,是故我病;除众生病,则需断病本,病本就是有攀缘,必须"断除客尘烦恼(非净心所有,故为"客";污染心性,故为"尘";形容烦恼)",等等。接着,第六《不思议品》,在维摩诘和文殊师利对论中,同行的舍利弗(佛弟子,智慧第一)久立思坐,维摩诘显示神通,向东方须弥灯王佛借来三万二千狮子宝座,展示佛法不可思议的大小相容、久暂互摄的力用。再以下第七《观众生品》、第八《佛道品》、第九《入不二法门品》、第十《香积佛品》,文殊师利和维摩诘进一步展开论辩:维摩诘在对谈中广说佛法,深入地讲解诸法实无所得、众生实无自性、一切法无言无说的"不二法门"、因果有报等大乘基本教理。这可算是三幕戏剧的第二幕。第十一《菩萨行品》、第十二《阿閦佛品》、第十三《法供养品》,场景再次转换:维摩诘又以神通力,把诸大众及狮子座置诸掌内,带往诣庵罗树园,再闻佛说法;佛广说诸佛功德及解脱法门,并告舍利弗"有国名妙喜,佛号无动,是维摩诘于彼国没而来生此",即是说维摩诘本来是妙喜国的无动如来示现此世;维摩诘亦显示神通,不起于座,以其右手断取妙喜世界,置于此土;接着佛告释提桓因(天帝释)此经功德,"诸佛菩提皆从是生",信解、受持此不可思议解脱法门并依之而行,即是依法供养如来;然后指出,过去无量阿僧祇劫前有药王如来,受转轮圣王宝盖及其眷属供养,王有千子,一子名月盖,勤行精进,从药王如来秉受"法供养",得成正觉。佛说宝盖即今宝炎如来,千子即今贤劫中千佛,月盖即前世释迦。这可算是三幕戏剧的第三幕。最后第十四《嘱累品》,是本经的流通分(佛教教学传统上按"科判"讲解、理解佛经,即由本及末、条分缕析,分出层次,划分段落。总体上每部经典按三分法分为三部分,即序分,正宗分,流通分;然后再一层层继续划分出层次),佛陀劝嘱众人奉行、流通这部经典。

　　这是《维摩经》的大概内容。

作为大乘菩萨的维摩诘居士

佛教里的"大乘"相对于"小乘"而言。佛陀生前组建教团，教化弟子，到他寂灭后百余年间，这在佛教史上称为"原始佛教"时期；由于弟子们对于传世佛陀言教（主要是关于戒律）理解不同，解释上发生分歧，陆续分化为二十个左右派别，是为"部派佛教"时期；至公元纪元前后，主要是由教内下层僧众发展出具有进步意义的教理体系，造成有声势的运动。这派人称自己一派为"大乘"，意思是大车子，能够把无量众生超度到涅槃彼岸；而贬低坚持"原始佛教"和"部派佛教"教理的为"小乘"，即指斥他们只能自度，不能度人，比拟如小车子。大乘佛教不断结集出新的经典（当初佛陀教导弟子和信众依靠口耳相传。他寂灭后，弟子辑录、整理他的教法，据考今传《阿含经》基本保存了佛陀本人教法的原貌。后世各派弟子按自己一派观点不断结集新的经典），这即是"大乘经"。大乘教理和小乘教理的根本区别在前者主张我、法两空，而小乘只讲人我空；大乘张扬"自度度人"的菩萨思想与实践，小乘则追求自我解脱，成就涅槃佛果。两种教理体系后来各有发展，各有丰富的内容，此不具述。

大乘运动又分化为不同的派别，也就结集出内容大有不同的大乘经。最早形成的，阐述大乘基本教理的是《般若经》。这是篇幅大小不同的庞大的经群，是讲述大乘"万法皆空"的根本教理的。在中国广泛流通的《金刚经》可看作是它的提纲。接着陆续结集出后世造成巨大影响的《华严经》、《法华经》、《阿弥陀经》、《涅槃经》等，它们从不同侧面发挥了大乘教理体系。《维摩经》是其中主要的、重要的一部。大乘运动兴起之后，由于社会经济发展，信仰佛教的富有资财的在家信徒即居士阶层强大起来，早期佛经里多提到"长者"，就是这一阶层的代表人物。他们具有新鲜、进步的思想观念。《维摩诘经》就是在居士阶层间结集起来的。

　　《维摩诘经》的一个核心内容是发展了反映居士阶层意识的菩萨思想。"菩萨"，全称音译"菩提萨埵"，意译"觉有情""道心众生"等。"'菩提'是'悟'的意思，'萨埵'具有本质、实体、心、胎儿、勇士、有情等种种意思。如果取'萨埵'的本质义，类似'其本质为觉悟的人'的意思，或更接近'佛陀'的意思。"（平川彰《大乘佛教の本質》）本来"菩萨"这个词，在部派佛教里是用于称呼前世历劫轮回之中的佛陀的。扩展开来，又是指一切为成佛而精进努力的人。小乘佛教修证的最高阶位是阿罗汉，汉语简称为"罗汉"，其义有三：杀贼（杀"贼"之贼）、应供（应受天、人供养）、不生（涅槃），简单地说，就是从轮回中解脱出来，"自度"成佛；而大乘菩萨则不仅求"自度"，还要"度人"。菩萨立下宏愿，"一生补（佛）处"，只要世上有一人不得度，即永不成佛。《法华经》卷二《譬喻品》上说：

　　　　若有众生，从佛世尊闻法信受，勤修精进，求一切智、佛智、自然智、无师智、如来知见，力无所畏，悯念安乐无量众生，利益天人，度脱一切，是名大乘。菩萨求此乘故，名为摩诃萨。

菩萨志愿"上求菩提，下化众生"，即要济度世上所有处在无尽轮回之中受苦众生。维摩诘居士就是这样一位大乘菩萨的理想典型。

　　《维摩经》精赅、深刻地论述了诸法"毕竟空"、"无所缘"、"无决定性"的道理。它在"以空遣法"的"空平等观"的基础上，"统万行则以权智（随机说法的方便）为主，树德本则以六度（"度"，音译"波罗蜜"，为超度到生死彼岸的手段；六度指布施，持戒，忍辱，精进，禅定，智慧）为根"，指示"不尽有为（为，造作，因缘所生都属有为），不住无为（无为，无因缘造作，即实相空）"的解脱法门。作为大乘佛教的纲领性经典,它被视为"先圣之格言,弘道之弘标"(支愍度《合维摩诘经序》)。其中宣扬的菩萨思想,作为大乘教理的新内容,打通世间和出世间的界限,突显出大乘佛教积极入世性格的一面。中国传统社会结构建立在家族血缘关系基础之上,"身体发肤受之父母",注重孝道;中国传统思想本性又注重现实,富于理性精神。这部经典一经输入,自然容易被广泛接受和欢迎。它不仅对中国佛教的发展、对中国佛教思想理论建设发挥了重大作用,特别是它又为中国佛教的居士思想、中国的居士佛教的发展提供了典据。而在中国佛教历史上,居士阶层的地位和作用十分重要。不仅在支撑佛教生存和发展上起到重大作用,更广泛、深入地影响到思想、学术的诸多领域。

佛经里许多人物是实有其人的。例如迦叶、阿难等佛弟子;而另有不少则出于创造,如文殊菩萨、普贤菩萨等。玄奘游历五印,到吠舍厘国,后来有记载说:

> 伽蓝东北三里有窣堵波,是毗摩罗诘故宅基址,多有灵异。去此不远有一神舍,其状垒砖,传云积石,即无垢称长者现疾说法之处。去此不远有窣堵波,长者子宝积之故宅也……(《大唐西域记》卷七吠舍厘国)

这个维摩诘"遗址"把经典里所述说法坐实了。同样《法苑珠林·感通篇·胜迹部》另有记载说:

> 吠舍厘国属中印度(梵云毗舍离国),都城颓毁,故基周七十里,少人居住。宫城周五里。宫西北六里有寺塔,是说《维摩经》处……寺东北四里许有塔,是维摩故宅基,尚多灵神。其舍垒砖,传云积石,即是说法现疾处也。于大唐显庆年中,敕使卫长史王玄策,因向印度,过净名宅,以笏量基,止有十笏,故号方丈之室也。并长者宝积宅、庵罗女宅、佛姨母入灭处,皆立表记。(《法苑珠林》卷二九)

以上两者所述略同,都是经过实地访查的。可见当时在印度是认为维摩诘实有其人的。有关其人的传说在印度和中土都还有一些。陈寅恪在《敦煌本维摩诘经文殊师利问疾品演义跋》里曾指出:"而今大藏中有西晋竺法护译佛教大方等顶王经,一名维摩诘子问经……皆记维摩诘子事,是维摩诘实有子矣。大藏中复有隋阇那崛多译月上女经二卷……记维摩诘女月上事,是维摩诘实有女矣。又月上女经卷上云:'其人(指维摩诘言)有妻,名曰无垢。'是维摩诘实有妻矣。诸如此类,皆维摩诘故事在印度本土自然演化孳乳之所至……"他又指出维摩诘故事在中土演化的情形。如隋吉藏《净名玄论》记载:

> 如《佛喻经》说:净名姓硕,名大仙,王氏。《别传》云:姓雷氏,父名那提,此云智基;母姓释氏,名喜,年十九嫁。父年二十三婚,至二十七,于提婆罗城内生维摩。维摩有子,字曰善思,甚有父风。佛授其记,未来作佛。别有《维摩子经》一卷,可寻之也。

陈寅恪又指出:"维摩诘故事在印度本国之起源,不可详考","盖当此经成书之时,佛教经典之撰著,已不尽出于出家僧侣之手,即在家居士,已有从事于编纂者","故知维摩诘经之作者,必为一在家居士"。从这些材料可以知道维摩故事不断踵事增华,尽出于后人的创作也。

这样,《维摩诘经》作为阐扬大乘教理、特别是居士思想的重要的大乘经,又可视为"文学创作"的成果——优秀的佛教文学作品;维摩诘乃是大乘居士阶层创造的理想的居士——菩萨形象,而且这部经典及其所塑造的维摩诘居士这一典型形象又是达到相当高的艺术水准的。

构思新颖，情节生动

《维摩诘经》作为佛教文学作品，写作艺术相当卓越，具有很高的文学价值。

佛经，特别是"三藏"里"经"的部分，普遍地富于文学性质。有些如《譬喻经》、《本生经》，还有《佛所行赞》等佛传，本身就可视为文学作品。几部著名大乘经如《法华经》、《华严经》、《金光明经》等故事性强，叙写生动，语言精美（汉语译本语言精美当然包含译者的"功劳"），从文学创作角度看也已达到相当高的艺术水准。但如《维摩经》这样，以三个宏大的场面为背景，在生动、连续的故事情节中，以一位理想化的佛教居士的典型形象为中心，有众多性格鲜明的人物作陪衬，准确、清晰地阐扬大乘佛教居士思想的新潮流，形成兼具佛教经典和半戏剧、半小说性格的作品，在全部佛经里是绝无仅有的。因而被陈寅恪称为"佛藏中所罕见之书"。

《维摩经》开头《方便品第二》用前面引述的简括文字精彩地再现了维摩诘这一典型人物的面貌。接下来这位经典核心人物的性格伴随着故事情节进展，不断地充实和丰富。《弟子品第三》和《菩萨品第四》佛陀十大弟子、四位菩萨追忆与维摩诘交往、受其讥弹往事，已经鲜明地烘托出维摩诘头脑之睿智、思致之深刻、辨析事理的杰出能力以及性格的活泼开朗。接着佛陀命学养更为高超的文殊师利"问疾"，后者毅然决然地应命，表现得敢于担当，自信满满，与众弟子相对比，凸显出他的智慧、勇决和信心，给下面与维摩诘"对谈"、维摩诘优胜做了铺垫。描写文殊师利前往问疾一大段文字，众人跟随他浩浩荡荡地前往毗舍离大城；相对照之下，维摩诘却在空无所有的小小方丈里隐疾而卧，表现得十分沉稳安详。

在接下来的对谈中,本来文殊师利的思想、能力、姿态远远高出十大弟子等众人,可是随着议论步步深入,却表明他各方面都远远不如维摩诘。这样,一层层巧妙地利用十大弟子、四位菩萨衬托出文殊师利的伟大,而文殊师利又衬托维摩诘更加伟大。众多人物性格就这样在新颖的构思和生动的情节中展现出来,叙说极富幽默情趣,读起来令人忍俊不禁。

大乘经典普遍地富于大胆悬想的性格,《维摩经》在这一点上也体现得尤其突出。其中如"室包乾坤"、"借座灯王"、"天女散花"、"请饭香积"、"手接大千"等构想,都极其奇异不凡,又妙趣横生。例如《不思议品》里"借座灯王"一段,写文殊师利率领众人"问疾",来到毗耶离大城维摩诘方丈:

> 尔时舍利弗见此室中无有床座,作是念:斯诸菩萨大弟子众,当于何坐? 长者维摩诘知其意,语舍利弗言:"云何,仁者,为法来耶? 求床座耶?"……尔时长者维摩诘问文殊师利言:"仁者,游于无量千万亿阿僧祇(时间观念,表无限长的时间)国,何等佛土有好上妙功德成就师子之座(譬佛为人中师子,佛所坐为"师子座")?"文殊师利言:"居士,东方度三十六恒河沙国有世界,名须弥相,其佛号须弥灯王,今现在。彼佛身长八万四千由旬(长度观念,指一只公牛走一天的距离),其师子座高八万四千由旬,严饰第一。"于是长者维摩诘现神通力,即时彼佛遣三万二千师子座,高广严净,来入维摩诘室。诸菩萨、大弟子、释、梵、四天王等昔所未见。其室广博,悉皆包容三万二千师子座,无所妨碍;于毗耶离城及阎浮提四天下,亦不迫迮,悉见如故……尔时维摩诘语舍利弗就师子座。舍利弗言:"居士,此座高广,吾不能升。"维摩诘言:"唯,舍利弗,为须弥灯王如来作礼,乃可得坐。"于是新发意(发心,指树立信仰心)菩萨及大弟子即为须弥灯王如来作礼,便得坐师子座。

如此奇异、夸张的描写是中国传统文学中所不见的。它们特别给后来中国志怪、传奇和章回小说创作直接提供了借鉴。

又《观众生品》里俗称"天女散花"一段：

> 时维摩诘室有一天女，见诸大人，闻所说法，便现其身，即以天华散诸菩萨、大弟子上。华至诸菩萨，即皆堕落；至大弟子，便着不堕。一切弟子神力去华，不能令去。尔时天女问舍利弗："何故去华？"答曰："此华不如法，是以去之。"天曰："勿谓此华为不如法。所以者何？是华无所分别，仁者自生分别想耳。若于佛法出家，有所分别，为不如法；若无所分别，是则如法。观诸菩萨华不着者，已断一切分别想故。譬如人畏时，非人得其便；如是弟子畏生死故，色、声、香、味、触得其便也；已离畏者，一切五欲无能为也。结习未尽，华着身耳；结习尽者，华不着也。"

这里设一比喻说明必须除去贪爱执着的道理：因为舍利弗对于一天女所散的花心生"分别"，有所执着，不能如大乘教理"心无所住"（没有贪爱、执着），因而"不如法"，所以花着身不落。舍利弗是小乘声闻弟子（佛弟子闻佛说法而悟，即小乘教徒），在《维摩经》里被屡屡斥为"根败之士"、非"如来种"，"结习未尽"（结，烦恼；习，习气），无可救药，所以天女散花着身不堕。后来这个新颖奇异的"天女散花"构想作为艺术题材被表现在中国的京剧、黄梅戏等戏曲和壁画、年画等艺术作品里。

上面引述"借座灯王"接下来的一段议论维摩诘方丈：

> 舍利弗言："居士，未曾有也，如是小室，乃容受此高广之座，于毗耶离城无所妨碍，又于阎浮提聚落、城邑及四天下诸天、龙王、鬼神宫殿亦不迫迮。"维摩诘言："唯，舍利弗，诸佛菩萨有解脱，名不可思议。若菩萨住是解脱者，以须弥（又称"妙高山"，据说高八万四千由旬，按佛教宇宙观，它是包括阎浮提

等四大洲的一小世界的中心)之高广内芥子中,无所增减,须弥山王本相如(如实,如法)故,而四天王、忉利诸天不觉不知己之所入。唯应度者乃见须弥入芥子中,是名住不思议解脱法门。又以四大海水入一毛孔,不娆鱼鳖鼋鼍水性之属,而彼大海本相如故,诸龙、鬼神、阿修罗等不觉不知己之所入,于此众生亦无所娆。又舍利弗,住不可思议解脱菩萨断取三千大千世界,如陶家轮着右掌中,掷过恒河沙世界之外,其中众生不觉不知己之所往,又复还置本处,都不使人有往来想,而此世界本相如故。又舍利弗,或有众生乐久住世而可度者,菩萨即延七日以为一劫,令彼众生谓之一劫,或有众生不乐久住而可度者,菩萨即促一劫以为七日,令彼众生谓之七日……舍利弗,我今略说菩萨不可思议解脱之力。若广说者,穷劫不尽。"

这里使用一连串极尽夸诞又鲜明生动的譬喻,把宇宙万法相互涵容、大小等摄的不可思议的道理表现得形象而透彻。即使从现代科学世界观看来,这些比喻所体现的一切事物相对、相摄的关系仍是具有真理性的观念。

上面举出的这些段落,都摹写鲜明形象,富于戏剧性,把深奥教理讲得显赫而生动。再看《佛道品》里如何解释"如来种"这一概念:

譬如高原陆地,不生莲华,卑湿淤泥,乃生此华;如是见无为法入正位者,终不复能生于佛法,烦恼泥中乃有众生起佛法耳;又如殖种于空,终不得生,粪壤之地,乃能滋茂,如是入无为正位者,不生佛法;起于我见如须弥山,犹能发于阿耨多罗三藐三菩提心,生佛法矣。是故当知,一切烦恼为如来种。譬如不下巨海不能得无价宝珠,如是不入烦恼大海则不能得一切智宝。

小乘声闻以涅槃为正位,而大乘佛法强调住五浊恶世来实践佛法。这一段的三个譬喻,淤泥中生莲花,粪土使种子滋茂,下巨海方得宝藏,说明追求涅槃寂灭不可能得到佛法,佛法须在现实的污浊世界之中证得的道理，又具有普遍的哲理含义。

这样，《维摩经》以维摩诘这个人物为中心构造故事，充分发挥佛典的悬想性格，义理精深，情节新奇，人物性格鲜明，场面生动，引人入胜，让人赞赏。

精粹、形象、生动、活泼的语言

《维摩经》第一个译本是东汉支谦所出，后来则什译本更为流行。从翻译角度看，后来玄奘所出《说无垢称经》更忠实于原著。但有趣的是，即使是玄奘弟子疏释《维摩经》也多利用什译本。这一方面是因为什译本长时期已被习惯使用，更重要的是另一方面，这个译本文字表达更为明晰晓畅、生动精彩。如果讲文学性，什译本在表达和语言上的优胜就显得相当突出。就这一点，也可见文学创作中语言运用的重要。

鸠摩罗什学养高深，精通西域多种语言，来到长安前又曾被后凉吕光羁留在凉州（今甘肃武威市）十七年，精通了汉语。这给他从事译经准备了语言方面的条件。到姚秦首都长安之后，得到国主敬重，为他创建大规模译场，集中一批佛门精英。他不仅把译场建设成一个优秀的翻译机构，又是佛教教学和研究机构。译场确立起严格、精密又行之有效的工作制度：他作为译主主持翻译，随讲随译；在这个过程中众人置疑问难，对于原典内容、原文和译文对译详加研讨；又严格核对译文准确性，再集中集体智慧笔受成文。加之从东汉到这一时期已经积累了二百多年译经经验，就《维摩诘经》说之前有支谦译本已达到相当高的水平，可资借鉴。又魏晋时期是文学发展史上所谓"文学的自觉"时期，社会上文章写作普遍地更加注重语言和表达的踵事增华、优美丰腴，也给佛典翻译提供了可利用的语言文字方面的资源。鸠摩罗什及其弟子们的翻译工作又做得十分严肃认真,一字一句精加推敲,遂创造出一批十分精美的译本。《维摩诘经》是其中的代表作之一。

翻译外文理论文字,基本概念的楷定是第一步也是十分重要的一步。佛教教理本是与中土传统文化截然不同的另一个文化系统的产物,表达这种教理的概念即所谓"名相"在汉语里很难找到准确的对应语词。鸠摩罗什之前的佛典翻译称为"古译"。"古译"时期译经的许多名相表达不够精确、明晰。鸠摩罗什译本开创了译经史上一个新时期,称为"旧译"。比较"古译",什译即"旧译"的译语显然更为优胜。特别是名相的楷定更准确也更加符合汉语表达习惯。僧叡记述罗什翻译《大品》情况时说:

> 其事数之名与旧不同者,皆是法师以义正之者也。如"阴持入"等,名与义乖,故随义改之。"阴"为"众","入"为"处","持"为"性","解脱"为"背舍","除入"为"胜处","意止"为"念处","意断"为"正勤","觉意"为"菩提","直行"为"圣道"。诸如此比,改之甚众。胡音失者,正之以天竺;秦言谬者,定之以字义。不可变者,即而书之。是以异名斌然,胡音殆半。斯实匠者之公谨,笔受之重慎也。(《大品经序》,《出三藏记集》卷八)

这样,什译本就能够做到"曲从方言,趣不乖本"(慧观《法华经要序》),又保持"天然西域之语趣"(《宋高僧传》卷三)。后来玄奘出"新译"本,注重求真,偏于直译,虽然内容表达更为精确,文字表达却比较生涩艰深。而什译《维摩经》语言文质兼重,优美晓畅,就成为佛教经典翻译的范本。

什译《维摩经》语言之准确、精炼、生动、活泼,从前面引述的几个段落可以看得很清楚。再看《弟子品》里佛陀命舍利弗问疾而舍利弗加以推辞的例子,是论坐禅的:

> (佛)即告舍利弗:"汝行诣维摩诘问疾。"

　　舍利弗白佛言："世尊！我不堪任诣彼问疾。所以者何？忆念我昔曾于林中宴坐树下，时维摩诘来谓我言：'唯，舍利弗！不必是坐为宴坐也。夫宴坐者，不于三界现身意，是为宴坐；不起灭定（按：这里指深定）而现诸威仪，是为宴坐；不舍道法而现凡夫事，是为宴坐；心不住内、亦不在外，是为宴坐；于诸见不动，而修行三十七品，是为宴坐；不断烦恼而入涅槃，是为宴坐。若能如是坐者，佛所印可。'时我，世尊，闻说是语，默然而止，不能加报。故我不任诣彼问疾。"

　　这个段落，不足二百字，讲什么是正确的"宴坐"即坐禅。"禅定"本是自佛陀创教起，通行在整个佛教各派系的主要修证方式之一。舍利弗在林中坐禅，遭到维摩诘呵斥。维摩诘说正确的坐禅要身、心不执着三界（即《金刚经》所说的"无住为本"），要内心禅定而现威仪于现实世间，要不背离佛法而所行同于凡夫，要对自我和外界都心无贪着，要不为邪见所动而修习"三十七道品"（又称"三十七菩提分"，是达到觉悟、实现涅槃的三十七个具体修行项目，文繁不录），要不断世间烦恼而证得涅槃，等等。这是不同于小乘形式主义的坐守枯禅，而主张住世在家、追求自心觉悟的大乘菩萨的坐禅方式。这一段先是维摩诘指斥舍利弗"不必是坐为宴坐"，以下用六个排比句从正面说明什么是正确的"宴坐"，十分简洁明晰地辨析、厘清大、小乘坐禅的区别。这段文字内涵丰富而深刻，用语廉悍而通畅。

　　再看《文殊师利问疾品第五》佛命文殊师利问疾和他往见维摩诘一段：

　　尔时佛告文殊师利："汝行诣维摩诘问疾！"
　　文殊师利白佛言："世尊！彼上人者，难为酬对：深达实相，善说法要，辩才无滞，智慧无碍；一切菩萨法式悉知，诸佛秘藏无不得入；降伏众魔，游戏神通，其慧、方便，皆已得度。

虽然，当承佛圣旨，诣彼问疾。"

于是众中诸菩萨、大弟子、释、梵、四天王等，咸作是念：今二大士文殊师利、维摩诘共谈，必说妙法。即时八千菩萨、五百声闻、百千天、人，皆欲随从。

于是文殊师利与诸菩萨、大弟子众及诸天、人，恭敬围绕，入毗耶离大城。

尔时长者维摩诘心念：今文殊师利与大众俱来。即以神力空其室内，除去所有及诸侍者，唯置一床，以疾而卧。

文殊师利既入其舍，见其室空，无诸所有，独寝一床。时维摩诘言："善来，文殊师利！不来相而来，不见相而见。"

文殊师利言："如是，居士！若来已，更不来；若去已，更不去。所以者何？来者无所从来，去者无所至。所可见者，更不可见。且置是事。居士！是疾宁可忍不？疗治有损，不至增乎？世尊殷勤，致问无量。居士是疾，何所因起？其生久如？当云何灭？"

维摩诘言："从痴有爱则我病生。以一切众生病，是故我病；若一切众生病灭，则我病灭。所以者何？菩萨为众生故入生死，有生死则有病；若众生得离病者，则菩萨无复病。譬如长者，唯有一子，其子得病，父母亦病；若子病愈，父母亦愈。菩萨如是于诸众生爱之若子；众生病则菩萨病，众生病愈菩萨亦愈。"

又言："是疾何所因起？"

"菩萨病者，以大悲起。"……

这一段，前面是佛命文殊师利，文殊师利一段答话，表明他深知维摩诘智慧绝伦，神通无敌，但"承佛圣旨"，毅然承担起"问疾"使命，表明他有勇气，敢担当；下面写维摩诘迎接文殊师利，预先示现神通，卧居丈室，这是做出"以柔克刚"、迎接挑战的姿态；二人相见相互问候，对话如后来禅宗的机锋俊语，实则在相互测度对于大乘教理的理解程度；首先是维摩诘发问，问的是对于诸法"相状"、"来去"的理解。这是大乘般若空思想"诸相非相"的根本课题。文殊师利答复之后，就"问疾"主题反问，维摩诘答以"示疾"内涵，指出众生的病因在愚痴贪爱，进而阐发大乘菩萨关爱、济度众生的弘愿。其中作了菩萨关爱众生如母亲爱独生子的比喻；最后归结到维摩诘所示之疾从"大悲"起，按菩萨思想，"大悲救天下众生苦"。这一段文字，场面描摹变化不测，人物姿态、语言活灵活现，真切、形象地阐发了大乘菩萨普度众生思想。

再看《佛国品第一》佛陀答复宝积长者子"唯愿世尊说诸菩萨净土之行"一段。净土信仰是大乘佛教的主要内容之一。特别是西方净土信仰和兜率天弥勒净土信仰形成强大潮流并流传中国，在民众间造成广泛影响。可是基于大乘"般若空"教理，无相无住，也就没有实存的有相净土。经文云：

> 佛言："善哉，宝积！乃能为诸菩萨，问于如来净土之行。谛听，谛听！善思念之，当为汝说！"于是宝积及五百长者子受教而听。

佛陀这开头一段话，表现出他对待弟子谆谆善诱、和蔼可亲的姿态。接着，展开说法：先是根据大乘众生悉有佛性观念，指出"众生之类是菩萨佛土"，所以"菩萨取于净国，皆为饶益诸众生故"。这里又做个生动譬喻："譬如有人，欲于空地，造立宫室，随意无碍，若于虚空，终不能成。菩萨如是，为成就众生故，愿取佛国。愿取佛国者，非于空也。"这个譬喻又见于后出《百喻经》的《三重楼喻》，曾被鲁迅作文所利用。下面具体说明"心净土净"教理：

> 宝积，当知！直心是菩萨净土，菩萨成佛时，不谄众生来生其国；深心是菩萨净土，菩萨成佛时，具足功德众生来生其国；菩提心是菩萨净土，菩萨成佛时，大乘众生来生其国；布施是菩萨净土，菩萨成佛时，一切能舍众生来生其国；持戒是菩萨净土，菩萨成佛时，行十善道满愿众生来生其国；忍辱是菩

萨净土,菩萨成佛时,三十二相庄严众生来生其国;精进是菩
萨净土,菩萨成佛时,勤修一切功德众生来生其国;禅定是菩
萨净土,菩萨成佛时,摄心不乱众生来生其国;智慧是菩萨净
土,菩萨成佛时,正定众生来生其国;四无量心是菩萨净土,菩
萨成佛时,成就慈、悲、喜、舍,众生来生其国;四摄法是菩萨净
土,菩萨成佛时,解脱所摄众生来生其国;方便是菩萨净土,菩
萨成佛时,于一切法方便无碍,众生来生其国;三十七道品是
菩萨净土,菩萨成佛时,念处、正勤、神足、根、力、觉、道众生来
生其国;回向心是菩萨净土,菩萨成佛时,得一切具足功德国
土;说除八难是菩萨净土,菩萨成佛时,国土无有三恶八难;自
守戒行、不讥彼阙是菩萨净土,菩萨成佛时,国土无有犯禁之
名;十善是菩萨净土,菩萨成佛时,命不中夭,大富梵行,所言
诚谛,常以软语,眷属不离,善和诤讼,言必饶益,不嫉不恚,正
见众生来生其国。如是,宝积! 菩萨随其直心,则能发行;随
其发行,则得深心;随其深心,则意调伏;随意调伏,则如说行;
随如说行,则能回向;随其回向,则有方便;随其方便,则成就
众生;随成就众生,则佛土净;随佛土净,则说法净;随说法净,
则智慧净;随智慧净,则其心净;随其心净,则一切功德净。是
故,宝积! 若菩萨欲得净土,当净其心;随其心净,则佛土净。

这部分文字可划分为三段,讲的是菩萨修行具体内容。第一段先
讲直心、深心、菩提心,然后讲"六度":布施、持戒、忍辱、精进、禅
定、智慧;第二段是菩萨修行的具体项目:四无量心、四摄法、三十
七道品等;第三段讲随其直心为基础,逐渐进展,直到心净、一切功
德净;最后得出结论:心净则佛土净。行文利用一系列排比句,一
层层深入地加以解说,批判教条主义、形式主义修行方式,肯定内
心觉悟的菩萨行。这也是符合在家信徒的信仰与实践的。

就这样,《维摩经》用语准确、生动,音调、节奏和谐朗畅,又巧
妙地运用汉语修辞方法:问答,譬喻,排比,复叠等,表达艰深的教

理,让即使对于佛法没有多少认识的人,也毫无晦涩、艰深之感地深入理解。从一般写作角度看,这样的文字也是十分精美的。

《维摩经》语言精粹,特别表现在一些阐述佛法的短语上。这些短语能够用几个字准确、鲜明地概括佛法真谛。例如"一切众生,悉皆平等"、"随其心净则佛土净"、"无利无功德,是为出家"、"菩萨为众生故入生死"、"不尽有为,不住无为"、"不断烦恼而入涅槃"、"夫求法者,不著佛求,不著法求,不著众求",等等,简明精粹,含义深刻;有些词句如"举足下足,皆从道场中来"、"不可以智知,不可以识识"、"于诸荣辱,心无忧喜"、"不轻末学"、"不嫉彼供,不蓄己利",都成为具有普遍教育意义的格言;还有不少是运用譬喻的,如"殖种于空,终不得生"、"不下巨海,终不能得无价宝珠"、"欲行大道,莫示小径;无以大海,内于牛迹"、"高原陆地,不生莲花;卑湿淤泥,乃生此花"、"须弥之高广内芥子中"、"四大海水入一毛孔",等等,则新颖贴切,含义深远,富于哲理。许多这类短语融入汉语民族共同语之中,有些已成为流行的成语。这充分显示译者锤炼语言的功夫及其取得的成就。

《维摩经》,还有大量古代译师翻译佛典,对于汉语发展做出了杰出贡献,鸠摩罗什是成就巨大者之一。而《维摩经》译文之精美,又堪称佛典翻译使用、发展汉语表达艺术的典范。它的精美的语言也是这部经典受到历代文人欢迎、深远地影响历代文学创作的重要原因和条件之一。

附论:"佛教的翻译文学"

日本学者和辻哲郎指出:

> 大乘经首先是"文学创作",这是在立足于自由立场上阅

读经典时不得不立即承认的。(《佛教伦理思想史》)

近代学者高度评价佛教经典的文学性质或文学价值,并从这样的角度提出"(佛教)翻译文学"(梁启超《翻译文学与佛典》)或"佛教的翻译文学"(胡适《白话文学史》)概念。这样的概念已被学界普遍认可,认为可纳入的佛典很多,包括佛传、本生经、譬喻经和某些经典或其中的某些段落。已经有不少学者在从事研究,并取得一定可喜的成果。

著名英国佛教学者渥德尔曾指出古印度佛教文学两条清楚的发展线索:

> 第一是佛教徒参加诗歌的新潮流,这种潮流大概在佛陀同时期发源于摩揭陀(古时中印度一个王国,佛陀在世长时期活动的地方,在今印度比哈尔邦),在以后三个世纪左右创造出许多音韵学和作诗法的新技巧。第二为了满足一般群众对小说故事的需要,稗官野史以及有时称为古训的叙事文章都精心编造出来附入《小阿含》(五部《阿含经》里的一部,中土未翻)中,有些部派还附入《毗奈耶》(律藏)(附入毗奈耶中的佛陀历史细节大大的扩展了,其中掺入了许多不同的故事和诗歌)。(《印度佛教史》)

这说的是印度佛教早期传统,后世一直被延续、发展下来。特别是陆续结集起来的大乘经典,从结构到情节,从语言运用到表现方法都注重情节的生动,描述的形象。结果如顾随所说:

> 假如我们把所有佛经里面的故事,或大或小,或长或短,搜集在一起,那壮采,那奇丽,我想从古代流传下来的故事书,就只有《天方夜谈》(《一千零一夜》)可以超过了它……小泉八云说:研究《圣经》(即《旧约》和《新约》)而专从宗教的观点去看,则对于其中"文学美"底认识,反而成为障碍。我想小泉氏这说法,我们拿来去看佛经,恐怕更为确切而适合一些。(《印

度 教 与 佛 教 史 刚 》)

当然，所谓"佛教（典）的翻译文学"是个相当不确定的概念。有些经典原本就是利用已有的文学作品（主要是民间传说）改编而成的。例如《本生经》《譬喻经》的许多篇章就是把民间故事、传说改写、组织、附会到教理说明上来；另有些作品如佛传、佛弟子传，则是借鉴史传写法撰集的。这一类可看作是典型的佛教文学作品。翻译成汉语，则可看作是翻译文学作品。另有些原来是作为宗教经典结集的，但撰集使用了文学表现手法，包含一定的艺术价值和情趣，可作为艺术创作来欣赏。这类经典也可以包含在广义的佛典翻译文学范围之内。又这些经典的原典，有些是古印度的，是用梵文或巴利文记录的；有些是在西域诸地结集的，原本使用的是各种"胡语"书写的（原本是"胡语"的有些是从梵文或巴利文翻译的）。这是南亚、中亚广大地区的产物。总之，这可称为"佛教的翻译文学"的庞大的经典群乃是古代中、外文化、文学交流的成果，历史上中国文化、文学的发展从中得益匪浅，作为文化遗产如今仍具有重大价值。

《维摩诘经》是这类经典的典型例子。如上所述，它是在早期大乘佛教兴盛潮流中由在家居士阶层结集、集中阐述大乘菩萨思想的经典。其中塑造了一位体现大乘居士的理想人格的维摩诘居士形象。如佛教经典里的许多"人物"如观世音、法藏菩萨等一样，这些都是出自虚构的人物。宗教要塑造传达、寄托其教理的教主和圣徒等"人物"偶像。这与文学创作描写、塑造典型人物一样是一种创作活动。不过文学作品的创作主要追求艺术欣赏效果和价值，宗教经典则要给予人提供"终极关怀"的信仰。而二者在《维摩诘经》这样的典籍身上形成重叠，就成为"佛教文学（或艺术）"作品。翻译成汉语，则成为"佛教的翻译文学"作品。这种作品对于宗教宣传往往能够取得很好、不可替代的宣教效果。

而具体就文学价值而言，胡适曾认为《维摩经》是鸠摩罗什译

经中"最流行又最有文学影响的"一部,他说:

> 《维摩诘经》本是一部小说,富于文学趣味……这一部半
> 小说、半戏剧的作品,译出之后,在文学界与美术界的影响最
> 大。中国的文人诗人往往引用此书中的典故,寺庙的壁画往
> 往用此书的故事做题目。后来此书竟被人演为唱文,成为最
> 大的故事诗……(《白话文学史》)

这样,佛教经典《维摩诘经》就具有佛教经典和文学作品的双重性
格。它是一部大乘经典,又算是一部卓越的翻译文学作品。在中
国佛教史和文学史上,它提供了一部"佛教翻译文学作品"的典型。

荷兰著名学者许理和又曾指出,自有记载的第一位译师安世
高系统地翻译佛典,就"标志着一种文学活动形式的开始,而从整
体上看来,这项活动必定被视为中国文化最具影响的成就之一"
(《佛教征服中国》)。中国自古以来就是文学高度发达的国家。这
也给高水平的佛典翻译准备下良好的生存和发展的条件和土壤。
又历代中、外译师中多有文学才华卓著的人物,他们从事经典翻译
工作,又是发挥其艺术才能的再创作。结果经过无数中、外优秀译
师的长期努力,积累下丰硕的"佛教翻译文学"成果。它们以其独
立的美学价值、独特的艺术成就辉耀千古,成为中国古代文学遗产
中独具特色的、值得珍视的一部分,在中国文学发展史上占有一席
重要位置。

(原载《古典文学知识》2017 年第 5、6 期)

《佛所行赞》:古代汉语最长的叙事诗

作为佛教文学作品的佛传

在一般被称为"佛教文学"或"佛教的翻译文学"的作品中,佛传是重要一类。无论是作为宗教圣典对弘扬佛法发挥巨大作用,还是作为文学创作供人欣赏并对世俗文学、艺术造成广泛影响,都成就显著,形态又是十分典型的。

饶宗颐有一篇文章,《马鸣佛所行赞与韩愈南山诗》。马鸣是古印度著名佛学家、文学家,在佛教历史上他是位大菩萨。他大约生活在公元二世纪,最著名的作品是《佛所行赞传》。这是一部佛陀传记即"佛传"。翻译成汉语,这是一部二十八品、约九千三百句、近五万字的五言长篇叙事诗。这也是古代汉语最长的叙事诗。饶宗颐在文章里说这部书"特具文学意味",并举出其行文不止一处"连用'或'字之例"作为例子。如《破魔品》的"或一身多头,或大腹身长,或面各一目,或复众多眼……"云云,连用三十余"或"字句来形容"魔军之异形,千态万状"。文章又进一步拿来和韩愈的《南山诗》相比较。韩愈的诗风尚奇好异,唐代当时人说"元和已后,为文笔则学奇诡于韩愈"(李肇《国史补》),他的《南山诗》极力逞其才华,典型地体现这种"奇诡"风格。诗中连用"或"字句来描摹长安南终南山景致,如"或连若相从,或蹙若相斗。或妥若弭伏,或竦若惊雊"等等,饶宗颐说韩愈"乃从佛书中吸取其修辞之技巧,用于诗篇,可谓间接受到马鸣之影响";进而又论及"唐代中印文学之相互关系……文学作品之取资释氏,亦文人技巧之一端"。这则涉及古代中印文化交流史的大课题了。

佛教创始人释迦牟尼即佛陀出生在迦毗罗卫国(在今尼泊尔南部),这是个很小的部族国家。据传他是这个国家净饭王的太子(这是汉译适应中国传统观念的译法)。当时印度半岛列国纷争,思想活跃,有许多游行求道的人,称为"沙门"。释迦牟尼就属于这一类人。他活了八十岁,由修道而成道,进而召集门徒传道,建立僧团,形成佛教。他作为教主,是导师,是榜样,但并不是创世主或救世主;他的教义得自自己的探索、"觉悟",没有天启的意义(这是佛陀与一般宗教教主大不相同的地方,也形成佛教的一系列特点)。当他寂灭的时候,大弟子迦叶带领众弟子追忆佛陀在世言教,阿难诵经,优波离诵律,追忆他们的导师在什么时候、什么地方,对什么人说了什么教法或制定了什么戒条,这就形成了最初的"经"和"律"。据考可以确认如今所传几部《阿含经》("阿含",梵语译音,"传承的说教"的意思;巴利文五部《阿含》中汉译四部,即《杂阿含经》、《中阿含经》、《长阿含经》、《赠一阿含经》)的基本内容是比较忠实地传述了佛陀在世所传言教的。其中已经包含不少有关佛陀生平事迹的段落。如汉译《中阿含经》卷五六《罗摩经》里有一段:

> 我时年少,童子清净,青发盛年,年二十九。尔时极多乐戏,装饰游行。我于尔时,父母啼哭,诸亲不乐,我剃除须发,着袈裟衣,至信舍家,无家学道。

这描述的是佛陀出家情形，是第一人称的简单陈述。

又佛陀寂灭前后情况，汉译《长阿含经》卷二至四《游行经》（同本异译有西晋竺法护译《佛般泥洹经》、失译《般泥洹经》）记述相当详细。说佛陀即将寂灭，阿难（佛弟子，佛陀从弟，"多闻第一"，随侍佛陀十五年，佛寂灭后众弟子结集佛所说法的颂出者）"在佛后立，抚床悲泣，不能自胜，歔欷而言：'如来灭度（逝世、涅槃），何其驶哉！世尊灭度，何其疾哉！大法沦暗（没落昏昧），何其速哉！群生（众生）长衰，世间眼灭。所以者何？我蒙佛恩，得在学地（佛弟子修证的一个阶段，尚未证得涅槃，修学尚有余地），所业未成，而佛灭度"；佛陀得知阿难悲痛欲绝，劝告他："止！止！勿忧，莫悲泣也。汝侍我以来，身行有慈，无二无量；言行有慈、意行有慈，无二无量。阿难，汝供养我，功德甚大。若有供养诸天（天神）、魔（魔罗，欲界第六天主）、梵（色界诸天）、沙门、婆罗门（古印度四种姓之首，以祭祀、诵经、传教为专业，为神权代表），无及汝者。汝但精进，成道不久。"（佛经里有一部重要经典《大般涅槃经》，反映大乘佛教的观念，记述佛陀涅槃和这种具有写实性质的记述全然不同，是完全出自悬想的）如是等等，描摹相当真切感人。在这类经或律里的佛陀行事片段基础上，到部派佛教（佛教史上把佛陀寂灭后百年左右的时间称为"原始佛教"；其后由于对戒律的纷争发生分裂，形成二十个左右部派，称为"部派佛教"；到公元一世纪大乘佛教形成，统称前二者为"小乘佛教"）时期，佛教各部派纷纷创作叙述佛陀一生业绩的完整的佛陀传记，篇幅更长，内容更丰富，描写更为神奇瑰丽，也都具有相当的文学价值。

日本哲学家和辻哲郎在所著《佛教伦理思想史》里说：

> "佛像"就原理说与在文学作品中同样，是赋予"神"以人的姿态，而不是人的姿态的神化。

这种以"人"的相貌来绘制教主佛陀形象的做法，体现了把佛陀当做现实的"人"的观念。这种观念同样体现在佛传创作中。佛传也是描写佛陀作为"人"的一生业绩,作为经典,遂成为传记文学的一体。

佛教什么时候传入中国,异说很多。文献上有确切记载的年代是《三国志》注所引《魏略》,记载始传于"汉哀帝元寿元年,博士弟子景卢受大月氏王使尹存口授《浮屠经》"。元寿元年是公元前二年;大月氏原居于我国西部敦煌、祁连一带,西汉初受到北匈奴侵逼,迁徙至阿姆河流域,早在公元前一世纪其部族已传播、信仰佛教。可以合理地推测,汉武帝时期张骞"凿空",通使西域,"丝绸之路"开通,汉地与西域诸国往来频繁,信佛的大月氏使臣(或者是商人)来到中国传授佛经,应当是事实。不过,根据一种宗教向另外的国度、另外的民族传播的一般规律,开初会有个长短不一的逐渐渗透过程。为佛教传入中国确定一个年代、一个事件,只是历史记载的方便而已。但鉴于有《魏略》这样的文献记载,中国佛教也就确定输入年代是公元纪年前二年。所以 1998 年我国曾纪念佛教传入两千年。《魏略》记载大月氏使者口授《浮屠经》,"浮屠"即"佛陀"的异译,《浮屠经》应是佛传一类经典。佛教初传,没有经本,靠使臣"口授",拿叙述佛陀生平的故事性强的经典作为传教材料,人们容易接受,是合乎情理的。也正因此,从东汉后期开始成规模地翻译佛经为汉语,就把传译佛传类经典作为其中的重要部分。

现存翻转汉译的,按所出年代主要有:东汉竺大力译《修行本起经》(约 197;异译吴支谦《太子瑞应本起经》、刘宋求那跋陀罗《过去现在因果经》),东汉昙果、康孟祥译《中本起经》(207)、西晋竺法护译《普曜经》(308;异译唐地婆诃罗《方广大庄严经》),东晋迦留陀伽译《十二游经》(393),北凉昙无谶(385—433,意译"法护")译、马鸣作《佛所行赞》(异译刘宋宝云《佛所行经》),隋阇那崛多译《佛本行集经》(587—591),宋法贤译《佛说众许摩诃帝经》(973—

1001)等。有些缺本不存。另有更多经典包含佛陀生平的描述，例如《贤愚经·须达起精舍品》，写舍卫国长者须达请佛、为造祇树给孤独园事，就是一个十分生动的佛传片断。这样，佛传是后世佛教信徒为教主创作的传记，是严格意义的佛教经典；这些作品大体又都具有相当浓厚的文学意趣和文学价值，又可视为文学作品；翻译成汉语，又是"佛教（典）的翻译文学"（这是梁启超、胡适、陈寅恪等人一致的说法）创作。它和本专栏前面介绍的仙传一样，是兼具宗教经典和文学作品双重性格的著作。而就文学价值讲，下面将介绍的《佛所行赞》是其中成就最高的一部。

马鸣的《佛所行赞》

马鸣是公元一至二世纪人，是印度文学史上古代六大诗人之一，也有人评价他是古代世界十大诗人之一。根据佛教方面记载，他活跃于贵霜帝国迦腻色迦王朝（迦腻色伽生卒年不详，大约自公元140年在位，在位期间的贵霜王朝是部派佛教传播中心），是著名佛教思想家和文学家。有关他生平的传说颇具戏剧性：据说他出生在中天竺，原是婆罗门（印度古代宗教，约形成于公元前七世纪，以《吠陀》为主要经典，崇拜创造神梵天、持护神毗湿奴、破坏神湿婆三大主神，相信"吠陀"天启，实行种姓制度）外道信徒，后来皈依佛教。迦腻色迦王进攻中天竺，他被带回犍陀罗（中亚古国，领地在今巴基斯坦之白沙瓦、阿富汗至喀布尔、坎大哈以东一带）。印度阿育王（印度历史上第一个统一王朝的国王，约公元前268—232年在位）宏扬佛教，请他为沙门、外道说法，据传马匹都垂泪倾听，不再念食，故称"马鸣"。按佛教部派划分，他属于有部（全称"说一切有部"）。这个部派主张"三世实有"、"法体恒有"，过去、未来、现在皆为实体，诸法各有不变不改的自性，主张人无我而不承认法无我；同时又肯定有造果之因，因此又称"说因部"。这种观念体现在《佛所行赞》里，人物构思、描写富现实性。这个部派又富文学创作的传统。马鸣本人博通众经，明达内（佛学）、外（世俗学问）学，又特别富有文学才能。上世纪初德国梵文学者亨利·吕德斯（Heinrich Lüders）率领探险队在吐鲁番考察，在发现的贝叶吐火罗文、回纥文文本里有马鸣所作《舍利弗故事》等三个梵剧残卷，在国际学界轰动一时。有人据以推测中国戏曲的形成和发展受到古印度戏剧的影响。现存马鸣所著还有一部譬喻类经典《大乘庄严论经》，也具有相当高的艺术水准。另有论书《大乘起信论》，是介绍大乘佛教基本教理的纲领性著作，汉译有梁真谛和唐实叉难陀两种译本，在中国历史上流行很广，影响很大，题为马鸣撰。近世中外部分学者认为是中土撰述的"伪论"，发生长期争执，至今没有定论。马鸣对诗歌和戏剧造诣精深，又具有世间和出世间双重教养，加之深谙人生奥秘，保持对于现世的高度热情。这些都成为他写作《佛所行赞》成功的基本条件。这部经典汉译者昙无谶（385—433），中天竺人，学养高深，是鸠摩罗什之前成就最大的译家，所译北本《大般涅槃经》《大集经》《悲华经》《金光明经》等，都是重要大乘经典。中国古代成规模的佛典翻译事业从东汉后期的安世高算起，到昙无谶，已经积累二百年左右经验。昙无谶有成熟的翻译技巧可以借鉴，本人又有杰出的才华和出众的能力，也就成为翻译马鸣这部佛传杰作的不二人选。这部长篇诗体作品，内涵义理丰富而艰深，单是把那些专门的佛教概念，还有音译人名、地名、外国的典故等等纳入汉语五言诗体之中，难度就是相当大的。况且这是佛教圣典，而不是文学作品，译文要求忠实于原典，就更增加了翻译的难度。特别是昙无谶译笔风格以文辞华丽著称。翻译《佛所行赞》这种叙事诗，能够充分发挥他修饰文字的才能。他的译文利用讲究文采，一定程度上又保持了外语翻译作品格调，在译经史上成为一代范本。后来沙门道朗称赞他"临译谨慎，殆无遗隐，搜研本正、务存精旨"（《涅槃经序》）。这样，从文学角度看，昙无谶这部经的译本的艺术水平是相当高的，在全部佛典翻译文学里也堪称典范。

各种佛传具体内容、写法有所不同，但基本内容和结构是一致的，即传主佛陀的一生经历由八个部分构成（具体作品有的是完整的，有的不完全，还有的超出了八段的内容，如写到佛陀寂灭后到三十三天说法等）。这八个部分被称为"八相成道"、"八相作佛"。这"八相"是：

> 下天：佛陀原住兜率天（佛教宇宙观中欲界六天的第四天。"天"是有情轮回的六道之一。兼有天界和天神二义），在那里度过四千岁，时机成熟，乘白象降此娑婆世界；

> 入胎：佛陀乘白象由迦毗罗卫国（在今尼泊尔南部）净饭王（音译为首图陀那，从名称就知道这是个农业立国的地方）王妃摩耶夫人左胁入胎；

> 住胎：在母胎内，行住坐卧、一日六时（日、夜的早、中、晚，计六时）为诸天（天神）说法；

> 出胎：四月八日在蓝毗尼园由摩耶夫人右胁出生，七步能言曰"天上天下，唯我独尊"；七天后，摩耶夫人去世，由姨母波阇波提（意译大爱道）抚养；

> 出家：二十九岁出家，苦行修道；

> 成道：修道六年，来到摩揭陀国苦行林，在尼连禅河畔菩提树下觉悟成道，遂名此地为菩提迦耶（今印度比哈尔邦伽耶城南）；

> 转法轮：成道后，在鹿野苑向当初一起修道、意志不坚而离去的向憍陈如等"五比丘"说《转法轮经》。"转法轮"意谓传播佛法。其后四十五年间游化各地，普度人、天，包括不同派别的外道和家人，组成大迦叶等"十大弟子"为核心的僧团；

　　入灭：晚年游化至拘尸那迦城（今印度北方邦哥拉克浦县西郊外），在希拉尼耶伐底河畔娑罗双树下入于涅槃，世寿八十岁。火化得舍利，分给八族，各起塔供养。

有的经典里"八相成道"或无第三"住胎"而有"降魔"，位列第五"出家"之后，说佛陀在菩提树下修道过程中，有魔王率魔将、魔女前来骚扰，佛陀降伏之，次日，佛陀大悟。

　　虽然所有佛传总的构成不出"八相成道"，但具体内容、写法和艺术水平不同。这当然也和不同佛传结集年代前后有关。另一方面更重要的是和不同时期佛陀观的变化有关系。大体说来，越是往后，对于佛陀神圣化、神秘化的表现更为充分：部派佛教时期的作品里基本还是把佛陀表现为此娑婆世界中的现实人物，不过是极其优秀的特异人物；而到大乘佛教时期，依据大乘教理，佛陀有三身：法身，即佛法，乃是佛的自性身、真身；经过历劫（梵语译音"劫波"的省略，极长远的时间）修行而成佛，是为报身，如阿弥陀佛，本来是过去世的法藏国王，发愿修行终于成佛；现世的释迦牟尼则是化身（或称应身），乃是法身应化到此娑婆世界的示现。又三世十方有无数佛，他们各有自己的佛国土。释迦牟尼只是降临此娑婆世界的佛陀之一。这样，佛陀地位大为提升了，增添了更多神圣、神秘性质。所以结集佛传时在对他的描写中就增添更多超人的神通、奇迹。又佛传的结集，与所有艺术创作的发展情形相一致，大体也是后出转精。到马鸣时代，已有众多佛传可资借鉴，他本人又有出众的才华，也就有可能创作出佛传里文学价值、艺术水平更高的作品。汉译佛传里篇幅最大的一部是隋出《佛本行集经》，是一部长达六十卷的经典，是由不同佛传汇集而成的，艺术成就远不可与《佛所行赞》相比。

佛陀形象——佛法的象征

日本学者平等通昭曾指出：

> 作者思想上是站在上座部说一切有部的立场，不是把释尊看作具有本体佛意义的应化佛，而是具有觉悟的人的肉体的生身佛，只是在寂灭后才作为法身存在。换言之，是把释尊当作完善的人来描绘，而不是绝对的神，或毋宁说是接近神的神人。（平等通昭《印度佛教文学の研究》第一卷《梵文佛所行赞の研究》，第336页）

这样，正如前面引用和辻哲郎讲佛像是把神表现为"人"的姿态，《佛所行赞》里也是把佛陀作为一个置身在现实环境里的"人"来表现的，不过是个不同凡人的卓越的人。同时又描绘了他周围作为陪衬的许多基本是取现实面貌的人物。在家时有他的父亲、抚养他的姨妈、妻子、侍从、宫人，出家后有他的弟子、信徒以至敌人，都起到烘托传主作为"人"的形象的作用。从文学角度看，这也大为增强了作品的现实性格。

《佛所行赞》是作为经典结集的。前面说过，佛陀不同于一般宗教的教主。他不是一般的"神"，既不是造物主，也不是救世主。他示现为"人"，是一位和一般人一样有喜怒哀乐的"太子"。他与古印度许多游行四方的"沙门"一样，发愿走上寻求真理（道、法）的道路，成为求道者、修道者，继而成为成道者、传道者。他用自身的榜样来集合、感化、教育信众。圆寂之后，他的后辈一代代人写他的传记，记录、描写他生前的事迹、言教，树立榜样、教育徒众和凡俗。马鸣和诸多佛传作者一样，结集佛教经典的《佛作行赞》，根本目的不是创造佛陀的艺术形象,而是以他的形象作为他的教法的象征。因而这部作品也就不同于一般单纯的艺术创作,而是利用艺术形象来阐扬佛陀教法的经典。

马鸣创作这部作品,一方面继承了佛教各部派经、律中有关佛陀的传说和当时已形成的各种佛传的内容和写法;另一方面又相当全面地借鉴和发展了古印度神话、婆罗门教圣书《吠陀》、《奥义书》和古印度大史诗《摩诃婆罗多》、《摩罗衍那》等传世经典优秀成果的创作成就,从而保障了作品的高度艺术水准。

这部作品遵循传统的"八相成道"框架,从佛陀出生叙述到圆寂、诸族八分舍利。在古印度社会生活广阔的历史背景上,生动描绘一位出身王室、生活优裕、聪慧敏感、受过良好教育的青年,经历人世的声色繁华和精神挫折,战胜主、客观重重阻力,最终走上求道、修道之路,成长为人生导师和宗教领袖,塑造出一位光辉的宗教导师的形象。

如上所述,在《佛所行赞》里,对于佛陀形象的描写,当然有出于悬想的、神秘化的情节,但基本是作为一个杰出人物来表现的。这是一个聪明智慧、热情敏感、心怀慈悲的年轻人,他受到现世苦难刺激,善于思索,勇于反省,果敢地面对人生挑战;当他一旦意识到人生五欲之苦,就坚决地加以摒弃,义无反顾地走上艰难的求道之路。他对前来规劝他回家的人说:

> 明人(真正的聪明人)别真伪,信(信仰)岂由他生? 犹如生盲人,以盲人为导,于夜大暗中,当复何所从? ……我今当为汝,略说其要义:日月坠于地,须弥(古印度神话山名,在四大洲中心)雪山转,我身终不易(改变),退入于非处! 宁身投盛火,不以义不举(行动),还归于本国,入于五欲(色、声、香、味、触五境生起的情欲)火!

在求道过程中,他既经受了多年苦行的磨炼,又能战胜恶魔的诱惑，意志极其坚强，信念极其坚定，又善于批判地汲取众多"沙门"修道者的经验教训，终于大彻大悟。当他体悟到解脱之乐的时候，又毫不利己，勇于承担，开始了传道施化的漫长生涯，直到八十高龄圆寂，病逝于游行弘法的道路上。

《佛所行赞》里佛陀的整体形象乃是阐发教义的象征。例如卷三《转法轮品》是讲佛陀在鹿野苑向最初追随他的五位弟子"初转法轮"（传说古代圣王掌握轮宝，无敌不摧；比喻佛陀说法如转法轮）的。其中开始宣讲领悟佛法既不能靠苦行，也不能耽于怡乐：

> 疲身修苦行，其心犹驰乱，尚不生世智，况能超诸根（认识器官；"六根"：眼、耳、鼻、舌、身、意）？如以水燃灯，终无破暗期，疲身修慧灯，不能坏愚痴。朽木而求火，徒劳而弗获，钻燧人方便（使用灵活方式），即得火为用。求道非苦身，而得甘露法（佛法），著欲为非义（邪道，违反佛教教理的），愚痴障慧明。尚不了经、论，况得离欲（色、声、香、味、触五境生起的财欲、色欲、饮食欲、名欲、睡眠欲）道？如人得重病，食不随病食，无知之重病，著（贪著）欲岂能除？放火于旷野，干草增猛风，火盛孰能灭，贪爱火亦然。我已离二边，心存于中道（这里指苦行、怡乐"二边"；中正不倚的正道，指"八正道"。大乘佛教则主张常是一边，断灭是一边，离此二边行中道），众苦毕竟（彻底）息，安静离诸过。

这里用了一系列具体、通俗的比喻阐释求法需要离开苦行和怡乐二边的道理。

同样，关于佛陀入灭，卷五《涅槃品》里描绘佛陀逝世情景。佛陀预告自己将行寂灭，众弟子悲痛欲绝，他教导说：

> 如来毕竟卧，而告阿难陀："往告诸力士（佛弟子，众罗汉），我涅槃时至。彼若不见我，永恨生大苦。"阿难受佛教，悲泣而随路，告彼诸力士："世尊已毕竟（指寂灭）。"诸力士闻之，

极生大恐怖，士女奔驰出，号泣至佛所。弊衣而散发，蒙尘身流汗，号恸诣彼林（指拘尸那迦［今印度联合邦迦夏城］附近希拉尼耶伐底河边的娑罗林，佛陀圆寂处），犹如天福尽，垂泪礼佛足，忧悲身萎熟（萎靡颓唐）……告诸力士众："诚如汝所言，求道须精勤，非但见我得。如我所说行，得离众苦网，行道存于心，不必由见我。犹如疾病人，依方服良药，众病自然除，不待见医师。不如我说行，空见我无益。虽与我相远，行法（遵行佛法）为近我。同止不随法，当知去我远。摄心（收束自心）莫放逸，精勤修正业。人生于世间，长夜众苦迫，扰动不自安，犹若风中灯。"时诸力士众，闻佛慈悲教……

这里佛陀嘱咐弟子的一段话，谆谆善诱，说他本人虽然去世了，但留下了佛法，要依法行事，"空见我无异"，"行法为今我"。这里同样用了形象的比喻，所说的道理则已经是后来大乘佛教"法身"观念的萌芽，即主张佛陀寂灭只是化身的幻灭，佛法是常驻不变而永存世间的。

这样，《佛所行赞》利用所塑造的佛陀形象来阐扬教义，遂成为一部内涵精深而丰富的佛法的经典；而佛陀形象鲜明、生动，则成为世界文学史上出于艺术创造的卓越典型。

高超的艺术技巧

《佛所行赞》体现卓越的写作艺术技巧，造就了诗歌创作的一个高峰，确立起它在梵语古典文学中不可替代的重要地位。昙无谶把这部作品翻译为汉语，又显示译者的才华、能力，体现汉译佛教翻译文学的特色与成就。

中土古代史传著述，以《左》、《国》、《史》、《汉》为代表，注重"实录"，长于叙事，主要是通过行动、语言来刻画人物，表达质直朴实。相对而言，《佛所行赞》则长于场面的描摹与铺陈，注重场面的描绘，更注重铺张、渲染，特别是长于人物内心世界的刻画，表达人物的感情、情绪、感受等心态，又多用繁复的夸饰、形容，造成强烈的煽情效果。这种表现方法是宣教的需要，又正是中国古代文学传统中有所不足的。如场面铺陈，《圣品》写在家时的青年释迦身为太子前来园林游玩，众宫女奉迎：

> 太子入园林，众女来奉迎，并生希遇想，竞媚进幽诚（内心隐秘爱意），各尽伎姿态，供侍随所宜：或有执手足，或遍摩其身，或复对言笑，或现忧戚容，规（设法）以悦太子，令生爱乐心。众女见太子，光颜状天身，不假诸饰好，素体逾庄严，一切皆瞻仰，谓月天子来，种种设方便，不动菩萨心。更互相顾视，抱愧寂无言……往到太子前，各进种种术：歌舞或言笑，扬眉露白齿，美目相眄睐（做媚眼），轻衣现素身（裸身），妖摇而徐步，诈亲渐习近，情欲实其心，兼奉大王旨，慢形（形态轻浮）媟（轻慢）隐陋（指隐秘处），忘其惭愧情。

> 太子心坚固，傲然不改容。犹如大龙象，群象众圆绕，不能乱其心，处众若闲居；犹如天帝释（亦称帝释天，佛教护法神之一），诸天女围绕，太子在园林，围绕亦如是：或为整衣服，或为洗手足，或以香涂身，或以华严饰，或为贯璎珞，或有扶抱身，或为安枕席，或倾身密语，或世俗调戏，或说众欲事，或作诸欲形（情欲姿态），规以动其心。菩萨心清净，坚固难可转……

这里后一段也是饶宗颐指出的利用"或"字排比句的一例。又《离欲品》描绘太子偶然看见宫女睡眠状态：

> 厌诸伎女众，悉皆令睡眠，容仪不敛摄，委纵露丑形：昏睡互低仰，乐器乱纵横；傍倚或反侧，或复似投深；缨络如曳锁，

衣裳绞缚身；抱琴而偃地，犹若受苦人；黄绿衣流散，如摧迦尼华（迦尼迦树四时开花，花色如金）；纵体倚壁眠，状若悬角弓；或手攀窗牖，如似绞死尸；频呻长欠呿，魇呼涕流涎，蓬头露丑形，见若颠狂人。华鬘垂覆面，或以面掩地，或举身战掉，犹若独摇鸟。委身更相枕，手足互相加，或謦欬颦眉，或合眼开口，种种身散乱，狼藉犹横尸。时太子端坐，观察诸媄女："先皆极端严，言笑心谄黠，妖艳巧姿媚，而今悉丑秽。女人性如是，云何可亲近？沐浴假缘饰，诳惑男子心。我今已觉了，决定出无疑。"

上面两段都是描绘女人姿态，都极尽形容、夸饰、反复描摹之能事。一段是写美丽宫女诱惑太子，一段写媄女睡态的丑陋，前后照应，表现太子不惑于女色的坚定意志。而从佛法看，这则是禅的"不净观"的形象说明，即观身不净，以证无我。这样的描写又是体现佛法深意的。

场面描写的例子，《合宫忧悲品》里有一段写太子夜间带着仆人车匿乘白马偷偷出城，车匿路上苦谏太子不要出家，没有结果，只好牵着白马返回王宫：

城内诸士女，虚传王子还，奔驰出路上，唯见马空归，莫知其存亡，悲泣种种声。车匿步牵马，嘘唏垂泪还，失太子忧悲，加增怖惧心，如战士破敌，执怨送王前。入门泪雨下，满目无所见，仰天大啼哭，白马亦悲鸣。宫中杂鸟兽，内厩诸群马，闻白马悲鸣，长鸣而应之。谓呼太子还，不见而绝声。后宫诸媄女，闻马鸟兽鸣，乱发面萎黄，形瘦唇口干，弊衣不浣濯，垢秽不浴身，悉舍庄严具，毁悴不鲜明。举体无光耀，犹如细小星，衣裳坏缞缕，状如被贼形。见车匿白马，涕泣绝望归，感结而号咷，犹如新丧亲，狂乱而搔扰，如牛失其道。

大爱瞿昙弥（佛陀姨母，异译"波阇波提"），闻太子不还，竦身自投地，四体悉伤坏，犹如狂风摧，金色芭蕉树。又闻子出家，长叹增悲感："右旋细软发，一孔一发生，黑净鲜光泽，平住而洒地，何意合天冠？剃着草土中。傭臂师子步，修广牛王目，身光黄金炎，方臆梵音声。持是上妙相，入于苦行林，世间何薄福，失斯圣地主？妙网柔软足，清净莲花色，土石刺棘林，云何而可蹋？生长于深宫，温衣细软服，沐浴以香汤，末香以涂身，今则置风露，寒暑安可堪？华族大丈夫，标挺胜多闻，德备名称高，常施无所求，云何忽一朝，乞食以活身？清净宝床卧，奏乐以觉悟，岂能山树间，草土以籍身？"念子心悲痛，闷绝而躄地，侍人扶令起，为拭其目泪。

这一段把太子出走后合宫悲伤的场面活灵活现地描绘出来，而且写得层次分明：先是城中路人传闻；然后车匿牵白马出场，以白马悲鸣相呼应；然后是宫中婇女仪形散乱，绝望嚎啕；继而继母出场，又是另一种写法，写她对所抚养的太子幼儿时的追忆……每个人悲伤的不同表现符合身份，而多样的表现汇合在一片哭声之中，场面撼动人心。

《厌患品》的一段写太子出游，路人奔走相告，观赏太子风貌，场面也极其生动：

观者挟长路，侧身目连光，瞪瞩（凝视）而不瞬（不眨眼），如并青莲花。臣民悉扈从（随从），如星随宿王（大星；宿，星），异口同声叹，称庆世稀有。贵贱及贫富，长幼及中年，悉皆恭敬礼，唯愿令吉祥。

郭邑及田里，闻太子当出，尊卑不待辞，寤寐（醒着和睡着）不相告，六畜不遑（没有工夫）收，钱财不及敛，门户不容闭，宾士走路傍，楼阁、堤塘、树，窗牖（窗户）、衢（大路）巷间，侧身竞容目，瞪瞩观无厌。高观谓投地，步者谓乘虚（此二句形容失魂落魄：高处观看的人摔到地下，走路的人以为上了

天），意专不自觉，形神若双飞，虔虔（恭敬的样子）恭形观，不
生放逸（放纵散乱）心。圆体臃支节，色若莲花敷，今出处园
林，愿成圣法仙。太子见修涂（长路），庄严从人众，服乘鲜光
泽，欣然心欢悦。国人瞻太子，严仪胜羽从，亦如诸天众（众天
神），见天太子生。

这里"六畜不遑收，钱财不及敛"一小节，用了烘托手法，让人想起
乐府《陌上桑》里众人观赏罗敷美貌的"行者见罗敷，下担捋髭须。
少年见罗敷，脱帽著帩头。耕者忘其犁，锄者忘其锄"云云，这一段
描写更细密，也造成更强烈的表达效果。

《佛所行赞》刻画人物，多用细致的心理描写。如前面所引《合
宫忧悲品》里瞿昙弥听说爱子出家不归一大段悲痛欲绝的心理刻
画。又如《父子相见品》里写佛陀成道后重归故土，父子相见：

　　　渐近遥见佛，光相倍昔容，处于大众中，犹如梵天王（色界
梵天王，护法神）。下车而徐进，恐为法留难，瞻颜内欣踊，口
莫知所言。顾贪居俗累，子超然登仙（指成道），虽子居道尊，
未知称何名？自惟久思渴，今日无由宣，子今默然坐，安隐不
改容。久别无感情，令我心独悲，如人久虚渴，路逢清冷泉。
奔驰而欲饮，临泉忽枯竭，今我见其子，犹是本光颜。心踈气
高绝，都无荫流心（阴暗流荡之心），抑情虚望断，如渴对枯泉。
未见繁想驰，对目则无欢，如人念离亲，忽见画形像。应王四
天下（东、西、南、北四天），犹若曼陀王，汝今行乞食，斯道何
足荣？

当初弃绝父子之情的爱子已经成佛"居道真"，父子忽然相见，父亲
的激动、兴奋、愧悔、不知所措……难以言传的复杂心情在这里描
摹得淋漓尽致。这种细致真切的心理刻画在中国古代文学传统中
是很少见的。

《佛所行赞》修辞大量使用比喻、夸张、排比、复叠等修辞手法，

运用的幅度、力度同样是中土传统文字所未见的，有助于造成繁富动人、离奇变怪的艺术效果。这从前面举出的段落可以明显地看出来。又《佛所行赞》与一般佛典一样，叙写中多有不必要的重复罗列和较严重的程式化表现，夸饰、形容往往失去节度，等等。这也是印度古典文学的一般特色。

佛传作为传记文学作品的研究

唐义净写他访问印度所见马鸣所著经典在当地流行情形说：

> 又尊者马鸣亦造歌词及《庄严论》，并作《佛本行诗》，大本若译有十余卷，意述如来始自王宫，终乎双树（沙罗双树，指佛陀入灭处），一代教法，并辑为诗。五天（五天竺，东、西、南、北、中天竺全境）南海，无不讽诵。

《佛本行诗》即《佛所行赞》。这里所述已经是马鸣写出这部经典五六百年之后，流传仍如此广泛，影响仍如此巨大。

佛传是为追忆、歌颂教主，阐扬、传播教义结集起来的。它们作为宗教圣典的意义和作用毋庸赘述；各种佛传不同程度地保存了早期佛教乃至古印度的历史资料，对于研究佛陀生平，对于研究古印度史、古印度宗教史等具有文献价值，这也是彰明较著的事。而把这样一个庞大的、兼具宗教圣典和文学创作双重性格的经典群翻译成汉语，则又是中国古代翻译文学和古代传记文学的一大成就。

英国学者查尔斯·埃利奥特在其名著《印度教与佛教史纲》曾指出：

> 他（佛陀）的传记之中更是属于传闻的部分，这些部分的

历史意义虽然不大,但是提供了佛教艺术的主要题材。

包括《佛所行赞》在内的汉译佛传对中国古代造像、绘画艺术的影响是十分显著的。这有大量实物遗存,艺术史里亦有详细的记述。但对文学创作影响的研究则成果寥寥。本文开头介绍饶宗颐讨论《佛所行赞》影响韩愈诗歌创作的文章是一个少见的例子。

关于中国古代诗歌创作,宋人叶梦得曾说过:

> 长篇最难。魏晋以前,诗无过十韵者。盖常使人以意逆志,初不以叙事倾尽为工。至老杜《述怀》、《北征》诸篇,穷极笔力,如太史公纪、传,此固古今绝唱。(《石林诗话》)

中国古典诗歌中叙事传统薄弱。杜甫的《奉先咏怀》和《北征》已经算是不多见的叙事长篇了。而它们的篇幅和《佛所行赞》相比根本不成比例。如果就结构之恢弘、情节之复杂、描写之细腻、人物众多及其性格之鲜明等艺术表现层面看,《佛所行赞》在古代叙事诗中更是无与伦比的。

《佛所行赞》对于古代诗歌乃至叙事文学的影响的研究,进而关于佛教翻译文学在中国文学发展史上的贡献、地位和影响的研究还是有待开拓的重要课题。

(原载《古典文学知识》2018 年第 3、4 期)

道教经典里"试"的故事

张良遇仙传说与文学叙事的"主体类型"

汉留侯张良是历史上的著名人物。他在博浪沙狙击秦始皇,未遂,是轰动一时、也是历史上的大事,被看做是秦王朝灭亡的前兆;后来刘邦灭秦,建汉朝,他辅佐有功,封留侯,显示他是智勇双全的能臣。而他后来又被纳入仙传,在道教经典里被说成是道教祖师天师张道陵的祖先,并被附会为道教经典的一位制作者。

道教史上的"造仙"活动中,许多真实历史人物被"仙化"了。这是"造仙"的途径之一。这样创造出来的神仙有些有一定的史料"根据"。如张良被"仙化",就是基于司马迁《史记》里《留侯世家》里一段记述,写他在博浪沙狙击秦始皇失败之后:

> 良乃更名姓,亡匿下邳。良尝闲从容步游下邳圯上,有一老父,衣褐,至良所,直堕其履圯下,顾谓良曰:"孺子,下取履!"良愕然,欲殴之,为其老,强忍,下取履。父曰:"履我!"良业为取履,因长跪履之。父以足受,笑而去。良殊大惊,随目之。父去里所,复还,曰:"孺子可教矣。后五日平明,与我会此。"良因怪之,跪曰:"诺。"五日平明,良往。父已先在,怒曰:

"与老人期，后，何也?"去，曰："后五日早会。"五日鸡鸣，良往。
父又先在，复怒曰："后，何也?"去，曰："后五日复早来。"五日，
良夜未半往。有顷，父亦来，喜曰："当如是。"出一编书，曰：
"读此则为王者师矣。后十年兴。十三年孺子见我济北，谷城
山下黄石即我矣。"遂去，无他言，不复见。旦日视其书，乃《太
公兵法》也。

　　本来司马迁作《史记》，遵循"实录"原则，在秦皇、汉武《本纪》、《封
禅书》等篇章里对神仙迷信大加挞伐。书中如这种神秘不经的记
载是很少见的。而正是因为有了这样的权威作者、权威著作的记
述，后来张良被"仙化"、成为神仙传里的人物也就顺理成章了。这
段记载本意是表现张良当年虽然屡经屈辱挫抑却矢志不移、虚心受
教、求得兵书态度之诚笃，终于感得黄石公授予《太公兵法》，使他后
来得以辅佐刘邦取天下。张良活动在秦汉之际，其时道教还没有形
成，后来被当做神仙来崇拜，这当然是"造仙"人们的"创作"。

　　值得注意的是，《史记》里关于张良这二百余字记述，又给中国
叙事文学、特别是道教文学创作提供了一种"主题类型"。所谓"主
题类型"，本来是指民间故事叙事主题表述上一定的情节结构模
式。例如"中山狼"故事，救助坏人，反得恶报；或宗教主题的，如观
音灵验故事，遇到水、火、刀、兵之类灾难，念《观世音经》或称观世
音名号，立即得救，就都提供一种相对稳定的叙事结构。这样的
"主题类型"可以衍化出种种变形，形成一种模式，被运用在叙事作
品创作之中。有关"主题类型"的研究是十九世纪欧洲从事民间文
学研究的学者开创的。相关研究从民间文学延伸到一般叙事文学
创作领域。而由于民间文学创作中的"主题类型"会体现一定的民
族文化和民族精神的特征，相关研究在深层次上就又具有文化人
类学的意义，遂成为人文社会科学，特别是比较学派研究的重要内
容（外国人的研究成果在我国发挥较大影响的有德国人艾伯华
[Woifram Eberhard]1937年发表的《中国民间故事类型》，有商务

印书馆 1999 年出版的王燕生、周祖生中译本)。在我国,上世纪前半叶顾颉刚、钟敬文等前辈学人曾把"主题类型"观念引入民间故事传说的研究之中,取得了相当重要的成果(关于中国叙事文学主题类型研究具有总结意义的早期成果有钟敬文的《中国民间故事类型》,1932 年刊布在《民俗学集镌》第一册《民俗学专号》;近年有宁稼雨编著《先唐叙事文学故事主题类型所引》,南开大学出版社,2011 年版)。

　　道教养炼能否成功的决定因素之一在是否能够得到道行高超的"明师"的指导;相应的另一个决定因素则是学徒是否能够对"明师"绝对地信任。只有这两个条件"师资道合",才能够达成师资授受的目地。在《史记》描述的张良的这段经历里,黄石公就是"明师",张良是有心求道的学徒,黄石公对他加以考验,通过了,授予他经典,张良遂得以佐汉立大功。这种故事情节,后来即演变为一种"主题类型",成为编纂仙传、创作道教文学作品的一种结构模式,遂创作出许多明师"试"弟子的生动故事。它们成为师资传授的样板,在宣教中发挥作用。

道教养炼中"试"的意义

　　道教养炼,无论是求仙还是炼丹本来都是妄诞不经的,不可能通过事实验证。正因为如此,无论是个人修持,还是对外弘传,树立绝对的信仰心也就十分重要。编撰仙传本意是要给人树立求仙、成仙的榜样,也就要引导人树立坚定的信仰心。那种通过烦难艰苦的"试"而始终矢志不移,终于得道成仙的情节也就非常适合表达这种主题的需要。在这类神奇不经的故事里,所描写"试"之严酷往往匪夷所思,极尽夸饰之能事,非常人能够忍受;或布下重重疑阵,让人难以做出"正确"决断,不能不产生疑问而作罢;往往相对照地表现那些一心向道的弟子却能坚定、盲目地尊从"明师"指引,不离不弃地追随他,终于达到成仙的目的。这种"主题类型"的故事遂成为生动、感人而又能够达到诱人效果的作品。而这些故事里所表现的那种历经考验而无怨无悔、忠于理想目标而坚韧不拔的精神,又具有一定的教育意义。

道教,通俗地说乃是教人成仙的宗教。教人成仙,首先需要答复的是平凡人是否能够成仙这个疑问。这就是道教思想史上所谓"神仙是否可以学得"的疑难问题。三国时诗人嵇康(224—263)是主张成仙要"特受异气,禀之自然,非积学所能致"(《养生论》)的。就是说,他认为成仙不能通过"积学"即个人养炼达到,只有"特受异气"即那些具有先天禀赋的特异气质的特选人物才能够成仙。在他之后不到一个世纪,东晋著名道教理论家抱朴子葛洪(283—363)提出了截然不同的看法。他明确主张神仙"可以学致"。这两种观点的不同反映了魏晋时期道教发展变化的大趋势。实际人能否成仙、什么人能够成仙不只是教理层面的问题,对这个问题的不同答复基于对于"人性"的不同认识,反映平凡人是否同等地具有成仙可能性和现实性的不同观点。神仙可学的观点内含着人性平等观念,显示对人性的本质的绝对性与超越性的肯定。这种观点对更广大信众开放了成仙的大门,也就有利于道教的弘传。值得注意的是,魏晋时期道教大发展,也正是佛教大乘涅槃佛性学说输入中土并广泛传播的时期。涅槃佛性学说主张人人"悉有佛性",即使是断了善根的"一阐提"(即断了善根的极恶之人如毁佛、杀父母者)也有佛性,也能够成佛。道教的神仙"可以学致"的思想显然接受了这种佛性学说的影响。佛教和道教思想的交流促进各自思想的发展,从而给中国思想史贡献了宝贵内容,这是一个例子。

既然神仙"可学",学仙又要有"明师"教导,弟子要绝对遵从"明师"教导就是题中应有之义。前面提到的葛洪是道教发展史上具有里程碑地位的人物。他在所著《抱朴子内篇》(道教发展到东晋时期无论是教理层面还是养炼实践层面都已成熟,《抱朴子内篇》对此前道教教理发展做出系统的总结,对于道教信仰的两个基本内容——神仙信仰和金丹信仰做了详密充分的论证,从而给道教进一步扩展奠定了思想基础,乃是道教史上里程碑式的著作。有王明的《校释》本)里充分地发挥了神仙"可以学致"教理,指出:"夫求长生,修至道,诀在于志。"(《抱朴子内篇》卷二《论仙》)即是说,是否能够长生成仙,先决条件在"志"、个人的志趣,即达到成仙目标的坚定的信仰心。树立起信仰心之后,他进一步提出要"勤求",即要精进努力,不懈地追求。《抱朴子内篇》里有专门的《勤求》篇。求什么? 他指出:对于神仙"颇有识信者,复患于不能勤求名师"。这是说勤恳寻求的对象是"明师"。他进而又要求,得到"明师"就要绝对地信任、服从,"负笈随师,积其功勤,蒙霜冒险,栉风沐雨,而躬亲洒扫,契阔劳役。始见之以信行,终被试以危困,性笃行贞,心无怨贰,乃得升堂以入于室"(《抱朴子·极言》)。这就提出了求道成仙的成系列条件:立志、勤求、得到"明师",信任"明师"。只有满足这一系列条件,求仙才有可能成功。而且道教发展早期,如所有宗教一样,基本形态是信徒召集弟子宣教,又往往是秘密传授的。这种做法作为传统后来一直延续下来。如《勤求》篇里指出的:"其至真之诀,或但口传,或不过寻尺之素,在领带之中,非随师经久,累勤历试者,不能得也。"这是说,无论是口头的经诀,还是书写在绢素上的经典,都要靠"名师"来给弟子传授,因此建立师资间绝对信任的关系也就成为教学能否成功的关键。

　　"明师"在接受弟子、传授道法之前,当然先要考察弟子资质:对方是否为可教之材,立志是否坚定,对自己是否信任,等等,这就必须对弟子加以严格考验即"试"。这样,在记载传授仙道的故事里,就又许多师资授受间"明师""试"弟子的故事。而从写作角度看,这些故事则体现为统一的"主题类型"。这些故事成为师资授受的典范事例，也是指导后人修道，特别是指引、告诫学徒必须树立绝对信仰心的教材；从另一个角度看，也成为有一定意义与情趣的文学作品。

几个生动的"试"的故事

　　仙传里所记载的"试"的故事，有的结构是直接脱胎自《史记》里张良请教黄石公传说的。这显示的是遵循原始的"主题类型"的朴实形态。如《神仙传》（据今人胡守为《神仙传校释》本，即毛晋刊本，也是《四库》所收本）卷三陈安世事。说京兆人陈安世是灌叔平佣人，叔平"好道思神"，有两位仙人托身为书生来试验他；叔平正在做美食，本来想接见，但被他妻子阻拦，让安世传言叔平不在；安世如实告知两位仙人并说是主人如此吩咐的；结果叔平虽然辛苦求道有年却功败垂成了，而仙人嘉许安世的诚实：

　　　　乃问安世曰："汝好游戏耶？"答曰："不好也。"又曰："汝好道希仙耶？"答曰："好道，然无缘知耳。"二人曰："汝审好道，明日早会道北大树下。"安世早往期处，到日西而不见二人，乃起将去，曰："书生定欺我耳。"二人已在其身边，呼之曰："安世，汝来何晚耶？"答曰："早旦来，但不见君耳。"二人曰："我端坐在汝边耳。"频三期之，而安世辄早至。知其可教，乃以药两丸与之，戒曰："汝归家，勿复饮食，别止一处。"……安世道成，白日升天……

这里仙人三次约见安世，对他的诚心加以考验，和《史记》所述黄石公约见张良的情节一模一样。而在这个故事里描写了主仆二人，由于对仙人态度不同得到的结果正好相反，二人的遭遇如此就形成鲜明对比，又清楚表明能否成仙与人的身份高低无关，内心是否诚信即"志"乃是能够得道成仙的唯一决定因素。这种不分等级名分的平等成仙观念无疑是具有积极内涵的，反映了道教发展中的革新潮流。

著名例子还有魏伯阳以生死交关"试"弟子事，其情节冲突显得超常地尖锐。魏伯阳是东汉时期真实人物，据考道教外丹术的基本经典《周易参同契》就是他参与创作的（《周易参同契》是奠定道教外丹教理的基本经典，其作者历来有所争论，据考为汉桓帝或较早期徐从事和时代略后的淳于叔通和魏伯阳分别撰述，今本至唐时写定）。这种人当然很容易被"仙化"。仙传记载他带领三个弟子在山里炼丹，他知道弟子信心并不坚定，丹成，先拿另一种烧炼未足的"毒丹"让白犬试服，服之即暂死：

> 伯阳乃问弟子曰："作丹惟恐不成。丹既成，而犬食之即死，恐未合神明之意。服之恐复如犬，为之奈何？"弟子曰："先生当服之否？"伯阳曰："吾背违世俗，委家入山，不得仙道，亦不复归，死之与生，吾当服之耳。"伯阳乃服丹，丹入口，即死。弟子顾相谓曰："作丹欲长生，而服之即死，当奈何？"独有一弟子曰："吾师非凡人也。服丹而死，将无有意耶？"亦乃服丹，即复死。余二弟子乃相谓曰："所以作丹者，欲求长生。今服即死，焉用此为？若不服此，自可数十年在世间活也。"遂不服，乃共出山，欲为伯阳及死弟子求市棺木。二人去后，伯阳即起，将所服丹内死弟子及白犬口中，皆起。

这里考验的是对丹药灵验是否信任，实则表现的是对"师"的信任。这种信仰本应当是不顾及生死、绝不可动摇的。故事又是在对比中表明对"明师"绝对信任乃是得道成仙的唯一先决条件。

黄石公考验张良三次，仙人考验陈安世"频三"即多次。这是真正的所谓"屡经考验"。后来流行有张道陵（即张陵，？—156，汉末五斗米教的创立者，后来道教尊为"张天师"）"七度试赵升"故事。据说张道陵得授正一明威之道,弟子户至数万,由他教以"仙法"。他对弟子们说,尔辈多俗态未除,只可得行气、导引、房中之类法术,服食草木之类药物,可以长寿,活几百岁.但是"九鼎大药"即设置的鼎炉里合炼的丹药只能授予一个叫王丹的和另一个七月七日从东方来的人。后来果然有赵升如期来了,"陵乃七度试升皆过,乃授升丹经"(此据《广汉魏丛书》本《神仙传》卷四,毛晋本即中华校释本简略,没有"七试"内容)。其中写"第一试,升到门,不为通,使人辱骂四十余日,露宿不去,乃纳之;第二试,使升于草中守黍驱兽,暮遣美女非常,托言远行,过寄宿,与升接床,明日又称脚痛不去,遂留数日,亦复调戏,升终不失正……",如此"试"的内容一次次更加险峻严酷,情节也更为复杂。至"第七试":

> 陵将诸弟子登云台山绝岩之上。有一桃树如人臂,旁生石壁下,临不测之渊。桃大有实。陵谓诸弟子曰:"有人能得此桃实,当告以道要。"于时伏而窥之者二百余人,股战流汗,无人敢临视之者,莫不却退而还,谢不能得。升一人乃曰:"神之所护,何险之有! 圣师在此,终不使吾死于谷中耳。师有教者,必是此桃有可得之理故耳。"乃从上自掷投树上,足不蹉跌,取桃实满怀,而石壁峭峻,无所攀缘,不能得返。于是乃以桃一一掷上,正得二百二颗。陵得而分赐诸弟子各一枚,一自食,留一以待升。陵乃以手引升,众视之,见陵臂加长三二丈引升。升忽然来还,以向余所留桃与之。升食桃毕,陵乃临谷上戏笑而言:"赵升心自正,能投桃上,足不蹉跌。吾今欲自试投下,当应得大桃也。"众人皆谏,唯升与王长默。陵遂投空,不得桃上,失陵所在。四方皆仰上则连天下,下则无底,往无道路,莫不惊叹悲涕。唯升、长二人良久乃相谓曰:"师则父也,自投于不测之崖,余何以自安。"乃俱投身而下,正堕陵前,见陵坐局脚床斗帐中。见升、长二人笑曰:"吾知汝来。"乃授二人道毕,三日乃还归治旧舍……

这里表现弟子对"圣师"的绝对信任，不只绝对地遵从教诲，还视师如父，对他的所作所为都毫无疑念，满怀信心。宗教心理的核心是信仰。树立信仰则必须维护"师"的绝对权威，因为他是道法的寄托者和传授者。这个故事利用层层递进的"七试"描写，设为各种难能或险恶处境来"试"求道者的信仰心。而"试"的构想越是奇谲、荒诞，对弟子面临"试"的心理、表情的描写越是真切、生动，给人以如临其境的感受，也就越能震悚人心，达到宣教的效果。与同时期的志怪小说相比较，这种叙事技巧在情节构成与表达效果上是具有突出特点的。而"七试"中那种繁复、重叠的结构方式、奇绝险怪的细节描写显然对翻译佛典有所借鉴。

《神仙传》里有《马鸣生传》内容简略。而《云笈七签》卷一〇六有更详细的《马明生真人传》；卷九八有《太真夫人赠马明生诗二首并序》。这后一篇序里更详细地记述了马明生的生平事迹（《太平广记》卷五七有"太真夫人"条，云出《神仙传》，总括了《云笈七签》的内容，不过今本《神仙传》不见相关内容，或在编纂《太平广记》时另有所本）。《云笈七签》里的《马明生真人传》里写他是齐国临淄人，名和君宝，在东岳遇到太真夫人，当时他为贼所伤殆死，得到夫人救护，夫人为他变易姓名马明生，即随夫人执役，从之学道。有一段夫人"试"马明生的情节：

> 明生初但欲学金疮方，既见其神仙来往，乃知有不死之道。旦夕供给扫洒，不敢懈倦。夫人亦以鬼怪狼虎眩惑众变试之。明生神情澄正，终不恐惧。又使明生他行别宿，因以好女于卧息之间调戏令接之，明生心坚志静，固无邪念。

马明生接受了考验，使他得以从太真夫人那里传授仙道。

师资授受中这种"试"的构想即使不是如上面那种考验生死攸关，有些困辱也难以想象，让人不堪忍受，如李八伯和唐公昉故事：据传李八伯八百岁，听说"唐公昉求道而不遇名师，欲教以至道，乃先往事之，为作佣客"：

> 后八伯乃伪作病，危困欲死，公昉为迎医合药，费数十万，不以为损，忧念之意，形于颜色。八伯又转作恶疮，周身匝体，脓血臭恶，不可近视。人皆不忍近之。公昉为之流涕，曰："卿为吾家勤苦累年而得笃病，吾趣欲令卿得愈，无所吝惜，而犹不愈，当如卿何！"八伯曰："吾疮可愈，然须得人舐之。"公昉乃使三婢为舐之。八伯曰："婢舐之不能使愈，若得君舐之乃当愈耳。"公昉即为舐之。八伯又言："君舐之复不能使吾愈，得君妇为舐之当愈也。"公昉乃使妇舐之。八伯曰："疮乃欲差，然须得三十斛美酒以浴之，乃都愈耳。"公昉即为具酒三十斛着大器中，八伯乃起入酒中洗浴，疮则尽愈，体如凝脂，亦无余痕，乃告公昉曰："吾是仙人，君有至心，故来相试，子定可教。今当相授度世之诀矣。"乃使公昉夫妻及舐疮三婢以浴余酒自洗，即皆更少，颜色悦美。以丹经一卷授公昉，公昉入云台山中合丹，丹成便登仙去。今拔宅之处在汉中也。

这里被"试"的是主人，施行"试"的是他的佣人，所"试"的要求又荒唐而令人屈辱不堪，这就更突显出求道者的绝对虔诚。

上清派道教的基本经典《真诰》第五篇《甄命授》里辑录了更多"明师""试"弟子故事。《真诰》的"真"，即仙真，具体指魏华存等众仙人；"诰"，谓诰语，即仙人的教戒。《真诰》是仙真降临赐告记录的结集，今本由南朝陶弘景（456—536）编定。上清派道法传自魏夫人华存（352—334），据仙传记载她是晋代女道士，字贤安，任城（今山东济宁）人。她自幼好仙道，二十四岁嫁给太保掾南阳刘文，生二子璞、遐；后别居，持斋修道；曾担任天师道（五斗米道）祭酒（五斗米道的道官名），得清虚真人王褒等降授"神真之道"，在世八十三年，于晋成帝咸和九年（334）隐化，受命为紫虚元君上真司命南岳夫人，被尊为上清派第一代尊师。今本《真诰》卷一九《翼真检·真经始末》介绍这部道经缘起说："伏寻《上清真经》出世之源，始于晋哀帝兴宁二年（364）太岁甲子，紫虚元君上真司命南岳魏夫人下降，授弟子琅琊王（简文帝司马昱）司徒公府舍人杨某（羲），使作隶字写出，以传护军长史句容许某（谧）并弟（第）三息上计掾某某（翙），二许又更起写，修行得道。凡三君手书，今见在世者，经传大小十余篇，多掾写，真授四十余卷，多杨书。"（实际情形是这些仙真降临传授诰语的记录有众多写本，经过流传，由齐、梁之间陶弘景写定）《甄命授》开头标明"道授"，是讲传授仙道的，每小节以"君曰"起始，其中强调传授仙道中"试"的重要：

　　君曰：今子既至心学道，当以道授子耳。然学者皆有师，我之所师南岳松子。松子为太虚真人左仙公，谷希子为右仙公。昔太上以德教老子以得道，松子以道授于我以得仙。我之得道于松子，今子欲学道，彼必试子。试而不过，是我之耻也。今既语子以得道之方，又语汝以试观之法，于此试而不过者，亦子之愚也。夫欲试之人，皆意之所不悟、情之所不及者而为之。子慎之哉！

　　上清派道教于东晋时期形成于江南贵族之间，注重个人精、气、神的养炼，也就十分看重信徒的心理状态，特别是信仰心的诚挚。这里是说每个求道的人必须经过"试"，而"试"能够"过"则是进一步传授道法的先决条件。因为这是信仰心是否诚挚的表现。所以《甄命授》讲"道授"的事例，"试"也就是主要内容：

　　君曰：仙道十二试皆过，而授此经。此十二事，大试也，皆太极真人临见之，可不慎哉！

　　君曰：昔中山刘伟道学仙在嶓冢山，积十二年，仙人试之以石，重十万斤，一白发悬之，使伟道卧其下。伟道颜无变色，心安体悦，卧在其下，积十二年。仙人数试之，无所不至，已皆语之，遂赐其神丹，而白日升天。此应是汉时人。

　　君曰：昔青乌公者，身受明师之教，审仙妙之理。至于入
华阴山中学道，积四百七十一岁。十二试之，有三不过。后服
金汋而升太极。太极道君以为试三不过，但仙人而已，不得为
真人。况俗意哉！青乌公似是彭祖弟子也。

　　君曰：大洞之道，至精至妙，是无英守素真人之经，其读之
者，无不乘云驾龙。昔中央黄老君隐秘此经，世不知之也。子
若知之，秘而勿传。又，昔周君兄弟三人，并少而好道，在于常
山中，积九十七年，精思无所不感。忽然见老公，头首皓白，三
人知是大神，乃叩头流血，涕泪交连，悲喜自搏，就之请道。公
乃出素书七卷以与诵之。兄弟三人俱精读之。奄有一白鹿在
山边，二弟放书观之，周君读之不废。二弟还，周君多其弟七
过。其二弟内意或云仙人化作白鹿，呼周视之，周君不应。周
君诵之万过，二弟诵得九千七百三十三过。周君翻然飞仙。
二弟取书诵之，石室忽有石爆成火，烧去书，二人遂不得仙，今
犹在常山中，陆行五岳也。子慎之哉！

以上是道教经典里"明师"直接设计考验弟子的故事，基本内容都
是讲道法包括道经授受中弟子求得或遇到"明师"并经过"师"的
"试"，表现对"师"绝对信任，"师"终于传授道法。这些故事的唯一
主旨即强调修道成仙的关键在树立绝对的信仰心；而"试"的方法
越是严酷、奇险、不近人情，越是能够凸显出弟子信仰心的坚定不
移乃至至死不渝。很显然，宣传这样的观念对于传播道教、教导信
徒是具有重大作用的。

"试"的故事的意义和价值

　　这种看似荒诞不经的"试"的故事鲜明体现了一种观念，即人

的信仰心即内心状态是能否得道成仙的决定因素。也就是说,得道成仙不是靠先天禀赋的特质与能力或具有特殊等级名分的少数特选人物的特权,而是任何一个平凡人只要内心足够虔诚、信心足够坚定都可以达到的。这是一种奠定在普遍平等的人性论基础上的观点。如前所述,这种观点体现了道教教理发展中形成的更具群众性、开放性的革新潮流。

道教本来是东汉末年由民间教派整合而成的。晋宋时期融入社会上层,带上鲜明、浓重的贵族性格。与上清派道教并兴的灵宝派在这方面表现得更为明显。道教主要的养炼手段炼丹需要一定的场所、设备(主要是鼎炉)和材料,后者包括许多贵金属和稀有矿物,这都需要相当的物质条件做基础;灵宝派又重符箓(符是一种笔画屈曲、似字非字的符号,箓是记录在诸符间的天神名讳的秘文。道教师徒授受符箓,用以召神劾鬼、降妖镇魔、治病消灾等)、咒术和斋醮仪式("斋醮"是道教祭祀仪式。本来"斋"指斋戒,清心洁身,以礼神明;"醮"指筑坛上供,祈祷神灵。唐代以后二者联称"斋醮",举行斋醮的场所俗称"道场"),也都要有相当文化素养才能够掌握、施行。而如上面所述故事则表明,只要具有坚定的信仰心就能够达到学道成仙的目标,这就给平凡人成仙提供了保证。当唐代,社会结构发生重大变化,庶族士大夫阶层势力上升,成为推动社会和思想发展的重要力量。道教教理发展也适应社会整体的这一思想潮流,主要表现之一就是"神仙可学"观念更被凸显,从而道教教学中也就更注重内心的养炼。例如被武则天信重的道教思想家王玄览(626—697)就提出修道要"恬淡是虚心,思道是本真,归志心不移变,守一心不动散"(《玄珠录》卷下),这就是把心理的守静去欲当做修道和成仙的关键。另一位道教思想家司马承祯(647—735)在所著《天隐子》、《坐忘论》、《太上升玄经注》等著作里则宣扬安心、坐忘之法,主张"神与道合,谓之得道"(《坐忘论·得道第七》)。他说:"凡学神仙,先知简易。"如何简易?"神仙亦人也,在于修我虚气,勿为世俗所论折;遂我自然,勿为邪见所凝滞,则成功矣。"(《天隐子》)同样把成仙的关键归结到心性的养炼。继他之后,活动在开、天年间的吴筠(? —778)在当时士大夫间广有影响,曾和李白交往,有一篇著作就叫《神仙可学论》。他批判那种神仙必须秉受异气、非修炼可成、注重丹药、"形养"的一派观点,提出的具体养炼方法是"虚凝淡漠怡其性,吐纳屈伸和其体",养炼精、气、神,忘情全性,形神俱超,"虽未得升腾,吾必知挥翼丹宵之上矣"(《神仙可学论》)。这些都是把得道成仙的前景归结到个人内心的状态。而那些"明师""试"即设计考验弟子的故事正是宣扬、要求学道者树立一种虔诚信仰的心态。这种心态乃是神仙"可以学致"的关键,也提供了途径。

道教里这些"试"的故事体现一定的艺术性。其构思的新异奇特、描摹的细致生动,还有人物心理的刻画等等都表现出鲜明的特点。作为特色鲜明的道教文学作品,它们是道教在文学创作领域的一份成就和贡献。更重要的是它们对于世俗文学、艺术创作发挥了相当的影响。这种影响在后世的小说、戏曲、民间故事和民间说唱等体裁的创作之中表现得尤其突出。

"试"的故事直接给文学创作提供了素材。如韦应物有《学仙二首》之一,写的就是前面介绍的《真诰》里的刘伟道故事:

> 昔有道士求神仙,灵真下试心确然。千钧巨石一发悬,卧之石下十三年。存道忘身一试过,名奏玉皇乃升天。云气冉冉渐不见,留语弟子但精坚。

韦应物还有《马明生遇仙女歌》,同样是演绎《真诰》里的马明生故事。韦应物熟悉《真诰》,他的《休暇东斋》诗里说:"怀仙阅《真诰》,贻友题幽素。荣达颇知疏,恬然自成度。"唐宋以来许多文人都熟悉《真诰》。另如拟话本小说《喻世明言》卷十三《张道陵七试赵升》的题目即表明是重新描述"七试"赵升故事。不过在后世叙事技巧已经发展得更为充分的情况下,道教里那些"试"的构想就显得幼稚、简略了,在创作中直接加以取材的并不多。

　　更主要的是道教里的"试"的故事提供的"主题类型"更普遍地被运用到小说、戏曲和民间文学创作之中。明显的例子如晚唐裴铏《传奇》里《封陟》一篇,男主角封陟原本是降临人世的青牛道士苗裔,"貌态洁朗,性颇贞端",迂腐不通情谊,在少室山隐居读书;女真上元夫人现化为世间年轻貌美、热烈执着地追求爱情的少女,与他本有"宿缘",前后三次降临,主动、坦率地表白情愫,求结良缘,每次都遭到封陟的坚拒,两情终于不能相谐。又同书《裴航》一篇,裴航本是清灵裴真人子孙,在蓝桥驿遇仙女云英,求婚时被要求得一捣药玉杵臼,并为老妪捣药百日,终于成婚。这样的故事显然利用了"明师"对弟子"试"的情节结构。这两篇作品后来都被编成戏曲,而且不只一种。"蓝桥遇仙"也成为脍炙人口的美妙民间传说。又例如《警世通言》卷三《王安石三难苏学士》、《醒世恒言》卷十一《苏小妹三难新郎》、卷十二《佛印师四调琴娘》,故事都流传遐迩,也都是利用"试"来构造故事。在长篇小说《三国演义》、《水浒传》里有许多对人物加以考验的情节。而《西游记》这部以唐三藏西天求取真经为题材的巨著就是以如来佛设计"八十一难"实即是对唐僧师弟子进行八十一次背景更开阔、情节更复杂的"试"的故事构成的;而在其求法长途中又包含人物间各种各样"试"的情节。这样就结构看,这部书就成为大大小小、环环紧扣的"试"的故事的综合体。

　　而如果剥落道教里这些"试"的故事的盲目、迷信内容,其中所表现的那种追求理想、至死不渝的执着精神,以及尊师重道的美德、师生间的信赖、诚恳,又不无伦理价值。而从宗教意义说,那种不计生死接受"明师"残酷考验的精神,又是"舍生求法"的具体表现,有其值得敬重的一面,则是另一个层面的问题了。

（原载《古典文学知识》2018 年第 5、6 期）

佛教经典里"试"的故事

"试"作为"方便法门"

前文介绍道教经典里"试"的故事,讲到这类故事形成文艺学上一个"主题类型"。本文介绍佛教经典里的类似故事,实际也体现同样的"主题类型"。前文还提到文学创作里这种"主题类型"在深层次上反映了民族文化、民族精神特质。佛、道二教里内容大体同样的故事形成在不同的民族文化传统土壤上,必然带有不同的民族精神的特色。佛教典籍是外来文化产物,佛、道二教作品里同样主题类型的表现又必然同中有异。这就给相关研究提供了比较有趣、实则具有重要意义的课题。

佛教里的这类故事与道教类似,主旨也在强调信仰心的诚挚与坚定。坚定的信仰本来是所有宗教对于信徒的要求。不过与道教的"明师"对弟子的"试"相比较,佛教更为强调的是接受试炼、考验的主动性。又佛教是外来输入的形态更成熟的宗教,经典里的"试"的故事也就更为丰富多彩,也体现更高的艺术水准。

《维摩诘所说经》卷二《不思议品》有一段说:

尔时维摩诘语大迦叶:"又,迦叶!十方无量菩萨,或有人

> 从乞手足耳鼻、头目髓脑、血肉皮骨、聚落城邑、妻子奴婢、象马车乘、金银琉璃、车𤦲马碯、珊瑚琥珀、真珠珂贝、衣服饮食。如此乞者，多是住不可思议解脱菩萨，以方便（"方便"即施设权宜，被当作是修行法门之一）力，而往试之，令其坚固。所以者何？住不可思议解脱菩萨，有威德力，故现行逼迫，示诸众生如是难事；凡夫下劣，无有力势，不能如是逼迫菩萨。譬如龙象蹴踏，非驴所堪，是名住不可思议解脱菩萨智慧方便之门。"

这里所说的被"试"以"方便之门"的菩萨可以举出佛经里的须大拏为例。以他为主人公的本生故事见早自东吴康僧会已经译出的《六度集经》等多种经典，另有十六国时期西域沙门圣坚所译经典《太子须大拏经》就是讲须大拏故事的，写得更为详细。故事说湿波国太子须大拏乐善好施，先是向敌国施舍了能够抵抗敌兵的白象，为这件事他受到国王惩处，被流放到檀特山中，而在他被流放出发前后陆续施舍了所有资财、服饰、车马乃至妻、子。这个人物从而成为令人赞叹的佛教修持项目之一"施舍"的典型。上引《维摩经》说这种故事乃是"试""住不可思议解脱菩萨智慧方便之门"，通过这样的"试"又可以进一步使菩萨意志更加坚定。《维摩经》的这一段话清楚表明"试"在佛教修持中的重要意义，"试"从而也成为不少佛教经典，特别是本生经着重表达的主题。

这种"试"的典型作品还可以举出讨论佛教翻译文学时经常被提到的天竺众护造、西晋竺法护译的《修行道地经》卷三《劝意品》。经的这一品开头就概括点出"试"的主题：

> 修行道地（修行能生善果，故谓道地），以何方便自正其心？吾曾闻之：昔有国王，选择一国明智之人以为辅臣。尔时国王设权方（计谋方便）无量之慧，选得一人，聪明博达，其志弘雅，威而不暴，名、德俱足。王欲试之，欲知何如？故以重罪

欲加此人,敕告臣吏,盛满钵油而使擎之,从北门来,至于南门。去城二十里,园名调戏,令将到彼。设所持油堕一滴者,便级(斩首)其头,不须启问。于是颂曰:

假使其人到戏园,承吾之教不弃油,当敬其人如我身,中道弃油便级头。

这样,"群臣受王重教(严格教令),盛满钵油以与其人。两手擎之,甚大愁忧……其人心念:吾今定死,无复有疑也。设使擎钵,使油不堕,到彼园所,尔乃活耳"。他手擎油钵,一路上,他遭遇到种种极端恐怖的险境,而他"不顾亲属及与玉女,不惧巨象、水、火之患、雷电霹雳……或有心裂而终亡者,或有怀驹而伤胎者……虽遇众难,其心不移",从北门到南门园观(花园),所擎钵中油一滴不堕。经过这样严格的考验,国王叹曰:"此人难及,人中之雄! 如是人者,无所不办。心强如斯,终不得难,地狱王考(通"拷",拷问),能食金刚。"这个人遂被立为大臣。经文最后点出主题:

心坚强者,志能如是:则以指爪坏于雪山,以莲华根钻穿金山,则以锯断须弥宝山(须弥山,又译为"妙高山",佛教世界观中宇宙中心的高山)。其无有信,不能精进,怀而诙诣,放逸喜忘,虽在世久,终不能除淫、怒、痴垢("垢"即烦恼,淫、怒、痴为根本烦恼)。有信、精进、质直、智慧,其心坚强,亦能吹山而使动摇,何况而除淫、怒、痴也? 故修行者欲成道德,为信、精进,智慧、朴直调御(调教约束)其心,专在行地(身、口、意行,以能生果报故曰地)。于是颂曰:

直、信而精进,智慧、无诙诣,是五德除瑕,离心无数秽。采解无量经,自觉斯佛教,但取其要言,分别义无量。

这样的经文采用佛教典籍典型的韵散相配合的文体,描摹十分生动细致,场面刻画极尽夸饰、渲染之能事。如醉象冲突一段:

当尔之时,有大醉象放逸奔走,入于御道。众人相谓:"今醉象来,踏蹴吾等,而令横死。"此为魍魉化作象形,多所危害,不避男女,身生疮痍,其身粗涩,譬若大髀,毒气下流,舌赤如血,其腹委地,口唇如垂,行步纵横,无所省录。人血涂体,独游无难,进退自在,犹若国王。遥视如山,暴鸣哮吼,譬如雷声,而擎其鼻,瞋恚忿怒。于是颂曰:

大象力强甚难当,其身血流若泉源,踏地兴尘而张口,如欲危害于众人。

其象如是恐怖观者,令其驰散,破坏兵众。诸众奔逝,一切睹者而欲怖死,能拔大树,践害群生,虽得杖痛,无所畏难。于是颂曰:

坏众及群象,恐怖人或死,排拨诸舍宅,奔走不畏御。名闻于远近,刚强以为德。憍慢无所录,不忍于高望。

尔时街道、市里坐肆诸买卖者,皆据惧收物,盖藏闭门,畏坏屋舍,人悉避走。又杀象师,无有制御,瞋惑转甚,蹈杀道中象马、牛羊、猪犊之属,碎诸车乘,星散狼籍。于是颂曰:

诸坐肆者皆盖藏,伤害人、畜、碎车乘,睹见如是闭门户,狼藉如贼坏大营。

或有人见,怀振恐怖,不敢动摇;或有称怨,呼嗟泪下;或有迷惑,不自觉知;有未着衣,曳之而走;复有迷误,不识东西;或有驰走,如风吹云,不知所至也。中有惶惧,以腹拍地;又人穷逼,张弓安箭而欲射之;或把刀刃,意欲前挌。中有失色,恍惚妄语;或有怀瞋,其眼正赤;又有屏住,遥睹欢喜,虽执兵仗,不能加施。于是颂曰:

于斯迷怖惧,亦有而悲涕,或愕无所难,又有执兵仗,愁愦躄地者,邈绝不自知,获是不安隐,皆由见醉象。

彼时有人晓化象咒,心自念言:我自所学调象之法,善恶之仪,凡有八百,吾观是象,无此一事,吾今当察从何种出:上种有四,为是中种、下种耶? 以察知之,即举大声而诵神咒。

于是颂曰：

　　天王授金刚（谓利器，此指咒语），吾有微妙语，能除诸贡高（骄横），赢劣能令强。

　　彼人即时举声称曰："诸觉明者，无有自大，亦不兴热（热恼，焦灼），弃除恩爱，承彼奉法，修行诚信之所致也，象捐贡高，伏心使安。"

如此先用散文叙述，韵文再加以复数、评论；评论中有褒贬感叹，也有教理的说明；行文韵、散相间，取得相互唱和、重复发明的效果。这种文字虽然是从外语翻译的却相当畅达、生动。而从结构看，这又是多层次的"试"，逐层强化了主题的表达。前文介绍道教"赵升七试"故事，构思与之类似，应当对它有所借鉴。而佛经里的这段文字叙写之鲜活精美显然远远超出道教故事，也可见佛经翻译的艺术水平之高和佛教翻译文学的价值。

佛陀求道经受试炼

　　在佛教经典的描写里，佛陀曾是虔诚的修道者，也曾经历过长期刻苦修炼和十分严格的各种各样的考验，终于成道，教授弟子，创立教团，成为教主。他修道的经历，就是一次次接受试炼的过程。

　　汉译佛传有多种。最优秀的当属印度大乘佛教论师、也是古印度著名文学家马鸣所撰《佛所行赞》。这是一首艺术水平十分高超的长篇叙事诗，可看作是一位虔诚的修道者意向高远、立志坚定、克服内心中种种矛盾和外来种种干扰而终于成就佛道的情节紧凑、场面恢弘的传奇故事。这部赞颂教主佛陀的经典是按佛传共同结构方式即"八相成道"、"八相作佛"叙述的。而其中佛陀经受试炼情形的描写贯穿全部内容。

佛陀是净饭王爱子,国王切盼他在俗继承王位。当国王发现他有意出家修道,即设下种种谋略加以笼络。其中描写利用宫女诱惑、佛陀坚定抵制爱欲一段:

> 太子入园林,众女来奉迎,并生希遇想,竞媚进幽诚(内心隐秘诚意),各尽伎姿态,供侍随所宜:或有执手足,或遍摩其身,或复对言笑,或现忧戚容,规(设法)以悦太子,令生爱乐心。众女见太子,光颜状天身,不假诸饰好,素体逾庄严,一切皆瞻仰,谓月天子来,种种设方便(变通办法),不动菩萨心……各进种种术:歌舞或言笑,扬眉露白齿,美目相眄睐(做媚眼),轻衣现素身(裸身),妖摇而徐步,诈亲渐习近,情欲实其心,兼奉大王旨,慢形(形态轻浮)媟隐陋(指隐秘处),忘其惭愧情。

> 太子心坚固,傲然不改容,犹如大龙象,群象众圆绕,不能乱其心,处众若闲居;犹如天帝释(亦称帝释天,佛教护法神之一),诸天女围绕,太子在园林,围绕亦如是:或为整衣服,或为洗手足,或以香涂身,或以华严饰,或为贯璎珞,或有扶抱身,或为安枕席,或倾身密语,或世俗调戏,或说众欲事,或作诸欲形(情欲姿态),规以动其心。菩萨心清净,坚固难可转,闻诸媒女说,不忧亦不喜,倍生厌(厌离,指出世)思惟……

这段佛陀抵制"色欲"的情节,是对青年佛陀的精神层面的"试"。其场面渲染、描写的细腻,特别是其中对于"情色"的刻画,是在中国叙事作品里未见的。这是利用佛典特有的重叠写法,不厌繁复,写出人物经受爱欲试炼的坚定意志。

"八相成道"里或无第三"住胎"而另有"降魔",位列第五"出家"之后,是写佛陀在菩提树下修道过程中,有魔王率领魔将、魔女前来骚扰,佛陀加以降伏,然后即开悟成佛了。这"破魔"一"相"实际表现的是佛陀在修道过程中内心经受激烈矛盾,与魔的斗争乃是他自我克服爱欲的象征。《佛所行赞》里的《第十三降魔品》开头说魔王波旬听说佛陀立志坚固,即将成道,十分恼怒,率领魔军和她的三个女儿前往干扰破坏。魔王带领庞大队伍来到佛陀所在的菩提树下与佛陀对决:"执弓持五箭,男女眷属俱,诣彼吉安林,愿众生不安。"他"见牟尼静默,欲度三有海,左手执强弓,右手弹利箭。而告菩萨言:'汝刹利速起,死甚可怖畏……'"先是利用长篇言辞威胁,但是佛陀"菩萨心怡然,不疑亦不怖",然后"魔王即放箭,兼进三玉女,菩萨不视箭,亦不顾三女",魔王遂裒集魔军:

> 种种各异形,执戟持刀剑,戟树捉金杵,种种战斗具。猪鱼驴马头,驼牛兕虎形,师子龙象首,及余禽兽类。或一身多头,或面各一目,或复众多眼,或大腹长身。或赢瘦无腹,或长脚大膝,或大脚肥蹲,或长牙利爪。或无头目面,或两足多身,或大面傍面,或作灰土色。或似明星光,或身放烟火,或象耳负山,或被发裸身……如是诸恶类,围绕菩提树,或欲擘裂身,或复欲吞啖。四面放火然,烟焰盛冲天,狂风四激起,山林普震动。风火烟尘合,黑暗无所见……

这魔军种种恐怖扰乱,以至天神、龙、鬼大众都为佛陀哀悯感伤,"悉来见菩萨,端坐不倾动。无量魔围绕,恶声动天地。菩萨安靖默,光颜无异相,犹如师子王,处于群兽中。皆叹呜呼呼,奇特未曾有"。这却又让"众魔益忿恚,倍增战斗力",但是他们却"抱石不能举,举者不能下,飞矛戟利稍,凝虚而不下。雷震雨大雹,化成五色花,恶龙蛇噤毒,化成香风气。诸种种形类,欲害菩萨者,不能令倾动,随事还自伤"。接着,魔王姐妹弥伽迦利"手执髑髅器,在于菩萨前,作种种异仪,淫惑乱菩萨。如是等魔众,种种丑类身,作种种恶声,欲恐怖菩萨。不能动一毛,诸魔悉忧感。"最后魔王阻拦佛陀成道的计谋终于破产了:"菩萨正思惟,精进勤方便,净智慧光明,慈悲于一切。此四妙功德,无能中断截。"魔王则"惭愧离憍慢,复道还天上。魔众悉忧感,崩溃失威武,斗战诸器仗,纵横弃林野,如人杀怨主,怨党悉摧碎"。佛陀意志坚定不移,破除魔王的一次次强势攻击,结果"众魔既退散,菩萨心虚静,日光倍增明,尘雾悉除灭。月明众星朗,无复诸暗障,空中雨天花,以供养菩萨"。这样,一场场面波澜壮阔的"降魔"斗争,也是情节曲折紧凑、生动感人的"试"的故事。

佛传里这破魔一"相"的描写比前面引述宫女诱惑太子一段场面更广阔,描写之细致也变本加厉。前面写宫女诱惑太子一段连用"或"字句加以形容,这一段写魔军情状"或"字句更连用三十几个。如此不厌重复,穷形尽相,写法为此前中国文学作品所未见。前曾指出,饶宗颐有专文讨论韩愈《南山诗》的写法受到这种描写的影响,作为佛教经典影响中国文学的一例。

如果和道教那些"试"的故事相比较,佛传里的佛陀作为接受"试"的主人公显然体现更强烈的主动性。他本是一位生活优裕、人生得意、前途无限的年轻人,却主动选择去出家求道,明知会遭遇难以逆料的艰难困苦,却又去主动迎接挑战,接受试炼。这就凸显出他的意志坚定,人格的伟大不凡,作为求道典范也就更有示范和教育意义。

描写"试"的本生故事

另一类相当典型的佛教文学体裁是"本生",或称"本生经"、"本生谈",其中亦多有构思奇险、震撼人心的经受"试"的故事。

按佛教内部说法,示现于人世的佛陀释迦牟尼作为有情有他的过去世,曾历劫修行(《梵网经》说佛陀曾"来此世界八千返",是说他曾经无数次降生此娑婆世界），积累善行，才成就佛果。本生就是讲他在历世轮回中，曾转生为罴、獐、兔等动物、人间的转轮圣王和各类人物、天神、龙王、金翅鸟，等等，作为菩萨，行菩萨道，积累功德的故事。它们和佛传一样，是典型的"赞佛文学"作品。许多故事多是在古印度民间文学创作的基础上改编、附会到赞美佛过去世的主题上的，或者是模仿民间传说编写的，因此具有相当高的艺术水准，被称为古印度"民间寓言故事大集"（季羡林主编《印度古代文学史》），是可以和希腊伊索寓言、中国诸子寓言并称的古代世界寓言文学的宝典。完整的巴利文《本生经》包含五百四十七个故事，汉语没有译本。但这些故事广泛包含在不同汉译经典里，许多故事还有多种不同译文。它们陆续被译成汉语，在中国受到欢迎，广为流行，对中国文学造成相当大的影响。

　　本生故事有固定的结构，每一篇分为三部分：第一部分讲佛陀在现世说法，简单说明故事的缘起；接下来是故事主体，描述佛陀在历劫轮回过去世里的一段行事，他身为菩萨，示现为鹿、猴、兔、鸽等动物或国王、贵族、商人、平民、穷人、婆罗门等，精勤修道，积累善行；最后一部分呼应前面，回到现世，由佛陀出面，说明他过去世这段行事与现世人事的关联，指出当初行善的某某就是自己，作恶的某某就是现在加害或反对他的人，点明故事喻意。其中作为主体的第二部分描写前世佛陀的善行，不少是写他接受磨炼考验的，是典型的"试"的情节，表现佛陀当年意志坚定、不畏艰难、敢于迎接任何艰巨挑战的坚韧、顽强精神和善良、慈悲的伟大胸怀。

　　著名的尸毗王以身代鸽故事十分典型。这个故事汉译见《杂宝藏经》、《菩萨本生鬘论》、《大庄严经论》等多部经典里。故事说曾有大国王名尸毗（以下情节、引文根据《菩萨本生鬘论》卷一），生性仁慈，爱民如子；其时在三十三天的天帝释（又称"帝释天"、"释提桓因"等，天神，生忉利天，三十三天之主）即将命终，世间佛法已灭，诸大菩萨不复出世，大臣毗首告以阎浮提今有尸毗王，志固精进，乐求佛道，当往投归；天帝释听了，决定加以考验，说偈曰：

> 我本非恶意，如火试真金；以此验菩萨，知为真实不。

他让毗首变成一只鸽子，自己变成一只鹰，鹰追逐鸽子来到国王面前，鸽子惊恐地躲藏到国王腋下。鹰作人语对国王说："今此鸽者，是我之食；我甚饥急，愿王见还。"国王说："我本誓愿，当度一切。鸽来依投，终不与汝。"鹰说："大王今者，爱念一切，若断我食，命亦不济。"他又说必须吃血腥的鲜肉。结果国王决定以身代鸽，取利刀自割股肉。鹰又要求分量一定要与鸽相等。国王让人取来秤，把从身上割下的肉和鸽子分别放到两端秤盘，股肉割尽，较鸽身犹轻，以至臂、肋、身肉割尽，轻犹未等。最后，国王奋力置身秤盘，心生喜足。天帝释问："王今此身，痛彻骨髓，宁有悔否？"国王说"不"，并发誓说："我从举心，迄至于此，无有少悔如毛发许。若我所求，决定成佛，真实不虚。得如愿者，令吾肢体，当即平复。"当他发出这一誓愿时，身体恢复如初。这时候天神、世人，都赞叹稀有，欢喜踊跃，不能自已。故事最后，佛告诉大众："往昔之时，尸毗王者，岂异人乎？我身是也。"这个故事把尸毗王舍己救人的精神表现得淋漓尽致，立意在赞颂菩萨功德，结尾处更明著训喻的意义。本生故事里有很多篇表达同样主题，如见于多种经典的萨埵太子舍身饲虎事、《六度集经》里的鹿王本生等，都是这种"试"的故事。

　　见于《大涅槃经》里的雪山童子"舍身闻偈"事也包含"试"的意义。讲佛陀前世修菩萨道（以下情节、引文据《大般涅槃经》卷一四《圣行品》），作婆罗门，在雪山苦行，称"雪山大士"或"雪山童子"；天帝释为了"试"他的诚心，变做罗刹（恶鬼），向他宣说过去佛所传半偈："诸行无常，是生灭法。"童子听了，心生欢喜，四面观望，只见罗刹，就对他说："大士，若能为我说是偈竟，吾当终身为汝弟子。"罗刹说："我今定为饥苦所逼，实不能说。"他又说所食惟人暖肉，所饮惟人热血，但自己已无力取杀。童子答说："汝但具足说是半偈，我闻偈已，当以此身奉施大士。"罗刹就说出后半个偈："生灭灭已，寂灭为乐。"童子听了，就在石头上、墙壁上、树木上、道路上书写这个偈，然后升高树上，投身地下。这时罗刹现天帝释形，接取其身体，雪山童子以此功德超生十二劫。原来这雪山童子就是佛陀的前身，所说的偈就是后世所谓"雪山偈"，又名"无常偈"，它与"法身偈"（又名"缘起偈"："诸法从缘起，如来说是因，彼法因缘尽，是大沙门说。"）、"七佛通戒偈"（"诸恶莫作，诸善奉行，自净其意，是诸佛教。"）是阐明佛教基本教义的三个偈。在这个故事里，歌颂雪山童子为求法而不惜生命的大无畏品格。扬弃其宗教训喻意义，这种不畏牺牲、执着追求真理的精神，是有普遍教育意义的。

"试"乃是表现佛陀前世修行的本生故事的主要主题之一。佛陀在这些故事里经受考验，内容大体和道教同类故事相同。描写残酷不经的"试"以强调主人公信心的坚定、诚挚的手法也类似。不过本生故事在具体构思、书写上更为生动、洗练。这和佛教发展形态更为成熟有关。

"烈士池传说"与中国的"试"的故事

玄奘、辩机（取季羡林等《大唐西域记校注》的看法）原著《大唐西域记》里有个"烈士（有志之士）池"传说，也是取佛教文学里"试"的故事的一种形态。这个故事被中国的传奇、小说、戏曲借鉴、发挥，衍生出许多新的创作成果。

传说见卷七"婆罗痆斯国"，全文如下：

施鹿林东行二三里，至窣堵波（佛塔，印度早期佛塔取覆钵式），傍有涧池，周八十余步，一名"救命"，又谓"烈士"。闻诸先志曰：数百年前有一隐士，于此池侧结庐屏迹，博习技术，究极神理,能使瓦砾为宝,人畜易形,但未能驭风云,陪仙驾。阅图考古,更求仙术,其方曰:"夫神仙者,长生之术也,将欲求学,先定其志,筑建坛场,周一丈余。命一烈士,信勇昭著,执长刀,立坛隅,屏息绝言,自昏达旦。求仙者中坛而坐,手按长刀,口诵神咒,收视反听,迟明登仙。所执铦刀变为宝剑,陵虚履空,王诸仙侣。执剑指麾,所欲皆从。无衰无老,不病不死。"是人既得仙方,行访烈士,营求旷岁,未谐心愿。后于城中遇见一人,悲号逐路。隐士睹其相,心甚庆悦,即而慰问:"何至怨伤?"曰:"我以贫窭,佣力自济,其主见知,特深信用,期满五岁,当酬重赏。于是忍勤苦,忘艰辛,五年将周,一旦违失,既蒙答辱,又无所得,以此为心,悲悼谁恤?"隐士命与同游,来至草庐,以术力故,化具肴馔。已而令入池浴,服以新衣。又以五百金钱遗之曰:"尽当来求,幸无外也。"自时厥后,数加重赂,潜行阴德,感激其心。烈士屡求效命,以报知己。隐士曰:"我求烈士,弥历岁时,幸而会遇,奇貌应图。非有他故,愿一夕不声耳。"烈士曰:"死尚不辞,岂徒屏息?"于是设坛场,受仙法,依方行事,坐待日曛。曛暮之后,各司其务。隐士诵神咒,烈士按铦刀。殆将晓矣,忽发声叫。是时空中火下,烟焰云蒸,隐士疾引此人入池避难。已而问曰:"诫子无声,何以惊叫?"烈士曰:"受命后,至夜分,昏然若梦,变异更起。见昔事主躬来慰谢,感荷厚恩,忍不报语。彼人震怒,遂见杀害,受中阴身(亦称"中有",指人死后至转生的中间状态;立"中阴"义以论证轮回报应教理),顾尸叹惜。犹愿历世不言,以报厚德。遂见托生南印度大婆罗门家,乃至受胎出胎,备经苦厄。荷恩荷德,尝不出声。洎乎受业、冠婚、丧亲、生子,每念前恩,忍而不语。宗亲戚属咸见怪异。年过六十有五,我妻谓曰:'汝可言矣。若不语者,当杀汝子。'我时惟念,已隔生世,自顾衰老,唯此稚子,因止其妻,令无杀害,遂发此声耳。"隐士

> 日："我之过也。此魔娆耳。"烈士感恩，悲事不成，愤恚而死。
> 免火灾难，故曰救命；感恩而死，又谓烈士池。

这是一个对"烈士"信仰（"志"）进行"试"而受到"魔"的扰乱的悲剧，客观上也表明情欲的力量、"定其志"的艰难：即使是"不言"这样的简单要求，在面临杀子考验的時候也难以做到。这段文字里修道受"魔"扰乱的构思明显借鉴了佛传里"降魔"情节，但其整体表现显然达到更高的艺术水平。这当然也体现《大唐西域记》作者的写作艺术水平。

　　唐传奇里有几篇作品，其构思正是根据"烈士池"情节加以发挥的。典型的如中唐时期牛僧孺《玄怪录》里的"杜子春"、晚唐薛渔思《河东记》里的"萧洞玄"、裴铏《传奇》里的"韦自东"、段成式《酉阳杂俎续集》的"道士顾玄绩"等，从构思、情节到具体写法显然都借鉴了这个故事。后来进一步利用"烈士池"情节进行创作的则有明冯梦龙的拟话本《醒世恒言》里的"杜子春三入长安"、清章回小说《绿野仙踪》第三十七回"守仙炉六友烧丹药"、清代戏曲《扬州梦》和《广陵散》等。这都是在作品构思中接受明显的直接影响的例子，也是古代中印文学交流的典型事例。

　　中土人士的再创作把故事场景转移到中国本土。《大唐西域记》原来记载说传说出于"先志"，意在表明故事出于当地古老传说，而中国所写无例外地把所述故事背景落实到真实的某时、某地。如把杜子春说成是"周、隋间人"，事情发生在"华山云台峰"；萧洞玄则是"王屋灵都观道士"，事情发生在贞元中的扬州；韦自东是义烈之士，也是贞元中人，事在太白山。这在作品结构方式上，是采取把虚构故事落实到真实历史框架之中的做法；在观念上，则体现把原典的宗教玄想转换成历史事件的纪录。这都体现中国叙事文学的传统。又有人推测，"烈士池"里讲"神仙"应当是指印度当时流行的密教法术，而在中国则直接转变为道教炼丹故事。中国作者通过观念和写法的改变实现了作品主题侧重点的转换，从而阐发新的思想意义,艺术上也达到更高水准。

看看牛僧孺《玄怪录》里的"杜子春"一篇。牛僧孺是中唐时期著名政治家,中唐政治史上影响重大的"牛李党争"牛党一派的代表人物。关于这场政争的性质、历史作用、后果等是历史学家长期争论的课题,此不具述。其中一个看法认为牛党代表庶族阶层利益,则与本文论题相关。唐代庶族士大夫比较地不斤斤于礼法,作风浮华放诞,因而热衷流行市井的小说创作。牛僧孺撰《玄怪录》(一名《幽怪录》)正有这样的背景。这是一部杰出的传奇作品集。本来中唐前,文人从事传奇创作,都是单篇;到中唐时期,开始流行辑录成集的体制。这类作品集里的作品,多不完全是个人创作,起码有部分应是辑录流行传说写定的。传奇集的出现造成唐传奇创作的又一个高潮,牛僧孺及其《玄怪录》是其中的佼佼者,也推动了传奇创作艺术的进展。

"烈士池"情节冲突的构想在简单轻易的"不言"与超乎想象的人的激情的强烈对比,两者的矛盾凸显"立志"的艰难及其终于失败的遗憾。牛僧孺"杜子春"一篇基本利用这一构思,并利用较长篇幅对矛盾冲突进一步加以敷衍、发挥。作为核心情节的铺垫,先写"黄冠""老人"对主人公杜子春的测试:写他在长安落拓度日,"老人"一次次接济金钱,但他"落魄邪游",靡费殆尽,后来在对方感召下终于觉悟。这表明杜子春已经过试炼,意志相当坚定。接着,"老人"带他到华山云台峰合炼丹药,并嘱以"慎勿语,虽尊神、恶鬼、夜叉、猛兽、地狱,及君之亲属为所囚缚,万苦皆非真实,但当不动不语耳,安心莫惧,终无所苦"。杜子春谨遵教诲,守护丹炉,接受了各种恐怖试验:大将军身长丈余,亲卫数百人,攘斩争射之,竟不应;猛虎、毒龙、狻猊、狮子、蝮蝎万计,争前欲搏噬,神色不动;大雨滂澍,雷电晦暝,庭际水深丈余,波及坐下,端坐不顾;将军复来,引牛头狱卒,将大镬汤而置子春,传命肯言姓名即放,不肯言即当心叉取,置之镬中,又不应。如此等等,如此大肆铺张地重复描写极端恐怖的场面,是借鉴佛教经典重复渲染的写作手法,以求达到强烈的感官刺激效果。佛传里描写恶魔扰乱菩萨修道也采用这种表现手法。接着把考验推演到极端:

> 因执其妻来,捽于阶下,指曰:"言姓名免之。"又不应。及鞭捶流血,或射或斫,或煮或烧,苦不可忍。其妻号哭曰:"诚为陋拙,有辱君子。然幸得执巾栉,奉事十余年矣。今为尊鬼所执,不胜其苦。不敢望君匍匐拜乞,望君一言,即全性命矣。人谁无情,君乃忍惜一言。"雨泪庭中,且咒且骂,子春终不顾。将军曰:"吾不能毒汝妻耶!"令取剉碓,从脚寸寸剉之。妻叫哭愈急,竟不顾之……

妻子号哭倾诉,把感情冲突渲染到极致。经受住一系列恐怖考验之后,他被斩杀,托生到宋州王勤家,为哑女,长大后出嫁卢氏:

> 数年,恩情甚笃,生一男,仅二岁,聪慧无敌。卢抱儿与之言,不应,多方引之,终无辞。卢大怒曰:"昔贾大夫之妻鄙其夫,才不笑尔。然观其射雉,尚释其憾。今吾陋不及贾,而文艺非徒射雉也,而竟不言。大丈夫为妻所鄙,安用其子!"乃持两足,以头扑于石上,应手而碎,血溅数步。子春爱生于心,忽忘其约,不觉失声云:"噫!"噫声未息,身坐故处,道士者亦在其前,初五更矣……

结果,亲子之情不可遏制,经受不起考验,试炼终于失败了。这样,对杜子春"不言"的层叠情节大力渲染,逼出失败而"言"的结局,从而把作品的主题转换了:由以恶魔扰乱修道的宗教观念转变为信仰与情欲的冲突,即不论具有怎样不畏牺牲的坚强意志,面临亲情的考验也是无能为力的。这样,"烈士池"传说原来的对于信仰的"试验"就转化为对于人性的"拷问",结果"杜子春"的主题就演变到"烈士池"的反面,成为对于亲情、人性的肯定。这正反映中国人宗教观念重现世、重人生的特征。比较"烈士池"传说,传奇"杜子春"情节更复杂,描摹更细致,渲染场面、烘托气氛更为生动,借鉴佛典某些写作手法并在艺术上多方面加以发挥,遂创作出一篇具有思想意义和艺术价值的传奇杰作。这也是中国文学史上借鉴佛教故实进行再创造的又一范例。

"萧洞玄"、"韦自东"、"道士顾玄绩"的篇幅都较"杜子春"简短,但基本都以"不言"构成"考验"情节。不过具体发挥、表现各有不同。"萧洞玄"的情节与"杜子春"类似,但所述坛场中的考验更多道教内容,其中出现了仙人"王乔"、"安期"、地狱"平等王"等"人物",行文也更讲究词藻,最后"扑杀"的是孙子而不是儿子。"韦自东"没能遏制不言,是因为有道士写诗,让他奉和,"自东详其诗意曰:'此道士之师。'遂释剑而礼之",结果药鼎爆裂。不论这些作品情节怎样变化,都没有改变人性试炼的主旨。

"烈士池"的试炼情节被广泛地利用到后世的各体创作之中,对这一"主题类型"的演绎、发挥大体如上述各例。而唐人康骈《剧谈录》"说方士"条里有周尊师传说:

> 昊天观周尊师,乾符中年九十七,自言以童幼间便居洞庭山,诸父隐尧,深得真道。有张孺华者,襄汉豪士,耽味玄默,一旦广赍财宝,访道于江湖之间。至吴门,知隐尧出世修炼,径往洞庭诣之,囊橐中所挈金帛,倾竭以资香火。隐尧知其志,俾于岸顶坐守药炉。其或风雨晦冥,往往有神物来萃,殊形诡状,深可骇人。孺华端洁自安,竟不微动。如此者涉于周岁。隐尧谓之曰:"炉中炼药,乃七返灵砂也。虽非九转金丹,饵之可还魂返魄。曩令子弟数辈守之,靡不畏怯而罢。汝相从未久,遂能苦节如是。"及鼎开药成,才成十粒,但令宝之以囊箧,未传吞饵之法。孺华以去乡逾年,一旦告归觐省,隐尧别谓之曰:"吾知汝未能久住,自兹复为世网所萦,苟慕仙之意不忘,勿以嚣尘为恋,付汝之药,每丸可益算十二,有疾终者,审其未至朽败,虽涉旬能使再活。然事关阴骘,非行道有心之

徒不可轻授。凡欲此药救人，当焚香启告，吾为助尔。"孺华归，甚为乡里所敬，父母遘疾而殁，服之皆愈。居数岁，复诣洞庭，系舟于金陵江岸。

这也是利用守护丹炉情节，不过是宣扬道教炼丹的故事了。

以上是《大唐西域记》里"烈士池"传说在中国文学里被模拟、利用、发挥的情形。具体说来，"烈士池"具有相当高的艺术价值，它提供了一个有艺术情趣的"主题类型"，又提供了加以再创作的空间和新颖的构思方法，从而给中国文学增添了富于创造性的新因素。这也表明《大唐西域记》的文学价值和玄奘（还有辩机）在文学上的贡献。而同样的"主题类型"在中土得到发挥和改造，则显示中、印两大民族文化传统的不同。这则是应当另行探讨的重大课题了。

（原载《古典文学知识》2019 年第 1、2 期）

偈颂与《法句经》

偈　颂

　　佛陀在鹿野苑初转法轮,开始布道,他最初的弟子五比丘中有一位马师(阿说示),在摩揭陀首府王舍城街上托钵乞食,被后来成为佛陀十大弟子之一的舍利弗遇见,舍利弗看他威仪具足,世上希奇,叹未曾有,就问他在哪里出家,所学何法,导师是谁。马师告诉他师从佛陀释迦牟尼,学习佛法,并为他颂出所学大义,曰:

　　　　诸法从缘起,如来说是因,彼法因缘尽,是大沙门说。

这里颂出的汉译文四句二十个字是讲佛教基本教义缘起法的,体制是古时印度文字的一个"偈"。所谓"缘起",是说世间一切都是由"因"(内在条件)与"缘"(外在条件)和合而成的。"缘起法"是佛教认识宇宙万物包括人自身的根本观念,是确立佛法整个体系的基点。这个"偈"就是后来俗称的"缘起偈"。如此重要的观念译成汉语就用这简单的四句二十个字表达出来,亦可见"偈"在佛教表达体制里的巨大表现力及其重要作用。这个偈在汉译佛典里有多种不同译文,上面这个是最为流行的,是义净所出("出"是翻译的意思)《根本说一切有部毗奈耶出家事》卷二里的译文。

又《大涅槃经》里记载,佛陀临寂灭,弟子们无限悲伤,佛陀劝慰弟子说了一段话如今人所谓的"遗嘱",大意是说自己作为导师虽然寂灭了,但佛法常住,作为明灯,指引后学,并说偈曰:

> 诸行无常,是生灭法,生灭灭已,寂灭为乐。

这就是后来俗称的所谓"无常偈",是对"缘起法"的另一种也是进一步的解说。"诸行"的"行"在这里与"法"同义(请注意,佛教的"名相"即概念,翻译成汉语,在不同时代、不同译文里往往是不同的汉语词,本来是原文的同一个词,同一个汉语词往往又是原文不同的词;这是阅读佛典必须注意的主要难点之一),指的是"有为法"。所谓"有为法",指缘起和合生成的一切现象。这个偈是说一切"有为法"是"无常"的。为什么?因为它是"生灭法"。所谓"生灭",是说它处在生、住、灭相的变化之中,流转不已,不是实体。用哲学的语言说,即是没有质的规定性。作为"生灭法"的"行"最终都要归于"寂灭"。这里的"寂灭"是"涅槃"的异译。对于人来说,"涅槃"的意思是指轮回中的生命之火熄灭了,达到不生不灭的绝对境界。这也就是佛法所说的真正的"解脱",是佛教修习的终极目标。这个偈是在"缘起法"的基础上,进一步向人们指出修证的方向和目标。

明确了方向和目标,还要有达到目标的途径、方法。这样就又有一个偈。这个偈被全部佛教大、小乘各部派通用,称为"七佛通戒偈",也有不同译文。《大涅槃经》、《大智度论》等经典里的译文是:

> 诸恶莫作,诸善奉行,自净其意,是诸佛教。

所谓"七佛",是说释迦牟尼前有六佛,即毗婆尸佛、尸弃佛、毗舍浮佛、拘留孙佛、拘那含牟尼佛、迦叶佛,与释迦牟尼佛合称为七佛。"通戒"即共通的戒条。这十六个字构成的偈是对全部佛教戒律的简单概括,也是对信仰者修证的基本要求。这里所谓"善"、"恶"具有宗教内涵,"十善业"指不杀生、不偷盗、不邪淫、不妄语、不两舌、不恶口、不绮语、不贪、不嗔、不痴;相对立的则是"十恶业"。这个偈简明精辟地提出了佛教徒止恶行善的基本行为准则和修证目标。

"缘起偈"、"无常偈"、"七佛通戒偈"三个偈概括了佛教教理的基本内容。

再看大乘佛教。印度佛教的大乘运动兴起于公元纪元前后,阐述教理的基本经典是《般若经》。这是先后集结成的庞大的经典群。其中最长的二十万颂,玄奘译本六百卷(其中四百八十一卷是玄奘本人"新译",其他是前人译本的重译);短的鸠摩罗什译《金刚般若波罗蜜经》简称《金刚经》的一卷五千一百七十六个字;更短的玄奘译《心经》一卷则只有二百六十个字。这庞大的经典群所讲的核心内容就是大乘"空"教理;其中简短的《金刚经》可以说是它的提纲。而这部经典最后的一个偈则可以说是这个提纲的提纲,鸠摩罗什的译文是:

> 一切有为法,如梦、幻、泡、影,如露亦如电,应作如是观。

因为有为法是因缘生、无自性、刹那灭的,即是性"空"的。小乘佛教主张人我空,大乘佛教主张人我和法我皆空。这个偈利用佛典里常用的譬喻方法说理,什译文里是六个喻,因而又俗称"六如偈"。本来在《大般若经》里是十喻:幻、炎、水中月、虚空、响、犍闼婆城、梦、影、镜中像、化。这十喻是从不同侧面利用比喻来阐释"空"的教理。比如如幻,是说有为法如幻术师所作诸物、男女等相,虽然幻色可见,体则无实,皆悉空寂;如炎,是说无智之人初见阳炎,妄以为水,智者了知有为法虚妄不实,皆是妄想,等等。什译《金刚经》加以省略,译成六个"如"。佛典往往使用这种一连串的譬喻来说明教理,称为"博喻"。这种比喻方法被汉语诗文创作广泛借鉴。

　　"偈"是梵文音译"伽他"(或"伽陀"、"偈陀")的省略,汉语意译为"颂",或音意合译为"偈颂",是梵文的一种韵文体裁。一个偈由梵文四句三十二个音节组成,各句子的特定音节由长音和短音构成,形成一定声律。这种声律与汉语诗词以声韵平仄规定的韵律不同。这就是慧皎《高僧传·经师论》里所谓"东国之歌也,则结韵以成咏;西国之赞也,则作偈以和声"。这种"偈"的单位称为"首卢迦"或简称为"首卢",也成为计算文字长短的单位。印度古代行文普遍使用偈颂。佛教之前的婆罗门教经典《奥义书》即使用偈颂。佛陀创教伊始,宣说教义亦采取这种传统文体。前文讲《维摩经》,曾引述英国学者渥德尔所说古印度佛教文学两条清楚发展线索,其中"第一是佛教徒参加诗歌的新潮流,这种潮流大概在佛陀同时期发源于摩揭陀(古时中印度的一个王国,佛陀在世长时期活动的地方,在今印度比哈尔邦,也是佛陀成道、对五比丘开始传教的地方),在以后三个世纪左右创造出许多音韵学和作诗法的新技巧"。

　　关于佛典使用偈颂的原因,后人做出繁琐的解说。例如中国唐代华严宗的四祖澄观就曾提出八个理由:

> 为何意故经多立颂。略有八义:一少字摄多义故,二诸赞叹者多以偈颂故,三为钝根重说故,四为后来之徒故,五随意乐故,六易受持故,七增明前说故,八长行未说故。(《大方广佛华严经疏》卷六《世主妙严品》)

这当中,如第一"字少摄多故",意谓用少数字表达复杂内容,即表述精炼;第三"钝根重说故",意谓对钝根即理解能力低下的人可以重复宣说促使其理解;第六"易受持故",是说这种简短的韵文容易被人接受,等等。但更主要的是佛教发展早期,经典靠口头传播,还没有记录为文字,偈颂吟诵方便,容易记忆和传播。实际上,古今中外民间文艺创作乃至一般文献也采取韵文形式。

中国古时早期佛教信徒传译经典之艰难是可以想象的：外来的和中国本土信徒都不娴对方语言。对于中国人，佛教教理又是另一个文化体系的产物，无论是内容还是语言表达都是十分生疏的。从事翻译的双方在多数情况下要相互揣摩，经过不断测试，才能够把外国人诵出的内容转换成汉语。原文的一个"偈"大体是一个意义单位，翻译时纳入到汉语的四、五（这是一般情况）或六、七言诗体形式，这种工作的难度是超乎想象的。特别是佛典里的许多专名词，还有许多人名、地名，需要音译，字数多寡不一，如何把它们纳入到规范的四言、五言句子里，更费斟酌。不知道经过多少尝试，才形成今天留下来的这样相当明晰、规范的"偈"的文本。

上面所说的"偈"是用单独的偈宣说教理的，又称为"孤起颂"。长篇佛典也利用偈颂写成，如前面讲过的《大般若经》、《佛所行赞》。又菩萨所造的"论"，即纯粹的论文体也用偈颂来写。例如印度论师龙树讲中观教理写《中论》就是用三十个偈写成的，又称《唯识三十颂》。其中第二十四品《观四谛品》开头有一个偈，俗称"三是偈"，可看作是大乘中观教理的纲领：

> 众因缘生法，我说即是空，亦为是假名，亦是中道义。

这个偈的第一、二句"众因缘生法，我说即是空"，是说"缘起"是无自性的，是"空"；而这个"空"本是"我说"的，即是存在于人的认识之中的；第三句"亦为是假名"，是说虽然一切"法"是"空"，但还是要用"名言"即"假名"（语言、文字）来表示。"假名"，在《大智度论》里音译为"波罗聂提"（另译作"假设"、"施设"）。《中论·观如来品》里又有偈说："空则不可说，非空不可说，共不共叵说，但以假名说。""共不共"指"空"和"非空"。这也是说"因缘"是"空"，要用"假名"即"名言"来表达。第四句"亦是中道义"，是说既认识到"因缘"是"空"，又有"假名"来表诠，这才是"缘起法"所指的"中道"。这就是指出既不执着于"虚空"，也不执着于"实有"，才是对缘起法的正确认识。这个偈相当准确地阐述了中观教理。《中论》就这样用三十个偈颂写成。它的表述十分精辟，但又不免过于艰深，为了详细说明其中义理，又有青木为作疏。什译本是包括青木疏的。

上面举出的几个著名的偈译得相当好：文字相当准确、简明、通顺；虽然不完全合汉语诗韵律，可读起来也算朗朗上口，容易诵读、记忆，是翻译得十分精彩的。

祇 夜

上面讲的偈在汉语里算是狭义的。广义的偈，还包括佛典另一种行文体制"祇夜"，意译为"重颂"、"应颂"。关于祇夜，伽陀菩萨在《阿毗达磨大毗婆沙论》卷一二六说：

> 应颂云何？谓诸经中依前散说契经(《阿毗达磨大毗婆沙论》卷一二六："契经云何？谓诸经中散说文句，如说诸行无常，诸法无我，涅槃寂静等。"音译为"修多罗")文句后，结为颂而讽诵之，即结集文、结集品等。如世尊告苾刍("比丘"的异译)众言："我说知见能尽诸漏("漏"为"烦恼"的异名)；若无知见(真知灼见，"慧"的作用)能尽漏者，无有是处。"世尊散说此文句已，复结为颂，而讽诵言：

> 有知见尽漏，无知见不然。达蕴(五蕴：色、受、想、行、识；五蕴和合而成人身)生灭时，心解脱烦恼。

这一段结尾的韵文与散体经文相配合，是偈颂体文字，即是所谓"祇夜"。韵、散具体结合形态多种多样，大体可分为两种。

《法华经》是在中国广泛流行的经典。其表达的特点之一是多用譬喻，其中的所谓"法华七喻"故事生动，意味深长。第一"火宅喻"，是说某国有一长者，诸子住一朽宅，四面火起，其宅唯有狭小一门，诸子贪著，嬉戏其中，其父诱喻，但不信受，其父以各种珍爱之物、羊车、鹿车、牛车诱引，又装饰大白牛车，终于把诸子救出。这个故事譬喻如来以智慧、方便从三界火宅拔济众生。大白牛车喻大乘之法，济度众生威力无边。经文先说譬喻，然后对故事喻义加以解说，先用"长行"即散体文字，写得相当详尽，然后再用长篇偈颂形象生动地加以重复形容、宣说：

> 　　譬如长者，有一大宅，其宅久故，而复顿弊。堂舍高危，柱根摧朽，梁栋倾斜，基陛隤毁，墙壁圮坼，泥涂褫落，覆苫乱坠，椽梠差脱。周障屈曲，杂秽充遍，有五百人，止住其中。鸱枭雕鹫，乌鹊鸠鸽，蚖蛇蝮蝎，蜈蚣蚰蜒，守宫百足，鼬狸鼷鼠，诸恶虫辈，交横驰走……如是诸难，恐畏无量。是朽故宅，属于一人，其人近出，未久之间，于后舍宅，忽然火起，四面一时，其炎俱炽。栋梁椽柱，爆声震裂，摧折堕落，墙壁崩倒。诸鬼神等，扬声大叫，雕鹫诸鸟，鸠盘荼等，周章惶怖，不能自出……其宅如是，甚可怖畏，毒害火灾，众难非一。是时宅主，在门外立，闻有人言，汝诸子等，先因游戏，来入此宅，稚小无知，欢娱乐著。长者闻已，惊入火宅，方宜救济，令无烧害……诸子无知，虽闻父诲，犹故乐著，嬉戏不已。是时长者，而作是念：诸子如此，益我愁恼……告诸子等：我有种种，珍玩之具，妙宝好车，羊车鹿车，大牛之车，今在门外，汝等出来。吾为汝等，造作此车，随意所乐，可以游戏。诸子闻说，如此诸车，即时奔竞，驰走而出……告舍利弗：我亦如是，众圣中尊，世间之父，一切众生，皆是吾子，深著世乐，无有慧心。三界无安，犹如火宅，众苦充满，甚可怖畏，常有生老，病死忧患，如是等火，炽然不息。如来已离，三界火宅，寂然闲居，安处林野。今此三界，皆是我有，其中众生，悉是吾子……

限于篇幅，这里引述的只是原来偈颂的七分之一左右。如此使用偈颂来进一步对散体"长行"所述重复描写，就是要起前引澄观所说的"随意乐故"即使读者或听众更有兴趣地接受的作用。

佛典行文中长行与偈颂交替即韵、散结合的另一种方式可以举前文讲佛教"试"的故事已经介绍过的印度众护菩萨造、竺法护所出《修行道地经》做例子。众护说经典里有许多让人景仰、促人精进的事例，他加以选择、编撰成这部二十七章的书。这是一部譬喻类经典，讲佛教文学大都会引用来做例子。竺法护的译文也很好，历来受人称赞。其中卷三《劝意品》所述昔有国王想选一明智的人为大臣，设计对所选的人加以考验，看他是否"聪明博达，其志宏雅，威而不暴，明德具足"，具体方法是让这个人手擎一口装满油的钵，从城北门走到城南门外二十里的调戏园，如洒一滴则砍头。这个接受考验的人手持油钵，经过几个极其令人惊惧的场面：父母、宗族知道后聚集来奔，号哭悲哀，呼声震动，蹙地复起；端正姣好的女人、一国无双，行于御道，能八种舞、音声清和；如山的醉象放逸奔走，暴鸣哮吼，在市里奔突；城中失火，波及宫殿楼阁，火烧城时，蜂群放出啮人，观者惊怪驰走，而面对这种种惊险，"其人擎满钵油，至彼园观，一滴不堕"，终于通过了考验。国王听说如上情形，赞叹"此人之难，人中之难"，遂立他为大臣。这个故事的每个段落，在散文叙述之后，都重复用偈颂加以具体渲染、描写，基本用七言四句和五言八句的偈。如最后归结到经典主旨一段：

　　尔时正士其心坚固，难遭善恶及诸恐难，志不转移，得脱死罪，既自豪贵，寿考长生也。修行道者御心如是，虽有诸患及淫、怒、痴来乱诸根，护心不随，摄意第一，观其内体、察外他身，痛、痒心法，亦复如是。于是颂曰：

　　如人擎油钵，不动无所弃，妙慧意如海，专心擎油器。若人欲学道，执心当如是，意怀诸德明，皆除一切瑕：若干之色欲，再兴于怒、痴。有志不放逸，寂灭而自制，人身有病疾，医

　　药以除之；心疾亦如是，四意止除之。

这里使用偈颂是对上文散体述说做总结性的、关于教理的说明，清楚点明全文主旨，对于阐发经意所起的作用显然是十分重要的。

　　如此利用韵、散文来反复宣说，韵文偈颂又便于吟诵，当然会增加说教的力量。单纯就行文形式说，韵、散交替，造成行文的变化，也会增添倾听或阅读的趣味。

《法句经》

　　《阿毗达磨大毗婆沙论》卷一百八十有一条记载说，佛弟子有大路、小路二人，大路聪慧，记诵便利，小路愚钝。小路经大路教诲出家，一起诵读一个偈：

　　　　身、语、意莫作，一切世间恶，离欲念正知，不受苦无义。

但是小路雨季四个月安居时背诵，连牧牛、牧羊的人都诵读通利，可他就是记不住，遂被摈斥，哭泣到逝多林佛陀处，"佛时从外入逝多林，见而问之：'可怜小路汝何以啼泣？'彼以上事具白世尊。佛便语言：'汝能随我理所忘否？'彼答言：'能。'尔时世尊即以神力专彼所有诵伽他障，更为授之。寻时诵得，过前四月所用功劳"。这个故事又见有部律《根本说一切有部毗奈耶》，是当初佛教教团内部使用伽他即"偈"、"偈颂"来教化弟子的例子。上述故事作为事实或可致疑，但反映早期教团教化情形应是真实的。

　　经典里这类佛陀说法的言句被尊称为"法句"，其本意是"真理的语言"。当然，佛经本来是后世一代代门徒结集起来的，后世被当做"法句"的不一定是佛陀本人所说。

　　佚名的《法句经序》上说：

昙钵偈者，众经之要义；昙之言法，钵者句也。而《法句经》别有数部，有九百偈，或七百偈及五百偈。偈者，偈语，犹诗颂也。是佛见事而作，非一时言，各有本末，布在诸经。佛一切智，厥性大仁，愍伤天下，出兴于世，开显道义，所以解人，凡十二部经总括其要，别为数部。四部《阿含》，佛去世后阿难所传，卷无大小，皆称"闻如是"，处佛所在，究畅其说。是后五部，沙门各自钞众经中四句、六句之偈，比次其义，条别为品，于"十二部经"靡不斟酌，无所适名，故曰《法句》。诸经为法言。法句者，犹法言也……

这里是说法句表达的是阐述佛陀教法的经典的要点。《法句经》有九百颂、七百颂、五百颂等不同文本。佛陀当初的言教，非一时所说，分散在"十二部经"（又称"十二分教"，是对佛教文体的分类：修多罗，意译为契经；祇夜；授记，音译为"和伽罗那"；伽陀，简化为"偈"，意译为"孤起颂"；优陀那，佛陀无问的说教；因缘，音译为"尼陀那"；譬喻，音译为"阿婆陀那"；本事，音译为"尹提日多"；阇陀伽，佛说过去世因缘的经文；毗佛略，意译为"方广"；未曾有，音译为"阿浮陀达磨"，记述佛显现神通的经文；优婆提舍，意译为"论议"）里，即四部《阿含经》（根据南传《大藏经》，《阿含经》五部，汉译四部，即《杂阿含经》、《中阿含经》、《长阿含经》、《增一阿含经》，另有《小部》未译），后学抄撮其中偈颂成书为《法句经》。这表明《法句经》辑录的是属于小乘《阿含经》里的偈颂。

关于《阿含经》在中国传译情形，《出三藏记集》卷七所载佚名《法句经序》里说：

始者维祇难出自天竺，以黄武三年来适武昌，仆从受此五百偈本，请其同道竺将炎为译。将炎虽善天竺语，未备晓汉，其所传言或得胡语，或以义出音，近于质直。仆初嫌其辞不雅。维祇难曰："佛言依其义不用饰，取其法不以严。其传经者当令易晓，勿失厥义，是则为善。"座中咸曰："老氏称'美言不信，信言不美。'仲尼亦云：'书不尽言，言不尽意。'明圣人意深邃无极。今传胡义，实宜经达，是以自竭受译人口，因循本旨，不加文饰。译所不解，则阙不传，故有脱失多不出者。然此虽辞朴而旨深，文约而义博。事钩众经，章有本故；句有义说，其在天竺始进业者，不学法句，谓之越叙。此乃始进者之鸿渐，深入者之奥藏也。可以启蒙辩惑，诱人自立，学之功微，而所苞者广，实可谓妙要者哉。昔传此时，有所不出，会将炎来，更从谘问，受此偈等，重得十三品，并校往故，有所增定，第其品目，合为一部三十九篇，大凡偈七百五十二章。庶有补益，共广闻焉。

汉译《法句经》存四部：吴译《法句经》二卷，晋法炬共法立译《法句譬喻经》四卷，姚秦竺佛念译《出曜经》三十卷，宋天息灾译《法集要颂经》四卷。如上引文所述，最初是吴维祇难于黄武二年（223）向仆从传授《法句经》，并请其同道竺将炎翻译。这就是今存二卷本吴译《法句经》，全部由偈颂组成，其原本是有部譬喻师法救撰集的。公元四世纪初西晋法炬共法立二人翻译《法句譬喻经》四卷，内容是选吴本偈颂大约三分之二，加上散体譬喻故事，采用的是长行和偈颂相结合文体。第三种姚秦竺佛念译《出曜经》三十卷在四世纪初，其序文里说："'出曜'之言，旧名'譬喻'，即十二部经第六部也。"这是把它算作譬喻经了。他的体制和《法句譬喻经》类似，也是兼有偈颂与因缘故事的韵、散结合体裁，其中偈颂有相当部分取自《法句经》。最后一部宋天息灾译《法集要颂经》四卷后出，已在十世纪末，全部是偈颂，内容和前面几部差距很大。《法句经》文字简洁、生动，有吟诵的偈颂，有生动的故事，历来受到各国、各族信仰者的欢迎，流传的不但有梵本、巴利文本，还有藏译和中亚各种语言译本。近世西方介绍佛教，《法句经》是译成各国文字最多的经典之一。在中国，直到现、当代，还有人重新把《法句经》翻译成现代汉语,还有人从《南传大藏经》翻译巴利文《法句经》。

　　如上所述,法句是作为佛陀言教传颂的。佛陀创建佛教,教导弟子遵行"八正道"(正见、正思惟、正语、正业、正命、正精进、正念、正定),指引人们过正当的生活,因而其教法具有浓厚的伦理性质,其教化众人的法句也就贯穿伦理精神,包括不少人生哲理、道德训诫,内容丰富且接近人生实际。在表述方面,虽然用的是偈颂体,但却又传达出循循善诱的语气文情,又多使用比喻、形容,让人明白易懂。汉语译文则像是风格独特的通俗诗。例如维祇难等所出《法句经》卷上第一"无常品",是讲"无常"义的,计二十一个偈,开头的七个偈是:

> 无常品者,悟欲昏乱,荣命难保,唯道是真。睡眠解悟,宜欢喜思,听我所说,撰记佛言:所行非常,谓兴衰法,夫生辄死,此灭为乐。譬如陶家,埏埴作器,一切要坏,人命亦然;如河驶流,往而不返,人命如是,逝者不还;譬人操杖,行牧食牛,老死犹然,亦养命去;千百非一,族姓男女,贮聚财产,无不衰丧……

这里讲说"无常"道理用了陶家作器、河流不返、养牛必死、聚财必丧等比喻,而表达内容关键的是第三个偈:"所行非常,谓兴衰法,夫生辄死,此灭为乐。"这即是本文开头引述的"无常偈"多种译文的一种。

　　称为"法句",当然要阐明佛法又诱导人信仰佛法。直接表达这样观念的如《法句经》里《教学品》的两个偈:

> 若人寿百岁,邪学志不善,不如生一日,精进受正法。若人寿百岁,奉火修异术,不如须臾顷,事戒者福称。

这里所谓"教学"是指佛法修习;"邪学"指外道;"奉火"指婆罗门教,婆罗门教的天启祭奉祀"三火":家主火、供养火、祖先祭火;萨摩祭则祭火神。这两个偈是要人精进努力,修习正法、持戒。又如

《多闻品》的两个偈,所谓"多闻"也是指多闻佛法:

> 斫创无过忧,射箭无过愚,是壮莫能拔,惟从多闻除。
> 盲从是得眼,暗者从得烛,亦导世间人,如目将无目。

这先是用"斫创"、"射箭"来比喻,说优异的技能是通过"多闻"得到的;接着连用盲人和处在暗处的人作比喻,最后说"多闻"会引导世间人,就像有眼的人引导盲人。

再看伦理色彩突出的,《恶行品》里的一段:

> 莫轻小恶,以为无殃,水滴虽微,渐盈大器。凡罪充满,以小积成。莫轻小善,以为无福,水滴虽微,渐盈大器。凡福充满,从纤维积。

这也是利用水滴盈器作比喻,教导止恶扬善不要轻视小处,要从小处做起。又《明哲品》里的一个偈:

> 智人知动摇,譬如沙中树,朋友志未强,随色染其素。

这是讲交友之道的,用了两个比喻:沙地上的树会动摇,纯白的绢容易染色,告诫交友需要谨慎。上述这样的偈当然意在教化,但其内容通于世间伦理,具有普世意义,又可看做是具有普遍教育意义的格言。

如上所述《法句譬喻经》和《出曜经》的行文是散体长行和韵文偈颂相结合的。生动有趣的故事和富于训诫意义的偈颂相配合,能够发挥更好的宣教效果。举两个例子。

《明哲品》里有个故事说,曾经有个二十岁的梵志(本意指外道,引申为一般的修道者)很有才能,事无大小,过目则能,发誓要掌握天下所有技艺;于是外出游学,无师不造访,人间之事无不通达;游行各国,从弓师学制角弓,从船师学习驾船,从殿匠学建宫殿,天才聪明,技艺皆胜于师;然后周行天下十六大国,与人较量技能,无敢应者,自心很骄傲:"天地之间,谁有胜我者?"佛在祇洹精

舍,遥见此人应可化度:

> 佛以神足化作沙门,拄杖持钵在前而来。梵志由来国无道法,未见沙门,怪是何人,须至当问。须臾来到,梵志问曰:"百王之则,未见君辈,衣裳制度无有此服,宗庙异物不见此器,君是何人,形服改常也?"沙门答曰:"吾谓身人也。"复问:"何谓调身?"于是沙门因其所习而说偈言:

> 弓匠调角,水人调船,巧匠调木,智者调身。譬如厚石,风不能移,智者意重,毁誉不倾;譬如深渊,澄静清明,慧人闻道,心净欢然。

> 于是沙门说此偈已,身升虚空,还现佛身,三十二相,八十种好,光明洞达,照耀天地,从虚空来下,谓其人曰:"吾道德变化,调身之力也。"于是其人五体投地,稽首问曰:"愿闻调身,其有要乎。"佛告梵志:"五戒、十善、四等、六度、四禅、三解脱,此调身之法也。夫弓、船、木匠,六艺奇术,斯皆绮饰华誉之事,荡身纵意、生死之路也。"梵志闻之,欣然信解,愿为弟子。佛言:"沙门,善来!"须发自堕,即成沙门。佛重为说四谛、八解之要,寻时即得阿罗汉道。

所谓"调身"谓教化人学佛。这个故事是说,对于人来说,人间所有技艺都比不上佛法高超,只有用佛法的"五戒"、"十善"等来教化人,才能够得到解脱,达到"阿罗汉"境界。这中间的四个偈,照应前面梵志学做角弓,学习驾船,说明修习佛法比所有的人间技艺都重要,都有教益。

偈颂对中国文学体裁的影响

偈颂和《法句经》在中国佛教的传播与发展中发挥作用,对历代民众精神生活造成影响,这是佛教史、思想史的课题,这里不拟叙说。以下只就它们对于推进中国文学创作体制方面的作用略加说明。

就汉译偈颂体制而言,这是内容基本是说理的、多用譬喻手法的、句数字数整齐的韵文作品。从整体艺术水平看,不能严格遵循中国传统诗歌格律,句法、用语也尚欠通顺畅达。它们从外语翻译过来,表述的又是不同文化体系的思想内容,这些缺陷不可避免。而从另一方面看,这些译文又大体是相对浅俗的,体现特有的拙朴色彩,又带有"天然西域之语趣",因而可看作是一种风格独特的通俗诗、说理诗。这些作品的写法首先直接影响中国佛教诗歌创作,包括僧人和习佛者的作品。僧人作品多有用偈颂体的,僧人往往把自己写的诗称为偈。

禅宗兴起,禅僧"以诗明禅",所写禅偈,绕路说禅,也明显对于外来翻译的《法句经》偈颂写法有所借鉴,当然也有所发展。禅诗的研究是另一个课题。以后或有机会专门加以讨论。

偈颂又影响到世俗诗人的创作。早期的如谢灵运,这是历史上第一位显示佛教影响诗歌创作的诗人。他的《无量寿佛颂》:

> 法藏长王宫,怀道出国城。愿言四十八,弘誓拯群生。净土一何妙,来者皆清英。预年欲安寄,乘化好晨征。

唐代的白居易习佛好禅,他的《读禅经》诗:

> 须知诸相皆非相,若住无余却有余。言下忘言一时了,梦中说梦两重虚。空花岂得兼求果,物焰如何更觅鱼。摄动是禅禅是动,不禅不动即如如。

这是相当典型的翻译"法句"的风格和写法。宋人习禅者多,有更多的人以偈为诗,包括苏轼、黄庭坚等大诗人,对"法句"的借鉴也十分明显。如苏轼的《赠东林总长老》:

　　　　溪声便是广长舌，山色岂非清净身？夜来四万八千偈，他
日如何举似人。

如此利用比喻手法行议论正是《法句经》写法的特征。又：

　　　　乃知法界性，一切唯心造。若人了此言，地狱自破碎。

这篇题目就直接叫做《地狱变相偈》。他的诗里类似偈颂的句子不
少。如"人似秋鸿来有信，事如春梦了无痕"（《正月二十日与潘郭
二生……》）、"芍药樱桃俱扫地，鬓丝禅榻两忘机"（《来书云近看此
书余未尝见也》）、"出本无心归亦好，白云还是望云人"（《和文与可
洋州园池三十首·望云楼》）、"太山秋毫两无穷，巨细来出相形中"
（《轼在颍州与赵德麟……》）等等，都如偈如颂。扩展开来说，宋人
诗重理致，"以文为诗"，其写法和风格也接受了佛教偈颂包括《法
句经》的潜移默化的影响。

　　许理和在其名著《佛教征服中国》里曾提出：

　　　　佛教曾是外来文学之影响的载体，因此，我们还应更多地
关注它对中国俗文学所造成的影响。

"法句"之类偈颂体作品直接被借鉴的还有流传民间的通俗诗创
作。具有代表性的当数唐代的王梵志诗和寒山诗。从写作风格、
手法看，这两部分作品都不会出自一人之手；其内容庞杂，内容也
不全是佛教的；但从体制看，大多数作品绝似"法句"之类偈颂。不
过参与写作的当是具有相当文化水平的僧、俗作者，因此其造句置
词、谋篇成章都达到相当高的艺术水平，比较早期翻译拙朴的"法
句"通达顺畅多了。

（原载《古典文学知识》2019 年第 5、6 期）

中国古典文学中的"萧史曲"

萧史、弄玉传说

前文曾介绍过中国古代两部列传体仙传《列仙传》和《神仙传》。两部书把战国后期到魏晋,特别是民间道教形成以来兴盛的"造仙运动"所创造的仙人集中起来加以描述,构成一个庞大的仙人"队伍"。他们首先是道教信仰的载体,又是信仰者的理想人格和修炼榜样。而如之前介绍仙传的文章所说,这两部书塑造了一批鲜明、生动的仙道人物形象,它们堪称优秀的道教文学作品。而且从一定意义说,正如希腊神话成为西方神话创作不可逾越的高峰,在后世的中国,道教大力鼓吹神仙信仰,历代创造出不计其数的神仙形象及相关故事,但从整体艺术水平说,还没有超越这两部书的。《列仙传》今通行本收录七十人,《神仙传》按《汉魏丛书》本收录九十二人。这一百六十多位神仙给后代文学提供出无数的素材、题材、情节、事典、语汇等等,又成为历代文学创作取之不尽的渊薮。

本文讨论一个例子,《列仙传》里的萧史传说,原文如下:

> 萧史者,秦穆公时人也。善吹箫,能致孔雀、白鹤于庭。

> 穆公有女字弄玉好之，公遂以女妻焉。日教弄玉作凤鸣。居
> 数年，吹似凤声，凤凰来止其屋。公为作凤台，夫妇止其上，不
> 下数年。一日，皆随凤凰飞去。故秦人为作凤女祠在雍宫中，
> 时有箫声而已。

这是一个优美的爱情故事。主人公一位是"善吹箫"的年轻人，另一位是公主；他们凭借美妙的洞箫乐曲而结好，又得到公主父亲支持，结为连理，后来终于随凤凰飞升成仙。不用说，古代一位普通乐师和王国公主不可能结成这样自由恋爱的婚姻。而一对爱人教吹箫、作凤鸣的想象浪漫而优美；他们抛弃宫廷生活的富贵荣华，双双飞升成仙，爱情也就保持无限的久远。这是超越人世时空限制的、无限完美的理想人生境界。相对中国古代文学重现世、重伦理、重教化的精神，这个两情相惜的爱情故事明显包含强烈的反传统的意味，也就引起人们包括文人们持久的企羡和关注。

这个传说结尾说"秦人为作凤女祠在雍宫中"。古代辟雍、明堂、灵台合称三雍，是帝王祭祀场所。这里是说在雍宫里为萧史和弄玉专门建筑了祠堂。秦代雍宫在今陕西武功县北。据《水经注》卷十八记载"今台倾祠毁不复然矣"，则其地确曾建有祠堂。又据《陕西通志》二八《祠祀一》记载："西安府凤翔县：凤女祠在城南五十里，其地有凤女台，相传秦穆筑以居萧史、弄玉者，后人因台作祠以祀。"则后来凤台建筑又曾被恢复。萧史、弄玉这个故事历代相传，流传广远，另有许多地方把他们纳入到地方神祇之中加以祭祀。如宋代王存等撰《元丰九域志》卷六记载洪州（今江西南昌市）豫章郡镇南军节度靖安州有"萧史坛"（不知是否位于《江西通志》一〇三记载南昌府的萧坛峰）；同样是宋代的《咸淳临安志》卷二十七《山川》六记载富阳县贝山"山顶有湖，有萧史君庙，每旱祷必应"；又《水经注》三九："赣水：……有二崖，号曰大萧、小萧，言萧史所游萃处也。"明章潢《图书编》卷三十八记载宝鸡县"穆公女弄玉凤女台……在县东南六十里"，等等，都可见这个传说在历史上流

传情形及其广泛影响。

元赵道一《历世仙真体道通鉴》卷三对传说补充许多细节,记录了萧史传说流传的总结形态:

> 萧受姓于殷。至周宣王时,有萧钦者,妻王氏,皆富,好道。老君曾降其家,以宣王十七年五月五日生,即萧仙也。生而不事家业,游终南山,遇异人授长生术,且教以吹箫。归家告父母,愿入道。父母强为娶妻。萧仙云:"异人教我勿娶,当得帝女。"父母听之。宣王末,史籍散乱,萧仙能文,著本末以备史之不及,人以史目之,实无名也,行第三。浪迹入秦孟明之师从军,引败归秦,侯近而哭之。史在孟明侧立,甚恭。秦侯问败师状,孟明不能答,史代对甚悉。孟明免罪,史之力也。孟明归,史又放浪山水间。时秦侯有女名弄玉,善吹笙,无和者,求得吹笙者以配。孟明以代对,故荐史,因召见。秦侯问史,云:"善箫。"侯曰:"吾女好笙,子箫也,奈何?"史以不称旨退。女在屏间呼曰:"试使吹之。"一声而清风生,再吹而彩云起,三吹而凤凰来。女曰:"是吾夫也,愿嫁之。"史曰:"女亦且吹笙。且三吹之。"如史所感。于是孟明为媒,蹇叔为宾,合宴于西殿。座中不奏他乐,惟二人自以箫、笙间奏。曲未终,凤凰来下,二仙乘之而去。秦侯惘然,咎孟明。孟明遣人四方寻之,至楚尾吴头,有人见西山高峰男女而吹笙、箫,箫者凤柄其傍。使者闻,急访之,又冲升矣。后不知其所之,此其大略也。

后代好事者还不断给传说附上情节。如明董说所撰《七国考》卷一《秦职官封君后妃》附:"大祝:《集仙传》注:'萧史为秦大祝。'"又明陶宗仪《说郛》三一下录《嘉莲燕语》:"弄玉嫁萧史,生子五人,与昭、靡回、职御、子余、华秉也。"至于五代马缟《古今注》卷中:"粉,自三代以铅为粉,秦穆公女弄玉有容德,感仙人萧史为烧水银作粉与涂,亦名飞云丹。传以箫曲终而同上升。"宋曾慥《类说》卷二十

五记载这种粉就是女子化妆用的水银腻粉。这则和道教的炼丹术
有关系了。

文学创作中的"萧史曲"

　　这样,萧史、弄玉是真挚动人的爱情故事,又被纳入到宣扬道
教神仙信仰的"经典"之中。当然,所谓"纳入"经过了修饰、改造的
过程。这个传说确又保持了传说的质朴、生动的特色,后来不仅在
道教文艺里,在一般的文艺创作中都成为绝佳题材。南北朝刘宋
陆探微是与顾恺之齐名的"画圣",留下名作《萧史图》。《唐朝名画
录原序》记载:

> 故陆探微画人物,极其妙绝,至于山水草木,粗成而已。
> 且萧史、木雁、风俗、洛神等图画,尚在人间,可见之矣。

张彦远《历代名画记》卷一《叙画之兴废》记载,他家本来富有书画,
他的祖父张弘靖是唐宪宗朝宰相,元和十一年出为河东节度使、太
原尹,以得罪监军宦官魏弘简,为"所忌,无以指其瑕,且骤言于宪
宗,曰:'张氏富有书画。'遂降宸翰,索其所珍。惶骇不敢缄藏科
简,登时进献",乃以魏晋直到唐代名家画作三十卷表上,奏章里说
到"其陆探微《萧史图》,妙冠一时,名居上品,所希睿鉴,别赐省
览"。唐诗人鲍溶有《萧史图歌》:

> 霜绡数幅八月天,彩龙引凤堂堂然。小戴萧仙穆公女,随
> 仙大归玉京去。仙路迢遥烟几重,女衣清净云三素。胡髯貌
> 珊云髻光,翠蕤皎洁琼华凉。露痕烟迹清江貌,疑别秦官初断
> 肠。此天每在西北上,紫霄洞客晓烟望。

霜绡达"数幅",可见画幅相当宽阔。图画显然是描绘萧史和弄玉

升仙整体情景的：高天云霭弥漫，地上有秦宫作背景，萧史和弄玉升天有"彩龙"引路，画得相当形象、生动。这应当不是张彦远家藏陆探微那一幅，萧史传说当是当时绘画的普遍题材。明张丑的《清河书画舫》记载有宋人临摹陆探微的《萧史图》。

《通志》四九《乐志》一所记载"神仙二十二曲"里有《萧史曲》，则萧史传说又曾谱为乐曲。明代有佚名《萧史引凤》杂剧，清代有佚名《吹箫引凤》杂剧、《跨凤乘龙》杂剧，今俱存，都是演绎萧史题材的。

利用萧史题材更多的是诗人作品。他们利用萧史传说为内容写了许多"萧史曲"（或不用这样的名目，另外命题），主题多种多样。早期的如魏晋之际的鲍照（？—466）所作《咏萧史》诗曰：

> 萧史爱长年，赢女希童颜。火粒愿排弃，霞雾好登攀。龙飞竟天路，凤起出秦关。身去长不返，箫声时往还。

这是写萧史和弄玉追求长生而升仙，是宣扬道教神仙信仰的。这首诗《艺文类聚》题张华作，《乐府诗集》作鲍照。逯钦立以为"此诗词格不类晋人，当是鲍诗也"。张华（232—300）另有《游仙诗》：

> 云霓垂藻旒，羽袿扬轻裾。飘登清云间，论道神皇庐。萧史登凤音，王后吹鸣竽。守精味玄妙，逍遥无为墟。

这写的是传统的游仙题材，抒写游仙幻想，也是把萧史写成仙人了。隋江总（519—594）的《萧史曲》：

> 弄玉秦家女，萧史仙处童。来时兔月满，去后凤楼空。密笑开还敛，浮声咽更通。相期红粉色，飞向紫烟中。

江总曾侍陈后主游宴，时人讽之为"狎客"，以写宫体诗著名。"密笑"、"浮声"，正是宫体语汇；把萧史传说写成男女仙人恋情，也算是演绎传说本来主题。

权德舆《杂诗五首》中的一首：

> 婉彼嬴氏女，吹箫偶萧史。彩鸾驾非烟，绰约两仙子。神
> 期谅交感，相顾乃如此。岂比成都人，琴心中夜起。

权德舆是唐代文人"三教调和"的典型人物，他是禅宗洪州禅马祖道一的俗弟子，又曾为玄宗朝著名道士吴筠的文集作序，宣扬神仙信仰。他的这首诗结尾处用司马相如和卓文君恋爱典故来比拟萧史、弄玉的升仙，对后者表达赞赏之情。

艺术上特色鲜明的是晚唐曹唐《大游仙诗》里的《萧史携弄玉上升》。《大游仙诗》原作五十首，现存十七首，原本是演绎神仙传说如刘晨、阮肇天台遇仙，杜兰香下嫁张硕，萼绿华会许真人等的，本来应是有连贯情节的组诗。写萧史也应当是一组情节完整的组诗，但今仅存一首：

> 岂是丹台归路遥，紫鸾烟驾不同飘。一声洛水传幽咽，万片宫花共寂寥。红粉美人愁未散，清华公子笑相邀。缑山碧树青楼月，肠断春风为玉箫。

曹唐《大游仙诗》的写作特点是在原有传说框架中构想"人物"活动的具体情节或场景，充满感情地加以描写和渲染。写萧史的这仅存一首写的是萧史、弄玉升仙之后的情节，但所述并不粘题，而是出于想象，描写二人飞升后江山的寂寞，借助环境的渲染，以衬托爱情的久长，替美好的爱情故事写出个一唱三叹的结尾。

宋曹勋（1098？—1174）的《萧史曲》：

> 玉箫散奇响，真气凄金石。招携偶冥会，理惬心自适。富贵如朝华，况复多得失。胡不希长年，练气固形质。高举凌仙翰，双飞上层碧。挥手谢时人，去来空役役。

这则是借萧史传说来发抒人生苦短的感慨，表达升仙长生的愿望了。

以上几首可视为广义的《萧史曲》，从中可以看出萧史这个仙

传中的传说确实体现丰富的内涵，因而在艺术上具有持久的生命力，也给后世留下利用这个传说在不同艺术形式创作中加以演绎、发挥、创造出多种多样艺术成果的余地。

萧史、弄玉传说作为"典故"

《列仙传》里《萧史》只是不到百字的短篇，成为后世不同题材的诗作常用的典故，包括"事典"和"语典"。这同样表明萧史传说内涵的意义。

萧史作为事典被广泛应用在不同题材的诗作中。如梁陈间诗人张正见《怨诗》：

> 新丰妖冶地，游侠竞娇奢。池台间罗绮，桃李杂烟霞。盖影分连骑，衣香合并车。艳粉惊飞蝶，红妆映落花。舞衫飘冶袖，歌扇掩团纱。玉床珠帐卷，金楼镜月斜。还疑萧史凤，不及季伦家。（《古诗纪》卷一一二，集题作《情诗》）

张正见曾活跃在江陵梁元帝萧绎宫廷；陈武帝代梁，被召至建康；文帝时，与褚玠、马都等同为司空侯安都宾客，是典型的贵族文人。他多作游宴诗，这首诗的结句用萧史飞升典来表达贵族怨妇的主题。

江总（519—584）也是梁陈间著名贵族文人，是侍从陈后主后庭游宴的"狎客"之一，诗风以浮艳著称。他的《姬人怨服散诗》有句曰："不学萧史还楼上，会逐姮娥戏月中。"（《艺文类聚》卷三二）所谓"服散"，是与道教养炼有关的养生方术，服用矿物药"五石散"之类，晋宋以来流行。这首诗应是代言体，写权贵家侍妾抒写期望得到解脱的哀怨，萧史楼台是她居住的地方。

初唐沈佺期《凤箫曲杂言》是表现宫怨主题的:

> 八月凉风下高阁,千金丽人卷绡幕。已怜池上歇芳菲,不念君恩坐摇落。世上荣华如转蓬,朝随阡陌暮云中。飞燕侍寝昭阳殿,班姬饮恨长信宫。长信宫,昭阳殿,春来歌舞妾自知,秋至容华君不见。昔时嬴女厌世氛,学凤吹箫乘彩云。含情转盼向萧史,千载红颜持赠君。

红颜凋落,君恩不再,弃置冷宫,徒然哀伤自己被遗弃的孤栖命运,对传说中的萧史、弄玉恋情表达艳羡,实则只能是绝望的幻想。

唐代文人与释、道交往成为风气,文人们写了不少相关题材的诗,有趣的是其中往往用到萧史的典故。寻访道士不遇是诗人作品常见的主题,用以表达对方神秘、超然的风采。如韦应物著名的《寄全椒山中道士》诗的"落叶满空山,何处寻行迹",贾岛《山中道士》诗的"不曾离隐处,那得世人逢",等等。而晚唐赵嘏的《经王先生故居》诗构想奇巧:

> 晚波东去海茫茫,谁识蓬山不死乡。弄玉已归萧史去,碧楼红树倚斜阳。

"先生"是道士的尊称。访问这位曾是友人的王道士故居,却是设想这位王道士是和弄玉仙去了。如此寄托怀念之情,颇富戏谑意味。又段成式《牛尊师宅看牡丹》诗:

> 洞里仙春日更长,翠丛风翦紫霞芳。若为萧史通家客,情愿扛壶入醉乡。

这位牛姓道士善养牡丹。中唐以降,长安的寺庙、道院养花木特别是牡丹供人观赏成为习俗。诗人观赏牡丹,却联想到道士本和萧史"通家",又耽于醉酒。唐代道士出家制度已经形成,如此比拟道士为爱情传说的主人公,亦可见唐代道教内部风气的一斑。

唐康骈《剧谈录》卷下的《玉蕊院仙人降》写长安美女(应是艺

伎)偕女道士到唐昌观赏花,白居易等人曾根据传说题诗,大意是说:

> 唐昌观玉蕊花甚繁,其花每发,若琼林瑶树。元和中,春物方盛,车马寻玩者相继。忽有女子,年可十七八,衣绣绿衣,乘马,容色婉媚,迥出于众。从以二女冠、三小仆,直造花所。异香芬馥,闻数十步,伫立良久。时观者如堵。有轻风拥尘,随之而去,望之已在半空,方悟神仙之游云云。时严休复有诗《闻玉蕊院有仙人降》,元稹、刘禹锡、白居易等人和作。

刘禹锡两首,其二云:

> 云蕊琼丝满院春,羽衣轻步不生尘。君王帘下徒相问,长伴吹箫别有人。

白居易的诗是:

> 嬴女偷乘凤下时,洞中潜歇弄琼枝。不缘啼鸟春饶舌,青琐仙郎可得知。

杨凝的诗是:

> 瑶华琼蕊种何年,萧史秦嬴向紫烟。时控彩鸾过旧邸,摘花持献玉皇前。

这都是把赏花女子比拟为弄玉,诗中隐含着萧史传说的爱情主题。

同样,方干《赠美人四首》之四:

> 昔日仙人今玉人,深冬相见亦如春。倍酬金价微含笑,才发歌声早动尘。昔岁曾为萧史伴,今朝应作宋家邻。百年别后知谁在,须遣丹青画取真。

这里的"美人"也应是陪侍酒宴的歌伎,用萧史和宋玉《登徒子好色赋》典,后者写宋玉对楚王问,自称"天下之佳人","嫣然一笑,惑阳城,迷下蔡。然此女登墙窥臣三年,至今未许也",用以比拟席间的

"美人",表达对其流落风尘的同情,借以抒写自己怀才不遇的感慨。

　　而有趣的诗还有黄庭坚的一首《何主簿萧斋郎赠诗思家》:

> 善吟闺怨断人肠,二妙风流不可当。傅粉未归啼玉箸,吹笙无伴涩银篁。睡添乡梦客床冷,瘦尽腰围衣带长。天性少情诗亦少,羡他萧史与何郎。

何、萧两位友人写"闺怨"内容的诗,嘲戏黄庭坚在外孤居。"傅粉"用《世说新语·容止》"何平叔(何晏)美姿仪,面至白。魏明帝疑其傅粉"典,吹笙典本来出《神仙传》王子乔好吹笙后登仙,这里实代"吹箫"。诗人和友人的诗,结句用萧史典,表达对妻子的思念。古代文人如此直抒怀念妻子情爱的作品不多。

　　在萧史传说里,弄玉是秦穆公女儿,后世诗文里也就往往用萧史作"驸马"的事典。如杜甫《崔驸马山亭宴集》:

> 萧史幽栖地,林间踏凤毛。洑流何处入,乱石闭门高。客醉挥金碗,诗成得绣袍。清秋多宴会,终日困香醪。

唐玄宗女晋国公主下嫁崔惠童,咸宜公主下嫁崔嵩,此"崔驸马"应是其中一人。两个人在长安城东都有别业。据考这首诗写在"安史之乱"前二年的天宝十三载,当时乱象已萌,而崔姓驸马仍然挥霍游宴,终日沉醉香醪,杜甫在描写宴集的一片繁华背后透露出对时势的忧虑。

　　白居易《同诸客题于家公主旧宅诗》:

> 平阳有宅少人游,应是游人到即愁。布谷乌啼桃李院,络丝虫绕凤凰楼。台倾滑石犹浅砌,帘断真珠不满钩。闻道至今萧史在,髭须皓白向韶(明)州。

按:于家公主指宪宗长女永昌公主,下嫁于頔之子季友。于頔是宪宗朝宰相,历史上记载他专权跋扈,公然聚敛,恣意虐杀,专以凌上威下为务。于季友(生卒年不详)是于頔第四子,尚永昌公主,依例

任驸马都尉、殿中少监。他为人少拘检,晚年历刺绛、忠、明州。于頔
家河南,后徙贯京兆,白居易所题旧宅在洛中。居易和于家本为旧
好,游其旧宅,不见故人,表示同情。又据《宝庆四明志》,季友刺明已
是在太和年间。白居易又有《寄明州于驸马使君三绝句》,其一曰:

> 有花有酒有笙歌,其奈难逢亲故何? 近海饶风春足雨,白
> 须太守闷时多。

这是对远贬明州的于季友的落拓枯寂处境表同情。公主元和中早
卒,追封梁国,谥惠康,曾诏令百官进诗,韩愈献上《梁国惠康公主
挽歌二首》,其二曰:

> 秦地吹箫女,湘波鼓瑟妃。佩兰初应梦,奔月竟沦辉。夫
> 族迎魂去,官官会葬归。从今沁园草,无复更芳菲。

这里言公主已亡而萧史尚在,则是利用弄玉事典来纪念公主,慰问
年已衰迈的于季友。

独孤及《和虞部韦郎中寻杨驸马不遇》:

> 金屋琼台萧史家,暮春三月渭川花。到君仙洞不相见,谓
> 已吹箫乘早霞。

访人不遇,也是用萧史飞升典,应酬之作,不乏情趣。

明代王世贞的《鸳鸯诗》则是咏物的:

> 翠领文绡浅着绯,软波芳渚自依依。生怜萧史前身是,长
> 向韩朋故冢飞。璧月联窥秦殿瓦,银灯双上窦家机。烟波最
> 好翻新曲,听罢吴侬并手归。

这是写鸳鸯来寄托对爱情的歌颂,说萧史是鸳鸯前身,设想奇僻,
比喻新颖。

就这样,优美而浪漫的升仙传说被当作事典运用在不同主题
的诗歌里,发挥着联想、比喻、象征等作用,起到渲染、烘托的效果。

和事典的运用相关联,萧史传说在后世还形成一些富于表现力的"语典"。下面为了节省篇幅,只举出诗作例句,不加解释。

凤台:

鲍照《升天行》:

> 凤台无还驾,箫管有遗声。

黄滔《催妆》:

> 吹箫不是神仙曲,争引秦娥下凤台。

边元鼎《阅见》十一首之二:

> 萧史吹笙凤女台,月高霜冷凤笙哀。不堪好酒沉沉夜,又遣青鸾独自来。

秦楼:

李白《忆秦娥》:

> 萧声咽,秦娥梦断秦楼月。秦楼月,年年柳色,霸陵伤别。

杜甫《郑驸马宅宴洞中》:

> 自是秦楼压郑谷,时闻杂佩声珊珊。

李煜《谢新恩》:

> 秦楼不见吹箫女,空余上苑风光。

李清照《凤凰台上忆吹箫》:

> 休休!这回去也,千万遍《阳关》,也则难留。念武陵人远,烟锁秦楼。

凤箫:

苏轼《坤成节集英殿宴教坊词·勾女童队》:

> 彤壶漏箭,随鸡唱以渐移;绛节彩旄,闻凤箫而自举。

何景明《赠管汝济》：

> 愿听《云门》奏，春风入凤箫。

纳兰性德《浣溪沙·肠断斑骓去未还》：

> 肠断斑骓去未还，绣屏深锁凤箫寒，一春幽梦有无间。

此外，还有一些不算稳定的词语，也出自萧史传说，如"萧侣"（龚自珍《台城路》词："青溪粥鼓，道来岁重寻，须携萧侣。"）、鸾箫（马位《中秋夜》诗："彩霞缥缈现金阙，鸾箫凤吹音琅琅。"）、秦箫（吴伟业《思陵长公主挽诗》："秦箫吹断续，楚挽哭沧浪。"），乃至杜牧的"二十四桥明月夜，玉人何处教吹箫"（《寄扬州韩绰判官》）、李商隐的"不逢萧史休回首，莫见洪崖又拍肩"（《碧城三首》）等等，也算是或暗或明利用萧史典故的。

就这样，《列仙传》里一篇不到百字的作品竟留下这么些事典和语典，提供给后世作为创作资源。这也可看作道教文学价值的一例。

沈亚之《秦梦记》和吴梅村《萧史曲》

分别出自名家的这两篇作品也是以不同方式利用萧史传说的资源创作的。它们取得非凡艺术成就当然与所借鉴的创作资源有一定关系。

沈亚之（？—831？），字下贤，吴兴（今浙江湖州市）人，善诗文；与殷尧藩、张祜、杜牧等唱和，有名于时。李贺《送沈亚之诗》称其为"吴兴才人"。他尤工传奇小说。鲁迅曾校订他的文集《沈下贤集》。《秦梦记》是其中的传奇名篇，即取材自萧史传说。鲁迅在《中国小说史略》里介绍说：

　　　亚之有文名，自谓"能创窈窕之思"，今集中有传奇文三篇……皆以华艳之笔，叙恍惚之情，而好言仙鬼复死，尤与同时文人异趣……《秦梦记》则自述道经长安，客囊泉邸舍，梦为秦官有功，时弄玉婿萧史先死，因尚公主，自题所居为翠微宫。穆公遇亚之亦甚厚，一日，公主忽无疾卒，穆公乃不复欲见亚之，遣之归。(《中国小说史略·唐之传奇文(上)》)

《秦梦记》的情节如鲁迅所述，而其艺术表现特征也正在鲁迅称赞的"能创窈窕之思"。亚之元和十年(815)登进士第，长庆元年(821)贤良方正直言极谏登科，调栎阳(古县，在今陕西省西安市阎良区)尉；四年，任福建都团练副使；太和三年(829)，以殿中侍御史充沧德宣慰判官，到任不久即坐事被贬为虔州南康(今江西赣州市南康区)尉；五年，量移郢州(今武汉市武昌)司户参军；终于贬所。《秦梦记》开头写"太和初，沈亚之将之邠(今陕西彬县)。出长安城，客囊泉邸舍"。根据上述仕履，不见他去长安以西邠州的缘由，大概这个情节是出于下面故事里古秦地背景的杜撰。小说写到公主死后殡葬：

　　　复一年春，秦公之始平公主忽无疾卒，公追伤不已，将葬咸阳原。公命亚之作挽歌，应教而作，曰：

　　　　　泣葬一枝红，生同死不同。金钿坠芳草，香绣满春风。旧日闻箫处，高楼当月中。梨花寒食夜，深闭翠微宫。

进公，公读词，善之。时宫中有出声若不忍者，公遂泣下。又使亚之作《墓志铭》。独忆其铭曰：

　　　　　白杨风哭兮石甃髼莎，杂英满地兮春色烟和。珠愁粉瘦兮不生绮罗，深深埋玉兮其恨如何！

亚之亦送葬咸阳原，宫中十四人殉之。亚之以悼怅过戚，被病卧在翠微宫，然处殿外特室，不入宫中矣。居月余，病良已，公谓亚之曰："本以小女将托久要，不谓不得周奉君子而先物故。敝秦区区小国，不足辱大夫。然寡人每见子，即不能不悲悼。大夫盍适大国乎？"亚之对曰："臣无状，肺腑公室，待罪右庶长。不能从死公主，君免罪戾，使得归骨父母。国臣不忘君恩如今日。"将去，公追酒高会，声秦声，舞秦舞。舞者击髆拊髀，呜呜而音，有不快声甚怨。公执酒亚之前曰："予顾此声少善，愿沈郎赓扬歌以塞别。公命趣进笔砚，亚之受命去，为歌词曰：

> 击休舞恨满烟光，无处所，泪如雨。欲拟著辞不成语。金凤衔红旧绣衣，几度宫中同看舞。人间春日正欢乐，日暮东归何处去。

歌卒，授舞者，杂其声而道之，四座皆泣。既再拜辞去，公复命至翠微宫，与公主侍人别。重入殿内，时见珠翠遗碎青阶下，窗纱檀点依然。宫人泣对亚之，亚之感咽良久。因题宫门诗曰：

> 君王多感放东归，从此秦宫不复期。春景自伤秦丧主，落花如雨泪燕脂。

竟别去。

这段叙事，中间插入韵文的挽歌、墓铭、歌辞，如泣如诉，迷离恍惚，缠绵悱恻，感人肺腑，正体现鲁迅说的"窈窕之思"。亚之本来是相当杰出的诗人，三段韵语也特别表现出哀婉述情的功夫。宋人刘克庄在《后村诗话》里称赞："沈下贤《秦梦记》云：'泣葬一枝红，生同死不同。梨花寒食夜，深闭翠微宫。'唐诗多流丽妩媚，有粉绘气，咸以辨博名家。"这短短的几句诗确实写得"流丽妩媚"，内涵又新颖"辨博"。而构想萧史早亡，弄玉再嫁，自己成为秦王女婿，利用这匪夷所思的情节写成一出爱情悲剧，已完全与原来传说的升仙内容无关。王士祯曾说："（沈亚之）集中《秦梦记》……等信矣，然颇类传奇小说，姚铉（《唐文萃》）概不之录，毋亦以其诞谩不经耶?"(《香祖笔记》)《四库提要》则认为:"如《秦梦记》……大抵讳其本事,托之寓言……亚之偶然戏笔,为小说家所采。"(卷一五《沈下贤集十二卷》)这篇作品情节确乎是"诞谩不经",也确乎应看作是作者的"戏笔",但正因此却体现极其鲜明的艺术特色。如果探求其思想意义,应当与沈既济《枕中记》、李公佐《南柯太守传》相似:写人世荣华富贵如梦如幻。沈亚之写这篇作品已在晚年,经过仕途波折,对人生的认识显得悲观,但对仕途荣华有更透辟的认识,这里体现的价值观是不无思想意义的。

　　吴伟业(1609—1672),字骏公,号梅村,明末清初著名诗人,被称为"江南才子",一时文坛领袖。明清之际,曾短期参与南京的南明政权;清兵占领江南,退居乡里,但至顺治十年(1653),终于被迫赴京出仕,清廷授秘书院侍讲,后晋升为国子监祭酒;三年后,奔母丧南归,自此隐居故里,直到去世。他作为汉族知识精英,本来众望所归,但不能坚持操守,屈节仕清,受到后世讥评。他内心也一直为此矛盾纠结,自觉是"误尽平生"的憾事。他的这种境况和思想在诗文中多有表现。他诗、文兼善,而诗歌创作特擅长篇歌行,继承、发扬唐人七言长歌委婉叙事的传统,精于构思,善于遣词,特别巧于用典,叙写明清易代之际山河易主、物是人非的社会变故的长歌,描绘动荡岁月的人生百态,悲欢离合,慷慨陈词,一唱三叹,显然有志于以诗存史。赵翼评论说是"以唐人格调,写目前近事,宗派既正,词藻又丰,不得不为近代中之大家"(《瓯北诗话》卷九)。而歌行中几篇以宫廷权贵家族的恩宠悲欢来表现改朝换代沧桑巨变的,如《永和宫词》、《洛阳行》、《圆圆曲》等,艺术表现尤为刻画精美。《萧史青门曲》也是脍炙人口的名作。这首长歌只是借用萧史名目来叙写明末几位公主在世事巨变中的坎坷遭遇,主旨本和萧史无关,但题目用《萧史青门曲》,所写又是公主、驸马事,则必然又让人发生对于萧史爱情传说的联想。题里的"青门"是用故秦东陵侯召平于汉初种瓜于青门之外的典故,隐含所写人物悲剧命运的意趣。这首诗作于顺治八年(1651),内容是写明末三代(万历、泰昌、崇祯)四位公主(荣昌、乐安、宁德、长平)和她们的驸马(杨春元、巩永固、刘有福、周显)在乱世中的遭遇和不幸命运。"诗人通过错综穿插、开阖有致、曲折萦回的叙写和凄婉动人的文辞,抒发了'万事荣华有消歇'的感叹。袁枚称此诗'音节凄凉,举止妩媚'。"(叶君远《吴伟业诗选》)

这首诗委婉叙事、遣词用典都典型地体现吴梅村歌行的艺术特征。它的开头:

> 萧史青门望明月,碧鸾尾扫银河阔。好畤池台白草荒,扶风邸舍黄尘没。

开端就使用了萧史典,"碧鸾尾扫"指萧史和弄玉乘凤凰飞升;"好畤"、"扶风"分别用《后汉书》耿弇传和窦融传典,前者被汉光武帝封为"好畤侯",后者是扶风平陵人。这四句说的是萧史传说的地点,也是这首诗所咏发生事件的地点,并表明诗是描写公主、驸马主题的。接着:

> 当年故后婕妤家,槐市无人噪晚鸦。却忆沁园公主第,春莺啼杀上阳花。

"当年",指崇祯帝在位时候;"故后",指周皇后;"婕妤",指崇祯帝的田、王贵妃等。"沁园公主"本是汉明帝女,这里是指崇祯朝的公主。"上阳花",上阳宫是唐宫名,这里是指代公主府第。

这样,一步步引入写公主的主题。下面,穿插着叙写了公主、驸马们由荣华富贵到衰败沦落的凄惨经历,把复杂的历史事件写得生动、清晰,又体现浓郁的诗情。

> 呜呼先皇寡兄弟,天家贵主称同气。奉车都尉谁最贤,巩公才地如王济。被服依然儒者风,读书妙得公卿誉。大内倾宫嫁乐安,光宗少女宜加意。正值官家从代来,王姬礼数从优

异。先是朝廷启未央,天人宁德降刘郎。道路争传长公主,夫
婿豪华势莫当。百两车来填紫陌,千金椟送出雕房。红窗小
院调鹦鹉,翠馆繁筝叫凤皇。白首傅玑阿母饰,绿鞲大袖骑奴
装。灼灼夭桃共秾李,两家姊妹骄纨绮。九子鸾雏斗玉钗,钗
工百万恣求取。屋里熏炉瀚若云,门前钿毂流如水。

这里"先皇"指崇祯皇帝,他的兄弟除天启帝之外均早夭;只有泰昌
帝的宁德公主、遂平公主、乐安公主是同辈。这里先是描写巩永固
(巩公)尚乐安公主。王济是曹魏司空王昶孙、司徒王浑的次子,尚
晋文帝司马昭女常山公主,其人文词俊茂,以骄矜奢侈著名,这里
用来比喻巩永固。再写宁德公主下嫁刘有福,描绘其豪奢繁华,声
势赫奕。但是,在一片繁盛之中,陡然间"万事荣华有消歇,乐安一
病音容没",乐安公主忽然去世了,后来宁德来朝,朝廷已面临内
(李自成)外(清兵)压迫的严重危机,崇祯皇帝则"忧及四方宵旰
甚"。紧接着,"明年铁骑烧宫阙,君后仓黄相诀绝",李自成攻进北
京,崇祯吊死煤山。而宁德夫妇则是:

> 仙人楼上看灰飞,织女桥边听流血。慷慨难从巩公死,乱离
> 怕与刘郎别。扶携夫妇出兵间,改朔移朝至今活。粉碓脂田县
> 吏收,妆楼舞阁豪家夺。曾见天街羡璧人,今朝破帽迎风雪。卖
> 珠易米返柴门,贵主凄凉向谁说。苦忆先皇涕泪涟,长平娇小最
> 堪怜。青萍血碧他生果,紫玉魂归异代缘。尽叹周郎曾入选,俄
> 惊秦女遽登仙。青青寒食东风柳,彰义门边冷墓田。昨夜西窗
> 仍梦见,乐安小妹重欢宴。先后传呼唤卷帘,贵妃笑折樱桃倦。

这一段,"仙人楼上看灰飞"云云,说的是宁德公主所见乐安公主的
下场和她自身的遭遇,连带说到长平公主的悲剧。"慷慨难从巩公
死",是说李自成破北京城,巩永固自刎,乐安公主等全家自焚;宁
德夫妇则"扶携夫妇出兵间",仓皇逃难,流落民间,"卖珠易米返柴
门,贵主凄凉向谁说"。然后追忆长平公主事:也是崇祯女儿的长平

公主年十六时许嫁周显,将婚,时势危机,紧接着北京就陷落了,崇祯用长剑断公主左臂,所幸公主不死,这就是所谓"青萍血碧他生果,紫玉魂归异代缘"。后来清廷仍命周显娶公主,但只过一年,公主就去世了,葬彰义门外,即所谓"尽叹周郎曾入选,俄惊秦女遽登仙。青青寒食东风柳,彰义门边冷墓田"。诗的最后,回忆当年繁华,感叹如今的沧桑巨变,已物是人非,再提起萧史传说:"只看天上琼楼夜,乌鹊年年它自飞。"幻想天上有仙宫楼台,萧史与弄玉在那里年年厮守,借以表达对公主们亡灵的祝愿和对她们凄惨沦落命运的同情。

这样一首哀婉动人的长歌,同情显然寄托在明末几位公主身上。诗写于顺治八年即清廷统治已经稳固之后,当时的作者仍在坚持不事新朝,还没有出仕清廷,显然是借叙写明末几位公主的悲剧命运来寄托悲悼故国的哀思;而公主们在国破家亡事变中的悲惨遭遇和命运,也反映世事巨变历史的一个侧面。

吴梅村把作品题名为《萧史青门曲》,其内容与萧史传说并没有直接关联。但作品前后以萧史、弄玉的爱情传说相呼应则显然是有以古代传说和如今世事相互衬托、比较的意味,在作品里如此利用事典,这种意味显现在若有若无之间,也是一种有创意的艺术表现手法。

以上是仙传里的萧史、弄玉爱情被后世文人创作所利用的情况。当然并不是每一位道教仙传里的"人物"对于后世文学创作都能够发挥如此巨大的影响。不过如《列仙传》里的赤松子、介子推、王子乔等,《神仙传》里的卫叔卿、魏伯阳、王远、刘刚、左慈、壶公等,确实都成为文人和民间文学创作的资源,历久不衰,被以不同方式应用在作品之中。仙传作为典型的道教文学作品,从这样的角度也确能见出道教文学的巨大成就和重大影响。

(本篇为未刊稿)